Hélium 3

2 – Mission Svalbard

Mot de l'éditeur

Evidence Editions a été créée dans le but de rendre accessible la lecture pour tous, à tout âge et partout. Nous accordons une grande importance à ce que chacun puisse accéder à la littérature actuelle sans barrière de handicap. C'est pourquoi nos ouvrages sont disponibles en format papier, numérique, dyslexique, braille et audio.

Tout notre professionnalisme est mis en œuvre pour que votre lecture soit des plus confortables.

En tant que lecteur, vous découvrirez dans nos différentes collections de la littérature jeunesse, de la littérature générale, des témoignages, des livres historiques, des livres sur la santé et le bien-être, du policier, du thriller, de la littérature de l'imaginaire, de la romance sous toutes ses formes et de la littérature érotique.

Nous proposons également des ouvrages de la vie pratique tels que : agendas, cahiers de dédicaces, bullet journal, DIY (Do It Yourself).

Pour prolonger le plaisir de votre lecture, dans notre boutique vous trouverez des goodies à collectionner ainsi que des boxes livresques disponibles toute l'année.

Ouvrir un livre Evidence, c'est aller à la rencontre d'émotions exceptionnelles.

Max Donhem

Hélium 3
2 – Mission Svalbard

Couverture : **Chloé S.**

Publié dans la **Collection Imaginaire**

Aux générations futures.

Avec toutes nos excuses pour cet héritage.

Heureux qui comme Ulysse a fait un beau voyage,
Ou comme cestuy-là qui conquit la toison,
Et puis est retourné, plein d'usage et raison,
Vivre entre ses parents le reste de son âge !

Quand reverrai-je, hélas, de mon petit village
Fumer la cheminée, et en quelle saison
Reverrai-je le clos de ma pauvre maison,
Qui m'est une province, et beaucoup davantage ?

Heureux qui, comme Ulysse, a fait un beau voyage
Joachim DU BELLAY (1522–1560)

Résumé du tome 1

Alors qu'une machine révolutionnaire, l'astrothèque, capable de réaliser des prévisions astrologiques extrêmement précises avait été mise au point par les services de renseignement français avec l'aide d'un astrogénéticien de génie, Alfonse Zilberg, dans le but d'anticiper les actes de violence et d'assurer l'ordre en France, une prévision inattendue avait été émise par l'intelligence artificielle : la survenue d'une prévision péjorative de grande ampleur qui menacerait la survie de l'humanité dans sa globalité. Durant cette période préapocalyptique, un peuple venu d'une lointaine galaxie, le peuple des Iloryens, technologiquement plus avancé que les Terriens et capable de décrypter n'importe quelle matrice astrologique, avait pénétré le système planétaire des Terriens pour anticiper leur futur. Le peuple des Iloryens, ayant compris l'imminence de la Grande catastrophe, avait commencé à entrer en contact avec une centaine de Terriens qu'ils avaient sélectionnés pour leur ouverture d'esprit. Les deux civilisations étant compatibles génétiquement, et les Iloryens ayant eux-mêmes subi une attaque qui les avait contraints à quitter leur planète originelle, Ilore, ces derniers avaient proposé aux Terriens sélectionnés de les soustraire à une mort certaine s'ils acceptaient de venir avec eux pour faire démarrer une nouvelle civilisation, au sein d'une matrice astrologique bénéfique, dans un système monoplanétaire lointain.

Après un long voyage dans le vaisseau spatial des Iloryens baptisé Infinity, *les Iloryens et les Terriens avaient réussi à s'installer à l'intérieur d'un nouveau système planétaire, sur une planète qu'ils avaient nommée Monos. Une ville, baptisée Terrilos, avait commencé à être bâtie autour du vaisseau spatial des Iloryens qui possédait en son sein une centrale thermonucléaire à hélium 3. Elle représentait un nouveau départ pour leur civilisation respective et un nouvel espoir. Des couples mixtes avaient commencé à voir le jour, et des enfants métis étaient nés de l'accouplement des deux races. Après avoir commencé à explorer leur nouvelle planète, les colons s'étaient aperçus que la formation de cette dernière était moins ancienne que la leur et donc biologiquement très pauvre. Il y avait des végétaux, mais peu étaient comestibles. Les deux civilisations, dans leur départ précipité, n'avaient pas eu l'idée ni le temps d'emporter des graines pour ensemencer Monos et y faire germer la vie. Les réserves alimentaires emportées dans le vaisseau spatial* Infinity *étaient sur le point de s'éteindre. À ce problème de subsistance alimentaire s'était ajouté un second problème : chaque peuple était porteur de virus potentiellement mortels pour l'autre peuple. Virus Zorg, Itwo, Wyx, Oak, pour les Iloryens… Virus de la grippe, rotavirus, cytomégalovirus, virus de la rougeole pour les Terriens. Beaucoup d'individus étaient tombés malades et seuls les organismes les plus vigoureux avaient survécu, ce qui avait généré un risque d'extinction de ces deux espèces alors qu'elles venaient à peine de coloniser Monos. Bien qu'ils soient initialement deux cents, il ne restait plus qu'une centaine d'Iloryens et de Terriens confondus. Certains se trouvaient d'ailleurs encore entre la vie et la mort.*

Terrilos

Planète Monos. Ville de Terrilos. Année 2 de la nouvelle civilisation

Sandra mit ses chaussures, puis attacha ses lacets. Elle enfila ensuite une veste avant de se diriger vers l'entrée de son espace de vie. Enfin, son « espace de vie » était un bien grand mot puisqu'il s'agissait en fait d'une petite cellule d'habitation qui était située dans le vaisseau mère *Infinity* et qui portait le numéro 75. Cette enceinte, aux parois métalliques, ne devait pas mesurer plus de six à sept mètres carrés. Elle avait la taille d'une chambre de bonne à Paris, à la différence près que celle-ci était beaucoup plus moderne, beaucoup plus « technologique ». On pouvait y voir une zone de couchage qui se trouvait dans une alcôve. Cette dernière ressemblait aux alcôves que l'on pouvait voir sur Terre dans les manoirs des temps passés à la différence près que celle-ci était extrêmement sophistiquée. Le simple fait d'appuyer sur une cellule de détection tactile suffisait pour que la paroi en verre de la zone de couchage s'ouvre afin d'y prendre place et d'y dormir. Un néon se trouvait au fond de l'alcôve et une simple rotation effectuée avec la pulpe d'un doigt sur cette même cellule de détection tactile permettait d'en régler l'intensité. En face de la zone de couchage se trouvait un placard mural qui s'ouvrait avec le même système de pression pulpaire et de porte coulissante automatisée. À l'intérieur de ce placard, il y avait les vêtements de Sandra et les quelques objets personnels qu'elle avait pris soin de prendre avec elle lorsqu'elle avait quitté la Terre. Il y en avait très peu, mais parmi ceux-ci se trouvait un cadre à l'intérieur duquel il y avait une photo de ses parents avec elle et sa sœur Betty, morte à la suite d'une leucémie foudroyante. Elle tenait ce cadre à la main et le regardait fixement, avec un regard nostalgique. Ses yeux se brouillèrent, puis des larmes se mirent à perler sur ses joues. Elle se résigna à remettre le cadre à sa place, puis se dirigea vers le hublot de sa cellule d'habitation. À travers celui-ci, elle pouvait contempler les habitations que les constructeurs avaient bâties tout autour du vaisseau. Certaines étaient encore en cours d'élaboration. D'autres étaient achevées et hébergeaient déjà certains habitants de Monos. Elle se demandait bien comment aller bien pouvoir évoluer cette néo-civilisation. Les constructions qu'elle était en train d'observer n'étaient pas nombreuses et étaient plutôt réservées aux couples qui s'étaient formés au sein d'un même peuple, mais aussi entre Terriens et Iloryens. Les premiers couples mixtes s'étaient donc formés de façon logique, à l'image des brassages ethniques que l'on avait pu observer jadis sur Terre lorsque le développement des moyens de déplacement modernes avait permis une migration plus massive des populations. Pour la première fois dans l'histoire de ces deux civilisations, et peut-être même dans l'histoire de l'Univers, deux peuples, très similaires en apparence, mais qui avaient pris naissance dans des matrices astrologiques différentes et des systèmes solaires très éloignés, s'étaient rapprochés pour donner naissance à des couples d'une mixité improbable. Le patrimoine génétique de ces deux civilisations leur permettait de s'unir, de former des couples, et de se reproduire. Et les premières naissances mixtes n'allaient pas tarder à arriver, non sans une certaine anxiété. Car, au fond, il y avait cette peur inconsciente qui pesait sur les individus d'avoir des enfants malformés ou porteurs d'anomalies chromosomiques, comme on pouvait l'observer dans les aberrations génétiques générées par la consanguinité. C'était un peu comme si la Terre et la planète Ilore avaient émis chacune de leur côté des graines dérivant à l'aveugle dans l'espace infini de l'Univers et que, par le plus grand des hasards, celles-ci s'étaient rencontrées pour donner la vie à des milliards de milliards de kilomètres de leur point d'origine. Cela paraissait si improbable, si impossible, si invraisemblable... Comment deux peuples si éloignés, vivant dans des portions d'Univers si lointaines, avaient-ils bien pu se retrouver ? Les Iloryens, qui étaient bien plus avancés dans leur compréhension du monde, avaient donné une explication aux Terriens. Ils avaient découvert que chaque civilisation qui avait émergé dans un endroit donné de l'Univers possédait son « anti-civilisation » dans une autre portion de l'Univers à l'image d'une particule et d'une antiparticule qui, bien que possédant une trajectoire différente, avaient une même origine et resteraient toujours reliées. C'est ainsi que chaque civilisation possédait quelque part dans l'Univers infini une civilisation génétiquement très proche. C'était comme si la Nature, la Création ou Dieu lui-même avait créé une sorte de système de sauvegarde. Si une civilisation périclitait, elle n'aurait qu'à trouver son « double » dans l'Univers pour « repartir » et se reproduire afin qu'elle ne s'éteigne pas. Lorsque les Iloryens avaient été décimés par le peuple de Zirt qui était venu leur spolier certains atomes qu'ils avaient en abondance sur leur planète comme l'holonium qui avait cette capacité incroyable de faire naviguer très rapidement leur vaisseau spatial, les rares survivants s'étaient mis immédiatement à chercher leur « civilisation sœur » pour prendre un nouveau départ et pour sauver leur espèce. Et cette civilisation sœur, c'était celle des Terriens. Après des années de recherche, ils avaient fini par la trouver, comme par miracle. Sandra se répéta la phrase que Yom lui avait dite :

Certains d'entre nous ont projeté leur conscience dans l'Univers pour vous trouver. Cela a pris un peu de temps. Mais nous y sommes parvenus, inévitablement. En tant que civilisation et anti-civilisation, nos consciences auraient été tôt ou tard amenées à se rapprocher, comme le pôle « plus » et le pôle « moins » de deux aimants, comme la particule et l'antiparticule qui ont un destin commun, qui portent une information commune, et qui seront toujours reliées.

Sandra se répétait cette phrase qui lui paraissait sortir d'un rêve ou d'un film de science-fiction, à moins que cela ne soit d'un délire, car, parfois, elle en arrivait à se demander si elle n'était pas atteinte de schizophrénie. Mais les machines qui étaient en train de construire des maisons futuristes en trois dimensions et qui se trouvaient à l'extérieur d'*Infinity,* dans son champ de vision, étaient bien réelles. Elle n'en doutait pas...

Cela faisait maintenant deux années que Sandra avait quitté la Terre à bord du vaisseau des Iloryens. La ville de Monos s'était progressivement créée tout autour de cet énorme vaisseau spatial, ayant lui-même la taille d'une ville de grande envergure. Mais sa population était encore très réduite faute d'avoir eu des naissances en nombre suffisant et à cause des pertes télorriennes liées aux transmissions interraciales d'agents infectieux pathogènes. De plus, la raréfaction des denrées alimentaires imposait une limitation du nombre de naissances et diminuait le pouvoir de reproduction des individus à cause du manque d'apport calorique. Alors que Sandra continuait à observer les machines du génie civil dont les sonneries étaient en train d'émettre des bruits aigus à l'extérieur, elle se demandait bien comment allait évoluer ce nouveau peuple sur cette planète, et plus précisément dans cette nouvelle ville qui avait été baptisée Terrilos en hommage aux deux civilisations extraplanétaires qui y vivaient désormais et qui s'étaient unifiées en un seul peuple, celui des « Télorriens[1] ». Un bruit plus strident provenant de l'extérieur fit sortir Sandra de sa rêverie. Elle regarda sa montre et celle-ci indiquait 20 h. La rotation de la planète Monos sur elle-même étant plus longue que sur Terre de quatre heures, soit vingt-huit heures environ, il avait fallu modifier l'intervalle de temps sur les montres numériques en créant un nouvel étalon de la minute. Elle pensa furtivement au césium 33, dont les périodes de radiation avaient permis d'étalonner la seconde vers 1967 sur Terre. La plus précise des horloges atomiques terriennes n'avait ainsi plus d'équivalence sur Monos. Les organismes des Télorriens avaient eu du mal à s'adapter à ce nouveau cycle circadien de vingt-huit heures. Mais, d'après les Iloryens, la chose positive était que les organismes gagneraient en longévité. Au même titre qu'ils avaient modifié les intervalles de temps sur leur montre, ils avaient dû créer un nouveau calendrier. La religion étant devenue un concept complètement obsolète sur Monos, les Télorriens n'avaient pas fait démarrer leur nouveau calendrier en fonction de la naissance du Christ ou d'un autre prophète, mais en fonction de leur arrivée sur Monos. Cela faisait maintenant deux ans qu'ils avaient atterri sur cette planète et ils en étaient donc à l'an deux après la Grande migration. Le

1 Télorrien : nom donné aux membres ce nouveau peuple de Monos, remplaçant le terme « Terriens » et « Iloryens ». Ce nom symbolise la fusion de ces deux civilisations.

terme « Grande » était bien plus en rapport avec le trajet ahurissant que les Télorriens avaient fait dans l'espace que le nombre restreint de colons qui avaient débarqué sur cette planète. « Il est temps d'y aller », se dit-elle. Elle devait rejoindre le Grand conseil comme tous les autres membres de la communauté télorrienne. Elle prit une veste en flixium, matériau « intelligent » intégré dans les vêtements que les Iloryens avaient initialement distribué aux Terriens et qui avait la capacité d'adapter leur forme aux reliefs corporels des personnes qui les portaient et d'ajuster la température corporelle grâce à des atomes capables de faire varier l'émission de chaleur du tissu. Elle se dirigea vers la porte de sortie de sa cellule d'habitation, puis appuya sur une cellule de détection tactile. Un bruit qui ressemblait à celui d'une dépressurisation se fit entendre et la porte se décala vers l'avant avant de coulisser vers la droite. Sandra s'engagea ensuite dans la coursive du vaisseau de la zone 3, qui était l'une des zones-dortoirs du vaisseau qui regroupait plusieurs cellules d'habitation du même type que la sienne. Après plusieurs minutes de marche, car le vaisseau faisait plus d'un kilomètre de longueur, elle arriva enfin au niveau du sas principal qui s'ouvrait sur l'extérieur. Elle sentit sur son visage une légère brise fraîche, cette même brise qu'elle ressentait le soir lorsqu'elle se baladait sur Terre à la nuit tombée, et cela n'était pas sans lui apporter un certain réconfort.

Le Grand conseil

Sandra se dirigeait vers un bâtiment en forme de sphère plus gros que les autres et qui avait été construit non loin du vaisseau mère. Ce dernier n'était rien d'autre qu'une immense salle de réunion qui ressemblait à un grand amphithéâtre circulaire où se déroulait le Grand conseil. Celui-ci avait été divisé en six parties. Il y avait les sièges destinés aux humanistes, c'est-à-dire à ceux qui avaient des connaissances médicales et qui avaient les capacités de soigner, les sièges pour les naturalistes, qui devaient s'occuper de faire pousser les végétaux sur Monos et de nourrir la population, les sièges des explorateurs qui avaient pour mission de parcourir la planète à la recherche de traces de vie et de denrées alimentaires nouvelles, les sièges pour les ingénieurs-énergéticiens qui produisaient de l'énergie nucléaire à partir de l'hélium 3 nécessaire à l'alimentation du vaisseau mère et de la ville de Terrilos, et ceux pour les constructeurs, qui avaient la charge de bâtir les nouvelles structures d'habitation situées à l'extérieur d'*Infinity*. Une dernière zone était réservée aux décrypteurs qui avaient cette fascinante capacité de « déchiffrer » les matrices astrologiques de l'Univers. Mais ces derniers, vivant maintenant à l'intérieur d'un système solaire monoplanétaire, voyaient leur utilité mise un peu au placard et apportaient la plupart du temps de l'aide aux autres « spécialités ». C'était une sorte de société utopiste qui avait vu le jour. Il n'y avait aucune circulation de monnaie et aucune guerre d'orgueil, aucun désir de consommer pour consommer. Les hommes et les femmes ne travaillaient que ce qui était nécessaire pour la survie du groupe. Le reste du temps, ils se reposaient, ils exploraient leur nouvelle planète, ils passaient du temps ensemble, en famille, entre amis... Les Télorriens espéraient bien que leur nouvelle matrice astrologique pauciplanétaire ne puisse plus générer de notions civilisationnelles péjoratives du fait de l'absence de planètes concurrentes. Il y avait une étoile, une planète unique, et donc plus de « conflits planétaires » astrologiquement parlant. Ces réunions mensuelles – un mois « monien » n'était plus de trente jours en moyenne comme sur Terre, mais de quarante jours du fait d'un temps de révolution de Monos autour de son étoile plus long – étaient présidées par Yom, qui était considéré comme étant le sage du nouveau peuple télorrien. C'était lui qui avait dirigé l'exfiltration des Iloryens puis des Terriens et ces derniers le voyaient comme un sauveur. On lui avait donc attribué le rôle de modérateur en quelque sorte lors des conseils. Mais les décisions n'étaient pas tranchées par sa seule volonté, elles devaient se faire à l'unanimité par un vote démocratique.

La partie supérieure du bâtiment du Grand conseil, d'aspect semi-circulaire, était faite avec des plaques de verre en forme d'alvéole qui donnaient l'apparence d'un essaim d'abeilles incurvé. Le ciel était dégagé ce soir-là dévoilant ainsi sa myriade d'étoiles. Sandra, qui se trouvait dans la partie supérieure de l'hémicycle, regarda en l'air et se fit la réflexion que la carte du ciel qui se dessinait au-dessus d'elle à la nuit tombée sur Monos n'avait rien à voir avec celle qu'elle pouvait observer jadis sur Terre. L'ordre du jour du Grand conseil avait dû être avancé de quinze jours afin de trouver une solution à l'état d'urgence qui menaçait la civilisation télorrienne. Au centre de l'hémicycle, sur une estrade, Yom attendait que les retardataires veuillent bien prendre place sur leur siège. Puis le silence s'installa. Yom prit la parole (un vaisseau lumineux était braqué sur lui).

— Amis télorriens. Je vais passer la parole à Sandra Mary.

(Les Iloryens et les Terriens avaient appris leur langage respectif, mais l'Iloryen était devenu la langue officielle notamment lors des réunions.)

Sandra se leva de son siège, puis descendit l'allée qui menait à l'estrade où se trouvait Yom. Puis elle prit la parole.

— La moitié de notre communauté a été décimée par des virus provenant de nos civilisations respectives et pour lesquels nous ne possédons pas encore d'anticorps. Nous n'avons pas de ressources alimentaires suffisantes pour garantir la pérennité de notre espèce. Nous ne sommes plus en mesure d'assurer notre descendance ni notre existence. Notre néocivilisation télorrienne est en voie d'extinction. Elle est en train de péricliter.

Yom, qui s'était assis, écoutait attentivement, l'air grave.

— Il nous faut trouver une autre planète, poursuivit Sandra. Il nous reste assez d'énergie dans le vaisseau mère *Infinity* pour aller chercher de l'hélium 3 sur un quelconque corps céleste afin de nous propulser à l'infini dans les confins de l'Univers. Et nous finirons bien par trouver un autre système monoplétaire avec une planète potentiellement plus généreuse en ressources que celles-ci soient énergétiques ou alimentaires.

— Tu sais bien, Sandra, dit Ivie, une autre Télorrienne, que nous avons eu une chance incroyable de trouver ce système monoplanétaire. Monos est une planète bénie des dieux ! Quelle est la probabilité que nous en trouvions un autre ? Si nous colonisons une planète qui fait partie d'un système pluriplanétaire, nous subirons à nouveau l'influence astrologique des corps célestes qui le composent. Et qui sait si cette influence ne sera pas plus néfaste que celle que nos deux civilisations ont déjà subie dans leur système planétaire respectif ?

— Elle dit vrai, dit quelqu'un d'autre dans l'assistance. Nos organismes ne sont d'ailleurs peut-être pas compatibles avec d'autres planètes. Nos molécules d'ADN pourraient subir des dommages irréparables et donc des cancers. Nous n'avons aucune autre solution pour le moment.

— Nous avons les combinaisons en molnium 45, étanches aux ondes électromagnétiques émises par les planètes, répondit Sandra, celles que vous aviez fabriquées sur votre ancienne planète Ilore.

— Certes, mais nous n'en avons pas assez pour l'ensemble des passagers. Lorsque nous avions quitté notre planète, nous n'en avions emporté qu'une centaine. Notre population s'accroîtra avec le temps et nous n'en aurons pas suffisamment pour la nouvelle génération qui arrivera.

— Il nous faudra en fabriquer.

— Cela prendra du temps et, pour mémoire, le molnium est un atome que nous ne pouvons trouver que dans certaines zones de l'Univers. Votre système solaire n'en possédait pas ni le nôtre, d'ailleurs.

— Nous en trouverons si nous nous donnons les moyens.

— Il faut choisir ! Quitter Monos pour trouver une autre planète ou bien chercher du molnium. Nous ne pouvons pas mener plusieurs combats en même temps… Et puis, si nous partons avec notre vaisseau mère *Infinity*, il nous faudra nous approvisionner en hélium 3. Nos réserves sont trop faibles pour voyager pendant des années dans l'Univers incommensurable à la recherche d'une hypothétique planète. Imaginez, si nous tombons en panne dans l'espace faute de réserves suffisantes en hélium 3. Nous mourrons de faim enfermés dans un vaisseau spatial dérivant à l'infini dans le néant, à l'image d'une comète qui risque à tout moment de s'annihiler avec un autre corps céleste. *Infinity* deviendrait notre pierre tombale. Et puis les malades ne supporteraient pas le voyage. L'épidémie n'est pas finie. Certains organismes sont encore maintenus dans un coma artificiel. Ils sont trop faibles pour voyager.

— Il serait plus sage de projeter nos consciences dans l'Univers avec le neurostim, dit l'un des décrypteurs assis dans la zone de l'hémicycle réservée à son groupe.

Les Télorriens, grâce au neurostim, utilisaient des ondes sonores et électromagnétiques pour décorporer leur conscience. Une fois sortis de leur corps, ils arrivaient à se connecter à la connaissance universelle et à se relier à l'Univers comme s'ils ne faisaient plus qu'un avec lui. Il leur suffisait de penser à un atome comme l'hydrogène, par exemple, pour en connaître toutes les caractéristiques, toutes les origines, et tous les lieux où il était possible d'en trouver. Il en était de même pour l'hélium 3, le molnium, l'or ou tout autre élément chimique. C'était grâce à lui que les décrypteurs iloryens avaient réussi à trouver leur civilisation mère, ou anti-civilisation, à savoir les Terriens (les décrypteurs avaient la fonction de déchiffrer les matrices astrologiques des systèmes planétaires, mais aussi de projeter leur conscience en dehors de leur corps).

— Projeter nos consciences dans l'Univers est une bonne idée, dit l'un des explorateurs. Mais cela prendrait beaucoup de temps. Car une fois les éléments chimiques localisés, il nous faudrait dans un premier temps aller les chercher, et ensuite trouver une nouvelle planète habitable. Nous serons peut-être morts de faim d'ici là.

— Il existe une autre solution, dit Sandra.

Tous les regards s'étaient brutalement braqués sur elle et la salle du conseil se plongea dans un silence émaillé de chuchotements comme si tous les Télorriens étaient curieux d'entendre une solution qu'ils jugeaient par avance farfelue, voire impossible.

— Nous vous écoutons, madame Sandra Mary, lança l'un des ex-Iloryens, qui s'appelait Ikor et qui appartenait au groupe des explorateurs. Nous sommes perdus sur une planète juvénile qui n'a pas atteint sa maturité évolutive, à l'extrémité de l'Univers. Il n'y a pas assez de végétaux pour nous nourrir. J'aimerais bien connaître votre solution.

— La solution est simple. Toute simple, répéta-t-elle.

Le silence était à son comble dans la salle. Les chuchotements s'étaient dissipés.

— Combien avons-nous de vaisseaux accessoires ?

Le vaisseau mère *Infinity* possédait d'autres vaisseaux spatiaux à son bord, de plus petites dimensions, qui pouvaient accueillir une dizaine de personnes et qui pouvaient s'éjecter du vaisseau principal. Ces derniers fonctionnaient aussi avec des stabilisateurs antigravitationnels et étaient dotés de deux propulseurs plasma et d'un réacteur thermonucléaire utilisant le couple deutérium-hélium 3 pour produire de l'énergie propulsive. La carlingue des vaisseaux avait été fabriquée avec un alliage dans lequel avait été incorporé un atome très particulier : l'holonium. Il s'agissait d'une matière insolite, douée d'une forme d'intelligence, avec laquelle il était possible de communiquer, et qui permettait au vaisseau spatial d'échapper à l'espace-temps ordinaire en naviguant à une vitesse supraluminique. Lors des projections mentales des décrypteurs, « l'esprit » de cette matière prenait souvent la forme d'un vieillard pour communiquer avec eux.

— Nous en avons quatre, mais seulement trois sont fonctionnels, dit l'un des ingénieurs.

— Il faut que nous retournions sur nos planètes respectives. Nous devons aller chercher des graines pour faire démarrer ici une agriculture beaucoup plus rentable.

Un brouhaha, voire une cacophonie, recouvra subitement le silence qui persistait encore quelques secondes plus tôt.

Yom, qui tenait un sceptre dans l'une de ses mains, se mit à taper avec son extrémité inférieure sur le sol de l'estrade pour faire régner à nouveau l'ordre et la cohérence des échanges.

— Ne parlez pas tous ensemble, je vous en prie !

Le bruit ambiant diminua alors en intensité.

— Où allez-vous trouver vos graines ? demanda Ikor. Dans les fruits de vos arbres ? Vous êtes bien naïve ! Vous n'êtes pas sans savoir que votre planète n'est plus viable ! Vous l'avez vu comme nous exploser lorsque nous venions de vous exfiltrer de votre planète ! La radioactivité générée par les bombes à hélium 3 doit être encore à son apogée. Il faudra des siècles pour que celle-ci se dissipe entièrement. Nous ne savons même pas si l'atmosphère de la Terre est encore respirable et si la lumière du Soleil peut la traverser. Elle est sans doute souillée par de la poussière de roche qui a explosé. La photosynthèse est de toute évidence devenue impossible et le monde végétal s'est éteint par voie de conséquence. La planète Terre est devenue un monde inorganique, un vulgaire rocher sans vie gravitant autour d'une étoile comme il en existe une myriade dans l'Univers. Ce n'est plus qu'un désert, un immense désert. Quant à notre ancienne planète, Ilore, nos envahisseurs y séjournent sans doute encore. Peut-être sont-ils toujours en train de piller nos ressources, à moins qu'ils aient décidé de s'y installer définitivement. Plusieurs décennies, voire des siècles, sont souvent nécessaires pour extraire la totalité des ressources précieuses d'une planète.

— Les vaisseaux accessoires, les grooms, n'ont pas la même autonomie ni la même puissance que notre vaisseau mère *Infinity*, dit l'un des ingénieurs. Nous ne pourrons pas traverser l'Univers pour rejoindre nos anciennes galaxies.

— Et pourquoi ne pas y aller avec le vaisseau mère ? demanda Sandra.

— C'est trop risqué. S'il arrivait quelque chose à *Infinity*, ceux qui seraient restés sur Monos seraient condamnés à y mourir. Et sans vaisseau mère, pas de centrale thermonucléaire à hélium 3. Et sans centrale à hélium 3, nous ne pourrons plus fournir l'énergie à la ville de Terrilos qui est en train d'émerger. Je rappelle que la ville n'a pas encore de centrale indépendante.

— Il faut continuer à explorer notre nouvelle planète Monos, dit l'un des explorateurs. Nous ne connaissons qu'un dixième de sa géographie. Nous découvrirons peut-être des zones végétalisées ayant un potentiel agricole plus important.

— Cela fait deux ans que vous cherchez ! Et toujours rien à l'horizon, dit l'un des constructeurs qui s'appelait Ben, un ancien Terrien.

— L'idée de partir avec les grooms semble une idée intéressante, lança Namos, un ingénieur-énergéticien d'origine iloryenne. Un groom pourrait, en effet, se rendre sur Ilore et un autre sur Terre.

Nous pouvons techniquement prendre de l'hélium 3 sur les réserves d'*Infinity* et les intégrer aux grooms afin de les faire traverser l'espace-temps plus vite.

— Nous n'avons plus beaucoup de réserves en hélium 3, dit Ikor. Les grooms ne sont pas faits pour ça.

— Ce n'est pas vrai, répondit Namos. Les grooms sont dotés de réservoirs à hélium 3 assez importants.

— Oui, mais nous venons aussi d'évoquer le fait que les réservoirs d'hélium 3 dans ces engins ne sont pas comparables en ce qui concerne le volume à ceux d'*Infinity*, ce qui ne leur laisse pas beaucoup d'autonomie. Et sans énergie à l'intérieur des vaisseaux, vous ne pourrez pas utiliser le pouvoir extraordinaire de l'holonium. Les grooms sont normalement prévus pour des trajets locaux intragalactiques, et non extragalactiques.

— Nous devons retourner sur nos planètes, dit Sandra. Nous n'avons pas le choix. Nous ferons des escales pour nous achalander en hélium 3.

— C'est suicidaire, rétorqua Ikor.

— Je suis prête à prendre le risque, lui répondit Sandra. Nous n'obligeons personne. Ne partirons avec moi que ceux qui le désirent.

— Mais nous venons de dire que la Terre est une planète moribonde qui est à l'agonie ! Vous n'y trouverez que des cendres et de la poussière ! dit Ikor en s'invectivant. Rien d'autre !

— Non. Détrompez-vous. Il existe sans doute encore un endroit qui pourrait nous fournir des graines en abondance !

— Ah oui ? Et nous pouvons savoir lequel ?

La salle d'audience fut à nouveau parsemée de multiples conversations qui se mélangeaient en un brouhaha constitué par des conversations indémêlables et chuchotantes. Sandra marqua une pause pour faire revenir le calme et susciter l'attention.

— Il existe un endroit sur Terre qui pourrait nous permettre de recouvrer une production agricole pléthorique. Notre civilisation n'a pas été très glorieuse, je vous l'accorde. Elle excellait dans l'intolérance, la guerre, la violence, la corruption, le pouvoir, et les duperies. Mais elle a eu une idée de génie il y a quelques décennies de cela alors que la grande catastrophe écologique s'annonçait sur Terre. Certains Terriens, que nous appelions les écologistes, pressentaient l'imminence d'une catastrophe de grande ampleur et ces visionnaires ont voulu l'anticiper. Ils ont créé un lieu unique sur Terre et, qui sait, peut-être dans tout l'Univers. Ils ont créé la grainothèque de l'archipel arctique du Svalbard situé dans un pays qui s'appelait la Norvège. C'est une sorte chambre forte souterraine, de bunker contenant les graines vivrières de tous les pays de notre ex-planète. L'intégralité de la diversité du monde végétal y est représentée. Nous avons de l'eau en abondance sur Monos. Il ne nous sera donc pas difficile de réveiller toutes ces graines « endormies » qui n'attendent que cela. Il y a par exemple plusieurs milliers de variétés de riz différents. Le bunker se trouve plus précisément sur l'île norvégienne du Spitzberg, près de la petite ville de Longyearbyen, à environ mille kilomètres du pôle Nord. Il n'y a pas meilleur endroit pour y conserver des graines. Le climat est gelé toute l'année ! Lorsque j'étais encore sur Terre, j'ai trouvé cette idée de grainothèque géniale, mais j'étais bien loin d'imaginer que ces graines pourraient servir un jour à ensemencer une autre planète !

— Et de combien de Télorriens et de Téloriennes vous auriez besoin pour constituer les équipages de vos grooms ? demanda un naturaliste.

— Nous aurions besoin d'au minimum cinq personnes par vaisseau. Au moins un naturaliste, pour nous soigner en cas de problème de santé ou de blessures, deux ou trois ingénieurs-énergéticiens pour piloter les grooms et faire fonctionner les centrales thermonucléaires à hélium 3 et les outils technologiques permettant d'utiliser la potentialité de l'holonium, et au moins deux décrypteurs. Car nous aurons besoin des décrypteurs pour lire les matrices astrologiques de systèmes planétaires dans lesquels nous pénétrerons pour récupérer de l'hélium 3 et du deutérium. Nous aurons également besoin de plusieurs explorateurs pour inspecter les planètes que nous visiterons.

— Je vous rappelle que les épidémies virales ont déjà tué trente-sept Télorriens. Si nous prenons en compte les quelques naissances qu'il y a eu depuis les deux années qui viennent de s'écouler depuis notre arrivée sur cette planète, notre effectif s'est réduit à cent soixante-quatorze individus. Vous laisser partir avec quinze à vingt individus signifie diminuer d'autant l'effectif sur Monos. Et s'il y a moins d'effectifs, nous ralentirons notre croissance, notre développement, et donc nos capacités à survivre sur cette planète.

— C'est là que réside le deuxième intérêt de nous rendre sur nos ex-planètes, répondit Sandra. Il y a sans doute des survivants ! Nous pourrions ainsi peut-être doubler, tripler, voire quadrupler notre population.

— Tous les Terriens doivent être morts depuis bien longtemps, rétorqua Ikor. Cela fait maintenant deux ans que nous sommes arrivés sur Monos. Je ne vois pas comment ils auraient pu survivre.

— Notre intelligence artificielle, Destinée, avant d'être déconnectée, avait émis l'hypothèse que plusieurs milliers de personnes survivraient en France. Et il y a sans doute d'autres survivants dans d'autres pays. La France n'était qu'un tout petit pays parmi d'autres. Il en est de même pour vous les ex-Iloryens. Il y a peut-être encore des survivants sur votre planète.

Yom, qui était resté jusque-là en retrait pour laisser les participants s'exprimer, prit à nouveau la parole.

— Cette idée de retourner sur nos planètes respectives n'est pas dénuée d'intérêt. Prenons quelques jours de réflexion afin de bien peser le pour et le contre. Et réunissons-nous à nouveau dans quelques semaines, le temps d'entrevoir posément toutes ces possibilités. J'aimerais cependant faire un petit vote à main levée pour évaluer la tendance. Qui trouve l'idée de retourner sur nos planètes respectives intéressante ?

À vue d'œil, la moitié de la salle venait de lever la main. Une autre moitié semblait donc opposée au projet.

***

Au même moment, à des milliards de milliards d'années-lumière de Monos

— Qu'est-ce qu'on fait d'eux ?

— Tuez-les tous ?

— Vous êtes certain, monsieur ? Ils n'ont pas opposé de résistance.

— Oui.

Les soldats pointèrent leur mitraillette en direction des hommes qui avaient été mis à genoux, les mains ligotées dans le dos, et alignés les uns à côté des autres face au mur de l'entrepôt. Puis, soudainement, des crachats de feu vinrent éclairer la pénombre de la pièce et les hommes s'écroulèrent les uns après les autres.

— Qu'est-ce qu'on va faire des corps ?

— Rien. On les laisse là. Ici ou ailleurs, ça ne change rien. Vous avez vidé les trois salles ?

— Oui, monsieur. Il ne reste plus rien.

— Bien. Nous pouvons partir.

— Je vais réunir les hommes.

— Ah, au fait.

— Oui, monsieur ?

— En partant, détruisez aussi le village !

— Mais pourquoi ?

— Je veux qu'il ne reste aucune trace. Aucun témoin. N'ayez pas peur. La justice n'a plus aucun sens ici. Vous ne serez jamais inquiétés ! Et puis qui ira nous chercher là où nous vivons ?

— Très bien, monsieur. Je vais transmettre l'information aux pilotes.

L'homme qui venait d'ordonner la destruction du village sortit de la salle de stockage, accompagné de ses gardes du corps, puis il rejoignit un couloir avant d'atteindre un tunnel tubulaire éclairé par des néons. Au bout de ce dernier se trouvait la porte de sortie qu'il emprunta. Une fois dehors, il s'arrêta un instant pour contempler le bras de mer entouré de montagnes qui s'étendait devant lui, cent trente mètres plus bas. Cheveux au vent, on aurait pu lui attribuer le regard d'un poète qui contemplait une vaste étendue sauvage afin d'y trouver l'inspiration. Mais cet homme, qui venait froidement d'ordonner l'extermination de plusieurs citoyens, avait des desseins bien différents de celui d'un poète. À ce moment précis, personne ne savait vraiment à quoi il pensait. Il faisait partie de ces hommes impénétrables qui avaient la capacité à rester de marbre dans les pires circonstances, ne dévoilant jamais leurs sentiments. Étranger à tout sentiment de remords, il n'était de toute évidence pas en train de penser à ces hommes qui venaient mourir. L'être humain était trop peu de chose à ses yeux. Puis, accompagné de son escorte, il se retourna et se mit à gravir le versant de la montagne à l'intérieur de laquelle avait été construit l'entrepôt. Ce versant menait à un plateau où attendaient cinq énormes vaisseaux spatiaux. Il monta dans l'un d'eux, plus grand que les autres, réservé au transport des plus grandes personnalités. Les derniers soldats qui étaient restés dans l'entrepôt arrivèrent, munis des derniers conteneurs qu'ils déposèrent dans la soute des deux gros avions-cargos. Les deux derniers vaisseaux ressemblaient à des avions de chasse arborant fièrement des missiles. Les cinq vaisseaux, munis de propulseurs MAG-P[2], activèrent leur matière antigravitationnelle et s'élevèrent plusieurs mètres au-dessus du sol avant d'allumer leurs réacteurs plasma. Dans le ciel, l'un des avions de chasse se détacha de l'escadron et vira à droite en direction du village. Il largua plusieurs missiles, puis un énorme champignon de feu s'éleva dans les airs en obscurcissant le ciel.

Ensuite, les cinq vaisseaux spatiaux quittèrent rapidement l'atmosphère de la planète avant de rejoindre l'espace. Là où ils étaient, plus personne ne serait un jour en mesure de les juger. Ils avaient rejoint le monde de l'impunité.

2 MAG-P : matière antigravitationnelle-plasma.

Le vote

Ikor était en train de se diriger vers la salle du Grand conseil avec un autre membre des explorateurs qui s'appelait Ouzok.

— Qu'a donné l'exploration du secteur 34 ? lui demanda Ikor.

— Pas grand-chose.

— Et le secteur 35 ?

— Rien.

— Le 36 ?

— Rien non plus...

Ikor semblait agacé.

— Et le 37 ? poursuivit-il, dépité.

— Nous n'avons pas encore fini l'exploration de cette parcelle de forêt, mais les débuts ne sont pas prometteurs. Nous avons bien trouvé quelques arbres fruitiers, mais je n'aime pas leur « tête ». Je doute qu'ils soient comestibles. Nous allons faire analyser les échantillons par les humanistes.

— Tout ceci n'indique rien de bon pour le vote.

— C'est certain.

— Si c'est le retour sur nos anciennes planètes qui l'emporte alors le peuple iloryen sera en danger.

— Pourquoi tu dis ça ?

— L'épidémie virale qui sévit encore sur Monos a malheureusement fait plus de pertes du côté des Iloryens. Si les Terriens retournent sur leur planète, il n'est pas impossible qu'ils retrouvent des survivants en nombre non négligeable. Plusieurs milliers voire millions de personnes pourraient avoir survécu. Ce chiffre est dérisoire par rapport aux milliards qu'ils étaient. Mais par rapport à ce qu'il reste de nous, c'est énorme. Et ils trouveront bien un moyen de les ramener sur Monos. C'est ainsi que nous deviendrons leurs esclaves. Et si une nouvelle épidémie survient et que le nombre de morts iloryens augmente, nous pourrions même totalement disparaître de cette planète. Nous ne serions plus qu'un vague souvenir. La trace de notre apparition dans l'Univers serait à jamais effacée.

— Crois-tu vraiment que cela a de l'importance ? Nous formons dorénavant un peuple uni, génétiquement identique. Les enfants qui naîtront seront des enfants mixtes qui porteront la mémoire et l'histoire de nos deux civilisations.

— Ça ne sera jamais pareil. Nos gènes sont identiques, certes, et permettent un brassage de nos deux civilisations, mais nous n'avons pas de passé commun, ce qui fera toujours de nous des étrangers les uns vis-à-vis des autres.

Ouzok n'avait pas répondu, car il sentait que la conversation était close et qu'il ne pourrait de toute façon pas modifier l'opinion d'Ikor. Ils venaient d'atteindre l'allée qui menait au Grand conseil, délimitée par des petites lampes circulaires incrustées dans les pierres du sol. Alors qu'ils se trouvaient maintenant devant le bâtiment, un grand sas s'ouvrit au moment de leur passage. Ils arrivèrent ensuite dans un grand hall au milieu duquel trônait une grande statue fabriquée avec un alliage qui ressemblait à du bronze. Cette sculpture représentait un homme qui tenait dans le creux de sa main droite une volumineuse sphère et dans sa main gauche une sphère de plus petit diamètre. On y voyait là l'allégorie de la planète Monos, colonisée par le peuple unifié des Télorriens, et de son étoile. Les murs du hall avaient été recouverts avec du marbre qui avait été extrait par le groupe des constructeurs dans une carrière découverte dans le secteur 12 de Monos (la planète avait été découpée virtuellement en secteurs pour bien différencier les lieux qui avaient été progressivement explorés). Ils traversèrent le hall jusqu'à arriver devant une seconde porte en verre coulissante. Une femme était assise derrière un comptoir et venait de valider la présence des deux derniers arrivants en ajoutant une croix à côté de leur nom.

— Vous êtes les derniers, leur dit-elle. La séance va pouvoir débuter.

La femme ferma le registre des présences, puis se leva pour les suivre jusque dans l'hémicycle. Dès qu'ils pénétrèrent en haut de l'amphithéâtre, elle fit un petit signe de la tête à Yom, qui se trouvait sur l'estrade en contrebas pour lui indiquer que tout le monde était arrivé et que la séance allait pouvoir commencer dès qu'il le souhaiterait. Ce dernier s'approcha alors d'un petit pupitre sur lequel était érigé un micro. Il tapota dessus pour indiquer qu'il était temps de commencer. Puis il prit la parole.

— Chers Télorriens. Nous allons devoir prendre une grande décision ce soir. Et pour ce faire, nous allons devoir faire un choix. Car plusieurs possibilités s'offrent à nous. Comme vous le savez tous, vivre ou plutôt survivre sur Monos s'avère être une tâche plus difficile que prévu. Cette planète est très abondante en métaux et en roches diverses et variées, ce qui nous a permis de commencer la construction de notre capitale Terrilos. Cependant, elle ne peut à l'heure actuelle nous accorder des conditions fiables et optimales de survie, de développement, et d'accroissement. Car cet astre, qui est relativement jeune dans son développement et qui est issu de l'explosion d'une supernova il y a quelques millions d'années, en est encore à son stade juvénile. La vie végétale y est relativement pauvre. Trois possibilités s'offrent dorénavant à nous : soit continuer à explorer cette planète dans ses moindres recoins en espérant que nous trouverons des zones plus fertiles et plus généreuses en denrées alimentaires, soit quitter Monos dans l'espoir de trouver une planète plus avancée dans son développement, plus mature. Enfin, il nous reste la possibilité de retourner sur nos anciennes planètes respectives pour rapporter ce dont nous avons besoin pour nous développer : des graines. L'heure est grave, car la survie de notre civilisation est en question.

Yom se tourna vers le groupe des naturalistes.

— Où en est l'épidémie ?

— L'épidémie semble au plus fort de son évolution, dit l'un des naturalistes. Nous sommes sur le point de terminer la fabrication des antiviraux pour les virus des Terriens ainsi que des vaccins. Concernant les virus que les Iloryens ont transmis aux Terriens, ceux-ci ne se propageront plus, car nous avons pu utiliser sur eux le stock de vaccins que nous avions en réserve. Et puis nous avons mis en quarantaine les malades dans le secteur d'isolement, c'est-à-dire le secteur 2, chaque personne atteinte ayant une cellule médicale personnelle.

— Nous en sommes à combien de pertes télorriennes ?

— En quinze jours, nous avons eu à déplorer la mort de quatre individus supplémentaires, exclusivement des ex-Iloryens du fait que nous n'avions pas encore de vaccins pour eux. Ceci porte la population de Terrilos à 170 individus.

— Y en aura-t-il d'autres ?

— A priori non. Je dis bien « a priori ».

— Notre civilisation est en danger d'extinction. Nous sommes numériquement trop faibles. Si une nouvelle épidémie survient, notre microsociété est condamnée.

Yom se tourna vers le groupe des explorateurs, et plus particulièrement vers Ikor, même si, théoriquement, au sein de chaque groupe, il n'y avait pas de chef bien défini. Mais les êtres vivants avaient ce besoin intrinsèque d'avoir des représentants et des leaders. Sans doute parce que certains étaient moins à l'aise en société et n'osaient pas prendre la parole. Ikor était devenu naturellement le leader et le porte-parole des explorateurs.

— Avez-vous trouvé quelque chose, Ikor ? demanda Yom. Où en êtes-vous de l'exploration de Monos ? Vous avez trouvé autre chose que la paladantine et l'énémantier ?

La paladantine et l'énémantier étaient deux végétaux comestibles qui avaient été trouvés sur Monos. La paladantine était une racine qui ressemblait au manioc et qui permettait d'obtenir des apports de féculents à la population de Terrilos. On la reconnaissait aisément, car cette plante présentait une tige unique au bout de laquelle fleurissait une fleur solitaire jaune en forme de bulbe d'oignon qui s'ouvrait progressivement. L'énémantier, quant à lui, était un arbre fruitier de taille moyenne qui générait de gros fruits violets dont la forme ressemblait aux cabosses des cacaoyers qui contenaient les graines à partir desquelles on fabriquait le cacao sur Terre. Il était très particulier dans le sens où le fruit pendait au bout d'une liane qui ressemblait à une corde. Sa récolte était simple, car il n'y avait qu'à le cueillir au bout de son extrémité fileuse. Il y avait finalement peu d'arbres fruitiers et de végétaux comestibles, car cette planète semblait en être au même stade que la Terre au temps du Dévonien où les premiers arbres commençaient seulement à faire leur apparition après l'arrivée des premières fougères. Les arbres ici commençaient seulement à prendre de la hauteur. Des cyanobactéries avaient de toute évidence produit l'oxygène de l'atmosphère permettant aux premières algues de se développer sur Monos sous l'impulsion de l'énergie émise par son étoile. Ce phénomène semblait assez banal dans les mécanismes d'émergence de la vie sur les planètes habitables de l'Univers. Mais sur Monos, il semblait que le monde végétal se soit arrêté à ce stade relativement juvénile, car, s'agissant d'un système monoplanétaire, il n'y avait pas d'influence astrologique pour moduler et faire croître la vie, comme le ferait un cuisinier qui transforme des ingrédients pour les sublimer. Monos était donc dans l'impossibilité de sortir de son stade primitif.

— Non. Notre équipe d'explorateurs vient de passer au crible le secteur 36 et nous n'avons rien trouvé de nouveau. Des arbres plus grands que les autres et ressemblant à des conifères dominent comme d'habitude la canopée. Il y a des fougères à perte de vue. Quelques pousses de paladantine et d'énémantier. Et puis des roches. Des roches à perte de vue. Un monde minéral.

— Vous avez commencé l'exploration du secteur 37 ?

— Oui, aujourd'hui. Nous n'avons pas encore terminé son exploration. Si nous n'obtenons toujours rien, nous détacherons des hommes pour anticiper le projet d'exploration des fonds sous-marins. Les océans seront peut-être plus prolifiques que les terres de Monos.

Yom se tourna vers Sandra, qui n'appartenait jusqu'à présent à aucune des factions et n'avait donc pas de fonction particulière au sein de la communauté. Elle faisait partie des « aidants » comme on les appelait, c'est-à-dire ceux qui participaient à l'entretien des biens collectifs et qui donnaient de l'aide à l'ensemble des autres groupuscules.

— Avez-vous mûri votre projet qui consiste à retourner sur nos planètes respectives ?

— Oui. Ma motivation est restée inchangée. Le bien-fondé de ma démarche vient d'être rendu évident par les dires d'Ikor : il y a trop peu de ressources sur Monos pour nous assurer une existence pérenne ! Deux ans de recherche infructueuse ! C'est une belle planète « touristique », comme on dirait sur mon ancienne planète. Il y a des plages, de beaux paysages, et le climat y est tempéré. Mais c'est tout. Et vous savez tous pourquoi cette planète n'est pas mature ! Si elle s'est peu développée malgré les siècles qui se sont égrainés, c'est parce que sa matrice astrologique est pauvre. C'est un système monoplanétaire. Pas d'autres planètes pour imprégner leurs ondes électromagnétiques néfastes sur nos cellules, donc moins de souffrance, moins de maladies, moins d'influences insidieuses, mais l'effet pervers est une évolution tronquée, amputée, avortée. Car les ondes électromagnétiques des planètes influencent en toute clandestinité les cellules de nos cerveaux. Cette planète risque de rester en l'état. Aucun mammifère n'aurait foulé son sol si nous ne l'avions pas colonisée. Vous aviez pris le risque de nous emmener sur une planète stérile. Ce risque, vous le connaissiez bien avant notre arrivée. Mais je ne vous jette pas la pierre. Nous n'avions pas le choix. En l'état actuel des choses, nous n'avons pas d'avenir ici. Soit nous quittons définitivement Monos, soit nous l'améliorons. Et pour l'améliorer, il faut la rendre habitable. Et pour la rendre habitable, il faut donner un coup d'accélérateur. Il faut lui mettre un bon coup « d'engrais » et transformer ce lieu de vie banal en vrai paradis. Et pour ce faire, nous devons tenter de rapporter des graines de la Terre et d'Ilore.

— Ce serait une erreur, dit Ikor. S'il vous arrive quelque chose, le nombre de nos vaisseaux accessoires, qui n'est déjà pas très important, sera divisé par deux. Au lieu de tenter de retourner sur nos planètes mères, nous ferions mieux d'explorer la galaxie où nous sommes et dans laquelle Monos s'est formée. Nous prendrons moins de risque. La distance est bien plus raisonnable.

— Nous n'avons pas le choix, répondit avec véhémence Sandra. Nous ne pouvons pas perdre davantage de temps. Nous avons la certitude de trouver des graines sur Terre. Pas dans notre galaxie actuelle !

— Et si la réserve de Svalbard a été détruite par les bombes à hélium 3 ? Ou bien pillée par d'éventuels survivants ? Que rapporterez-vous ? demanda Ikor en esquissant un sourire moqueur.

— C'est une éventualité à laquelle j'ai déjà pensé. J'en assumerai les conséquences. Mais je préfère tenter quelque chose plutôt qu'attendre ici à ne rien faire.

Yom prit la parole.

— Il est temps de passer au vote maintenant. Qui dans l'assistance vote pour un retour sur nos planètes respectives ?

Sur les 170 Télorriens restants, seulement 147 étaient présents, les 23 autres étant isolés dans les cellules médicales du vaisseau *Infinity*. Des hommes et des femmes levèrent la main. La femme qui se trouvait à l'entrée de l'amphithéâtre quand Ikor et Ouzok étaient arrivés au Grand conseil et qui était chargée de pointer la présence de tous les participants se leva munie d'une tablette tactile sur laquelle était inscrit le chiffre numérique zéro. Elle passa dans les rangées de sièges et demanda à chaque personne qui avait la main levée d'apposer la pulpe de son index sur l'écran. Il s'agissait tout simplement d'un compteur numérique. Au fur et à mesure que les participants appuyaient sur l'écran, le chiffre grandissait. Après être passée auprès de toutes les personnes, elle redescendit en bas de l'amphithéâtre, là où se trouvait Yom. Elle tendit la tablette à ce dernier qui appuya à son tour dessus. Elle se retourna ensuite du côté des sièges et brandit la tablette après avoir pris soin d'activer le petit projecteur holographique qui se trouvait sur sa tranche. On y voyait le nombre 75 projeté en hologramme.

— Soixante-quinze pour. Soixante-douze contre. La majorité a voté pour un retour transitoire sur la Terre et sur Ilore.

Ceux qui avaient voté pour le projet applaudirent. L'ovation diminua en intensité lorsque Ikor prit à nouveau la parole.

— Ce vote n'est pas valide, les vingt-trois autres Télorriens ne pouvant pas voter. Il faut attendre leur rétablissement pour faire le vote.

— Nous ne le pouvons pas. Le temps presse. Nous ne savons pas dans combien de temps nous serons en mesure de les sortir du coma artificiel, rétorqua l'un des naturalistes qui était pour le projet mené par Sandra.

L'assemblée revota pour savoir s'il fallait différer le vote. Celle-ci donna raison au naturaliste qui venait de prendre la parole. La majorité ne voulait pas attendre. Yom s'avança alors vers Sandra.

— Sandra. Sur tes épaules repose la lourde tâche de nous rapporter des graines qui portent l'espoir d'une vie. Espérons que la grainothèque de Svalbard soit restée intacte.

— Je l'espère. Peu de gens sur Terre avaient eu connaissance de ce projet. Les gens étaient trop préoccupés par leurs intérêts matériels. L'écologie ne les intéressait pas. Les graines doivent dormir quelque part sous un sol glacé et recouvert de neige, à l'image d'une pyramide engloutie qui cache ses trésors. Elles n'attendent plus que quelqu'un les trouve et libère leur potentialité en les mettant en terre. Nous avions détruit des décennies durant le monde végétal en l'inondant de pesticides, de fongicides, et de métaux lourds. Il faut croire que la nature n'est pas rancunière, car c'est bien le monde végétal qui va nous venir en aide cette fois-ci.

Il régnait un silence de plomb dans l'assemblée et ce silence en disait long sur ce que les Iloriens pensaient des Terriens en ce qui concerne leur manque de vision, leur manque de protection et de respect de leur terre nourricière qu'était la Terre, cette planète qui leur avait donné naissance.

— De combien de personnes penses-tu que tu auras besoin Sandra ? lui demanda Yom. Et y a-t-il déjà des volontaires ?

Vingt personnes levèrent la main dans l'hémicycle.

— Vingt personnes, dit Yom. Le nombre de volontaires n'est pas énorme, mais c'est déjà suffisant pour constituer deux équipages.

— Oui. Cela suffira, dit Sandra. Une dizaine de personnes viendront avec moi, dans le groom 1, pour se rendre sur Terre, et une autre dizaine voyagera avec Yudi dans le groom 2, pour aller sur Ilore. Nous aurons ainsi par équipage plusieurs décrypteurs, naturalistes, ingénieurs-énergéticiens ainsi qu'un commandant de bord.

— Je croyais qu'il n'y avait plus de hiérarchie dans cette nouvelle société que nous avons bâtie, lança Ikor. Et puis, comme par hasard, deux Terriens seront à la tête des grooms... Ne serait-il pas bon d'exercer la parité Terriens-Iloryens ?

— C'était façon de parler. Nous ne commanderons personne. Toute décision sera collégiale dans les vaisseaux, bien évidemment.

Notre rôle véritable sera celui d'aider les autres et de coordonner les différentes personnes.

— Personne d'autre ne veut venir compléter les équipages ? demanda Yom en regardant toutes les personnes qui étaient assises dans l'hémicycle.

— Si ! Nous ! répondit Ikor et Ouzok.

Tout le monde se tourna vers eux.

— Mais vous étiez opposés il y a encore cinq minutes au projet ?!

— Certes. Mais vous aurez sans doute besoin d'explorateurs pour vous aider. Nous détacherons quatre de nos hommes, dont Ouzok et moi-même pour vous accompagner. Nous sommes, en toute modestie, les bras forts de notre communauté.

— Je ne veux prendre avec moi que des gens convaincus. La réussite d'un projet naît de la motivation de ceux qui le mènent. Je ne voudrais pas que le pessimisme qui semble vous habiter contamine mon équipage, lui lança Sandra.

— J'étais contre ce projet en effet. Et nous n'avons pas réussi à nous opposer à sa mise en route. C'est bien parce que je doute de vos capacités à le mener à bien que je souhaiterais y participer. La survie de notre communauté en dépend. Quatre hommes supplémentaires ne seront pas de trop… Je voudrais également m'assurer que vous ayez bien le dessein de revenir sur Monos.

— Tu insinues, Ikor, que j'ai le projet de ne pas revenir ?

— On ne sait jamais. Les grooms sont des bijoux technologiques. Votre ancienne civilisation était loin d'être arrivée à maîtriser ce type de technologie. Vous pourriez très bien vouloir disparaître avec lui. C'est ce que j'appelle de la spoliation industrielle. Vous auriez les vaisseaux accessoires, les graines et, nous, nous aurions tout perdu, condamnés à périr sur Monos.

—Je vois que la confiance règne. Eh bien, écoutez, je n'y vois pas d'inconvénient. Après tout, quatre hommes supplémentaires seront les bienvenus. Nous aurons en effet besoin de bras.

Quelle que soit l'origine des êtres peuplant l'Univers, certaines consciences avaient ce besoin immuable de contrôler, de soupçonner, et de critiquer. Et il n'y avait pas de terreau plus propice qu'une menace d'extinction globale pour faire naître ce genre d'idées péjoratives. Car, au fond, la peur de la mort, qui venait exciter l'instinct de survie, pouvait mener les êtres vivants à adopter des comportements contraires à leur nature. Il s'agissait des mêmes comportements qui avaient surgi lorsque des guerres étaient survenues. Et ce manque de confiance vis-à-vis de cette hypothétique spoliation technologique qui semblait animer Ikor n'était peut-être qu'une projection de son propre désir de quitter cette société naissance, si fragile, et dans laquelle il ne voyait aucun avenir. Mais les desseins profonds des êtres vivants étaient l'une des choses sans doute les mieux gardées au plus profond d'eux-mêmes. Personne ne savait vraiment ce qui avait animé Ikor lorsqu'il avait finalement choisi d'intégrer l'équipage de l'un des grooms et une part de mystère demeurait quant à cette question. Chaque personne cherchant toujours à tirer un bénéfice de ce qu'il entreprend, tout le monde se demandait bien quel profit il pourrait bien tirer de ce retour sur les planètes originelles, d'autant plus que ce périple n'était pas dénué de risque.

Tous les gens se levèrent et chacun rejoignit progressivement son espace de vie.

Destinée

Sandra enfila une combinaison blanche intégrale Sam 4 avant de pénétrer dans la cellule médicale où se trouvait Julien Spike, qui avait été plongé, quelques semaines plus tôt, dans un coma artificiel afin de limiter ses souffrances corporelles. L'un des naturalistes était déjà là, à ses côtés, en train de régler les paramètres des machines d'assistance. On entendait le son bruyant de la ventilation mécanique qui l'aidait à respirer ainsi que les battements de son cœur qui s'exprimaient par une lumière bleue, clignotant à intervalles réguliers dans la pièce. Sandra fut frappée par la présence de notes de musique qui s'égrainaient lentement, constituant une mélodie répétitive, monotone, et ininterrompue. Les notes avaient une tonalité grave, basse, et ressemblaient au timbre des notes de musiques émises par l'orgue d'une église. Elles étaient émises par des haut-parleurs situés à différents endroits de la pièce pour générer un son stéréoscopique. Il régnait une odeur « médicamenteuse » dans l'atmosphère de ce lieu et celle-ci n'était pas sans rappeler celle qui régnait dans les services hospitaliers de la planète Terre. Un large écran tactile se trouvait au-dessus du lit où gisait le corps endormi de Julien et sur lequel différentes valeurs numériques se succédaient, de toute évidence en rapport avec ses constantes physiologiques. Certains de ces paramètres s'accompagnaient de sigles que Sandra n'avait jamais vus sur Terre et elle se fit la réflexion que les Iloryens devaient certainement connaître des variables biologiques que les Terriens n'avaient pas encore découvertes. Leurs avancées technologiques, qu'elles soient techniques ou médicales, n'avaient rien de comparable avec celles des Terriens.

— Bonjour, Ibrame. Quelles sont les nouvelles ?

— Les nouvelles sont plutôt bonnes, Sandra. Ses constantes sont stables.

Sandra prit la main de Julien. Elle se sentait frustrée de ne pas pouvoir sentir la chaleur de sa paume à cause de sa combinaison qui la privait des perceptions sensorielles.

— A-t-il des chances de s'en sortir ?

Ibrame donnait l'impression de ne pas avoir envie de répondre et mit un certain temps avant de le faire. Sans doute parce qu'au fond il n'en savait rien. Donner un pronostic restait quelque chose de hasardeux même à son niveau de connaissances.

— Tous les chiffres sont bons. Mais ce ne sont que des constantes. Tout ne se résume pas à des chiffres. Mais je pense qu'il a des chances de s'en sortir sans pouvoir l'affirmer. Je viens de le perfuser avec du Leucoargonium pour suivre la progression de ses globules blancs. Le rapport est plutôt bon.

— C'est quoi au juste du Leucoargonium ?

— C'est un traceur. Regarde.

Ibrame appuya sur une zone de l'écran tactile. Les paramètres biologiques disparurent et une myriade de points fit son apparition sur l'écran. Certains points étaient blancs alors que d'autres étaient rouges.

— Tu vois tous ces points ? lui demanda le naturaliste.

— Oui.

— C'est un champ de bataille. Il est le reflet de la guerre qui est en train de se livrer dans le corps de Julien. Chaque point est un soldat mis en lumière par le Leucoargonium. Les points blancs sont les globules blancs et les points rouges les cellules de son corps qui sont infectées par le virus. Les globules blancs tentent de détruire chacune de ses cellules infectées. Et, vois-tu, le pourcentage est favorable. La balance s'est inversée. Il y a plus de globules blancs maintenant que de cellules infectées. Il devrait donc en venir à bout.

— Il est donc sorti d'affaire ? dit Sandra, une lumière d'espoir gravée sur le visage.

— A priori, oui. Mais je ne peux te l'affirmer à cent pour cent.

« Les médecins, pensa Sandra, sont tous les mêmes. Ils ne se mouillent jamais... Ils sont bons pour le diagnostic, mais ils ne sont jamais en mesure de nous donner des prévisions médicales précises. »

Sandra remarqua que la mélodie que diffusaient les haut-parleurs lorsqu'elle était entrée dans la pièce venait de changer.

— Pourquoi diffusez-vous de la musique ici, Ibrame ? Julien ne peut pas l'entendre...

— Vois-tu, Sandra, à l'image des ondes électromagnétiques que les planètes émettent et qui interagissent avec nos molécules d'ADN, la musique, à un niveau local, interagit également avec les acides aminés qui constituent nos protéines, en favorisant ou en réprimant l'expression de certains gènes et donc des protéines qui en découlent. Lorsque les acides aminés se fixent les uns après les autres sur les molécules d'ADN pour fabriquer une protéine, ils émettent tous une note de musique, l'ensemble des notes formant une mélodie. En diffusant cette mélodie, avec les notes qui se succèdent, il est possible d'accélérer la synthèse protéique. Vous connaissiez, vous, les Terriens, ce mécanisme. Un de vos chercheurs[3] l'avait découvert quelques dizaines d'années avant la Grande catastrophe sur Terre. Les mélodies que tu viens d'entendre et que j'ai programmées sont faites pour accélérer la synthèse de l'hémoglobine, car Julien est encore en anémie, et pour stimuler la production de certains anticorps par les globules blancs. J'ai également programmé une mélodie pour empêcher la réplication du virus Ito qui a contaminé Julien. Car, en utilisant une mélodie inverse, il est possible d'empêcher l'expression de certains gènes du virus intervenant notamment dans sa réplication. Grâce à cela, nous boostons les défenses immunitaires du Julien et freinons le virus.

— Ah, c'est pour ça que ses globules blancs ont pris le dessus ?

— En partie, oui.

— Et cette sphère noire au plafond ? C'est quoi ?

— C'est dans le même esprit. Cette sphère n'envoie pas d'ondes sonores, mais des ondes électromagnétiques qui stimulent ou inhibent certains récepteurs cellulaires.

— Crois-tu, Ibrame, qu'il faille différer notre départ et attendre qu'il se réveille ?

— Non. Car même s'il guérissait demain, il serait trop faible pour vous accompagner. Il aura besoin d'un temps de convalescence.

— Oui. Il faut que j'accepte cette idée de partir sans lui.

3 Joël Sternheimer, physicien, musicien, et chercheur, est le père de cette découverte. Il a nommé ces mélodies des « protéidies » qui jouent un rôle dans la modulation de l'expression des gènes des végétaux et des mammifères.

Sandra et Julien étaient tombés rapidement amoureux l'un de l'autre après leur arrivée sur Monos et formaient dorénavant un couple.

— Laissons-le se reposer, dit Ibrame, alors qu'il se dirigeait vers la porte de sortie. Je viens également de lui injecter du XT173 pour justement stimuler son système immunitaire. Et je crois savoir que les techniciens-énergéticiens t'attendent dans le groom pour tenter une communication extraneuronale avec lui.

Sandra était meurtrie à l'idée de ne pas avoir pu le mettre au courant de son départ imminent vers la Terre et d'avoir pris le risque de ne plus jamais le revoir. Elle savait, sans réellement vouloir se l'avouer, que la possibilité d'un non-retour était bel et bien plausible. Alors, les Iloryens avaient proposé à Sandra de tenter une communication avec lui en projetant sa conscience vers la sienne. Ils allaient utiliser le même processus qui avait permis à Yom de projeter sa conscience dans la pièce blanche où l'avait « rejoint » Sandra lorsqu'elle était sous hypnose.

— Oui, répondit Sandra. Je vais les rejoindre sous peu. Je reste encore quelques minutes avec lui pour lui dire au revoir.

— D'accord, Sandra. Je vous laisse. À plus tard.

Alors qu'Ibrame venait de quitter la salle, les émotions de Sandra se libérèrent comme si ces dernières n'avaient pas l'autorisation de s'exprimer en présence d'autrui. Mais elle voulait surtout s'interdire de montrer une quelconque faiblesse qui aurait pu remettre en cause sa capacité à diriger l'expédition vers la planète Terre. Loin de tout regard indiscret, elle se mit à sangloter et des larmes commencèrent à perler le long de ses joues. Elle ne savait pas trop, au fond d'elle, si ses larmes concernaient l'état de santé de Julien ou si elles étaient dues à la possibilité qu'elle ne le revoie jamais. Sans doute les deux.

— Je reviendrai, Julien, lui dit-elle à travers la visière de son masque qui montrait quelques traces de buée, avec la promesse d'une vie meilleure pour nous et pour tous les autres Télorriens.

***

Sandra venait de sortir de la cellule de réanimation et marchait dans l'une des coursives du vaisseau *Infinity*. Le couloir était relativement étroit, ses murs lumineux arboraient une surface lisse et blanche. Alors qu'elle avançait, elle fit glisser la pulpe de ses doigts sur ce revêtement comme si elle voulait identifier à travers le sens du toucher de quelle matière il pouvait bien être fait. Elle se fit la réflexion qu'il s'agissait sans doute d'un matériau inconnu sur Terre. Alors qu'elle marchait depuis déjà une dizaine de minutes, elle s'arrêta devant une zone de projection holographique qui était incrustée dans le mur. Elle parla devant un micro qui était intégré au dispositif. « Peux-tu me monter la zone où se situent les vaisseaux accessoires, s'il te plaît, *Infinity* ? Je ne me souviens plus bien où elle est. » Sandra s'adressait directement à l'intelligence artificielle du vaisseau. Cette dernière, qui avait identifié sa voix, lui répondit immédiatement.

— Bonjour, Sandra. Voici ta position. Et voici l'entrepôt où se situent les grooms. Tu es bientôt arrivée. Ce n'est plus très loin d'ici.

La position de Sandra était représentée par un point rouge. La salle à atteindre par une zone bleue. Les zones à traverser apparaissaient en trois dimensions à travers une projection holographique.

— Merci, *Infinity*. J'y vais.

Elle continua dans la coursive jusqu'à ce qu'elle arrive dans un corridor carré. Les murs blancs, lisses, parfaits avaient laissé place à des murs métalliques. Sur chaque mur se trouvait une porte à côté de laquelle avaient été peints des chiffres ainsi que des motifs géométriques. Sandra avait quitté l'espace habitable pour rejoindre la partie technique du vaisseau. Elle s'avança vers la porte de droite reliée au chiffre 4. Elle apposa la pulpe de son index sur une cellule de détection tactile située juste à côté de la porte, à sa hauteur, et cette dernière s'ouvrit instantanément. Elle fut surprise par le contraste qui existait entre l'étroitesse du couloir qu'elle avait emprunté et qui l'avait menée jusqu'au corridor et cette immense salle qui ressemblait, en effet, à un hangar. Son regard se posa tout de suite sur quatre engins spatiaux, qui étaient de toute évidence des grooms, c'est-à-dire les vaisseaux spatiaux d'exploration et de ravitaillement. Ces derniers, qui avaient un fuselage effilé se terminant en pointe, arboraient une surface métallique aux reflets gris brillant. Sur les parties latérales et arrières se dégageaient deux renflements qui lui semblaient être des réacteurs. Entre ces deux renflements et tout à l'arrière se trouvait un troisième réacteur central de plus grosse envergure et de forme circulaire. Elle aperçut deux Iloryens près de l'un des grooms qu'elle reconnut aisément et se mit à marcher dans leur direction. L'un d'eux s'appelait Wyu, l'autre Irion. Elle les appelait les « psychos » à cause de leur appartenance aux décrypteurs et de leur capacité non seulement à décrypter les matrices astrologiques, mais aussi à projeter leur conscience en dehors de leur corps. Leur matrice astrologique avait généré beaucoup d'êtres vivants dotés des capacités médiumniques alors que ce nombre était très restreint sur la planète Terre. Cette capacité, qui était décuplée par le neurostim, avait fait que leur civilisation avait évolué vers des valeurs plus spirituelles que sur Terre.

Sandra était arrivée à hauteur des deux Iloryens.

— Bonjour, Sandra.

— Bonjour, les psychos, leur dit-elle en souriant.

— C'est la première fois peut-être que tu vois les grooms de si près.

— Oui. Alors, dites-moi tout sur eux. Je dois connaître leur fonctionnement.

— Eh bien, la partie extérieure du vaisseau est faite de titane et de matière antigravitationnelle, que nous appelons, nous les Iloryens, l'antigron. Le titane a la particularité d'être à la fois léger et résistant à toutes sortes d'agressions. Mais sa légèreté n'a plus vraiment d'importance, car l'antigron annule sa masse. Le vaisseau « flotte » même lorsque celui-ci a pénétré l'atmosphère d'une planète. En d'autres termes, il ne tombe jamais à pic.

— Il échappe à la gravité, quoi.

— Oui. C'est ça.

— Derrière et sur les côtés, ce sont deux réacteurs à plasma qui permettent d'atteindre des vitesses moyennes et de nous déplacer dans l'atmosphère d'une planète. Le gros réacteur entre les deux réacteurs à plasma, c'est un réacteur thermonucléaire utilisant de l'hélium 3, enfin de l'hélium 3 et du deutérium pour être plus précis. Ce réacteur nous permet de nous déplacer plus vite, à l'intérieur d'un système solaire, mais aussi dans nos voyages intergalactiques.

— Vous gagnez en vitesse, certes. Mais ça ne suffit pas pour traverser l'Univers.

— Non. C'est là qu'intervient l'holonium. Ce vaisseau est un bijou technologique. Il n'est pas seulement fait de titane et d'antigron. Nous y avons intégré de l'holonium en proportion équivalente aux deux autres éléments chimiques. Lorsque notre réacteur nucléaire à hélium 3 est en fonction, nous détournons une partie de l'énergie produite pour la transmettre au fuselage et aux ailes du vaisseau. Lorsque ce dernier s'échauffe, ses propriétés se modifient et deviennent presque magiques. L'holonium efface l'espace et le temps.

Nous pouvons nous rendre où nous voulons dans l'Univers en un temps record. C'est comme si nous étions partout et nulle part à la fois. C'est comme si nous n'étions plus contenus par la matière, mais que nous contenions la matière. C'est très étrange...

— Et comment vous l'avez trouvé ? En projetant vos consciences dans l'Univers grâce à l'holonium lui-même ?

— C'est bien là le paradoxe. L'holonium peut nous permettre de trouver tous les autres atomes dans l'Univers, sauf lui.

— Mais alors ?

— Alors quoi ?

— Comment vous vous en êtes procuré ?

— C'est pas nous qui avons trouvé l'holonium. C'est lui qui nous a trouvés !

— C'est-à-dire ?

— C'est lui qui est venu à nous.

— Comment ça ?

— Un corps céleste, de la dimension d'une petite lune blanchâtre, a pénétré notre système solaire et est venu se mettre en orbite autour de notre étoile. Nous l'avons nommé Jéméris. Nous nous sommes aperçus de la présence de cette comète et nous sommes allés l'explorer. Nous avons rapporté ensuite des échantillons sur Ilore et ceux-ci nous ont révélé les extraordinaires propriétés de cet élément unique dans l'Univers. Nous n'avons jamais pu en trouver ailleurs...

— C'est pour cette raison qu'Ikor craignait que je vole ce vaisseau spatial. C'est parce qu'il est constitué d'holonium et que ce dernier a une valeur inestimable.

— Oui, sans doute. Je n'irai pas jusqu'à dire que nous sommes l'espèce la plus avancée de l'Univers tout entier. Mais ce qui est certain, c'est que l'holonium a fait de nous l'espèce la plus évoluée au sein de notre ancienne galaxie. Il nous a fait prendre un essor considérable. Nous ne savons pas encore si d'autres civilisations ont eu la chance d'en trouver et pourquoi il est venu jusqu'à nous. C'est cet élément que le peuple de Zirt est justement venu nous spolier. Enfin principalement. Les Zirtiens croyaient que l'holonium ne se trouvait que sur notre planète alors que nous en avions laissé une énorme quantité là il était à l'origine, c'est-à-dire en orbite aux confins de notre système solaire, à sa limite gravitationnelle. Il était très peu probable qu'ils aient pu le différencier des autres corps célestes. Enfin, je l'espère. Viens, Sandra, je vais te montrer ce que tu es venue voir.

Les trois Télorriens montèrent à bord du groom, puis pénétrèrent dans le cockpit. Trois grandes baies vitrées permettaient d'observer l'extérieur et juste au-dessous d'elles se trouvait un volumineux poste de pilotage. Le regard de Sandra fut attiré par un large siège solitaire qui trônait au centre du cockpit. On aurait dit un trône. Au-dessus de ce dernier, il y avait un bras robotisé avec des sortes de tentacules qui semblaient avoir la fonction de venir épouser la forme du crâne de celui qui avait pris position sur le siège.

— C'est quoi, ça ? demanda Sandra.

— Lorsque nous sortons de l'espace-temps grâce à l'holonium, nous n'avons plus de repères visuels.

— Et alors ?

— Eh bien, nous dirigeons le vaisseau avec notre esprit. Nous nous connectons au grand tout. Enfin, à l'Atome…

— À l'Atome ?

— Oui. Nous t'expliquerons plus tard.

— Je ne suis pas au bout de mes surprises avec vous.

— En effet. Les surprises ne sont pas finies. Viens.

Ils sortirent du cockpit par un sas, empruntèrent un couloir relativement étroit jusqu'à ce qu'ils arrivent dans une salle qui semblait être le réfectoire. Wyu et Irion, qui se trouvaient devant Sandra, ne s'arrêtèrent pas. Ils traversèrent la pièce pour arriver dans une seconde salle qui présentait dix cabines horizontales, réparties et superposées de chaque côté de l'allée centrale. Celles-ci ressemblaient à des sarcophages faits de métal et de verre.

— La salle d'hibernation, dit Wyu.

— La salle d'hibernation ? répéta Sandra comme si elle n'avait pas compris.

— Oui pour certains trajets longs, nous avons cette possibilité. Mais tu peux simplement y dormir. Ce sont aussi des cabines de régénération.

La salle suivante était une enceinte médicale avec un bloc opératoire. Ils arrivèrent enfin dans la quatrième et dernière salle du vaisseau. Celle-ci n'avait pas le même revêtement mural que les autres. Il y avait une multitude de dièdres noirs sur l'intégralité de la surface murale qui étaient autant de flèches orientées vers ceux qui se trouvaient dans la pièce. Au centre de celle-ci, il y avait un dispositif circulaire qui faisait penser aux IRM[4] que l'on trouvait sur Terre et qui permettaient de faire des coupes du corps humain.

— C'est une IRM ? demanda Sandra.

— Qu'entends-tu par IRM ? lui répondit Wyu.

— Les IRM étaient des machines sur Terre que les médecins utilisaient pour voir les profondeurs du corps...

— Ah, je vois. Non, ce n'est pas ça. Tu vas justement pouvoir l'expérimenter. C'est le X7-320. C'est la dernière version du neurostim. Chaque groom est équipé de deux neurostims. Un à l'avant du

4 IRM : imagerie par résonance magnétique.

vaisseau, l'autre à l'arrière. Les dièdres noirs que tu peux voir sont des composés fabriqués en partie en fibre de carbone. Le carbone a l'avantage d'absorber les ondes électromagnétiques que le groom émet ainsi que les ondes sonores. Cette pièce est une chambre anéchoïque[5]. Une chambre « sourde », quoi. Grâce à cela, le cerveau de l'expérimentateur qui prend place dans la machine reste isolé et ne subit pas d'interférences qui pourraient le sortir de son état modifié de conscience.

— Et comment elle fonctionne alors, la machine ?

— Nous utilisons un procédé que vous aviez découvert sur Terre, celui de la synchronisation hémisphérique qui utilise les sons binauraux. La vie dans sa globalité repose sur un système vibratoire. Tout n'est qu'ondes, vibrations, et fréquences. Lorsqu'on écoute un son différent dans chaque oreille, mais presque identique, le cerveau adopte dans sa globalité un train d'ondes cérébrales qui correspond à la différence des deux sons écoutés. Il devient alors possible de contraindre le cerveau à se synchroniser sur une fréquence cérébrale donnée, celle associée à la décorporation, c'est-à-dire quatre hertz[6]. Et pour accélérer le processus, nous envoyons une onde électromagnétique sur la zone cérébrale associée à la décorporation, c'est-à-dire le gyrus temporal[7] droit. Nous avons intégré de l'holonium dans le cylindre pour accélérer et améliorer le processus. C'est un peu le même procédé que lorsque tu avais rencontré Yom dans la « pièce blanche » sous hypnose. Tu étais en état modifié de conscience et

5 Une chambre anéchoïque (ou « chambre sourde ») est une salle d'expérimentation dont les parois absorbent les ondes sonores ou électromagnétiques, et ne provoquent donc pas d'écho permettant ainsi de mener des expériences sans artefact auditif.

6 Pour plus de détails sur ce procédé, voir le roman ***Les Portes du son*** de Max Donhem, Évidence éditions, mai 2019.

7 Repli sinueux du cortex cérébral qui se trouve dans le lobe temporal.

tu avais réussi à projeter ta conscience, la conscience pouvant exister indépendamment du corps. Il est temps que tu l'expérimentes à nouveau et que tu ailles parler à Julien. Installe-toi sur le promontoire et positionne ta tête à l'intérieur du cylindre. Les sondes viendront à toi. Laisse-toi faire, Sandra, comme quand tu étais en état d'hypnose. Quand tu auras projeté ta conscience dans la pièce blanche, pense à Julien pour l'attirer ici. Nous serons à l'avant du vaisseau au niveau du poste du pilotage et nous pourrons communiquer ensemble grâce à un système de micros intégrés si besoin.

Sandra prit position sur le promontoire métallique qui était garni d'un matelas afin d'améliorer le confort. Elle positionna sa tête à l'intérieur du large anneau qui ressemblait à un scanner ou à une IRM. Avant de partir, Wyu et Irion appuyèrent sur différentes touches qui se situaient sur un boîtier raccordé au neurostim afin de paramétrer ce qui allait suivre. Alors qu'ils venaient de quitter la pièce pour se rendre dans le cockpit, deux câbles souples semblant capables de s'orienter, comme le feraient des serpents, vinrent se positionner dans les deux conduits auditifs de Sandra. L'une des sondes générait une onde sonore de fréquence 440 hertz, l'autre sonde une onde sonore très proche de la précédente de 444 hertz. Après une quinzaine de minutes d'écoute, le cerveau de Sandra s'était mis à émettre des ondes cérébrales de quatre hertz, résultant de la différence des deux sons écoutés. Alors qu'elle ne sentait plus son corps, comme si sa conscience devenait indépendante de son enveloppe charnelle, une sonde, rigide cette fois, sortit du cylindre et se positionna au niveau de la partie postéro-externe droite de sa boîte crânienne, c'est-à-dire à quelques centimètres de la jonction temporo-pariétale de son hémisphère droit. Cette sonde générait un champ électromagnétique qui venait stimuler son *gyrus temporal* droit et c'est alors qu'elle se sentit immédiatement projetée à l'extérieur de son corps. Elle venait de projeter sa conscience, de subir une décorporation, cette même décorporation que les Terriens les plus éveillés spirituellement avaient appelée *sortie hors du corps* ou *out-of-body experience*. Elle pensa à la fameuse « pièce blanche », à cette même pièce dans laquelle elle avait pu, de façon incroyable, converser avec Yom qui était présent dans le vaisseau spatial des Iloryens, posté en périphérie de Saturne à plus d'un million de kilomètres de la Terre, et elle s'y retrouva immédiatement. Un homme qu'elle identifia immédiatement l'y attendait. C'était Julien. Ils avaient pris l'apparence de leur corps physique pour qu'ils soient identifiables facilement l'un envers l'autre. Alors qu'elle commençait à s'avancer vers lui, elle crut lire sur son visage des sentiments contradictoires tels que la joie, l'inquiétude, et la colère. Alors qu'ils venaient à peine de se prendre dans les bras, ils sentirent une vague d'énergie parcourir leur corps. Lorsqu'ils étaient arrivés sur Monos, ils s'étaient rapidement rapprochés avant de tomber amoureux et de former un vrai couple. Après être restés ainsi sans bouger, enlacés pendant un temps qui semblait correspondre à plusieurs minutes, ils commencèrent à s'éloigner l'un de l'autre. Ils se regardèrent dans les yeux et communiquèrent par la pensée. C'est Julien qui commença le premier la conversation. L'expression de la colère avait balayé les deux autres expressions sur son visage.

— Tu es folle ou quoi, Sandra ? Il est hors de question que tu quittes Monos à bord d'un vaisseau accessoire !

— Mais pourquoi ?

— C'est beaucoup trop dangereux ! Tu ne te rends vraiment pas compte de la responsabilité que tu endosses et du danger que tu encours. Tu veux quitter une planète que tu as eu du mal à intégrer pour retrouver une planète sans doute moribonde. Et, pour ce faire, tu vas devoir traverser à nouveau l'Univers. J'ai bien dit « traverser l'Univers ! » Mais cette fois-ci avec un vaisseau de taille réduite et avec moins d'équipage. Je trouve honteux que le Grand conseil ait autorisé le départ d'une femme.

— Mais je ne serai pas seule, Julien. Ne fais pas celui qui ne sait pas. Je ferai le voyage avec des Iloryens et des Terriens. Je serai bien entourée.

— Même. Le risque est trop grand. Tu dois rester ici.

— Nous n'avons pas le choix. Notre survie en dépend. Je le fais pour notre communauté, mais aussi pour nous. Pour notre avenir à tous les deux. La possibilité de trouver des graines sur Terre à Svalbard est notre dernier espoir. Nous nous devons de tenter notre chance.

— Si tu es vraiment décidée à partir, alors attends-moi, Sandra, je t'en supplie. Tu es la seule personne qui me donnait envie de continuer à vivre sur Monos et je ne veux pas prendre le risque de te perdre. Et personne ne te protégera mieux que moi, car personne ne t'aime plus que moi.

— Je n'ai plus le temps de t'attendre, Julien. Le voyage va être long. Et nous ne pouvons nous permettre d'attendre davantage.

— Je sens que mon corps récupère, qu'il est sur le point de vaincre le virus. Ce n'est qu'une question de jours. Une fois sorti du coma, je vais pouvoir intégrer votre équipage.

— Il n'en est pas question, Julien. Tu seras trop faible pour partir. Il faudra que tu te reposes encore quelque temps.

La colère était de plus en plus perceptible sur le visage de Julien.

— Sandra, je t'interdis de partir.

Cette dernière ne répondit pas.

— Reste là, Sandra, surenchérit Julien, qui sentait qu'elle était sur le point de quitter la « pièce blanche », lieu qu'ils avaient créé mentalement au niveau du paralax[8].

Elle tourna la tête lentement de gauche à droite et à maintes reprises pour indiquer à Julien qu'elle ne l'écouterait pas. Alors que Julien réitérait son souhait de la voir rester là avec lui pour terminer la discussion, le corps énergétique de Sandra disparut subitement à l'image d'une matière évanescente comme si tout cela n'avait été qu'un rêve. Elle venait de se réincorporer.

***

Alors qu'elle venait de réintégrer son enveloppe charnelle, les bras articulés de la machine s'éloignèrent de ses oreilles et de sa boîte crânienne, et elle se mit à avancer d'un pas ferme et décidé, le visage fermé. Les deux Iloryens, Irion et Wyu, qui avaient été informés par un voyant lumineux qu'elle s'était déconnectée du neurostim, se dirigèrent vers le centre du vaisseau pour tenter de l'intercepter et de s'assurer que tout allait bien pour elle. Ils se retrouvèrent finalement nez à nez.

— Tout s'est bien passé, Sandra ? lui demandèrent à l'unisson les deux ex-Iloryens.

— Non. J'en ai ras le bol. J'ai pas demandé à être sur cette foutue planète ! Vous n'auriez jamais dû venir nous chercher !

Sandra les bouscula avant d'appuyer sur la zone de détection tactile qui avait la fonction d'ouvrir le sas d'entrée et de sortie du groom.

8 Sorte de monde parallèle que les Iloryens avaient nommé paralax et qui correspondait au monde astral, là où les morts et les vivants pouvaient projeter leur conscience (ou âme) pour se retrouver et dialoguer.

Une fois à l'extérieur, elle se mit à courir dans le hangar du vaisseau tout en éclatant en sanglots.

Le départ

Sandra s'était levée de bonne heure ce matin-là. C'était le jour du grand départ. Elle avait voulu voir une dernière fois la plage qu'elle préférait avant de quitter Monos. Car c'était en foulant son sable que les Iloryens et les Terriens avaient fait leurs premiers pas sur cette planète, juste après avoir fait atterrir leur vaisseau mère *Infinity*.

Alors que Sandra venait de sortir de l'eau, elle avait endossé une serviette sur ses épaules pour se réchauffer un peu et s'isoler de la brise maritime encore fraîche au petit matin. Elle marchait tranquillement sur le sable, perdue dans ses pensées, laissant ses empreintes derrière elle, sur un sable immaculé. Alors que des embruns s'élevaient dans les airs sous l'impulsion du vent et que le soleil naissant balayait lentement le camaïeu noirâtre de la nuit, elle se revoyait marcher pour la première fois là, deux années plus tôt, avec Julien. Elle se souvenait que son regard s'était d'abord porté sur une pierre aux reflets métalliques qui n'était rien d'autre qu'une météorite. Échouée là sur le sable, cette pierre avait dû attendre pendant des milliers, voire des millions d'années, dans une solitude aveugle, que quelqu'un veuille bien poser son regard sur elle. Elle se souvenait avoir ensuite levé les bras au ciel comme pour mieux percevoir l'air de la mer qui lui rappelait les plages iodées de sa planète originelle. Puis elle avait pris Julien dans ses bras et senti son attirance pour lui. Alors que tous ces souvenirs de leurs premiers pas sur Monos lui revenaient en mémoire, elle s'arrêta brusquement, et se tourna en direction de la mer. Elle repensait cette fois à la plongée qu'elle venait de faire munie des lunettes subaquatiques que les Iloryens lui avaient données. L'eau de cette mer était pure, translucide, dénuée de toute pollution, presque aussi transparente que du verre. Mais il n'y avait aucun poisson capable de s'opposer au mouvement contrariant des vagues, aucune vie biologique maritime capable de donner un certain degré d'imprévisibilité à l'océan. Il n'y avait que de l'eau. Que de l'eau à perte de vue. Que des atomes d'hydrogène associés à un atome d'oxygène. Que des mouvements passifs. Et sur les fonds océaniques, que du sable, que des roches, que des cailloux, que du minéral. Ce monde était resté l'état de physique et de chimie, incapable d'enfanter des consciences qui lui auraient donné l'occasion d'être observé. Les rayons de Solaris[9] traversaient l'eau, çà et là, comme si l'étoile cherchait à la loupe des traces de vie biologique, comme si elle cherchait en vain à générer un embrasement miraculeux. Les éléments fondamentaux, comme le carbone, l'hydrogène, l'oxygène, et la silice, ne s'étaient pas entendus cette fois pour faire démarrer les rouages de la vie. La soupe primitive n'avait pas pris. Il manquait quelque chose, un ingrédient. La recette était ratée. Mais Sandra le savait maintenant, ce qui avait manqué, c'était une matrice astrologique, une matrice astrologique féconde. Il y avait trop peu de planètes dans ce système solaire, ou plutôt seulement une seule. Et

9 Solaris est l'étoile de Monos, au même titre que le Soleil est l'étoile de la Terre.

un océan sans planètes était comme un liquide amniotique dépourvu d'utérus : il ne pouvait rien générer.

— C'était le risque en venant ici, se dit Sandra. Nous savions très bien que ce système monoplanétaire n'engendrerait pas d'influences astrologiques péjoratives, mais que, d'un autre côté, il apporterait très peu d'innovations sur lui-même.

C'était comme si la planète avait rejeté l'idée de faire naître toute vie biologique, comme si elle avait peur que cette même vie ne se retourne contre elle, une sorte de système de protection. Elle n'avait sans doute pas voulu subir le même sort que d'autres planètes dans l'Univers, à l'image d'une mère traumatisée par la dureté de la vie qui ne désire plus mettre d'enfant au monde. On aurait dit que certaines planètes encore vierges s'étaient donné le mot : *n'allons pas plus loin, c'est trop risqué ! Ne donnons pas la vie ! Voyez ce qui est arrivé à la Terre ! Ses enfants se sont retournés contre elle et l'ont tuée* ! La Terre dans son dernier souffle avait peut-être crié sa souffrance au monde et délivré ses derniers conseils à tous les autres systèmes solaires de l'Univers. Ce chant mortifère ponctué de cette recommandation d'abstention était peut-être parvenu jusqu'à Monos.

Sandra se sentait maintenant prête. Prête pour le grand départ. Ou plutôt pour le « grand retour ». Elle quitta la plage, puis prit la direction de Terrilos afin de rejoindre sa cellule d'habitation au sein du vaisseau *Infinity*. Avant de rejoindre cette dernière, elle se rendit dans l'une des salles de douches communes pour prendre une douche chaude. Une fois lavée, elle égoutta ses longs cheveux bruns, puis se rendit dans l'enceinte de séchage qui avait la forme d'une capsule. Un système de soufflerie diffus avait la charge d'enlever la moindre gouttelette du corps et un système d'aspiration situé au-dessus de la tête venait récupérer la moindre particule d'eau. Le système était un peu bruyant, mais il fallait seulement deux minutes pour exécuter l'opération. Une fois séchée, elle remit sa serviette autour d'elle et se rendit cette fois-ci dans sa cellule-dortoir. Une fois dedans, elle enfila sa combinaison prévue pour les voyages intergalactiques. Cette dernière, de couleur noire, était faite d'un tissu composite fabriqué avec du flixium et du molnium. Ce matériau intelligent avait, grâce au flixium, la capacité de s'adapter presque instantanément à la morphologie de la personne qui l'enfilait, de maintenir une température corporelle à 37 °C pour des températures extérieures allant de – 50° à + 100°, et de stopper les ondes électromagnétiques provenant du monde sidéral, grâce au molnium. Lorsqu'elle l'enfila, elle sentit immédiatement les fibres se resserrer sur elle. Elle prit une petite valise remplie d'objets personnels qu'elle avait pris soin de regrouper la veille et s'assura que tout son espace de vie soit bien propre et bien rangé. On ne savait jamais, si elle ne revenait pas sur Monos pour une quelconque raison, elle ne voulait pas qu'on pense d'elle qu'elle était un tant soit peu négligée. Alors qu'elle regardait la photo de ses parents et de sa sœur Betty et qu'elle leur parlait mentalement, elle fut dérangée par un appel holographique. Elle accepta l'appel en appuyant sur une cellule de validation tactile fixée sur l'un des murs et l'avatar holographique de l'appelant se matérialisa au centre de la pièce. C'était Wyu, l'un des deux décrypteurs qui allait faire partie de son équipage. C'était à s'y méprendre. Il avait le même aspect et la même taille que le vrai Wyu, fait d'os et de chair.

— Les grooms sont prêts, Sandra. Nous n'attendons plus que toi et Irène Ludwig.

Irène Ludwig avait accepté d'être du voyage. C'était la psychologue qui jouait jadis sur Terre le rôle de « passeuse » et qui avait permis à ses clients plongés sous hypnose de les mettre en relation avec Yom. La communauté télorrienne, lors du Grand conseil, ne s'était pas opposée à ce qu'elle intègre l'équipage du groom pour tenter de rejoindre la Terre, car, si l'un des membres de l'équipage était atteint d'un trouble de l'humeur, ou d'un état d'anxiété généré par les profondeurs abyssales de l'Univers, les qualités de psychologue et d'écoute d'Irène Ludwig pourraient lui être utiles.

— Et puis, il y aura un passager de dernière minute qui se joindra à vous.

— Ah bon. Qui ça ?

— Tu verras. C'est un Terrien... Enfin plutôt une Terrienne.

— D'accord. J'arrive. Je quitte ma cellule d'habitation.

Avant de quitter sa cellule d'habitation, elle se posta une dernière fois devant la photo de ses parents et de sa sœur qui était installée sur la petite étagère, un peu comme si, du fait d'un retour incertain, elle ne voulait pas perdre une miette de leur souvenir. Elle semblait vouloir s'en imprégner afin de ne jamais les oublier. Elle connaissait trop le pouvoir pernicieux du temps qui avait cette fâcheuse habitude de dissiper les émotions tout en rendant lointain le souvenir des êtres chers. Quelque part, elle n'aurait jamais voulu anesthésier sa douleur, pour les rendre à jamais vivants en elle, pour ne jamais les oublier, comme un tatouage indélébile qui se rappelle sans cesse à soi. Les choses de la vie se transforment trop souvent en mirage par le biais du temps. Sandra inspecta une dernière fois la pièce qui était presque trop bien rangée, puis s'approcha de sa valise fabriquée en grande partie avec de l'antigron, c'est-à-dire avec de la matière antigravitationnelle. Elle appuya sur un bouton et celle-ci se mit à léviter comme si elle ne pesait plus rien. Elle la poussa à peine pour que cette dernière avance avec elle jusqu'à la coursive du vaisseau. Elle emprunta différents couloirs pour se rendre au niveau des cellules médicales afin de venir dire une dernière fois au revoir à Julien. Elle enfila une surblouse, puis pénétra dans la salle où il était encore maintenu dans un coma artificiel. Elle entendait toujours des notes de musique, qui s'enchaînaient les unes après les autres de façon monotone et imperturbable, avec comme seul auditeur, une personne endormie. S'il n'y avait pas cette interaction physiologique secrète, on eût dit que les notes jouaient pour elles-mêmes dans une sorte d'autosatisfaction. Malgré la discussion virulente qu'elle avait eue avec Julien quelques jours plus tôt lorsqu'elle avait projeté sa conscience pour le rejoindre dans la pièce blanche, elle n'arrivait pas à lui en vouloir. Elle comprenait son inquiétude, car elle savait au fond qu'il avait raison. Avant d'entrer dans la pièce, elle avait pris soin d'enlever l'une de ses bagues qu'elle affectionnait particulièrement et qu'elle avait achetée sur Terre dans une boutique de bijoux artisanaux, et la mit dans le creux de la main de Julien. Cette bague, il la connaissait bien et saurait en se réveillant qu'elle provenait d'elle. Elle referma ses doigts sur la bague, puis lui fit une caresse sur la joue en lui disant de ne pas s'inquiéter, car elle reviendrait. Puis elle quitta la pièce, enleva la surblouse qu'elle avait enfilée quelques minutes plus tôt dans le sas qui précédait la cellule médicale, et prit la direction de la zone d'habitation où vivait Irène Ludwig. Alors qu'elle marchait, Sandra s'interrogeait sur l'identité du nouveau passager en se demandant de qui il pouvait bien s'agir. La coursive qu'elle avait empruntée déboucha sur un vaste corridor où s'alignaient des portes métalliques. Chacune d'elles correspondait à une cellule d'habitation. Sandra venait d'atteindre la zone 7 du vaisseau, la zone où habitait Irène Ludwig. Au centre du couloir, il y avait des sièges disposés en demi-cercle où se trouvaient des enfants qui étaient nés avant la colonisation de Monos. Il y avait des enfants iloryens mais aussi terriens, même si très peu d'enfants avaient embarqué à bord d'*Infinity* pour faire le grand voyage. Ces rares enfants représentaient l'espoir. L'avenir. Ils étaient en train de regarder en toute insouciance un dessin animé holographique projeté devant eux, devant le demi-cercle formé par les sièges. Certains enfants plus jeunes tentaient d'attraper, en vain, les images virtuelles, ce qui venait perturber le moment de détente cinématographique des plus grands. *Au fond,* se dit Sandra en les regardant, *ils connaîtront davantage Monos que leur ancienne planète.* Vivre là serait pour eux quelque chose de naturel, car ils n'auraient connu que ça. Les enfants ont cette capacité d'adaptation qu'ont perdue les adultes, sans doute à cause de leur naïveté encore présente, sans doute à cause du fait qu'ils vivent naturellement dans l'instant présent sans trop se soucier du lendemain. La mémoire de leur ancienne planète s'effacerait alors petit à petit, de génération en génération, jusqu'à ce qu'elle se transforme en légende. Un peu comme un rêve qui revêt l'apparence de la réalité, mais qui se dématérialise au fur et à mesure que l'on se réveille. Un peu comme le dernier poilu qui était mort en France dans les années 2010, et qui avait fait s'évanouir toute trace matérielle de la Grande Guerre. Mais Sandra n'avait jamais eu d'enfant, et cette naïveté qu'elle leur attribuait allait vite être démentie. Au pied de l'une des portes se trouvait une petite fille d'origine iloryenne, âgée d'environ neuf ans. Elle était en retrait du groupe, assise par terre, les genoux recroquevillés sur sa poitrine. Sur ses genoux reposait un petit appareil allongé de forme rectangulaire qui projetait un livre holographique. Les phrases de l'ouvrage semblaient flotter dans les airs. Alors qu'elle venait de toucher le texte holographique, afin de faire apparaître la page suivante, la fillette tourna son visage vers celui de Sandra.

— Tu vas bientôt partir ? Tu es la commandante du vaisseau ? N'est-ce pas ?

— Oui, c'est ça. Comment t'appelles-tu, petite fille ?

— Je m'appelle Anouck. Et toi, tu t'appelles Zandra ?

— Sandra, oui.

— Tu crois que tu vas réussir à nous rapporter des graines pour nous faire manger ?

— Je vais tout faire pour.

— Si tu n'y arrives pas, c'est vrai qu'on va tous mourir ?

— Mais non ! Qui t'a dit ça ?

— J'ai entendu mes parents. Tu ne veux pas me dire la vérité parce que je suis une enfant ?

Sandra fut parcourue par un grand sentiment de tristesse. Alors que les adultes n'évoquaient jamais les possibilités gravissimes comme si elles ne faisaient pas partie de la vie, comme si le simple fait de les éluder ferait qu'elles ne se réalisent pas, les enfants avaient, quant à eux, cette capacité de mettre directement le doigt sur ce qui posait un problème, sans mettre de filtre entre eux et la réalité parfois cruelle. Non affaiblis par les épreuves des années, les enfants avaient sans doute plus de force mentale que les adultes.

— Tu sais… euh…

Alors que Sandra ne savait pas vraiment quoi répondre, une porte s'entrouvrit, lui donnant une justification au fait qu'elle n'allait pas répondre. Irène Ludwig, qui venait de dire au revoir à son conjoint, Kohof, sortit avec sa valise en lévitation, elle aussi munie d'une combinaison fabriquée avec du flixium et du molnium 45.

— Sandra ! Tu es venue me chercher…

Les deux femmes s'embrassèrent, puis prirent une coursive qui les fit quitter la zone 7. Après une dizaine de minutes de marche, elles se retrouvèrent dans le grand hangar, au niveau de la zone d'embarquement. Les deux grooms, le XT-1 et le XT-2, avaient été nettoyés et contrôlés avant le départ qui était imminent. Une fête avait été organisée la veille pour célébrer le départ de ces Télorriens qui avaient accepté de prendre le risque de quitter Monos pour le reste de la communauté. Ce matin-là, seuls les membres des deux équipages étaient réunis dans le grand hangar à proximité des deux grooms. Sandra, qui avait la charge du commandement du XT-1, s'assura que tous les membres de son équipage étaient bien présents. Il y avait Wyu et Irion, les deux décrypteurs, Namos et Pencha, les deux ingénieurs-énergéticiens, Xiphu Maophi Po, la Chinoise terrienne avec qui elle avait bien sympathisé, Irène Ludwig, la psychologue et Ben, un ancien Terrien qui avait rejoint sur Monos le groupe des constructeurs. Le dernier voyageur était Oro, le médecin qui appartenait au groupe des naturalistes et que Sandra appelait tout simplement le Doc. L'autre équipe, qui s'était réunie à proximité du XT-2, se composait de Jimo et Warko, deux décrypteurs, Shem et Arckan, deux ingénieurs-énergéticiens, Ikor et Ouzok, les deux explorateurs qui étaient initialement opposés à ce départ, une naturaliste, Aphlania, et enfin un constructeur, Yudi. Les constructeurs étaient en quelque sorte les hommes forts de la communauté et, dans ce cas, de l'équipage.

Alors que les deux équipes venaient de se rapprocher et de se prendre dans les bras, pour se dire une dernière fois au revoir, le bruit de l'ouverture de la porte du grand hangar retentit. Un homme, que Sandra identifia comme être un ingénieur-énergéticien, s'avança accompagné d'une femme. Sandra remarqua immédiatement qu'elle avait quelque chose de particulier. Son visage avait le teint blanc et sa boîte crânienne avait des reflets métalliques. Au fur et à mesure qu'elle se rapprochait, ils comprirent qu'il ne s'agissait pas d'une femme humaine, mais d'un androïde aux courbes gynoïdes.

— Je vous présente Destinée !

Sandra fronça les sourcils. Ce nom lui évoquait quelque chose.

— Tu as dû en entendre parler, Sandra.

— Bien sûr ! Destinée !

— Il s'agit de l'intelligence artificielle avec laquelle les anticipateurs travaillaient sur Terre. Avant le Grand départ, Julien l'avait déconnectée et lui avait fait la promesse de la faire « renaître ». Eh bien, c'est chose faite. Nous avons même amélioré ses performances en la rendant capable de progresser par elle-même à l'image d'un enfant qui améliore ses capacités intellectuelles de façon autonome au cours de son développement. C'est une sorte de système d'auto-intégration. Et à titre expérimental, nous avons intégré des atomes d'holonium dans son « cerveau ». Elle a gardé en elle toutes les données astrologiques de votre ancienne matrice, ce qui fera d'elle une excellente astrologue lorsque vous pénétrerez à nouveau dans votre système solaire. Elle est dotée d'une microbatterie nucléaire à hélium 3, insérée au centre de son thorax. Cette dernière lui assurera plusieurs années d'autonomie.

— Eh bien, nous serons dix alors, annonça Sandra. Destinée part avec nous !

Le XT-1 avait la charge de retourner sur Terre et le XT-2 sur Ilore, les deux vaisseaux devant faire une escale à mi-chemin pour « faire le plein » en hélium 3. Le XT-1 devait s'occuper de rapporter les graines de Svalbard, le XT-2 de rapporter l'holonium à partir de cette immense masse de matière qui gravitait autour de l'étoile des ex-Iloryens.

— Nous restons en contact de toute façon, lança Sandra à Ikor qui avait été nommé finalement commandant de bord du XT-2.

En effet, il avait été prévu que, chaque jour, les décrypteurs de chaque vaisseau projettent leur conscience grâce au neurostim afin de se retrouver dans un paralax qu'ils avaient créé, dans un lieu qui ressemblait à la « pièce blanche », comme l'appelait Sandra. L'heure du rendez-vous avait été fixée à 10 h précises. Ce point de « rencontre » avait pour but de vérifier que chaque équipage ne rencontrait pas de difficultés particulières qui nécessiteraient l'assistance de l'autre.

Les portes des vaisseaux, qui se fondaient entièrement avec la carlingue de ces derniers à tel point qu'on eût cru qu'elles n'existaient pas, venaient de se fermer. Afin de pouvoir assister au départ, l'ingénieur, qui avait emmené Destinée, et Yom, qui était également présent, sortirent du grand hangar pour rejoindre une sorte d'antichambre située en hauteur et qui offrait une visibilité sur le hangar via une large baie vitrée. Alors qu'un immense sas s'ouvrait devant les deux XT, la porte d'entrée massive du grand hangar se verrouilla pour condamner temporairement son accès. Yom et l'ingénieur venaient de prendre place derrière la grande baie vitrée. Les vaisseaux, qui reposaient chacun sur une sorte de socle circulaire, se désolidarisèrent de ces derniers, les pilotes venant d'activer la matière antigravitationnelle. Sandra, qui se trouvait dans la cabine de pilotage avec tous les autres passagers, repensa alors au lancement de l'une des fusées Ariane qui s'était soldé par une explosion en plein vol. Elle se fit la réflexion qu'elle négligeait de toute évidence l'avancée technologique des Iloryens et qu'un tel événement ne pouvait sans doute pas se produire avec les grooms. Puis ses pensées négatives furent bien vite balayées par des pensées relatives à sa planète originelle, la Terre. Elle tentait d'imaginer quel visage avait bien pu lui donner la

Grande catastrophe. Elle se représentait des terres délabrées, des villes en ruines à perte de vue, des forêts brûlées, une atmosphère voilée, un monde à l'agonie...

Les réacteurs postéro-latéraux à plasma s'allumèrent alors et les XT se retrouvèrent presque instantanément dans le ciel de Monos jusqu'à ce qu'ils ne forment plus qu'un minuscule point, donnant l'illusion que ce départ n'avait jamais existé, que tout cela n'avait été qu'un rêve.

— Je n'ai jamais aimé les départs ni la notion d'incertitude qu'ils contiennent, dit Yom à l'ingénieur qui se trouvait à côté de lui.

— Moi non plus. Penses-tu qu'ils réussiront ?

— Je n'en ai pas la moindre idée.

Hibernation

Les deux XT se suivaient encore alors qu'ils venaient de quitter le système monoplanétaire de Monos. Dans le XT-1, tous les membres de l'équipage avaient rejoint le cockpit et pouvaient jouir d'une vue à cent quatre-vingts degrés sur le cosmos. Ce dernier donnait à voir une myriade d'étoiles inconnues et non répertoriées. Le spectacle était saisissant. Sandra ne cherchait même pas à imaginer dans quelle portion de l'Univers pouvait bien se trouver le vaisseau accessoire dans lequel elle était, car cela lui paraissait insaisissable.

— Nous n'allons pas tarder à enclencher le réacteur nucléaire à hélium 3, dit Namos, l'un des deux ingénieurs-énergéticiens. Les deux réacteurs plasma et le réacteur nucléaire fonctionneront transitoirement en même temps, le temps que le réacteur nucléaire soit stabilisé et atteigne sa pleine puissance. Pendant ce laps de temps, le vaisseau pourra subir des perturbations. Je vous conseille de rester sur vos sièges et de maintenir vos ceintures de sécurité attachées.

Au niveau de la console de pilotage, Namos appuya sur un volumineux bouton qui avait la fonction de préparer l'allumage du réacteur nucléaire, puis il rentra une série de chiffres et de symboles – qui semblait interminable – sur un écran tactile. Cette série correspondait au code secret d'activation définitive du réacteur. Le vaisseau subit alors une secousse qui dura plusieurs secondes avant que ce dernier ne retrouve son calme. Namos se tourna ensuite vers les Terriens pour leur donner quelques explications sur le fonctionnement du vaisseau.

— Dans trente heures environ, le réacteur nucléaire aura atteint sa puissance maximale. Une partie de cette chaleur sera dérivée jusqu'à la carlingue du vaisseau, ce qui viendra exciter les atomes d'holonium qui sont contenus dedans. À partir de ce moment-là, nous pourrons voyager à une vitesse supraluminique. Même à cette vitesse, un mois sera nécessaire pour rejoindre la planète Terre. En attendant, nous rentrerons en état d'hibernation. L'intelligence artificielle du XT-1 nous réveillera lorsque les trois quarts des réserves en hélium 3 auront été consumés afin que nous puissions refaire un « plein ».

— Quel est l'intérêt d'entrer en état d'hibernation ? demanda Irène Ludwig.

— Pour économiser nos vivres. Nous avons seulement trois mois de nourriture à bord. Il faut que nous économisions nos réserves. Et puis, neuf personnes enfermées dans un si petit espace pourraient arriver rapidement à ne plus se supporter. Si nous dormons, il n'y a aucun risque de voir apparaître cela. Enfin, le gaz que nous utilisons pour provoquer l'état d'hibernation protège notre molécule d'ADN des rayonnements cosmiques pourvoyeurs de cancers.

— Tu veux parler du sulfure d'hydrogène ? demanda Sandra. J'avais lu un article sur le sujet quand j'étais encore sur Terre.

— Appelle-le comme tu veux.

Dans cet article, Sandra avait lu que des chercheurs avaient réussi à faire hiberner des souris pendant six heures en les exposant à des doses de sulfure d'hydrogène mélangées à l'air que les souris respiraient dans leur cage. Le sulfure d'hydrogène, naturellement présent dans les cellules, ayant un rôle dans la régulation de la température corporelle et des besoins en oxygène, avait fait tomber les souris dans une sorte de torpeur, faisant chuter leur rythme respiratoire à 10 cycles par minute au lieu de 120 et la température de leur corps à 15 °C. Les chercheurs terriens n'avaient fait qu'observer la nature puisque c'était en augmentant sa concentration intracellulaire en sulfure d'hydrogène que l'ours provoquait son état d'hibernation pour supporter la rudesse de l'hiver sans avoir à se nourrir. Les médecins s'intéressaient de près à ce phénomène pour améliorer la tolérance des greffons à une éventuelle privation en oxygène. Même si les chercheurs commençaient à entrevoir le potentiel médical de ce gaz à l'odeur répulsive, les Terriens n'avaient pas atteint la maîtrise des Iloryens.

— Nous, nous appelons ce gaz le protexium, dit Namos.

Alors que le vaisseau filait à dix mille kilomètres à l'heure, les trois femmes, Sandra Mary, Irène Ludwig, et Xiphu Maophi Po se levèrent pour se rendre dans l'office. Elles s'installèrent à une table après qu'un automate leur eut servi un verre d'oncacho brun. Cette boisson, qui s'obtenait à partir d'une plante qui se développait sur Monos, avait un goût qui ressemblait un peu au thé vert que l'on trouvait jadis sur les terres de Chine.

— Cette boisson me fait penser à ton pays, Xiphu.

— Oui, c'est vrai. L'odeur, la couleur. Tout y ressemble.

Xiphu habitait à Shanghai, lorsque les Iloryens étaient venus la « chercher ».

— Qu'est-ce qui vous manque le plus, les filles, depuis que nous avons quitté la Terre ?

— La vue sur le fleuve Huangpu depuis mon bureau, répondit Xiphu, qui travaillait dans l'une des plus hautes tours du quartier d'affaires de Shanghai, *La perle d'Orient*. Le jardin *Yuyuan* aussi avec ses maisons traditionnelles et ses bassins. Tout simplement boire un coup avec mes amis rue de Nankin.

Le regard de Xiphu montrait qu'elle n'était plus vraiment là, qu'elle était plongée dans ses souvenirs, et qu'elle avait sans doute rejoint par la pensée les méandres des rues de sa capitale.

— Et toi, Irène ? demanda Sandra.

— Moi, la dernière image agréable que j'ai de la Terre, c'est la vue de Paris en haut du Sacré-Cœur. Lorsque Yom m'avait mise au courant de l'imminence de la Grande catastrophe, je me souviens être entrée dans la basilique et y avoir déposé un cierge pour prier une dernière fois. C'était un geste désespéré comme s'il était encore possible de changer le cours des choses. J'ai puisé beaucoup de sérénité dans ce moment, puis je suis sortie pour observer cette capitale qui m'avait vue grandir. J'adorais Paris. Ses monuments prestigieux qui faisaient toute la gloire de la France, ses boutiques, ses jardins, ses restaurants… J'aimerais tant me balader encore dans ses rues pavées.

Des larmes coulaient sur ses joues.

— Et toi, Sandra ?

— Moi, j'avais pris l'habitude de manger dans une brasserie parisienne, la Brasserie Julien. Je donnerais n'importe quoi pour y manger à nouveau un bon bœuf bourguignon.

Au même moment, l'ouverture d'un sas vint mettre fin à cette discussion un tant soit peu nostalgique. L'androïde, Destinée, était en train d'arriver dans le réfectoire. Elle inspectait toutes les pièces du vaisseau dans le moindre détail comme si elle avait été aveugle pendant des années et qu'on venait de lui faire recouvrer la vue. La moindre chose insignifiante devenait une chose digne d'intérêt. C'était comme si sa mémoire interne avait été vidée et qu'il fallait qu'elle la remplisse à nouveau, à l'image d'un estomac affamé qui demandait qu'on l'alimente en nourriture. Elle cherchait à apprendre de façon boulimique, à comprendre dans quel monde elle s'était quelque part réincarnée.

— Et toi, Destinée ? Quels souvenirs gardes-tu de la Terre ?

— Moi, les souvenirs, je me les fabrique à partir de vos propres vies, répondit-elle.

— Comment ça ? demandèrent à l'unisson les trois femmes d'un air dubitatif.

— Vous voulez voir ?

— Ah oui ! On veut bien voir !

Destinée s'avança vers Xiphu et lui tendit son index droit. La pulpe métallique de sa dernière phalange s'ouvrit en se scindant en deux dévoilant ainsi une cellule de détection tactile.

— Peux-tu poser ton index dessus, s'il te plaît, Xiphu ?

Xiphu exécuta.

Une lumière bleue jaillit brutalement de la zone de contact qui unissait la cellule de détection tactile et la phalange de Xiphu. Cette dernière ressentit alors une vive chaleur au niveau de la pulpe de son doigt.

— Tu peux retirer ton doigt. J'ai fini.

— OK.

La pulpe métallique de l'androïde se referma et son doigt retrouva sa forme originelle.

Destinée regarda Xiphu dans les yeux. Le regard de l'androïde était presque humain. Il dégageait quelque chose de bienveillant, de lucide, et d'intelligent. C'était à s'y méprendre. Le monde de l'intelligence artificielle et le monde de la biologie semblaient s'être retrouvés dans une sphère commune.

— Xiphu.

— Oui ?

— Je viens de procéder à l'analyse de tes boucles d'ADN. La lecture de ton profil astrogénétique indique que tu es née dans une zone géographique située à 31°14' de latitude nord et 121°29' de longitude est, c'est-à-dire à Shanghai. La position des planètes le jour de ta naissance qui est « gravée » sur ta double hélice d'ADN m'indique que tu es née le 6 juin 2019, à 7 heures 23 minutes 5 secondes, heure de Shanghai.

Xiphu semblait bluffée.

— Mais comment tu peux savoir ça ? Personne ne m'a demandé depuis que je suis ici ni mon jour ni mon heure de naissance.

— J'ai simplement procédé à une lecture de tes gènes. Maintenant, donne-moi la date d'un événement qui a été important pour toi.

— Le 10 août 2046.

Subitement, le visage de Destinée se scinda en deux, comme l'avait fait la pulpe de son index quelques secondes plus tôt, laissant entrevoir une caméra holographique. Son objectif s'avança légèrement jusqu'à ce qu'un film holographique soit projeté dans l'atmosphère de la pièce. On y voyait Xiphu en robe de mariée en train de danser avec son mari Tian Min, lui-même habillé avec une tenue traditionnelle cérémonielle. Leurs lèvres se rapprochèrent, puis ils s'embrassèrent.

— Sacrée technologie ! dit Sandra. Ils sont forts, les Iloryens ! Ils t'ont drôlement améliorée, Destinée !

— Tu t'es mariée ce jour-là, Xiphu, lui dit Destinée. Tu vois, je me construis des souvenirs avec ton passé astrologique. Que signifie réellement le mot mariage pour vous ? Pourquoi vous vous embrassez ?

Destinée connaissait le mot mariage parce qu'il avait été programmé et imagé en elle, mais elle ne semblait pas saisir la signification profonde de ce terme ni l'intérêt de mettre ses lèvres au contact d'autres lèvres.

— C'est ce qu'on appelle l'amour, Destinée. C'est quand un homme et une femme s'aiment au point de ne plus pouvoir se passer l'un de l'autre.

— Ah, je vois ! C'est ça, la notion d'amour. Et qu'est-ce que ça vous apporte d'aimer ?

La caméra recula et le visage de Destinée reprit sa position initiale. Sandra mit sa main sur sa joue tout en s'adressant à elle.

— Tu ne peux pas comprendre, Destinée. Tu es une machine. Seuls les êtres vivants peuvent ressentir au plus profond d'eux-mêmes ce que représente cette notion. Ça va avec les sentiments. Plus on cherche à rationaliser, moins on arrive à comprendre.

— Je croyais que l'amour était une sorte de système de protection qui avait pour seule finalité de perpétuer votre espèce. Vous vous aimez pour vous reproduire, et vous vous reproduisez pour engendrer. Et vous engendrez pour assurer un renouvellement global de votre civilisation à un niveau supérieur. C'est comme un système de sauvegarde. Ne ressentez-vous pas cette pulsion d'amour au même titre que vous ressentiriez la faim ? Se pourrait-il que le monde biologique ait leurré votre ego en vous faisant croire que l'amour a des caractéristiques nobles ?

Alors que les trois femmes restèrent bouche bée du fait qu'elles ne s'attendaient pas à une réflexion si profonde de la part d'un robot, une lumière clignotante surgit soudainement, associée à un bip aigu. Il s'agissait du même type de sonnerie que l'on pouvait entendre dans les avions conventionnels des Terriens lorsque ceux-ci s'approchaient d'une zone de turbulence.

— C'est le signal, dit Sandra. Il est temps de retourner dans le cockpit. Ils ne vont pas tarder à accélérer.

L'ensemble de l'équipage se retrouva à nouveau à l'avant du vaisseau. Ils avaient pris place sur des sièges disposés en cercle, derrière le poste de pilotage. Au centre du cercle se trouvait un neurostim qui avait la fonction première de manœuvrer le XT lorsque celui-ci avançait avec une vitesse supraluminique. L'un des deux ingénieurs-énergéticiens, Namos, poussa une manette, augmentant alors d'un tiers la force propulsive du moteur nucléaire, ce qui l'emmena aux deux tiers de ses capacités propulsives. Une turbulence d'intensité moyenne fut ressentie dans tout le vaisseau. La secousse dura environ une trentaine de secondes, puis le vaisseau retrouva son rythme de croisière. L'accélération ne se ressentait plus.

— Voilà, vous pouvez disposer, dit Pencha, l'autre ingénieur.

Chacun desserra sa ceinture et le groupe se scinda pour rejoindre différentes parcelles du vaisseau. Un groupe, constitué principalement d'hommes, rejoignit le réfectoire afin de regarder un film holographique à partir d'un projecteur installé dans une zone de la pièce réservée à la détente. Des banquettes et des sièges avaient été disposés à cet effet. La langue parlée dans le film était celle des Iloryens, indiquant que ce film provenait de toute évidence d'un metteur en scène iloryen, et non terrien. Mais il ne pouvait de toute façon pas en être autrement puisque toute la technologie présente dans le vaisseau ne provenait que de la civilisation iloryenne. Destinée était la seule « fille » à regarder la projection, car elle voulait de toute évidence en apprendre davantage sur la civilisation iloryenne. Les autres femmes avaient rejoint la zone-dortoir, car elles ressentaient le besoin de se reposer un peu. Certaines d'entre elles, comme Xiphu Maophi Po et Irène Ludwig, avaient décidé de lire un livre holographique pour parfaire leur langage iloryen et en saisir toutes les subtilités. Sandra s'était quant à elle allongée dans une cabine de sommeil qui servait aussi, quand cela était nécessaire, de cabine d'hibernation. Couchée sur le dos, elle ferma les yeux en pensant à Julien, puis plongea rapidement dans le sommeil.

La vie s'était rapidement organisée à bord comme dans n'importe quelle chaumière à la différence près que les hôtes du groom se trouvaient dans un vaisseau spatial qui était sur le point d'atteindre une vitesse supraluminique, c'est-à-dire bien plus rapide que celle de la lumière. Après plusieurs heures de sommeil, Sandra fut réveillée par le même bruit et le même clignotement que plus tôt, lui donnant encore l'illusion d'être dans un avion. Elle mit quelques secondes pour sortir complètement de son sommeil et prendre conscience qu'elle était bien dans un XT, et non dans un avion conventionnel terrien. Le sommeil avait cette fâcheuse manie de créer des amnésies transitoires comme s'il voulait se venger du fait qu'on l'ait brutalement quitté au profit du monde réel. Sandra sortit de sa cellule et, alors qu'elle empruntait le couloir qui allait au cockpit, elle fit une rapide halte pour regarder à travers un petit hublot qui permettait d'observer l'Univers. Sur le fond cosmologique noir s'étaient projetées des sortes de taches multicolores parsemées de points lumineux qui devaient de toute évidence correspondre à l'une des innombrables nébuleuses qui avaient explosé des millions d'années plus tôt à partir de la mort d'une étoile. Le spectacle était magnifique, digne du plus coloré et du plus audacieux tableau d'un artiste contemporain. Le clignotement bruyant et toujours incessant de la veilleuse fit sortir Sandra de sa rêverie. La finalité de son petit parcours était de rejoindre le groupe à l'avant du vaisseau. Une fois arrivée, elle prit place sur l'un des sièges vacants et attacha à nouveau sa ceinture, tous les autres étant déjà installés.

— Tu t'es bien reposée, Sandra ?

— Oui. J'avais l'impression d'être un bébé dormant dans une couveuse.

— Il est vrai, répondit Pencha, que ce sont de véritables cellules d'isolation sensorielle. Elles ont une isolation phonique optimale.

— Vous avez encore glissé un atome exceptionnel dans la couche de verre ? demanda Sandra, qui esquissa un sourire.

— Non, répondit Pencha. Juste un gaz isolant entre les deux couches de verre qui constitue la coque de la cellule.

— Tenez-vous prêts ! lança Namos, le second ingénieur-énergéticien.

Il fit basculer une troisième et dernière manette avant d'entrer un nouveau code d'activation, ce qui eut pour conséquence d'amener le moteur thermonucléaire à hélium 3 à sa puissance maximale. La même perturbation que précédemment fut ressentie pendant plusieurs secondes.

— Cette fois-ci, nous y sommes ! Le moteur est à pleine puissance.

L'ensemble de l'équipage se retrouva dans le réfectoire pour prendre le dîner. Enfin, personne ne savait vraiment quelle heure il était et si c'était l'heure du dîner. Leur estomac avait simplement parlé. Sans étoile autour de laquelle tourner, les heures n'avaient plus aucune signification et les organismes des passagers perdraient bientôt leur chronobiologie, leur ouvrant l'appétit plusieurs fois par jour et de façon anarchique. Pour éviter de la perdre totalement, il valait mieux s'astreindre à manger à heure fixe en conservant des heures de repas habituelles. Mais, de toute façon, le problème ne se poserait plus, car ils allaient bientôt tous être plongés en état d'hibernation.

— Il y a quelque chose qui m'échappe, dit Sandra alors que le groupe avait commencé à manger de la nourriture lyophilisée.

— Qu'est-ce qui t'interpelle ?

— Nous, les Terriens, quand on envoyait des hommes dans l'espace, notamment dans la station orbitale internationale, on subissait l'apesanteur. Or, là, mes pieds sont bien ancrés sur le sol. La nourriture reste sur la table. Les gouttes d'eau ne s'envolent pas. Comment avez-vous fait ?

— Nous avons juste créé un champ gravitationnel dans le sol du vaisseau ressemblant à celui d'une planète. Et tu ne nous demandes pas comment nous faisons cela, Sandra ?

— Un nouvel atome ?

— Bravo. Tu commences à bien connaître notre fonctionnement. Avec un atome particulier et un champ magnétique, nous pouvons recréer une force gravitationnelle.

— Et comment il s'appelle cet atome ?

— L'éliantum-X.

— Joli nom… Sur Terre, l'armée et les anticipateurs utilisaient aussi des champs gravitationnels très localisés pour capturer nos délinquants.

— Si tu y tiens, nous pouvons supprimer la gravité.

Dans chaque pièce du vaisseau se trouvait sur le mur un écran de contrôle tactile. Namos apposa la pulpe de son index dessus et dessina un sigle relativement compliqué. Les ex-Terriens présents à la table comprirent que cette manœuvre avait pour but de désactiver la gravité artificielle. Il tourna ensuite légèrement vers la droite une molette présente sur le mur et tous les ustensiles ainsi que toutes les personnes s'élevèrent d'un centimètre.

— Je vais plus loin ?

— Vas-y, Namos, répondit Sandra. Je rêvais de vivre au moins une fois l'apesanteur.

Namos tourna complètement le bouton circulaire, ce qui eut pour conséquence de créer l'état d'apesanteur dans son entièreté. Subitement, la notion de poids venait de disparaître. Les ex-Terriens savourèrent cet état suprême de légèreté qui avait le pouvoir de supprimer l'étreinte du corps. Les voyageurs s'amusèrent comme des enfants à se pousser pour se faire dériver sans possibilité de freinage jusqu'à ce qu'une collision se produise avec un autre membre de l'équipage. Certains faisaient dériver de la nourriture afin qu'elle soit gobée par d'autres. Xiphu Maophi Po se rapprocha d'un petit volume d'eau solitaire qui avait pris la forme d'une sphère et elle la poussa légèrement du doigt pour la faire progresser jusqu'à sa bouche. Même Destinée, qui devait bien faire trois, voire quatre cents kilos, vit son poids s'évanouir. Son fonctionnement en venait à être perturbé, car ses capteurs positionnels lui envoyaient des signaux d'alarme en permanence. Après un bon quart d'heure d'amusement collectif, Namos tourna le bouton circulaire dans l'autre sens, mais progressivement, afin d'éviter qu'une restauration brutale de la gravité ne génère des blessures. Et surtout, une mauvaise réception de l'androïde risquait d'engendrer des dommages irréversibles sur les éléments de la structure interne du XT. C'était bien là toute la grandeur des êtres vivants. Même dans les missions les plus graves et les plus importantes, ils arrivaient à mettre de côté la pression relative à l'enjeu de leur voyage pour partager un moment de joie presque fraternel. Le monde du vivant avait une capacité d'adaptation qui dépassait parfois l'entendement.

Alors que le repas arrivait à sa fin, les Télorriens restèrent un peu à table afin de continuer à discuter jusqu'à ce que les deux ingénieurs-énergéticiens quittent la salle pour rejoindre le cockpit. Ils vérifièrent l'état d'avancement de l'excitation des atomes d'holonium inclus dans toute la structure de l'appareil.

— D'ici quatre ou cinq heures, nous aurons atteint la température de « rupture ».

— Nous attendrons d'avoir établi une communication avec l'équipe du XT-2 au niveau du paralax avant de quitter notre espace-temps.

— Oui, cela me paraît judicieux.

Alors que l'équipage venait de débarrasser la longue table métallique sur laquelle ils venaient de manger et qu'ils l'avaient repliée dans une alcôve murale prévue à cet effet, grâce à un système automatisé, chacun tenta de trouver des occupations à différents endroits du vaisseau. Sandra, qui se fit la réflexion que l'état d'hibernation aurait au moins l'avantage de l'éloigner du sentiment d'ennui, rejoignit l'avant du vaisseau, accompagnée de Xiphu Maophi Po et d'Irène Ludwig devenues une équipe féminine inséparable. Elle ne se lassait pas de regarder, à partir de la large baie vitrée du cockpit, les couleurs à la fois palpitantes et mystérieuses de l'Univers. Le groupe de garçons, quant à lui, avait rejoint la banquette de la zone de détente et discutait calmement à propos de leurs sports favoris. Ben, le seul Terrien de sexe masculin présent à bord, leur expliquait les règles du sport le plus populaire qu'ait pu voir naître la Terre : le football.

Le temps passa, et l'holonium atteignit son taux d'excitation maximal.

L'un des deux décrypteurs, Wyu, prit place au niveau du fauteuil légèrement incliné qui trônait au centre du cercle délimité par les sièges du cockpit où se trouvaient déjà les deux ingénieurs-énergéticiens, Namos et Pencha, ainsi que l'autre décrypteur, Irion. Sandra, qui était à l'origine de la mission Svalbard, était également présente. Autour et au-dessus du fauteuil où se trouvait Wyu se déployait l'arceau métallique.

Deux espèces de tentacules sortirent de ce dernier et vinrent se positionner juste au-dessus des oreilles de Wyu, au niveau de ses os pariétaux. Chaque « tentacule » envoyait à ses deux hémisphères cérébraux une fréquence sonore différente, générant ainsi un son binaural de quatre hertz correspondant à la différence des deux sons écoutés. Au bout d'une dizaine de minutes, le cerveau synchronisé de Wyu, dans son intégralité, se mit à émettre des ondes de quatre hertz. Cette vibration se propagea jusqu'au gyrus temporal droit, zone du cerveau associée à la décorporation. La « clé sonore » venait de faire son œuvre. Wyu ne sentait plus son corps et le monde matériel lui paraissait de plus en plus lointain… Une sonde se désolidarisa de la partie supérieure de l'arceau pour venir se positionner au niveau de son os pariétal droit afin d'y impulser un champ électromagnétique et d'accélérer le processus. Wyu venait de quitter son corps et d'atteindre ce qu'il nommait « l'univers intermédiaire », c'est-à-dire le monde qui se situait à mi-chemin entre le monde des morts et celui des vivants. Il attendait patiemment dans le paralax qu'il venait d'ouvrir que Warko, son homologue décrypteur voyageant dans le XT-2, vienne le rejoindre. L'univers intermédiaire étant le monde de la « pensée pure » qui permettait de moduler les formes à volonté, Wyu avait revêtu l'aspect d'un oposirium, petit animal vivant sur la planète Ilore qui avait l'apparence des chats de la planète Terre à la différence près que sa tête ressemblait plus à celle d'un tigre à dents de sabre, espèce de mammifères éteinte déjà plusieurs millions d'années avant sur Terre, qu'à un chat proprement dit. Deux longues canines extrêmement aiguisées sortaient et pendaient de sa mâchoire supérieure. Sur sa face dorsale étaient alignées plusieurs rangées d'épines aussi bien acérées que des aiguilles de seringues médicales. L'extrémité de celles-ci pouvait déverser quelques gouttes d'un poison foudroyant, ce qui faisait de ce petit animal l'un des plus dangereux de la planète Ilore. C'était un petit rituel que Warko et Wyu avaient mis en place afin de s'identifier l'un l'autre. Car dans l'univers intermédiaire, les âmes les plus sombres de l'au-delà venaient souvent jouer des farces en s'invitant dans le paralax… Au niveau du cockpit, entre le poste de commandement et les différents sièges se trouvait une zone de projection holographique. Tout ce que vivaient mentalement les décrypteurs, en état modifié de conscience, y était projeté. Au niveau de la scène holographique, l'oposirium épineux attendait sagement, tel un sphinx, les pics dorsaux pointés dans toutes les directions.

Sandra observait la scène sur l'écran holographique tridimensionnel quand, soudain, un minuscule rongeur fit irruption. Il s'agissait d'un lamentex, petit rongeur des zones montagneuses de la planète Ilore dont raffolaient les oposiriums.

— Bienvenue à toi, petit lamentex.

— Que me veux-tu, oposirium ? demanda le lamentex tout en continuant à renifler le sol.

— Je veux simplement que tu m'apportes de la chaleur et de la bienveillance en venant te frotter à moi.

— Bien fallacieuse est ton espèce. Car de tes pics coule de la sève. Et de cette sève survient la mort.

Le texte avait été récité mot pour mot, les deux décrypteurs eurent donc la certitude qu'il s'agissait bien l'un de l'autre, et reprirent leur forme « humaine » afin de se prendre dans les bras. Warko et Wyu étaient des amis de longue date et s'appréciaient particulièrement. Ils avaient tous les deux un don très prononcé pour projeter leur conscience et faisaient partie des plus doués des décrypteurs. Ils restèrent plusieurs minutes à discuter. C'est ainsi que Wyu su que le XT-2 avait atteint un niveau identique de progression et que leur « charge » d'holonium avait également atteint son degré d'excitation maximal. Ils étaient donc eux aussi sur le point de passer en navigation supraluminique et d'entrer en état d'hibernation. Ils se dirent au revoir, et, en guise d'humour, reprirent leur forme respective de lamentex et d'oposirium tout en s'éloignant l'un de l'autre jusqu'à ce que leur forme s'évanouisse progressivement comme s'ils étaient faits de matière évanescente. Les différentes sondes posées sur le crâne du Wyu s'éloignèrent de lui pour réintégrer l'arceau métallique qui le surplombait et ce dernier ouvrit les yeux.

— Tout se déroule bien. Nous pouvons nous préparer pour l'hibernation.

***

Tous les membres de l'équipage étaient en train de se déshabiller dans l'antichambre qui jouxtait la zone d'hibernation. Ils déposèrent leur précieuse combinaison en flixium et molnium dans le casier qui leur était réservé. Prisonniers d'un vaisseau spatial bourré de technologie, qui leur donnait l'illusion de vivre dans un monde artificiel et entièrement mécanisé, se voir nu leur rappela leur véritable nature qui était celle d'êtres vivants et sensibles. Se voir nu leur faisait aussi prendre conscience du caractère extrêmement fragile de leur nature. À l'opposé de la structure du vaisseau faite d'un alliage extrêmement résistant, mais loin d'être indestructible, la moindre collision de ce dernier avec un corps céleste, si infime soit-il, réduirait ces corps de chair à de la poussière d'atome. Tous, surtout les femmes, ressentirent une certaine pudeur sans doute liée au fait que c'était la première fois qu'ils se retrouvaient à bord en sous-vêtements en présence d'autrui, et surtout en présence du sexe opposé. Mais, dans des conditions relativement extrêmes que sont celles d'un voyage interstellaire, la pudeur perdait finalement un peu de son sens, en devenant une notion dérisoire par rapport à celle de la survie, même si elle ravivait finalement cette pulsion de vie que les combinaisons atténuaient, et que tous ces êtres cherchaient à éteindre, à étouffer au plus profond de leur être : celle de la sexualité. De toute façon, cette gêne qui masquait la pulsion sexuelle n'avait guère le temps de s'imposer, car chacun était déjà parti pour rejoindre sa cellule d'hibernation, non sans une certaine anxiété. Le dôme en verre se referma lentement sur la cellule de Sandra, lui donnant l'illusion d'être revenue à l'état fœtal et d'être à l'intérieur d'un utérus. Il y avait quelque chose d'oppressant à être enfermé dans un espace clos si petit. Dans ces moments-là, qui s'apparentaient à une phase de présommeil, les choses désagréables avaient cette fâcheuse tendance à ressurgir du plus profond de cette « boîte noire » qu'est l'inconscient. C'est ainsi que s'imposèrent à elle des idées morbides de toutes natures. Elle repensa à Julien, dont le corps souffrant devait de toute évidence être encore plongé dans un coma artificiel, à sa sœur Betty morte quelques décennies plus tôt d'une leucémie, à ses parents qui étaient restés sur Terre lors de la Grande explosion et qui devaient de toute évidence être morts. Et puis, la situation dans laquelle elle se trouvait faisait ressurgir en elle quelque chose que tous les êtres vivants tentaient de garder le plus loin possible du champ de leur conscience : la peur de la mort. Ou plutôt la peur de *leur* mort. Un gaz était sur le point d'être injecté dans la cellule d'hibernation de Sandra et cela n'était pas sans générer en elle une angoisse profonde et universelle, qui provenait sans doute de ce qu'elle avait pu lire dans les livres d'histoire et qui relatait l'une des tragédies les plus barbares et les plus cruelles que certains humains avaient pu imposer aux autres, celle des atrocités de la Seconde Guerre mondiale. Car au fond, pouvait-elle vraiment faire confiance aux Iloryens, à ces êtres qu'elle connaissait depuis si peu de temps ? N'allaient-ils pas tout simplement lui faire respirer un gaz mortel afin d'utiliser son corps à des fins scientifiques ? Les idées négatives semblaient tourner en boucle dans son cerveau, dans une sorte de litanie morbide qui semblait ne plus avoir de fin. Puis elle entendit un bruit qui ressemblait à celui d'une ouverture robotisée. Elle comprit que le moment était venu. L'atmosphère de son sarcophage d'hibernation se voila légèrement jusqu'à devenir trouble et l'angoisse la submergea davantage. Le sulfure d'hydrogène n'avait pas de couleur, mais elle sut immédiatement que ce dernier était en train d'être diffusé à cause de son odeur nauséabonde caractéristique. Cette odeur, c'était celle d'un œuf pourri. C'était ce même gaz qui était présent dans les boules puantes, et qui donnait une odeur désagréable aux excréments des mammifères issus de la dégradation des protéines soufrées. Il était difficile d'imaginer qu'un gaz si pestilentiel puisse avoir des propriétés si extraordinaires sur le métabolisme cellulaire. Sandra sembla suffoquer. Sa respiration était devenue extrêmement rapide même si elle tentait de maîtriser son anxiété qui était arrivée à son paroxysme. Et son cœur palpitait dans sa poitrine au point d'avoir la sensation qu'il était sur le point d'exploser. Elle faisait une crise d'angoisse. Une simple crise d'angoisse… Alors qu'elle suffoquait, elle se mit à pleurer à chaudes larmes comme le ferait une petite fille qui vient de quitter ses parents dans le sas d'un bloc opératoire en vue d'une opération imminente, amputée de leur protection bienveillante. Dans quel monde inhospitalier avait-elle bien pu naître ? La vie méritait-elle d'être vécue dans ces corps de chair ? Ne pas naître pour ne pas avoir à souffrir… À cet instant, elle se mit à regretter le jour où elle avait lancé l'idée, lors du Grand conseil, de retourner sur les planètes originelles. Alors qu'elle plongeait dans l'inconscience, l'image d'une planète Terre incandescente fut la dernière représentation négative qui s'imposa à elle. Sans doute était-elle en train de s'identifier à elle, à cette terre brûlée.

L'Atome

Tous les Télorriens étaient dorénavant maintenus en état d'hibernation, tous, sauf Irion, l'un des deux décrypteurs. Ce dernier était installé sur le siège du neurostim situé dans le cockpit. Alors que les différentes sondes qui provenaient de l'arceau étaient au contact de sa boîte crânienne, Irion était en état modifié de conscience. L'holonium avait cette particularité unique dans l'Univers d'être doté d'une forme d'intelligence. Les Iloryens n'avaient jamais rien vu de tel et n'arrivaient toujours pas à comprendre d'où naissait cette singularité. Leur stade d'évolution et de compréhension du monde faisait d'eux l'un des peuples les plus évolués de la Création, mais ils avaient l'intuition qu'ils n'arriveraient jamais à percer le secret de cette matière et que les possibilités de compréhension de celle-ci allaient au-delà de leur intelligence. Et cela vaudrait pour toujours. Cette frontière intellectuelle, ils avaient conscience que leur espèce ne pourrait sans doute jamais la franchir. C'est ainsi qu'ils s'étaient résignés à accepter l'idée d'utiliser les manifestations de l'holonium sans en connaître les mécanismes intimes et profonds. Irion venait donc de projeter sa conscience et d'entrer en contact directement avec la « conscience » de l'atome. Il était en train de s'adresser à cet élément chimique comme s'il s'adressait à un être vivant. Et « l'intelligence atomique » se matérialisait et lui répondait. À chaque fois que les décrypteurs entraient en contact avec elle, ceux-ci se retrouvaient dans un lieu mystérieux qui pouvait changer d'apparence. Eux-mêmes n'avaient jamais réussi à produire un paralax aussi grandiose, si toutefois il s'agissait bien d'un paralax. Car rien n'était moins sûr. Ce jour-là, celui-ci se caractérisait par la présence d'un océan immense constitué d'une eau pure et translucide digne de l'une des plus belles plages de l'Univers. Il n'y avait pas de fortes vagues, juste un ressac doux et apaisant. On crut entendre à certains moments des gouttes d'eau tomber dans l'eau avec la même résonance que celle d'une grotte. Mais aucune goutte n'était visible ni ne tombait du ciel. Le ciel, si on pouvait appeler cela un ciel, était très lumineux malgré l'absence de soleil visible. C'était comme si la lumière existait par elle-même sans avoir de réelle origine. Lorsque les décrypteurs rejoignaient ce paralax, alors que l'holonium avait atteint son état d'excitation maximal, ils se retrouvaient souvent sur un immense ponton qui semblait fendre l'océan en deux parties équivalentes. Ils devaient marcher assez longtemps sur cette plate-forme flottante pour rejoindre « l'Atome » qui les attendait, comme si ce dernier savait à l'avance que les décrypteurs allaient venir le voir pour le solliciter. Sans doute était-il au courant de leur venue imminente à cause de son état d'excitation maximal qui provenait de la chaleur détournée du moteur à fusion nucléaire. Alors qu'il leur semblait souvent que leur marche avait duré des heures pour rejoindre le point de contact, ils se rendaient compte à maintes reprises, en regardant leur montre dès la sortie de leur état modifié de conscience, qu'il ne s'était finalement écoulé que quelques secondes, ce qui leur avait fait prendre conscience que l'espace-temps dans lequel vivait l'Atome n'avait plus de correspondance avec le leur. Pour avoir l'impression de faire passer le temps plus vite et, comme dans cet univers parallèle, la conscience pouvait prendre n'importe quelle forme, Irion avait pris l'apparence d'un félin massif et vigoureux, qui ressemblait à une panthère noire, pour accélérer son temps de parcours. Irion venait de rejoindre le point de contact qui se reconnaissait au fait que le ponton s'élargissait brutalement pour former un large cercle délimité par une balustrade. L'Atome était déjà là, penché sur la balustrade de la zone circulaire. Il semblait contempler la profondeur de l'océan à travers son eau translucide. L'Atome prenait toujours l'apparence d'un vieillard ou plutôt d'un ermite empli d'une certaine sagesse. Vêtu d'une tunique blanche qui faisait penser à celle que portaient les anciens empereurs romains, il s'aidait toujours d'une canne pour marcher. Il arborait une longue barbe blanche et le son de sa voix avait une tonalité qui mélangeait l'empreinte de la vieillesse, de la sagesse, et de la bienveillance. Sans détourner la tête, il s'adressa à Irion.

— C'est toi qui es venu cette fois-ci, Irion ?

Irion avait retrouvé sa forme habituelle.

— Oui. Comment vas-tu, holonium ?

— Ça va. Je n'ai plus vingt ans. Mais on fait aller…

En dehors du fait de communiquer avec l'esprit d'un atome, il paraissait étonnant, voire burlesque, d'imaginer le fait qu'un atome puisse avoir un âge et un vieillissement.

— Le trajet ne t'a pas semblé trop long ?

— Si, comme d'habitude. Mais pourquoi ce ponton est-il si long ?

— Qu'est-ce en regard du trajet que nous sommes en train de faire ?

L'Atome avait dit « nous » sans doute parce qu'il faisait référence au fait qu'il entrait dans la composition de la structure du vaisseau spatial et donc qu'il faisait partie du voyage.

— C'est vrai.

— Au moins, vous apprenez à relativiser… Que viens-tu me demander cette fois-ci, Irion ?

— Nous avons besoin de nous rendre sur l'ancienne planète des Terriens. Il y a un endroit qui contient les graines qui nous permettraient de retrouver une suffisance alimentaire. D'ici quelques années, nous mourrons de faim et notre communauté périclitera si nous ne trouvons pas le moyen de faire démarrer une agriculture sur notre nouvelle planète.

— Je vois. Votre situation est sérieuse.

— Peux-tu nous y emmener ?

— Oui. Je vais vous aider. Votre vaisseau navigue déjà dans cette direction.

— Merci beaucoup, holonium. Aux trois quarts du trajet, nous ferons à nouveau appel à toi, mais cette fois pour que tu nous indiques où trouver de l'hélium 3.

— D'accord. À bientôt, alors, Irion…

L'Atome était en train de s'éloigner, ce qui indiquait à Irion que la discussion était close. L'Atome ne s'attardait jamais. Il était à chaque fois bref et succin. Irion s'étonnait toujours de constater que la conversation avec lui ne s'éternisait jamais. Étonnant paradoxe que celui d'un atome qui semblait toujours pressé alors que sa fonction macroscopique était justement de rester inerte. Même si cette inertie, liée à la cohérence des atomes d'holonium qui permettait de structurer le vaisseau en lui donnant une forme, était toute relative. Car il y avait un contraste énorme entre cette inertie macroscopique et cette faculté subatomique inhérente à l'holonium de quitter l'espace-temps ordinaire pour voyager à une vitesse supraluminique.

De la zone de rencontre circulaire naissait un autre ponton qui semblait continuer celui qu'avait emprunté Irion pour venir jusque-là. Irion regardait partir l'holonium qui semblait marcher, soutenu par sa canne, lentement et difficilement. Irion se demandait parfois si l'holonium ne se foutait pas tout simplement de lui… Car, c'était sans doute lui qui avait choisi de prendre l'apparence d'un vieillard. Et cet état physiologique était loin de refléter les vigoureuses capacités de cet atome unique en son genre. Le ponton que le vieillard empruntait menait à une pyramide blanche aux dimensions immenses. Cette pyramide gigantesque arborait des parois parfaitement lisses et brillantes. Ses reflets lui donnaient de toute évidence une nature métallique. À première vue, cette dernière était également faite d'holonium pur. En fait, dans ce paralax, hormis l'eau, tout semblait être en holonium. Mais, après tout, il y avait une certaine logique. Irion s'adressait à un atome, alors, il était relativement logique, dans cet endroit, de trouver le même élément.

Irion ouvrit les yeux. Il venait de quitter le paralax pour rejoindre son monde, le monde de son cockpit. Les différentes sondes s'éloignèrent de sa boîte crânienne pour reprendre leur position d'origine au niveau de l'arceau métallique, puis il se leva. Machinalement et, comme à chaque fois après son réveil, son regard se porta sur l'horloge holographique de la pièce afin d'évaluer combien de temps il était resté en état modifié de conscience. La poudre de lumière projetée dans les airs lui indiquait que seulement trois secondes s'étaient écoulées. S'il n'avait pas déjà vérifié par lui-même que le processus de communication avec l'holonium fonctionnait bel et bien, il aurait cru qu'il s'agissait simplement d'un rêve ou pire qu'il était fou. Mais au moment précis où il s'était réveillé, il avait eu la certitude que l'holonium avait impulsé au vaisseau une force propulsive qui le rapprocherait, avec une vitesse inimaginable, de la planète Terre. L'Atome ne s'était jamais trompé de direction et n'avait jamais failli à sa tâche. Il n'y avait donc pas de raison que cela ne se produise pas cette fois-là.

Irion avait soif. Il se dirigea alors dans le réfectoire et se servit un verre d'eau. Destinée qui l'avait entendu venait de le rejoindre.

— Ton voyage mental s'est-il bien passé, Irion ? Tu as pu te connecter à l'atome ?

— Oui. Sans problème. Le vaisseau a pris la direction de la Terre. Comment vont les hibernants ?

— Ils sont relativement « calmes », répondit Destinée, non sans une pointe d'humour.

— Je ne vais pas tarder à aller les rejoindre. Tu seras le seul maître à bord d'ici quelques minutes.

Irion prit le verre vide et le mit dans une machine de décontamination qui contenait déjà d'autres ustensiles souillés. Il appuya sur un bouton et le processus de nettoyage démarra. Plus rien ne traînait dans l'office. Il se rendit à nouveau dans le cockpit pour parfaire les derniers réglages et surtout vérifier que l'intelligence artificielle du vaisseau avait bien été programmée pour faire sortir d'hibernation tout l'équipage lorsque les réserves en hélium 3 commenceraient à devenir insuffisantes. Tout était bien conforme. Irion n'avait pas d'inquiétude particulière et c'est pourquoi il se rendit dans le vestiaire qui jouxtait la salle d'hibernation pour y déposer sa combinaison. Il éteignit ensuite les lampes de toutes les pièces, ces dernières n'étant alors plus éclairées que par des veilleuses. Même la faible luminosité des étoiles n'était plus visible à travers les différents hublots et baies vitrées du vaisseau, car, en navigation supraluminique, ce dernier devait fonctionner en système clos, ou plutôt étanche. Chaque point de vue sur l'espace avait donc dû être recouvert du même alliage que la structure externe du vaisseau faite en partie avec de l'holonium, et ce, grâce à un système de fermeture automatisé.

Irion se trouvait maintenant dans la salle d'hibernation en présence de Destinée qui l'avait suivi. Il lui demanda d'entrer dans son mode de veille afin d'économiser sa batterie nucléaire chargée en hélium 3. Un siège en métal lui était destiné, non loin des cellules d'hibernation et suffisamment robuste pour supporter son poids. L'androïde avait été paramétré pour obéir à certains ordres types provenant de la voix des Télorriens. Sa mise en veille faisait partie de ceux-là. Ce système de sécurité et de désactivation avait été mis en place pour prévenir tout incident éventuel provenant de l'androïde, notamment lors des phases d'hibernation. Destinée exécuta l'ordre que venait de lui donner Irion, à savoir de s'asseoir et d'entrer dans son mode de veille. L'androïde n'émettait plus aucun mouvement. Ses avant-bras reposaient sur ses genoux et son visage n'avait plus aucune mimique. Irion paramétra alors son sarcophage d'hibernation à partir d'un écran tactile qui était intégré dessus. Il s'installa à l'intérieur. Le mécanisme habituel démarra jusqu'à ce qu'il perde connaissance dans l'hibernation, à l'image d'un ours sur le point de s'endormir pendant plusieurs mois pour échapper à la rudesse de l'hiver.

Calme, silence, tranquillité furent les trois mots qui résumaient le mieux l'atmosphère qui régnait à l'intérieur du vaisseau. Il y avait la même sérénité qu'un bateau naviguant la nuit sur l'une des mers les plus calmes du globe terrestre. L'holonium était en quelque sorte leur étoile polaire, leur fil conducteur. C'était lui qui dirigeait l'ensemble, ou plutôt le tout. Au fond, aussi insensé que cela pouvait paraître, le destin de tous ces êtres ne tenait plus qu'à un atome, un simple atome que les Iloryens avaient surnommé l'holonium. Si, pour une raison inconnue, l'Atome faisait sortir leur navire stellaire de la navigation supraluminique en revenant dans l'espace-temps ordinaire et si ce dernier heurtait un corps céleste, la vie s'arrêterait de toute évidence là pour chacun d'eux.

Le vaisseau continuait ainsi tranquillement sa course solitaire au sein d'une voie qui transcendait celle de la raison. Personne n'était là pour prendre conscience du temps qui s'était écoulé depuis l'entrée en hibernation de tout l'équipage ni pour observer la singularité, à peine perceptible, qui était en train de se dérouler dans la salle d'hibernation. Les membres de Destinée, complètement immobiles jusqu'alors, puisque théoriquement en état de veille, étaient en train d'émettre quelques micromouvements et son visage quelques rictus. Puis à un moment donné, sa bouche se mit à émettre une phrase : « L'enfant est né le 13 novembre 2056 à 16 h 54. Latitude 48° 51' 12N. Longitude 2° 20' 55E. »

Pendant son sommeil, l'androïde venait de donner verbalement la date et le lieu de naissance d'un enfant. Les données géographiques énoncées étaient celles de Paris. Quelque temps après, le visage de Destinée se scinda brutalement et la caméra holographique qui se trouvait derrière se mit à projeter les images de sa naissance comme si elle venait de faire une prévision astrologique et qu'elle la mettait en image. On voyait l'enfant dans les bras de sa mère. Certains auraient parlé de miracle. D'autres, d'une simple erreur de réglage. D'un bug. D'autres encore d'un artefact. Se pouvait-il qu'une simple machine se mette à rêver ?

Naplar

Une sirène venait de retentir au sein du XT-1, associée à une lumière clignotante. Le sulfure d'hydrogène était en train d'être aspiré à l'extérieur des cellules d'hibernation au profit de l'oxygène qui voyait sa proportion croître à l'intérieur. Alors que la température des corps avait été diminuée de quelques degrés lors de l'induction de l'hibernation, la température dans les caissons augmentait progressivement à l'image des températures douces du printemps faisant fondre les dernières glaces d'un hiver rude. La vie revenait dans chacun de ces corps endormis comme elle revenait chaque année dans les corps des mammifères que la nature avait pourvus d'une capacité d'hibernation. Le nombre de degrés Celsius – 37,5 – apparaissait en clignotant sur l'écran de contrôle de toutes les cellules d'hibernation, indiquant que chaque corps avait atteint sa température corporelle habituelle[10]. La composition de l'air contenue dans les cellules d'hibernation était devenue équivalente à celle de l'air ambiant, ce qui

10 La température dans chaque cellule d'hibernation avait été maintenue un peu au-dessous de la température corporelle, l'hypothermie favorisant le sommeil et l'hypométabolisme.

activa l'ouverture des couvercles des sarcophages qui s'élevaient un à un. Les yeux des Télorriens s'ouvraient progressivement et successivement. Sandra prit une grande inspiration alors que la lumière des veilleuses de la salle clignotait par intermittence. Déconnectée par le sommeil, elle mit plusieurs secondes à comprendre où elle se situait. Son regard fixa la partie inférieure de la cellule d'hibernation qui se trouvait juste au-dessus d'elle. Sa première réflexion fut qu'elle était encore en vie. Ses pensées morbides, présentes lors du processus d'induction de l'hibernation, avaient disparu. L'intelligence artificielle du XT avait depuis plusieurs heures entamé le « réveil » du vaisseau, car les réserves en hélium 3 étaient arrivées à un niveau relativement critique. Les cellules d'hibernation étaient maintenant vides comme pouvaient l'être des coquilles d'œufs dépourvues de leurs poussins partis vivre leur destin. Les voyageurs enfilèrent à tour de rôle leur combinaison et se rejoignirent dans le réfectoire pour y prendre un petit déjeuner, enfin ce qui s'y apparentait. Les organismes venaient d'être plongés en hypométabolisme et ils avaient besoin de récupérer des calories en quantité suffisante pour faire fonctionner leur corps. Il fallait donc restaurer les réserves de l'organisme en lui offrant un apport global constitué de protides, de lipides, et de glucides, toujours avec une alimentation lyophilisée. On aurait dit que tout ce petit monde se réveillait après une nuit ordinaire de sommeil, car rien ne laissait entrevoir sur leur visage qu'ils sortaient d'un long sommeil. Mais l'horloge atomique embarquée à bord qui donnait l'heure, mais aussi le jour indiquait qu'il ne s'était pas écoulé une seule nuit, mais vingt-sept ! Les Télorriens étaient en train de discuter de leurs ressentis respectifs vis-à-vis de leur période d'hibernation. Tout le monde était unanime pour dire que leur réveil s'était plutôt bien passé et qu'ils se sentaient relativement en forme, comme s'ils venaient de subir une anesthésie légère en rapport avec une intervention bénigne. Le vaisseau spatial comportait quatre douches, enfin plutôt quatre enceintes de décontamination dans lesquelles ils passèrent à tour de rôle, par groupe de quatre. Destinée fut également « réveillée » à son tour.

Wyu venait de s'installer dans le cockpit afin de vérifier que les différents paramètres du vaisseau étaient tous dans les normes. Puis il s'était installé dans le fauteuil positionné sous l'arche du neurostim afin d'entrer une nouvelle fois avec communication avec l'holonium. Selon le même rituel, il avait rejoint la zone circulaire où l'attendait l'Atome.

— Votre voyage se passe bien, mon cher Wyu, n'est-ce pas ?

— Oui, holonium. Mais c'est peut-être toi qui es davantage en mesure de nous le dire… Car c'est toi qui, quelque part, nous fais voyager…

— Je te parlais plutôt de votre voyage intérieur, Wyu. Mais oui, votre voyage en vitesse supraluminique ne pose pas de souci particulier. Votre carburant arrive bientôt à son terme, n'est-ce pas ?

— Pas encore, mais il vaut mieux anticiper. Le seuil critique va bientôt être atteint. Tu connais les conséquences d'une panne de carburant au plein milieu de l'Univers.

— Vous auriez dû prévoir des réservoirs un peu plus grands tout de même. Vous n'étiez plus très loin de votre destination. Ça vous aurait évité un détour.

— Oui. Mais, à la base, nos XT sont des vaisseaux d'exploration intragalactiques. Leur réservoir est donc assez faible. Ils n'ont pas été conçus pour des voyages aussi longs. Dis-moi, Holonium, tu ne t'ennuies jamais ici tout seul ? Depuis que je te connais, je ne t'ai jamais vu en présence d'autrui.

— Il est temps d'arrêter de discuter, Wyu, et de faire décélérer votre vaisseau. Je vous ai déposé dans une galaxie relativement massive. Vous y trouverez bien de l'hélium 3. Contrairement à moi, on en trouve un peu partout dans l'Univers.

— Merci, Holonium.

L'Atome était déjà en train de repartir. Il marqua simplement une pause et se retourna vers Wyu afin de répondre à sa question.

— Non. Je ne m'ennuie pas, Wyu. Je suis partout et nulle part à la fois. Et je suis avec vous. N'est-ce pas cela qui importe ?

Wyu ouvrit les yeux et se dirigea vers le poste de pilotage où se trouvait déjà Namos.

— C'est bon, Namos. Tu peux faire basculer l'appareil en mode de navigation infraluminique. D'après l'Atome, nous avons de l'hélium à proximité.

Namos abaissa l'une des trois manettes qui avait servi à faire parvenir le moteur nucléaire en pleine puissance. Sa force propulsive n'allait donc pas tarder à diminuer d'un tiers. Wyu appuya sur un bouton, puis parla dans un micro afin de faire venir son homologue décrypteur dans le cockpit, Irion. Celui-ci vint dans la minute.

— Le vaisseau décélère, Irion. Namos vient de baisser la puissance du moteur nucléaire. Tu pourras t'occuper de trouver l'hélium 3 ?

— Oui. Je m'en occupe aussitôt que le vaisseau aura quitté la vitesse supraluminique.

Une heure s'était écoulée et la température de l'holonium était descendue au-dessous de son seuil d'excitation, ce qui eut pour conséquence de faire revenir le vaisseau dans son espace-temps habituel. Tout le monde s'était réuni dans le cockpit afin de regarder les étoiles de la galaxie dans laquelle le vaisseau venait de se matérialiser. Le groom se trouvait plus précisément à l'intérieur d'un système solaire inconnu.

— L'Atome m'a dit qu'il nous amènerait à proximité d'une source d'hélium 3, dit Wyu. Il semble que ce soit chose faite. Nous ne devrions pas être très loin.

À travers la vaste baie vitrée du vaisseau, l'équipage du XT-1 pouvait apercevoir au loin la présence de trois étoiles : l'une était de taille imposante, les deux autres plus petites. Mais ce qui marquait l'attention des voyageurs, c'était la présence d'une volumineuse planète qui possédait un satellite deux fois plus grand que la Lune. Ce satellite avait lui-même trois petits satellites qui eux-mêmes en avaient quatre. L'ensemble semblait former une figure fractale qui se déclinait à l'infini.

— Ça doit être cela, dit Oro, le naturaliste du bord qui, quelques heures plus tôt, avait examiné chaque personne pour être certain que l'hibernation n'avait pas entraîné d'anomalie corporelle.

Irion, le deuxième décrypteur, se trouvait en état modifié de conscience, connecté au neurostim du cockpit. Il était en train de décrypter la matrice astrologique dans laquelle ils venaient de pénétrer.

— Nous ne sommes pas seuls, les amis, dit-il. Cette matrice astrologique a généré une forme de vie.

— Peux-tu nous en dire davantage sur cette forme de vie ?

Irion marqua un temps d'arrêt. Le neurostim lui envoyait des sons binauraux qui synchronisaient son cerveau sur la fréquence de huit hertz, fréquence cérébrale censée décupler ses dons de voyance.

— C'est une matrice relativement archaïque qui a la particularité de posséder trois étoiles. L'une de ces trois étoiles, beaucoup plus massive que les autres, est le centre gravitationnel de ce système solaire. Une seule planète est habitée et possède un satellite riche en métaux et en silicates, ce dernier étant dépourvu d'atmosphère et de champ magnétique. C'est ce satellite qui a joué le rôle de réceptacle pour l'hélium 3 éjecté par ces étoiles. Je vois maintenant une ville, et des zones d'extraction sur ce satellite. Il existe d'autres planètes. Il y a des telluriques rouges qui sont riches en oxyde de fer. Ces planètes ont généré la notion de guerre et de rivalité. Il s'agit d'une nation armée qui ne cherche qu'une seule chose : son expansion au sein de sa galaxie. Elle possède trois planètes gazeuses bleues riches en méthane, en hydrogène, et en hélium. Cette composition a développé la notion de tromperie, de duperie, de spoliation et de perfidie. Une autre géante gazeuse a une coloration jaune, également très riche en hydrogène et dans une moindre mesure en hélium. C'est la planète la plus grande de leur système solaire. Elle y a développé la notion d'orgueil, de domination, et un désir d'élévation. Une autre planète, qui est faite à quatre-vingt-dix pour cent de platine en fusion et qui a une atmosphère extrêmement chaude, a développé la notion de richesse, de possession, et de matérialité, et surtout de jalousie. Un autre corps céleste regorge de volcans de soufre en éruption. Une autre planète est bourrée de fluorure de calcium. Ces deux astres ont accentué leur matérialisme, et leur cupidité. À la périphérie de leur système solaire se trouvent sept planètes naines où règne un froid absolu. Elles sont constituées de méthane, d'eau et d'azote glacés. Ces corps gelés engendrent un côté sombre, meurtrier, bestial, haineux, voire pervers... Autant dire que nous avons affaire à un peuple en qui on ne peut absolument pas avoir confiance. Cette civilisation est potentiellement dangereuse, car querelleuse, non pacifiste, sans foi ni loi. Ces créatures possèdent dix-sept organes internes, trois petits cerveaux générés par les trois soleils, sept organes génitaux externes, engendrés par les sept corps glacés, et quatre membres principaux, deux jambes et deux bras, ainsi que des membres accessoires situés dans le dos.

— C'est incroyable tout ce que vous pouvez déduire, lança Sandra. Mais comment est-ce possible ?

C'est Wyu qui lui répondit.

— Chaque système planétaire a une forme et une composition chimique spécifiques qui génèrent un développement biologique qui lui est propre. Il n'y a aucun hasard dans l'apparition des caractéristiques physiologiques des êtres peuplant l'Univers. En d'autres termes, chaque espèce n'est que le résultat adaptatif de l'histoire de son propre système planétaire, de sa propre matrice astrologique. Les êtres vivants ne sont que des pantins manipulés par ce qui se trouve au-dessus de leur tête. Le nombre d'organes des individus et leur apparence physique, ainsi que leurs caractéristiques ne dépendent que des astres qui les entourent. Tout ceci implique donc qu'il existe dans l'Univers incommensurable des organismes très différents des nôtres, car générés par des matrices astrologiques complètement différentes. Même nos valeurs et nos « anti-valeurs » ne sont que le résultat des astres. Ainsi, les notions d'amour, de possession, de beauté, de révolution, de réussite, etc. existent chez certaines civilisations, mais pas chez d'autres... À titre d'exemple, votre satellite, la Lune, qui s'est formé à la suite d'un impact géant entre un corps céleste et la Terre, a eu une influence considérable sur votre développement. Si l'impact du bolide qui a frappé votre planète avait eu une autre masse, les caractéristiques de la Lune auraient été différentes, sur le plan du degré d'inclinaison, de la masse, de la vitesse de rotation, et de la distance vis-à-vis de votre planète. Et, dans ce cas, vous n'auriez pas du tout eu les mêmes caractéristiques. Tout cela explique l'incroyable diversité des espèces peuplant l'Univers. La biologie ne fait que s'adapter aux conditions qui lui sont imposées. Chaque espèce est donc fondamentalement adaptée à son système, et ne peut en sortir. Un grand nombre d'espèces ne peuvent évoluer dans un environnement dissemblable à celui qui leur a donné naissance, c'est-à-dire qu'elle ne peut pas vivre dans un système qui a eu une histoire planétaire différente.

— Tu veux dire que la plupart des espèces ne peuvent pas quitter leur système solaire, car leurs organismes ne sont pas compatibles avec d'autres conditions de vie.

— Oui, c'est tout à fait ça. Seules les civilisations technologiquement très avancées comme la nôtre peuvent quitter leur planète d'origine, se soustraire aux conditions physico-chimiques initiales qui leur ont donné naissance, en reproduisant, dans leurs vaisseaux spatiaux, les mêmes conditions qu'ils avaient sur leur planète originelle.

— Certes, mais comment vous pouvez décrypter toutes ces matrices ? Comment vous voyez toutes ces choses ?

— À partir du moment où ce monde physico-chimique ne laisse aucune place pour le hasard, nous pouvons voir le passé, le présent, et le futur de chaque système planétaire. Au même titre que nous sommes capables d'imaginer que les aiguilles d'une montre seront à tel ou tel endroit du cadran à un instant donné.

Wyu s'adressa à Irion, qui était encore dans le neurostim.

— As-tu d'autres choses à nous dire sur ce peuple ?

— Oui. Ils ont une faiblesse majeure, une tare génétique. Ils ont été privés d'un sens : celui de la vue. Cette civilisation a dû créer des prothèses visuelles pour mieux appréhender le monde. Je vois de sortes de visioscopes sur leur front.

— L'Atome exagère, dit Ben le constructeur en serrant le poing. L'Univers est bourré d'hélium 3 et il nous emmène dans un repaire de brigands ! C'est trop risqué ! N'y allons pas. C'est un piège qui va se refermer sur nous. Nous venons de faire un long voyage et nous sommes tout près du but. Ne risquons pas de faire échouer notre mission à cause de cette sous-civilisation.

— Nous n'avons pas le choix ! Nous ne pouvons faire demi-tour, dit Pencha, l'un des deux ingénieurs-énergéticiens. Nous négocierons quelques tonnes d'hélium 3 en échange d'un autre élément.

— De quel autre élément ? demanda Sandra.

— Celui qu'ils voudront, répondit Pencha. Nous disposons dans le vaisseau d'une imprimante atomique capable de fabriquer un grand nombre d'atomes différents et relativement rares. S'ils veulent de l'or, nous leur fabriquerons de l'or. S'ils veulent des diamants, nous leur donnerons des diamants. Nous alimenterons leur cupidité.

— Mais pourquoi nous ne fabriquerions pas directement de l'hélium 3 ? Le problème serait réglé ! lança Irène Ludwig.

— J'ai dit que nous pouvons fabriquer un grand nombre d'atomes. Mais pas tous ! L'hélium 3, on ne peut pas. L'holonium, on ne peut pas non plus... L'or, oui. Le carbone, oui. Donc le diamant, oui. Le titane, oui, etc. Tout dépend de ce qu'il leur manque dans leur système solaire. C'est l'une des plus grandes lois de l'Univers. Peut-être la plus universelle : c'est la rareté d'un élément à un endroit donné qui fait sa valeur.

— Nous partirons à quatre avec un rooper, répondit Sandra pendant que l'autre partie de l'équipage restera dans le XT en orbite autour du satellite. Les personnes restées dans le XT représenteront une équipe de réserve au cas où ça tournerait mal pour nous. S'il nous arrive quelque chose, laissez-nous là et partez en direction de la Terre.

Vous trouverez bien de l'hélium 3 ailleurs. Il ne faut pas compromettre notre mission première qui est de rapporter des graines sur Monos. L'intérêt de la communauté est supérieur à l'intérêt individuel. Je partirai avec toi, Ben.

Elle tourna sa tête vers lui et ajouta :

— Ainsi qu'avec Xiphu Maophi Po et, toi, Namos. Destinée viendra aussi avec nous.

— Nous venons tous ou personne ne part, répondit Wyu.

— Non. Je le répète. Nous ne pouvons pas prendre le risque de perdre tout l'équipage. Monos a besoin de nous. Pensez aux enfants qui sont restés là-bas. Ils nous attendent les yeux remplis d'espoir. Je ne veux pas les décevoir.

— C'est trop risqué, dit Irion. C'est même suicidaire.

— C'est un ordre, Irion ! répondit Sandra. Est-ce qu'il y a des armes à bord ?

— Il y en a quelques-unes. Mais ce sont des armes de dernier recours, car elles sont trop destructrices.

— En quoi elles consistent ?

— Ce sont des pistolets qui utilisent des balles particulières qu'il faut absolument économiser. Car nous n'avons pas beaucoup de munitions.

— Et qu'est-ce qu'elles ont de particulier, ces balles ?

— Les ogives sont en holonium pur.

— Et alors ?

— Lorsque les balles passent dans le canon du pistolet, l'holonium s'échauffe pour atteindre, sur un court laps de temps, un état d'excitation maximal. Pendant cette courte période, tout ce que la balle en holonium touche sera transporté dans une dimension parallèle. Il s'agit de la même dimension que celle que nous avons empruntée en voyageant à la vitesse supraluminique.

— Ah oui. Je vois.

— Il y a d'autres armes ?

— Quelques-unes. Nous avons aussi des sphères gravitationnelles, des pistolets et des grenades électromagnétiques capables non seulement d'endommager les neurones de nos ennemis, mais aussi de réduire à néant tous les systèmes informatiques.

— Des armes électromagnétiques... Eh bien, pour un peuple pacifique... Je croyais que votre peuple n'avait pas pu opposer de quelconque résistance lorsque vous avez été envahis par le peuple de Zirt ?

— À la fin de l'invasion, nous avons commencé à reprendre la production de ces armes pour une question de survie. Mais notre production avait été trop lente et cela ne nous a pas permis de gagner la guerre. Aujourd'hui, notre but n'est plus de les utiliser. L'utilisation de ces armes restera toujours un échec. Nous préférons utiliser nos outils psychotroniques.

— Hein ?

— Des armes à visée psychologique. Enfin, ce ne sont pas des armes au sens où tu l'entends, mais plutôt des outils... Nous aurons bien l'occasion de les utiliser un jour et de t'en faire la démonstration. Nous sommes un peuple de « l'esprit », ne l'oublie pas, et non un peuple belliqueux...

***

Alors que le XT-1 était resté en orbite, le rooper filait en direction du satellite dépourvu d'atmosphère. Irion ne s'était pas trompé. Sa surface arborait des traces civilisationnelles, des constructions issues d'une forme d'intelligence. Alors qu'ils se rapprochaient, une gigantesque ville circulaire se dressa devant eux ; elle était remplie d'immeubles de hauteurs inégales qui avaient la particularité de n'avoir quasiment pas de fenêtres, sans doute à cause du risque lié au vide stellaire. L'un des immeubles dominait les autres à l'image du plus grand gratte-ciel d'une mégapole terrienne. Mais ce qui marquait surtout l'attention, c'était la présence d'un dôme, c'est-à-dire une immense structure en forme de coupole située au centre de la ville. La lumière de l'étoile principale de ce système solaire projetait l'ombre de cette ville sur un sol de nature poudreuse et de teinte gris noirâtre. Mais les deux autres étoiles, plus petites, projetaient de façon moins marquée deux autres ombres à d'autres endroits du sol. Cette ville titanesque était reliée, via cinq passerelles fermées, à d'autres structures non moins imposantes. La première passerelle, qui menait à de volumineux silos de différentes tailles, semblait connecter le centre de la ville à une zone de stockage où étaient entreposées toutes les ressources minières qui étaient extraites de la roche-mère de ce satellite. Une seconde menait à de multiples panneaux solaires qui devaient servir à capter l'énergie solaire des trois étoiles de ce système solaire. Une troisième aboutissait à une volumineuse centrale nucléaire utilisant de toute évidence l'énergie thermonucléaire de l'hélium 3. Une quatrième zone semblait destinée à accueillir les vaisseaux spatiaux. Cette dernière, qui avait la forme d'un volumineux cylindre, possédait une multitude de portes métalliques très volumineuses qui se déployaient de haut en bas de l'édifice. Le dernier étage de cette tour, entièrement vitré, devait de toute évidence être une tour de contrôle. Alors que toutes les portes de cet astroport s'ouvraient et se fermaient par intermittence, des vaisseaux spatiaux y entraient et en sortaient, de tailles et de formes diverses, dans un flux perpétuel. Enfin, une dernière zone, la cinquième, reliée elle aussi au corps principal de la ville, était constituée par un énorme bâtiment solitaire et austère, qui ressemblait à une prison. Des camions, roulant sur le sol poudreux de ce corps céleste, à proximité de ce grand complexe en forme d'étoile, généraient des nuages de poussière qui s'élevaient avant de retomber rapidement du fait d'une gravité qui semblait plus forte que celle de la Terre. Ces camions semblaient faire la navette entre des mines souterraines d'extraction et les silos de stockage. L'entrée de ces mines était visible, car elles avaient la forme de petits dômes circulaires posés à même le sol. Il y en avait une multitude répartie sur des centaines de kilomètres. Il existait aussi des carrières d'extraction à « ciel ouvert » reconnaissables par leurs différentes strates taillées dans la roche et semblant former un escalier monumental sur lequel circulaient les engins d'extraction. D'énormes pelleteuses grattaient la roche par couches successives. À l'opposé de la zone d'extraction se trouvait une décharge à ciel ouvert où reposaient les épaves d'un nombre incommensurable de vaisseaux spatiaux hors d'usage et d'objets hétéroclites dont la fonction était difficile à déterminer. Le rooper, qui semblait avoir été détecté par la tour de contrôle, se rapprochait de la zone d'atterrissage grâce à ses quatre propulseurs plasma. Une flèche s'alluma juste au-dessus de l'une des ouvertures lui indiquant qu'il fallait emprunter cette zone d'atterrissage là. Une volumineuse porte métallique s'ouvrit, à l'image d'une immense bouche qui s'apprêtait à dévorer un aliment. Une fois à l'intérieur, la porte du hangar se referma immédiatement afin que la pression ne chute pas brutalement, car l'intérieur du hangar était doté d'un système de pressurisation/dépressurisation. Les capteurs situés à différents endroits du rooper, venaient d'indiquer au pilote, Namos, que la pression à l'extérieur du vaisseau et la concentration en oxygène étaient à un niveau compatible avec leur survie et qu'ils pouvaient sortir sans le module complémentaire de leur combinaison pourvue d'un casque et d'une réserve d'oxygène.

Sandra, Namos, et de Xiphu Maophi Po étaient tous munis d'un boîtier de télécommunication sur leur poignet ressemblant à une montre, qui leur permettait de dialoguer entre eux, mais aussi avec l'équipage du XT-1 resté un peu à distance de cette planète. Destinée, qui était également là, possédait ce même système de communication inclus dans l'un de ses composants internes. Tout l'équipage du rooper était également doté d'une oreillette munie d'un traducteur universel qui permettait de décrypter le langage de presque toutes les créatures de l'Univers. Ce traducteur captait en fait les pensées de ces dernières sous forme d'ondes électromagnétiques et les retranscrivait en langage iloryen. Car lorsqu'une pensée naissait dans le cerveau d'un individu, elle s'accompagnait de l'émission d'une onde électromagnétique qui contenait l'image de la pensée. C'était un phénomène universel. Aucune créature dans l'univers douée d'un minimum d'intelligence n'était dépourvue de ce couple indissociable « cerveau-onde ». En d'autres termes, aucune pensée ne pouvait exister sans l'émission d'une onde électromagnétique. Et celle-ci ne pouvait être émise par le cerveau sans l'impulsion de la pensée. Les Télorriens, quant à eux, se faisaient comprendre en imposant des images mentales aux créatures, en leur imprégnant des ondes électromagnétiques dans leur cerveau à partir d'un appareil qui avait la forme d'un petit émetteur pyramidal posé sur leur front et qui amplifiait leurs propres ondes cérébrales. Ce système nécessitait de contrôler ses propres pensées pour ne pas dévoiler d'informations personnelles à son interlocuteur. Un entraînement psychique poussé était souvent nécessaire, et son utilisation restait la plupart du temps l'apanage des décrypteurs iloryens, spécialisés dans l'utilisation des facultés psychiques poussées à leur paroxysme, même s'il arrivait à d'autres Télorriens de les utiliser, comme ce fut le cas ce jour-là.

Le sas du rooper s'ouvrit. Alors que les Télorriens venaient de descendre du vaisseau, quatre gardes armés les attendaient, tous munis de fusils laser. Ils s'adressèrent aux Télorriens dans une langue totalement inconnue. Mais le traducteur semblait fonctionner.

— Qui êtes-vous ? Et que venez-vous faire à Naplar ?

Les Télorriens comprirent que la planète sur laquelle ils venaient d'atterrir s'appelait Naplar.

— Nous sommes un peuple pacifiste extragalactique. Nous venons nous approvisionner en hélium 3. Nous avons supposé que nous pourrions en trouver ici.

— Oui. Vous êtes au bon endroit. Suivez-nous. Nous allons vous faire rejoindre le dôme.

Les quatre gardes qui encerclèrent les Télorriens étaient munis de deux appareils optiques à la place des yeux. Irion ne s'était donc pas trompé lors du décryptage de leur matrice astrologique. Ces créatures étaient dépourvues d'yeux et avaient dû développer un procédé technologique pour voir et appréhender le monde. Deux d'entre eux s'étaient positionnés derrière les Télorriens alors que les deux autres se tenaient devant pour montrer le chemin. Ils marchèrent quelques minutes pour rejoindre un ascenseur. La porte de ce dernier s'ouvrit et tous s'engouffrèrent à l'intérieur. L'un des gardes appuya sur un bouton et l'ascenseur descendit de six niveaux et s'ouvrit sur un couloir souterrain qui ressemblait à celui du métro parisien. Quand ils arrivèrent sur un quai, après quelques minutes de marche, une navette attendait, la porte ouverte latéralement.

— Vous pouvez monter à bord, leur conseillèrent les gardes qui montèrent avec eux. Cette navette mène au dôme.

Les Télorriens acquiescèrent et montèrent à bord. Ils furent surpris par l'accélération brutale de la navette et par le temps de trajet très court. À peine montés à bord, la navette s'était arrêtée pour les faire descendre. Une fois à l'extérieur, ils empruntèrent un escalator ascendant qui les ramena à la surface. Arrivés en haut, ils se retrouvèrent dans un grand hall ou plutôt sous le grand dôme qui correspondait à l'immense couple qu'ils avaient aperçu à travers les vitres du rooper alors qu'ils survolaient encore la surface du satellite. À leur grande stupéfaction, il y grouillait un monde insoupçonné. Une multitude de créatures venant de toute évidence des quatre coins de cette galaxie étaient en train de commercer et de marchander. Sandra se fit la réflexion qu'il s'agissait du plus grand marché couvert qu'elle ait pu voir jusqu'à ce jour, sans doute plus grand que le marché de Rungis sur Terre. Il y avait de multiples stands et de nombreuses tentes où devaient de toute évidence se mener des conciliabules et des trocs en tous genres. Il y avait un grand contraste entre la couleur gris-noir du sol et des constructions de cette planète et les couleurs multiples et variées provenant des stands et des habits de toutes les créatures présentes. Leur visage avait des formes parfois inimaginables, à mi-chemin entre l'homme et l'animal. Il était parfois même difficile, pour certaines entités, de savoir si elles étaient des robots ou des êtres biologiques. Ces dernières devaient de toute évidence être des hybrides. Les Terriens étaient à la fois stupéfaits et troublés. Ils arrivaient à peine à croire qu'il puisse y avoir autant d'espèces différentes regroupées sur une seule planète. Sandra venait de comprendre que ce que les religieux avaient tenté de faire croire à la population terrestre n'était qu'une vaste supercherie. L'être humain n'était pas le centre du monde ni la seule créature d'une intelligence divine. L'homme n'avait sans doute rien de divin en lui. Le spectacle auquel elle était en train d'assister remettait en cause toutes ses croyances religieuses et l'idée de la toute-puissance de son espèce. Comme l'attestaient tous ces peuples qui avaient la capacité de traverser leur galaxie pour rejoindre ce lieu d'échange, sa civilisation était sans doute l'une des moins évoluées de l'Univers. Elle n'était de toute évidence qu'une sous-civilisation. Si elle ne s'était pas autodétruite, elle aurait été certainement envahie, un jour ou l'autre, par un autre peuple plus puissant qu'elle, provenant d'un autre système solaire ou d'une autre galaxie.

Les gardes étaient en train d'emmener les Télorriens vers une tente blanche. Ils soulevèrent une draperie qui semblait servir de porte d'entrée. D'autres gardes sortirent au même moment de la tente en traînant un corps inanimé. Du sang coulait de son crâne.

— La voie est libre, dit l'un des gardes qui avait escorté les Télorriens. Vous pouvez entrer. Notre chef, Tzark, vous attend.

Quatre autres gardes étaient présents à l'intérieur de la tente et semblaient veiller sur l'individu qui se trouvait derrière un volumineux bureau rectangulaire et qui devait de toute évidence être « Tzark ». Ce dernier présentait trois boîtes crâniennes reliées les unes aux autres formant ainsi un crâne à trois bosses. Son visage allongé, qui avait une forme tronconique, arborait des yeux contrairement aux gardes qui étaient munis de visioscopes. Mais le pourtour de ses yeux montrait de nombreuses cicatrices et il y avait quelque chose qui n'était pas congruent entre ces yeux et la morphologie de cette créature, quelque chose qui indiquait que ce n'était pas ses yeux d'origine. Ses oreilles, dépourvues de pavillon comme celles de ses congénères, étaient pourvues d'un méat auditif très large, d'une dizaine de centimètres de diamètre. Cette particularité génétique était de toute évidence présente pour compenser le faible développement du sens de la vision.

Tzark les invita à s'asseoir. Il regardait surtout le robot, Destinée, et les femmes, c'est-à-dire Xiphu Maophi Po et Sandra. Il s'adressa ensuite aux hommes comme s'il était évident qu'une négociation ne pouvait se faire qu'entre hommes.

— Qu'êtes-vous venus négocier ? leur demanda Tzark.

Les oreillettes firent la traduction aux Télorriens, mais seul Namos parla à Tzark au nom des quatre Télorriens.

— Nous sommes venus vous acheter de l'hélium 3. Pouvez-vous nous en fournir ?

— Tous les atomes de l'Univers sont en vente ici. Vous avez besoin de quelle quantité ?

— Deux tonnes suffiront.

— Vous avez de quoi payer ?

— Oui. Nous pourrions vous échanger de l'or ou des diamants, du titane ou tout autre métal contre de l'hélium 3. Dites-nous simplement ce qui vous intéresse.

Tzark tourna la tête de gauche à droite en riant très fortement, puis il s'adressa à nouveau à eux.

— Nous ne voulons pas d'atomes en échange. Ce n'est pas cela qui nous intéresse.

— Qu'est-ce qui vous intéresse alors ?

— Nous voulons le robot et surtout les deux femmes.

— Elles ne sont ni à vendre ni à échanger. Que voudriez-vous en faire ?

— Prendre leurs yeux et en faire des objets sexuels, dit-il, le regard rempli de concupiscence.

— Je comprends pour les objets sexuels, répondit Namos sur le ton de l'humour, mais pour les yeux.

— Ici, les yeux se revendent plus cher que l'hélium 3. Notre vue naturelle est déficiente. Les visioscopes sont de qualité médiocre et n'assurent qu'une vision grossière. Les yeux de vos femmes sont magnifiques et semblent être de très bonne qualité. Aucune de mes femmes n'a les yeux si bleus et si verts (Sandra avait les yeux bleus et Xiphu Maophi Po les yeux verts). Je pourrais leur offrir ces regards... Ne vous inquiétez pas, les prélèvements oculaires sont très peu douloureux, et nous leur mettrons à la place des visioscopes. Vous verrez, on s'habitue avec le temps à vivre sans yeux. Ce n'est pas si utile que ça. Quant à l'androïde, ce sera un jouet très intéressant pour mes enfants.

Xiphu Maophi Po et Sandra regardèrent, stupéfaites, dans la direction de Ben et de Namos.

— Je ne suis pas certaine d'avoir tout compris, dit Sandra à voix basse. Mon traducteur doit déconner... J'ai cru comprendre que...

— Tu as très bien compris, Sandra, répondit Ben.

Namos s'adressa à Tzark.

— Nous sommes en mesure de vous donner n'importe quel élément chimique en échange de l'hélium 3. Nous pourrions vous échanger une tonne d'hélium 3 contre une tonne d'or ou de diamants... Mais je vous mets en garde de vouloir vous en prendre à l'un ou l'autre d'entre nous. Je vous préviens, ni les femmes ni l'androïde ne sont à vendre ni à échanger.

Tzark, l'air impavible, ricanait en se tournant vers ses gardes du corps.

— Embarquez-les et confiez-les aux préleveurs.

Les quatre gardes pointèrent leurs fusils laser dans leur direction.

— Suivez-nous et tout se passera bien, leur dit l'un d'eux.

Les Télorriens n'avaient pas pris d'armes pensant que les choses tourneraient bien, qu'ils venaient là pour un simple échange commercial. Destinée, qui avait une force bien supérieure aux Télorriens, commençait à opposer une résistance aux gardes et s'apprêtait à se battre, mais Namos lui fit signe de se calmer. Alors que les gardes étaient sur le point d'emmener les Télorriens, leur boîtier de télécommunication positionné au niveau de leur poignet s'alluma, et se mit à recevoir un message provenant de Wyu : « Ici Wyu. Est-ce que tout va bien pour vous ? Merci de nous répondre rapidement. »

— Tiens donc, dit Tzark. Mes enfants vont adorer. Prenez aussi les écrans !

Les gardes exécutèrent l'ordre et leur arrachèrent leurs boîtiers numériques, les privant ainsi du fait de pouvoir être localisés par l'équipage du XT resté en orbite, car les boîtiers étaient aussi pourvus d'un système de géolocalisation. Mais ni les gardes ni Tzark n'avaient connaissance du fait que Destinée était équipée d'un système similaire caché à l'intérieur de son armature métallique. Les Télorriens sortirent de la tente, les armes braquées sur eux, exhortés par les gardes à suivre un nouveau réseau de galeries souterraines. Ils prirent une nouvelle navette, puis une série de couloirs et d'escaliers qui les menèrent devant une grosse porte métallique. L'un des gardes parla dans un interphone avec quelqu'un qui devait de toute évidence se trouver de l'autre côté de la porte. Cette dernière s'ouvrit et ils empruntèrent un long corridor jusqu'à ce qu'ils atteignent un ascenseur. Ils l'empruntèrent jusqu'à ce qu'il s'arrête au troisième étage.

— Où sommes-nous ? demanda Sandra à l'un des gardes.

— Vous verrez.

Ils se trouvaient dans le grand bâtiment solitaire qu'ils avaient vu lorsqu'ils étaient dans le XT et qui ressemblait à une prison. L'un des gardes s'adressa à ses collègues.

— Emmenez les femmes dans la zone de prélèvement. Nous nous occupons de conduire les hommes et l'androïde dans la zone d'isolement.

Deux escouades se formèrent alors. Les femmes restèrent dans l'ascenseur afin de rejoindre le sixième étage. Les hommes et Destinée sortirent de l'ascenseur avant d'être emmenés dans un couloir très large éclairé par des lampes circulaires qui s'alignaient à perte de vue sur le plafond. De part et d'autre du couloir s'enchaînaient des portes à barreaux dans une symétrie parfaite. Derrière chacune d'elles se trouvaient des créatures différentes, au regard apeuré, recluses au fond de leur cellule telles des bêtes aculées. Ces entités devaient de toute évidence provenir des innombrables systèmes planétaires de cette galaxie. La porte d'une des cellules était ouverte et une créature qui ressemblait à un ogre muni d'un visioscope rectangulaire attendait juste devant celle-ci, armé d'une matraque électrique qu'il tenait dans sa main droite. Les gardes firent signe aux Télorriens d'entrer dans la cellule avant de les pousser à l'intérieur, et de refermer immédiatement la porte derrière eux. Les murs de la cellule étaient entièrement craquelés et fissurés, parsemés par des traînées de moisissure. Deux lits, qui étaient dépourvus de matelas et qui arboraient une armature métallique rouillée, semblaient faire la conversation avec une chaise solitaire burinée par le temps. Plusieurs débris et détritus en tous genres jonchaient le sol sur de la poussière grisâtre. Une ouverture sur le sol, à partir de laquelle remontait une odeur d'égout et de matière organique en décomposition, devait de toute évidence correspondre à des toilettes. Ben s'était assis sur la chaise, Destinée était restée debout, et Namos venait de prendre place sur l'armature du lit. Des gouttes d'eau perlaient du plafond et venaient s'éclater sur le sol. Ben rompit le silence.

—Je n'aurais jamais pensé qu'on finirait dans ce trou à rats, dit Ben.

— C'est quoi, un rat ? demanda Namos, qui ne devait avoir jamais vu un tel animal sur Ilore.

— C'est un petit animal que l'on trouvait dans les endroits à l'abandon sur Terre, qui possédait une queue aussi grande que son corps, et qui faisait peur à la plupart des femmes...

— Ah, je vois !

— Nous voilà perdus au plus profond d'une galaxie, surenchérit Ben, qui nous est entièrement inconnue, privés de liberté, dans un monde obscur où la notion de justice n'a sans doute jamais existé. Nous sommes condamnés à pourrir ici.

Quelques étages plus haut, la porte de l'ascenseur venait de s'ouvrir. Sandra et Xiphu Maophi Po s'aperçurent que le décor, là, était particulier. Le couloir qu'ils étaient en train d'emprunter était carrelé et ressemblait à celui d'un hôpital. Il y régnait une odeur nauséabonde, qui évoquait le mélange de chair en putréfaction et de formol. Le carrelage était sale et ébréché à de nombreux endroits. Les lumières des plafonds s'allumaient et s'éteignaient par intermittence comme s'il y avait un mauvais contact électrique. Des flaques d'eau à la couleur incertaine se trouvaient posées, çà et là, sur le sol. Dans le couloir, des brancards usés et poussiéreux semblaient avoir été posés là depuis des siècles. Au loin, on entendait par intermittence le geignement furtif et solitaire d'une femme, suivi d'un silence angoissant. Cette femme s'était-elle réveillée dans un moment de lucidité lui procurant une agonie profonde avant de replonger dans l'inconscience d'un coma ?

— Je n'aime pas du tout cet endroit, dit Sandra à Xiphu Maophi Po. Je sens qu'il va nous arriver des ennuis… de gros ennuis…

Ils pénétrèrent dans une salle qui ressemblait à un bloc opératoire qui venait d'être bombardé par temps de guerre. Une surface lisse et brillante recouvrait la moitié inférieure des murs alors que la partie supérieure avait l'aspect d'un béton gris craquelé. Trois tables d'opération en métal oxydé se trouvaient les unes à côté des autres, espacées d'une dizaine de mètres. Elles étaient toutes pourvues de sangles métalliques pour maintenir les bras et les jambes de ses hôtes. Au-dessus de chacune d'elles se trouvait un bras articulé fixé au plafond qui se terminait par une grande lampe plate et hexagonale de même aspect que celles que l'on trouvait dans les blocs opératoires sur Terre. Il y avait aussi de grosses bouteilles métalliques contenant sans doute un gaz anesthésiant à proximité de chacun des lits opératoires. Au contact des murs, il y avait des paillasses où reposaient différents instruments tranchants, très hétéroclites ressemblant à des outils chirurgicaux. De multiples bocaux qui se trouvaient également sur les paillasses contenaient des organes et des portions de membres qui baignaient dans un liquide aqueux et transparent. On y voyait des mains, des pieds, des têtes décapitées, et toutes sortes d'organes et de viscères aux formes parfois inhabituelles qui ne ressemblaient pas du tout à ceux des Terriens. Mais les organes qui étaient représentés en plus grand nombre dans ce type de bocaux étaient les yeux. Il y en avait de différentes formes, de différentes couleurs, et de différentes grosseurs. Ces derniers provenaient de toute évidence de races et de créatures différentes. On était tout simplement là au musée intergalactique des horreurs.

Quatre entités attendaient et discutaient autour d'une table située dans l'un des coins de la pièce. Tous étaient munis de visiocopes à l'exception de l'un d'entre eux, qui devait sans doute être le chirurgien, ou plutôt ce que Tzark avait nommé l'extracteur. Deux cercles métalliques incrustés dans la charpente osseuse de sa face jouaient le rôle d'orbite et à l'intérieur de ces cercles se trouvaient deux gros yeux disproportionnés par rapport à la taille de la tête. Cet individu, aux dents gâtées et noirâtres, que laissait entrevoir une bouche constamment ouverte et baveuse, avait de toute évidence subi une greffe oculaire à partir d'yeux volés sur une autre créature. Il devait donc s'agir, en tenant compte de ce privilège, de quelqu'un de plus important et de plus riche que les autres personnes présentes dans cette salle, les autres n'étant équipés que de simples visioscopes. Tous avaient revêtu des blouses, à l'origine blanches, devenues marron, et parsemées de nombreuses éclaboussures, taches, auréoles, et traînées en tous genres, de couleur noir rougeâtre et marron. Ces blouses n'avaient de toute évidence pas dû être lavées depuis des mois, voire des années. L'une des créatures, qui avait un visioscope circulaire à la place de chaque œil, s'avança vers les Telorriens et leur tendit une blouse en leur faisant comprendre qu'il fallait l'enfiler. Les gardes qui étaient encore présents à leur côté leur montrèrent leurs armes pour leur faire comprendre qu'elles n'avaient pas d'autre choix que d'obéir. Les deux femmes enlevèrent leur combinaison et l'extracteur s'avança vers elles. Alors que de la bave coulait de la commissure de ses lèvres, il inclina son visage tout en relevant son regard, comme s'il cherchait, avec ses yeux globuleux et voyeuristes, à mieux appréhender leurs formes féminines. L'extracteur fit un signe de la tête aux gardes pour les exhorter à installer les femmes sur les tables d'opération ou plutôt « d'extraction ». Quand les gardes leur prirent les poignets, Sandra et Xiphu Maophi Po se mirent à se débattre, en cherchant à les repousser. Les trois autres membres de l'équipe « soignante » se rapprochèrent. Le rapport de force étant très déséquilibré, les deux femmes se retrouvèrent rapidement harnachées grâce aux arceaux de contention métalliques qui se trouvaient sur les tables d'extraction. L'équipe médicale quitta la pièce accompagnée des gardes. Sur l'un des murs se trouvait une ouverture en hauteur qui communiquait avec une pièce voisine. Sandra et Xiphu Maophi Po pouvaient entendre de façon plus audible, car plus proche, les mêmes geignements qu'elles avaient perçus quelques minutes plus tôt dans le couloir. Elles semblaient apeurées, mais aussi désespérées, car, elles le savaient, elles n'allaient pas tarder à subir, si elles tenaient compte de ce que leur avait dit Tzark et des horreurs qu'elles avaient pu voir dans les bocaux, une énucléation. La femme qui se trouvait dans la pièce d'à côté se mit à nouveau à gémir, puis à se taire, et Sandra se fit la réflexion qu'elles étaient tombées en enfer, dans un monde inhumain où la spoliation des organes des autres semblait être une chose courante et banale. Alors qu'elle avait toujours pensé que l'Univers regorgeait d'individus plus évolués que les Terriens et plus pacifistes, elle s'apercevait que le monde dans sa globalité était inhumain, égoïste, et cruel. Elle tenta de se défaire de ses liens, mais ceux-ci étaient trop serrés pour qu'elle puisse s'y soustraire. À cet instant, elle se sentait aussi faible et démunie qu'une mouche prisonnière d'une toile d'araignée et sur le point d'être dévorée.

***

Irion était installé dans le neurostim qui se trouvait au fond du vaisseau. Les différentes sondes étaient positionnées sur sa boîte crânienne et le système lui envoyait des sons binauraux pour générer une synchronisation hémisphérique de quatre hertz. Il venait de projeter sa conscience sur la planète Naplar afin de tenter de voir dans quelle situation ses coéquipiers se trouvaient. Il revint rapidement à sa conscience ordinaire pour réintégrer son corps. Alors que les sondes venaient de s'éloigner de sa boîte crânienne, il se leva et courut en direction du cockpit du vaisseau spatial où se trouvait Wyu qui, de son côté, tentait d'entrer en communication avec Destinée. Les autres membres de l'équipage étaient également là.

— Il faut faire vite. Nos collègues sont en danger de mort.

— Oui. Je viens de m'entretenir avec Destinée. Les hommes sont emprisonnés. Les filles ont été séparées.

— Elles sont sur le point d'être mutilées, précisa Irion. Grouillons-nous. Oro et Irène, vous allez rester là. On aura sans doute besoin d'une assistance médicale. Alors autant que vous restiez sains et saufs quand nous reviendrons. Enfin, si nous revenons...

Pencha, Wyu, et Irion se dirigèrent dans le vestiaire pour mettre leurs combinaisons noires fabriquées avec du flixium et du molnium. Chacun prit deux pistolets à balles d'holonium ainsi que quatre chargeurs qu'ils avaient insérés dans des pochettes thoraciques. Ils mirent des couteaux de lancer dans des poches dissimulées sur leur combinaison au niveau de leurs avant-bras. Et enfin chacun emporta quatre grenades électromagnétiques qu'ils accrochèrent sur la ceinture de leur combinaison et deux sphères gravitationnelles dans leur poche.

— Espérons que nous n'ayons pas à utiliser ça, lança Irion.

— J'en doute, lui répondit Pencha.

Chacun enfila une cape, munie d'une capuche. Ils prirent les mêmes systèmes de traduction universelle à la différence près que ceux-là étaient plus puissants et pouvaient manipuler la conscience de ceux vers qui le faisceau d'ondes électromagnétiques était orienté. Il s'agissait plus d'une arme psychotronique de manipulation mentale que d'un outil de traduction et de communication à proprement parler. Ces armes qu'ils avaient nommées psychotrons servaient à décupler la force mentale des décrypteurs. Ils insérèrent à cet effet une oreillette dans leur conduit auditif et appliquèrent l'émetteur électromagnétique miniaturisé, de forme pyramidale, sur leur front.

— Tenez-vous prêts, dit Wyu à Oro et Irène Ludwig. Nous n'allons pas traîner très longtemps sur cette foutue planète.

— Soyez prudents...

— Si vous n'avez plus de nouvelles de nous, vous savez ce qu'il vous reste à faire...

— Oui, nous viendrons vous chercher.

— Non, surtout pas. S'il nous arrive quelque chose, vous quittez sans nous ce putain de système planétaire !

Ils montèrent ensuite rapidement dans le deuxième et dernier rooper qu'ils avaient à bord. Celui-ci avait la même forme triangulaire que l'autre rooper muni de quatre réacteurs à plasma disposés à l'arrière de l'engin avec une disposition en forme de croix. Alors qu'ils venaient de décoller, les quatre réacteurs à plasma semblaient émettre une fine poudre de lumière blanche, légèrement bleutée, qui contrastait avec la noirceur de l'espace sidéral. Cette substance éthérée, presque immatérielle, avait la forme d'un cône de lumière qui s'amincissait progressivement à mesure qu'on s'éloignait des réacteurs, avant s'évanouir dans le néant de l'Univers comme le faisait la queue d'une comète en décomposition. Après une dizaine de minutes de vol, ils aperçurent la planète Naplar avec son unique ville dont ils ignoraient le nom. Ils distinguèrent à leur tour son organisation circulaire qui arborait des gratte-ciel noirs et immenses, et ses embranchements qui menaient aux différentes zones de la cité. Ils se dirigèrent vers la tour de contrôle au-dessous de laquelle les multiples portes attendaient la venue d'un vaisseau. Une flèche s'alluma et la porte qui se trouvait juste au-dessous de celle-ci s'ouvrit. Le vaisseau s'engouffra dans ce rectangle noirâtre qui n'émettait qu'une faible lumière incertaine. Ils parquèrent le rooper à l'endroit précis où une cible, marquée sur le sol, indiquait la zone où il fallait atterrir. Quatre gardes les attendaient aussi, comme s'il s'agissait d'une procédure immuable. Avant de descendre, Wyu s'adressa à ses deux coéquipiers.

— Pencha, reste à bord et tiens-toi prêt à faire démarrer les réacteurs plasma. Irion et moi, on s'occupe de te faire livrer l'hélium 3 et de ramener nos collègues.

— OK.

Wyu et Irion descendirent du rooper et enclenchèrent leur système de traduction et de communication.

— D'où venez-vous ? demanda l'un des gardes.

— D'une zone extragalactique.

— Que venez-vous chercher ?

— De l'hélium 3.

— Veuillez nous suivre.

Les Télorriens suivirent docilement les gardes armés qui les emmenèrent au niveau du grand dôme, dans la tente où se trouvait Tzark. Sans doute avait-il la charge de vendre l'hélium 3, car c'était toujours à lui qu'on amenait les voyageurs désirant acheter cet élément chimique.

— Installez-vous.

Les deux Télorriens prirent place. Quatre gardes se trouvaient à l'intérieur. Les autres gardes qui venaient de les accompagner firent demi-tour et retournèrent dans la zone de fret et d'atterrissage pour accueillir de nouveaux voyageurs.

— De quoi avez-vous besoin ?

— De deux tonnes d'hélium 3.

— Vous avez de quoi payer ou échanger. L'hélium 3 est l'un des éléments les plus prisés de l'Univers. Vous imaginez bien que nous ne vous l'échangerons pas comme ça.

— Oui. Nous pourrions par exemple vous donner en échange un kilo d'antigron.

— De l'antigron ? Qu'est-ce que c'est ?

— Un atome antigravité.

— Un quoi ?

— Un atome qui permet d'annuler la force gravitationnelle.

— Un atome qui permet d'échapper à la gravité… Tiens donc, dit Tzark en prenant un air étonné et intéressé. C'est bien la première fois que quelqu'un vient nous proposer une telle « monnaie » d'échange… Et vous le trouvez où, cet élément ?

— Nous ne le trouvons pas. Nous le fabriquons. Votre système solaire en est dépourvu comme tous les autres systèmes solaires de l'Univers, car il n'existe pas à l'état natif.

Les colons de Naplar provenaient de l'unique planète habitable de leur système solaire : Folgone. Folgone et Naplar étant séparés de seulement 53 000 kilomètres, la colonisation s'était faite avec des engins spatiaux relativement archaïques en comparaison de la technologie qu'utilisaient les Iloryens. Et les Folgoniens étaient loin de connaître ou de maîtriser la fabrication de la matière antigravitationnelle. Ils venaient à peine de comprendre le potentiel énergétique et commercial de l'hélium 3. Naplar étant l'un des corps célestes les plus pourvus en hélium 3 de leur galaxie, ils s'étaient empressés de la coloniser, d'y construire une cité-dortoir ainsi que des zones d'extraction afin de l'utiliser pour le développement de leur peuple, et surtout pour s'enrichir de son commerce avec les civilisations des autres systèmes solaires de leur galaxie. L'utilisation de la matière antigravitationnelle serait une aubaine supplémentaire pour les Folgoniens qui se verraient faire un bond technologique colossal.

— Et comment le fabriquez-vous ?

— Nous avons la technologie pour.

— Eh bien. Voilà un avantage encore plus intéressant.

— Alors, marché conclu ? Deux tonnes d'hélium 3 contre un kilo d'antigron ?

— Que nous apporterait un kilo d'antigron si nous ne pouvons pas le synthétiser ? Avec un kilo d'antigron, nous ne pourrions même pas fabriquer un seul engin flottant.

— Ce qui compte, ce n'est pas de posséder une grande quantité d'antigron. Un kilo vous permettra de l'étudier et de trouver le moyen de le synthétiser un jour…

— Ce que je veux n'est pas l'antigron, mais ce qui permet de synthétiser l'antigron. Je veux savoir le faire et la machine.

— Comment vous appelez-vous ? demanda Wyu.

— Tzark.

— Tzark. Je crois que nous ne nous sommes mal fait comprendre. Ça sera un kilo d'antigron ou rien. Vous comprenez ? La valeur marchande de l'hélium 3 n'est rien en comparaison de celle de l'antigron. Si nous ne faisons pas affaire avec vous, nous en trouverons bien ailleurs, de l'hélium 3, il y en a partout dans l'Univers. En revanche, vous ne pourrez pas en dire autant de l'antigron. Car, comme vous le savez maintenant, il ne s'agit pas d'un élément ubiquitaire dans l'Univers.

— Je crois que c'est vous qui ne m'avez pas bien compris. Vous n'irez nulle part avant de m'avoir donné le secret de fabrication de l'antigron et la machine.

— Eh bien, monsieur Tzark, nous allons nous dire au revoir.

Les ex-Iloriens se levèrent pour indiquer à Tzark qu'il était sur le point de perdre la possibilité de maîtriser un nouvel élément et que les négociations étaient closes.

— Les oiseaux sont prêts à s'envoler, dit Wyu à Irion en langage iloryen.

Cette phrase constituait un code de défense. Sentant l'imminence d'un affrontement, ils firent glisser les couteaux de leur fourreau dissimulé dans leur manche jusqu'à ce qu'ils arrivent dans leur main.

— Arrêtez-les ! dit Tzark à ses gardes.

À peine eut-il prononcé ces mots que Wyu et Irion projetèrent leurs couteaux de lancer. Les cibles venaient d'être atteintes, un dans le corps de chaque garde. À l'intérieur de chacune de ses pointes tranchantes se trouvait un poison extrêmement puissant, le xanium, toxique sur le système nerveux. Les quatre corps tombèrent immédiatement à terre, incapables de bouger le moindre groupe musculaire, puis succombèrent rapidement sous l'effet de la substance chimique neurotoxique. Wyu sortit son arme de poing chargée de balles d'holonium et la pointa en direction de Tzark.

— Mets les mains au-dessus de ton bureau, s'il te plaît, lui dit Wyu. Sinon je te réserve le même sort que tes amis.

Tzark acquiesça. De son côté, Irion appuya sur l'écran tactile du boîtier de communication attaché à son poignet, et fit un réglage dessus afin d'augmenter l'intensité des ondes électromagnétiques envoyées par son psychotron. Il se positionna devant Tzark afin d'orienter le faisceau d'ondes en direction de son cerveau et de prendre le contrôle de sa conscience. Au bout de quelques secondes, les yeux greffés de Tzark adoptèrent un regard hagard comme s'il venait d'être plongé en état d'hypnose. Il était désormais sous l'emprise psychologique d'Irion.

— Appelle la zone de fret et fais-nous livrer deux tonnes d'hélium 3, s'il te plaît. Notre coéquipier, Pencha, attend dans notre vaisseau et s'occupera de la réception de l'atome.

Tzark hocha la tête en guise d'acquiescement avant de prendre un boîtier présent sur son bureau qui ressemblait à un gros talkie-walkie. Il l'approcha de sa bouche et commença à parler dedans. Les traducteurs de Wyu et d'Irion, qui étaient insérés dans leur oreille droite, permirent de s'assurer qu'il n'avait pas alerté ses semblables, mais bien organisé la livraison du précieux élément.

— Conduis-nous maintenant dans la zone de détention où tu as fait enfermer nos amis qui sont venus aussi chercher de l'hélium 3. Je veux parler des deux hommes et des deux femmes accompagnés d'un androïde.

— Bien sûr. Suivez-moi.

Alors que les corps des quatre gardes gisaient encore sur le sol, Tzark se leva et se dirigea vers la sortie. Il souleva la draperie et ils sortirent de la tente. Les Iloryens avaient toujours le visage dissimulé dans la capuche de leur cape et le suivaient de très près, les ondes électromagnétiques continuant insidieusement leur travail de manipulation mentale. Ils sortirent du dôme pour rejoindre la zone souterraine dont les parois avaient l'aspect d'une lave volcanique refroidie. Ils empruntèrent la même série de couloirs et d'escaliers qu'avaient suivie leurs collègues télorriens sous la menace des gardes qui les avaient emmenés dans la zone de détention. Ils se retrouvèrent alors devant l'imposante porte métallique sécurisée.

— Demande-leur de nous ouvrir !

Tzark appuya sur le bouton de l'interphone et demanda l'ouverture de la porte. Le garde situé de l'autre côté, qui n'avait pas l'habitude de le voir dans ce secteur, lui demanda d'apposer la pulpe de son doigt sur un capteur biométrique.

— C'est bon. Je vous ouvre, monsieur Tzark.

Ils passèrent tous les trois devant le garde qui remarqua la présence des deux Télorriens.

— Tout va bien, monsieur Tzark ?

— Oui. Je vais bien.

— Qui sont ces personnes qui vous accompagnent ?

— Ils sont avec moi…

— Maître. J'ai des consignes strictes. Aucun étranger n'est habilité à pénétrer dans la zone de détention.

— C'est un ordre !

— Je vais procéder à une vérification si vous le permettez.

Alors que le garde venait de saisir un boîtier de communication, on entendit une détonation suivie d'un silence sépulcral. Wyu venait de saisir son pistolet et de tirer une balle d'holonium en direction de sa tête. Un vide tubulaire venait d'apparaître dans toute la profondeur de sa boîte crânienne. L'holonium chauffé venait de transposer une partie de son cerveau et de ses os faciaux dans une autre dimension. La tête complètement vidée, le garde s'écroula instantanément. Wyu prit le corps du moribond par les pieds et le fit glisser sur le sol pour le cacher dans un renfoncement.

— Où sont nos amis, Tzark ?

— Les hommes doivent être au troisième étage, dans la zone de détention, les femmes dans la zone de prélèvement.

— Qu'est-ce qu'on y fait dans la zone de prélèvement ?

— Des extractions oculaires…

— Je vois. Dépêchons-nous.

Alors qu'ils étaient montés dans l'ascenseur et que celui-ci montait en direction du troisième étage, Irion s'adressa à Wyu.

— Je m'occupe de libérer les hommes et Destinée. Je te laisse aller avec notre ami Tzark au sixième étage pour libérer les femmes. On se retrouve en bas quand le travail est fini.

— Tu vas réussir à les retrouver ? demanda Wyu.

— Oui, je capte le signal de Destinée sur mon boîtier de communication. Ils ne sont pas très loin.

— OK. On se rejoint au rez-de-chaussée.

Une sonnerie retentit. L'ascenseur venait d'atteindre le troisième étage. Alors qu'Irion venait à peine de sortir de l'ascenseur, ce dernier filait déjà en direction du sixième étage. Il se retrouva dans un corridor qui présentait trois portes, deux portes latérales et une juste en face de lui. L'une des portes latérales ne menait qu'à un débarras qui arborait des monticules d'objets disposés en vrac. Dans l'autre, il y avait un stock d'armes. Il se résigna à s'avancer vers la troisième porte, celle qui était juste en face de lui. Elle était plus épaisse que les précédentes et semblait fermée à clé. Il pointa son arme juste en face de la serrure et tira à courte portée une balle d'holonium. La serrure venait de disparaître, catapultée dans un autre espace-temps. La porte s'ouvrit alors légèrement. Il mit la main dans sa poche pour saisir une sphère gravitationnelle et donna un coup de pied à la porte afin de l'ouvrir complètement. Il se retrouva dans un vaste couloir où s'alignaient les portes de prison à perte de vue. Alors que deux gardes commençaient à lui tirer dessus avec des fusils laser, il lança immédiatement la sphère gravitationnelle sur le sol, droit devant lui, afin qu'elle puisse rouler sans rencontrer d'obstacle. Irion n'essaya même pas d'éviter les faisceaux laser qu'on était en train de tirer sur lui, car il se savait dorénavant protégé par la sphère gravitationnelle qui détournait chacun d'eux lorsque ceux-ci arrivaient à son niveau. Sa force d'attraction était telle qu'elle les prenait dans son sillage tout en continuant à rouler. La sphère continua sa course jusqu'à ce qu'elle soit arrivée à proximité des deux gardes qui furent immédiatement attirés par sa puissante force invisible qui les immobilisa sur-le-champ. La gravité produite par la sphère, remplie d'éliantum-X, était dix fois supérieure à celle de cette planète. Il était devenu impossible pour eux de bouger le moindre faisceau musculaire. Même leurs muscles faciaux étaient bloqués, ce qui les empêchait de crier au secours. Irion prononça cette phrase à leur intention : « Au sein d'un même peuple, c'est la force, le pouvoir, et l'argent qui domine l'autre, entre deux civilisations, c'est l'avancée technologique ! »

Irion regarda à travers les barreaux de chacune des cellules jusqu'à ce qu'il trouve celle où étaient enfermés Ben, Namos, et Destinée. Ben se leva et mit les mains sur les barreaux de la porte de la cellule.

— Vous en avez mis du temps !

— Je vais tenter de vous ouvrir.

Irion orienta son psychotron vers l'une des créatures pour prendre le contrôle de son esprit.

— Comment ouvrir les cellules ? lui demanda-t-il mentalement.

— Il y a un tableau numérique à l'entrée. Sur ce tableau se trouvent des numéros. Chaque numéro correspond à une cellule. Il y a un bouton au-dessous de chacun d'eux. Il suffit d'appuyer dessus pendant trois secondes et la porte de la cellule en question s'ouvrira.

— Je veux les ouvrir toutes en même temps. Est-ce possible ?

— Oui. Il faut reproduire un signe sur le pavé numérique.

— Donne-le-moi.

Irion s'avança devant la console et constata qu'il y avait en effet une zone de détection tactile sur laquelle il était possible de reproduire ce symbole avec la pulpe de son doigt. Il attendit quelques instants. Mais rien ne se produisit. Il revint vers les créatures.

— Ça ne marche pas !

— Seuls nos doigts peuvent le faire. Le système reconnaît nos empreintes digitales.

— Purée. Ça commence à bien faire.

Il revint vers la console, sortit son arme et tira une balle d'holonium sur la zone de détection tactile, annihilant une partie de celle-ci. Rien ne se produisit non plus. Il prit alors l'une de ses grenades électromagnétiques, qui étaient attachées à l'arrière de son ceinturon, la dégoupilla, et l'inséra dans l'orifice que la balle d'holonium venait de créer. Celle-ci tomba au cœur du système électronique de la console. Irion se mit ensuite à courir le plus loin possible jusqu'à ce qu'une explosion se fasse entendre. Les ondes électromagnétiques de haute fréquence avaient littéralement grillé tout le système informatique. Alors que la console fumait, Irion restait immobile à l'affût du moindre bruit qui indiquerait l'ouverture des portes. Au bout de quelques secondes, une multitude de clics successifs se firent entendre. C'était le bruit des portes qui s'ouvraient une à une. Les créatures étrangères à ce système solaire sortirent des cellules. Il y en avait une centaine.

— Il y a des armes au niveau de la porte gauche du corridor, leur cria Irion.

Ben, Namos, et Destinée venaient de rejoindre Irion.

— Je croyais que Sandra t'avait donné l'ordre de ne pas venir nous chercher ?!

— Pourquoi, vous vouliez rester ici ? répondit-il.

— Non ! La rébellion a parfois du bon !

— Partons ! Les autres doivent nous attendre en bas.

Ils quittèrent la zone pénitentiaire pour rejoindre le corridor. À ce niveau, les créatures libérées attendaient Irion pour le remercier. Ces derniers leur donnèrent plusieurs fusils laser qu'ils avaient trouvés dans la salle d'armes afin qu'ils puissent se défendre. Irion, grâce à son neurostim, leur souhaita mentalement bonne chance. La troupe armée prit l'escalier pour rejoindre le rez-de-chaussée et quitter la zone pénitentiaire.

***

Au même moment, quelques étages plus haut

Sandra et Xiphu Maophi Po étaient en train de subir une contention forcée, allongées sur une pseudo-table opératoire. L'extracteur s'approcha dans un premier temps de Sandra, laissant Xiphu spectatrice de la scène atroce qui allait se réaliser devant ses yeux. Elle aurait aimé qu'on lui montre un tout autre spectacle, bien plus humain, avant qu'on lui ôte la vue et qu'elle plonge à jamais dans le monde de la cécité. Mais au fond, elle se fit la réflexion qu'il était peut-être préférable de perdre le sens de la vue, car les choses que la vie donnait à voir étaient bien souvent trop cruelles. La bouche à moitié ouverte de l'extracteur laissait entrevoir ses dents gâtées qui avaient la taille de celles d'un cheval. Il tenait dans les mains deux ustensiles chirurgicaux que Sandra eut du mal à identifier dans un premier temps. Mais en examinant leur forme, elle comprit bien vite leur fonction. Elle ressentait la même angoisse et la même inquiétude qu'un malade sur le point d'être opéré, attendant son tour dans l'antichambre d'un bloc opératoire. L'extracteur fit un signe à ses assistants qui comprirent aussitôt qu'il était temps de faire respirer à Sandra le gaz anesthésiant contenu dans les bouteilles, non pas pour lui éviter d'atroces souffrances, auxquelles l'extracteur était de toute évidence indifférent, mais pour limiter ses mouvements de tête qui pourraient venir perturber l'énucléation. Alors qu'ils approchaient le masque de son nez, elle tenta de se débattre, mais cette dernière tentative était bien vaine, car ils se mirent à plusieurs pour lui tenir la tête. Le masque se retrouva sur son nez et Sandra n'eut pas d'autre choix que de respirer ce gaz perfide qui n'allait pas tarder à la faire tomber dans l'inconscience et la vulnérabilité. À cet instant, elle abandonna tout effort de lutte et se laissa envahir par la fatalité et la résignation. Sa vision se troubla rapidement et elle devint complètement hagarde. L'extracteur s'approcha d'elle et lui inséra les deux écarteurs d'yeux sous les paupières, même si elle n'était pas encore complètement anesthésiée. Le blanc de l'œil était devenu plus apparent, dévoilant sa forme complète qui correspondait à une sphère parfaite d'allure globuleuse et injectée de vaisseaux sanguins. L'extracteur se retourna et se pencha au-dessus d'une table roulante métallique qui se trouvait jute à côté du lit opératoire. Sur celle-ci se trouvaient d'autres instruments chirurgicaux et un bocal contenant un liquide de conservation d'organes. Il prit une paire de ciseaux dans l'une de ses mains. Cette dernière avait la particularité d'avoir des lames très aiguisées et très courbées dans le but d'épouser parfaitement la forme sphérique des yeux pour aller sectionner leurs muscles oculaires qui les maintenaient solidement ancrés dans leur cavité orbitaire. L'extracteur souriait et sentait une certaine jouissance monter en lui. Il s'agissait de la même jouissance et du même sentiment de domination sur l'autre que pouvait ressentir un tueur en série juste avant de commettre un crime. Alors qu'il s'apprêtait à immiscer les lames des ciseaux entre la partie interne de la paupière et le globe oculaire, il entendit un bruit. C'était la porte battante du bloc opératoire qui venait de s'ouvrir. Lui et ses assistants se retournèrent et aperçurent immédiatement Tzark accompagné d'un homme muni d'une cape qui le mettait en joue, l'arme pointée contre sa nuque. C'était Wyu qui venait d'entrer.

— Détachez-les, dit Wyu, ou je dégomme votre chef.

— Ce n'est pas notre chef, dit l'extracteur. Ce n'est qu'un négociant qui travaille pour moi. Il est chargé de m'adresser des « yeux ». Rien de plus. Mais je vois qu'il a failli dans sa tâche. Il ne représente rien pour moi. Vous pouvez l'exécuter.

L'extracteur mit discrètement la main dans sa poche. Il en sortit une arme, avant de commencer à ouvrir le feu dans leur direction. Tzark reçut une balle et rendit l'âme sur-le-champ, montrant ainsi le peu de valeur que l'extracteur lui attribuait. Mais Irion riposta, et ce fut l'extracteur qui reçut une balle à son tour en pleine poitrine, translatant ainsi une partie de son thorax et des organes qu'il contenait dans un autre espace-temps. L'extracteur eut juste le temps de regarder l'orifice dessiné dans sa poitrine avant de s'affaler par terre. Wyu était d'une grande dextérité, et deux des quatre assistants reçurent également une balle avant de s'écrouler à leur tour sur le sol. Wyu s'arrêta de tirer, car les deux autres assistants venaient de lever les bras en l'air pour se rendre. Avec la main, il leur fit signe de se mettre dans un coin de la pièce et de ne plus bouger. Il s'approcha ensuite de Sandra et lui ôta le masque ainsi que les liens métalliques qui enserraient ses poignets, et ses chevilles. Sandra avait un regard à la fois exorbité et hagard, et sa bouche émettait quelques mots dans un jargon incompréhensible. Elle donnait l'impression d'avoir bu et d'être complètement ivre. Wyu lui ôta les écarteurs oculaires, puis se dirigea vers Xiphu Maophi Po pour la libérer à son tour. Les deux femmes mirent quelques minutes avant de recouvrer leur calme et leur pleine conscience. Wyu invita ensuite les deux créatures qu'il n'avait pas abattues à prendre la place de Sandra et de Xiphu Maophi Po sur les tables opératoires. Ils les attachèrent à leur tour, comme eux-mêmes avaient attaché les Télorriennes quelques minutes plus tôt. Sandra et Xiphu Maophi Po remercièrent chaleureusement Wyu et se prirent tous les trois dans les bras.

— Il nous faut rejoindre Pencha. Il est au rez-de-chaussée. J'espère qu'il a réussi à libérer les autres.

— Attends, Wyu. Il y a quelqu'un à côté qui semble être en détresse. Ces pourris ont dû lui faire subir des atrocités.

Les trois Télorriens se rendirent dans la salle qui était contiguë. Il y avait le corps gracile d'une jeune femme extraterrestre. Sa peau était entièrement lisse et elle ne possédait pas de phanères. Son visage ovoïde aux douces courbures, qui présentait deux petits orifices en guise de narine, ressemblait à celui d'un félin, d'un chat plus exactement. Mais ses volumineuses orbites qui devaient contenir de larges yeux étaient vides, enfin, presque vides puisqu'elles étaient remplies, tel un lac, d'un liquide noirâtre qui devait de toute évidence être du sang. Ce sang noir avait coulé sur le côté de son visage, jusqu'à ses oreilles, comme si cet être féminin avait pleuré de l'encre. Son corps restait inerte et sa bouche n'émettait plus de geignements.

— Il faut la ramener à bord, dit Sandra. Oro pourra peut-être la sauver.

— Oro ne pourra plus rien pour elle. Elle est morte. Son cerveau s'est arrêté de fonctionner.

— Comment peux-tu en être certain ? Même aveugle, elle peut survivre.

— Mon psychotron ne capte plus d'ondes électromagnétiques en provenance de son cerveau. C'est malheureusement la fin pour elle. On ne peut revenir de la mort cérébrale. Espérons qu'elle ait maintenant rejoint un monde plus lumineux...

Sandra se retourna et donna un coup de pied dans une table métallique qui se trouvait dans la salle et sur laquelle étaient posés des instruments chirurgicaux d'énucléation maculés de sang qui avaient de toute évidence servi à évider les cavités orbitaires de cette entité. Sandra sentit une grande colère monter en elle. Elle pensait que seuls les êtres humains avaient cette potentialité d'inhumanité et de cruauté. Mais la barbarie semblait finalement être quelque chose de banal, quelque chose de normal, quelque chose d'universel, et d'ubiquitaire, quelque chose qui était contenu dans la Création. Elle, qui était d'habitude très calme et très tolérante, semblait avoir perdu son sang-froid et sa raison. Elle arracha l'un des pistolets que Wyu tenait dans ses mains et retourna dans la salle d'à côté où elle avait été ligotée quelques minutes plus tôt. Les deux autres la suivirent.

— Je vais en buter un ! Putain !

Elle pointa son arme en direction du crâne de l'une des créatures qui étaient allongées sur la table d'opération et commença à appuyer sur la détente jusqu'à ce que l'arme se trouve à la limite de la détonation.

— Je vais lui faire exploser son visioscope, à ce pourri.

— Sandra, non ! Ne fais pas ça ! N'agis pas comme eux ! La vengeance est un sentiment stérile qui ne t'apportera que des remords et de la souffrance. C'est un mal qui te rongera de l'intérieur.

Une détonation éclata.

Sandra venait de tirer à côté du Folgonien et lui avait laissé la vie sauve. Elle tomba dans les bras de Wyu, et se mit à pleurer.

— Mais dans quel monde vit-on ? lui demanda-t-elle.

— Dans un monde contrasté fait d'ombre et de lumière. Il n'y a que de l'ombre ici, alors n'y restons pas plus longtemps...

Alors qu'ils s'apprêtaient à quitter le bloc opératoire, ils entendirent une horde de pas qui se rapprochait d'eux. Inquiet, Wyu pointa son arme en direction du sas d'entrée, prêt à liquider ses balles d'holonium. C'était la troupe des autres Télorriens, menée par Irion, qui venait d'arriver et qui venait d'entendre la détonation.

— Tout s'est bien passé, Wyu ? demanda Irion.

— Plutôt bien, oui. Ne traînons pas ici...

Ils entendirent des coups de feu au niveau des étages inférieurs. Les créatures libérées quelques minutes plus tôt par Irion étaient en train d'ouvrir le feu sur des soldats folgoniens qui venaient d'arriver en renfort devant le bâtiment. Les Télorriens ne participèrent pas au combat, et s'engagèrent dans les voies souterraines pour rejoindre la zone de fret où attendait leur coéquipier Pencha. À l'aide de sa montre de télécommunication, Irion l'appela.

— Prépare-toi à larguer les amarres, Pencha. Nous avons les collègues. Nous essayons de rejoindre le hangar où est parqué le rooper.

— Bravo, les gars. Je vous ouvre la porte du rooper.

— Tu as l'hélium 3 ?

— Oui, c'est bon. Ils m'ont apporté deux tonnes d'hélium 3 dans des fûts en acier. Ils ne m'ont rien demandé en échange... Faudra m'expliquer comment vous avez fait !

Irion et les autres Télorriens avaient rejoint un long tapis roulant. Il y avait beaucoup d'entités qui transitaient dans ces souterrains, ce qui témoignait du nombre considérable de personnes qui venaient commercer là. Les Télorriens restèrent calmes et marchèrent lentement sur le tapis pour ne pas montrer d'empressement particulier et ne pas attirer l'attention. Ils arrivèrent ensuite devant un escalier descendant. Ils empruntèrent ce dernier et ils se retrouvèrent sur un long quai où plusieurs entités attendaient déjà une navette de transport. Les Télorriens marchèrent le plus loin possible sur le quai pour s'éloigner, en se frayant un chemin à travers des projections publicitaires holographiques qui s'immisçaient devant eux, au fur et à mesure de leur progression. Ces avatars virtuels donnaient l'apparence d'êtres réels et faisaient la promotion de tel ou tel élément atomique vendu sous le grand dôme. L'un des avatars, qui avait le même visage que le préleveur oculaire abattu quelques minutes plus tôt par Wyu, et qui était vêtu d'une blouse blanche, se disait être le meilleur chirurgien oculaire de ce système solaire, et faisait la promotion de sa clinique.

— Il faut passer par le tunnel, dit Sandra à ses collègues.

Sandra sauta sur les rails pour s'engouffrer dans la noirceur du tunnel et les autres lui emboîtèrent le pas.

— C'est risqué, dit Pencha.

— Non. Si la navette arrive, nous nous collerons aux parois du tunnel, répondit Sandra.

— Et les Folgones ? Tu crois qu'ils vont nous laisser filer comme ça ? Sans nous suivre ?

— Il faut justement qu'ils nous suivent, ils sont deux fois plus gros que nous. La navette fera un strike avec eux…

— Un quoi ? demanda Wyu.

— Rien, répondit Sandra. C'est une notion de bowling, vous ne pouvez pas comprendre. C'est un sport qui se pratiquait avec une boule sur Terre.

Le tunnel était faiblement éclairé par de petites lumières au plafond assez distantes les unes des autres. Certains Folgones, plus téméraires que les autres, s'engagèrent en effet dans le tunnel pour les pourchasser. Alors que la troupe des Télorriens progressait et que des tirs provenaient des Folgones, le bruit d'un puissant roulement de mécanique résonna. C'était la navette de transport qui se rapprochait.

— Faut coller le mur ! cria Sandra tandis que la navette arrivait à leur niveau.

Les Télorriens se collèrent aux parois du tunnel en tentant d'accrocher leurs mains à ce qu'ils pouvaient, comme s'ils voulaient éviter d'être emportés par une tornade dévastatrice, ils ressentirent un souffle d'air puissant qui ne demandait qu'à les emporter. Après quelques secondes qui parurent interminables, le souffle se dissipa et la navette commença déjà à s'éloigner d'eux. Ils se remirent alors à courir sans qu'aucun bruit de détonation ne se fasse plus entendre. Les Folgones, beaucoup plus massifs qu'eux, venaient de se faire écraser par l'engin de transport. Après une dizaine de minutes supplémentaires à courir, ils aperçurent une lumière qui marquait la fin du tunnel et l'arrivée d'un nouveau quai. Ils montèrent sur ce dernier où attendaient un certain nombre d'entités et reprirent une marche lente pour ne pas attirer l'attention, avant de prendre un escalier qui menait à un grand hall. Irion appuya sur son boîtier de communication pour amorcer un dialogue avec Pencha afin de le prévenir de leur arrivée imminente et de lui demander de faire chauffer les réacteurs à plasma, ce qu'il fit sur-le-champ. Dans le hall se trouvaient six ascenseurs. Au niveau de chaque ascenseur se tenaient deux gardes en faction. Alors que les Télorriens s'avançaient vers l'un des ascenseurs, les deux gardes munis d'une lance leur barrèrent l'accès et s'adressèrent à eux dans leur langue. Le traducteur des Télorriens leur indiqua qu'ils demandaient ce qu'ils venaient faire là et où ils allaient.

— Notre ami Tzark nous a fait livrer deux tonnes d'hélium 3, répondit Wyu. Nous rejoignons simplement nos vaisseaux pour retourner dans notre système solaire.

— Nous allons vérifier. Quel est le numéro du hangar où est parqué votre vaisseau ?

— Numéro 54.

L'un des Folgones prit un gros talkie-walkie et appela les gardes du 54, puis se tourna à nouveau vers Wyu.

— C'est bon, dit le Folgone. Tout est conforme. L'hélium 3 a bien été livré. Vous pouvez monter.

Alors que les Télorriens venaient tout juste de prendre place dans l'ascenseur, l'un des autres Folgones reçut un appel sur son appareil de télécommunication.

— Quel est votre numéro de hangar ? demanda Wyu à Namos, qui avait dirigé le premier rooper.

— 73.

Dans l'ascenseur, à côté de chaque bouton qui correspondait à un étage, se trouvaient les numéros des hangars desservis. Wyu appuya sur les boutons pression qui correspondaient respectivement aux cinquième et septième étages. Alors que la porte de l'ascenseur était sur le point de se fermer, le garde qui venait de recevoir l'appel accourut pour s'opposer à la fermeture de la porte de l'ascenseur en mettant le pied juste devant elle.

— Sortez ! Je viens de recevoir l'ordre de ne laisser personne accéder aux hangars.

Afin que les Folgones ne puissent pas comprendre, Wyu s'adressa à Irion en langage iloryen.

— Irion, dégomme-le ! Moi, je lance une grenade.

Irion sortit brutalement son arme de poing pour tirer une balle d'holonium dans l'abdomen du Folgone, Wyu venait de dégoupiller une grenade qu'il lança immédiatement dans le hall.

— Ça va être le black-out, les gars, lança Wyu.

Le garde s'écroula et les autres tentèrent de s'éloigner de la grenade. Alors que la porte de l'ascenseur venait tout juste de se refermer et que le mouvement de montée avait débuté, ils entendirent une grande explosion, suivie d'une sirène d'alarme. La grenade à impulsion électromagnétique venait d'exploser et de libérer ses ondes dévastatrices. Ce n'était pas tant l'explosion qui avait fait le plus de dégâts, mais les impulsions électromagnétiques qui avaient non seulement détruit les visioscopes des Folgones, les rendant ainsi complètement aveugles, mais aussi endommagé une partie de leurs neurones, les condamnant à subir définitivement la pire des confusions mentales et à errer dans un état de démence perpétuelle. Ces grenades pouvaient se révéler ainsi être des armes redoutables, voire dévastatrices. Lorsqu'il s'agissait de se défendre et de survivre, les êtres les plus pacifistes, empreints de la plus grande éthique, pouvaient devenir cruels et commettre les plus grandes exactions. C'était comme si, en cas de danger, l'instinct de survie venait libérer des pulsions violentes et archaïques, enfouies au plus profond des êtres, comme viendraient éclater à la surface des bulles d'air viciées, emprisonnées depuis des siècles dans la profondeur abyssale d'un océan. L'acte de tuer, de nuire, et de détruire, qui puisait sa source dans l'instinct de survie, n'était finalement que le dernier rempart face à la mort, face à sa propre mort.

Les Télorriens, séparés en deux groupes, venaient d'arriver à leur étage respectif. Wyu, Namos, Sandra, et Destinée se trouvaient devant la porte du hangar 73, Ben, Irion, et Xiphu Maophi Po devant la porte du hangar 54. Les portes étaient faites d'un métal complètement hermétique afin d'éviter que le vide ne s'installe dans les couloirs lorsque les vaisseaux spatiaux sortaient des hangars dépressurisés pour rejoindre le vide sidéral. Un voyant lumineux de couleur verte qui se trouvait au-dessus de chacune d'elles indiquait que le hangar était pressurisé et qu'on pouvait y pénétrer sans crainte. Cependant, l'ouverture de ces dernières se faisait par reconnaissance pulpaire. Alors qu'Irion était en train d'appeler Pencha qui attendait dans le rooper, le pas des soldats folgoniens qui montaient l'escalier à vive allure résonna.

— Pencha. C'est nous. Nous sommes derrière la porte qui mène au hangar. Elle s'ouvre par une cellule de détection tactile. Il faut que tu nous ouvres. Le temps presse. On va avoir des emmerdes si on reste plus longtemps ici. J'entends les gardes monter !

— Je vais faire ce que je peux, Irion. Il y a deux gardes qui surveillent l'appareil en permanence.

Pencha sortit du rooper et s'adressa, via son outil de traduction, aux deux gardes folgoniens.

— Les gars, mes coéquipiers viennent d'arriver. Vous pourriez leur ouvrir ?

— Nous avons reçu l'ordre de ne laisser partir personne. Il y a une émeute qui vient d'éclater au centre pénitentiaire. Et, de toute façon, votre vaisseau a été saisi par notre service de douane. Il va partir au démembrement.

— Au démembrement ? demanda Pencha, dubitatif.

— Oui, vous avez bien compris. Au démembrement !

La zone de démembrement correspondait à la décharge à « ciel ouvert » qu'ils avaient pu apercevoir en survolant la planète, juste avant d'atterrir dans la zone de fret. Les vaisseaux des entités emprisonnées étaient démembrés, les pièces intéressantes gardées par les Folgoniens ou bien vendues. Les Folgoniens n'étaient rien d'autre que des spoliateurs, des voleurs, des brigands. Aucune loi, aucun système juridique ne protégeait quiconque dans cet endroit de l'Univers qui ressemblait de toute évidence à une zone de non-droit. Les entités qui s'aventuraient là pouvaient être prises au piège et condamnées à y mourir comme pouvaient l'être des insectes capturés par une plante carnivore ou une toile d'araignée. L'éthique était une notion complètement dérisoire. La matrice astrologique qui avait donné naissance à ce peuple n'avait pu engendrer que des valeurs immorales.

— D'accord, répondit Pencha.

Alors qu'il feignait de retourner au rooper en leur tournant le dos, Pencha sortit promptement son pistolet à balles d'holonium et se mit à leur tirer dessus. Ayant été pris de court et n'ayant pas eu le temps de riposter, les gardes s'écroulèrent sur le sol, une partie de leur chair et de leurs organes profonds ayant été transposés dans un autre espace-temps. Tandis que Pencha commençait à entendre des tirs provenant de l'affrontement entre les Folgones et les Télorriens, il fit glisser non sans difficulté le corps de l'un des Flogoniens qu'il venait d'abattre pour l'emmener vers le sas d'ouverture du hangar. De l'autre côté, les tirs devenaient plus soutenus. Au fur et à mesure de l'arrivée des Folgoniens dans la cage d'escalier, les Télorriens leur tiraient dessus avec les mêmes ogives en holonium pur. Même si les Folgoniens avançaient avec des boucliers métalliques, aucune matière ne pouvait opposer de résistance à cet élément qui avait le pouvoir de faire disparaître, dans son état d'excitation, n'importe quelle matière de l'Univers. Mais, au bout d'un moment, et du fait du nombre important de Folgoniens, on entendit un cri brutal dans le camp des Télorriens.

— Putain, ils m'ont eu, ces cons !

C'était Ben, le constructeur, qui avait pris un faisceau laser dans la poitrine. Alors que du sang coulait le long de sa combinaison, il se mit en retrait, car il n'avait plus la force de combattre.

— Putain ! Ouvre cette putain de porte, Pencha ! lança Irion qui venait de lancer une sphère gravitationnelle pour détourner les tirs des Folgoniens afin de les retarder.

Au même moment, Pencha réussit à translater le corps du garde jusqu'au sas du hangar, mais celui-ci était trop lourd pour le mettre à la verticale afin d'apposer la pulpe de l'un de ses doigts sur la cellule de détection tactile. Il sortit alors un couteau et commença à sectionner la base de son index. N'arrivant pas à couper l'os dans sa totalité avec la lame, il prit le doigt presque désolidarisé, et finit par le démembrer manuellement. Il prit ce dernier et apposa la pulpe de sa dernière phalange sur la zone de lecture numérique. Mais rien ne se produisit en retour. Au vu de la taille de la cellule de détection tactile, qui mesurait bien trente centimètres carrés, Pencha comprit que la cellule de détection tactile n'analysait pas la phalange d'un doigt, mais la main dans sa globalité. Pris de panique, il se saisit de son pistolet et tira une balle d'holonium sur le poignet controlatéral du Folgone pour faire disparaître ce dernier. Il prit la main désolidarisée et la posa sur la cellule. Alors qu'une ligne lumineuse jaune et horizontale scannait les lignes de la main de l'entité, de haut en bas, Pencha retint son souffle comme aurait pu le faire un agriculteur d'une zone désertique qui regardait des nuages sur le point de délivrer leur précieuse eau. C'est ainsi que les secondes qui venaient de s'écouler parurent des heures. Quand il entendit finalement un bruit de traction, Pencha ressentit un grand soulagement. C'était tout simplement la porte qui commençait à s'ouvrir. Alors que la sphère gravitationnelle empêchait les Folgones d'avancer et de tirer, Irion et Xiphu Maophi Po mirent les bras de Ben autour de leur cou et l'aidèrent à pénétrer dans le hangar, puis à avancer jusqu'au vaisseau. Tandis qu'ils venaient tout juste de franchir la porte du hangar, Pencha abaissa un volumineux levier fixé sur le mur, à côté de la porte qu'il venait d'ouvrir. Une lampe murale, qui ressemblait à un gyrophare, émit une lumière rouge et ils entendirent le bruit d'une forte sirène. Ces deux marqueurs étaient là pour indiquer aux voyageurs que l'immense portail métallique du hangar qui donnait, lui, sur le vide sidéral, allait s'ouvrir pour entamer la dépressurisation momentanée du hangar.

***

Pendant ce temps-là, Wyu, Namos, Sandra et Destinée se trouvaient devant la porte du hangar numéro 73. Sandra mit machinalement sa main sur la zone de détection tactile comme si la porte allait s'ouvrir comme par magie. Mais rien ne se produisit, évidemment, en retour.

— Merde, dit-elle. La porte est sécurisée. On est foutus.

— Il te reste combien de balles d'holonium, demanda Namos à Wyu.

— Un chargeur.

— Vide-le sur la porte !

— Non. Il vaut mieux économiser les balles au cas où des gardes arriveraient. On a plus de chance d'ouvrir la porte avec ma grenade à impulsions électromagnétiques.

Ce type de grenades avait non seulement un pouvoir explosif, mais aussi de libération d'ondes électromagnétiques brèves et de fortes amplitudes capables de détruire presque tous les systèmes électroniques et informatiques. Wyu espérait ainsi griller le système de reconnaissance et d'ouverture de la porte.

— Je n'aime pas du tout ce type d'armes, dit Destinée. Sauf erreur de ma part, je suis une machine et cette grenade risque de réduire à néant tous mes circuits et tous mes composants.

— Tu n'es pas la seule à pouvoir potentiellement subir des dommages irréversibles. Le risque, pour la plupart des êtres biologiques, en cas d'exposition à ce type d'ondes, c'est le dommage irréversible de leur système nerveux lié à de graves perturbations neuronales. La mort survient par déconnexion neuronale brutale ou arrêt cardiaque à la suite du dysfonctionnement de l'innervation du cœur. Il y a un escalier quelque part ?

— Oui, ici ! répondit Sandra en le pointant du doigt.

— Allez-y. Je vous rejoins.

— C'est risqué, dit Namos. Ce n'est pas tant les ondes électromagnétiques qui posent un problème, c'est l'explosion qui l'accompagne. Nous ne connaissons pas la solidité du bâtiment. Nous risquons son affaissement, puis son écroulement.

— Avons-nous le choix, Namos ? Moi, je préfère prendre le risque de mourir sous des décombres que de pourrir ici dans un cachot et sans yeux !

— Vu sous cet angle…

Alors que le petit groupe de Télorriens courait en direction de l'escalier, Wyu s'agenouilla et posa la grenade sur le sol, contre la porte. Il appuya sur le bouton d'activation, puis se mit à courir le plus vite possible pour rejoindre les autres. Ils étaient tous réunis à l'étage inférieur de la cage d'escalier, ils ne parlèrent plus, fermèrent leurs yeux, et se mirent les mains sur les oreilles. Le souffle coupé, chacun se demandait dans son for intérieur si la seconde qui suivrait leur apporterait la continuité ou bien la mort. Le monde de la matière, tel un juge prenant l'ultime décision de condamner à mort un accusé, avait le pouvoir injuste de vous ôter la vie en une fraction de seconde. La vie n'était finalement qu'une mort en perpétuel sursis, car vivre revenait à marcher au-dessus du vide sur une corde comme le faisait un funambule marchant sur un fil tendu au-dessus d'un précipice, prenant le risque de voir s'éteindre sa bougie pour toujours. Mais après tout, une mort rapide et violente valait sans doute mieux qu'une longue agonie et, dans ces moments de stress intense, alimentés par une production hors norme d'adrénaline, où l'idée d'un destin tragique avait annihilé toute faculté de penser, la peur s'était inclinée en laissant place à la résignation et au fatalisme. Puis une grosse déflagration se fit entendre ou plutôt percevoir, car les murs se mirent à trembler. Le plafond s'effrita, laissant gravats et poussière gâter leur visage, la lumière de l'escalier s'éteignit, les plongeant dans l'obscurité totale. Ce black-out brutal signifiait-il qu'ils étaient morts ? Ce n'était pas leurs oreilles, obstruées par un sifflement continu, ni leur sens de la vue, privé de lumière, qui leur donnèrent la réponse. C'était celui de l'odorat. La perception de cette odeur de poussière et de brûlé leur indiquait bien que le juge du monde matériel ne les avait pas encore condamnés.

— Allez. Il faut y aller, dit Wyu.

Lorsqu'ils arrivèrent devant la porte qui menait au hangar, ils constatèrent que celle-ci avait été soufflée, et que son système électrique était complètement endommagé. Mais la porte n'était pas encore entièrement désolidarisée du mur.

— Donne-moi un coup de main, Destinée, s'il te plaît, dit Manos.

— Oui, bien sûr.

L'ossature métallique et la batterie nucléaire à hélium 3 de Destinée lui assuraient des forces quatre à cinq fois supérieures à celles du plus fort des Télorriens. Manos et Destinée mirent leur main sur la porte qui avait désormais une forme bombée par la déflagration, et mirent toutes leurs forces dans cet effort de poussée. On entendit la motorisation interne de l'androïde se mettre à pleine puissance. Alors que Wyu appuyait sur son boîtier de communication pour activer l'ouverture de la porte du rooper qui se trouvait de l'autre côté, une troupe de Folgoniens apparut dans le couloir. Tandis que les points d'attache de la porte cédaient, des échanges de tirs provenant des deux camps éclatèrent. Une lumière éblouissante provenant des faisceaux laser émis par les armes des Folgoniens se mélangea à l'odeur de poudre calcinée provenant des balles d'holonium tirées par les Télorriens. Wyu lança une sphère gravitationnelle pour les retarder, et ils se mirent à courir en direction de leur vaisseau qui avait déjà descendu sa rampe d'accès, et qui était donc prêt à les accueillir. Ils montèrent tous à bord, et refermèrent immédiatement la rampe d'accès derrière eux. Alors que les quatre Télorriens se réunissaient dans le cockpit, certains Folgoniens réussirent à contourner la sphère gravitationnelle, et se mirent à tirer sur le vaisseau.

— On a un problème, dit Namos à ses co-équipiers.

— Lequel ? demanda l'un d'entre eux.

— On n'a pas baissé le levier d'ouverture de la porte extérieure du hangar…

— De toute façon, on ne pouvait pas le baisser. Il a été endommagé par la grenade. Tu sais ce qu'il te reste à faire.

Les faisceaux laser que tiraient les Folgoniens faisaient trembler le rooper. Mais son alliage résistait encore. Namos activa la matière antigravitationnelle de l'appareil qui se mit rapidement en lévitation, puis activa les quatre moteurs à propulsion plasma qui firent reculer les créatures en furie. L'avancée technologique des Iloryens leur avait permis d'intégrer dans le rooper un système capable de générer un puissant champ électromagnétique. Le vaisseau pouvait ainsi éloigner de lui toutes les particules nocives provenant de l'Univers notamment lorsqu'ils transitaient à proximité d'une étoile, mais aussi de petits objets, des débris en tous genres, comme le faisait la Terre dotée d'un champ magnétique capable de dévier les particules mortelles provenant du vent solaire, protégeant ainsi ses habitants d'une mort certaine à moyen terme. Namos poussa une manette pour l'activer. Il appuya aussi sur un autre bouton, et une motorisation vrombit. Il venait de faire descendre sous l'appareil deux imposants missiles à impulsion électromagnétique.

— Attachez vos ceintures, les amis, dit Namos. Il va y avoir des remous…

— Pour une civilisation non armée, je vais de surprise en surprise, dit Sandra.

Alors que les Télorriens attachaient leur ceinture, Namos vérifia une dernière fois que le bouclier électromagnétique était bien activé. Il fit basculer un petit opercule transparent sous lequel se trouvait une touche rouge qui avait la fonction d'activer le guidage des missiles. Une cible s'afficha sur la vitre en verre du cockpit, et Namos saisit alors un joystick qui se trouvait sur la console de pilotage et au sommet duquel trônait un bouton rouge recouvert lui aussi d'un petit opercule. À l'aide du joystick, il positionna la cible sur la volumineuse porte métallique du hangar, et, d'un revers de doigt, fit basculer l'opercule afin de procéder au lancement des deux missiles.

— *Ira*, dit Namos, ce qui signifiait en iloryen « feu ».

Puis il appuya sur le bouton et les petits réacteurs plasma placés à l'arrière des missiles s'allumèrent brutalement comme si les yeux d'une bête féroce en train de chasser apparaissaient dans l'obscurité de la nuit. Tels deux bourdons prêts à attaquer et à se sacrifier, les deux missiles entamèrent leur courte trajectoire en émettant un vrombissement assourdissant, avant de venir s'encastrer dans la porte blindée du hangar qui se désintégra sur le coup. Alors que Namos venait de mettre la pleine puissance des quatre réacteurs plasma situés à l'arrière du rooper, une boule de feu aussi lumineuse qu'un soleil, issue de l'explosion des missiles, envahit tout le hangar en créant une sorte d'aurore boréale née du conflit entre les particules de matière en ignition et le champ électromagnétique de protection généré par le vaisseau. Namos empoigna un second joystick destiné à la navigation, et mit les pleins gaz, se dirigeant presque à l'aveugle, simplement guidé par l'image de l'environnement local qui apparaissait sur la vitre « intelligente » du cockpit via un système d'écholocalisation. C'était le même système d'ultrasons qu'utilisaient certains animaux sur Terre comme les chauves-souris pour s'orienter la nuit. Quelques secondes plus tôt, les missiles à impulsions électromagnétiques avaient grillé les visioscopes de Folgoniens présents dans la salle, mais, de toute façon, la boule de feu qui s'était formée, puis propagée dans les moindres recoins du hangar les avait brûlés ou plutôt carbonisés, en les tuant instantanément. Le rooper et ses passagers venaient de reprendre leur liberté dans cette mer immense et sombre qu'était l'Univers.

Alors que la porte d'entrée du hangar numéro 73 se refermait et que la porte de sortie commençait à s'ouvrir, les Télorriens avaient peiné à ramener Ben dans le second rooper. Ils étaient arrivés in extremis à bord de l'engin, juste avant que la porte extérieure du hangar ne s'ouvre et qu'ils soient exposés au vide sidéral. La porte du rooper était à peine fermée que Namos mit les réacteurs plasma à pleine puissance, et le vaisseau emboîta le pas de l'autre rooper. Tandis que les deux vaisseaux télorriens s'étaient déjà éloignés de plusieurs milliers de kilomètres, le hangar numéro 54 explosa davantage, libérant une énorme explosion qui illumina pendant un certain temps l'unique cité de Naplar.

— On l'a échappé belle, lança Sandra à ses coéquipiers.

— Certes, il s'en est fallu de peu, répondit Wyu.

Dans cet instant de relâchement, Sandra se sentit complètement vidée de son énergie. Il y avait quelque chose dans la profondeur de son regard qui évoquait une profonde tristesse.

— Ne sois pas triste, Sandra, lui dit Wyu. Nous sommes mal tombés.

— Il y a des choses qui me paraissent si incompréhensibles.

Des larmes perlèrent sur ses joues.

— Comment peut-on être si cruel ? Moi qui croyais que seuls les êtres humains étaient capables de telles atrocités. Les Terriens étaient des anges à côté de ces monstres.

— Il en va ainsi du monde. Nous n'avons pas le choix que de l'accepter tel qu'il est. Le yin et le yang, comme vous les appeliez sur Terre, qui sont deux principes antithétiques, mais indissociables, se partagent le monde depuis la nuit des temps. Ils ne vont pas l'un sans l'autre. Il faut faire avec cette cruelle réalité. Pas de jour sans nuit, pas d'hommes sans femmes, pas de haut sans bas, pas de lumière sans noirceur, et pas de vertu sans immoralité. Le monde est une dualité perpétuelle qui nous fait souffrir, mais aussi grandir. Tu comprends, Sandra ?

Sandra regardait à travers la vitre du cockpit comme si elle cherchait à confirmer ce qu'elle était sur le point de répondre à Wyu. Ses larmes avaient fait place à un sentiment de colère.

— La première chose que je viens de comprendre, Wyu, c'est que le monde dans sa globalité est froid, dur, égoïste, et cruel. La seconde est celle du chacun pour soi. Les différentes civilisations de l'Univers se spolient entre elles et les individus au sein d'une même civilisation s'exploitent entre eux pour tirer des profits et se dominer. Ce sont là les seules valeurs du monde de la matière.

Sandra qui, dès petite, avait cru en un dieu rempli d'amour venait de voir sa foi se dissiper à jamais.

— Croyez-vous en Dieu, vous, les Iloryens ?

— Les Iloryens n'existent plus, Sandra. Nous sommes désormais et à jamais réunis en un seul peuple : les Télorriens. Mais oui, il y a de nombreux siècles, notre civilisation avait ses dieux comme vous aviez les vôtres sur Terre. Notre matrice astrologique nous avait imposé ces croyances archaïques. Mais, au cours de notre évolution, lorsque nous avons compris l'influence des matrices planétaires, nous avons réussi à nous dégager de ces représentations simplistes.

— Vous ne croyez plus en Dieu alors ?

— Je n'ai pas dit ça, Sandra. Nous y croyons toujours.

— Mais c'est paradoxal. Tu viens de me dire que ce n'était que des représentations archaïques !

— Que représente Dieu pour toi ?

— Ce qu'il représentait pour moi avant Naplar ? L'Amour inconditionnel avec un grand « A » !

— Non. L'amour n'existe pas. Ce n'est qu'une notion abstraite générée par les matrices astrologiques notamment par les soleils. Sais-tu ce qui est plus important que l'amour, ce qui est primordial dans la vie, ce qui est à la base de tout ?

— Je ne sais pas… L'entraide ? La fraternité ? Le don de soi ? Tout ce qui s'oppose aux valeurs des Folgoniens, quoi…

— Non. Ce qui est primordial, ce qui est à la base de tout, c'est l'énergie ! Cette énergie qu'il y a au cœur des atomes et qui fait briller les étoiles. Si nous parlons entre nous, c'est grâce à l'énergie que notre cerveau tire du glucose. Si notre rooper avance, c'est grâce à l'énergie électrique issue de nos moteurs à plasma, et si nos vaisseaux de plus grande taille, comme le XT-1 et même notre vaisseau mère *Infinity*, se propulsent encore plus vite, c'est grâce à l'énergie fournie par le couple deutérium-hélium 3[11] qui nous permet d'atteindre une vitesse équivalente au dixième de la vitesse de la lumière. Les hommes les plus riches de l'Univers ne furent pas ceux qui possédaient le plus de vertus ou d'amour, mais ceux qui disposaient des atomes pourvoyeurs des plus gros potentiels énergétiques. Sur Terre, vous aviez eu le pétrole, le gaz, l'électricité, puis l'énergie atomique, et vous aviez enfin commencé à découvrir l'hélium 3… Ceux qui se sont le plus enrichis sont ceux qui revendaient tous ces éléments pourvoyeurs d'énergie. Pour répondre à ta question sur Dieu, nous le voyons comme une énergie colossale qui supporte le monde, enfin les mondes. Car le monde matériel n'est que la partie émergée d'un iceberg. Le monde de la matière n'est qu'un petit univers emboîté dans d'autres. Nous savons avec certitude que notre âme peut exister sans le corps et c'est

11 Les moteurs mis au point par les Iloryens utilisaient l'énergie nucléaire issue de la fusion des atomes de deutérium et d'hélium 3. Le plasma ainsi formé était confiné et éjecté dans de gros anneaux grâce à des champs électromagnétiques puissants.

ce que nous faisons lorsque nous projetons nos consciences. À notre mort, notre âme quitte notre enveloppe charnelle pour rejoindre d'autres possibilités d'existence, d'autres univers qui n'ont plus rien à voir avec ce que nous connaissons ici.

— Et pourquoi Dieu nous impose-t-il de nous incarner là, dans ce monde où la lumière et l'obscurité s'affrontent en permanence ?

— C'est une bonne question. On aurait pu croire que c'est pour comprendre certaines choses et évoluer. Mais comment évoluer et comprendre si les matrices astrologiques nous enferment dans le déterminisme en nous imposant nos pensées, nos actes ? Comment évoluer si nos vies sont déjà programmées ? Nous n'avons pas la réponse... En attendant notre fin ultime, nous devons lutter pour obtenir ces portions d'énergie qui nous permettent de survivre.

Sandra se tut. Elle était perdue dans une phase psychologique chaotique. Elle remettait en cause son désir de vivre encore et se sentait plongée dans un sentiment de profonde dépression à cause d'une dualité inextricable qui existait entre ce qu'elle aurait aimé que la vie soit et la réalité du système à l'intérieur duquel elle vivait et dont elle était, à l'image de tous, prisonnière. Ce que venait de lui dire Wyu revêtait une vérité qui n'était pas dénuée d'une certaine lucidité sur la vie, sur ce qu'était la vie. Mais la vision de Wyu, qui était bien trop physico-chimique à ses yeux, s'éloignait des valeurs de son monde intérieur. Et, à cet instant, elle n'avait que faire de ces lois thermodynamiques, même si ces dernières revêtaient une réalité et un fonctionnement qui étaient universels. C'est alors que ses pensées s'envolèrent vers Julien, vers celui qu'elle aimait par-dessus tout. Elle était prête à ne plus manger et à se vider de son énergie, à engager un mécanisme fatal d'entropie pour le sauver. Le sacrifice puisait sa source dans le sentiment d'amour et échappait à toute prédiction mathématique. Et c'était là que divergeaient ses propres opinions et ceux de Wyu sur ce qui était primordial dans la vie. Car, pour Sandra, le seul facteur négentropique, qui permettait une évolution vers des formes d'organisation sociétale plus harmonieuses et spirituellement plus élevées, était l'amour.

Le rooper s'approchait du XT-1 et Wyu rompit la conversation en tentant une communication avec lui. Pour ce faire, il appuya sur le bouton d'activation du système de télécommunication holographique présent sur le tableau de bord du vaisseau.

— Demande de communication entre le rooper 1 et le XT-1, dit Wyu.

— Communication établie, répondit Oro resté à bord du XT-1 avec Irène Ludwig.

L'image holographique d'Oro se matérialisa sur un petit socle carré qui se trouvait non loin du tableau de bord.

— Peux-tu nous ouvrir la soute d'atterrissage ? demanda Wyu. Nous sommes sur le point d'arriver.

La partie inférieure du XT-1 possédait une énorme soute qui permettait d'accueillir deux roopers et même de stocker une quantité non négligeable de marchandises. Les XT étaient à la fois des vaisseaux d'exploration, mais aussi de ravitaillement. Les Iloryens les utilisaient pour explorer les galaxies à la recherche notamment du précieux hélium 3.

— Tout va bien ? demanda Oro en retour. Vous avez réussi à ramener tout le monde ?

— Oui, la mission est réussie.

— Bravo, les gars ! Je vous ouvre tout de suite les portes de la soute.

Mais les passagers du second rooper étaient loin d'être si optimistes quant à la réussite de leur mission. Alors que Pencha pilotait l'appareil,

Irion et Xiphu Maophi Po étaient en train de porter assistance à Ben. La partie supérieure droite de son corps avait été atteinte par le rayon laser d'un Folgonien. La brûlure avait touché la région claviculaire et cervicale droite lésant l'artère sous-clavière et carotide. Malgré la compression qu'Irion et Xiphu appliquaient sur ces deux artères, Ben avait déjà perdu beaucoup de sang avant le décollage de l'appareil.

— C'est la fin. La mission s'arrête là pour moi. Je suis désolé de vous quitter.

— Ne dis pas de bêtises, Ben. Nous apercevons le groom. Dès que nous atterrirons, Oro te prendra en charge. Tout ira bien pour toi, tu verras.

— J'ai déjà perdu bien trop de sang et la lésion de mon artère carotide m'a provoqué un accident vasculaire cérébral. Tout mon corps gauche est paralysé et je vois désormais double. Je me sens partir pour toujours. Promettez-moi de réussir la mission et de rapporter les graines sur Monos. Terrilos doit continuer à vivre. Faites-moi aussi la promesse d'aller voir ma femme et mes enfants quand vous serez rentrés, et dites-leur que je les aimais plus que tout. C'est pour eux que j'ai accepté de vous suivre dans ce projet plus qu'incertain.

Ben ouvrit la fermeture éclair de sa combinaison et sortit une petite photo qu'il avait glissée dans une poche intérieure, et la regarda intensément comme si, lors de son dernier soupir, il voulait s'évanouir avec cette image gravée au plus profond de sa conscience. Sur cette photo, on le voyait au milieu des siens. Son visage esquissa un dernier sourire rempli de tendresse et de bienveillance. À ce moment précis, ce n'était pas le fait de ne plus vivre qui avait de l'importance pour lui. Le désarroi profond qui l'animait provenait du fait qu'il ne serait plus jamais physiquement avec les gens qu'il aimait le plus au monde. Mais il savait ce moment inéluctable dans la vie d'un être vivant. S'il n'était pas arrivé ce jour-là, il serait arrivé un autre jour, comme pour chaque être, comme pour chaque chose. Son bras glissa sur le sol, et la photo tomba à terre. Comme son regard venait de se figer pour toujours, Xiphu lui rabattit les paupières et ramassa la photo en se faisant la promesse de la rapporter à sa famille.

Alors que ce voyage venait de faire sa première victime, la large porte rectangulaire située sous le XT s'ouvrit, créant ainsi une bouche béante à l'intérieur de laquelle les deux roopers vinrent s'engouffrer.

Xio

Namos, l'ingénieur-énergéticien, venait de mettre le moteur à propulsion nucléaire en pleine puissance. Une partie de la chaleur produite avait été déviée et transmise à la coque du vaisseau pour contraindre l'holonium à atteindre son état d'excitation maximal. Irion, le décrypteur, était installé dans le neurostim et venait de projeter sa conscience à un niveau subatomique pour rejoindre le paralax où se trouvait l'Atome. Il avait pris l'apparence d'un oposirium et courait sur le ponton qui menait à la zone circulaire de contact. Le ponton avait le même aspect que d'habitude, mais l'environnement autour de lui avait complètement changé depuis sa dernière entrevue avec l'Atome. Seule l'immense pyramide blanche restait à sa place, inchangée. Le « décor » autour du ponton était presque toujours différent comme si cet endroit était une salle de spectacle dont les fonds de scène en trompe-l'œil changeaient à chaque venue des Télorriens. Mais les trompe-l'œil de ce paralax subatomique semblaient bel et bien réels. Cette fois, le ponton traversait une immense forêt. Il y avait des arbres à perte de vue, et cette densité végétale ressemblait à celle de la forêt amazonienne sur Terre et à celle de Monkor, région forestière très dense sur l'ancienne planète des Iloryens. Il y avait aussi une multitude de fleurs que l'on pouvait apercevoir du ponton avec des couleurs intenses que n'avaient jamais vues les Télorriens, car le spectre lumineux que leurs rétines leur permettaient de voir, quand ils étaient dans leur corps physique, était bien trop restreint pour avoir accès à ce type de coloris. Les voyant pour la première fois, Namos se sentait incapable de les comparer à des couleurs connues par lui. Il y avait aussi des oiseaux aux formes, aux dimensions, et aux couleurs extravagantes qui émettaient des sons cristallins qui s'associaient entre eux pour former de sublimes chants mélodieux. Lorsqu'Irion levait la tête pour observer le ciel, il avait l'impression que ce dernier était courbé, comme s'il se trouvait à l'intérieur d'une immense boule sphérique et, à cet instant, il avait l'impression d'être enfermé dans un terrarium géant. Mais en tenant compte du fait qu'il se trouvait dans la dimension de l'holonium, et comme les atomes avaient une forme sphérique, il se fit la réflexion qu'il était peut-être à l'intérieur d'un l'atome, sous la voûte formée par les électrons, à moins que ce ne soit à l'intérieur du noyau atomique lui-même ou d'un nucléon[12] dans un environnement cent mille fois plus petit que la dimension totale de l'atome, et qui concentrait presque toute sa masse. Un jour, pendant sa longue course sur le ponton, avant de rejoindre le vieillard, il s'était même mis à penser qu'il n'était peut-être pas à l'intérieur d'un proton ou d'un neutron, mais à l'intérieur d'un quark[13]. Car les quarks abritaient peut-être eux-mêmes un univers situé à un niveau encore inférieur à celui du

12 Les nucléons sont les particules constitutives des noyaux atomiques (protons et neutrons).

13 Particules élémentaires qui s'associent entre eux pour former les nucléons.

paralax dans lequel il se trouvait. Mais il se fit la réflexion que toute tentative de compréhension resterait quoi qu'il arrive bien vaine. Toutes les hypothèses se situaient entre le plausible et l'inenvisageable, et le vieillard restait toujours très avare d'explications. Irion s'amusait à penser que la dimension subatomique abritait peut-être des mondes dans des mondes, à l'infini, et que les planètes de l'Univers n'étaient que des atomes qui servaient de support à un monde de géants. À partir de ce raisonnement, les univers semblaient pouvoir s'emboîter les uns dans les autres, et ce, à l'infini comme des poupées russes. Les Iloryens qui représentaient l'une des civilisations les plus avancées de l'Univers avaient humblement compris que les informations scientifiques qu'ils avaient accumulées n'étaient qu'une goutte d'eau dans l'océan de la connaissance de tous ces univers emboîtés.

Alors qu'Irion venait d'atteindre le point de contact avec l'Atome, il quitta son apparence d'oposirium pour reprendre sa forme de bipède humanoïde. L'Atome était là. Il était occupé à arroser une plante somme toute très particulière. Elle se trouvait à la lisière de la forêt, et ses racines, qui avaient la forme d'épaisses lianes, étaient accrochées aux branches d'un arbre ce qui lui donnait un côté aérien et l'impression d'avoir la « tête en bas » à cause de son unique fleur, aux larges pétales blanches, orientée vers le sol. Cette plante semblait douée d'une forme d'intelligence, car la tige florale se mouvait et suivait les mouvements de l'Atome. La plante était d'ailleurs en train de s'adresser à lui et semblait dotée d'une faculté de communication, car au centre de son unique fleur se trouvait un petit cône qui se terminait par un orifice d'où sortaient des sons qui se matérialisaient dans l'atmosphère en formant des symboles que l'Atome semblait savoir décoder.

— Oui, oui, Jubelia. Je sais. J'ai oublié de t'arroser.

L'Atome prit un arrosoir qui avait la particularité d'avoir sa tige d'arrosage orientée à la verticale, vers le haut. Le vieillard se mit sous la plante et l'eau sortit de l'arrosoir de bas en haut, comme s'il n'y avait pas de gravité dans ce lieu ou bien comme si la gravité avait été inversée et qu'elle se faisait au bénéfice du ciel.

— Te voilà satisfaite, Jubelia ?

— Oui. Il était temps. Je ne te prive pas de boire, moi !

— Je suis désolé. Je serai plus rigoureux la prochaine fois quant à l'heure de ton arrosage.

L'Atome avait le dos tourné à Irion qui était là et qui assistait stupéfait au dialogue entre un individu et un végétal, comme si dans ce lieu il n'y avait pas de frontière entre les différents règnes. Irion, hésitant à les déranger, fit semblant de tousser pour leur faire comprendre qu'il était là. La plante se cacha derrière l'arbre et le vieillard se retourna en tenant sa canne.

— Ah ! Irion ! Comment vas-tu ? Je ne t'avais pas entendu. Tu sais, à mon âge, l'audition...

— Ça pourrait aller mieux, Holonium.

— Ah bon ? Mais pourquoi ? Que vous est-il arrivé encore ? dit-il en feignant de ne pas savoir.

— Le système solaire où tu nous as déposés était un repaire de brigands ! Nous allons finir par croire que tu veux te débarrasser de nous !

— Ah non, pas du tout ! Loin de moi cette idée, dit-il en prenant l'air grave et en fronçant ses larges sourcils blanchâtres, ce qui venait accentuer ses traits burinés par la vieillesse. Et vous avez trouvé de l'hélium 3, alors ?

— Oui. Mais il s'en est fallu de peu pour que nous nous retrouvions tous borgnes… Et puis…

— Et puis quoi ?

— Nous avons perdu l'un des nôtres. Notre ami Ben est mort. Tué par ces sauvages…

— Oh, mince ! Je suis vraiment désolé, Irion. Que votre ami repose en paix dans des dimensions plus lumineuses. Tu sais, on ne meurt jamais vraiment.

— Tu n'aurais pas dû nous emmener dans ce système planétaire. Il s'agissait d'une matrice astrologique délétère qui n'a généré qu'une civilisation malsaine.

— Vous m'aviez simplement demandé de vous emmener dans un endroit pourvu en hélium 3, alors je me suis contenté de vous en trouver.

— Oui, mais il existe des systèmes solaires vierges de toute existence qui sont bourrés d'hélium 3. C'est là que tu aurais dû nous emmener.

— Avais-je le choix, Irion ? Lorsque vous m'avez contacté, votre réservoir en deutérium-hélium 3 était en voie d'épuisement. Alors j'ai fait au plus près et au plus vite pour éviter une panne de carburant. Vous savez aussi bien que moi ce que seraient les conséquences d'un tel événement… Sans hélium 3 et sans deutérium, votre moteur nucléaire ne pourrait plus vous propulser à la vitesse correspondante au dixième de la vitesse de la lumière. Et sans cette propulsion nucléaire, impossible d'exciter mes atomes. Vous seriez condamnés à dériver dans le vide sidéral, perdus entre deux galaxies… Et étant donné vos réserves en nourriture, vous seriez rapidement morts de faim avant d'avoir atteint un quelconque système solaire. Que vaut-il mieux pour vous ? Perdre un seul d'entre vous et réussir votre mission ? Ou bien tous mourir et échouer ? Vous formez un tout, ne l'oubliez pas.

C'est un triste constat, mais, dans ton monde, Irion, il faut privilégier l'intérêt collectif au détriment de l'intérêt personnel. La survie globale de votre nouvelle civilisation en dépend.

— Oui, Holonium. Nous le savons. Nous avons confiance en toi. Mais nous ne pouvons nous empêcher d'être encore sous le coup du décès de notre collègue. Il va beaucoup nous manquer.

— Je suis vraiment navré pour lui, Irion. Mais ne soyez pas triste. Il repose en paix maintenant, délivré des contraintes de son corps.

L'Atome tourna sa tête à gauche puis à droite comme s'il cherchait quelque chose ou quelqu'un.

— Altion. Où te caches-tu ? Il est temps de rentrer.

Un oiseau, qui arborait de longues plumes jaune feu, luminescentes, et qui ressemblait à un phénix, vint se poser sur l'une de ses épaules. Comme la fleur qui venait de se cacher, de son bec sortaient des sons qui formaient d'étranges symboles dans l'atmosphère de ce lieu. Ici, les sons produits par tous les éléments de la nature avaient le pouvoir de se matérialiser en sigles compréhensibles par l'Atome. Il y avait dans cette dimension une communication universelle, ce qui faisait de ce lieu une véritable tour de Babel. Irion sentit que, comme à son habitude, l'Atome ne souhaiterait pas s'attarder et qu'il ne tarderait pas à rentrer chez lui. Il supposait que son lieu de vie était cette volumineuse pyramide blanche. Mais il n'en avait pas la certitude, car l'Atome restait discret quant à ce que représentait ce lieu. Avant qu'il ne parte, Irion lui posa une dernière question.

— Nos collègues qui sont dans l'autre groom, le XT-2, sont-ils entrés en contact avec toi, Holonium ? Ont-ils pu faire, de leur côté, le plein en hélium 3 ? Nos péripéties sur Naplar nous ont empêchés d'entrer en contact, comme tous les jours, dans notre paralax.

— Oui, oui, Irion. Warko et Jimo, vos homologues décrypteurs, viennent me voir régulièrement. Je les ai déposés à proximité d'une énorme planète proche d'une étoile. Cette planète possédait une myriade de petits satellites hétéroclites, certains assez bien pourvus en hélium 3, d'autres en deutérium. Ils ont pu faire « leurs courses » avec plus de facilités que vous, semble-t-il. Ils viennent de prendre « la route » pour Ilore.

— D'accord. Me voilà rassuré.

Alors que l'Atome venait de tourner le dos à Irion pour prendre le chemin de la pyramide, il se retourna brutalement pour s'adresser à nouveau à lui.

— Ah, Irion ! J'allais oublier de te dire. Si je t'ai emmené dans ce système solaire, c'est aussi parce qu'il est riche en hydrogène et en deutérium[14]. Vos réserves en deutérium sont plus importantes qu'en hélium 3, certes, mais elles ne sont pas éternelles. Vous aurez plus de difficultés à en trouver dans le système solaire où se situe la Terre et vous aurez autre chose à penser quand vous y serez. Je vous conseille de faire un petit détour, et d'en prendre dans ce système solaire. Vous n'êtes plus très loin d'une géante gazeuse autour de laquelle gravite un petit satellite presque entièrement constitué d'hydrogène et dans une moindre mesure de deutérium. Les Folgoniens l'ont appelé Xio. Je vous conseille de vous arrêter sur Xio plutôt que sur la géante gazeuse. Il y a moins de turbulences. Attention, je vous parle de la géante gazeuse jaune, pas des bleues.

Irion savait qu'il ne fallait surtout pas négliger les conseils de l'Atome. Ce vieillard, qui ressemblait à un ermite ou à un savant fou avec sa longue barbe qui touchait presque le sol, semblait détenir une connaissance illimitée. Lorsqu'il lançait des suggestions qui

14 Le deutérium (2 h) est un isotope naturel de l'hydrogène (1 h).

ressemblaient presque à des indices, il fallait surtout leur attacher la plus grande importance. Son âge avancé lui avait donné une grande expérience et une grande sagesse. Sans que personne ne sache vraiment comment il savait tout ce qu'il savait, il savait. Il fallait donc lui faire confiance sans vraiment comprendre d'où provenait sa connaissance. Irion savait donc qu'un détour vers Xio serait nécessaire. Alors que l'Atome commençait à s'éloigner avec son phénix sur l'épaule, Irion reprit la forme d'un oposirium pour emprunter le chemin inverse, mais il ne sortit pas immédiatement du neurostim. Lorsque sa conscience quitta l'univers subatomique de l'holonium et qu'il revint dans sa propre dimension, il ne réintégra pas immédiatement son corps. Il projeta sa conscience à l'extérieur du vaisseau pour observer son environnement local. Il aperçut au loin, en effet, une géante gazeuse qui ressemblait à une banale planète gazeuse presque exclusivement composée d'hydrogène. Il rapprocha sa conscience de l'immense sphère et put observer ses couleurs. Son pôle Nord, plus éloigné de l'étoile autour de laquelle elle effectuait sa révolution, était d'un bleu azuré alors que la partie centrale de la planète et son pôle Sud avaient une teinte jaunâtre. Sa surface revêtait un aspect complètement lisse et ressemblait à un immense océan jaune dont l'eau était d'un calme limpide. Mais on pouvait apercevoir à proximité du pôle Nord quelques taches où devaient se déployer des cyclones d'une force herculéenne. Une petite sphère, diversement colorée, qui tirait davantage sur le brun, semblait se détacher de cette immense boule, à l'image d'un enfant qui se trouve à proximité de sa mère. Il devait s'agir de toute évidence de son satellite, Xio.

Irion réintégra son corps. Ses bras reposaient sur les accoudoirs du siège du neurostim. Il respira un grand coup, et mit quelque temps à revenir à sa conscience ordinaire. Alors que presque tout l'équipage se trouvait dans l'espace de détente qui jouxtait celui de la restauration, Namos était resté dans le cockpit, aux commandes du XT.

— Tout s'est bien passé, Irion ? Tu as vu l'Atome ?

— Oui, il était là.

— Il t'a donné une justification au fait qu'il nous a déposés dans un piège ?

— Tu sais, il reste toujours assez énigmatique.

— Comme d'habitude.

— Tu peux mettre le moteur à hélium 3 aux deux tiers de sa puissance et prendre à tribord.

— Ah bon, mais pourquoi ?

— Avant de filer vers la Terre, l'Atome nous conseille d'aller nous approvisionner en deutérium dans le satellite d'une géante gazeuse qui s'appelle Xio.

— Et il t'a dit pourquoi ?

— Il dit qu'on sera occupés à d'autres choses sur Terre et que le deutérium y est plus rare là-bas.

— Après le coup qu'il vient de nous faire, je ne sais pas si on peut lui faire encore confiance. Tu es allé voir ?

— Oui, j'ai projeté ma conscience dans ce système solaire après mon entretien avec lui. Il y a bien plusieurs géantes gazeuses bleues et une géante jaune. C'est la jaune que nous devons approcher.

— OK. À tribord toute.

Namos orienta le joystick de navigation vers la droite et le vaisseau spatial s'inclina pour entamer un mouvement rotatoire.

— Tu as pu évaluer un peu la distance ?

— Peut-être cent millions de kilomètres. Ce n'est pas très loin.

— Il nous faudra bien deux jours de navigation. Ce doit être le point lumineux qui est là.

Namos le montra du doigt à travers la vitre du cockpit. Une petite sphère scintillante de la taille d'une bille se distinguait des autres points lumineux sur le fond noir du cosmos. Au cours des heures qui s'égrainaient, les Télorriens s'occupaient comme ils le pouvaient à bord. Après l'épisode malheureux de Naplar, les choses semblaient avoir repris leur cours normal. Vivre les moments collectifs de l'instant présent faisait souvent en sorte de balayer les tragédies du passé. C'était comme les deuils que le temps arrivait à atténuer progressivement. La pulsion de vie l'emportait presque toujours sur la peur et la tristesse même s'il arrivait que ces dernières fassent parfois basculer un individu dans le monde pathologique du psychotraumatisme et de la dépression. Alors que Pencha venait de succéder à Namos aux commandes du groom, les hommes regardaient un film holographique dans la zone de détente avec Destinée, qui semblait vouloir encore enrichir ses connaissances sur la civilisation iloryenne. Les filles, quant à elles, discutaient en prenant une collation au niveau du réfectoire qui jouxtait la zone de détente. Une fois le film terminé, tous les voyageurs allèrent se coucher dans les cellules d'isolation sensorielle qui servaient aussi de cabine d'hibernation. L'horloge holographique qui était présente dans chaque pièce de l'engin volant, et qui était calquée sur l'heure de Monos, indiquait les temps de sommeil à respecter. Car dans l'espace, les organismes, qui étaient désynchronisés des cycles chronobiologiques habituellement rythmés par l'étoile autour de laquelle tournait leur planète, perdaient leurs repères. Vivre dans l'espace, c'était comme vivre dans une nuit perpétuelle, sans aucun repère, sans alternance du jour et de la nuit. L'horloge venait de parler et d'annoncer la période nocturne. Pencha avait mis le pilotage automatique qui devait durer huit heures, soit un cycle moyen de sommeil, en ciblant la géante gazeuse comme destination. L'intelligence artificielle du vaisseau devait les réveiller à la fin de ce cycle de sommeil à moins que la distance séparant le vaisseau de la planète gazeuse soit devenue inférieure à quatre millions de kilomètres. Dans ce cas, les voyageurs seraient réveillés plus tôt. Le vaisseau spatial était doté d'un radar qui envoyait des ondes électromagnétiques dans toutes les directions afin de détecter tout astéroïde potentiellement létal pour l'appareil situé à moins d'un million de kilomètres de ce dernier. Dans ce cas de figure, là encore, l'intelligence artificielle devait se charger de réveiller les passagers plus précocement que prévu.

Ainsi, tous les Télorriens, sans exception, venaient de s'endormir dans leur cabine d'isolation sensorielle respective. Il régnait un calme absolu, et on aurait dit que le dortoir ressemblait à une pouponnière où des nourrissons étaient en train de faire leur nuit en toute quiétude dans leur berceau. Le bruit lointain du réacteur nucléaire semblait bercer tout ce petit monde endormi comme s'il s'agissait d'un mobile musical qui, par sa douce mélodie, à la fois rassurante et monotone, avait le pouvoir hypnotique de maintenir le sommeil. Destinée avait adopté son mode de veille pour économiser sa batterie d'hélium 3 et restait immobile comme s'il s'agissait d'une sculpture d'acier. Mais des bruits fugaces de motorisation, qui correspondaient aux soubresauts de ses articulations métalliques, commençaient à se faire entendre. Comme la dernière fois, lorsque les Télorriens étaient en hibernation, le robot était en train de rêver. Puis, subitement, son visage, fabriqué avec une membrane biologique cellulaire, se scinda en deux, et le projecteur holographique qui se trouvait derrière s'avança. Ce dernier se mit alors à « cracher » un film holographique dans l'atmosphère du groom. On aurait dit que les images tridimensionnelles restaient en suspension, comme si elles avaient la même densité que des molécules d'air. Au même moment, Sandra sortit de sa cabine d'isolation sensorielle pour répondre au besoin physiologique qui l'avait réveillée. Alors que ses pieds venaient de fouler le sol, et qu'elle commençait à se diriger vers les toilettes, sa marche fut stoppée net par les images holographiques qui semblaient lui barrer le passage et qui sortaient de l'androïde. L'image était si précise que Sandra glissa ses doigts à travers cette poudre de lumière afin de s'assurer qu'il s'agissait bien d'un film holographique, et non d'une scène réelle. Son geste venait de produire un artefact, elle recula sa main pour observer en détail le scénario de ce film inattendu. Sur les images, on voyait des détritus métalliques en tous genres qui jonchaient le sol sur une surface assez vaste. On aurait dit qu'un avion ou plutôt qu'une fusée, venant du ciel, s'était écrasée là. Devant l'épave se trouvait un enfant accroupi qui écartait les décombres les plus légers pour y chercher quelque chose qu'il venait d'apercevoir. Alors qu'il venait de s'emparer d'un objet circulaire d'allure métallique, la voix d'une femme qui criait et qui semblait se rapprocher de lui se fit entendre. Cette voix ressemblait de très près à celle de Destinée. Elle répéta avec assistance les mêmes mots d'avertissement : « Théo, viens vers moi ! Vite ! Théo, tu m'entends ? Viens vers moi ! » Il était brun, et une mèche débordait sur son front. Ses genoux présentaient les stigmates de fines cicatrices qui indiquaient qu'il avait dû tomber et s'égratigner à plusieurs reprises tandis que son visage présentait des zones poudreuses noirâtres comme s'il était frotté à de la suie. Il portait un tee-shirt et un jeans qui arboraient quelques traces d'usure et de saleté. Son visage, rond et pur, exprimait la douceur et l'innocence de l'enfance. Mais son regard nostalgique, en décalage avec son âge, avait la profondeur d'une personne mature, qui avait déjà subi le poids de la vie. À le voir comme ça, au milieu de tous ces gravats, on aurait dit l'enfant d'un bidonville. En entendant la personne qui l'appelait avec une telle insistance, il se releva, puis se retourna vers celle-ci. Cette dernière semblait lui montrer du doigt quelque chose situé en hauteur. L'enfant pivota en direction des gravats, le regard pointé vers le ciel. Alors qu'il continuait de tenir fermement l'objet qu'il avait saisi, comme s'il s'agissait d'un véritable trésor, un énorme vaisseau spatial, telle une machine de guerre qui portait la mort, surgit de l'horizon délimité par les volumineux débris métalliques. L'engin était à la fois imposant et inquiétant. La voix s'adressa à nouveau à l'enfant : « Théo, cours vers moi ! Cours vers moi ! Je t'en supplie ! » Quand l'enfant se mit à courir de toutes ses forces, l'engin de guerre pointa ses lanceurs de missile dans sa direction. Puis deux ogives explosives se détachèrent en émettant un bruit assourdissant, et en crachant une fumée blanchâtre. L'image de l'enfant disparut pour faire place à celle d'un embrasement tentaculaire formant des volutes de feu s'élevant dans les hauteurs du ciel. Les missiles venaient de toute évidence d'impacter le sol en libérant leur potentiel destructeur. Quel était ce lieu ? Qui était cet enfant ? Se pouvait-il que la programmation de Destinée possède une anomalie ou un virus à l'origine d'une perturbation de ses fonctions ? Mais les images produites semblaient pourtant si réelles... D'où venaient-elles puisque l'androïde n'avait jamais eu de contacts directs avec d'autres personnes que les Télorriens ? L'androïde était-il tout simplement en train de rêver ? Mais comment admettre qu'une machine puisse rêver ? La projection holographique prit subitement fin et le projecteur recula pour permettre au visage de Destinée de reprendre sa position initiale. Puis l'androïde ouvrit subitement les yeux, se leva, et se mit à marcher en direction de Sandra. À l'aide de sa main gauche, elle la plaqua contre le mur, et leva son poing dans sa direction comme si elle ne la reconnaissait pas, comme si elle était plongée dans un état somnambulique, comme si elle venait de faire une terreur nocturne et qu'elle ne reconnaissait plus personne. À l'image d'un arc qui avait sa corde tendue et qui était prêt à lancer sa flèche destructrice, l'androïde porta son poing en hauteur et en arrière pour gagner en force et en vélocité. Sandra s'adressa à elle en criant. Elle savait que si le coup partait, sa puissance lui serait fatale.

— Je t'en supplie, Destinée ! Arrête ! C'est moi ! Sandra !!! Arrête !

Destinée la dévisagea comme si elle cherchait à l'identifier, comme si elle recouvrait un semblant de lucidité. On aurait dit qu'elle était perplexe et qu'elle hésitait. Puis le bruit de sa motorisation reprit. Elle venait de redescendre son bras droit et de reculer sa main gauche qui maintenait jusque-là le thorax de Sandra avec la même pression qu'exercerait un étau sur une barre de métal. Celle-ci se pencha en avant et mit ses mains sur ses genoux, puis prit plusieurs grandes inspirations pour se réoxygéner. Elle se releva ensuite pour s'adresser à l'androïde.

— Putain, Destinée, mais tu m'as fait peur ? Qu'est-ce qui se passe ? Tu ne me reconnaissais pas ?

— Je suis désolée, Sandra. Je ne sais pas ce qui s'est passé. Je te demande pardon. Je crois que j'étais en train de rêver.

— Rêver !? Mais qu'est-ce que tu racontes ?! Personne n'avait activé ton mode veille ?

— Si, pourtant...

Alors que Destinée venait tout juste de répondre, la veilleuse de la pièce se mit à clignoter et le bruit strident d'une alarme résonna.

— Qu'est-ce que c'est encore ! lança Sandra.

Elle contourna l'androïde et prit le chemin du cockpit. Elle s'installa devant la console du poste de pilotage et observa la vitre qui servait aussi d'écran. Trois volumineux corps célestes y étaient dessinés.

— Mince. Des astéroïdes ! Le radar a dû les détecter.

Elle se leva et retourna sur ses pas pour rejoindre le dortoir où les Télorriens étaient en train d'émerger, réveillés par l'alarme.

— Il y a des astéroïdes à proximité ! lança Sandra.

L'équipage rejoignit le vestiaire qui se trouvait non loin du dortoir pour s'habiller avant de rejoindre le cockpit. L'ordinateur de bord indiquait bien la présence de trois astéroïdes à plusieurs centaines de milliers de kilomètres de l'appareil. Ils avaient une forme oblongue, et leur taille était différente. La distance pouvait paraître suffisamment importante pour ne pas s'alarmer, mais à la vitesse où se propulsait le groom, les choses pouvaient rapidement prendre une mauvaise tournure si une nouvelle trajectoire n'était pas anticipée. Une collision et tout était fini pour l'expédition... Namos s'installa aux commandes de l'appareil, appuya sur un bouton pour faire apparaître d'autres paramètres comme la composition, la vitesse, et la taille des astéroïdes. Puis il prit la parole.

— Ce n'est rien. Il s'agit seulement de trois minuscules astéroïdes mesurant moins d'un mètre.

— Certes, lança Pencha, mais avec nos vitesses respectives une collision entre notre groom et ces trois cailloux serait du même ordre que l'impact de trois balles d'holonium sur l'un de nos organismes. Nous serions réduits à néant.

— Je viens de procéder à l'analyse des trajectoires. Celles-ci ne se croisent pas.

— Elles sont distantes de combien de kilomètres ?

— Cent mille...

— C'est vraiment pas grand-chose.

— Ne vous inquiétez pas. Vous pouvez aller vous reposer. Je reste aux commandes de toute façon.

Les Télorriens, avant de quitter la cabine de pilotage, restèrent plusieurs minutes à observer la géante gazeuse et son satellite, Xio, qui n'étaient plus qu'à quelques heures de navigation. On aurait dit qu'un grain de poivre se trouvait devant un ballon jaune. La planète jovienne, qui était si petite quelque temps plus tôt, avait une dimension titanesque, deux fois plus grande que Jupiter dans le système solaire des ex-Terriens, soit deux cent soixante-dix mille kilomètres de diamètre.

— Combien de kilomètres nous séparent de cette planète ? demanda Sandra à Namos.

— Un peu moins de trois millions, selon l'ordinateur de bord. Nous devrions y être dans moins de deux heures.

Alors que les autres passagers venaient de se dissiper, les trois Terriennes, à savoir Irène Ludwig, Sandra et Xiphu Maophi Po étaient restées aux côtés de Namos. Ces trois femmes étaient des citoyennes ordinaires dans leur pays respectif. Elles n'étaient pas du tout sportives et auraient été de toute évidence recalées à n'importe quelle épreuve de sélection pour un projet spatial émanant de l'Agence spatiale européenne ou de l'Administration spatiale nationale chinoise. Alors, se trouver là, dans l'espace, en dehors de leur système solaire, à contempler une planète totalement inconnue des Terriens, revêtait quelque chose d'improbable et d'extraordinaire. Pourtant, la technologie des Iloryens était telle qu'elle rendait possible ce voyage interstellaire à des personnes ordinaires, non entraînées physiquement. Quel astronaute n'aurait pas rêvé de se retrouver un jour à bord d'un vaisseau spatial dont le sol reproduisait la gravité d'une planète et voyageait à des vitesses si rapides ? Quel astronaute n'aurait pas rêvé de pénétrer dans le système solaire d'une autre galaxie et de contempler de si près une planète qui avait les reflets de Saturne ? Ainsi, le regard de ces trois femmes fixait ce disque gigantesque qui remplissait, certes, toute la surface de la vitre de la cabine de pilotage, mais qui n'avait pas atteint une taille suffisante pour s'embraser et devenir étoile. Le spectacle était d'une grande beauté et dégageait la même sérénité qu'un coucher de soleil, faisant oublier à Sandra, l'espace d'un instant, l'incident qui s'était produit avec Destinée quelques minutes plus tôt.

***

Après presque deux heures de navigation, l'intelligence artificielle déclencha une nouvelle fois l'alarme. Le groom était arrivé quasiment à sa destination : Xio. Le satellite était devenu si proche du vaisseau qu'il semblait avoir détrôné la géante gazeuse en la masquant. Un disque en avait chassé un autre... Tous les passagers étaient présents dans le cockpit aux côtés de Namos et de Pencha, et venaient d'attacher leur ceinture de sécurité.

— Pénétration dans l'atmosphère dans sept minutes, annonça l'intelligence artificielle du vaisseau.

Namos avait envoyé une demi-heure plus tôt une sonde, qui avait la forme d'un petit sous-marin muni d'un réacteur plasma, afin d'y analyser la composition de son atmosphère. Les informations précises qu'elle renvoya au groom montrèrent que sa composition était bien faite à quatre-vingt-dix-neuf pour cent d'hydrogène et de deutérium, un pour cent restant était de l'hélium avec quelques traces d'autres gaz plus rares. Les prévisions de l'atome s'avérèrent donc et, une fois de plus, les Télorriens avaient bien fait de lui faire confiance.

— Pénétration dans l'atmosphère dans deux minutes.

À travers la vitre du cockpit s'était formée de la brume marron qui indiquait déjà un début de contact avec la couche la plus superficielle de l'atmosphère.

— Pénétration dans l'atmosphère dans une minute.

La brume se transforma en épais brouillard.

— Planète atteinte.

Le brouillard venait de faire place à un immense nuage brun qui semblait n'avoir aucune fin.

—J'enclenche le radar, dit Pencha qui se trouvait aux côtés de Namos pour l'assister.

Ils avaient pénétré l'atmosphère d'une planète et ne savaient pas si elle était entièrement gazeuse ni si elle possédait un sol. Ils ne pouvaient se fier qu'aux dires de l'Atome qui l'avait qualifiée de « gazeuse ». Mais dans quelle proportion ? Voilà une question qui aurait dû être posée… Ce qui était certain, c'est qu'elle possédait une atmosphère très vaste et, dans ces conditions, diriger le groom de visu était devenu une chose impossible. Le radar était le seul moyen digne de confiance pour remplacer les yeux des Télorriens devenus aveugles. Il fallait aussi s'assurer que cette planète ne présente pas, en son sein, de corps solides en suspension susceptibles d'entrer en collision avec le vaisseau. Pencha s'adressa à l'intelligence artificielle du vaisseau.

—Peux-tu me sortir les sondes et le système d'aspiration, s'il te plaît ? Il faut faire vite pour le remplissage. Je n'ai pas envie de traîner trop par ici.

Au-dessus du vaisseau et en arrière du cockpit sortit une tige métallique de deux mètres de hauteur munie d'un système d'aspiration au niveau de sa zone terminale. Deux petites sondes sortirent, quant à elles, sur les parties latérales qui avaient pour fonction d'analyser la composition atmosphérique de la planète.

— Il nous faut descendre un peu plus profondément dans l'atmosphère de Xio, dit Pencha. À ce niveau, l'analyse des sondes montre que le pourcentage de deutérium est de quatre-vingts pour cent.

— OK, répondit Namos. Je vais appeler les autres.

Namos appuya sur un bouton, ce qui eut pour conséquence de déclencher une alarme dont la tonalité particulière indiquait aux autres passagers qu'il était nécessaire pour eux de rejoindre le cockpit, de prendre place sur leur siège, et d'attacher solidement leur ceinture. Car plus le groom descendait dans les profondeurs de la planète, plus il était susceptible de s'exposer à des zones de turbulence. Le vaisseau, en suivant une ligne oblique, venait de descendre de soixante mille mètres.

— Quatre-vingt-treize pour cent. On peut continuer encore un peu la descente.

Trente mille mètres supplémentaires venaient d'être parcourus.

— Quatre-vingt-dix-neuf pour cent. On peut commencer l'aspiration.

Le système de pompage était doté d'un système sélectif qui arrivait à n'accaparer que le deutérium en rejetant l'hydrogène et les autres gaz. Le deutérium était collecté dans des cylindres où il était refroidi à très basse température pour augmenter sa masse volumique, et y être stocké sous forme liquide. Le tube commença alors à inhaler le gaz et la flèche du cadran présent sur le tableau de bord, qui indiquait l'état des réserves de l'appareil en deutérium, avait déjà commencé à bouger dans le sens du remplissage, quand, soudain, le vaisseau se mit à frissonner, puis à trembler avant de dévier fortement de sa trajectoire.

Résurrection

Il régnait un calme olympien dans la cellule médicale où se trouvait encore allongé Julien. On entendait seulement le son de la ventilation mécanique qui l'assistait dans son processus physiologique de respiration. La lumière bleue qui était synchronisée sur les battements de son cœur éclatait dans la pièce à intervalles réguliers en remplissant l'espace. Cette couleur n'avait pas été choisie par hasard. Peut-être avait-elle un rôle chromothérapeutique, car rien n'était laissé au hasard par les Iloryens. Il en était de même de certains sons et de certaines ondes électromagnétiques qui étaient envoyées en direction de son corps. Sur le grand écran tactile qui se trouvait juste au-dessus du lit sur lequel il était allongé, il n'y avait plus de points rouges. La couleur bleue l'avait emporté. Ceci signifiait que ses globules blancs, révélés sur l'écran grâce au leucoargonium injecté dans son corps, telle une armée victorieuse, avaient vaincu le virus. Mais soudain, cette pièce immobile, qui ressemblait à une nature morte, se mit brutalement à s'animer. Du néant dans lequel son âme avait été plongée durant plusieurs semaines, il réintégra la pénombre de ses paupières. Il porta machinalement ses mains au visage afin d'arracher le sparadrap qui lui maintenait jusque-là les yeux clos afin d'éviter que la sécheresse oculaire ne s'installe et ne lui provoque des ulcérations cornéennes. Puis la pénombre se scinda en deux pour laisser filtrer un discret jet de lumière horizontal. Julien venait d'ouvrir légèrement les yeux et cette blancheur scintillante le fit ciller. En même temps que sa vision revenait, ses oreilles percevaient la mélodie monotone qui était diffusée dans la pièce. Brutalement soumis aux agressions sensorielles du monde de la matière, il avait l'impression d'être un nourrisson qui venait tout juste de sortir du ventre de sa mère. Alors que la perception de son corps revenait progressivement, il se mit soudainement à paniquer, car il eut la sensation d'étouffer. Ses mouvements respiratoires actifs venaient perturber ceux que lui imposait la ventilation mécanique. Il lutta pour ne pas perturber les mouvements d'air que lui imposait la machine. Pour ce faire, il arrêta de contracter son diaphragme, et laissa aller sa respiration devenue passive. Il regarda devant lui, puis porta son regard vers le bas afin de bien visualiser le système, puis empoigna la sonde endotrachéale à l'origine de sa gêne respiratoire. Dans un moment de bravoure, il tenta de l'arracher brutalement, mais il sentit une résistance. Celle-ci avait été maintenue dans sa trachée par un système de ballonnet. Il força davantage et entendit un claquement ou plutôt une rupture. La sonde glissa enfin de sa bouche ce qui lui provoqua un haut-le-cœur violent, puis il se mit à tousser abondamment et à cracher du sang. Il se débarrassa ensuite des différentes perfusions qui avaient été implantées dans ses veines ainsi que des multiples capteurs qui avaient été apposés sur sa peau et au bout de ses doigts. Quand il tenta de se lever, en faisant tomber ce qui ressemblait à un pied à perfusion, il sentit ses jambes flageoler. Il tituba comme s'il avait bu pour se rapprocher d'une petite armoire. Il l'ouvrit et fourragea à l'intérieur dans l'espoir de trouver quelques habits pour se vêtir. Il attrapa les vêtements qui lui appartenaient et qu'il portait avant d'être plongé dans le coma. Il les enfila, puis se dirigea en se tenant au mur de la cellule médicale vers la porte de sortie. Malgré la sensation de défaillance et d'extrême faiblesse qui alourdissait son corps, il réussit tout de même à atteindre la porte du sas, qui lui-même menait aux coursives du vaisseau.

Au même moment, sur Monos, une réunion extraordinaire se tenait dans la salle du Grand conseil afin de faire le point sur la situation de la communauté. Yom, qui se trouvait sur l'estrade et qui jouait, comme à l'accoutumée, son rôle de modérateur, venait de se tourner vers le rang des naturalistes.

— Où en est l'épidémie ? leur demanda Yom.

— Elle se termine. Les jours de ceux qui sont encore en vie ne sont plus en danger.

— Quel est à ce jour l'effectif de notre population ?

— Si nous tenons compte du fait que nous sommes aujourd'hui amputés de l'équipage du XT-1 et du XT-2, notre effectif se résume à cent cinquante-deux Télorriens.

Yom prit le visage inquiet et se tourna vers les explorateurs.

— Toujours rien de votre côté ?

— Non, répondit Artion, l'un des explorateurs. Les zones forestières ne sont pas très nombreuses dans le secteur de Terrilos. Nous avons maintenant balayé un cercle de 734 yartchs[15] de diamètre, et il n'a rien de vraiment concluant. Nous avons cependant trouvé quelques plantes à petits tubercules comestibles relativement

15 734 yartchs en unités iloryennes représentent environ mille kilomètres en unités terriennes.

archaïques qui pourraient nous procurer des féculents. Mais nous n'en avons trouvé qu'en quantité restreinte. Et il nous reste à savoir s'il s'agit d'une plante à partir de laquelle nous pourrions développer une agriculture et si elle est vraiment comestible.

— Nous avons déjà examiné les échantillons que vous nous avez procurés, dit l'un des naturalistes, et leur analyse retrouve une toxine rendant la consommation de ces tubercules assez délicate. Il faudrait, je pense, un mode de préparation particulier pour inactiver sa toxine.

— La seule bonne nouvelle du jour, continua Artion, c'est que nous avons trouvé une nouvelle source d'eau douce. Cependant, l'eau hydrate, mais ne nourrit pas. À ce jour, les réserves alimentaires que peut nous procurer la planète restent toujours insuffisantes. Et pourtant nous n'avons que cent cinquante bouches à nourrir. Ceci en dit long sur le potentiel agricole de Monos... Cette planète est un paradis pour les extraterrestres qui veulent venir ici passer une journée au bord de la mer. Ses plages sont superbes. Mais pour ceux qui veulent y vivre, c'est une tout autre histoire. Ce n'est qu'un gros caillou où le monde minéral règne en maître. Il y a des roches à perte de vue et je ne doute pas que nous pourrons puiser dans ce monde minéral des matériaux de construction, mais les zones sont trop peu végétalisées pour nous nourrir. Cependant, nous n'avons exploré qu'une petite portion de Monos. Je pense qu'il faut que nous utilisions maintenant nos derniers roopers pour prendre un peu de hauteur, et explorer les autres continents de cette planète. Nous pourrions cartographier ainsi l'intégralité du territoire et voir s'il y a des zones plus densément végétalisées.

L'un des constructeurs s'adressa à Yom.

— As-tu pu entrer en contact avec les équipes des XT dans le paralax, Yom ?

— Le dernier rendez-vous avec le XT-1 a eu lieu comme convenu, mais pas avec le XT-2. Je ne sais pas pourquoi, mais ils ne sont pas « venus ».

— Il serait sans doute plus judicieux d'utiliser les derniers roopers, dit un autre explorateur, pour explorer notre nouvelle galaxie. Ce système solaire est stérile. Mais cette galaxie, comme toutes les autres, abrite certainement des millions, voire des centaines de milliards d'étoiles. Et parmi elles, nous trouverons bien quelques planètes habitables !

— Le problème avec ces planètes potentiellement habitables, c'est qu'elles le sont sans doute déjà ! L'Univers est une fourmilière. La vie est partout. Si la mission Svalbard réussit, dit l'un des constructeurs, cette planète peut devenir non seulement un havre de paix, mais aussi un paradis. Nous pourrons continuer sa colonisation en instaurant un système agricole respectueux capable d'assurer notre autosuffisance alimentaire. Une fois notre survie assurée, nous pourrons explorer notre nouvelle galaxie à la recherche des éléments énergétiques précieux tels que l'hélium 3 et le deutérium. À moyen terme, nous pourrons entamer de nouveaux voyages vers Ilore pour rapporter certains de nos anciens outils technologiques. Il nous faut attendre le retour des XT.

— Rien ne nous dit que nos anciens envahisseurs ne sont pas encore sur Monos et rien ne nous dit que les Télorriens à bord du XT-2 ne seront pas exterminés par eux. Et le fait que le XT-2 n'ait pas honoré son rendez-vous représente un mauvais présage, surenchérit l'explorateur qui avait pris la parole quelques secondes plus tôt. Il leur est peut-être arrivé quelque chose. La réussite de cette mission est bien trop improbable. Si nous attendons davantage, cette planète ne sera pas notre paradis, mais notre cimetière. Vous le savez tous... Avez-vous envie de voir mourir nos enfants ?

Alors qu'un brouhaha venait de se faire entendre, le bruit d'une porte qui claquait ramena le silence. Tout le monde se retourna, car tous les participants du Grand conseil étaient déjà là, et on n'attendait plus personne. Un homme pénétra dans l'amphithéâtre et les Télorriens présents mirent quelques secondes à l'identifier, car personne ne s'attendait à le voir là. Cet homme, c'était Julien. Il avança avec un air chancelant, puis descendit lentement les marches qui menaient à l'estrade, une par une. Il régnait un silence de plomb, tous les regards le suivaient comme s'il s'agissait d'un inconnu, comme s'il s'agissait d'un mort qui venait de ressusciter ou qui avait réussi à s'échapper du purgatoire.

— Personne ne quittera Monos tant que nous ne connaîtrons pas l'issue de la mission Svalbard, lança Julien. Je suis revenue de la mort. Alors, eux peuvent aussi revenir vivants de cette mission. Si nous quittons Monos et qu'ils reviennent après notre départ, ce sont eux qui seront condamnés. Pour augmenter la chance de réussite de la mission, je vous demande l'autorisation d'utiliser l'un des deux roopers qu'il nous reste afin de les rejoindre.

— Impossible, répondit l'explorateur. Nous ne pouvons pas prendre le risque de perdre l'un de nos derniers vaisseaux accessoires.

— Il vous en restera un autre.

— Certes, mais non fonctionnel.

— Il faut simplement le réparer. Qu'est-ce qui est défaillant dans le quatrième rooper ?

— Une pièce importante s'est rompue dans l'un des moteurs à plasma. Il faut que nous la fabriquions avec notre modélisateur 3D.

— Qu'attendons-nous pour le faire ? demanda Julien.

— De l'holonium tout simplement, dit l'un des ingénieurs-énergéticiens. Nous n'en avons plus en réserve.

— Comment ça, de l'holonium ?

— Je vous rappelle que, si nous pouvons quitter notre espace-temps pour voyager à une vitesse supraluminique, c'est parce que la structure extérieure du vaisseau contient de l'holonium. Pour mémoire, cette dernière est faite d'un alliage d'holonium et de titane.

— C'est justement l'une des missions de l'équipage du XT-2 : rapporter de l'holonium de notre ancienne planète Ilore, dit l'explorateur, qui s'était exprimé quelques minutes plus tôt, en faveur d'une expédition dans la galaxie.

— Julien Spike, pouvez-vous nous donner la raison profonde de votre désir de rejoindre les agents de la mission Svalbard ? Ne serait-ce pas tout simplement parce que votre conjointe en fait partie ? Est-il acceptable de mettre toute une communauté en danger à cause du simple fait de ne plus avoir de nouvelles d'une seule personne ?

Un brouhaha envahit à nouveau l'hémicycle. Julien sentit monter une colère en lui.

— Et si c'était la vôtre ? dit-il en retour. Que feriez-vous ?

Le brouhaha fit place à des chuchotements.

— Je vous propose de voter, dit Yom. Nous voilà contraints de choisir parmi les trois propositions qui s'offrent à nous : quitter Monos et partir explorer notre galaxie à la recherche d'une nouvelle planète habitable, attendre sans octroyer à Julien le droit de partir avec le rooper, ou bien attendre et lui donner cette autorisation.

La communauté que représentaient les Télorriens était si restreinte que l'application d'un référendum pour chaque décision ne posait aucun problème. Mais c'était là tout le côté pervers d'un modèle démocratique poussé à son extrême. Lorsqu'un système démocratique atteignait son apogée, il pouvait se transformer en démocratie totalitaire où chacun revendiquait des droits personnels au détriment de la collectivité. À l'image d'un métal qui arrive à sa température de fusion et qui change alors d'état, une démocratie qui avait atteint son plus haut niveau de démocratie pouvait à tout moment entrer en ébullition et basculer dans le côté sombre de l'anarchie. Julien, pendant un laps de temps très court, eut un flash-back et repensa aux événements des années 2050 qui survinrent sur Terre et durant lesquels un mouvement social sans précédent, et qui dura plusieurs années, avait plongé la France dans l'anarchie et la terreur. Il n'avait pas fallu grand-chose pour que la France explose et brûle. À l'image de la théorie du chaos[16] en mathématique, qui voulait qu'une faible variation des conditions initiales provoque des résultats inattendus très différents, une faible variation des conditions sociétales, comme le fut le cas avec l'augmentation du prix de l'énergie et de certaines denrées alimentaires de première nécessité, avait généré un soulèvement populaire sans égal. C'est ainsi que les gens s'étaient mis à tout casser, à piller, et à tuer les plus riches. Et ce fait sociétal n'était pas sans rappeler celui de la Révolution française de 1789. Ceci avait conduit à des élections présidentielles anticipées et à l'élection de Jacques Delvos qui mit en place la VIe République, mais aussi l'astrothèque dans laquelle Julien avait travaillé pour faire des anticipations astrologiques. Car des recherches scientifiques commencées par Alphonse Zilberg avaient prouvé que la plus grande partie des faits individuels et sociétaux était influencée par la matrice astrologique

16 La théorie du chaos, plus connue sous le nom « d'effet papillon », semble s'appliquer à de nombreux systèmes naturels (météorologique, sociologique, physique, informatique, économie, psychiatrie, etc.) C'est à Edward Lorenz que l'on doit cette fameuse phrase prononcée en 1972 lors d'une conférence : « Le battement d'ailes d'un papillon au Brésil peut provoquer une tornade au Texas. »

de leur système solaire. Julien avait toujours pensé que la stabilité ne pouvait pas exister dans les extrémités d'un système, mais dans son milieu, comme si le meilleur système était celui qui se situait entre une dictature totale et la démocratie la plus libre qui soit. Il fallait en d'autres termes une grande fermeté, mais aussi un certain degré de liberté. La démocratie française avait été, jadis, bien trop faible et trop tolérante pour perdurer, et, arrivée à son extrême, elle avait basculé transitoirement et inévitablement du côté de l'anarchie, et de la violence. À défaut d'avoir instauré une dictature, qui de toute façon aurait été rejetée par la population française bien trop rebelle à toute forme d'oppression, et afin de rétablir une certaine paix sociale, Jacques Delvos avait donné de nouveaux acquis aux Français via la VIe République.

Mais là, le groupe divergent, qui voulait faire démarrer une force révolutionnaire et quitter Monos, n'avait pas assez d'effectifs pour mettre en branle l'équilibre démocratique que les Télorriens avaient instauré. Il n'y avait d'ailleurs rien à casser ni à piller, et un mouvement anarchique, de quelque nature qu'il soit, n'aurait aucun sens dans cette ville. Et quand un groupe dissident ne pouvait atteindre un nombre suffisant de personnes pour déclencher une révolution, c'était un mouvement de division qui l'emportait, un peu comme une cellule qui ne peut dépasser une taille maximale et qui n'a pas d'autre choix que de se diviser. C'est bien ce qu'allaient confirmer les propos qui allaient suivre et qui émanaient de l'un des explorateurs.

— Nous avons une autre possibilité.

— Laquelle ? demanda Yom.

— Exercer un schisme !

— C'est-à-dire ?

— Nous séparer. Que ceux qui veulent rester sur Monos restent. Que ceux qui veulent retourner vers nos planètes originelles y retournent. Et que ceux qui veulent explorer notre nouvelle galaxie l'explorent !

— Commençons par nous prononcer sur la possibilité de rester sur Monos et sur la possibilité d'explorer de notre nouvelle galaxie, répliqua Yom qui fit signe à son assistante.

Cette dernière s'empara d'une petite tablette numérique sur laquelle elle paramétra les deux possibilités. Elle passa ensuite dans les différents secteurs de l'hémicycle, ce dernier n'étant rempli qu'à moitié, le nombre de sièges étant supérieur à la population. Alors que chaque personne venait d'apposer la pulpe de son index sur la tablette, l'assistante revint aux côtés de Yom sur l'estrade pour le faire voter. Elle appuya sur la zone de détection tactile de la tablette qui validait les votes et qui déclenchait l'activation du petit projecteur holographique qui se trouvait sur sa tranche. Elle la brandit afin que la projection holographique du résultat soit visible de tous :

Monos : 53 %
Galaxie : 47 %

Yom prit la parole alors qu'il se sentait très troublé par le résultat qu'il n'aurait pas imaginé si serré. Il ne pensait pas, en effet, que le nombre de Télorriens pessimistes quant à l'issue de la mission Svalbard et désireux de quitter Monos était si important. Et il savait que les choses pourraient évoluer en faveur d'un départ définitif de Monos s'il ne recevait pas, dans les jours à venir, de nouvelles positives de l'équipage des roopers. Mais il avait bien conscience que l'exploration de la galaxie serait peut-être une nécessité qui s'imposerait d'elle-même à tous les membres de la communauté, car la mission Svalbard restait plus qu'incertaine. Sans qu'il ne témoigne d'une quelconque inquiétude en présence d'autrui, Yom s'était mis à douter de nombreuses fois et arrivait à se dire qu'il s'était sans doute voilé la face.

— La majorité a voté pour le maintien de la communauté sur Monos. Nous allons donc attendre d'avoir des nouvelles des équipages des XT avant toute tentative d'exploration d'Agnostos[17]. Procédons maintenant au vote concernant le départ de notre dernier XT fonctionnel pour venir soutenir ceux qui sont déjà en route vers nos planètes originelles. Mais avant cela, je voudrais effectuer un vote à main levée. En cas de vote positif pour le départ, qui, dans cette assemblée, serait d'accord pour faire partie du voyage ? Car il est bien évident que, sans équipage, notre ami Julien ne pourra voyager seul et, dans ce cas, le vote perd tout son sens.

Seulement trois personnes levèrent la main. Le fait que Yom n'avait pas eu de contact dernièrement avec l'équipe du XT-2 avait freiné l'ardeur du plus grand nombre. La prudence était désormais de mise. Seules les personnes téméraires et sans famille semblaient prêtes à faire partie de l'aventure. Parmi les trois personnes qui venaient de lever la main se trouvaient un ingénieur-énergéticien, un décrypteur, et un naturaliste. C'était le minimum requis pour faire fonctionner un groom. Certes, chaque spécialiste pouvait endosser la spécialité d'un autre, mais avec moins de compétences et donc, en cas de décès de l'un d'eux lors du voyage, la navigation devenait plus délicate.

— Allez, procédons au vote, dit Yom, l'air dubitatif.

17 Agnostos était le nom que les Télorriens avaient donné à leur nouvelle galaxie et dans laquelle se trouvait leur système solaire constitué d'une étoile et d'une planète solitaire, Monos.

Son assistante paramétra à nouveau la tablette et elle passa à nouveau dans les rangées de l'hémicycle. Elle redescendit, puis brandit la tablette holographique qui indiqua le résultat :

Autorisation : 23 %
Non-autorisation : 73 %

Julien sentit monter en lui un mélange de colère, de tristesse, et de fatalité. Il s'inquiétait beaucoup pour Sandra et avait le sentiment qu'il ne la reverrait plus. Il était condamné à accepter cette décision. Sans la technologie des Iloryens, rien n'était possible, aucun départ n'était envisageable. Et l'idée que sa conjointe avait peut-être besoin de lui était insupportable. Il n'y avait plus qu'à attendre avec résignation comme le ferait un Bédouin immobilisé par une tempête de sable en plein désert, sans autre issue que d'attendre. Il quitta l'estrade pour rejoindre la porte de sortie quand, soudain, il fut pris de vertiges avant que son champ visuel ne se rétrécisse jusqu'à devenir aussi petit qu'une lentille. Puis ce fut le « black-out ». Il venait de perdre connaissance. Plusieurs personnes se rapprochèrent de lui pour lui porter assistance. L'un des naturalistes s'accroupit à ses côtés et mit ses mains sur ses carotides afin de s'assurer que son cœur battait bien.

— Ça doit simplement être un malaise vagal, dit-il, alors qu'il sentait frémir ses artères sous la pulpe de ses doigts. Je vais quand même vérifier sa glycémie.

Il ouvrit une mallette dans laquelle il prit un tube métallique de deux centimètres de diamètre et d'une quinzaine de centimètres de longueur muni à son extrémité d'une aiguille relativement fine et longue de deux centimètres, puis mit ce tube dans le creux de sa main. Il referma ses doigts dessus, mit son bras en hauteur pour gagner en vélocité, puis enfonça soudainement l'aiguille dans sa cuisse. À l'aide de son pouce, il exerça une pression sur l'extrémité du tube opposée à l'aiguille. Toute la surface du cylindre, qui était en fait recouverte d'un écran tactile, s'alluma. Une série de nombres y apparut, correspondant à la mesure de certaines variables physiologiques vitales mesurées par l'appareil. Une petite alarme se déclencha et un nombre se stabilisa sur la surface numérique en clignotant.

— Ah si ! Il est en belle hypoglycémie ! Ses neurones ne vont pas apprécier.

À l'aide de son pouce et de son index, il appuya sur un anneau jaune qui apparaissait sur l'écran tactile, puis une petite motorisation démarra.

— Il n'est pas raisonnable, dit un autre naturaliste. Il n'aurait jamais dû venir seul juste après être sorti du coma. Je vais chercher le brancard à matière antigravitationnelle.

Alors que le tube venait d'injecter le précieux glucose qui permettait d'alimenter à nouveau son cerveau en énergie, Julien ouvrit les yeux, arracha ce qu'il prit pour une seringue, et la balança droit devant lui.

— Foutez-moi la paix, lança-t-il en repoussant toutes les personnes qui se trouvaient autour de lui. Je n'ai pas besoin de vous.

Alors que Julien était sur le point de quitter l'amphithéâtre, on pouvait lire une certaine inquiétude dans le regard de Yom du fait de la tournure des événements. Une société soustraite des dangers de la nature par les remparts d'une ville et protégée des risques liés à la maladie par un système de soins efficient ne pensait jamais à la mort, la mort devenant une chose immatérielle et lointaine, à l'image d'un vieux souvenir, à l'image d'une chose qui ne pouvait jamais nous atteindre. Mais lorsqu'une société sortait de sa zone de confort et quittait son insouciance, à cause d'un risque remettant en cause ses capacités de survie, des tensions dans le groupe ressurgissaient de façon inéluctable. Yom espérait de tout cœur qu'une communication avec les deux XT puisse avoir lieu afin de redonner de l'espoir à cette communauté désemparée.

***

À quelques milliards de milliards de kilomètres de là…

— Qu'est-ce qui se passe ? demanda Irène Ludwig, l'ancienne psychologue hypnothérapeute sur Terre.

Son visage n'émettait plus aucune mimique, et on sentait que son corps se crispait sous l'effet du stress.

— Rien, répondit Pencha. Nous venons de passer dans une déflexion.

— C'est pour ça que le vaisseau tremble et vient de dévier brutalement de sa trajectoire ? demanda-t-elle.

— Oui, répondit Sandra pour la rassurer. C'est comme les avions sur Terre. Ils leur arrivaient de subir des trous d'air. Tu ne te souviens pas ?

— Oui, mais enfin… nous ne sommes pas sur Terre.

Soudain, l'avion fut pris de balancement et on entendit comme des impacts de grêle sur la carlingue.

— C'est quoi, ça ? demanda une nouvelle fois la psychologue.

— Une sorte de grêle, répondit Sandra. C'est normal, on est dans un orage. N'est-ce pas, Pencha ?

— Oui, il s'agit bien d'une pluie solide. Mais il s'agit d'une pluie particulière…

— Ah bon, et qu'est-ce qu'elle a de particulier, cette grêle ?

— Ce sont très certainement des grains de diamants…

— Des diamants, mais comment est-ce possible ?

— La planète est faite essentiellement de deutérium, d'hydrogène et d'hélium 3, mais il y a d'autres éléments sous forme de traces comme l'ammoniac, de méthane, et d'autres gaz relativement rares. Les éclairs sont si puissants qu'ils brisent toutes ces molécules libérant leur carbone. Et s'il pleut des pierres précieuses, c'est que le carbone s'est transformé en diamant, et si le carbone s'est transformé en diamant, c'est que dehors il règne des conditions extrêmes. Nos capteurs nous indiquent, en effet, qu'il règne à l'extérieur une température supérieure à 248 arcos[18] et que la pression a dépassé les 1 750 sdornes[19].

— Si je comprends bien, dit Xiphu Maophi Po, tout aussi inquiète qu'Irène Ludwig, soit nous allons fondre, soit nous allons être broyés comme si nous passions dans un broyeur de voiture ?

— Non, nous avons de la marge. Le bouclier thermique de notre vaisseau peut théoriquement supporter des températures supérieures 2 480 arcos et son ossature métallique des pressions supérieures à 4 500 sdornes.

Techniquement, les mots de Namos semblaient rassurants, mais ils ne semblaient pas en adéquation avec ce que subissait le groom et ce que ressentaient les passagers. Le vaisseau virevoltait dans tous les sens et semblait incontrôlable. On aurait dit qu'il avait la même densité que la feuille d'un arbre balancée au gré du vent. Les mouvements à l'intérieur du groom devenaient de plus en plus violents.

— Purée, je le déteste, ce satané Atome ! Il va entendre parler de moi. Je te le jure…

18 L'arco est l'unité de température des Iloryens, 248 arcos correspondant environ à 1 200 degrés Celsius.

19 Le sdorne est l'unité de pression des Iloryens. 248 sdornes correspondent à une très forte pression de 4,6 gigapascals.

— Mais il t'a dit quoi, l'Atome ?

— Il m'a dit qu'il valait mieux s'approvisionner en deutérium sur Xio que sur la géante gazeuse elle-même, car il y a moins de turbulences...

— Qu'est-ce que ça doit être sur la géante gazeuse, alors...

— Je sais déjà ce qu'il va me répondre, l'Atome, quand je vais lui demander de me rendre des comptes... Il va me dire avec un sourire narquois qu'il ne m'a jamais dit qu'il n'y avait pas de turbulences sur Xio, mais simplement qu'il y en avait moins que sur la géante gazeuse !

— Il oublie comme par hasard de nous donner la moitié des informations capitales.

— Oui, ça paraissait trop beau, et surtout trop simple.

Au même moment, Irène Ludwig se mit à se vomir dessus. Son corps ne supportait plus les mouvements anarchiques de l'appareil. Elle avait l'impression d'être dans le plus puissant des manèges à sensation forte d'une fête foraine. Puis le vaisseau se mit à effectuer un mouvement rotatoire continu.

— Purée, dit Pencha, on perd complètement le contrôle. Nos réacteurs à plasma semblent en baver. Ils n'arrivent pas à s'opposer à la force du vent.

Pour la première fois, les deux ingénieurs-énergéticiens ressentirent la sensation de danger et de peur. Ils venaient tout juste de prendre conscience que leur vie ainsi que celle de tout l'équipage étaient en danger. Une seconde personne vomit également quand l'avion commença à effectuer des cercles continuels devenus insupportables. Tout semblait trembler à l'intérieur du vaisseau, les lampes s'allumaient et s'éteignaient de façon intermittente.

— Qu'est-ce qu'on fait ? demanda Namos à Pencha.

— Où en est la jauge de remplissage du réservoir à deutérium ? répondit Pencha sans réellement répondre à la question que Namos venait de lui poser, comme s'il avait besoin d'informations supplémentaires pour répondre.

— Quatre-vingt-sept pour cent de remplissage.

— C'est suffisant. Nous ne sommes pas venus pour rien… Il est temps de partir de cette foutue planète.

— Et comment tu comptes t'y prendre pour quitter cette foutue planète ? Tu vois bien qu'on ne contrôle plus rien !

— Tu sais à quoi je pense. Nous n'avons pas le choix.

— Ne me dis pas que tu veux… ?

— Si. Tu sais très bien de quoi je veux parler !

Pencha se retourna en direction des autres passagers qui étaient solidement attachés à leur siège. Il les dévisagea pour s'assurer qu'ils étaient tous bien ceinturés, puis s'adressa à eux.

— J'ai deux revendications. La première est que je voudrais que vous attachiez vos ceintures au maximum. La deuxième est que j'ai besoin rapidement d'un décrypteur pour aller dans le neurostim.

— J'ai compris où tu veux en venir, répondit Irion. Je veux bien y aller.

— Dépêche-toi, mon ami. Le temps presse…

Irion se leva et tomba immédiatement au sol. Il n'arrivait pas à se lever à cause de l'instabilité du vaisseau. Puis il glissa et son corps vint se heurter au siège des deux ingénieurs-énergéticiens qui étaient aux commandes de l'appareil. Il était quelque peu sonné, mais réussit à revenir à lui et se mit à ramper jusqu'à la base du siège du neurostim qu'il agrippa avec ses mains. Puis, à la force de ses bras, il se hissa jusqu'au siège sur lequel il s'attacha solidement à l'aide de trois sangles. Sa main droite eut du mal à activer le démarrage des fréquences sonores, mais il réussit tout de même à activer la machine de décorporation cérébrale.

Les deux ingénieurs-énergéticiens, allumèrent le réacteur à deutérium-hélium 3 pour démarrer une fusion nucléaire et augmenter la force de propulsion du vaisseau. Pour ce faire, ils abaissèrent un premier levier qui se trouvait sur le tableau de bord. Pencha se retourna vers les autres passagers.

— Je vous conseille de vous cramponner, ça va bouger.

— Qu'est-ce que vous allez faire ? demanda Sandra.

— Nous allons entamer une procédure accélérée.

— Une procédure de quoi ? cria-t-elle.

— Une procédure d'entrée en navigation supraluminique accélérée. C'est notre seule chance de quitter cette planète. Les réacteurs plasma n'arrivent pas à s'opposer à la force des courants. Si nous ne faisons rien, le vaisseau ne sortira jamais des courants et on finira par s'écraser.

— Et tu peux m'en dire un peu plus sur la procédure « accélérée » ?

— Pour quitter cette planète gazeuse, il nous faut quitter notre espace-temps. Et pour quitter notre espace-temps, nous devons exciter l'holonium et entrer en communication avec lui.

— Et donc comment vous allez vous y prendre pour exciter rapidement l'holonium puisqu'il nous faut habituellement plusieurs jours pour le faire à partir du moteur nucléaire ?

— C'est ce que je te disais. Une procédure accélérée. Nous allons mettre nos moteurs plasma à leur puissance maximale et nous allons amorcer une descente vers le centre de cette planète.

— Mais dans quel but ?

— La pesanteur va accélérer notre vitesse et le frottement de la carlingue sur les molécules d'hydrogène et de deutérium fera augmenter sa chaleur et donc le niveau d'excitation de l'holonium. À partir de 620 arcos[20], le niveau d'excitation de l'holonium nous permettra d'entrer en communication avec lui, et nous lui demanderons de nous faire quitter cet espace-temps. Nous pourrons ainsi commencer notre voyage terminal vers la Terre à une vitesse supraluminique.

— Et si vous n'arrivez pas à entrer en communication avec lui ? Ou si l'holonium refuse pour une fois ? Qu'est-ce qui va se produire ?

— Plus nous descendrons, plus la pression et la chaleur seront élevées du fait d'une contraction de l'hydrogène. Le bouclier thermique et l'armature du vaisseau finiront sans doute par céder. Nous finirons à la fois brûlés et disloqués. Nous subirons un peu le même sort qu'une météorite qui se consume en traversant l'atmosphère de nos planètes. En d'autres termes, il ne restera pas grand-chose de nous. Et imaginons que le vaisseau résiste, nous finirons par nous heurter soit à une mer d'hydrogène liquide, et nous finirons noyés, soit à un noyau métallique solide, et nous finirons broyés, réduits à de la poussière d'atome. Selon les estimations de notre ordinateur de bord, la couche liquidienne sera atteinte au bout d'environ mille yartchs[21], ce qui ne laissera pas beaucoup de temps à Irion pour convaincre l'Atome de nous aider une nouvelle fois.

— Si je comprends bien, si l'Atome ne nous aide pas, dit Sandra, nous finirons noyés dans l'hydrogène liquide comme le serait un insecte dans une mare d'eau ? Ou bien nous finirons comme une mouche qui vient de se prendre une vitre en plein vol !?

20 Environ 3 000 degrés Celsius selon l'unité terrienne.

21 Environ 1 500 kilomètres selon la nomenclature terrestre.

— Oui, c'est tout à fait cela. Mais nous n'avons plus le temps de discuter, Sandra, lui dit Pencha alors que les mouvements du vaisseau étaient de plus en plus brusques et aléatoires.

Pencha enfonça au maximum le joystick de navigation vers l'avant et le vaisseau piqua brutalement du nez, changeant sa direction de presque quatre-vingt-dix degrés. Les passagers avaient l'impression de se retrouver brutalement dans la boucle descendante d'un grand 8 et devaient encaisser une accélération telle qu'ils étaient au bord de l'évanouissement, presque incapables de parler. Irène Ludwig et Xiphu Maophi Po émirent un cri qui s'apparentait à de l'agonie. Ils étaient en train de prendre une gravité de 4G correspondant à peu près à l'accélération que subissaient les astronautes de la Terre lorsque leur fusée décollait pour se rendre dans l'espace.

— Qu'est-ce que vous faites, putain ? cria Xiphu Maophi Po qui peinait à articuler à cause de la déformation de son visage, et qui habituellement était si courtoise.

Quant à Irène Ludwig, elle perdit littéralement connaissance. Son inconscient venait de la déconnecter de la réalité de la situation afin de la soustraire à cette situation anxiogène insupportable. Les autres Iloryens restaient calmes, mais n'en menaient pas large non plus, et même l'androïde, solidement attaché à des sangles métalliques sur le fauteuil qui lui était réservé, semblait émettre une certaine forme de peur.

Namos regarda l'ordinateur de bord après avoir appuyé sur un bouton, puis il s'adressa à son coéquipier Pencha.

— L'ordinateur de bord a bien détecté un champ magnétique. Nous fonçons donc bien vers un noyau.

— Il nous reste combien de temps avant de l'atteindre ? demanda en retour Pencha.

— Nous avons mis nos propulseurs plasma à plein régime et avec la pesanteur de cette planète, nous n'allons pas tarder à l'atteindre.

— Mais plus précisément, que nous dit le radar électromagnétique ?

— Que nous atteindrons le noyau dans sept minutes.

— Purée, sept minutes ! Ça va être chaud. On n'y arrivera pas. On est condamnés.

Pencha se retourna pour regarder Irion comme s'il voulait vérifier ses propos. Puis il s'adressa à nouveau à Namos.

— Tu peux afficher la cartographie cérébrale d'Irion, s'il te plaît.

Namos appuya sur un bouton présent sur le poste de pilotage et l'électroencéphalogramme d'Irion s'afficha sur la vitre-écran du cockpit. Différentes lignes avec des ondes cérébrales défilaient sur la vitre.

— Il n'a pas encore atteint le niveau quatre hertz. Il n'est pas encore décorporé. Sa conscience est toujours dans son corps.

— Purée ! C'est pas possible !

— Comment veux-tu qu'il fasse pour se détendre avec toutes les turbulences ?

Le fauteuil sur lequel Irion est installé était doté d'un système rotatoire qui pouvait pivoter passivement sur 360 degrés pour ne pas ressentir les mouvements de l'avion et rester toujours en position inclinée, comme l'aiguille d'une boussole qui ne bouge pas, quelle que soit la position infligée à son boîtier.

Un message d'alarme clignotant s'affichait sur la vitre du cockpit en même temps qu'une sirène accompagnait la voix de l'intelligence artificielle indiquant :

— Collision prévue dans trois minutes !

— Il faut couper la sonnerie pour ne pas perturber Irion, dit Namos.

— Oui, je m'en occupe. Où en est la température de la carlingue ?

— Nous avons dépassé les 990 arcos[22]. La communication avec l'Atome peut désormais avoir lieu.

— Notre survie ne repose plus maintenant que sur Irion...

Irène Ludwig était toujours inconsciente. Les autres passagers avaient tous les yeux fermés et les traits terrorisés. Le mouvement de descente rapide associé au frottement des atomes d'hydrogène sur la carlingue du vaisseau donnait l'impression que le vaisseau allait s'embrasser puis exploser. Des flux lumineux épousaient le moindre de ses contours, à l'image d'une météorite qui se désagrégeait en parcourant l'atmosphère d'une planète.

— Collision prévue dans une minute !

— Purée, c'est foutu, Pencha, lui dit Némos qui regardait défiler l'électroencéphalogramme.

— Ah, ses ondes cérébrales sont en train de descendre. Il se rapproche de quatre hertz.

— Collision prévue dans trente secondes !

— Ça y est. Son cerveau est globalement synchronisé sur quatre hertz. Il vient sans doute de projeter sa conscience.

— Espérons qu'il ait déjà rejoint le paralax où se trouve l'Atome.

Tous les passagers qui se trouvaient assis derrière Namos et Pencha mirent leur tête dans leur bras comme dans un dernier réflexe de survie, comme si leur bras pouvait leur assurer une protection même s'ils savaient bien que la puissance phénoménale de la collision avec le noyau de cette planète n'allait pas les broyer, mais plutôt les réduire en poudre. Les réduire à de la poudre d'atome. Tous luttaient pour ne pas crier, pour ne pas venir perturber l'ascension ou plutôt la descente de l'âme d'Irion dans l'espace-temps supposé subatomique. Namos

22 4 800 degrés Celsius environ.

lâcha le joystick de navigation et les deux ingénieurs-énergéticiens firent de même : ils mirent leur tête dans leur bras dans un dernier réflexe.

— ***Collision prévue dans trois secondes !***

Irion venait de se décorporer. L'espace d'une fraction de seconde, il rejoignit son corps astral, et put voir la détresse psychologique dans laquelle étaient plongés ses coéquipiers. Il était détaché du drame qui était en train de se dérouler devant ses « yeux », car ayant quitté son corps physique, il savait qu'il ne ressentirait aucune douleur lors de la collision. Mais il voulait tenter le tout pour le tout pour sauver ses camarades. Irion se mit immédiatement à penser au paralax de l'Atome. Il quitta l'univers de ce cockpit pour se retrouver instantanément dans la dimension de l'Atome.

— ***Collision prévue dans deux secondes !***

Alors qu'il se trouvait au début du ponton, il prit l'apparence, cette fois-ci, non pas d'un lamentex, mais d'un rockz. Les rockz étaient des mammifères qui ressemblaient aux lévriers de la planète Terre. Ils avaient un corps aussi gracile qu'eux, mais leurs pattes étaient beaucoup plus hautes et, surtout, beaucoup plus musculeuses notamment à leur racine, ce qui leur assurait une vitesse deux à trois fois plus rapide. Irion, qui avait revêtu la forme de cet animal, courait de toutes ses forces pour rejoindre le point de contact habituel avec le vieil individu que paraissait être l'Atome. Ce jour-là, dans le paralax, l'environnement était peu visible. Il y avait énormément de vent, et des flocons de neige mitraillaient dans tous les sens, ce qui rendait la visibilité mauvaise et ralentissait l'avancée du rockz. On aurait dit qu'Irion se trouvait perdu dans une tempête de neige au beau milieu de la terre aride et froide de l'un des pôles d'une planète.

Mais il déployait toutes ses forces physiques, ou plutôt mentales, pour raccourcir le délai nécessaire pour rencontrer l'Holonium.

— Collision prévue dans une seconde et demie !

Irion voyait la zone circulaire se profiler à l'horizon. Et alors qu'il se rapprochait, il aperçut au loin l'Atome qui l'attendait. L'étoffe de tissu blanc enroulée sur lui au niveau de l'épaule et de la taille ressemblait au vêtement que les gens portaient à l'époque de la Grèce antique et que l'on appelait les himations. Sa barbe très longue qui touchait habituellement le sol se soulevait au vent. Il semblait avoir du mal à se stabiliser à cause des rafales de ce dernier.

— Ah, Irion ! Je suis content de te voir, mais ça n'a pas l'air d'aller. Ton regard à la même expression tempétueuse que le temps d'aujourd'hui.

— Mon état d'esprit est aussi tumultueux que l'atmosphère qui règne sur Xio. Tu m'as dit que nous devions faire un détour sur ce satellite pour nous approvisionner en deutérium. Certes, cette planète naine est bourrée d'hydrogène et de deutérium, mais son atmosphère est un véritable enfer ! Nous y sommes piégés comme une feuille maltraitée par le vent à l'intérieur d'une tornade. Nous sommes sur le point de nous écraser. Si tu ne nous fais pas sortir de notre espace-temps, je crois que c'est la dernière fois que j'aurai l'occasion de venir te voir.

— Mais pourquoi êtes-vous allés sur Xio ! Nom de nom !

— Simplement parce que tu m'as dit la dernière fois qu'il était préférable de nous rendre sur Xio plutôt que sur la géante gazeuse qui se trouve à proximité.

— Ah oui, c'est vrai, je vous avais dit ça... Mais je n'ai jamais dit qu'il n'y avait pas de turbulences sur Xio. Je t'ai simplement dit qu'il y en avait moins que sur Ixo, la géante gazeuse qui se trouve à proximité.

— La moindre des choses aurait été de nous prévenir... Nous allons finir par croire que tu veux te débarrasser de nous !

— Ah non. Ne crois pas ça, Irion. Je n'ai jamais eu ce dessein.

— Collision prévue dans une seconde !

— Le temps presse, Holonium. Fais-nous sortir, je t'en supplie. Ce n'est plus qu'une question de secondes.

— Tu sais bien que le temps est relatif, Irion. Il ne sert à rien de se presser. Nous avons encore un peu de temps.

Alors que l'Atome était d'habitude pressé, on aurait dit qu'il prenait un malin plaisir à faire traîner les choses comme s'il se délectait de voir Irion se tourmenter et s'impatienter.

L'Atome se retourna et semblait chercher quelqu'un.

— Óra ! Óra ! Tu es là ? demanda-t-il. Apporte-moi ma montre !

Alors que l'Atome venait d'appeler une entité qui semblait se nommer Óra, Irion ne voyait personne arriver. Il faut dire que la tempête de neige rendait l'observation de l'environnement difficile.

— Le temps qu'Óra arrive, je vais te raconter une histoire, Irion. C'est l'histoire tragique d'un homme qui s'appelait Anaménos. Il vivait sur l'une des planètes habitables de l'un des quelconques systèmes solaires de l'Univers. Il habitait avec sa communauté à proximité du pôle Nord de cette planète sur un continent qui s'appelait Kryoris. Il régnait là-bas un froid glacial tout au long de l'année, mais la saison hivernale était encore plus rude avec des journées très courtes. La communauté à laquelle appartenait Anaménos vivait principalement de la pêche. Anaménos était d'ailleurs lui-même pêcheur et il lui arrivait de partir plusieurs jours sur la banquise pour chasser.

— Holonium. Je ne doute pas que ton histoire est très intéressante et qu'elle est empreinte d'une certaine sagesse, mais je t'assure que le temps presse vraiment. Si tu voyais notre situation...

— Oui, oui, Irion. Je fais vite. L'histoire est courte, ne t'inquiète pas. Óra ne va pas tarder à arriver de toute façon. Donc où en étais-je ? Ah oui. Anaménos. Donc, Anaménos était sur le point de rejoindre sa communauté après être parti avec son frère, également pêcheur, qui se nommait Prosoki. Alors qu'ils n'étaient plus qu'à une heure ou deux de marche de leur village, un blizzard d'une rare violence se leva. Les conditions étaient devenues très mauvaises, rendant la visibilité quasiment nulle. Les deux hommes peinaient à avancer et à tracter leur traîneau rempli de poissons à cause du vent qui semblait s'être transformé en mur infranchissable.

L'Atome fit une pause et se retourna comme s'il cherchait quelqu'un, puis appela une nouvelle fois l'entité qu'il nommait Óra.

— J'en ai vraiment marre d'Óra. Il se fait toujours attendre. Quand tu le verras, tu comprendras… Mais bon, avec tout ça, j'ai encore perdu le fil de mon histoire.

— Holonium, tu me raconteras la fin de ton histoire une prochaine fois. Nous n'avons plus le temps, je t'assure.

— C'est bon, c'est bon. Je me souviens. Donc, les deux pêcheurs en avaient vraiment marre du mauvais temps et arrivaient au niveau d'une petite grotte formée dans la glace. Du fait des conditions climatiques extrêmement difficiles, Anaménos fit part à Prosoki, son frère, de son souhait d'allumer un feu dans la grotte, d'y faire cuire du poisson qu'ils avaient en abondance dans leur traîneau, et d'y dormir. Prosoki s'opposa dans un premier temps à cette idée, prétextant qu'il était plus raisonnable de rentrer au village. Contrairement à Anaménos, il pensait qu'il était plus judicieux d'affronter la rudesse d'un temps impétueux pour retrouver la sécurité d'un toit et la douceur d'un feu, et surtout retrouver les siens. En d'autres termes, il valait mieux affronter un mauvais temps dont l'intensité semblait encore supportable que d'affronter l'incertitude d'un déchaînement. Il avait la vision d'un boxeur qui préférait combattre un adversaire dont il connaissait déjà la force et la tactique qu'un combattant dont il ignorait tout et qui pouvait être redoutable. Car dans cet endroit de la planète où ils habitaient, les choses pouvaient vite dégénérer. Et le blizzard pouvait ainsi se transformer en ouragan. Mais Anaménos ne voyait pas de cet œil. Il préférait attendre que le temps se calme et différer leur retour, qui était pourtant imminent, au lendemain. Les deux frères étaient en fait vraiment différents : Anaménos n'aimait pas trop la contrainte et avait tendance à tout remettre au lendemain alors que Prosoki était persévérant et jusqu'au-boutiste. Ils mirent un certain temps à rester sur leur position respective, mais le temps comptait et il fallait prendre une décision. Alors, c'est finalement Prosoki qui s'inclina, car il n'était pas arrivé à imposer ses arguments à son frère. Ils allumèrent donc un feu dans la grotte, selon le souhait formulé par Anaménos, mangèrent ensuite l'un des poissons qu'ils avaient pêchés quelques heures plus tôt après l'avoir fait cuire au-dessus du feu qu'ils avaient pris soin d'allumer, puis se couchèrent sous d'épaisses couvertures et peaux de bêtes qu'ils avaient emportées. Alors qu'ils dormaient profondément, la tempête devint plus violente et se déchaîna toute la nuit, avant de s'éteindre brutalement au petit matin comme si celle-ci n'avait jamais existé et n'avait été qu'un rêve ou plutôt un cauchemar. À l'aube, les deux frères furent réveillés par les rayons lumineux d'un jour sans nuage. Alors qu'ils étaient encore couchés et qu'ils apercevaient d'où ils étaient un bout de ciel bleu, Anaménos fit remarquer à son frère qu'ils avaient eu raison d'attendre, que le trajet serait maintenant moins fastidieux, et qu'ils profiteraient d'un beau soleil sur le chemin du retour. Prosoki se leva tandis que son frère restait encore au lit, ce dernier ne semblant plus pressé. Mais lorsque Prosoki sortit, il constata avec effarement que non seulement leur traîneau rempli de poissons et qui devait servir à nourrir leur communauté avait été pillé par un bourosokar,[23] mais que la banquise, où se trouvait la petite grotte, s'était désolidarisée de la côte sous l'effet du vent. Cette dernière dérivait depuis des heures à cause d'un courant fort qui l'avait charriée jusqu'au grand océan. Cette civilisation vivait dans un temps reculé à l'échelle de leur matrice astrologique et n'utilisait pas de moyen de communication moderne. Les deux frères ne pouvaient donc pas demander d'aide à leur communauté. Dépossédés de leurs outils de pêche qui étaient restés sur le rivage, ils ne pouvaient plus se nourrir ni boire l'eau de la mer bien trop salée pour leur organisme. La parcelle de glace sur laquelle ils se trouvaient dériva doucement, les emmenant inévitablement vers une mort certaine, à l'image d'un passeur d'âmes naviguant sur un fleuve tranquille et emmenant des défunts sur sa barque jusqu'au royaume des morts.

Alors que l'Atome n'avait pas tout à fait fini son histoire, un escargot très volumineux fit son apparition. Ce dernier avançait lentement et Irion comprit qu'il s'agissait de toute évidence d'Óra. Le vieil Atome s'adressa à lui sans poursuivre son récit :

— Óra ! Tu en as mis du temps. Tu ne peux pas te dépêcher un peu ! Mon ami Irion est pressé ! Viens par ici !

L'Atome s'approcha de l'escargot qui avait une morphologie particulière. Il ressemblait, en fait, à une limace pourvue d'une fourrure qui était de toute évidence là pour le protéger du froid. Sur son dos se trouvait un socle sur lequel reposait une volumineuse boule transparente qui ressemblait à une boule de cristal à la différence près

23 Animal ressemblant à un loup géant au pelage blanc vivant dans les terres du nord de la planète où vivaient les deux frères Anaménos et Prosoki.

qu'elle était de couleur noire même si celle-ci restait translucide. L'Atome se pencha et attrapa la sphère. Celle-ci se mit à scintiller transitoirement avant qu'apparaisse à l'intérieur un système solaire. Ce système solaire, c'était celui dans lequel avait pénétré l'équipage du XT-1. Les planètes, qui avaient l'aspect de petits points lumineux de couleurs différentes, semblaient figées autour de leur étoile, car l'espace-temps dans la dimension de l'Atome se déroulait beaucoup plus lentement que celui dans lequel vivaient les Télorriens. Puis le système solaire s'effaça pour laisser place à l'image du satellite Xio comme si l'Atome avait la capacité mentale de diriger les images qui défilaient à l'intérieur de la boule, comme s'il pouvait zoomer à volonté et changer d'échelle. Ensuite, la boule arbora des images de l'intérieur de Xio. On y voyait la force des éléments qui s'y déchaînaient, puis apparut le groom des Télorriens. La distance n'était pas facile à évaluer, mais on devinait aisément que la pointe du cockpit du XT-1 ne se trouvait plus qu'à quelques centimètres, voire quelques millimètres du noyau planétaire liquide.

— Mais qu'est-ce que tu fais encore là, Irion ? Tu es vraiment imprudent ! Tu vois bien que ton vaisseau spatial est sur point de s'écraser dans le métal en fusion ! Vous allez finir en cendres ! Allez, pars ! Dépêche-toi !

— Tu joues vraiment avec mes nerfs, Atome ! Sors-nous de là ! C'est ce que je te demande depuis le début !

Dans la sphère, on voyait que le nez du vaisseau venait de progresser et frôlait maintenant le noyau liquide. Dans la dimension où se trouvait le vaisseau des Télorriens, il ne restait plus qu'un dixième de seconde avant la collision.

— Mais où voulez-vous aller ?

— À ton avis ! Sur Terre !

— Ah oui. Mais où avais-je la tête ? Tu sais, à mon âge… la mémoire… Bon, bon, oui, je m'occupe de cela. Mais je ne sais pas si je vais avoir le temps de…

Irion n'attendit pas la fin de la phrase de l'Atome, et se mit à courir sur le ponton.

— Attends, Irion ! lui dit l'Atome.

— Quoi ?

— Pourquoi t'obstines-tu toujours à vouloir prendre ce satané ponton !?

— Pour retourner d'où je viens ! Tout simplement.

— Tu devrais savoir depuis le temps que tu viens là que nous sommes ici dans le monde de l'esprit. Ici, c'est l'esprit qui est le véhicule de la matière, et non l'inverse. Toutes les voies deviennent alors possibles et imaginables. Un conseil : prends donc cette porte !

Une volumineuse porte en bois venait d'apparaître comme par magie en plein milieu de la tempête. Celle-ci était incrustée dans l'embrasure d'un mur de pierre qui était presque en ruine. La porte elle-même était branlante, mal insérée dans ses gonds, et certaines de ses lattes présentaient des orifices liés à l'érosion du bois. À travers ces trous béants, on pouvait apercevoir la noirceur profonde de l'Univers qui contrastait avec la clarté qui régnait dans le lieu de vie de l'Atome.

— Ne te fie pas à l'obsolescence de cette porte, Irion. L'apparence est si trompeuse et si fallacieuse…

— Je ne me fis plus à rien, Holonium, lorsque je suis ici…

— Au fait, Irion, dit l'Atome, je ne t'ai pas dit le fin mot de l'histoire. Les deux frères, Anaménos et Prosoki, moururent de faim et de soif. Personne ne sut dans leur village ce qui leur était arrivé ni pourquoi ils n'étaient pas rentrés ce soir-là. Sais-tu quelle est la moralité de cette histoire, Irion ?

— Oui, Holonium. Je vois où tu veux en venir...

L'Atome tendit le bras où se trouvait la boule, puis leva le bras comme s'il voulait montrer à Irion ce qui se jouait à l'intérieur. Alors qu'il prononçait cette phrase : « N'oublie jamais ça, Irion : il vaut mieux affronter le temps mauvais que le temps perdu », on voyait dans la sphère transparente le vaisseau des Télorriens s'engouffrer dans l'hydrogène liquéfié et brûlant. Puis la sphère disparut brutalement à l'image d'une matière douée de propriété évanescente. Irion ne savait pas si ce qu'il venait de voir dans la sphère appartenait au passé, au présent ou au futur. Pour en avoir le cœur net, il se résigna à tenter d'emprunter la porte afin de rejoindre sa dimension et ses coéquipiers.

Alors qu'Irion venait de quitter le monde dans lequel vivait l'Atome, ce dernier s'adressa à Óra.

— Quel bel acteur tu es, Óra. Allez ! Oust !

L'escargot qui feignait d'avancer lentement en présence d'Irion partit en trombe...

Svalbard

Après quelques jours en mode de navigation supraluminique, l'Atome avait emmené le XT jusqu'au système solaire des Terriens, et les avait fait rejoindre leur espace-temps à proximité de la planète Terre, entre la Terre et la planète Mercure, plus précisément. Tout l'équipage était réuni dans le cockpit, à l'exception de Ben dont le corps sans vie reposait dans l'une des cellules d'hibernation à l'intérieur de laquelle avait été diffusé un gaz de conservation corporelle. Tous regardaient à travers la vitre du cockpit. Une sphère plus lumineuse que les autres s'apercevait au loin. Cette sphère, c'était une planète. Cette planète, c'était la Terre. Et tous sans exception étaient emplis d'une certaine fébrilité et impatience. Tout d'abord parce qu'ils avaient réussi la première partie de leur mission à savoir traverser à nouveau l'Univers pour rejoindre le système solaire des Terriens. Et cela ne s'était pas fait sans mésaventures… Ensuite parce qu'ils allaient dans quelques heures à peine pouvoir quitter leur vaisseau spatial pour fouler le sol d'une planète habitable. Cet acte qui consistait à marcher sur un sol naturel pouvait paraître banal. Mais pour eux, c'était une chose presque miraculeuse. Ils venaient de vivre dans un lieu de vie restreint et cloisonné comme s'ils avaient été emprisonnés dans une cellule de métal. Impossible pour eux de s'échapper du vide sidéral qui les entourait. Le vide était bien plus efficace que n'importe quelle sentinelle pour rebuter toute tentative d'évasion du vaisseau. Car le vide était tout simplement incompatible avec la vie. C'était d'ailleurs étonnant de constater à quel point l'Univers était immense et à quel point on était prisonnier de son immensité. Une planète, si petite soit-elle, devenait paradoxalement un espace de liberté bien plus grand que l'incommensurable espace du cosmos. Mais la Terre était-elle encore habitable ? Et dans quel état allaient-ils la trouver ? Ces questions, tous se les posaient à cet instant précis.

L'un des décrypteurs, Wyu, avait pu discuter avec Warko quelques minutes plus tôt en projetant sa conscience dans le paralax où ils avaient l'habitude de se retrouver. L'équipage du XT-2 avait subi aussi une certaine quantité de péripéties qui avait empêché un contact avec Yom, mais, tout comme l'équipage du XT-1, qui était sur le point de pénétrer l'atmosphère de la Terre, eux-mêmes étaient sur le point de pénétrer celle d'Ilore. Tout semblait donc aller pour le mieux pour les deux équipages à l'exception du fait que celui du XT-1 avait à déplorer la mort de l'un des leurs : Ben. Cette triste nouvelle n'était pas sans affecter Warko, qui le connaissait bien et qui avait noué une certaine amitié avec lui. Ben était connu de la communauté télorrienne pour être quelqu'un de bon, d'honnête, d'investi, et de généreux.

Au fur et à mesure que le XT-1 se rapprochait de la Terre, Sandra sentit un nœud se serrer dans son ventre, ce qui correspondait de toute évidence à une bouffée d'angoisse. C'était comme si elle allait revoir un parent avec qui elle s'était fâchée et qu'elle n'avait pas revu depuis des années. L'appréhension était du même ordre. Mais quelque chose attira l'attention des trois anciennes Terriennes présentes à bord. La Terre n'avait plus le même visage.

— Est-il possible que l'Atome se soit trompé d'endroit ? demanda Sandra à Irion.

— Il n'a jusqu'à présent jamais failli. Pourquoi poses-tu cette question ?

— Parce que notre planète n'avait pas cette coloration. Ce n'est peut-être pas notre système solaire. N'est-ce pas, les filles ?

Sandra s'adressait à Xiphu Maophi Po et à Irène Ludwig, les deux autres ex-Terriennes présentes à bord.

— C'est vrai ! répondirent à l'unisson les deux autres femmes. Notre planète était bleue. Ce n'est pas pour rien qu'on l'appelait « la planète bleue ».

— Non, ça doit bien être votre planète. L'intelligence artificielle de notre vaisseau a calculé le volume de l'étoile de ce système solaire. Il est identique à votre soleil. Nous sommes donc au bon endroit. Il faut que vous compreniez que si votre planète n'a plus le même visage, c'est à cause de la Grande catastrophe qu'elle a subie. Nous l'avons tous vue au moment du Grand départ… L'explosion nucléaire a rendu malade cette planète, au même titre que la radioactivité peut provoquer des cancers.

L'atmosphère de la Terre, qui était jadis transparente, au point de laisser entrevoir de l'espace ses continents et ses océans, s'était troublée au point de ne plus rien laisser transparaître. Elle qui était si bleue et si lumineuse d'ordinaire lorsque le soleil la baignait de lumière comme pour montrer sa beauté au monde, avait le même visage hâve, et la même expression maladive qu'une personne moribonde. Privée de couleurs, sa teinte pour un observateur de l'espace avait viré au gris et à l'uniformité… C'était comme si, du fait des préjudices subis, elle s'était renfermée sur elle-même en cachant son visage, ne faisant plus confiance à personne. C'était comme si elle s'était munie d'un plâtre circulaire pour cicatriser ses multiples fractures.

La chaleur et l'énergie libérées par les différentes bombes à hélium 3 avaient carbonisé sur-le-champ les habitants des villes sur lesquelles elles avaient été lancées. Mais ces bombes avaient été si puissantes qu'elles avaient aussi fissuré une grosse partie de la croûte terrestre, créant ainsi un grand ravin, une grande faille. Cette grande cicatrice béante avait été, dans un premier temps, à l'origine d'un tsunami généralisé qui avait emporté toutes les villes côtières sans exception comme si un géant avait dévasté l'ensemble des habitations d'un seul revers de main. Puis le débordement avait fait place à un « appel » d'eau au niveau de la Grande faille qui avait fait dans un second temps baisser le niveau des océans. Après l'explosion, l'atmosphère s'était complètement remplie de fines particules troublant l'atmosphère à tel point que l'air n'était plus transparent, mais voilé comme si un géant avait saupoudré des milliards de tonnes de suie dans l'atmosphère. Initialement réchauffée par le soleil, cette suie s'était progressivement élevée dans l'atmosphère en constituant ainsi une sorte de bouclier empêchant alors les rayonnements solaires d'arriver jusqu'à la Terre, ce qui avait eu pour conséquence d'entraîner une baisse brutale des températures. Les quatre saisons s'étaient mues en une seule et unique saison : « l'hiver nucléaire ». Il régnait comme une atmosphère de brume permanente rendant la visibilité à l'extérieur vraiment médiocre et il était devenu impossible de voyager en avion sur de longues distances. Il n'y avait d'ailleurs plus d'avions conventionnels, car tous avaient été détruits avec les aéroports qui les abritaient. Finalement, la Terre avait retrouvé l'état qu'elle avait subitement atteint soixante-six millions d'années plus tôt, lorsqu'une météorite gigantesque, d'une quinzaine de kilomètres carrés de diamètre s'était abattue sur Terre, dans la région du Yucatán, mettant fin brutalement au règne des dinosaures. Incendie, obscurité quasi totale pendant plusieurs années, et par voie de conséquence arrêt de la photosynthèse avaient décimé les trois quarts des animaux de la planète. Les bombes à hélium 3 avaient rendu à nouveau la Terre « malade » lui donnant le même visage mortuaire et post-apocalyptique. La Terre venait de vivre son sixième épisode d'extinction de masse. La seule différence était que, cette fois, ce n'était pas un phénomène astronomique qui avait provoqué cela, mais l'homme lui-même. L'être humain, doué d'une faculté de raisonnement pernicieuse, avait volontairement intoxiqué sa mère nourricière. Cela prouvait à quel point son intelligence était limitée, car il s'était intoxiqué lui-même, à l'image d'un kamikaze qui était devenu suicidaire et qui n'avait plus l'envie de vivre. La Terre avait l'apparence d'un grand brûlé dont la peau se reformait lentement, avec de multiples cicatrices, indélébiles. Car, lors de la Grande explosion, les vibrations phénoménales avaient réveillé un grand nombre de volcans jusque-là endormis et qui s'étaient mis alors, eux aussi, à cracher leur feu et leur suie opaque. C'était comme si de multiples furoncles avaient brutalement surgi et déversé leur pus sur une peau déjà ravagée par les puissantes ondes radioactives. De multiples incendies avaient émergé dans toutes les villes, les mettant à feu et à sang. Les forêts s'étaient embrasées aussi rapidement que de la paille séchée. La plupart des cuves des réacteurs des centrales nucléaires s'étaient fissurées, libérant leur radioactivité dans les eaux et dans l'atmosphère. La Terre était contaminée, atteinte d'une maladie devenue de toute évidence incurable et irréversible.

— Où se situe Svalbard déjà ? demanda Pencha, l'un des ingénieurs-énergéticiens alors que le vaisseau spatial se trouvait maintenant très proche de la Terre.

— Svalbard, c'est un archipel qui appartenait jadis à la Norvège et qui se trouve à un millier de kilomètres du pôle Nord. Le bunker qu'il contient a été construit sur l'île principale qui s'appelle l'île de Spitzberg. Il a été creusé à flanc d'une montagne près de l'aéroport d'une petite ville qui se nomme Longyearbyen. C'est la ville la plus au nord du globe. C'est une ancienne ville minière. C'est tout ce dont je me souviens. Mais ça ne devrait pas être trop compliqué à trouver. Longyearbyen est la ville la plus grande de l'île et, si on trouve l'aéroport, on trouvera la grainothèque, car elle n'est pas loin de ce dernier. En espérant qu'elle ne sera ensevelie par la neige…

— Pourquoi ? Tu crois trouver encore de la neige sur Terre ?

Sandra ne répondit pas, car elle était perplexe. Les propos de Pencha la firent douter de la possibilité de trouver encore de la neige sur Terre.

Namos, qui était aux commandes du groom, entama une descente dans l'atmosphère de la Terre. Au fur et à mesure que le vaisseau progressait dans la profondeur de l'atmosphère, la visibilité se faisait de plus en plus médiocre à cause des particules qui s'étaient dispersées dans l'atmosphère après la Grande explosion. Par mesure de sécurité, il activa le radar de l'appareil, afin d'éviter tout obstacle lorsqu'il serait à proximité de la terre ferme.

— Pourquoi vous prenez la direction de l'équateur ?

— Parce que ta planète a basculé lors de la Grande explosion. C'est ce que me confirme mon ordinateur de bord. Nos capteurs de champs électromagnétiques nous montrent bien que l'axe des pôles a basculé de quatre-vingt-dix degrés. Si cette région était au nord avant, elle se situe dorénavant à l'équateur.

— C'est vous, les ex-Terriennes qui allaient nous orienter, dit Pencha. Nous ne savons pas à quoi ressemble cet archipel, nous, les Iloryens.

— Oui, ça ne devrait pas être trop compliqué à visualiser. L'archipel de Svalbard se trouve au centre d'un triangle formé par le Groenland, la Suède, et la Russie.

Alors que le rooper progressait dans l'atmosphère, les océans et les continents commençaient à se distinguer, ce qui permettait d'appréhender la géographie de cette planète même si la visibilité restait très réduite. Un énorme bloc de terre apparut.

— C'est le bloc eurasien, dit Xiphu Maophi Po. La Russie est là avec la Chine. L'Europe est là.

— Cette bande de terre arc-boutée, c'est la Suède et la Norvège, dit Irène Ludwig.

— Le Groenland, ça doit être ça, dit Sandra. Donc, l'archipel du Svalbard se trouve au centre de la ligne qui relie le Groenland et l'archipel russe qui se nomme Nouvelle-Zemble, en pleine mer Arctique. Il faut prendre dans cette direction.

Sandra montra du doigt l'archipel de Svalbard perdu en plein milieu de l'océan et qu'elle venait d'identifier.

Le rooper prit alors une direction oblique et fonça dans cette direction. Grâce à la propulsion des moteurs plasma, la progression était rapide et les reliefs montagneux et sinueux de l'archipel, avec ses arêtes et ses cirques, apparurent alors. Mais il n'y avait aucune trace de blancheur, ce qui confirma les propos de Pencha énoncés quelques minutes plus tôt sur la probabilité de trouver encore de la neige sur

Terre. Puis, après quelques minutes de vol, Pencha enclencha une décélération en diminuant la puissance des moteurs plasma. Lorsqu'ils ne furent plus qu'à quelques kilomètres du sol, il activa la matière antigravitationnelle, l'antigron, et enclencha le mouvement inverse des moteurs plasma pour stopper les mouvements de l'appareil. Grâce à l'antigron, on eût dit que le vaisseau flottait comme s'il était en apesanteur dans l'espace aérien. Tout l'équipage avait les yeux rivés sur la vitre du cockpit.

— Vous avez une idée d'où se trouve Longyearbyen ? demanda Wyu.

— Il faut se rapprocher de la plus grosse île. La plus grosse île, c'est l'île de Spitzberg. La ville que nous cherchons s'y trouve. Elle va être facile à identifier. C'est la plus grande ville.

Pencha diminua l'intensité de l'antiforce gravitationnelle de telle sorte que le vaisseau descendait lentement. Après quelques minutes, une ville plus grosse que les autres sur l'île apparut, munie à sa périphérie d'une longue piste qui devait de toute évidence être un aéroport. Mais la ville semblait avoir subi des dommages dans sa globalité comme si un tsunami ou un cyclone était passé par là.

— Ce doit être l'aéroport avec sa piste d'atterrissage, dit Sandra. La grainothèque n'est pas très loin de l'aéroport. Le plus judicieux est de se poser en contre-haut, sur ce plateau.

Le groom activa légèrement ses moteurs plasma pour se mettre au niveau d'une vaste plaine qui se situait au sommet d'un massif montagneux. Arrivé à sa hauteur, le rooper stoppa, puis Pencha diminua de nouveau la force antigravitationnelle pour amorcer un atterrissage en douceur. Une secousse fut ressentie par tout l'équipage. Le groom venait de se poser. Il y avait un contraste énorme entre ce vaisseau futuriste aux reflets métalliques et aux lignes épurées, et ce monde minéral montagneux digne d'une planète vierge et inhabitée. Perché sur son promontoire, le vaisseau ressemblait à un aigle de fer, prêt à se jeter dans le vide. Les voyageurs se rendirent dans le vestiaire pour enfiler leur combinaison, puis sortirent de l'appareil. Les capteurs situés à l'extérieur du vaisseau avaient vérifié que la composition de l'atmosphère était encore respirable. Tous les membres de l'équipage sortirent, comme s'ils voulaient se dégourdir les jambes après un long et banal voyage en voiture. Les ex-Terriennes étaient à la fois contentes de retrouver leur « maison », mais quelque chose, qu'elles n'arrivèrent pas à identifier sur-le-champ, les rendait dubitatives. C'était comme si elles s'étaient trompées de lieu, comme si ce n'était pas la bonne planète. En fait, c'était à cause de l'atmosphère qui n'était plus transparente, mais opaque, légèrement grisée. Et alors qu'elles s'attendaient à ce qu'il fasse très chaud, à cause du fait que cette région du monde se trouvait maintenant à la place de l'équateur, donc plus proche du Soleil, l'écran inséré sur l'une des manches de leur combinaison indiquait qu'il faisait 7 °C. L'histoire du basculement des pôles leur revint alors immédiatement en tête, et surtout celle de l'hiver nucléaire généré par le bouclier de particules qui empêchait les rayons du Soleil d'atteindre la Terre. Et surtout, il n'y avait plus aucune trace de neige. Le permafrost avait fondu, car il ne faisait pas suffisamment froid pour maintenir l'eau à l'état de glace. Le sol, quant à lui, était jonché de cadavres d'oiseaux.

— J'espère, dit Sandra, que les graines ont pu se conserver. Il fait frais, certes, mais pas aussi froid qu'avant dans la région du pôle Nord.

— La grainothèque se trouve sous terre. Avec un peu de chance, elles seront intactes, car, en profondeur, les températures restent plus fraîches.

D'où ils étaient, et malgré le voilage de l'atmosphère, ils pouvaient apercevoir en contrebas l'unique piste d'atterrissage de l'aéroport qui jouxtait un immense fjord entouré de montagnes. Un point lumineux scintillait à mi-chemin entre l'aéroport et leur position.

— La grainothèque n'est pas très loin de l'aéroport, dit Sandra. Ce point brillant doit correspondre à l'entrée de la grainothèque. Nous pouvons y aller à pied.

Elle montra du doigt la route qui devait y mener selon elle. Celle-ci partait du promontoire rocheux et zigzaguait en bordure de ce dernier. Tous partirent à pied comme s'ils partaient en randonnée, sauf Destinée et pencha qui restèrent à bord pour surveiller l'appareil. Par mesure de précaution, même s'ils ne s'attendaient à croiser personne, quelques-uns d'entre eux prirent des armes de poing et des munitions d'holonium. Après une heure de marche, sur cette route qui surplombait et longeait la piste d'atterrissage, la troupe aperçut enfin un bloc de béton qui n'était pas naturel.

— Je crois que c'est ça, lança Sandra.

Les deux autres Terriennes ne se prononçaient pas, car elles n'avaient jamais prêté attention à ce projet de sauvegarde des graines quand elles vivaient encore sur Terre et n'avaient jamais vu d'images ni de document le concernant. Elle n'en avait, l'avouèrent-elles, jamais entendu parler.

Ce bloc de béton brut, qui arborait une large porte verticale, formait une sorte de prisme triangulaire qui s'enfonçait dans la base d'une montagne de grès qui s'appelait Plataberget. Dans la partie supérieure du prisme se trouvait la structure brillante qu'ils avaient aperçue quelque temps plus tôt lorsqu'ils étaient encore sur le promontoire rocheux et qui correspondait en fait à une œuvre d'art faite de miroirs, de primes, et de fibres optiques qui s'illuminaient la nuit. Cette dernière avait été intégrée au bloc de béton pour rendre visible l'entrée de sa galerie dans l'obscurité de l'hiver polaire et de permettre aux scientifiques de la retrouver plus facilement. La grainothèque avait été construite dans les profondeurs d'une ancienne mine désaffectée[24]. Creusé à même la roche de la montagne, à cent trente mètres au-dessus du niveau de la mer, cet endroit était censé résister à tout type de catastrophe comme les tremblements de terre, les inondations, les crashs d'avion, voire les attaques nucléaires. Certains Terriens avaient eu la présence d'esprit d'entreposer les graines dans l'un des endroits, jadis, les plus froids de la planète. Certains visionnaires, sentant l'imminence d'une catastrophe que nul ne pourrait plus empêcher, avaient eu l'idée de génie de créer cette arche de Noé végétale. Pour la première fois, l'être humain, qui n'avait jamais été capable de dépasser son propre intérêt, avait pensé de façon collective en laissant aux générations futures une possibilité de régénération. Mais peut-être avaient-ils voulu tout simplement, dans un moment de lucidité, se racheter de leur laxisme et de leur égoïsme qui avaient fait, petit à petit, agoniser leur planète.

Alors qu'ils se rapprochaient, le groupe aperçut sur l'un des côtés du prisme de béton le nom de la structure :

Svalbard, Global Seed Vault

— « Réserves mondiales de semences du Svalbard », traduisit Xiphu Maophi Po, qui parlait très bien anglais. C'est bien ici !

24 Longyearbyen fut initialement créée au début du XXe siècle pour exploiter le charbon.

— C'est incroyable quand même, lança Oro, le médecin-naturaliste du groupe. Nous avons parcouru une distance incommensurable juste pour trouver une si petite porte, un si petit endroit.

— Certes, répondit Sandra. L'endroit est petit, mais c'est un coffre-fort qui renferme l'une des choses les plus précieuses de l'Univers : des graines qui portent la vie. En revanche, quelque chose ne me plaît pas du tout.

Le groupe emprunta une petite passerelle qui reliait la route qu'ils venaient d'emprunter et l'entrée du bunker.

— Quoi ? demanda Irion.

— C'est que la porte soit ouverte... Ce n'est pas courant pour un « coffre-fort » !

En effet, la porte était entrebâillée...

Ils y pénétrèrent, munis de lampes torches qu'ils avaient pris soin d'emporter. Une fois la porte d'entrée franchie, ils arrivèrent dans un tunnel creusé à même la roche de la montagne, renforcé par un manchon de tôle qui avait été posé sur la paroi du tunnel pour se prémunir de l'érosion. Ils demandèrent plusieurs fois en criant s'il y avait quelqu'un, mais personne ne répondit en retour. Ils se mirent alors à progresser dans cet énorme tube. Au-dessus de leurs têtes, sur le plafond du tunnel, passaient plusieurs tuyauteries et des néons éteints qui défilaient au fur et à mesure qu'ils progressaient. Le silence était tel parmi les Télorriens, qui devaient de toute évidence être anxieux à cause de l'étrangeté du lieu, qu'on entendait les gouttes d'eau qui tombaient du plafond s'écraser sur le sol. Après avoir parcouru une centaine de mètres, ils arrivèrent dans un long couloir qui arborait une porte sur son mur de droite. Ils l'ouvrirent doucement, comme s'ils cherchaient à se prémunir d'un danger. Ils traversèrent plusieurs pièces et couloirs jusqu'à ce qu'ils arrivent dans une enceinte qui contenait de gros compresseurs de réfrigération.

— Ce sont les compresseurs frigorifiques qui servaient à maintenir une température constante à –18 degrés Celsius.

— Tu as l'air de bien connaître cet endroit, Sandra, dit Irène Ludwig, comme si tu y étais déjà venue.

— Je faisais partie d'une association de protection de l'environnement. L'avenir de la planète était déjà une préoccupation pour moi à l'époque. J'avais donc beaucoup lu sur ce projet qui me fascinait. Mais je suis comme vous. C'est la première fois que je viens ici.

Ils pénétrèrent ensuite dans une seconde pièce où se trouvait une console avec différents cadrans ainsi qu'une table où reposaient des ordinateurs poussiéreux.

— C'est la salle de surveillance et de contrôle de la température. Les graines ne sont pas ici, dit Sandra. Il faut rejoindre le couloir principal.

Ils rejoignirent le couloir principal, puis se retrouvèrent devant une porte blindée munie de plusieurs serrures qui devait avoir été de toute évidence dynamitée, car celle-ci était disloquée comme si elle avait été soufflée par une puissante explosion.

— J'ai un mauvais pressentiment, dit Wyu, en voyant la porte béante.

— Moi aussi, répondit Xiphu Maophi Po.

Ils pénétrèrent alors dans un autre couloir perpendiculaire à celui qu'ils venaient d'emprunter. Grâce aux lampes torches, ils purent faire un état des lieux du couloir et constater qu'il possédait trois portes.

— Nous sommes dans la chambre forte, dit Sandra. Les trois portes doivent mener à des sas qui eux-mêmes mènent aux chambres de stockage des graines. Divisons-nous en trois groupes de deux ou trois personnes, un groupe par chambre de stockage.

Sandra pénétra avec Oro et Wyu dans le premier sas, puis dans la première salle de stockage. Plusieurs rangées d'étagères métalliques s'alignaient dans cette grande enceinte creusée à même la montagne. Chacune des rangées était identifiée par une lettre jaune et au sein de chaque rangée se trouvaient des chiffres disposés là pour identifier le lieu de stockage de tel ou tel type de graine. Mais, alors que Sandra s'attendait à trouver des conteneurs à perte de vue, les étagères étaient vides. Complètement vides. Le sol était jonché de quelques boîtes en plastique ouvertes ainsi que de sachets qui avaient laissé s'échapper quelques rares graines.

— Purée, y a rien ! dit Sandra. Mais elles sont où, ces millions de graines ?!

— Rejoignons les autres dans la seconde salle, dit Oro. Les graines sont peut-être là-bas.

Ils rejoignirent Irène Ludwig, qui se trouvait dans la seconde salle accompagnée d'Irion. À leur grande stupéfaction, il n'y avait rien non plus.

— Mais c'est pas croyable, ça ! Elles sont où, ces putains de graines ?! dit à nouveau Sandra.

C'est alors qu'ils entendirent un énorme cri féminin. C'était la voix de Xiphu Maophi Po. Les hommes dégainèrent leur arme de poing, et se mirent à courir en direction de la troisième salle. Ils ouvrirent la porte et entendirent les spasmes respiratoires de Xiphu, qui faisait une crise d'angoisse ou plutôt de spasmophilie. Namos, qui était à ses côtés, était en train de lui demander de se calmer. Alors que Sandra restait en retrait dans le couloir, Wyu, Irion, et Oro pénétrèrent l'arme pointée en avant. Mais ils comprirent, à l'odeur de putréfaction qui régnait dans la salle, ce qui avait bien pu se produire ici.

— Qu'est-ce qui se passe ? demanda Irion à Namos, pour confirmer ce qu'il craignait.

— On a trouvé six corps au fond de l'entrepôt. Enfin ce qu'il en reste…

Namos pointa sa lampe torche en direction des corps. Les six corps devaient être entreposés là depuis longtemps et avaient dû lentement se décomposer de telle sorte qu'il ne restait que les os et certains débris organiques qui avaient séché. L'électricité ayant été coupée, la ventilation ne fonctionnait plus depuis certainement longtemps et une odeur de putréfaction restait en suspension dans l'atmosphère. L'odeur était si suffocante que Xiphu Maophi Po ne put se retenir de vomir.

— C'est un charnier, dit Oro, le médecin naturaliste. Ils ont été exécutés. Les crânes exhibent des orifices qui ont la même dimension qu'une balle de revolver et ils ont tous eu les mains ligotées.

Les cordes qui enlaçaient les os des poignets étaient encore présentes.

— Putain, c'est pas vrai ! dit Sandra, qui venait d'entrer dans la pièce. Je vous avais prévenus ! dit-elle en s'adressant plus particulièrement aux ex-Iloryens. Les humains sont capables du pire !

— Qu'est-ce qui a bien pu se passer ? demanda Irène Ludwig, qui faisait un effort pour ne pas craquer.

Comme personne ne savait vraiment, personne ne répondit. Et l'humeur n'était pas aux paroles inutiles ni aux spéculations. Sandra fit le tour de l'entrepôt en éclairant les différentes étagères.

— Putain, mais c'est pas vrai ! invectiva une nouvelle fois Sandra.

Elle renversa l'une des étagères métalliques et provoqua un grand fracas chaotique. Les autres accoururent alors vers elle.

— Y a rien ici. Vous comprenez ? Y a rien ! Je vous jure que cet endroit abritait des millions, voire des milliards de graines ! J'en suis certaine ! On est venus ici pour rien ! On est foutus maintenant ! On rapportera rien sur Monos ! Quelqu'un est passé avant nous ! Le « coffre-fort de l'apocalypse » a été vidé !

Alors que la colère de Sandra venait de se dissiper, elle éclata en sanglots, et Wyu la prit dans ses bras.

— Allez, calme-toi. Nous trouverons bien une autre solution. Et puis l'équipage du XT-2 nous apportera peut-être de bonnes nouvelles. Leur retour sur Ilore sera sans doute plus prolifique que le nôtre sur Terre.

— Sortons ! dit Namos. Ça ne sert à rien de rester là plus longtemps.

Ils reprirent le couloir en sens inverse, puis le tunnel circulaire avant de se retrouver à l'air libre. Dehors, l'atmosphère dégageait quelque chose de troublant, voire d'angoissant par le fait qu'elle était voilée par la présence des particules. Mais elle était déjà beaucoup moins sinistre que la pénombre, que le silence, et que cette atmosphère de mort qui régnaient à l'intérieur de la grainothèque devenue un bunker vide.

— Qu'est-ce qu'on fait maintenant ? demanda Irène Ludwig.

— C'est une bonne question, dit Irion. On va déjà prévenir Pencha qui est resté dans le groom.

— Et après ?

— Il est déjà tard, dit Sandra. Le soleil ne va pas tarder à se coucher. Je pense qu'il est plus raisonnable de rejoindre Pencha dans le groom afin d'y manger, puis d'y dormir. Nous avons fait un long voyage et nous sommes fatigués. Nous pourrons aller voir demain ce qu'il reste de Longyearbyen. On ne sait jamais, il y a peut-être des gens qui ont survécu à la Grande catastrophe.

Irion appuya sur l'écran tactile du boîtier de communication qui était intégré sur la manche de sa combinaison et prévint Pencha de l'imminence leur retour.

***

Une heure plus tard, dans le réfectoire du groom

— Qu'est-ce qui a bien pu se passer ? demanda Namos.

— Quelqu'un est passé avant et a pillé le bunker, répondit Sandra. Après tout, ces graines ne nous appartenaient pas. Premiers arrivés, premiers servis. C'est comme ça sur Terre...

— Certes, mais qui est venu se servir ?

— De toute évidence, des Terriens qui ont survécu à la Grande catastrophe, dit Irène Ludwig. Ceci nous donne l'espoir de retrouver des survivants. À moins que ce ne soit des extraterrestres. Après tout, nous étions nous aussi en quête des graines.

— Une civilisation extraterrestre, ça serait tout de même étonnant. Qui, à part les Terriens, peut connaître un endroit si petit et si particulier ? dit Xiphu Maophi Po.

— C'est vrai, reprit Sandra. Qui, à part les Terriens ? Quoi qu'il en soit le pillage a dû se produire après la Grande catastrophe. Car l'enceinte était surveillée. Il y avait des caméras partout dans le bunker et la porte qui menait aux trois entrepôts était sécurisée. Il fallait trois clés différentes pour l'ouvrir. À la moindre intrusion, l'armée norvégienne serait intervenue. Il est évident qu'après la Grande catastrophe, la grainothèque était loin d'être une priorité pour le gouvernement de ce pays qui a dû avoir des choses bien plus urgentes à gérer.

— Nous trouverons peut-être des indices dans le village demain, dit Oro le médecin.

— Oui, nous verrons bien, dit Sandra. De toute façon, connaître le commanditaire ne nous apportera rien.

— Moi, je vais me coucher, dit Xiphu Maophi Po, qui avait un visage triste dépourvu d'émotions.

— Moi aussi, dit Irène Ludwig. Je suis épuisée.

Tous les Télorriens se levèrent de table pour débarrasser. Ils mirent les couverts dans le décontaminateur. Ils se rendirent ensuite dans le vestiaire pour ôter leur combinaison, puis dans la salle où se trouvaient les cellules d'isolation sensorielle pour y prendre place. L'entrée du vaisseau avait été verrouillée pour empêcher toute intrusion et le système de radar enclenché afin de permettre de détecter tout mouvement dans un rayon de cinq cents mètres, l'ordinateur de bord étant capable de différencier ce qui avait l'apparence d'un être humain, d'un animal ou d'un végétal.

Tous les membres de l'équipage étaient épuisés. Ils venaient de sortir d'un long voyage à travers l'Univers jonché d'obstacles. Il y avait eu cette journée remplie d'excitation à l'idée de retrouver la terre ferme d'une planète habitable. Puis ils avaient dû marcher un certain temps avant de trouver la grainothèque, enfouie sous la montagne, et de se confronter à l'horreur d'un massacre humain. Mais, malgré la fatigue, à l'intérieur d'eux, il y avait une force contraire qui semblait s'opposer à celle du sommeil. C'était celle de la pensée. Cette pensée qui analysait en permanence tous les problèmes et qui cherchait, parfois en vain, des solutions. Les jours à venir étaient remplis d'incertitudes. Qu'allaient-ils trouver demain dans le village ? Restaient-ils des survivants sur la planète Terre ? Comment allaient-ils pouvoir nourrir leur néocommunauté sans graines ? Étaient-ils voués à tous mourir ? Auraient-ils le courage de retourner sur Monos en subissant, peut-être, les mêmes péripéties ? Auraient-ils d'ailleurs assez de vivres tout simplement pour faire le voyage inverse ? Leurs neurones semblaient fonctionner à plein régime et « dans le vide », car aucune solution ne semblait émerger de ce tourbillon psychique. Mais le sommeil, qui se nourrissait de l'épuisement, finissait toujours par l'emporter sur la pensée, en transformant la pensée en rêve, faisant croire ainsi à son hôte qu'il restait encore vigilant... Et puis à chaque jour suffisait sa peine. Demain serait un autre jour. Sandra, avant de plonger dans le sommeil, repensa à *L'Odyssée* d'Homère qu'elle avait lu lorsqu'elle était encore collégienne. Ce livre relatait l'histoire d'un héros, Ulysse, qui, après un long voyage, rendu périlleux par la colère du dieu Poséidon et la rencontre de créatures fantastiques comme les cyclopes, avait réussi à revenir sur son île d'Ithaque pour délivrer son épouse Pénélope de ses prétendants, et son fils Télémaque. Le voyage que les Télorriens venaient de faire ressemblait un peu à celui d'Ulysse, jonché d'obstacles et de rencontres dangereuses comme l'avait été celle avec les Folgoniens qui avaient colonisé Naplar et qui ressemblaient un peu à des cyclopes avec leurs systèmes de vision artificielle. Ils avaient donc, à l'image d'Ulysse, réussi à contourner les obstacles d'un même voyage à la différence près que la fin de l'histoire de Sandra ne semblait pas avoir le même dénouement heureux. Mais, épuisée, elle finit tout de même par s'endormir.

La ville fantôme

L'Atome venait de transporter l'équipage du XT-1 dans la galaxie d'Agnostos où se trouvait le système solaire monoplanétaire que les Télorriens avaient récemment colonisé. Les Télorriens venaient de pénétrer dans l'atmosphère de Monos avec la fébrilité de ceux qui vont retrouver des gens qu'ils aiment mêlée à la peur d'apprendre d'éventuelles mauvaises nouvelles que le temps passé sur Monos avait potentiellement laissées sur son passage. Le vaisseau se posa sur le sol en faisant naître des tourbillons de poussière tout autour de lui. Alors que la porte s'ouvrit, la rampe de descente de l'avion se désolidarisa de la carlingue. Les pieds de Sandra furent les premiers à fouler le sol de cette terre envers qui elle venait de faire des infidélités en retournant sur Terre. Son cœur palpitait si fort. Elle allait bientôt retrouver celui qu'elle aimait, celui qui était sa raison de vivre, celui à partir duquel elle avait puisé l'énergie nécessaire pour faire naître la mission Svalbard dans l'espoir de rapporter des graines pour faire repartir sa communauté. Certes, ils étaient revenus sans elles. Mais quelle importance au fond ? L'avancée technologique des Télorriens leur permettrait de trouver une autre solution, car tout problème, au fond, avait sa solution. Et après tout, Monos n'était pas une fin en soi. Leur immense vaisseau mère *Infinity* leur permettrait de parcourir à nouveau les innombrables galaxies de l'Univers, et ils finiraient bien par trouver une « vraie » planète habitable pourvue de végétaux, d'animaux, et d'eau en abondance. Et peu importait s'il s'agissait d'un système pluri ou monoplanétaire. Cette problématique de l'influence astrologique n'était finalement qu'une donnée secondaire. Vivre sous influence valait mieux que ne plus vivre du tout. Le jour de leur arrivée, il faisait beau. La lumière d'une étoile dont ils avaient été privés durant leur voyage avait un air de bénédiction. Cette lumière ou plutôt cette poussière d'or avait ce pouvoir unique de faire naître la vie et de réchauffer les cœurs. Mais le paysage semblait paradoxalement trop figé. Une si belle clarté devait normalement susciter la vie. Il y aurait dû y avoir des gens dehors, des enfants qui jouent… Mais personne pour les recevoir, personne pour les acclamer, personne pour les féliciter de leur retour. Tout l'équipage rejoignit les nouvelles structures d'habitation qui avaient été bâties par les constructeurs, et qui avaient la forme de dômes parsemés de hublots en guise de fenêtres. Des objets hétéroclites se trouvaient sur le sol, çà et là, ballottés au gré du vent…

— Eh, oh ! Y a quelqu'un ? cria Sandra. Y a quelqu'un ?

Personne ne parla en retour. Seul le vent semblait lui répondre.

Le groupe se scinda et chacun se présenta devant l'une des portes d'entrée des maisons. Ils frappèrent dans l'attente qu'on leur ouvre. Mais chaque porte resta fermée comme si on ne souhaitait pas les recevoir, comme s'ils n'étaient plus les bienvenus, comme s'ils étaient devenus des étrangers dont il fallait se méfier. Peut-être étaient-ils simplement partis explorer d'autres territoires de Monos ? Et c'est pour cela qu'ils n'étaient plus là. Mais, théoriquement, les explorations revenaient aux seuls explorateurs, les femmes et les enfants n'y prenant jamais part. À moins qu'ils aient migré et commencé la construction d'un autre village dans une région beaucoup plus prolifique de Monos. Mais la cruelle vérité qui était sur le point de se dévoiler à eux était tout autre. Chacun ouvrit la porte du logement devant lequel il était, et ils virent ce qu'ils n'auraient jamais voulu voir. Ils découvrirent le pire des scénarios que cette planète pouvait produire. Ils explorèrent tous les recoins des maisons jusqu'à ce qu'ils trouvent leurs habitants pour la plupart morts dans leur lit, le corps complètement décharné et amaigri comme s'ils avaient été reclus dans un camp de concentration. Ils étaient tout simplement morts de faim, les hommes, les femmes, mais aussi les enfants. Monos, qui ne les avait pas vus naître, n'avait pas voulu les nourrir à l'image d'une mère qui refuse de s'occuper d'un enfant qui n'est pas d'elle et dont elle n'a pas accouché. Cette planète était devenue leur tombeau. Leur corps était devenu un véhicule sans force qui s'était mis à s'arrêter faute de pouvoir être alimenté. Ils n'étaient plus arrivés à trouver ces portions d'énergie qui avaient le pouvoir de maintenir la vie en vie. Sandra courut en direction du vaisseau mère *Infinity*, y pénétra, et courut de toutes ses forces sur les différentes coursives qui la menaient tout droit jusqu'aux cellules médicales du vaisseau. Elle pénétra dans le sas qui jouxtait la cellule de Julien. C'était là qu'elle l'avait laissé quand elle était partie... Elle ouvrit la porte sans prendre soin d'enfiler une combinaison intégrale, puis s'avança jusqu'à son lit. Il était là. Immobile. Le visage tourné vers la porte d'entrée. Il semblait l'avoir attendue. Des jours, des nuits durant. Des mois. Sandra sembla lire comme un sourire sur son visage, mais ce sourire était figé. Il semblait lui dire que cela n'avait pas d'importance, que la mission Svalbard n'avait pas d'importance. Que ce monde n'avait pas d'importance. Qu'il en était tout simplement délivré. Qu'il la reverrait sans doute un jour. Ailleurs. Autrement. Dans un autre monde, dans une autre dimension, dans un autre espace-temps, dans une autre possibilité d'existence. Que tout n'était qu'une question de temps. Sandra s'approcha les larmes aux yeux, lui prit le visage dans ses mains. Puis elle se redressa, remplie de remords, remplie du sentiment d'échec, et de culpabilité. Elle n'arrivait plus à soutenir l'idée qu'il avait connu la souffrance de la faim.

Alors, elle se mit à crier, à cogner de toutes ses forces dans les meubles environnants, quand, soudain, Sandra se réveilla dans sa cellule d'isolation sensorielle, trempée et haletante, le cœur battant la chamade, et la respiration coupée. Au-dessus d'elle se trouvait un visage, un visage familier qu'elle mit un certain temps à identifier… C'était Destinée, qui avait ouvert le couvercle de son sarcophage pour la sortir de son cauchemar. Elle avait posé la main sur son épaule, pour lui témoigner, le temps qu'elle recouvre la conscience en sortant de la zone transitionnelle du sommeil et de l'éveil, qu'elle ne lui voulait pas de mal, bien au contraire, et qu'elle était là pour l'apaiser. Alors que la respiration de Sandra se faisait légèrement plus lente, elle comprit. Elle comprit enfin qu'elle venait de faire un cauchemar.

— C'est fini, lui dit Destinée. Ce n'était qu'un mauvais rêve.

Sandra ferma les yeux et se calma progressivement en respirant profondément.

***

Quelques heures plus tard

La porte du XT-1 s'ouvrit. L'équipage descendit du vaisseau. Il avait été décidé de se rendre dans la ville de Longyearbyen à pied. Allumer les propulseurs plasma pour une si petite distance n'avait guère d'intérêt, et ils n'étaient pas certains d'avoir assez d'espace pour se poser. Cette fois, Destinée les accompagnait, et c'était Irion et Irène Ludwig qui restèrent à bord. L'atmosphère était identique à la veille. Il y avait ce même voile dans l'atmosphère qui la rendait légèrement opaque à l'image d'une brume perpétuelle, légèrement humide ce matin-là. Mais ce n'était pas l'humidité de la mer qui lui donnait cette atmosphère de fin des temps. C'était la suie, les particules, et la poussière. Ils rejoignirent l'aéroport, situé à côté de la montagne où était posé le rooper, afin d'emprunter une route qui longeait le fjord, et qui menait au centre-ville de Longyearbyen. À leur gauche se trouvait la mer, à leur droite les reliefs escarpés de la pente qui menait au plateau. Ils passèrent l'aéroport, dont la tour de contrôle était à moitié ensevelie sous l'eau, et ils furent troublés par la présence d'un volumineux bateau de pêche entièrement carbonisé qui reposait sur un immense quai, couché sur le flanc de sa coque. Un peu plus loin, dans la mer, d'autres navires semblaient à l'abandon, ballottés au gré du vent et de la houle, la coque rouillée, et le mât rompu pour la plupart.

— Il y a dû y avoir une puissante explosion sur le gros bateau qui a projeté tout ce qui se trouvait autour de lui, dit Pencha.

— Ça commence bien, dit Sandra. J'appréhende de voir dans quel état va être Longyearbyen.

Après quelques minutes de marche supplémentaires, ils arrivèrent enfin dans le centre-ville en empruntant son artère principale. Du fait de la rotation de l'axe de la Terre et du réchauffement climatique global, l'eau avait envahi la ville. La banquise avait fondu, comme si elle n'avait jamais existé. Mais la trace de son existence était bien visible au fait que les maisons avaient « les pieds » dans l'eau. Elle avait simplement changé d'état, de solide à liquide. La plupart des maisons de ce village avaient été construites sur pilotis pour faire face à l'arrivée de la neige hivernale, et ses habitants avaient été loin de se douter qu'ils serviraient un jour à faire face à la montée des eaux. Ainsi, les Télorriens allaient devoir avancer les pieds dans l'eau.

Toutes les constructions, qu'elles soient administratives ou privées, étaient détruites. On aurait dit une zone de guerre, une zone complètement dévastée.

— La ville a été détruite par des missiles, lança Pencha.

— Comment peux-tu en être certain ? répondit Xiphu Maophi Po. Il y a peut-être eu un incendie.

— Regarde là-bas, en contre-haut de la ville, sur le flanc de la montagne. Il y a un gros cratère. Un missile mal guidé a dû s'échouer là, juste à proximité du centre-ville. Et puis il y a d'autres cratères de même type là-bas.

Pencha les lui montra du doigt. Des carcasses de chiens et d'oiseaux morts jonchaient le sol à certains endroits non envahis par l'eau. Les Télorriens s'approchèrent d'une maison à moitié détruite. Ils passèrent la tête à travers l'embrasure de la porte d'entrée qui n'existait plus. Il n'y avait que des gravats amoncelés à l'intérieur.

— La maison s'est écroulée, dit Wyu. Il n'y a que des décombres. J'espère qu'il n'y avait pas d'occupants au moment de l'explosion.

Alors qu'ils continuaient sur l'artère principale, de chaque côté, ils longèrent de nombreux entrepôts désaffectés. Eux aussi semblaient avoir subi le feu et le souffle d'une explosion, comme pouvait le suggérer la frêle ossature carbonisée qui était le seul témoin de leur existence. La ville avait été bâtie au bord d'un fjord et il régnait un contraste glaçant entre le silence qui régnait à Longyearbyen, la tranquillité de la mer qui la bordait, et cette atmosphère de mort qui était celle d'une ville fantôme. Seuls le vent, la brume, et le silence semblaient y être restés pour vivre. La vie biologique avait quant à elle déserté. Ils traversèrent un pont sous lequel s'écoulait une rivière qui prenait naissance dans les montagnes du Spitzberg et qui venait se déverser dans le fjord. La rue principale se divisa ensuite en deux voies. L'une d'elles, qui était dans son prolongement, menait à une zone industrielle. Ils prirent l'autre voie, celle qui bifurquait à droite, car il semblait mener au point névralgique du centre-ville. Juste après la bifurcation se dressait un long et volumineux bâtiment qui arborait encore, malgré sa destruction, des formes qui étaient celles d'un bâtiment moderne. Xiphu Maophi Po s'avança jusqu'à une pancarte qui devait de toute évidence indiquer le nom de la structure. Elle la dépoussiéra, car elle était recouverte d'une suie noirâtre et elle put y lire une inscription écrite en anglais : *University center in Svalbard*[25].

— Il devait s'agir d'une université, dit Xiphu. Il est écrit qu'il s'agit d'un centre universitaire.

Les Télorriens ne le savaient pas, mais cet établissement d'enseignement supérieur accueillait jadis des étudiants venant du monde entier pour étudier les sciences qui touchaient de près au monde arctique. On y faisait des études de haut niveau sur la géophysique et la géologie, mais aussi sur la biologie et les technologies arctiques. La problématique du réchauffement climatique y attirait de plus en plus d'étudiants ayant le projet de faire changer les choses dans le domaine de l'écologie, et le centre de recherche, qui était rattaché à l'université, donnait à l'archipel de Spitzberg sa réputation de

25 Centre universitaire de Svalbard.

plate-forme internationale de recherche, le Spitzberg étant lui-même un sujet d'étude et de recherche dans le monde du grand froid polaire. Les deux tiers de l'archipel contenaient des réserves naturelles où l'on pouvait encore voir des animaux caractéristiques de cette région tels que des ours, des renards, ou des rennes arctiques. Mais après le basculement des pôles, lié à la Grande catastrophe, la survie de cette faune paraissait plus qu'improbable. Alors qu'il s'agissait de l'université la plus septentrionale de la Terre, plongée quatre mois de l'année dans une nuit polaire, elle était devenue l'une des plus chaudes du globe. Elle n'avait pas réussi à atteindre le but de sa vocation première : protéger la planète et prévenir le réchauffement climatique. Svalbard semblait avoir été tué de cette maladie dont elle avait cherché toute sa vie à se prémunir.

— Je vous préviens, je n'oserai pas entrer dans le bâtiment, continua Xiphu. Il y a peut-être des centaines de jeunes étudiants morts à l'intérieur... Je ne veux pas voir ça. J'ai eu ma dose à la grainothèque.

— À voir l'état du bâtiment, dit Sandra, je doute qu'on ait la moindre chance de trouver des survivants. Wyu, tu viens voir avec moi ?

— Si tu veux, Sandra.

Ils s'avancèrent jusqu'à se trouver devant l'entrée de l'université et tentèrent de se frayer un chemin à travers les décombres pour y pénétrer. Ils arrivèrent dans un grand hall où se trouvait une quinzaine de cadavres décomposés depuis bien longtemps.

— Et merde ! dit Sandra. Il fallait bien s'y attendre...

— Oui, répondit Wyu. Nous ne sommes pas au bout de nos surprises.

— Y a quelqu'un ? demanda Sandra à haute voix.

Même si elle n'était pas du tout convaincue de trouver des survivants dans cette ville, elle voulait se donner bonne conscience en ayant essayé.

— *Is there anyone ?* répéta-t-elle en anglais.

Aucune réponse ne parvint en retour. Un silence religieux régnait toujours là.

— Je ne pense pas qu'il y ait un intérêt à explorer davantage le bâtiment qui pourrait nous tomber sur la tête. Rejoignons les autres.

Les Télorriens poursuivirent leur chemin et passèrent devant un bâtiment en bois de deux étages également endommagé qui avait été construit sur pilotis pour résister au gel et qui portait l'inscription *Longyearbyen Sykehus.* Un grand panneau bleu portant la lettre « H » se trouvait également accolé sur le mur de la façade, indiquant qu'il s'agissait de toute évidence d'un hôpital, ce qui fut confirmé par la présence de deux ambulances qui se trouvaient à proximité, encastrées l'une dans l'autre, avec un conducteur mort au volant de l'une d'elles. Le fait que ce chauffeur n'ait pas pu évacuer le véhicule, les mains encore présentes sur le volant, plaidait en faveur d'une mort brutale et inattendue.

— Ça m'a tout l'air d'être un centre de soins, dit Sandra. Enfin, ce qu'il en reste…

Un peu plus loin, juste après l'hôpital, se trouvait un bâtiment qui n'était pas détruit, mais dont les vitres avaient été soufflées. Ils enjambèrent la porte d'entrée qui avait été dégondée par l'explosion, et découvrirent l'une des choses les plus insoutenables qu'un être humain puisse être amené à voir. Il y avait un grand nombre d'enfants morts qui jonchaient le sol au beau milieu d'une myriade de livres éparpillés et d'étagères renversées. Quelques corps, beaucoup plus grands, indiquaient qu'il y avait aussi des adultes. Ce lieu était tout simplement une bibliothèque.

— Ça continue, dit Xiphu Maophi Po. Je suis désolée, mais je préfère sortir.

— J'espère que tous ces petits êtres sont morts sur le coup, dit Irion. Votre civilisation est vraiment étonnante. Comment est-il possible que des personnes issues d'une même civilisation s'entre-tuent ?

— Si tu savais le nombre de guerres que les êtres humains se sont livrées… Si tu avais eu une petite idée de ce que les humains ont pu faire subir à d'autres humains…

L'espace d'un instant, Sandra repensa au régime nazi et aux atrocités perpétuées pendant la Seconde Guerre mondiale.

— Je le sais, dit Wyu. Nous avons vu certaines choses difficilement soutenables lorsque nous avons décrypté votre matrice astrologique.

Ils ressortirent tristes et silencieux, et continuèrent de traverser la ville. Un bâtiment sur leur gauche arborait l'inscription *Longyearbyen lokalstyre* à côté de laquelle se trouvait le drapeau norvégien. Il ne savait pas lire le norvégien, mais il s'agissait en fait des locaux de la municipalité.

— Un groupe peut aller voir l'église qu'il y a là-bas en contre-haut, dit Sandra. Pendant ce temps-là, un autre groupe peut aller explorer la zone pavillonnaire.

Une église en bois se trouvait un peu en retrait de la rue principale, à environ un quart d'heure de marche. Cette dernière était visible, car elle se trouvait sur une petite colline qui surplombait la ville. Son toit était très endommagé et son clocher avait été projeté plusieurs dizaines de mètres plus loin. Un cratère, qui se trouvait à quelques mètres de l'édifice, suggérait que le souffle d'un missile avait dû déchirer la toiture de l'église en explosant à proximité. Sandra et

Destinée partirent ensemble et, après plusieurs minutes de marche, atteignirent l'église. Elles y pénétrèrent et découvrirent qu'un enchevêtrement de squelettes humains et de chaises en bois brûlées recouvrait le sol. Un piano noir était également présent, complètement disloqué, aux touches encore apparentes, mais abîmées. Sur une estrade, à côté de l'autel, se trouvaient les restes d'un homme couché qui devait de toute évidence être un prêtre, reconnaissable à son aube liturgique et à son étole noircie par de la cendre. Derrière ce qui restait de l'autel se déployait une vaste peinture murale dont il ne restait plus que la partie inférieure. Les différents religieux qui y étaient représentés semblaient avoir été ainsi décapités. Seule une croix, couchée sur le sol, semblait avoir survécu à l'explosion, car elle gardait encore un semblant d'éclat argenté. Des pages de livres se déplaçaient comme si elles marchaient sur le sol sous l'impulsion d'une brise qui se faufilait à travers les orifices des murs. Elles provenaient des nombreuses bibles qui se trouvaient dispersées, çà et là, sur le sol. Enfin, deux gros cierges, qui faisaient bien un mètre de longueur chacun, et qui avaient été projetés à partir de l'autel sur le sol, étaient allongés au pied de l'estrade. Toutes ces personnes avaient dû de toute évidence mourir pendant le déroulement d'une messe. Sandra prit la croix dans ses mains et la regarda intensément comme si elle s'adressait à Dieu. Intérieurement, elle était en train de lui demander comment il avait bien pu laisser faire ça, comment il avait bien pu laisser tuer impunément tous ces innocents.

Au même moment, les autres Télorriens s'étaient rapprochés d'un lotissement de maisons en bois diversement colorées qui se trouvaient au pied d'une colline. Chacune d'elles avait été construite sur pilotis pour échapper à l'ensevelissement de la neige. Elles s'alignaient les unes à côté des autres et semblaient patiemment fixer l'horizon, comme le faisaient les statues en pierre de l'île de Pâques, au Chili, qui regardaient pour l'éternité dans une direction commune. La plupart de ces maisons étaient détruites. Seules deux d'entre elles avaient résisté aux explosions. Avant d'y pénétrer, les Télorriens commencèrent par demander s'il y avait quelqu'un. Personne ne sortit des maisons. Le groupe se scinda alors en deux pour explorer chacune d'elles. Le premier groupe constitué par Xiphu Maophi Po, Oro et Namos ne retrouvèrent qu'une maison vide à l'exception d'un chien encore attaché à sa corde dans le jardin et qui devait être mort de faim et de soif. Lorsque Wyu et Pencha pénétrèrent dans la seconde maison, après avoir emprunté un escalier extérieur qui menait au premier niveau du fait de la construction sur pilotis, ils découvrirent une cuisine à l'américaine ouverte sur un vaste séjour qui arborait un poêle à bois. Sur la table de la salle à manger en bois se trouvaient des miettes de pain et des assiettes non lavées contenant des traces d'alimentation séchée et durcie. Certains placards de la cuisine qui étaient restés ouverts ne dévoilaient que des paquets alimentaires vides. Des jouets d'enfant jonchaient le sol du salon. C'était la première fois, depuis qu'ils étaient sur Terre, qu'ils côtoyaient une scène qui semblait abriter la vie humaine. Mais Wyu s'approcha d'un gros buffet et passa son doigt sur son plateau et constata qu'une couche épaisse de poussière y reposait. Les aiguilles d'une horloge n'émettaient plus aucun mouvement. Le temps semblait s'être figé pour toujours à l'image d'une scène qui avait été fixée sur du papier photographique argentique. Ils entendirent un claquement qui venait de l'étage supérieur et constatèrent qu'un escalier partait du salon pour y mener. Ils prirent leur arme de poing à la main et montèrent prudemment les marches en bois qui craquèrent sous l'effet de leur pas. Ils comprirent d'où venait le bruit en voyant, une fois arrivés sur le palier, que la fenêtre mal fermée d'une salle de bains claquait au vent. Wyu fit comprendre à Pencha d'un signe de la main qu'ils devaient se séparer. L'un prit sur la gauche, l'autre sur la droite. Ils aboutirent dans deux chambres distinctes. Pencha découvrit un lit d'adulte vide. Wyu pénétra dans une chambre d'enfant assez grande pour abriter deux lits. Sur chacun des lits se trouvait une couette bombée qui semblait abriter un corps. Il s'approcha l'arme pointée vers l'avant et, avec la main libre, il retira la couette doucement comme si celle-ci abritait encore une personne endormie. Il eut une montée d'angoisse soudaine qui le submergea et se mit à respirer plus rapidement quand il découvrit le corps décomposé d'un enfant. Il fit de même avec l'autre couette et découvrit un second corps plus petit que le premier indiquant qu'il s'agissait d'un enfant encore plus jeune. Wyu comprit qu'il s'agissait d'une fratrie. Sans doute avaient-ils survécu aux explosions alors que leurs parents, sortis à l'extérieur quelques minutes plus tôt, avaient été tués par les bombardements. Ils avaient de toute évidence réussi à se nourrir quelque temps avec le restant de nourriture qui se trouvait dans les placards de la cuisine, mais, tout comme le chien, ils avaient dû finir par mourir de faim si ce n'est de soif. Peut-être étaient-ils devenus trop faibles pour que leur corps leur permette de vivre et s'étaient-ils éteints en douceur dans un dernier sommeil. Pencha, qui venait de rejoindre Wyu, comprit immédiatement ce qu'il venait de découvrir.

— Il n'y a plus aucune vie ici, dit Pencha. Nous n'avons plus rien à faire ici. Cette ville est devenue un cimetière.

Tous les Télorriens qui étaient partis explorer la zone d'habitation prirent le chemin de l'église pour rejoindre Sandra et l'androïde. À la vue des Télorriens qui venaient de les rejoindre, Sandra se mit à pleurer, et tomba dans les bras du premier entré, à savoir Wyu.

— Rentrons au vaisseau Sandra, lui dit Wyu. Nous ne trouverons aucun survivant.

Le groupe quitta l'église dans un silence glacial, digne de celui d'un enterrement, pour emprunter un chemin qui partait du centre-ville et qui menait au plateau montagneux où ils avaient posé la veille leur rooper. À peine avaient-ils rejoint ce plateau qu'ils tombèrent nez à nez avec trois squelettes qui n'avaient pas la forme de ceux des êtres humains.

— De quels animaux s'agit-il ? demanda Oro à Sandra.

— Il s'agit de toute évidence d'un ours blanc avec ses deux petits. Il ne semble pas y avoir eu d'explosion par ici. Ils ont dû se rapprocher du village pour chercher de la nourriture. Mais n'en ayant pas trouvé, ils ont dû eux aussi mourir de faim.

Sur l'archipel du Svalbard, il y avait assez d'espace pour que les animaux sauvages et les êtres humains puissent cohabiter. Rares étaient les animaux de l'archipel qui venaient dans la ville pour chercher de la nourriture.

— Eh oui, poursuivit Sandra, la larme à l'œil. Tout est lié. Si nous pouvions vivre sur cette planète, c'était grâce aux autres espèces. Nous formions un tout, un seul et même organisme. Si un organe meurt, tout meurt. Mais trop peu de gens avaient compris cette vérité. Notre manque d'intelligence a fait de nous l'origine de la sixième grande extinction de masse sur Terre. Nous sommes responsables. J'ai honte de vous avoir fait venir ici pour vous montrer ça.

Sandra mesurait à quel point son espèce n'était qu'une sous-espèce. L'intelligence moyenne des êtres humains et leur manque d'entendement ne leur avaient pas permis de dépasser l'intérêt individuel pour préserver l'intérêt global.

— La première chose qu'on aurait dû enseigner aux enfants, c'est cette vérité de notre dépendance aux autres espèces et de notre lien à l'Univers. Le tout premier cours d'un être humain aurait dû être un cours d'écologie. La toute première histoire qu'une mère devrait raconter à son enfant, c'est celle de ces trois ours morts à cause d'une faille dans leur écosystème.

— C'est quoi, l'écologie ? demanda Namos. Je ne comprends pas ce terme.

— Lorsque nous avions commencé à détruire notre planète, à la polluer et à détruire nos espèces, certains scientifiques se sont aperçus que les choses ne tournaient pas rond, que notre planète se détraquait. Ils ont donc étudié l'interaction de tous les êtres vivants entre eux et avec leur environnement. Bref, ils ont étudié notre maison qu'était la Terre. Cette science, ils l'ont appelée « écologie ». Et puis certains ont lutté pour ne pas déséquilibrer la biodiversité et tous les écosystèmes. Puis l'écologie est devenue un mouvement de pensée, et même un parti politique : celui des « écologistes », qui ont cherché à créer une force politique pour inverser le cours des choses, pour faire régresser la productivité au profit d'une protection des écosystèmes. Mais cette force était bien trop faible au regard de celle qui prônait le travail, la productivité, le pouvoir d'achat, et la consommation. Voyez-vous, on a intoxiqué des masses de population avec des produits chimiques juste pour créer des emplois… On a tué des éléphants pour vendre leurs défenses, on a tué des rhinocéros pour leur corne pour de soi-disant vertus aphrodisiaques, on a tué des serpents pour prendre leur peau, on a tué des animaux sauvages pour tellement de raisons futiles… Mais qu'est-ce qu'on était cons !

— Ce sont les écologistes qui ont eu l'idée de créer la réserve mondiale de graines ?

— Oui, ils avaient compris que l'humanité ne pourrait survivre à ses erreurs… Dans un dernier espoir, comme une tentative désespérée, ils avaient gardé ses graines pour faire « repartir » un jour la Terre, comme s'ils avaient su que sa fin était inéluctable, comme s'ils avaient voulu se racheter…

Ces trois ours qui se trouvaient devant eux et qui étaient morts n'étaient que le reflet d'un mécanisme avorté qui prenait sa source dans les étoiles. Les grains de lumière provenant du soleil mélangés au sulfure d'hydrogène craché par les fumeurs des océans avaient fait naître des milliards d'années plus tôt le phytoplancton[26]. Sa petite taille, qui le rendait invisible aux yeux des hommes, n'était pas proportionnelle à sa valeur inestimable. Car c'était finalement lui le gardien de la vie sur Terre. Le soleil lui avait donné vie et il avait la charge de donner la vie en retour, comme un don reçu en héritage qu'il devait transmettre à tout prix à ses descendants. Ainsi, grâce à sa photosynthèse, il produisait tous les ans la moitié de l'oxygène sur Terre et permettait au zooplancton de se nourrir. Il était ainsi devenu le poumon principal de la planète. Les petits poissons se nourrissaient à leur tour du zooplancton. Les gros poissons, des petits poissons. Les phoques, des poissons. Les ours, des phoques. Et cette vaste machine à fabriquer de la vie avait pris un jour brutalement fin. Dans les années 2060, la pollution faisait agoniser la Terre. Les bombes à hélium 3 qui avaient explosé dans différents endroits du globe n'avaient fait qu'abréger ses souffrances. Ainsi, les grains de poussière qui s'étaient élevés de la Terre par les puissantes déflagrations avaient créé un bouclier rendant les continents et les océans imperméables

26 Cyanobactéries et microalgues.

aux précieux rayonnements solaires. Ainsi, la vie n'était plus arrivée à se transmettre jusqu'à l'ours. Et ce qui était arrivé à l'ours était arrivé à l'homme puisque l'homme dépendait de la photosynthèse des végétaux, qui elle-même dépendait de la lumière du Soleil. Lumière, photosynthèse, vie. Aucune étape n'était possible sans la précédente. C'était un bloc. Un bloc indissociable qui était tout simplement le moteur de la vie. Mais la lumière avait fini par s'éteindre sur Terre, à l'image d'une grande pièce vide plongée dans la pénombre, rendant ce bloc inopérant. Ainsi, l'homme avait réussi à faire mourir ses deux poumons planétaires qu'étaient les forêts et les océans, qui étaient alimentés par cette poussière d'or provenant du Soleil. C'était pourtant eux qui lui avaient donné naissance. C'était un peu comme si un petit-fils avait assassiné sans en avoir conscience son grand-père. Ainsi, les hommes avaient délibérément érigé une barrière entre eux et leur dieu-soleil.

Wyu voyait bien que Sandra était triste. Son visage avait perdu toute expression de joie. À cet instant, elle ne savait plus trop si la vie avait encore un sens. Il aurait sans doute mieux valu que l'Univers reste à jamais stérile, dépourvu de toute vie, de toute conscience, éternellement froid.

— Comme te l'avait expliqué Yom, lui dit Wyu, ce n'est pas la faute de ta civilisation. Votre matrice astrologique est une matrice abortive. Elle ne peut générer que des modèles biologiques de moyenne intelligence. Elle n'est vouée qu'à subir des extinctions massives espacées de plusieurs millions d'années. La Terre repartira sans doute un jour quand les particules se seront dispersées. Mais le nouveau modèle biologique créé recommencera les mêmes erreurs. Votre compréhension de l'influence astrologique des planètes n'est arrivée que trop tardivement. Je suis désolé de dire ça, mais l'intelligence moyenne de ta civilisation n'était pas suffisante pour comprendre l'impact énorme de l'influence électromagnétique des planètes.

— Comment aviez-vous fait sur Ilore pour prendre conscience de l'importance de conserver les écosystèmes de votre planète ?

— Comme tu le sais, notre civilisation est née plusieurs millénaires avant la tienne, car notre système solaire s'est formé bien avant le vôtre. Et notre matrice astrologique était globalement plus vertueuse même si certaines planètes nous envoyaient des ondes néfastes. Nous avons découvert l'atome de molnium qui nous a permis de créer des combinaisons étanches aux ondes électromagnétiques. Nous sommes devenus libres, libérés du joug des pensées imposées par les planètes. Cela nous a permis de devenir une civilisation de l'esprit, privilégiant la spiritualité au détriment de la matérialité. Nous avions, nous, réussi à régresser. Nous avions une énergie presque infinie grâce à nos centrales à deutérium-hélium 3. Nous avions bâti des cités de vie au sein de vastes espaces naturels sans toucher à la moindre parcelle de nature. Nos superstructures d'habitation étaient recouvertes de végétaux pour s'intégrer au paysage. Les animaux étaient aussi importants que nous. En tuer un était considéré comme un acte criminel. Les énergies que nous utilisions pour nos véhicules étaient propres. Nous avions une avance technologique prodigieuse, mais nous vivions dans un écosystème presque aussi propre qu'autrefois. Nos objectifs de vie – les seuls qui étaient capables de nous rendre heureux – étaient de profiter de cette nature luxuriante. Mais nous avions aussi cette faculté de projeter nos consciences dans l'Univers et d'entrer en contact avec d'autres civilisations, parfois même d'autres dimensions. Et nous étions heureux comme ça.

— J'aimerais un jour voir votre planète, Wyu.

— Oui, nous irons. Je te le promets.

— Et puis il y a eu le peuple de Zirt qui nous a envahis. Nous croyions être l'une des espèces les plus évoluées de notre galaxie. Et nous ne savons pas comment ils ont pu nous trouver là et ni par quel moyen technologique ils sont venus jusqu'à nous. Nous ne savons toujours pas vraiment pourquoi, ils ont voulu nous exterminer. Nous avons pensé que c'était à cause de notre holonium. Mais nous n'en avons pas la certitude.

Alors que les Télorriens arrivaient au vaisseau, Irion venait tout juste de sortir du neurostim. Il venait de se connecter à la matrice astrologique des Terriens, en se plongeant dans un état de voyance.

— Ça s'est bien passé ? demanda Irion, aux Télorriens, qui venaient de pénétrer dans le cockpit du vaisseau. Vous avez trouvé les graines ?

Irion osait à peine leur poser la question. En regardant leurs visages, il se doutait que son état de voyance l'avait bien informé de ce qui s'était réellement déroulé à Longyearbyen.

— Non...

— Je viens de sortir du neurostim. J'ai fait une rétrocognition. Je sais ce qu'il s'est passé ici.

— Pas besoin de faire une rétrocognition pour savoir ce qui s'est passé ici, dit Wyu. La spoliation de la grainothèque et les cicatrices béantes de cette ville morte parlent d'elles-mêmes.

— Qu'est-ce qu'on va faire alors ? demanda Irène Ludwig, qui était restée à bord avec Irion.

— On va partir, répondit Sandra. On n'a plus rien à faire ici. Il nous faut retourner sur Monos puis explorer Agnostos, notre nouvelle galaxie. Nous aurons plus de chance de trouver une planète habitable. Celle-ci ne l'est malheureusement plus.

— Avant de quitter définitivement la Terre, il y a deux nouveaux paramètres que j'aimerais que vous preniez en compte, mes amis, lança Irion en sachant très bien qu'il allait susciter la curiosité de ses collègues.

— Lesquels ? demanda Oro, le médecin.

— L'un est négatif, l'autre positif... Je commence par lequel ?

— Continuons sur notre lancée, dit Sandra. Tu peux commencer par le négatif. On n'a vu que ça aujourd'hui...

— Avant de me plonger dans l'état méditatif qui permet d'obtenir des rétrocognitions, j'ai projeté ma conscience dans le paralax où nous avons l'habitude de rencontrer nos homologues décrypteurs du XT-2.

— Ne me dis pas qu'il leur est arrivé quelque chose ? demanda Pencha précipitamment sans lui laisser le temps de terminer sa phrase.

— Il n'y avait personne dans le paralax. Il est fort probable qu'il leur soit arrivé quelque chose. Seul Yom était présent. Et lui non plus n'a plus de nouvelles d'eux. Le peuple de Zirt, qui doit de toute évidence être encore sur notre ancienne planète Ilore, les a peut-être capturés.

— Si ce n'est pas tués, surenchérit Wyu. Ce peuple est mû par la violence et la bestialité.

— Nous voilà seuls à mener la mission Svalbard, dit Sandra. Et nous venons d'échouer.

— Et la bonne nouvelle ? demanda Xiphu Maophi Po.

— La bonne nouvelle, c'est qu'il reste des Terriens sur Terre qui ont survécu à la Grande catastrophe.

— Qu'est-ce que tu dis ? demanda Sandra.

— Tu as bien compris, Sandra. Il reste des Terriens vivants sur cette planète.

La croix

Les décrypteurs avaient des dons innés de voyance et l'utilisation des ondes sonores et électromagnétiques leur permettait de découpler ces dons. Certains Iloryens, comme Wyu et Irion dans le XT-1 ou Jimo et Warko dans le XT-2, avaient des capacités supérieures aux autres Iloryens. Ils avaient été sélectionnés dès leur plus jeune âge, comme l'avaient été bien d'autres avant eux, pour devenir les décrypteurs de leur propre matrice astrologique, mais aussi d'autres matrices astrologiques rencontrées lors de leurs voyages interstellaires. À force d'entraînement, ils arrivaient également à projeter leur conscience en dehors de leur corps. Et leurs capacités pouvaient être décuplées et le processus d'entrée en état de voyance accéléré grâce au neurostim qui contraignait leur cerveau à adopter certains trains d'ondes cérébrales donnés comme celui qui facilitait les états psi, c'est-à-dire les états de médiumnité, et celui qui favorisait l'état de décorporation permettant à la conscience d'être autonome, indépendante du corps. En d'autres termes, ils pouvaient effectuer un voyage astral, comme le disaient certains Terriens dotés de cette même capacité d'en effectuer un. L'une des planètes du système solaire des Iloryens, qu'ils avaient nommée Orama, avait permis l'émergence de ces dons chez certaines personnes qui avaient des angulations particulières avec la planète Orama le jour de leur naissance. Il s'agissait d'une géante gazeuse composée d'hydrogène, d'hélium, de méthane et d'une quantité très importante de krypton. L'étoile, située au centre de leur système solaire et qui venait l'éclairer, lui donnait un reflet blanc-bleuâtre, presque luminescent, à l'image d'un néon sphérique suspendu dans l'obscurité de l'Univers. C'était grâce à cette planète que la civilisation iloryenne avait vu naître davantage de voyants que sur la planète Terre. C'était en quelque sorte une spécificité de leur système solaire et ce qui avait fait de leur civilisation une civilisation de « l'esprit ». Dans le système solaire des Terriens, certaines angulations planétaires mettant en jeu la planète Neptune accordaient parfois certains dons de voyance. Mais le nombre de voyants était beaucoup plus restreint et leurs capacités moins importantes que chez les Iloryens.

Ce qu'avait vu Irion dans un premier temps, lorsqu'il était en état de voyance, c'était la destruction de Longyearbyen. Il y avait vu des engins volants lancer des missiles conventionnels sur les différents quartiers de la ville leur imposant une véritable tempête de feu. Des boules de feu, mélanges de flammes incandescentes et de fumée noirâtre, avaient émergé à différents endroits de la ville recouvrant cette dernière d'un épais manteau qui masquait, tout du moins transitoirement, la dure réalité de sa destruction, à l'image d'un linceul qui recouvrait un mort que l'on ne voulait pas voir. Puis il avait obtenu des images d'un groupe d'individus relativement important semblant vivre sur Terre, dans un endroit indéterminé. Il ne savait pas trop à quelle époque vivait ce groupement humain, mais, en tenant compte de leur environnement de désolation, il lui semblait que c'était après la Grande catastrophe qui était survenue sur Terre. Ses visions semblaient donc concerner le temps présent.

— Peux-tu me décrire la ville, s'il te plaît, Irion ? lui demanda Sandra. Comment était-elle ?

— Comment te décrire une ville en désolation ? lui répondit Irion.

— Tu as forcément visualisé des choses particulières !

— Moi non. Mais, toi, tu remarqueras peut-être quelque chose !

— Tu as enregistré tes visions dans le neurostim ?

Tout ce que percevaient les décrypteurs en état modifié de conscience pouvait être retranscrit et projeté sous forme de film holographique par le neurostim.

Irion s'avança jusqu'au neurostim, paramétra quelque chose sur l'écran de contrôle, puis un film holographique se projeta dans la salle à partir d'un projecteur situé sur l'arceau du neurostim.

Des immeubles détruits s'alignaient à perte de vue. Les images qui défilaient au niveau du film holographique évoquaient des images d'Hiroshima et de Nagasaki. Elle se souvint des photos en noir et blanc qu'elle avait vues dans les livres d'histoire et qui avaient été prises après l'explosion des bombes nucléaires sur Hiroshima le 6 août 1945 et le 9 août 1945 sur Nagasaki. En l'espace de quelques secondes, une boule incandescente d'une luminosité et d'une chaleur extrêmes s'était formée sur plusieurs centaines de mètres désagrégeant toute forme de vie en une fraction de seconde, la transformant presque instantanément en cendres. Puis l'onde de choc s'était propagée sous la forme d'un vent brûlant extrêmement puissant qui avait soufflé les logements avec ses habitants qui se trouvaient un peu plus éloignés de l'épicentre. Alors que la boule incandescente s'élevait dans les airs à plusieurs kilomètres d'altitude, comme pour contempler son œuvre destructrice et montrer au monde sa puissance dévastatrice, une pluie de feu avait commencé à s'abattre sur ce qui restait de la ville. Tout n'était plus que feu, cendres, et poussières. Tout ce que la vie et la nature avaient mis des décennies voire des siècles à produire s'était, en une fraction de seconde, volatilisé. Comme si rien n'avait jamais existé là. Comme si ces villes n'avaient été qu'un mirage. Qu'un rêve. Qu'une pensée. Qu'un mythe. Lorsque les bombes s'étaient écrasées sur le sol, la matière fissile s'était comprimée à l'image d'un mini-soleil qui s'était effondré sur lui-même pour faire démarrer sa puissante réaction thermonucléaire. Les humains n'avaient fait qu'utiliser la mécanique de l'étoile pour produire leur arme destructrice. Mais à la différence d'une étoile qui s'allumait pour générer la vie, les humains avaient allumé leur soleil noir pour l'éteindre. Ainsi, la mécanique des étoiles semblait pouvoir générer la vie, mais aussi donner la mort, comme une arme à double tranchant. Tout dépendait de ce que l'on en faisait. Tout n'était qu'une question de mesure et de démesure. Les centrales nucléaires avaient amélioré le quotidien des êtres humains, les bombes nucléaires avaient eu une vocation contraire. Ainsi, un petit soleil s'était abattu sur ces deux villes japonaises et n'avait rien laissé sur son passage, à l'image d'une supernova qui explose balayant tout autour d'elle en ne laissant qu'un trou noir.

Et les êtres humains n'avaient pas retenu la leçon. Ils avaient cette fâcheuse tendance à recommencer, à reproduire leurs erreurs comme le faisaient des enfants indifférents aux réprimandes. Ainsi, ils avaient récidivé, mais cette fois, avec des bombes encore plus puissantes. La puissance destructrice des bombes à uranium ou à plutonium pouvait annihiler une ville tout entière. Pour les bombes à hélium 3, c'était un pays tout entier, voire un continent… Lorsqu'Irion était en état modifié de conscience dans le neurostim, il avait reçu la vision de l'explosion de la bombe de Paris. Il arrivait souvent aux décrypteurs de ressentir dans leur corps des sensations kinesthésiques en relation avec les visions qui s'imposaient à eux. Pendant cette rétrocognition, il avait ressenti cette tempête de feu associée à la puissance d'un vent extrême et d'une chaleur brûlante. Il leur arrivait aussi de ressentir les émotions des gens qu'ils voyaient. Irion avait emmagasiné un concentré d'émotions à la fois dans son esprit, mais aussi dans son corps : peur, douleur, effroi, pleurs, désespoir, souffrance, agonie… Les décrypteurs ressortaient souvent très éprouvés du neurostim. Irion avait eu l'impression de s'être retrouvé au cœur de la catastrophe, dans le corps de tous ces gens en détresse. C'était comme si la souffrance était inscrite quelque part, dans le passé, le présent, et le futur, à l'image d'une simple information qui se vivrait un jour et qu'il était possible de revivre, comme si la vie n'était qu'une information, et non une réalité physique. Comme si la vie n'était qu'un système holographique virtuel dont la scène était assurée par la cohésion des atomes et le scénario par les matrices astrologiques.

— Comment avez-vous pu faire ça ? demanda Oro, le médecin, qui regardait aussi le film holographique. Nous qui possédions sur vous une avance technologique énorme n'avons jamais développé de telles armes. Nous nous sommes toujours refusés à le faire.

— C'est une bonne question, Oro, lui avait répondu Sandra. Je n'ai pas la réponse… Je m'attendais à ce que tu me dises comme d'habitude qu'on n'y est pour rien, que c'est la faute à notre matrice astrologique.

Au niveau du film holographique qui défilait, on pouvait voir un immense cratère rempli d'eau.

— La bombe lancée sur Paris était si forte, lança Irion, qu'elle a créé un cratère d'au moins trois à quatre cents kilomètres de diamètre créant une faille gigantesque et un appel d'eau provenant des mers qui bordaient ton pays. Un immense lac artificiel s'est alors formé, engloutissant les cendres de Paris et de toutes les autres villes situées dans ce périmètre. L'onde de choc a été si puissante qu'elle a dû provoquer un bruit assourdissant perforant la membrane des tympans d'un grand nombre de personnes et d'animaux.

En effet, le bruit avait été si fort qu'il en était devenu presque matériel. Le mouvement d'air était si important qu'on eût dit que l'espace-temps se déformait à l'image de ce qui se passait dans un trou noir. Des points lumineux apparurent sur le film holographique. Il y en avait une soixantaine.

— Tous ces points lumineux que tu peux apercevoir, Sandra, ce sont vos centrales nucléaires qui ont toutes explosé. L'onde de choc a déclenché leur destruction. Comme par une entente mutuelle et par un effet boule de neige, l'explosion des centrales a alimenté la Grande explosion, décuplant ses forces.

Puis, à la place du lac apparurent de la poussière, des monticules de débris et des habitations détruites. Il était difficile de situer les endroits qui défilaient, car tout se confondait, tout avait le même visage uniforme de la destruction. Puis les visions d'Irion avaient progressé dans le temps. Il vit des êtres humains qui marchaient sur une grande place devant un bâtiment à moitié détruit. Ensuite, une sorte de tunnel se matérialisa.

— Stop ! dit Sandra.

— Ça te dit quelque chose ?

— Oui. On dirait un métro.

— C'est quoi, un métro ? demanda Irion.

— C'est un mode de transport qui était installé au-dessous des grandes villes de France, mais aussi du reste de la planète.

— Ça paraît archaïque...

— À côté du groom, certes. Les trains utilisaient des propulseurs ?

— Non, des roues... Il est certain qu'à côté de vos engins, ça peut paraître obsolète.

— Fais revenir le film en arrière, Irion, s'il te plaît.

Irion dessina un cercle sur l'écran tactile du neurostim dans le sens antihoraire et le film holographique défila en arrière.

— Stop ! Je connais cet endroit.

Irion arrêta le déroulement du film.

Un détail semblait avoir marqué l'attention de Sandra.

— C'est quoi ?

— Une place... Peux-tu zoomer dessus ?

— Oui.

L'image holographique était figée sur une place qui arborait une vaste croix. Trois hommes se trouvaient sur la place et derrière eux s'étendaient les ruines de ce qui semblait être un bâtiment administratif.

— C'est quoi, ce symbole sur cette place ? demanda Irion.

— Ça ressemble à un emblème. Un emblème que j'ai déjà vu quelque part en France. Ceci nous indique que la scène se déroule dans mon pays !

Sandra se mit à réfléchir à voix haute : « Un métro, une place avec une croix... ». Puis elle s'accroupit et elle dessina sur le sol du groom un point virtuel avec son index.

— Ça, c'est Paris. C'est là qu'a eu lieu en France la Grande explosion. La puissance était telle qu'elle a dû annihiler tout ce qui se trouvait sur un rayon de trois à quatre cents kilomètres environ.

Sandra dessina alors un large cercle situé autour du point.

— Il n'y a que cinq grandes villes en France dotées d'un métro : Paris, Lille, Rennes, Toulouse, Marseille, et Lyon. Paris n'est plus que poussière. Lille, Rennes, et Lyon sont situées dans le cercle ou en bordure de ce dernier. Il y a donc peu de chance que nous y trouvions des survivants. Ces villes ont dû être intégralement rasées. Reste Toulouse et Marseille, qui font partie des villes de France les plus éloignées de la capitale.

Sandra se releva et regarda à nouveau l'image holographique.

— La réponse est dans la croix...

La croix était particulière. C'était une croix tréflée. Elle était munie de quatre bras pointus pourvus chacun de trois cercles. Dans chaque cercle (il y en avait douze) se trouvait le symbole d'un signe astrologique du zodiaque.

— C'est une croix occitane. Je sais où elle se trouve ! On peut décoller ?

— Et pour aller où ?

— À Toulouse ! Enfin ce qu'il doit en rester...

Le réseau 1

Le groom avait pris la direction d'un pays qui avait changé de visage : la France. La Grande explosion avait créé un cratère immense, encore plus grand que le cratère de Chicxulub situé dans la péninsule du Yucatán au Mexique. Ce dernier, engendré par un simple astéroïde de seulement dix kilomètres de diamètre venu s'abattre sur Terre soixante-six millions d'années plus tôt, avait enclenché brutalement la cinquième extinction massive de la planète Terre mettant fin au règne des dinosaures à la fin du Crétacé. L'astéroïde avait généré un cratère de cent quatre-vingts kilomètres de diamètre. Celui de la bombe à hélium 3 avait généré un cratère de plus de trois cents kilomètres anéantissant tout sur cette surface, créant des raz-de-marée géants. Mais les influences néfastes de la bombe furent ressenties bien au-delà du cratère. Le vent brûlant, secondaire à l'explosion, et qui s'était propagé bien au-delà du cercle, avait endommagé un nombre considérable d'habitations en France. Ainsi la bombe avait réduit en poussière toutes les villes situées dans son sillage, mais son souffle avait transformé les autres villes en tas de gravats. Seuls quelques édifices plus solides que les autres avaient « survécu ». Quant à ce qui se trouvait entre les villes, c'est-à-dire les zones herbacées et les forêts qui recouvraient le tiers du pays sur vingt millions d'hectares, le « vent-feu » l'avait embrasé aussi rapidement que de la paille séchée. Les arbres verdoyants avaient fait place à des troncs noirâtres carbonisés. La France avait ainsi pris le visage d'un grand brûlé.

C'était une ville polytraumatisée au-dessus de laquelle le groom venait de se stabiliser : Toulouse. Les Terriennes à bord du groom ne purent identifier cette ville dans un premier temps. Le vaisseau survolait la ville à quatre cents mètres d'altitude. L'ensemble de l'équipage avait pris place dans le cockpit, sur les sièges qui se trouvaient derrière la console de pilotage. Seule Sandra était assise aux côtés de Namos et de Pencha, qui pilotaient l'appareil, pour tenter de les orienter. Les deux autres ex-Terriennes, Xiphu Maophi Po et Irène Ludwig, n'étaient jamais venues à Toulouse et ne pouvaient donc rien identifier. Xiphu Maophi Po n'était d'ailleurs jamais venue en France. Sandra connaissait bien cette ville pour y avoir suivi des études, une vingtaine d'années plus tôt, pour l'obtention d'un doctorat d'économie avant de rejoindre Paris où elle avait obtenu le poste qu'elle occupait dans une société d'assurance, à Montparnasse plus précisément. Ses souvenirs étaient intacts. Elle se souvenait de la vieille ville et de ses couleurs, des sorties entre amis, de son petit ami de l'époque, de la fac, du quai de la Daurade, de l'Abattoir où elle était allée voir quelques expositions d'art contemporain, du canal du Midi et de la Brienne où elle aimait aller courir, le Jardin japonais et le jardin des plantes où elle aimait aller lire et réviser… Malgré le fait qu'elle y ait séjourné plusieurs années, elle avait du mal à identifier les structures à partir de la vitre du cockpit.

— Vous voyez le cours d'eau, dit Sandra à l'équipage.

— Oui…

— C'est la Garonne. C'est un fleuve qui prend naissance dans un pays limitrophe, l'Espagne, et qui se déverse dans l'océan Atlantique. Il traverse Toulouse et Bordeaux.

— D'accord, répondit Pencha.

— Vous pouvez descendre un peu, les gars ?

— OK.

Le groom descendit d'une centaine de mètres. Sandra avait l'impression que la ville avait rapetissé. Cette diminution de superficie provenait du fait que la Garonne avait débordé de son lit, à cause de la montée globale des eaux, engloutissant ainsi les rebords de la ville. Les piliers des ponts principaux, comme le pont Saint-Pierre, qui reliaient la rive gauche à la rive droite de Toulouse, semblaient avoir raccourci. L'île du Ramier, située au centre de la Garonne, entre les deux rives, ne semblait être qu'un petit îlot envahi par les eaux alors qu'il était jadis beaucoup plus grand.

Toulouse avait des couleurs si caractéristiques : ses bâtiments, fabriqués avec de la brique et de la tuile romaines, elles-mêmes fabriquées avec de l'argile rouge, lui donnaient des couleurs chatoyantes tirant sur le rose orangé. La ville avait perdu son beau teint, devenu hâve, ou plutôt mortifère. Du groom, on aurait dû reconnaître cette ville à ses toitures rougeoyantes qui étaient si caractéristiques des villes du Sud et qui changeaient de tonalité au fil de la journée et de l'ensoleillement. Car cette ville semblait jadis faire varier ses couleurs au même titre que le sang changeait d'aspect en fonction de son oxygénation. Elle prenait une teinte rose au lever, rouge à midi lorsque le soleil arrivait à son point de culmination, et pourpre le soir.

Mais voilà, le cœur de cette ville s'était arrêté de battre et son sang avait perdu son oxygène ainsi que sa couleur rouge qui était la couleur de la chaleur et de la vie. Dépossédés de leur âme à leur mort, les corps perdaient progressivement leur couleur et leur chaleur pour devenir pierre, et c'est ce qui était arrivé à cette ville. On aurait dit que l'âme rose de Toulouse s'était élevée dans le ciel, troublant l'atmosphère d'un voile de tristesse et la stratosphère d'un bouclier pernicieux qui, au lieu de protéger la ville, l'avait tuée à petit feu. Et les Télorriens étaient bien en train de survoler une ville de pierres incultes. Maisons soufflées, éboulis, gravats… Il ne restait presque rien d'identifiable, car presque tous les bâtiments avaient été défigurés.

Seule la place du Capitole, qui semblait intacte, leur permit d'être certains qu'ils se trouvaient bien au-dessus de Toulouse, enfin de ce qu'il en restait. Au-dessous d'eux, comme un signe laissé par les hommes du passé sur le sol à l'intention d'hypothétiques extra-terrestres qui viendraient sauver les survivants d'une grande catastrophe, à l'image des lignes de Nazca visibles seulement du ciel, une grande croix était dessinée sur le sol pavé de cette place gigantesque. Alors que l'appareil se rapprochait du sol, la croix brilla à cause de la luminescence des stabilisateurs à matière antigravitationnelle situés sous l'appareil qui faisaient luire les vingt tonnes de bronze avec lequel la grande croix avait été fabriquée. C'était l'artiste peintre Raymond Moretti qui avait réalisé cette croix occitane à la demande de la ville. Il avait conservé sa forme originale, mais il y avait adjoint dans chacun de ses cercles un signe du zodiaque. Cette croix occitane symbolisait à merveille les rouages de la matrice astrologique au sein de laquelle se situait la Terre. Les quatre branches de la croix arboraient chacun trois cercles renfermant un signe du zodiaque. Les douze cercles semblaient symboliser les douze signes astrologiques, mais aussi les douze mois de l'année, les douze heures du jour et de la nuit comme pour rendre hommage à la grande mécanique des astres qui avait imposé aux hommes le chiffre douze comme repère de temps. Étonnante coïncidence entre cette croix occitane arborant fièrement les douze signes du zodiaque et cette civilisation extraterrestre – les ex-Iloriens – qui la découvrait pour la première fois et qui s'était spécialisée dans le décryptage des matrices astrologiques. Le fait de voir débarquer des personnes provenant d'un autre système solaire dans cette ville qui abritait non loin de là, la cité de l'espace, était une seconde coïncidence assez troublante.

Malgré les douze mille mètres carrés de la place, exempte de constructions, le groom avait juste ce qu'il lui fallait de surface pour se poser. Alors que le groom descendait verticalement en diminuant la force de sa matière antigravitationnelle, de grosses volutes de poussière se dégagèrent du sol comme si la place voulait l'accueillir dignement en nettoyant sa surface. Le groom, en comblant la place du Capitole dans sa presque totalité, paraissait immense. Et il y avait un contraste incroyable entre ce vaisseau et le monde qui l'entourait. Son fuselage arborait une forme moderne, triangulaire, avec des lignes effilées, et épurées. La couleur de sa carlingue était celle d'un gris clair et brillant, à l'éclat pur, comme s'il était fait d'argent poli. Il s'agissait d'une construction parfaite qui était le témoin d'une technologie avancée digne de l'une des civilisations les plus évoluées de l'Univers. Autour, c'était le monde de la désorganisation, de la destruction, et de la désolation, un monde minéral mort, croûteux, et poussiéreux. La ville était le reflet du mouvement d'entropie, le vaisseau celui de son antithèse.

On entendait le bruit des réacteurs plasma à l'arrêt qui se refroidissaient, puis une petite passerelle se désolidarisa de la carlingue du vaisseau, et les Télorriens, munis de leur combinaison en molnium et flixium, sortirent un à un accompagnés de Destinée. L'atmosphère de couleur rouge sang conférait à l'endroit une atmosphère de fin du monde ou plutôt de purgatoire. Il ne manquait que des flammes pour donner l'entière illusion d'être en enfer. Il régnait ici un silence qui n'était pas digne d'une ville du Sud, connue pour abriter des âmes communicatives. Sandra regarda machinalement l'écran de contrôle de sa combinaison sur la face antérieure de son poignet gauche : « 0,41 arcos », ce qui correspondait à 5 ° Celsius selon les unités terriennes. Toulouse était jadis l'une des villes les plus chaudes de France. Sandra se souvenait de cette luminosité et de cette chaleur, décuplées l'été, qu'on aimait tant trouver dans les villes du Sud. Mais l'hiver nucléaire, généré par la formation dans la stratosphère d'un bouclier isolant, l'avait rendue aussi froide qu'une ville du Nord en plein cœur de l'hiver et aussi dépeuplée qu'un désert aride. Ce bouclier semblait vouloir dissimuler au reste de l'Univers cette tragédie, à l'image du voile funéraire qu'une femme peut porter le jour de l'enterrement de son mari pour masquer sa désolation intérieure. Quelle force maléfique avait bien pu faire disparaître cette lumière jaune si chaleureuse ? Qui avait demandé qu'on mette la Terre sous un voile d'hivernage aux effets perfides ? Heureusement, les atomes de flixium intégrés à la combinaison des Télorriens permettaient à leur corps de garder leur température interne dans les normes physiologiques, sans ressentir le froid environnant.

Sandra se souvenait de la place du Capitole. Elle y était si souvent allée. Des marchés en tous genres s'y déroulaient : des marchés alimentaires, mais aussi des marchés aux livres ou d'antiquaires. Mais cette place s'était arrêtée de battre, comme le cœur d'une personne s'arrêtait de vivre à sa mort. Et c'est ce que semblait indiquer l'une des rares horloges en France à posséder un cadran de vingt-quatre heures, située en hauteur, sur la corniche d'un immeuble haussmannien, à deux pas de la place du Capitole, au numéro 59 de la rue Alsace-Lorraine. Les aiguilles de cette dernière s'étaient figées pour toujours sur l'heure de la Grande catastrophe un peu comme si elles avaient voulu qu'on n'oublie pas l'heure précise de la plus grande bêtise humaine.

Tout autour de la place du Capitole, les bâtiments arboraient de multiples arcades comme on pouvait le voir dans les villes des pays du sud de l'Europe. C'était le signe distinctif des villes des pays « chauds » qui cherchaient à produire de l'ombre. Sandra fit une lente rotation de trois cent soixante degrés pour regarder l'étendue des dégâts. Les arcades endommagées ressemblaient à une mâchoire munie de dents gâtées ou plutôt aux arcs gothiques solitaires d'une église écossaise en ruine. Elle posa tout de suite son regard sur ce qui restait du Capitole qui abritait, jadis, l'Hôtel de Ville et un théâtre. Il était fait de briques rouges comme tous les autres bâtiments du centre historique et de pierres blanches, mais leur couleur était masquée par un dépôt de suie noirâtre. Le bâtiment était pourvu de deux étages et de trois avant-corps couronnés de frontons. Quelques-unes des huit colonnes de marbres qui soutenaient le fronton de l'avant-corps central gisaient sur le sol en plusieurs morceaux. Quant à l'avant-corps situé sur son extrémité droite, il était complètement détruit. Les nombreuses fenêtres de sa façade, ornées de balcon en fer forgé, avaient vu leur verre se briser sous la force du vent nucléaire. Le Capitole était encore là, mais son corps avait donc souffert à l'image des gueules cassées qui avaient survécu à la Première Guerre mondiale, mais qui étaient rentrées défigurée du combat.

Les ex-Iloryens regardaient tout autour d'eux avec étonnement comme pouvait le faire une civilisation qui en découvre une autre pour la première fois. Ces bâtisses, ces lieux étaient si différents des leurs. Semblant vouloir rester sur leur réserve, aucun d'eux ne parlait. On eût dit qu'ils voulaient éviter d'énoncer la moindre parole susceptible d'attiser la tension interne qui devait animer Sandra, mais aussi Xiphu Maophi Po et Irène Ludwig, en voyant le désastre environnant qui régnait dans cette ville et qui était le reflet de ce que devait être la planète tout entière. C'est comme si le moindre souffle qui était susceptible de sortir de la bouche des ex-Iloryens pouvait déclencher une tempête émotionnelle en elles... Les Iloryens s'écartèrent pour laisser passer Sandra, qui venait de faire demi-tour, faisant dos au Capitole, pour s'avancer jusqu'aux arcades qui se situaient à l'opposé du bâtiment administratif. Elle voulait voir ce qui restait des vingt-neuf peintures du plafond qui se situaient sous les arcades et qui avaient été commandées par la ville à l'artiste peintre Raymond Moretti. Tous les Télorriens observaient Sandra en silence comme s'ils observaient une bête féroce dont on redoutait les réactions, dont on aimerait éviter le comportement soudain d'agressivité.

***

Au même moment, dans les étages qui surplombaient les arcades

— Un énorme vaisseau spatial vient de se poser sur la place du Capitole.

— C'est un patrouilleur[27] ?

— Il ne ressemble pas à un patrouilleur classique.

— Tu vois quelqu'un ?

— Oui. Ils sont plusieurs. Ils attendent devant le vaisseau et semblent observer ce qu'il y a autour.

— Ce sont des soldats de l'U.E.T. ?

— Sans doute. Mais ils n'ont pas le même accoutrement que d'habitude.

— Ils sont habillés comment ?

— Ils ont des combinaisons moulantes noires et des chaussures montantes de même couleur.

— Étonnant… Et le vaisseau ? Il ressemble à quoi ?

— Il sort tout droit du futur… J'ai l'impression d'être dans un film de science-fiction. Faut que vous voyez ça…

— Ils ont dû créer de nouveaux vaisseaux spatiaux et améliorer leur technologie. Ils sont combien exactement ?

— Sept. trois hommes et quatre femmes,

Irion et Pencha étaient restés à bord par mesure de sécurité.

— L'une des femmes est bizarre. Elle ressemble à un robot supersophistiqué.

— Ils sont armés.

— Certains, oui. Ils portent des pistolets dans des étuis pectoraux. D'autres le sont peut-être, mais ils ont mis des capes au-dessus de leur combinaison, ce qui m'empêche de voir… Deux d'entre eux s'approchent des arcades. Je te laisse, Franck. Ramène du monde.

— OK.

L'individu se mit accroupi, et attrapa un vieux fusil d'assaut qu'utilisait l'armée française dans les années 2020 : un HK-416-F

27 Avions de l'U.E.T. (unité d'extraction terrienne).

et enfourna dedans un chargeur rempli de munitions avant de se rapprocher d'une fenêtre. La pièce dans laquelle il se trouvait étant sombre, il était peu visible, voire non visible.

***

Pencha et Irion, assis devant la console du poste de pilotage du groom, regardaient ce qui se passait à l'extérieur, à travers la vitre du cockpit, tout en discutant.

— Étonnantes, ces constructions, dit Irion.

— Oui, drôle de civilisation…

— Je vais mettre en route le détecteur thermique.

Le groom était muni d'un détecteur thermique ultrasensible capable de percevoir une infime source de chaleur à des kilomètres à la ronde. Pencha appuya sur différents boutons et sur certaines zones de détection tactile situés sur la console, puis apparut sur l'écran du cockpit un point rouge qui se mouvait. Ce dernier était entouré d'un halo jaune, lui-même entouré d'un halo bleu plus large que le précédent.

La tête du vaisseau était orientée vers le bâtiment opposé au Capitole, dans la même direction que Sandra.

— Purée, dit Pencha. Il y a une source de chaleur juste en face de nous qui bouge. C'est de toute évidence une entité biologique.

— Je vais prévenir les autres, dit Irion.

Irion appuya alors sur une zone de la console qui enclencha une communication avec les Télorriens qui se trouvaient à l'extérieur. L'écran connecté situé sur leur combinaison, au niveau du poignet, émit un petit bruit, et Irion parla.

— Attention, source de chaleur mouvante détectée au premier niveau du bâtiment ouest, au-dessus des arcades, dans la zone centrale.

***

L'individu se mit à plat ventre, puis aligna sa ligne de mire sur Sandra. Destinée, qui venait d'apercevoir l'individu, se mit à courir, puis se positionna devant Sandra, les bras écartés pour la protéger, constituant ainsi un bouclier de protection. Plusieurs balles ricochèrent sur elle en générant une flammèche sur son ossature métallique. Destinée venait de lui sauver la vie. Alors que les autres Télorriens s'étaient dispersés aux quatre coins de la place en direction des arcades qui la bordaient afin de se protéger et de préparer une riposte, Sandra dégaina son arme de poing chargée avec des balles d'holonium.

— Ne bouge pas, Destinée.

Sandra tira en direction de la fenêtre en utilisant toujours l'androïde comme bouclier. L'homme se retira de la fenêtre en faisant une roulade sur la droite et en constatant que les balles d'holonium tirées dans sa direction avaient traversé tous les murs de la pièce, même les murs porteurs faits de béton armé.

— Putain, mais c'est quoi, ça ?! s'exclama-t-il à voix haute.

Il attrapa son talkie-walkie pour prévenir ses co-équipiers.

— j'ai besoin d'un appui rapide, les gars. Attention, ils ont du lourd. Du très lourd…

***

— Suis-moi, Destinée, lui dit Sandra. Il s'est planqué.

Elles partirent se cacher sous les arcades, puis, après les avoir parcourues, rejoignirent l'un des côtés du bâtiment où se trouvait une porte d'entrée, déjà entrouverte, qui menait aux étages supérieurs.

— D'après Pencha, il est au premier étage. On y va !

Une bonne partie de l'immeuble était désagrégée, et une zone de la toiture semblait s'être envolée. Ils pénétrèrent dans le hall d'entrée où se tenaient des boîtes aux lettres ainsi que l'escalier qui menait aux étages. Ils montèrent les marches une à une, en prenant soin d'éviter les gravats qui s'y trouvaient, et de ne pas faire grincer les lattes en bois pour ne pas attirer l'attention sur eux. Destinée marchait en premier. Sandra suivait, l'arme toujours pointée en avant. Ils arrivèrent sur un palier, puis dans un couloir où s'alignaient des portes, brûlées pour la plupart. Le sol du couloir était lui aussi recouvert de gravats et d'objets en tous genres comme des lavabos et des radiateurs. Il régnait un silence inquiétant qui prenait sa source dans la peur mutuelle des deux parties sur le point de se rencontrer, et de s'adonner à un affrontement à l'issue incertaine, et peut-être fatale.

Dans le couloir, elles avançaient toutes les deux à pas feutrés. Sandra venait de prendre sur la droite. Destinée, dont les capteurs de bruit extrêmement sensibles venaient de lui faire percevoir un mouvement, avait pris sur la gauche. L'espace d'un instant, une chose assez incroyable se passa dans la tête de l'androïde. Plusieurs flashs s'imposèrent à elle, comme cela pouvait arriver à certains médiums doués de voyance. Elle voyait un homme lui tirer des balles en rafales. Elle savait au plus profond d'elle-même qu'elle venait de percevoir un événement sur le point de se produire. Elle venait tout simplement de décrypter, de façon automatique, la matrice astrologique des Terriens, comme si elle était humaine et clairvoyante. Toutes les informations astrologiques que Zilberg, le père de la théorie sur l'astrogénétique, avait mises dans l'intelligence artificielle de l'astrothèque, lui avaient été restituées par les ex-Iloryens, Julien ayant pris soin d'emporter, lors du Grand départ, le disque dur qui contenait toutes les données. Destinée était donc à nouveau capable de décrypter la matrice astrologique. Et la prévision qu'elle venait de faire, elle savait qu'elle la concernait. Aussi surprenant que cela puisse paraître, les choses dépourvues théoriquement d'âme possédaient aussi une destinée astrologique. Destinée était l'une d'elles. Mais elle était finalement à mi-chemin entre une chose et un être humain. Où se situait la définition réelle d'un être humain ? Les images mentales, qui étaient identiques à celles qui naissaient dans un cerveau d'humain, avaient-elles un rapport avec les atomes d'holonium qu'on lui avait incorporés ? Elle n'en avait pas la moindre idée. Quoi qu'il en soit, elle accepta, comme une fatalité et sans aucun état d'âme, cet événement qui était sur le point de se produire et qui allait menacer son intégrité physique. Alors qu'elle se rapprochait d'une porte qui était à moitié entrouverte, les mêmes visions s'imposèrent à elle, avec plus d'intensité encore. Elle avait l'impression d'anticiper les pensées de l'homme qu'elle était sur le point de rencontrer, de prévoir ses faits et gestes, comme si elle était à l'intérieur de lui, et pouvait presque lire dans ses volontés. C'est ainsi qu'elle perçut le fait qu'il allait sans doute viser son thorax pour atteindre son cœur. Elle était postée devant la porte entrouverte qui ne tenait plus que sur un gond et qui la séparait de lui, ses capteurs thermiques lui indiquaient en permanence qu'il était là. Elle le sentait presque intuitivement. Le silence était à son comble. Seuls les bruits des pas de Sandra résonnaient dans un environnement qui semblait lointain, dans un monde qui n'était plus le leur, car le leur, c'était celui de l'affrontement et de la mort potentielle. Destinée tentait d'imaginer ce que pouvait bien ressentir celui qu'elle allait affronter. De la peur ? Ou bien un sentiment d'indifférence ? À moins que ce ne soit de la résignation ? Au même moment, la voix de Pencha se fit entendre à travers un micro qui était intégré dans les composants de l'androïde, rompant ce pacte tacite qui imposait transitoirement le silence. Il voulait savoir si « tout allait bien ». L'homme ne pouvait maintenant plus ignorer la présence de Destinée. C'était certain. Sans le savoir, Pencha venait de précipiter le conflit. Mais quoi qu'il en soit, il était temps d'en découdre. Il était temps qu'elle affronte sa prévision péjorative, qu'elle rompe ce silence de plomb qui régnait dans cette scène incertaine où la mort semblait attendre pour embarquer l'un ou l'autre des protagonistes. L'espace d'une fraction de seconde, Destinée se fit une dernière réflexion avant de se jeter dans l'arène, une réflexion complexe, digne d'un être humain doué de capacité d'entendement et d'abstraction : « Le fait de connaître mon futur m'aurait-il permis de l'éviter ? » Elle avait choisi de ne pas répondre à cette question et d'arrêter surtout d'y penser, car cette question pourrait déstabiliser le plus sûr des hommes. D'un revers de bras, elle ouvrit alors la porte et s'avança dans l'obscurité d'une pièce totalement opaque à la lumière. Elle était maintenant plongée au cœur de sa prévision qui avait quitté le monde du futur pour rejoindre celui du présent, qui avait quitté le monde de l'intuition pour s'incarner dans le monde de la réalité. « Nous y sommes », se dit-elle. L'homme était bien là, révélé par sa caméra thermique. Elle ne le percevait que comme une lumière rouge qui bougeait légèrement, surmontée par un halo jaune et bleu. Des rafales de feu vinrent éclairer la pénombre, accompagnées d'un bruit assourdissant auquel était complètement indifférent l'androïde. Le bruit lui était indolore. Ce n'était qu'une perception physique traduite en série de chiffres. À chaque flash de lumière, elle pouvait voir, via les capteurs d'image qu'elle avait au fond des yeux et qui jouaient le rôle de rétine, le visage réel de l'homme qui se trouvait devant elle. Puis, à chaque instant de pénombre, il redevenait une lumière rouge du fait des capteurs thermiques qui prenaient automatiquement le relais. C'en était trop. Il était temps d'arrêter cette insolence inutile. Destinée s'approcha de cet homme en protégeant sa batterie nucléaire située sur son thorax à l'aide de sa main gauche. Plongé dans l'incompréhension, car il s'attendait à voir s'écrouler l'entité qui venait d'entrer et de prendre un nombre important de balles, l'individu était loin d'imaginer qu'il ne visait pas un cœur fait de simples cellules contractiles. S'il avait eu la moindre idée de ce qu'il y avait derrière sa poitrine de métal, il n'aurait jamais eu l'audace de viser cette partie « du corps ». Destinée présentait bien un cœur, mais un cœur nucléaire, et, en cas d'emballement, ce cœur nucléaire avait la capacité de se transformer petit soleil. En petit soleil noir capable de réduire en cendres ce bâtiment et ceux qui s'y trouvaient tout en donnant à la ville Toulouse une seconde mort, à l'image de quelqu'un qui est déjà mort et sur lequel on s'acharne encore. L'individu perçut le bruit de la motorisation de l'androïde, devenu machine de guerre, et il comprit que ce n'était pas quelque chose de conventionnel qui s'approchait de lui, et qu'il avait de toute évidence perdu le combat, que sa vie ne se limitait plus qu'à un sursis de quelques secondes. Car même muni d'un gilet pare-balles, un individu normalement constitué aurait été sonné par le choc des balles et sa course en aurait été d'autant plus freinée. Destinée, arrivée devant lui, lui arracha l'arme des bras et tordit son canon avec une facilité déconcertante. L'androïde qui puisait sa force dans la batterie nucléaire à deutérium-hélium 3 avait bien la force de dix hommes réunis. Elle l'empoigna ensuite par le col et le projeta quatre mètres plus loin. Son corps fut balancé contre le mur et retomba telle une chose inerte sur le sol. L'individu était complètement sonné, pourtant, il tenta en vain de prendre appui sur ses mains pour se redresser. Destinée s'approcha une nouvelle fois de lui, lui empoigna le cou de la main droite, puis le souleva du sol en serrant fortement sa région cervicale. Elle ouvrit la phalange de son index gauche, qui se scinda en deux, dévoilant ainsi son lecteur de profil astrogénétique, et l'apposa sur son front. Alors que l'individu étouffait en émettant un bruit rauque qui provenait de sa gorge, une lumière bleue fugace éclaira la pénombre. Le lecteur avait pu décrypter l'imprégnation des astres laissée le jour de sa naissance sur son ADN[28].

— Tu t'appelles Emilio Fenuchi. Tu es né le 9 mars 2049, à 17 h 32 dans une zone de latitude 43,6 et de longitude 1.44, c'est-à-dire Toulouse. Et tu vas mourir aujourd'hui.

L'individu qui jusque-là tentait de se débattre venait de plonger dans l'inconscience. Sandra arriva en courant et en criant.

— Lâche-le, Destinée ! Lâche-le ! Tu vas le tuer !

L'androïde semblait indifférent à ce que venait de lui dire Sandra alors qu'il était théoriquement programmé pour lui obéir.

— Lâche-le !! C'est un ordre !!

Comme dans un sursaut de lucidité, Destinée ouvrit sa main, laissant retomber le corps inerte qui tomba sur le sol comme le ferait une lourde masse.

— Mais qu'est-ce qui t'arrive ? C'est un humain !

Sandra crut lire dans le regard de l'androïde une colère immense que seuls certains êtres humains étaient susceptibles d'exprimer.

— Il a voulu me tuer.

28 ADN : acide désoxyribonucléique.

— Je sais, mais on a besoin de lui pour trouver des survivants !! C'est notre seule chance ! Éclaire-moi !

Une puissante lumière sortit des yeux de Destinée, dirigée sur le corps qui gisait sur le sol.

Sandra lui prit le pouls afin de s'assurer que son cœur battait encore, puis lui asséna plusieurs paires de claques. L'individu, qui n'avait pas été privé suffisamment longtemps d'oxygène pour désamorcer sa pompe cardiaque, grâce à l'intervention de Sandra, ouvrit les yeux. L'homme, apeuré, poussa un cri, et se mit à respirer plus rapidement.

— Je ne veux pas aller sur Mars ! Laissez-moi !

— Calme-toi ! Calme-toi ! On ne te veut pas de mal.

— C'est ce que vous dites à tout le monde !

— Pourquoi nous parles-tu de Mars ?

— Faites comme si vous ne saviez pas !

L'individu finit par se calmer, Destinée ouvrit le volet d'une fenêtre pour laisser passer la lumière du jour qui tentait de se frayer un chemin à travers la fumée dégagée, quelques secondes plus tôt, par les balles du fusil d'assaut.

Sandra et Destinée constatèrent qu'il s'agissait d'un adolescent. Il était habillé avec un jeans troué et d'une veste militaire. Il avait le visage d'un enfant, mais de longues cicatrices présentes sur ses joues laissaient entrevoir le fait qu'il avait dû vivre dans des conditions difficiles.

— Tu t'appelles Emilio si j'ai bien compris ?

— Oui. Mais comment vous connaissez ma date de naissance et mon nom ?

— Ça n'a pas vraiment d'importance. C'est un peu long à t'expliquer... L'essentiel est que tu saches que nous sommes là pour t'aider.

— Si vous ne venez pas de Mars, vous venez d'où alors ? Vous sortez d'un film de Marvel ?

La combinaison noire que Sandra portait sur elle lui donnait l'apparence d'une actrice qui avait revêtu le déguisement d'un super héros.

— Alors, là, c'est une autre histoire, répondit Sandra en levant les yeux au ciel. Mais tu n'es pas si éloigné que ça de la réalité ! Eh bien, nous venons de Monos.

— Je ne connais pas... C'est où, ça ?

— Très loin d'ici. Mais, rassure-toi, j'ai les mêmes racines que toi. Tu es seul ?

— Oui...

— Ça m'étonnerait qu'un gamin de ton âge arrive à se débrouiller seul...

— Tu vis où ?

— À Toulouse... C'est une belle ville, non ? dit-il sur le ton de l'ironie.

***

Alors que Sandra, Destinée et leur prisonnier, Emilio, venaient de rejoindre les arcades, ils se retrouvèrent plongés au cœur d'une scène qu'ils n'avaient absolument pas anticipée. Les Télorriens étaient réunis à proximité du groom et un nombre important de Terriens les entouraient. Les Télorriens tenaient en joue les Terriens et inversement. Mais les Terriens avaient de toute évidence l'avantage numérique.

— C'est comme ça que l'on reçoit les membres d'une même civilisation ? dit Sandra.

Les Terriens avaient tourné leur regard en direction de la jeune femme et constaté qu'Emilio les accompagnait.

— Ils ne sont pas très accueillants, tes congénères, Sandra, lança Wyu.

Les Terriens semblaient perplexes. Ils ne comprenaient pas ce que Wyu entendait par là. À travers ses propos, il semblait se dissocier de la race des Terriens, mais avait pourtant le même aspect qu'eux.

— Vous êtes des membres de l'U.E.T. ? demanda l'un des hommes qui semblait être le chef du groupe.

— Mais c'est quoi, cette histoire d'U.E.T. et de Mars ? questionna Sandra.

Les Télorriens restaient en retrait, comme si, provenant d'une autre planète, ils n'avaient pas la légitimité de prendre part au débat.

— Ce ne sont pas des membres de l'U.E.T. Ils m'ont laissé la vie sauve. Ça n'aurait pas été le cas avec l'unité d'extraction terrienne. Et puis cette technologie, dit Emilio en montrant le groom du doigt, n'est pas celle de Tcherkinakovski.

— Il est tant que nous parlions, dit Sandra. Je crois que nous avons beaucoup de choses à nous dire.

— Ne restons pas là. Nous sommes trop exposés. Mais donnez-nous vos armes.

— Hors de question ! lança Pencha.

— On peut leur faire confiance, lança Sandra.

— Peut-on faire confiance à une civilisation qui utilise des bombes nucléaires contre elle-même ?

— Nous n'avons pas le choix.

Les Télorriens finirent par abdiquer et donnèrent leurs armes.

— Venez ! Nous ne devons pas rester dehors trop longtemps.

***

Ils contournèrent l'ancien bâtiment de la mairie, pour rejoindre la rue de Lafayette.

— Où nous emmenez-vous ? demanda Sandra, qui semblait avoir pris la direction du groupe des Télorriens.

— Vous allez vite comprendre, dit le chef de Terriens. C'est juste à côté. On peut se tutoyer ? Moi, c'est Franck.

— Oui. Moi, c'est Sandra.

— Nous nous présenterons tous dans quelques minutes.

Ils arrivèrent très rapidement sur un square.

— Voilà ce qu'il reste du square Charles-de-Gaulle.

Le square, jadis verdoyant, n'arborait plus que des arbres carbonisés qui s'étaient embrasés lors de la Grande explosion. Les troncs restants ressemblaient à de fines allumettes complètement cramées. Les geysers d'une fontaine s'étaient arrêtés de cracher leurs jets d'eau. Seul le donjon qui dominait le square semblait avoir survécu même si ce dernier avait vu ses murs se noircir, sa toiture s'endommager, et ses vitres se briser. Franck montra du doigt leur point de chute.

— Station Capitole. C'est là que nous allons et c'est là que nous vivons... Bienvenue dans la ligne A, rebaptisée « Réseau 1 ».

— J'imagine que la ligne B est le « Réseau 2 » ?

— Bravo. Très perspicace ! Comment sais-tu qu'il y a deux lignes de métro à Toulouse ?

— J'y ai vécu. Il y a bien longtemps. Pourquoi vous vivez là ? Enfin je veux dire sous terre ?

Franck ne répondit pas immédiatement. Ils étaient en train d'arriver au niveau des escaliers où se trouvaient quatre gardes munis d'un fusil d'assaut.

— C'est bon, dit Franck. Laissez-les passer. Ils sont avec nous.

Alors que le groupe descendait l'escalier de la station de métro Capitole, Franck s'adressa à nouveau à Sandra qui attendait toujours la réponse à sa question.

— Pourquoi nous vivons là ? Eh bien, la réponse est simple : pour une question de survie ! L'air est trop vicié pour rester trop longtemps à l'extérieur. Il y a eu des explosions nucléaires successives en Asie, en Europe et aux États-Unis. Tu n'es pas sans savoir qu'une bombe a explosé sur Paris.

— Oui, je sais tout ça. D'où j'étais, j'ai tout vu...

Franck semblait réfléchir aux propos que venait d'émettre Sandra, car il se demandait d'où elle avait bien pu être pour observer le champignon nucléaire et être toujours en vie... Arrivés en bas des escaliers, ils empruntèrent un couloir souterrain qui menait à un premier sous-sol où se trouvaient à nouveau des gardes armés qui semblaient sécuriser les lieux. Dans cette enceinte, des colonnes soutenaient le plafond et d'anciennes bornes d'achat de tickets de métro, maintenant inusitées, se trouvaient à différents endroits. Ils passèrent les portiques de sécurité qui servaient jadis à filtrer les seuls passagers munis d'un titre de transport, puis arrivèrent devant plusieurs escaliers et escalators descendants qui menaient à la station proprement dite. Alors que l'ensemble de la troupe descendait, Franck poursuivit.

— D'après les scientifiques qui ont survécu, les différentes bombes nucléaires, d'une puissance jamais égalée, ont dégagé une quantité astronomique de poussière créant ainsi un bouclier de particules qui a rendu notre planète opaque aux radiations du soleil indispensables à la vie.

— Oui, nous avons vu ça. L'hiver nucléaire…

— Deux ans après la Grande explosion, les particules commencent seulement à redescendre et à se déposer, laissant passer parfois quelques rayons solaires. Mais nous avons affaire à un nouveau problème qui correspond à la deuxième conséquence des bombes nucléaires.

— Laquelle ?

Sandra semblait réfléchir.

— Comme il y a eu plusieurs bombes qui ont explosé dans un intervalle restreint, le vent de feu qui s'est dégagé a embrasé presque toutes les forêts des continents et les vibrations des explosions ont provoqué des tremblements de terre et mis en mouvement certains volcans éteints. Tout cela a eu pour conséquence de libérer une quantité astronomique d'oxydes d'azote. Ces oxydes d'azote ont eu comme effet pervers de nous brûler les yeux, les voies respiratoires, et la peau. Et nous commençons à subir des pluies acides… Mais ce n'est pas le pire. Les oxydes d'azote ont bouffé la couche d'ozone. Nous ne pouvons pas rester dehors trop longtemps sous peine d'être exposés à des doses hors norme d'ultraviolets extrêmement délétères pour nos organismes. Les processus meurtriers s'enchaînent et s'acharnent sur nous… Les maladies cancéreuses pullulent… Les gens crèvent, car nous n'avons plus d'hôpitaux ni de médecins pour les soigner.

— L'hiver nucléaire est passager, dit Sandra. Mais ce deuxième effet va perdurer bien plus longtemps. La restauration de la couche d'ozone va prendre des siècles.

— Oui. Et aux radiations meurtrières du soleil s'ajoute la radioactivité dégagée par la soixantaine de centrales nucléaires qui ont été détruites en France, ainsi que celle provenant directement des bombes à hélium 3… La Terre était un paradis. Nous l'avons transformée en enfer. Nos compteurs Geiger s'affolent dès que nous sortons.

Ils arrivèrent en bas des escalators et se retrouvèrent dans le cœur névralgique de la station de métro qui ressemblait à une cave voûtée entièrement recouverte de faïence blanche. Sur les parties latérales de ce corridor se trouvaient des passages également voûtés qui menaient directement aux quais. L'un des pans de mur, entre les arcades, était estampillé du nom de la station : *Capitole*. Mais une chose interpella Sandra. Les plafonniers de la station étaient encore allumés.

— Comment est-il possible que vous ayez encore de l'électricité ?

— Nous voilà arrivés au cœur du Réseau 1… Pour répondre à ta question, la région de l'Occitanie était en autosuffisance énergétique avant la Grande explosion. Elle avait diversifié ses sources d'énergie. La destruction de la centrale nucléaire de Golfech nous a fait perdre 35 % de l'énergie de notre ville. Le bouclier de particules qui s'est créé dans la troposphère nous a fait perdre aussi l'énergie solaire. Sans énergie solaire, pas de végétaux et sans végétaux, pas de biomasse. Et sans biomasse, pas de bioénergie. Il ne nous reste plus que deux sources d'énergie. Nous avons la chance de nous trouver proches des Pyrénées qui possède un vaste parc de lacs artificiels et de barrages hydrauliques à partir desquels la région Occitanie puisait quarante pour cent de sa production d'électricité. De plus, le dérèglement climatique génère un nombre beaucoup plus important de tempêtes, ce qui permet d'optimiser le fonctionnement des éoliennes et de gagner dix pour cent d'énergie supplémentaires, car nous avons pu réparer les éoliennes endommagées. Toulouse a vu sa production d'électricité réduite de moitié, mais, pour le peu de personnes qui ont survécu, c'est très largement suffisant.

Alors que les Télorriens avançaient, des gens présents dans la station de métro prirent peur en les voyant arriver munis de leurs combinaisons futuristes. Certains prirent la fuite et se cachèrent alors que d'autres, dans la station, dormaient à même le sol, sur des cartons.

— Certains craignent que vous soyez de l'armée de Tcherkinakovski. Ne vous inquiétez pas. Ils vont vite comprendre que vous ne leur voulez pas de mal.

— Vous avez dit quoi ?

— J'ai dit de ne pas vous inquiéter, que...

— Non juste avant. Le nom.

— Tcherkinakovski ?

— Oui.

— Vous le connaissez ?

— Oui. J'en ai entendu parler par Julien.

— C'est qui, Julien ?

— Je vous expliquerai plus tard. Continuez.

— Je crois qu'il est temps que vous nous disiez qui vous êtes vraiment et d'où vous venez avant de parler de Tcherkinakovski.

— D'accord !

— On va s'installer là.

Franck montra du doigt plusieurs banquettes.

— La station *Capitole* est notre lieu de rassemblement. C'est notre salle à manger.

Une dizaine de canapés se trouvaient dans le corridor de la station et plusieurs tables étaient également présentes. Il y avait même une cuisine aménagée avec différents appareils électroménagers, dont des frigos. Les Télorriens s'installèrent sur la banquette. Quelques Terriens, dont Franck et Emilio, s'installèrent avec eux.

— Si je comprends bien, c'est toi le chef, Franck.

— Pas vraiment. Nous n'avons pas de chef ici. Je suis modestement le coordonnateur du Réseau 1. Il n'y a plus d'organisation politique ni de hiérarchie ici. La démocratie n'est plus qu'une notion lointaine qui a perdu tout son sens. Alors qui êtes-vous vraiment ? D'où venez-vous ?

— Par où commencer ? Ce que je vais vous dire va sans doute vous paraître incroyable.

— Vous savez, plus rien ne peut nous surprendre.

— Bon, allons-y.

Sandra raconta toute son histoire, et surtout celle de Julien. Il avait fallu commencer par le commencement. Le prix Nobel de médecine et de biologie attribué à Alphonse Zilberg en 2030. La première faculté d'astrologie – la faculté *Johannes Kepler* – ouverte dix ans plus tard, dans les années 2040, sous l'impulsion de Zilberg. Puis la *Période rouge*[29] en France qui avait duré trois ans à partir de 2047 et durant laquelle des émeutes avaient éclaté à la suite d'une crise sociale sans précédent qui mit la France à feu et à sang. Les élections présidentielles anticipées qui avaient permis à Jacques Delvos d'accéder aux plus hautes fonctions de l'État dans les années 2050. Après la *Période rouge,* et à l'initiative de Jacques Delvos, la création de la VIe République qui avait remplacé la Ve afin d'éviter une période « noire », encore plus destructrice que la *Période rouge,* risquant de plonger la

29 Période de trois ans à partir des années 2047, très sombre, déclenchée par des inégalités sociales, durant laquelle les commerces avaient été pillés, les bâtiments publics dégradés, et les personnes fortunées spoliées, voire assassinées. Elle n'était pas sans évoquer la Révolution française qui s'était déroulée en 1789, soit 258 ans plus tôt.

France dans le chaos et l'anarchie. La création d'une cellule d'anticipation des crimes et des violences, sous l'impulsion de Jacques Delvos, basée sur des prévisions astrologiques : l'astrothèque. L'intelligence artificielle, nommée Destinée, chargée de faire les prévisions astrologiques au sein de cette unité. Les anticipateurs chargés de faire en sorte que les prévisions ne se réalisent pas. La commercialisation dans les années 2060 des premiers moteurs de type MAG-P émanant de la société PAGROM dirigée par Tcherkinakovski. Ses premiers vols sur la Lune pour exploiter ses ressources minières et rapporter l'hélium 3 sur Terre afin de le vendre aux nations et de s'enrichir. L'infiltration, puis la déstabilisation de l'astrothèque par la cellule *Hadès*, dirigée par Tcherkinakovski, afin d'éviter que la société prenne conscience de l'intérêt de préserver le système solaire et qu'elle interdise toute exploitation des corps célestes, ce qui aurait perturbé le projet d'extraction lunaire de Tcherkinakovski. La duperie des membres de la cellule *Hadès* par Tcherkinakovski lui-même qui leur avait fait croire que sa cause était religieuse. La prévision de Destinée de la Grande catastrophe liée aux explosions des bombes nucléaires utilisant l'hélium 3. La fuite de Tcherkinakovski malgré une balle prise dans son épaule. Le contact sous hypnose des Terriens par les extraterrestres – les Iloryens – quelques jours avant les explosions afin de les exfiltrer de la Terre. La centaine d'êtres humains sélectionnés à cause de leur compréhension du modèle astrologique. Le départ de la Terre. La vue à distance des explosions ayant conduit à l'hiver nucléaire sur Terre. Le nouveau départ de ces deux civilisations génétiquement compatibles sur Monos. L'épidémie virale fragilisant leur nouvelle communauté, et surtout la pénurie alimentaire sur cette planète stérile. La nécessité de retourner sur Terre pour récupérer les graines. Les conteneurs de graines vidés dans le bunker de Svalbard. La destruction de ce village. Leur venue à Toulouse. Leur stupéfaction, mais aussi l'espoir en découvrant qu'il y avait eu des survivants.

— Voici ce qu'il nous reste de l'astrothèque !

Sandra montra Destinée.

— Nous avons transféré l'intelligence artificielle de l'astrothèque dans le corps de cet androïde. Elle s'appelle Destinée.

— J'y crois pas, à toutes ces foutaises sur l'astrologie ! C'est de la connerie, tout ça, dit Franck en levant les yeux au ciel.

— Destinée, viens voir, s'il te plaît.

Destinée qui était restée debout un peu en retrait s'avança.

— Franck ne croit pas à l'astrologie, peux-tu lui faire une petite démonstration ?

Destinée s'avança et ouvrit la pulpe de son dernier index pour révéler son analyseur de profil astrogénétique.

— Je vous en prie. Vous pouvez poser l'un de vos doigts.

— Sur la cellule ?

— Oui.

Alors que la pulpe digitale de Franck venait d'effleurer le capteur d'analyse, une lumière bleutée jaillissait sous son doigt lui imposant une sensation de brûlure.

— Tu t'appelles Franck Oubary. Tu es né le 6 décembre 2015 à une latitude de 43° 17' 49N et à une longitude de 5° 22' 51E, c'est-à-dire à Marseille, à cette heure précise : minuit passé de 2 minutes et 53 secondes. Tu es Sagittaire, deuxième décan, ascendant Vierge.

— Oui, c'est bien cela.

— Je ne t'ai pas demandé de confirmer, Franck. Je suis certaine de ce que j'avance. Ton profil astrogénétique est immuable. Cet espace-temps qui correspond au jour de ta naissance est gravé en toi jusqu'à ta mort. Je peux te donner la position exacte de toutes les planètes du système solaire à l'instant précis de ta naissance. Par exemple, Jupiter était sur ton ascendant à 21°36' du signe de la Vierge.

— Ça, je ne peux pas le confirmer.

— Donne-moi une date qui correspond à un événement important de ta vie, s'il te plaît.

— Le 8 février 2036.

— À cette période, Uranus[30] de transit faisait une opposition à ta Lune[31] natale. Tu avais 21 ans. Tu as subi un déménagement forcé.

— Oui, c'est bien ça. À l'époque, nous vivions dans le nord de la France, et mes parents ont voulu vivre dans le Sud. J'ai eu du mal à l'accepter, car je vivais ma première histoire d'amour avec une fille. J'ai dû être séparé géographiquement d'elle. Puis je ne l'ai jamais revue...

— Donne-moi une seconde date qui a marqué ta vie, s'il te plaît.

— Le 8 février 2055.

— À cette période, Pluton[32] faisait un angle péjoratif avec la position de ton Soleil[33] natal. Il est arrivé quelque chose de grave à ton père. De très grave.

Le visage de Destinée se scinda en deux et son projecteur holographique avança. On voyait la projection d'un film holographique où Franck Oubary se tenait à côté d'un cercueil. À l'intérieur de ce dernier se trouvait un homme qui semblait pétrifié et qui avait le visage déshabité de la mort. Franck se penchait au-dessus de lui et pleurait à grandes larmes. Puis la projection prit fin, le visage de Destinée reprit sa position initiale.

30 Uranus représente dans un thème astrologique le bouleversement, le changement, la rupture, la nouveauté.

31 La lune représente le foyer de vie, l'environnement habituel.

32 Au niveau astrologique Pluton représente la transformation, la mutation, le changement irrévocable, et parfois la mort.

33 Le Soleil dans le thème d'un individu est, entre autres, le significateur du père.

— Ton père est mort. Il est mort d'un cancer métastasé, cinq années avant la Grande explosion.

Franck, qui avait l'air sir dur et qui semblait maîtriser ses émotions, avait les larmes aux yeux. Il se demandait bien comment l'intelligence artificielle pouvait avoir accès à cela. Il n'en avait parlé à personne.

— Purée, mais qu'est-ce que c'est que ça ! Comment c'est possible, demanda-t-il, surpris.

— Nous n'avons pas le temps de rentrer dans les détails, Franck. Moi non plus, je ne croyais pas du tout à une quelconque influence astrologique jusqu'à ce que les Iloryens viennent nous chercher pour nous éviter de subir la Grande explosion.

— Tu veux dire qu'ils avaient anticipé la Grande explosion, puis la Grande catastrophe écologique ?

— Oui… Comment te dire ? Ils ont décrypté notre matrice astrologique en pénétrant dans notre système solaire.

— Je ne sais pas si je suis en train de rêver.

— La réalité est parfois difficile à accepter. Je sais. Mais maintenant, tu sais tout. À toi de nous en dire un peu plus sur Tcherkinakovski. Il est encore vivant ? Il avait reçu une balle avant de s'échapper…

— Comment sais-tu qu'il avait reçu une balle ?

— Julien, mon conjoint, était présent au moment de la fusillade. Il faisait partie des anticipateurs. Son équipe était là pour l'arrêter.

— Je vois.

— En effet, il s'est échappé à bord d'une machine équipée de propulseurs MAG-P qui se trouvait sur le toit de son immeuble. Pour éviter d'être retrouvé, il a tout simplement quitté la Terre. « Nouvel horizon » n'était pas ce qu'elle est aujourd'hui, mais elle était déjà habitable.

— Nouvel horizon ?

— C'est une ville qu'il avait commencé à construire sur Mars dès que ses moteurs « nouvelle génération » lui avaient permis de quitter la Terre et de voyager à des vitesses qui rendaient raisonnable le trajet Terre-Mars.

— Pourquoi n'allez-vous pas sur Mars ? lui demanda Sandra. Si la Terre n'est plus habitable, il y a peut-être un espoir de démarrer une nouvelle vie sur Mars, comme nous-mêmes l'avons fait sur Monos.

— Parce que les humains qui ont été envoyés sur Mars de gré ou de force sont condamnés à travailler comme des forçats et à être enfermés dans une ville complètement hermétique à l'air extérieur. C'est une vie contre nature, une vie sous serre. Beaucoup ne sont pas faits pour ça et ne s'adapteront jamais à cette façon de vivre. Notre vie n'est pas là-bas. Elle est là, sous nos pieds, sur Terre. Les hommes ont précipité la sixième grande extinction de l'histoire de la planète. Tant mieux. C'est tout ce que nous méritions. Les bombes à hélium 3 n'ont fait qu'accélérer un processus de fin inéluctable. Le réchauffement climatique allait nous condamner de toute façon. Nous le savions tous. Même si les êtres humains s'étaient mis d'accord pour amorcer un processus de régression, il était déjà bien trop tard pour revenir en arrière. La fin de notre civilisation était inéluctable. C'était comme si la Terre s'était suicidée pour, un jour, se réincarner et devenir meilleure. Nous, les survivants, nous croyons au potentiel régénérateur de la Terre. Chaque extinction génère un nouveau mode d'existence, un nouveau modèle de vie, une nouvelle tentative. Le purin dans lequel nous vivons générera à nouveau un jour la vie. La Terre n'a pas retrouvé son visage d'antan, et pour cela plusieurs siècles seront sans doute nécessaires. Mais la lumière revient très progressivement de telle sorte qu'elle arrive parfois à percer cet épais manteau de brume qui avait jusque-là stoppé tous les processus de vie. De la verdure apparaît çà et là, sur des endroits très circonscrits, comme si la vie s'accrochait à la vie, comme si la Terre cherchait désespérément à faire démarrer à nouveau son moteur, noyé dans un surplus d'eau et de froid. Il faudra plusieurs décennies avant que la Terre commence seulement à panser ses plaies et qu'un long processus de guérison débute. Sa période de convalescence sera longue. Mais nous arriverons à la remettre « sur pied » ! J'en suis certain…

Franck prononçait ces mots comme s'il voulait se persuader lui-même de ce pouvoir régénérateur, mais il savait au fond de lui que la possibilité d'une régénération était plus qu'incertaine.

— Justement, Mars pourrait être un tremplin qui permettrait d'attendre que la Terre se régénère.

— La vie là-bas est trop dure. Tcherkinakovski y fait travailler les gens plus de douze heures d'affilée. Et puis trop de Terriens sur Mars sont devenus angoissés et se sont mis à présenter les signes d'une dépression profonde. On les bourre de médicaments, on leur fait des injections soi-disant pour le moral, mais ils en deviennent dépendants comme des toxicomanes. Pour moi, ça a le même effet que de la cocaïne ou de l'héroïne. On calme sur l'instant, mais il faut de plus en plus de doses.

— C'est quoi, cette substance ?

— C'est soi-disant un nouvel antidépresseur injectable, la Néotrixine.

— Jamais entendu parler.

— C'est une nouvelle molécule inventée par ses chimistes. Tcherkinakovski emploie toute une ribambelle de scientifiques à qui il donne des salaires exorbitants. Seuls l'armée et les scientifiques ont la belle vie là-bas, car ce sont ces deux corps de métier qui garantissent le développement technologique de la ville et le maintien de l'ordre.

D'eux, il en prend soin. Ceux qui construisent la ville, les bâtisseurs, ceux qui extraient la matière première sur Mars, les mineurs, et les ouvriers qui transforment la matière première en matériaux de construction sont considérés comme des moins que rien. Tous ceux qui ont tenté de quitter Mars en se cachant dans des navettes de transport qui appartenaient à l'U.E.T. et qui ont été pris sur le fait, se sont vu implanter des électrodes intracérébrales qui grillent le cerveau de tous ceux qui s'éloignent de plus de dix mille kilomètres du centre de Nouvel horizon. Autant te dire que ça a dissuadé plus d'une personne de tenter de s'immiscer dans un vaisseau de la flotte spatiale pour immigrer sur Terre. Pourtant, il avait promis aux Terriens qu'ils pourraient revenir sur Terre quand bon leur semblerait. Mais ce n'était qu'un mensonge, qu'une supercherie. Ceux qui veulent vivre sur Mars et développer Nouvel horizon, qu'ils y restent. Mais on n'a pas le droit d'empêcher les autres de rester sur Terre ou tout simplement d'y revenir.

— Comment tu peux être certain de ce que tu avances si aucune personne vivant sur Mars n'a réussi à revenir sur Terre ?

— Parce qu'un seul a réussi à s'en échapper avant qu'ils ne développent les implants intracérébraux.

— Ah bon. Et c'est qui ?

— Cette personne, elle est devant toi. C'est moi...

— Toi ?!

— Oui, moi... Je ne suis pas fier de cela, mais j'ai fait partie des extracteurs. Je dirigeais même l'une des divisions de l'U.E.T. J'avais des conditions de vie nettement meilleures qu'aujourd'hui... Mais j'ai vu comment ils traitaient les Terriens sur Mars et ça m'a dégoûté. Tcherkinakovski ne recherche qu'une seule chose: exploiter les humains pour réaliser son grand projet.

— Son grand projet ? Tu veux parler de Nouvel horizon ?

— Nouvel horizon n'est qu'un projet intermédiaire. Son dessein ultime, c'est de quitter notre système solaire pour faire des voyages intergalactiques. Ce n'est pas pour un but philanthropique. Il veut être le premier à réaliser ça. Son orgueil est aussi grand que l'Univers.

— Mais pourquoi il ne fiche pas la paix aux Terriens qui vivent encore sur Terre ?

— Ils n'ont pas encore assez de main-d'œuvre et la démographie est trop faible pour assurer la pérennité de notre espèce là-bas, sur Mars. L'U.E.T. sillonne la planète pour extraire de force d'autres Terriens. Voilà, tu sais tout maintenant. Que comptez-vous faire, vous, les Télorriens ? Vous allez rester sur Terre ?

— Je ne sais pas, répondit Sandra. Je pensais qu'aucune personne n'avait survécu à la Grande catastrophe. D'autres Terriens et Telorriens nous attendent sur Monos, dans l'espoir que nous rapportions des graines pour les sauver. Je suis partagée entre rester chez moi, ici, et retourner sur Monos pour ne pas abandonner les membres de notre communauté, et surtout celui avec qui je partage ma vie. En fait, je suis paumée… Je ne sais vraiment plus où j'en suis. Mes pensées sont comme des feuilles prisonnières d'un tourbillon : elles n'arrivent pas à se poser et à dégager une décision rationnelle. Tout me paraît si invraisemblable… Et puis Tcherkinakovski qui a survécu et qui refait surface, cette histoire de Mars, toutes ces personnes qui y sont captives et qu'il faudrait délivrer.

Sandra cherchait une réponse dans le regard des autres Télorriens. Mais personne ne prit la parole pour l'aider à y voir plus clair. Elle se sentait seule et se fit la réflexion qu'on était finalement toujours seul dans la vie, face à ses propres épreuves et ses propres choix.

— Et vous, les Terriens ? demanda Irion qui se trouvait assis à côté de Sandra. Que comptez-vous faire ?

— Nous sommes en train de monter une armée dans le but de faire tomber Tcherkinakovski.

— Mais vous n'êtes pas assez nombreux. Il y a d'autres survivants ? Enfin, je veux dire des survivants dans d'autres villes et d'autres pays ?

— Oui. Nous avons réussi à entrer en communication avec d'autres survivants situés dans d'autres villes françaises, mais aussi à l'étranger. Tous les continents ont leur lot de miraculés… Il faudrait prendre en embuscade sur Terre les casernes de l'U.E.T. et leur voler leurs vaisseaux spatiaux pour aller sur Mars et changer les choses. Je connais bien leur organisation pour y avoir travaillé. Mais nous ne sommes pas prêts pour le moment. Allons voir les rails, maintenant.

Franck se leva et invita les Télorriens à le suivre pour traverser les passages voûtés qui menaient au quai et aux rails des trains.

— Voici le « Réseau » proprement dit.

Franck emmena les Télorriens sur la voie qui prenait, jadis, la direction *Balma-Gramont*, au nord-ouest de Toulouse.

— Voici notre potager, notre poumon vert dans le Réseau 1.

Toute la voie ferrée avait été aménagée comme une serre. Des plantations hors sol s'étendaient à perte de vue et se prolongeaient sur des kilomètres tout le long de la ligne. Un passage, calqué sur les rails, permettait de circuler entre les différentes rangées de végétaux. Sur le plafond voûté du tunnel s'alignaient de multiples lampes horticoles à rayonnements ultraviolets.

— Vous cultivez ici à cause des radiations à l'extérieur et des rayonnements solaires non filtrés par la couche d'ozone qui détruiraient les plantations ?

— Oui. C'est tout à fait ça. Que du bio !

— Où avez-vous trouvé les graines ? Ne me dites pas que c'est vous qui avez...

— Non ! Nous n'avons aucun lien avec le pillage de Svalbard ! Les graines proviennent tout simplement des stocks des jardineries. Nous sommes allés nous servir. Certains d'entre nous qui avaient un potager avaient aussi quelques graines en réserve. Alors voilà, nous avons pu reconstituer un petit stock. Maintenant, je vais te montrer où nous vivons. Enfin plutôt où nous dormons, car ce n'est pas vraiment un espace de vie.

Franck, accompagné de Télorriens, quitta ce tunnel, ils traversèrent le hall principal de la station Capitole, afin de rejoindre le tunnel controlatéral où jadis circulaient les trains dans l'autre sens, dans la direction *Basso-cambo* qui menait au sud-ouest de Toulouse. Toute une ville s'était créée sur le quai, mais aussi dans ce tunnel. De petites cellules de couchage artisanales, qui ressemblaient à des lits superposés, avaient été érigées de part et d'autre des rails et se succédaient à perte de vue. On aurait dit un bidonville souterrain linéaire. Alors que les Télorriens progressaient derrière Franck, qui avançait sur les rails, certaines personnes debout ou allongées dans les structures de couchage restèrent silencieuses à leur passage et esquissèrent des yeux ébahis et interrogateurs. Ils n'avaient jamais vu de personnes vêtues de la sorte. On sentait dans leur regard une dose hors norme d'inquiétude, comme s'il s'agissait de bêtes apeurées. On sentait que la Grande explosion avait laissé une plaie béante au plus profond de leur âme que rien ne refermerait jamais.

— Vous êtes combien ?

— Une trentaine par station, ce qui fait environ cinq cents personnes vivant dans le Réseau 1. À peu près pareil dans le Réseau 2. Certains, qui habitaient dans les villes alentour, nous ont rejoints.

D'autres préfèrent rester vivre à l'extérieur, en autarcie, mais ils ne sont pas nombreux.

Destinée dévisageait chaque personne présente dans le tunnel et tentait d'évaluer les âges.

— Des enfants ont-ils survécu ? demanda Destinée à Franck.

— Certains, oui. Mais il y a beaucoup d'orphelins…

— Y a-t-il des enfants à la station Capitole ?

— Quelques-uns. Pourquoi ?

— Je recherche un enfant qui est en danger de mort ou qu'il le sera.

— C'est une prévision ?

— Oui.

— Comment s'appelle-t-il ?

— Je ne le sais pas. Je ne peux raisonner que par date de naissance. Il est brun et il a environ sept ans. Il est né le 13 novembre 2056.

— Il est recherché par qui et pourquoi ?

— Je ne le sais pas encore.

Alors que le groupe se trouvait entre les cellules d'habitation, Franck prononça plusieurs noms d'enfants.

— Inès, Josué, Pierre. Venez par là !

Trois enfants sortirent leur tête de leur cellule. Ils avaient environ sept à dix ans.

— Venez nous voir !

Les enfants descendirent de leur cellule sous le regard de leur mère avant de s'avancer timidement vers eux. Destinée s'accroupit pour se mettre à leur niveau, puis scinda à nouveau la pulpe métallique de son doigt pour libérer son lecteur de profil astrogénétique. Trois lumières bleues fugaces rejaillirent successivement après que les trois enfants eurent apposé leur doigt sur le lecteur biométrique de Destinée.

— Ce ne sont pas eux, lança Destinée.

— Ça ne va pas être facile de le retrouver, lui répondit Franck. Il y a des enfants dans chaque station. Si vous voulez dormir ici, il n'y a pas de soucis. On trouvera pour chacun d'entre vous un endroit pour dormir.

— Merci, mais nous avons de quoi dormir dans le groom.

— C'est votre vaisseau ?

— Oui.

— Il est bientôt l'heure de dîner. Vous êtes nos hôtes. Nous vous invitons pour manger.

— Avec plaisir ! lança Sandra en regardant les autres afin d'obtenir leur approbation.

***

Franck était en train de verser du vin dans les verres de ses convives.

— C'est un Pétrus. Année 1978. Vous allez m'en dire des nouvelles.

— Où l'avez-vous eu ?

— Dans une cave, la notion de propriété sur Terre n'a plus vraiment de sens. Quand la Terre repartira, nous bâtirons un nouveau monde, un monde non économique.

— C'est impossible, lança Wyu. Vous serez pris progressivement dans les tourments de votre matrice astrologique. Et tout recommencera, même si cela prend plusieurs générations.

Les Terriens vivant dans la station Capitole et les Iloryens se trouvaient tous réunis à table dans le corridor qui séparait les deux lignes de train. Un brouhaha régnait dans cette enceinte, car un nombre important de personnes étaient attablées. On avait servi aux Télorriens des légumes cultivés dans le métro, mais pas seulement ça.

— Si j'avais su un jour que je mangerais des légumes provenant d'une bouche de métro, j'aurais eu du mal à le croire, lança Irène Ludwig. Qu'est-ce qu'il y a dans cette assiette ?

Elle montrait du doigt un grand plat qui contenait des ingrédients à l'allure disons « rebutante » jusqu'à ce qu'elle comprenne ce qu'il contenait.

— Tiens ! Goutte ! lui répondit un Terrien qui s'appelait Jean. C'est délicieux, tu vas voir.

Il lui tendit le plat, mais Irène Ludwig le repoussa en grimaçant.

— Ah non. Je ne pourrai jamais manger ça.

— Tu devrais. Cet ersatz est très riche en protéines, en oméga 3, et en oligoéléments.

En fait, dans ce plat se trouvaient plusieurs variétés d'insectes, dont des cigales séchées, mais aussi des criquets, des blattes, des vers de farine, ainsi que des larves de palmiers.

— Nous avons dû devenir entomophages par nécessité. C'est une question de survie. Nous n'avons plus d'élevage, et donc plus d'apports protéiques issus des mammifères. Les insectes font très bien l'affaire.

— Savez-vous s'il reste d'autres survivants dans d'autres pays ?

— Oui. Il y en a.

— Vous avez eu des contacts avec eux ?

— Avec certains pays, oui. Mais pas tous. Tu sais, nous n'avons rétabli les systèmes de communication que depuis quelques mois.

— À combien de personnes estimez-vous le nombre de survivants ?

— Au niveau mondial ?

— Oui. Plusieurs millions, je pense. Ce n'est rien par rapport à la dizaine de milliards de personnes qui peuplaient notre planète. Avec votre vaisseau, le groom, nous pourrions explorer ce qu'il reste de la planète Terre.

— Ce n'est pas possible, lança Pencha. Nous étions ici en mission. Notre mission consistait à rapporter les graines de Svalbard pour sauver notre communauté. Sa survie en dépendait. Non seulement notre mission a échoué, mais, en plus, nous nous trouvons confrontés à un nouveau problème : vous. Il reste des survivants sur Terre et nous n'avions pas anticipé cette éventualité.

— Et vous, vous ne voulez pas venir avec nous sur Monos ? dit Sandra en s'adressant aux Terriens attablés à ses côtés. Cette planète peut devenir un vrai paradis si nous arrivons à lui donner les ingrédients qui lui manquent.

— Elle se trouve où, cette planète ?

— À l'autre bout de l'Univers. Difficile de vous décrire l'endroit.

— Mais il nous faudrait un temps fou pour y parvenir.

— Non. Nous avons les capacités de voyager plus vite que la lumière.

Les Terriens ne soupçonnaient absolument pas l'existence d'un atome tel que l'holonium.

— Nous sommes plusieurs millions sur Terre. Il vous faudrait une flotte énorme pour tous nous exfiltrer.

— Des collègues à nous, à bord d'un autre groom, sont partis en repérage sur Ilore, notre ancienne planète, dit Irion. Ils trouveront peut-être d'autres vaisseaux en état de fonctionner. Nous en avions beaucoup jadis.

— Oui, mais, pour le moment, nous n'avons plus de nouvelles d'eux, lui répondit Pencha. Il leur est peut-être arrivé quelque chose.

— Et puis, rétorqua Franck, nous ne pourrions pas quitter la Terre avant d'avoir libéré nos frères sur Mars.

— Nous voilà au cœur de plusieurs problèmes insolubles, surajouta Oro, le médecin de l'équipage. Notre communauté nous attend sur Terrilos et nous n'avons aucune graine à leur apporter. Les Terriens prisonniers sur Mars vous attendent, vous, les rescapés de la Terre. Mais vous ne pouvez actuellement rien pour eux. Vous n'avez pas la technologie pour les atteindre et vous n'êtes pas assez nombreux pour le moment pour constituer une armée susceptible de vaincre celle de Tcherkinakovski.

— Oui, nous sommes dans une impasse.

Les convives s'arrêtèrent de parler, laissant un silence rempli d'inquiétude s'installer.

— Alors, qu'allez-vous faire ? demanda Franck au Télorriens.

Personne ne répondit, car personne n'avait la réponse. Ils étaient tard et les Télorriens étaient fatigués.

— Nous verrons bien demain, Franck, après une bonne nuit de sommeil.

Les Télorriens quittèrent le Réseau 1. Alors qu'ils marchaient à l'extérieur pour rejoindre le groom au niveau de la place du Capitole, ils levèrent tous les yeux au ciel, cherchant machinalement à regarder les étoiles. Mais malgré le fait qu'il n'y avait plus de pollution lumineuse nocturne susceptible d'entraver cette observation, le bouclier de particules, même s'il commençait à se dissiper, n'avait pas complètement disparu et les empêchait, comme s'il cherchait à leur imposer une punition, d'observer la beauté de l'Univers. Ils rejoignirent le groom dans un silence qui prolongea celui qui avait terminé le repas. Une fois à l'intérieur, Sandra se rendit directement dans la salle où se trouvaient les cellules de décontamination pour se laver. Plusieurs capsules cylindriques s'y trouvaient. Quand Sandra pénétra dans l'une d'elles, la porte se referma automatiquement sur elle. Se laver était un prétexte. Elle avait besoin de s'isoler et de réfléchir, car elle était perturbée. Alors qu'elle sentait la vapeur d'eau envahir la cellule, la plongeant dans une atmosphère brumeuse et couvrant sa peau d'un enveloppement humide et chaud, comme si elle se trouvait dans un hammam, elle se mit à repenser à l'instant précis où elle avait vu la Terre exploser à partir du vaisseau spatial *Infinity*. Quelque chose qu'elle n'avait pas encore osé évoquer avec les ex-Iloryens la perturbait. C'était une chose qui aurait pu la faire renoncer à quitter la Terre quand les Iloryens lui avaient proposé de l'exfiltrer. Cette chose, c'était la présence de potentiels survivants sur Terre après la Grande explosion... D'après le discours assez catégorique des Iloryens, aucun Terrien n'aurait pu avoir la possibilité de survivre. Or, cette hypothèse s'était révélée fausse... Plusieurs questions se bousculaient dans sa tête. Avaient-ils menti simplement pour les exhorter plus facilement à quitter la Terre ? Ou bien s'étaient-ils réellement trompés sur cette question ? Sandra, Xiphu Maophi Po et Irène Ludwig devaient-elles rester sur Terre pour aider les survivants ? Les gouttelettes de vapeur chaude qui dégoulinaient sur son corps avaient quelque chose de réconfortant et d'apaisant. Elle décida alors d'oublier l'espace d'un instant toutes ces questions qui resteraient de toute façon ce soir-là sans réponse. Le monde de la vie, ou plutôt celui de la survie, n'était finalement qu'une succession de problèmes à résoudre jusqu'à la mort. Jusqu'à sa propre mort. Car on se battait au fond toute sa vie pour repousser ce terrible instant fatidique. À quoi bon retenir cette corde qui finirait bien un jour par lâcher ? Ne valait-il mieux pas baisser les bras ? Elle ferma les yeux en tentant de ne plus penser à rien...

***

Sandra avait fini par rejoindre sa cellule d'isolation sensorielle et s'était endormie assez rapidement comme ce fut le cas pour les deux autres ex-Terriennes, car il y avait quelque chose de rassurant pour elles à dormir en « terrain » connu, c'est-à-dire sur Terre. Peut-être en était-il autrement pour les ex-Iloryens qui, eux, se trouvaient à des années-lumière de leur terre originelle.

Quelques heures plus tard, Destinée, qui était passée en mode « veille », pour économiser sa batterie nucléaire, se mit à nouveau à présenter des soubresauts au niveau de ses bras. Tandis que son corps de métal était devenu atonique, ses yeux émettaient des mouvements oculaires rapides. Il s'agissait des mêmes mouvements oculaires que présentaient les êtres humains lorsque ceux-ci étaient en sommeil paradoxal et qu'ils étaient en train de rêver. Il n'avait fallu que quelques minutes supplémentaires pour que le visage de Destinée s'ouvre afin de laisser s'avancer la caméra holographique qui se trouvait derrière. Les images du film qui étaient projetées flottaient dans l'atmosphère de la pièce, comme de l'embrun flottant au-dessus d'un océan. La poudre de lumière en sustentation montrait une femme allongée. Elle était jeune avec de longs cheveux bruns et son visage perlait de sueur. Son faciès se contractait à intervalles réguliers en arborant tantôt des signes de souffrance, tantôt des signes de relâchement. Un homme à côté d'elle lui tenait la main comme s'il voulait la soulager en lui prenant une partie de sa douleur. Destinée entendait dans sa tête les cris qu'émettait cette femme lors des phases de contraction. Car c'était les images d'une femme en train d'accoucher qu'elle était en train de visualiser. Puis le miracle de la naissance se produisit. Le nouveau-né exprima son premier cri qui était celui d'une âme qui s'incarne dans un petit corps et qui exprime ses premières réticences face aux agressions extérieures du monde de la matière. Une lumière aveuglante, la faim, le froid, le bruit, autant d'ingrédients désagréables qu'on lui imposait brutalement sans son consentement. C'était comme si la mère avait fini son supplice et l'avait transmis à son enfant. Mais au bout d'un effort mutuel à l'intérieur duquel une mère avait atteint un état proche de l'agonie et un enfant venait d'être soumis à la rudesse d'une vie qu'il allait devoir affronter, le miracle de la naissance s'était produit. Ce miracle, c'était la fusion de deux amours indéfectibles. On venait de lui poser l'enfant sur la poitrine et ce dernier s'était immédiatement apaisé au contact de la peau de sa mère. C'était comme un coup de foudre qui ne s'éteindrait jamais, comme un réflexe d'amour automatique qui les dépassait et qui venait du plus profond de l'inconscient, les reliant pour toujours. C'était comme une lumière qui sortait d'un abîme et les inondait. Un instant de bonheur fugace dans la dureté de la vie, à l'image d'une plume qui se posait sur une pierre. Les bras de Destinée s'étaient mis sur sa poitrine mimant ainsi cette mère qui recevait l'enfant. Ce n'était qu'un androïde, mais ce rêve, qui de toute évidence devait être produit par ses circuits internes, par ses processeurs, semblait être la restitution de quelque chose qui était de l'ordre du vécu. Elle avait l'impression de percevoir l'odeur corporelle du bébé, la douceur de sa peau, et de le voir comme si elle était dans cette scène, comme si elle était cette femme qui venait d'engendrer la vie. C'était comme si elle était dotée d'un inconscient qui avait bloqué un souvenir et qui venait de le libérer, à l'image d'une bulle d'eau qui remonte des profondeurs abyssales d'un océan. Mais cela était impossible et ce n'était sans doute qu'un artefact inhérent aux informations qu'on avait stockées en elle. Un humain aurait réfuté la simple idée du souvenir qui n'était propre qu'aux êtres vivants. Puis la projection holographique continua. L'homme qui se trouvait à côté d'eux se pencha pour embrasser cette femme devenue mère et vint les enlacer tous les deux. Une nouvelle série d'images s'imposa à l'androïde. Elles semblaient se situer dans le futur. L'enfant avait grandi. Il était en train de jouer sur le tapis du salon alors que sa mère préparait à manger dans sa cuisine ouverte. S'agissait-il de l'enfant qu'elle avait déjà vu en rêve, qu'elle cherchait, et qui était en danger de mort ? En tout cas, il lui ressemblait terriblement. Avait-elle un lien quelconque avec lui ? Mais ces images holographiques, qui étaient emplies d'une connotation heureuse, se mirent à se troubler, presque à grésiller. Un drame était en train de s'imprégner dans cette poudre de lumière holographique. Un souffle immense souffla les vitres du logement dans lequel ils se trouvaient et un éboulis de gravats blessa gravement la mère du petit, sur la tête. L'enfant, quant à lui, était allongé à plat ventre sur le sol et semblait inanimé. Alors que plusieurs filets de sang coulaient le long des tempes de la mère, cette dernière se dirigea en criant vers son fils, mais, bien avant qu'elle ait eu le temps de l'atteindre, celle-ci s'écroula sur le sol. Destinée sortit brutalement de son rêve et semblait apeurée. Elle n'avait pas de larmes à émettre, sa mécanique n'étant pas pourvue de cette fonction, mais elle ressentait au fond d'elle le même désarroi que cette mère qui avait vu son enfant en détresse. Bien étrange était cette réalité qu'un robot puisse ressentir une quelconque forme d'émotion.

Nouvel horizon

— Nous aurons terminé dans cinq ans, monsieur, répondit Mathias Gordone, le responsable du projet de la Grande serre. Peut-être plus.

— Cinq ans, c'est trop, rétorqua Tcherkinakovski. Il faut accélérer le développement des serres.

— Les extensions des zones d'élevage étaient une priorité pour augmenter la productivité de notre cheptel et subvenir ainsi au besoin croissant en protéines des habitants de Nouvel horizon. Nous venons seulement de les terminer.

— Où en sont exactement les serres climatiques ?

— Nous avons terminé la serre du climat tropical et celle du climat tempéré. La serre du climat tempéré a demandé un gros travail aux bâtisseurs, mais aussi aux jardiniers, car elle a été divisée, comme vous le savez, en trois zones : la serre du climat océanique, la serre du climat semi-continental, et celle du climat méditerranéen.

Nouvel horizon avait été le grand projet de Tcherkinakovski. Il avait démocratisé l'utilisation des appareils volants sur Terre utilisant les propulseurs MAG-P dans les années 2060 en les commercialisant. Mais ses propulseurs étaient, en fait, déjà opérationnels, bien avant cette date. Il avait lancé conjointement deux projets. Le premier concernait l'exploitation des ressources minières de la Lune à partir duquel il projetait d'extraire du titane dont les propriétés lui permettraient de construire des vaisseaux spatiaux à la fois plus légers et plus résistants, l'hélium 3 pour produire de l'énergie, et, enfin, de l'anorthose, aluminosilicate fait d'aluminium, de silicium, et d'oxygène à partir duquel il voulait simplement extraire de la silice qu'il souhaitait utiliser pour la fabrication des parois en verre en forme d'alvéoles pour les serres martiennes et les structures d'habitation. Son second projet, qui découlait du premier, était la création, non pas d'une station sur Mars, mais bien d'une ville habitable pouvant abriter, dans un premier temps, plusieurs centaines de milliers d'individus avec l'idée de l'agrandir au fur et à mesure de l'augmentation de la démographie martienne. Cette ville, il l'avait nommée *Nouvel horizon*. C'était lui qui l'avait imaginée, dessinée, et décrite comme l'aurait fait un bon auteur de science-fiction. Ses ingénieurs s'étaient occupés par la suite des détails techniques. La première pierre n'avait pas été posée par hasard. Nouvel horizon avait été bâtie à une latitude de 40° de l'équateur pour ne pas subir les longs hivers martiens. Mais elle avait été construite sur une même longitude[34] qu'un énorme cratère d'impact qui portait le nom de Korolev[35]. Ce cratère, d'un diamètre de quatre-vingt-deux kilomètres de diamètre contenait un

34 165° de longitude est.

35 Le nom de ce cratère situé à 73° de latitude nord fut donné en hommage à Sergueï Korolev, célèbre ingénieur de l'industrie spatiale soviétique lors de la course à l'espace des années 1960-1970.

immense volume de glace. Celui-ci constituait une source d'eau qu'il serait facile de faire passer de l'état solide à l'état liquide. Les avions-cargos de Tcherkinakovski utilisant des propulseurs MAG-P permettraient de rejoindre cet immense lac en peu de temps afin de transférer des volumes de glace importants pour faire démarrer la construction de la ville, mais surtout pour donner à ses habitants cette chose indispensable qu'était l'eau. Car aucune vie n'était possible sans elle. De plus, à des latitudes proches de celles où se trouvait Nouvel horizon, à 55° de l'équateur, se trouvaient également des zones très riches en glace, situées à seulement quelques mètres de profondeur. Ainsi, Tcherkinakovski avait fait naître une immense ville circulaire et, la toute première chose qui avait été construite au centre de celle-ci fut une énorme centrale thermonucléaire à hélium 3-deutérium. À partir de ce point central partaient cinq voies fermées par de longs couloirs en verre qui abritaient des routes qui menaient à quatre grandes serres, l'ensemble ayant la forme d'un volumineux X pour celui qui observerait cette ville naissante depuis le ciel de Mars. Chacune des serres, qui déployait une superficie de vingt kilomètres carrés sous un dôme semi-circulaire parsemé de paroi de verre en forme d'hexagone, ressemblant aux yeux d'une mouche observée au microscope, avait pour but de reconstituer quatre des six climats que l'on pouvait jadis trouver sur Terre : le climat équatorial, le climat tropical, le climat désertique, et enfin le climat tempéré lui-même subdivisé en trois sous-climats, à savoir le climat océanique, méditerranéen, et continental. Le climat de montagne et le climat polaire n'avaient pas été reconstitués, car jugés trop arides pour les végétaux et donc inutiles pour l'épanouissement et la survie des hommes de Nouvel horizon. L'énergie produite par la centrale nucléaire donnait l'énergie nécessaire aux régulateurs thermohydriques pour qu'ils diffusent la température et l'hygrométrie adéquates permettant aux différents végétaux de vivre dans leur milieu spécifique.

Cette vaste construction délimitait quatre secteurs situés entre les bras du « X ». Il y avait le secteur est où se trouvaient des immeubles d'habitation. L'un des immeubles – il s'agissait plutôt d'une tour – était intégralement réservé à Tcherkinakovski. Dans les autres se trouvaient toutes les personnes qu'il avait discrètement exfiltrées au fur et à mesure que les immeubles progressaient dans leur construction, moyennant un salaire hors norme. Pour motiver les gens à quitter la Terre, Tcherkinakovski avait sollicité plutôt des gens jeunes et célibataires, attirés par l'appât du gain et la nouveauté. Dans sa vision des choses, il fallait faire appel à des jeunes en âge de procréer afin d'assurer une descendance et de faire croître la démographie de cette ville. Il leur avait fait croire qu'ils ne resteraient que quelques mois, voire quelques années sur Mars, juste le temps de bâtir la ville et d'effectuer des travaux de recherche. Car son comité de recrutement avait finement sélectionné de brillants ingénieurs, des physiciens, des architectes, des biologistes, des botanistes, des informaticiens, des médecins, mais aussi des techniciens, des militaires, des maçons, des agriculteurs, et des enseignants. Tcherkinakovski avait voulu transférer toutes les professions de base qui étaient indispensables au fonctionnement d'une société, mais aussi à son développement. Il y avait donc une clinique où travaillaient médecins et chirurgiens, une serre gigantesque de dix mille hectares qui se situait à quelques kilomètres de la ville où des agriculteurs produisaient des végétaux comestibles hors sols pour nourrir la population, des éleveurs de bétail qui faisaient croître volailles et mammifères pour les apports protéinés. Tcherkinakovski avait anticipé en faisant venir un certain nombre de mammifères avant la Grande catastrophe dans des cargos de transport à propulseurs MAG-P spécialisés dans le transport animalier afin de les faire reproduire sur Mars. Au centre du quartier est se trouvaient les *Halles de Mars*, qui étaient une vaste rotonde où se trouvaient des commerces divers et variés comme des épiceries, des commerces d'alimentation, des cafés, des restaurants, et même plusieurs banques. Un système monétaire avait été créé par Tcherkinakovski avec comme unité monétaire de base le *tcherk*. L'organisation des Terriens avait donc progressivement retrouvé un visage familier, car il était toujours plus rassurant et réconfortant de reproduire ce que l'on connaissait déjà et ce qui nous était familier. Tous ces gens, qui avaient été finement sélectionnés en fonction de leur capacité mentale à vivre en milieu clos, allaient pouvoir apporter leur talent pour le développement de Nouvel horizon. Mais ce dont ils ne se doutaient pas, c'est qu'ils avaient signé pour un aller simple alors qu'on leur avait « vendu » un aller-retour. Sans le savoir, ils étaient arrivés sur Mars comme s'ils étaient entrés dans une prison dont on ne pouvait plus sortir ou comme s'ils étaient tombés dans un puits dont ils ne pouvaient plus s'échapper. On entrait là à perpétuité. Car même si on le leur faisait toujours espérer, le retour sur Terre n'avait été jusqu'à présent accordé à personne. Il ne fallait surtout pas que les Terriens aient une quelconque idée de ce qui se passait réellement sur Mars. Et puis, dans cette ville, il n'y avait qu'une seule profession qui n'était pas représentée, c'était celle du monde de la justice. Il n'y avait pas d'avocat pour plaider la cause d'un retour ni de juge pour rendre le verdict d'un non-respect d'un contrat. Nouvel horizon arborait fièrement sa modernité et son génie architectural, en milieu hostile, mais ce n'était finalement qu'une zone de non-droit où Tcherkinakovski régnait en maître avec la petite armée qu'il avait constituée, et qui lui restait fidèle. Et, de toute façon, il était dit que la Grande catastrophe compromettait toute possibilité de vie sur Terre. Tcherkinakovski s'était d'ailleurs enorgueilli de leur avoir sauvé la vie en les rendant captifs sur Mars.

Le secteur ouest de la ville était réservé à la partie développement-recherche. Il y avait les bâtiments réservés aux ingénieurs et aux biologistes qui travaillaient au développement de nouvelles technologiques nécessaires à l'expansion de la ville, et surtout au maintien des constantes à l'intérieur de toutes les structures d'habitation et de travail. Ces dernières communiquaient toutes entre elles, mais en système clos. L'atmosphère interne des pièces ne devait surtout pas communiquer avec l'atmosphère de Mars. Car appauvrie en oxygène, cette dernière ferait insidieusement perdre connaissance aux Martiens, puis leur ôterait la vie. Une unité du centre de recherche s'affairait à développer de nouveaux moteurs encore plus puissants, car le grand rêve de Tcherkinakovski était bel et bien de quitter Mars et d'effectuer des voyages spatiaux intergalactiques à la recherche d'autres richesses, et surtout d'une « vraie » planète habitable. La civilisation martienne qui naissait était condamnée à vivre sous verre à l'image d'un enfant bulle condamné à vivre dans une enceinte aseptique le temps que son immunité soit restaurée. Et Tcherkinakovski voulait mieux qu'un monde artificiel… Le secteur ouest était aussi doté d'usines où s'affairaient des ouvriers à élaborer les matériaux indispensables à la construction de la ville et des serres. Des mineurs munis d'une combinaison dotée d'un système d'oxygénation, qui leur permettaient de travailler en autonomie à l'extérieur, ramenaient tous les jours des tonnes d'oxyde de fer qui leur permettaient d'en extraire le fer et de le mélanger à du carbone, rapporté de la planète Terre, afin de produire l'acier nécessaire à la construction des bâtiments. Et grâce aux silicates extraits de la Lune, ils fabriquaient du verre pour la construction des serres et des fenêtres des habitations, ces verres ayant la caractéristique d'avoir une épaisseur remarquable pour éviter toute brèche pouvant conduire à une modification de la composition de l'air interne.

Le secteur nord était une réalisation incroyable. Impensable. Improbable sur Mars. Tcherkinakovski avait fait construire dans la partie supérieure de la ville un immense bassin en forme de losange qui s'étendait sur une trentaine de kilomètres carrés. Dès le début de la construction de ce dernier, et bien avant la survenue sur Terre de la Grande catastrophe, Tcherkinakovski avait fait venir une grande quantité de mammifères marins grâce à des vaisseaux spatiaux cargos spécialement affrétés pour ce type de transport, car munis d'un bassin dans leur soute. Pour les espèces marines plus petites, il s'était procuré des millions d'œufs de poissons de variétés différentes qui permirent de peupler ce nouvel océan martien et de pouvoir nourrir ainsi les mammifères aquatiques. Il avait même réussi à se procurer des coraux afin de reproduire une immense barrière de corail. Ses scientifiques avaient ainsi réussi à reproduire tout un écosystème marin. Pour remplir le bassin, l'eau avait été puisée dans le cratère de Korolev et une multitude de voyages avaient été nécessaires pour transférer les millions de tonnes de glace qui s'était transformée en eau sous l'effet d'un régulateur thermique qui tirait son énergie de la centrale nucléaire. C'était un travail de titan que les ouvriers avaient dû effectuer pour briser la glace avec de puissants marteaux-piqueurs spécialement conçus à cet effet. Il avait fallu ensuite charrier les énormes blocs de glace jusqu'à des avions de transport de marchandises. L'effort avait été considérable, mais le bassin avait bel et bien atteint son terme. Le génie de l'homme avait encore une fois réussi à s'opposer à la rudesse de cette planète qui s'était refroidie au cours de sa formation et qui ne permettait plus de trouver de l'eau à l'état liquide à sa surface. Les combinaisons des ouvriers avaient été munies d'un poids qui permettait de compenser la baisse de gravité, ce qui leur donnait l'impression de marcher sur le sol terrien. Des centres accessoires d'aquaculture se trouvaient à proximité du Grand bassin et permettaient non seulement de réguler le stock de petits poissons, mais aussi de fournir des poissons d'élevage comestibles aux Nouvéliens[36]. On pouvait voir ainsi dans cette mer artificielle toutes sortes d'animaux comme des orques, des dauphins, des requins, des tortues de mer qui avaient la possibilité de se reposer sur de petits îlots artificiels créés à cet effet, des poulpes, des pieuvres, des poissons que l'on rencontrait dans les océans plus froids, mais aussi dans les mers plus chaudes, car la température était différente selon les zones du bassin. Ce dernier communiquait avec la serre tropicale et la serre tempérée où avaient été réalisées des plages avec un bras de mer où seuls les petits poissons pouvaient s'approcher du rivage grâce à un système de filtre qui ne permettait pas le passage des plus gros mammifères marins. Les scientifiques, spécialisés dans le monde marin, avaient intégré dans l'eau un plancton d'élevage qui représentait le premier maillon de la chaîne alimentaire. La planète Mars était plus éloignée du Soleil que la Terre, ce qui lui donnait une insolation plus faible, mais les larges parois de verre réfractaient une luminosité suffisante pour maintenir le développement du phytoplancton. Et de toute façon, en cas de temps nuageux, des lampes UV avaient

36 Habitants de Nouvel horizon.

été installées, çà et là, pour pallier le manque d'ensoleillement, que ce soit pour le bassin ou les serres végétales.

Le dernier secteur de Nouvel horizon, le secteur sud, était consacré aux « réserves ». Les réserves représentaient, en fait, d'énormes bâtiments où avaient été stockées les richesses du « royaume » de Tcherkinakovski. Il y avait des entrepôts énormes qui renfermaient tel ou tel type d'élément atomique. Une sous-unité spéciale, nommée U.S.P.R.P – unité spéciale de préservation et de récupération du patrimoine – avait été créée par l'état-major de Tcherkinakovski dans le but de récupérer les matières précieuses présentes sur Terre. En fait l'armée de Tcherkinakovski, qu'il avait nommé F.M.P.T. – force militaire privée de Tcherkinakovski – se divisait en quatre sous-unités. Il y avait en premier lieu la F.M.M. – force militaire martienne – qui était chargée d'assurer l'ordre à l'intérieur même de Nouvel horizon et d'éviter toute tentative de rébellion. Il y avait ensuite la F.M.S. – force militaire spatiale – qui était chargée d'assurer la sécurité des voyages interplanétaires de Tcherkinakovski lorsque ce dernier se rendait par exemple sur la Lune pour rencontrer le chef des travaux du projet d'extraction des ressources lunaires (P.E.R.L.), ou bien lorsqu'il se rendait sur Terre. Cette force spatiale n'avait pour le moment pas d'autre but, car il n'existait pas d'autres forces spatiales à l'intérieur même du système solaire capables d'entrer en guerre contre lui, les forces militaires terriennes des différents pays ayant été détruites et ne constituant, jadis, qu'une force aérienne – et non spatiale – du fait d'un développement technologique insuffisant. Tcherkinakovski avait vendu volontairement à l'État français qu'une partie de son savoir-faire et de sa technologie. Les deux autres sous-unités étaient des forces armées qui résidaient principalement sur

Terre. Différentes casernes avaient été construites sur les différents continents pour assurer la survie et le confort de ses soldats qui résidaient là sur du plus long terme. Il y avait l'U.E.T. – unité d'extraction terrienne – qui n'avait d'autre but de retrouver les personnes ayant survécu à la Grande catastrophe. Nouvel horizon leur était vendue comme un nouvel eldorado, comme un nouveau tremplin. Les rares Terriens résignés qui ne voyaient plus d'avenir sur Terre et qui acceptaient leur transfert sans rechigner étaient plutôt bien traités. Les autres qui s'y opposaient étaient temporairement mis en isolement, et on leur faisait comprendre par des mots ou par la force qu'il valait mieux qu'ils abdiquent. Et quand le nombre de survivants retrouvés était suffisamment grand, ils étaient extradés sur Mars à bord d'une navette de voyage interplanétaire. Toutes les personnes retrouvées subissaient déjà un examen médical approfondi avant toute extradition. Car seuls les enfants, les adultes en bonne santé et en âge de travailler et de procréer étaient envoyés sur Mars. Dans sa vision des choses, pour faire prospérer Nouvel horizon et pour donner un nouvel essor à la civilisation terrienne, Tcherkinakovski voulait privilégier ceux qui étaient capables non seulement de fournir une force de travail, mais aussi de se reproduire pour augmenter la démographie de son nouveau royaume pour générer un cercle vertueux de croissance. L'être humain avait peu de valeur à ses yeux. Ce n'était que de la main-d'œuvre qui lui servait à agrandir sa création. Ainsi, les vieillards et les malades étaient relâchés sans qu'on leur accorde la moindre attention. Cette sélection n'était pas sans rappeler la sélection que faisaient les médecins nazis pendant la Seconde Guerre mondiale afin de distinguer les hommes aptes ou non à travailler dans les camps. Mais l'U.E.T. se heurtait à une poche de résistance armée qui avait réussi à trouver des armes à différents endroits, dans des villes plus épargnées que d'autres par les conséquences thermonucléaires. L'unité spéciale de préservation et de récupération du patrimoine (U.S.P.R.P.) était, quant à elle, occupée à traquer autre chose que de la main-d'œuvre. Son rôle était de récupérer toutes les richesses des nations non détruites par la Grande catastrophe. Ainsi l'U.S.P.R.P. avait pillé les grandes réserves des Banques centrales mondiales. L'un des entrepôts du secteur sud abritait l'or récupéré dans la Banque centrale de France, mais aussi, des États-Unis, de l'Allemagne, du Fonds monétaire international, d'Italie, de Chine, de Russie, et de bien d'autres pays… Une montagne d'or pur, représentée sous forme de lingots pesant au total plusieurs dizaines de milliers de tonnes, dormait sagement dans un énorme bunker sur Mars. La BCNH – Banque centrale de Nouvel Horizon –, comme l'appelait Tcherkinakovski, était de toute évidence la plus grande concentration d'or de tout le système solaire jamais constituée. Elle était extrêmement sécurisée, l'or étant enfermé dans plusieurs coffres-forts successifs. Mais il n'y avait pas qu'un entrepôt d'or. Il y avait celui qui stockait l'élément béni des dieux, c'est-à-dire l'hélium 3, qui provenait de la Lune et qui lui avait permis d'accroître sa puissance et sa richesse. Le stock était tel qu'il avait la capacité de donner une autonomie d'énergie à la civilisation martienne, qui n'en était qu'à ses balbutiements à l'image d'un embryon en formation, pendant des siècles et des siècles. Presque tous les atomes du tableau de Mendeleïev avaient leur propre entrepôt. Il y avait celui pour le titane, pour le platine, pour l'argent, le cuivre, le plomb, le fer, etc. Il y avait là tout le nécessaire pour bâtir une cité et la faire vivre, pour développer une technologie de pointe, pour continuer la recherche et le développement, que ce soit pour la construction de la ville, des vaisseaux spatiaux, des outils de télécommunication, et la mise en orbite de satellites autour de Mars. Mais le secteur sud abritait un autre projet bien différent de tous ces tas d'atomes inertes. Il ne s'agissait pas, cette fois du patrimoine matériel, mais du patrimoine culturel. Il avait fait bâtir le *Grand musée*, qu'il nomma modestement le *Grand musée du système solaire*. Ce musée présentait deux pôles. L'un des pôles était consacré à la présentation du grand projet de colonisation de Mars par Tcherkinakovski. Ce pôle commençait par l'exposition de toute l'histoire de la vie sur Terre : de l'émergence de la première cellule jusqu'à la Grande catastrophe. Il y avait plusieurs écoles sur Nouvel horizon et l'histoire de la Terre faisait partie de l'enseignement. Le début de la vie biologique y était expliqué, ainsi que l'apparition des premières cellules, des premiers végétaux, puis des premiers mammifères. Puis étaient enseignées les cinq grandes extinctions qui s'étaient succédé sur Terre avant l'apparition de l'homme jusqu'à la sixième grande extinction qu'il avait lui-même générée.

À la fin de cette aile consacrée à l'histoire de la Terre, une caméra projetait un film holographique consacré à l'arrivée sur Mars de Tcherkinakovski. Sa poitrine haute, et son regard déterminé, pointé sur l'horizon, lui donnaient un air de conquérant, d'explorateur, et de gagnant. On y voyait aussi des images de la construction de Nouvel horizon, étape par étape, depuis la première pierre jusqu'à son aboutissement. Avec cette projection, qui tournait en boucle, Tcherkinakovski voulait montrer à ceux qui la visionnaient que c'était bien lui qui avait sauvé l'espèce humaine et que c'était bien lui qui lui avait donné un nouvel espoir et de nouvelles possibilités d'existence à ce peuple. La Terre s'était arrêtée avec Tcherkinakovski et Mars avait démarré avec lui. De multiples photos du « sauveur » et de ses empreintes laissées sur le sol de Mars lorsqu'il l'avait foulé pour la première fois, muni de sa combinaison autonome, étaient accrochées à différents endroits des murs. On pouvait même le voir, sur l'une d'elles, poser la première « pierre » de ce « nouveau monde ». C'était quelque part un musée à son effigie. Mais peut-être le méritait-il, car, au fond, il était bel et bien le premier homme à avoir foulé le sol de Mars. Les tentatives des grandes nations terrestres d'instaurer une base sur Mars s'étaient toutes soldées par un échec (explosions de fusées à mi-chemin entre la Terre et Mars, problèmes techniques ayant nécessité l'extinction des réacteurs condamnant l'équipage d'un vaisseau à dériver à l'infini dans l'espace sidéral, retour anticipé sur Terre à la suite d'une fuite de carburant...) de telle sorte que le projet de colonisation de Mars par les pays les plus riches avait avorté à cause du grand nombre de morts d'astronautes. Deux hommes resteraient à jamais liés à l'histoire de la conquête spatiale. Neil Alden Armstrong, qui posa le pied sur la Lune le 21 juillet 1969 durant la mission Apollo 11. Et Yvan Tcherkinakovski qui foula le sol de Mars le 18 avril 2042 après un voyage à bord d'un vaisseau spatial équipé de propulseur MAG-P qu'il avait nommé Révolution-3 (il s'agissait du troisième prototype). L'exploit était presque identique. Les deux hommes avaient foulé le sol poudreux d'un corps céleste à la différence près que la poussière de la Lune était grise alors que celle de Mars était d'un ton jaunâtre. Quand il était petit, Tcherkinakovski avait regardé en boucle la copie du film en noir et blanc où l'on voyait Neil Armstrong fouler le sol lunaire avec, en arrière-fond, la fameuse phrase : « Un petit pas pour l'homme, un grand pas pour l'humanité. » Il s'était fait la promesse de faire mieux à l'âge adulte, de réaliser un exploit encore plus grand. En fait, d'être le plus grand, d'être le meilleur, de réaliser la chose la plus extraordinaire qui soit. Cela était sans doute lié à une faille narcissique profonde, aussi développée que son désir de grandeur, et qui provenait sans doute du fait que ses parents avaient toujours cherché à le rabaisser lorsqu'il était petit. « Ce n'est pas un pas que j'ai réalisé pour l'humanité, mais une enjambée. Et demain ce sera un saut », avait-il dit avec un certain mépris pour Neil Armstrong. Mais au moment même où il avait mis le pied sur Mars, malgré cet exploit considérable qui ne trouvait aucun équivalent dans l'histoire des Terriens, il fut pris d'un grand sentiment de dévalorisation. Mars, c'était cette « enjambée » et cette enjambée comme il l'appelait lui paraissait ridicule. Ce qu'il voulait depuis toujours, pour combler sa faille narcissique, c'était voyager vers d'autres systèmes solaires, vers d'autres galaxies afin de trouver une nouvelle planète habitable. Car il avait déjà compris que la Terre n'était plus une planète d'avenir, que la Terre et les Terriens y vivaient leurs dernières années de vie. Alors que l'arrimage d'Apollo 11 sur la Lune avait fait le tour de la planète en étant vu par des millions de personnes, le pas sur Mars de Tcherkinakovski fut peut-être l'un des secrets les mieux gardés au monde, au début en tout cas, car il ne souhaitait pas que cela se sache. Il avait trop peur qu'on lui demande de rendre des comptes sur ce qu'il comptait faire et qu'il ait à obtenir des autorisations diverses et variées...

Lors de ses premiers voyages, il avait détruit toutes les sondes qui orbitaient autour de Mars et qui envoyaient des images d'elle en direction de la Terre. Et personne ne comprit au début pourquoi elles avaient cessé brutalement d'émettre... Il avait fait de même sur la Lune. Ayant installé sa société d'extraction des ressources lunaires sur sa face cachée, il avait dû détruire les différentes sondes que les Chinois avaient envoyées pour ne pas être visible. Il ne voulait rien révéler au monde, car il voulait attendre d'être bien implanté à la fois sur Mars, mais aussi sur la Lune afin d'avoir de l'avance sur les différents pays qui s'intéressaient de près aux ressources lunaires, afin d'être le premier à être en mesure de vendre le précieux hélium 3, qui, il le savait, allait révolutionner le monde, mais surtout l'enrichir. Car ce ne fut que lorsqu'il avait commencé à vendre l'hélium 3 aux grandes nations qu'il avait divulgué ses entreprises luno-martiennes.

L'autre pôle du Grand musée du système solaire était d'une tout autre nature. C'était là qu'intervenait plus particulièrement l'U.S.P.R.P. (l'unité spéciale de préservation et de récupération du patrimoine terrestre) qui possédait plusieurs bases réparties sur les différents continents de la Terre. À l'aide d'une flotte aérienne munie de propulseurs MAG-P, les membres de l'U.S.P.R.P. survolaient les grandes villes possédant des musées nationaux et des galeries célèbres pour vérifier si elles avaient résisté aux bombes nucléaires et s'il était possible de récupérer des œuvres d'art. Plusieurs experts dans le marché de l'art que Tcherkinakovski avait embauchés avant la Grande catastrophe avaient intégré l'U.S.P.R.P. Le chef des experts s'appelait Olaphe Gorden. Il était féru d'art, ancien expert chez Christies, et savait à peu près où se trouvaient sur Terre toutes les toiles des plus grands maîtres. De plus, son travail de récupération était facilité par un fichier mondial qui avait été créé pour recenser toutes les œuvres d'art de valeur dans le monde entier. Olaphe Gorden, comme beaucoup d'experts, possédait une copie de ce fichier, ce qui facilitait son travail. Ainsi, l'U.S.P.R.P. avait réussi à récupérer des tableaux qui se trouvaient dans des musées ou dans les habitations les plus éloignées de l'épicentre des bombes nucléaires. Les musées proches des épicentres avaient été littéralement rasés. Ainsi le Musée du Louvre avait vu ses quatre cent cinquante mille œuvres, d'une valeur inestimable pour certaines, partir en fumée. L'art dans ce musée était devenu une chose purement immatérielle, ses seules réalité et existence ne se trouvaient plus que dans les souvenirs de la pensée. Il n'y avait d'ailleurs plus aucun autre musée dans la capitale. Paris n'était plus qu'un gros tas de sable. Il en était de même du British Museum de Londres et du Musée Van Gogh à Amsterdam. Les trois bombes nucléaires qu'avaient larguées les Coréens du Nord sur les États-Unis à proximité de New York, de Denver, et de Los Angeles avaient détruit le Metropolitan Museum of Art de New York et le National Gallery of Art de Washington. Le génie créatif de l'homme, qui le distinguait des autres animaux, et qui pouvait s'exprimer à travers des œuvres d'art pouvant aussi bien rendre simplement hommage à la beauté de la vie que véhiculer des idées contestataires, s'était volatilisé en une fraction de seconde. Il avait fallu des heures, des mois entiers, voire des années pour réaliser chacune de ces œuvres et une seule seconde avait été nécessaire pour les détruire. Il y avait quelque chose d'injuste dans l'inégalité qui séparait ces deux mouvements contraires. Le pouvoir de destruction était de toute évidence supérieur au pouvoir de création. C'était à l'image de la vie et de la mort. Il fallait neuf mois pour générer une vie humaine, il ne fallait que quelques secondes pour lui donner la mort.

Tcherkinakovski, multimilliardaire, possédait déjà un nombre considérable d'œuvres d'art qu'il avait fait transporter sur Mars bien avant la Grande catastrophe.

L'hélium 3, qu'il avait apporté sur Terre et qu'il avait vendu des sommes colossales à certaines nations, avait fait de lui l'homme le plus riche de la planète Terre en dépassant largement ceux qui avaient fait fortune dans le pétrole, l'industrie des télécommunications, et de l'informatique. Le pétrole à côté de l'énergie nucléaire contenue dans l'hélium 3 n'était qu'une énergie archaïque de seconde classe. Sur Terre, avant son départ définitif sur Mars, Tcherkinakovski était aussi devenu le leader du marché sur les nouveaux modes de transport comme les voitures électriques autonomes, les drones taxi à propulseurs MAG-P[37], et, surtout, les trains subsoniques à sustentation électromagnétique qui, sur leurs coussins d'air, reliaient toutes les grandes villes de France à Paris avec une vitesse proche de celle du son. Il avait libéré les Français des distances en leur offrant de nouveaux modes de transport qui n'étaient jusque-là réservés qu'au monde imaginaire et surréaliste de la science-fiction. Il avait commencé à vendre sa technologie au reste du monde, via les deux filiales – *Fluidex* et *Levitix* – de sa société *PAGROM*, qui voulait suivre le développement français, et cela avait accru considérablement sa richesse qui se situait déjà dans des extrêmes que certains jugeaient inacceptables, voire dangereux.

Il le savait, il n'avait pas eu d'autre choix de toute façon que de quitter la planète Terre en emportant toute la fortune qu'il avait accumulée. Car il était persuadé que la jalousie des hommes, qui naissait sans doute des grandes inégalités sociales, faisait de lui un homme condamné sur Terre, et qu'il serait de toute évidence un jour spolié, puis exécuté par simple jalousie. Sa vie n'aurait été, et pour toujours, qu'une vie en sursis s'il était resté sur Terre. Il avait simplement voulu sauver sa peau et son patrimoine, et pour cela, il n'y avait pas de meilleur coffre-fort qu'une planète qui était hors de portée des hommes. Et puis il avait eu connaissance de l'imminence

37 Drones autonomes utilisant la matière antigravitationnelle pour le déplacement de plusieurs personnes dans une ville ou dans sa périphérie.

de la Grande catastrophe qui risquait de générer des pillages ou d'endommager ses œuvres d'art. Lorsqu'il était encore sur Terre, il avait voulu posséder au moins une toile des grands maîtres qui avaient marqué l'histoire de l'art sur Terre. Il possédait ainsi quelques chefs-d'œuvre de Braque, de Fernand Léger, de Picasso, de Miró, de Bacon, de Klimt, de Van Gogh, de Monet, d'Andy Warhol, de Matisse, de Jackson Pollock, et de bien d'autres encore. L'U.S.P.R.P. tentait de récupérer tout ce qui était récupérable. Même les toiles lourdement endommagées étaient récupérées pour être restaurées, car Tcherkinakovski avait embauché plusieurs personnes spécialisées dans la restauration des œuvres d'art. Mais lorsque les œuvres étaient détruites, irrécupérables, ou vraiment trop endommagées, les ingénieurs de Tcherkinakovski avaient développé une incroyable machine capable de reproduire une œuvre à l'identique comme si elle avait été peinte par son maître. Se côtoyaient dans son grand musée des œuvres originales, mais aussi des reproductions dont il était difficile, voire impossible, de faire la différence avec l'originale. C'est ainsi qu'ils avaient pu faire renaître des tableaux disparus même avant la Grande catastrophe. L'équipe de restaurateurs des œuvres qui travaillait au musée martien avait réalisé l'exploit de faire renaître trois toiles peintes par Klimt qui avaient créé une polémique à l'époque et qui avaient été détruites à la fin de la Seconde Guerre mondiale, à savoir *La Médecine*, *La Philosophie*, et *Jurisprudence*. La machine, qu'ils avaient appelée l'*Antigraphe*, à partir des différentes tonalités de blanc, de gris et de noir, qui étaient présentes sur des photographies prises à l'époque de ces toiles, avait pu faire renaître les couleurs d'origine. C'était le tableau de la *Jurisprudence* que Tcherkinakovski aimait particulièrement et c'était devant ce chef-d'œuvre qu'il aimait terminer sa visite muséale souvent nocturne et solitaire. Ce tableau de quatre mètres sur trois le fascinait. On y voyait toute la rébellion du maître Klimt qui, au lieu de peindre dans son tableau la lutte triomphale de la lumière contre les ténèbres, qui lui avait été commandé par le gouvernement, avait représenté la lutte triomphale des ténèbres contre la lumière, allant ainsi à l'encontre de la bonne morale. La force du mal était représentée par une pieuvre à la force tentaculaire qui baignait dans un tourbillon noirâtre et qui prenait la vie à un homme au corps décharné tandis que trois femmes semblaient déjà prises dans les filets de cette force obscure et ténébreuse. Au loin, la justice était symbolisée par trois autres femmes, dont l'une tenait un glaive et une autre un texte de loi, qui semblaient impuissantes. Tcherkinakovski jouissait d'un plaisir suprême à être la seule personne parmi ses contemporains à avoir pu ainsi observer cette toile dans ses couleurs d'origine où les traits or des chevelures des femmes contrastaient avec le noir dominant du tableau. Les dernières personnes à avoir pu l'observer avant lui étaient certains soldats nazis, qui, après une nuit d'orgie qui leur avait permis d'oublier le temps d'un soir leur défaite imminente, avaient mis le feu au château d'Immendorf[38] qui hébergeait cette toile ainsi que bien d'autres chefs-d'œuvre. Ainsi, Tcherkinakovski aimait déambuler le soir dans ses nombreuses galeries pour contempler les œuvres qui s'y trouvaient comme si lui seul avait la légitimité de les contempler, de les soutenir du regard, à l'image de deux choses de même valeur qui pouvaient coexister. L'orgueil de Tcherkinakovski n'avait aucune limite. Il en était de même de son sentiment de toute-puissance. Ce n'était pas pour rien qu'il avait mis en orbite autour Mars une statue de lui, monumentale et en bronze. L'ensemble du secteur sud était

38 Le 8 mai 1945, jour de la destruction des œuvres et de la capitulation sans condition du IIIe Reich, les soldats SS en déroute décidèrent de brûler le château pour que les Russes ne récupèrent pas les tableaux.

interdit d'accès à la plupart des résidents de Nouvel horizon, même si, au fond, les vols au sein de Nouvel horizon avaient peu de sens par rapport à ceux perpétués sur Terre. Car la vie sur Mars était restreinte à une seule ville dont il était impossible de s'échapper à cause des conditions extérieures, les potentiels voleurs ne pouvant donc pas aller bien loin.

Le Musée du système solaire, comme il l'avait appelé, était de loin le plus grand musée n'ayant jamais vu le jour. Il n'y avait eu aucun équivalent en superficie sur Terre. Ce dernier n'abritait pas que des tableaux. Le souffle provoqué par les différentes explosions nucléaires avait provoqué une immense tempête de sable dans le Sahara qui avait enseveli en quelques heures le Grand Musée égyptien situé à proximité de la pyramide de Gizeh et qui abritait l'or des pharaons. Le sable avait englouti l'immense édifice comme s'il avait voulu le protéger des éventuels pillages. L'une des équipes de l'U.S.P.R.P., qui œuvrait sur le continent africain, avait réussi à dégager l'entrée du musée et à transférer progressivement les œuvres les plus précieuses sur Mars. C'est ainsi que les objets en or du tombeau de Toutankhamon, comme son masque funéraire et son sarcophage, se retrouvèrent dans le musée de Mars. Il en était de même des objets en or des civilisations précolombiennes. Les différentes équipes de l'U.S.P.R.P. situées en Amérique latine s'étaient occupées de déblayer et de piller les musées de l'or de Bogota et du Pérou ainsi que le musée de l'Or précolombien situé au Costa Rica.

Ainsi, à l'image d'un vautour qui vient prendre les restes, Tcherkinakovski s'était emparé progressivement des richesses de la civilisation terrienne et le quartier sud était consacré au stockage de ces richesses matérielles et culturelles. Et ce qui aurait pu être perçu comme du pillage avait été vendu aux Nouvéliens[39] comme une nécessité de sauvegarde du patrimoine humain. Tcherkinakovski avait ainsi prétexté qu'il fallait regrouper tous ces objets d'une valeur inestimable qui avaient fait tout le prestige de la civilisation humaine pour laisser une trace de l'histoire de la Terre jusqu'à la Grande catastrophe aux générations futures. Il avait ainsi voulu montrer que la *Première civilisation*, comme il aimait l'appeler, s'était terminée sur Terre, alors que la *Seconde civilisation* commençait sur Mars et qu'il avait été l'acteur principal de cette transition. Il voulait faire croire à Nouvel horizon que, sans lui, la civilisation humaine se serait éteinte et que, pour ça, les habitants de Nouvel horizon devaient lui être éternellement reconnaissants.

Comme tous ces êtres d'exception, qui s'écartaient des normes, il était à la fois admiré, mais aussi envié et jalousé. Certains disaient de lui qu'il avait contribué au développement de la race humaine, et qu'il lui avait donné un outil d'émancipation et de progrès que nul autre n'avait fait avant lui. D'autres pensaient, lorsqu'il était encore sur Terre, qu'il était impensable même trop dangereux qu'un seul homme détienne autant de pouvoir et d'argent. Tcherkinakovski était ce que l'on pourrait appeler un génie. Un génie des mathématiques et de la physique. Un génie de la finance et du monde des affaires. Un fin politicien du fait qu'il avait réussi, à coups de virements occultes, à obtenir toutes les autorisations nécessaires pour faire des essais de développements dans certains territoires et obtenir des couloirs aériens pour faire voler ses machines à propulseurs MAG-P. Il était devenu le Léonard de Vinci des temps modernes à la différence près

39 Nouvéliens : habitants de Nouvel horizon.

qu'il était beaucoup plus riche et détenteur d'un pouvoir de création illimité du fait de cette richesse. Il était né sous une bonne étoile. Ses configurations astrologiques étaient excellentes. Grâce à son apport développemental, on aurait pu dire de lui qu'il était un bienfaiteur de l'humanité, mais sa personnalité très contrastée avait des facettes bien plus obscures.

Ainsi, Tcherkinakovski n'était pas devenu l'homme le plus riche et le plus influent de la planète Terre, mais du système solaire tout entier. Le Grand musée du système solaire qui était alimenté par le pillage des œuvres d'art de la Terre n'était pas sans rappeler celui des soldats SS durant la Seconde Guerre mondiale qui voulaient alimenter le Führermuseum imaginé par Hitler lui-même et qui devait se situer initialement à Linz. La sélection émanant de l'unité d'extraction terrienne (U.E.T.) basée sur la seule sélection d'hommes et de femmes potentiellement utiles au développement de Nouvel horizon n'était pas sans rappeler la sélection des médecins nazis qui triaient les juifs pour distinguer ceux qui étaient capables de travailler dans les camps et ceux qui ne l'étaient pas et qui étaient de ce fait condamnés à l'extermination. Tcherkinakovski lui-même avec sa dureté de cœur, ses différentes exactions, et ses projets démesurés n'était pas sans rappeler Hitler. Et ce n'était pas pour rien que les soldats de l'armée martienne appelaient leur chef lorsqu'ils étaient en conciliabule *Der Kommandant*. Tcherkinakovski avait la particularité très rare, presque unique, d'être né avec le *syndrome d'analgésie congénitale*. Les rares personnes nées avec cette anomalie génétique ne ressentaient ni les douleurs corporelles ni les douleurs psychologiques. Cela faisait de lui un être humain insensible à sa douleur, mais aussi à la douleur des autres. Il n'avait jamais présenté la moindre empathie pour quiconque et il pouvait parfois se révéler inhumain, voire cruel. La vie d'un homme n'avait aucune importance à ses yeux. Il voyait les hommes qu'il avait embauchés comme de vulgaires machines, comme une vulgaire main-d'œuvre qui n'avait pas d'autre but que de réaliser son « grand œuvre ». Et puis, Tcherkinakovski avait mis au point une cellule spéciale sur Mars qui travaillait dans l'ombre, dans un bâtiment souterrain et caché, qui n'avait d'autre but que d'espionner l'ensemble des Nouvéliens, car des micros avaient été dissimulés dans chacun des espaces d'habitation et des caméras dans tous les lieux publics. Cette cellule, il l'avait nommée C.L.D. signifiant cellule de lutte contre les dissidents. Ces pratiques d'espionnage n'étaient pas sans rappeler celles de la Stasi créée dans la période de l'après-guerre sous l'impulsion du gouvernement de la RDA[40].

Tcherkinakovski, au fond, n'était rien. Ce n'était qu'un homme, vulnérable, mortel, fait d'os et de chair comme chacun, et dont la vie ne se prolongerait pas plus qu'un autre. Un simple putsch émanant de sa propre armée aurait suffi à le renverser. Il avait beau être le pire des hommes, on l'admirait quand même, car ce qu'il avait accompli faisait de lui un demi-dieu ou plutôt le dieu du système solaire des Terriens. Au fond, c'était toujours le même mécanisme dans l'histoire des hommes. Il fallait deux choses pour faire naître un dictateur : une crise majeure et un certain charisme qui donnait l'illusion aux plus faibles d'esprit qu'il pourrait provoquer un changement. C'est ainsi que Tcherkinakovski avait réussi à trouver les mots justes pour faire accepter l'idée à tous ces ex-Terriens de venir sur Mars afin d'y travailler pour le servir au nom d'un grand projet qui leur serait bénéfique à bien des égards.

40 République démocratique allemande.

La serre tempérée

Un train à sustentation électromagnétique reliait toutes les serres via une ligne souterraine circulaire qui possédait quatre arrêts, un pour chaque serre. À l'image du périphérique routier d'une grande ville sur Terre, la ligne faisait le tour complet de Nouvel horizon. La seule différence était la vitesse avec laquelle le train subsonique passait d'une serre à l'autre en un temps record, équivalent à quelques secondes. Les trains ne pouvaient d'ailleurs pas fonctionner à plein régime, car, atteindre leur vitesse maximale proche de celle du son n'avait que peu d'intérêt et pouvait même être dangereux, c'est pourquoi le train circulait bien en deçà de ses capacités. En fait, Tcherkinakovski avait délocalisé son entreprise *Levitix* sur Mars pour y construire des trains à sustentation électromagnétique dans le but de favoriser le développement de la ville et rendre les transports bien plus efficaces. L'utilité de ces trains était certes réduite à ce moment, mais il le savait, ces derniers seraient indispensables dans les décennies à venir quand la ville subirait une expansion démographique nécessitant d'étendre la superficie de Nouvel horizon. Deux lignes supplémentaires avaient été construites, réservées au déplacement de trains spécialisés dans le transport de marchandises : l'une rejoignait la serre de production végétale, l'autre la zone d'élevage animalier avec son abattoir. En fait, les trains à sustentation électromagnétique voyageaient dans des tubes sans toucher leurs parois. Ces tubes, il leur avait donné le même nom que sur Terre : les *Flux*.

La capsule dans laquelle se trouvaient Mathias Gordone et Tcherkinakovski venait d'arriver à la station nommée *Serre tempérée*. Le bruit puissant d'une dépressurisation résonna alors qu'une ouverture naissait dans le tube, laissant entrevoir la capsule qui était en train de se poser en douceur sur un socle métallique. Alors que la puissance du champ magnétique décroissait progressivement, la capsule entra en contact avec le socle générant un clic métallique fugace. Puis la porte de la capsule, longue d'une vingtaine de mètres de longueur sur trois de largeur, blindée, et réservée exclusivement au transport de Tcherkinakovski, s'ouvrit latéralement en mettant en évidence un décor digne d'un avion de première classe avec de luxueuses banquettes. Sur la paroi de la capsule, on pouvait lire le nom de la ligne – *Flux Climatix* – donné en référence au fait que le train desservait les quatre serres climatiques. Les deux hommes descendirent sur un vaste quai désert, car les serres, en cours d'aménagement, n'étaient pas encore accessibles « au grand public », seuls Tcherkinakovski et ceux qui y travaillaient étaient autorisés à s'y rendre. Ils arrivèrent devant un ascenseur. Mathias Gordone appuya sur une cellule de détection tactile et ce dernier ouvrit ses portes. Le *Flux* était construit sur le modèle d'un métro à une quinzaine de mètres de profondeur. Une fois arrivé à destination, l'ascenseur ouvrit ses portes sur une vaste enceinte bétonnée qui ressemblait à un sas, et qui arborait, sur l'un de ses murs, une immense porte vitrée. La lumière jaune orangé provenant de la serre jaillissait dans le sas et contrastait avec la pénombre du réseau souterrain dont ils venaient de sortir. Étonnante, voire presque surnaturelle, était cette enceinte dans laquelle régnait une atmosphère contrastée où l'obscurité et la lumière semblaient s'affronter dans un combat perpétuel. Alors que les deux hommes cillaient un peu pour protéger leur rétine de l'éblouissement soudain, Gordone apposa une nouvelle fois son index sur une cellule de détection tactile qui activa l'immense porte en verre menant à la serre. Un vent fort à l'extérieur avait soulevé la poussière de Mars donnant de l'intérieur l'image d'un ciel sableux jaune rougeâtre.

La planète Mars était plus éloignée du Soleil que la planète Terre. Elle percevait donc moins de chaleur provenant de cette étoile. Et son atmosphère était si ténue qu'elle ne pouvait générer d'effet de serre pour maintenir une température moyenne compatible avec la vie biologique. Avec une température de surface allant de – 133 °C à + 13 °C, correspondant aux alternances jour-nuit, aucun végétal n'avait la capacité de survivre à sa surface. Mais la centrale nucléaire utilisant le couple deutérium-hélium 3 générait une énergie qui non seulement alimentait la ville pour les décennies à venir, mais permettait aussi aux Nouveliens d'échapper à cette mécanique astronomique qui leur imposait un froid extrême. C'était bien ceci qui avait fait de l'homme une espèce supérieure et dominante sur Terre : sa capacité à créer une technologie lui permettant de s'adapter à un environnement hostile. Ainsi, la centrale thermonucléaire de Nouvel horizon générait une température adéquate pour faire croître les millions de végétaux plantés sous les épais blocs de verre en forme d'alvéoles des différentes serres.

À l'entrée de la serre attendaient plusieurs véhicules de la taille d'une petite voiture munis de réacteurs MAG-P. Ils permettaient de se déplacer plus rapidement dans la serre qui avait un diamètre de trente kilomètres. C'était Tcherkinakovski qui, à son tour, appuya sur la cellule de détection tactile du véhicule. Alors qu'un bruit de dépressurisation retentit, une porte latérale s'ouvrit de bas en haut, leur permettant de prendre place à l'intérieur. Gordone prit les commandes.

— Que voulez-vous voir, monsieur ?

— La région méditerranéenne.

La porte du véhicule se referma et Gordone activa dans un premier temps la matière antigravitationnelle puis, dans un second temps, les petits propulseurs plasma. Une route centrale bidirectionnelle scindait la serre en deux pour permettre le passage de véhicules dans les deux sens. De part et d'autre se déployait une immense forêt qui n'en était qu'à un stade juvénile, mais qui, dans les décennies à venir, allait bientôt se déployer dans un mouvement vertical. La plupart des arbres français y avaient été plantés, comme des chênes, des marronniers, des noyers, des noisetiers, des châtaigniers, des érables, des bouleaux, des frênes, des saules, des ormes, des sapins, et bien d'autres encore. Il y avait aussi tous les arbres fruitiers communs comme des poiriers, des pommiers, des mirabelliers, des cerisiers, ainsi que des baies. Une quantité astronomique de plantes et de fleurs avaient également été mises en terre.

Gordon changea brutalement de direction et prit un couloir aérien sur la droite pour rejoindre le secteur méditerranéen. Les régulateurs thermohydriques avaient la capacité de réguler le taux d'humidité et de chaleur aux différents endroits de la serre, et un tiers du volume de la serre était doté des conditions climatiques nécessaires pour faire pousser des arbres méditerranéens. Les jardiniers y avaient planté une abondance d'oliviers, et de pins maritimes. Au loin, une vaste étendue d'eau bordée d'une plage de sable s'étendait sur deux ou trois kilomètres.

— Nous y sommes, lança Gordone.

Le véhicule à propulseurs MAG-P s'arrêta brutalement et se posa lentement, à quelques centaines de mètres de la plage, sur un large chemin rocailleux. Gordone et Tcherkinakovski continuèrent à pied en direction de la plage.

— On s'y croirait ! lança Tcherkinakovski.

Autour d'eux se dressaient de jeunes pousses d'arbres qui étaient bien différents de ceux qui se trouvaient à l'entrée de la serre. On pouvait voir des Ficus macrophylla, des magnolias grandiflora, des cocculus, des jaracandas, des lilas des Indes, et bien d'autres arbres encore qui n'étaient pas endémiques en France, mais qui s'étaient très bien acclimatés en Méditerranée.

— Qu'est-ce que cet arbre ? demanda Tcherkinakovski.

Mathias Gordone le regarda attentivement pour l'identifier.

— Ah, celui-ci ! C'est un dragonnier de Socotra…

— Un dragonnier de Socotra ? Mais d'où vient-il ? Il a la forme d'un immense champignon !

L'ensemble de ses branches qui se rejoignaient en hauteur ressemblait à un réseau artériel. Et l'arbre avait l'aspect d'un parapluie retourné par le vent ou d'un champignon.

— C'est un arbre étonnant. Sur Terre, on ne le trouvait que sur l'île de Socotra, au large du Yémen, dans l'océan Indien. Nous essayons de l'acclimater ici, dans l'enceinte méditerranéenne. Cet arbre produit une résine rouge, appelée *sang-dragon*. Quand on coupe le tronc, on a l'impression que l'arbre saigne. On utilisait cette résine comme colorant qui servait aux luthiers pour vernir leurs instruments de musique. Elle entrait aussi dans la pharmacopée de certaines médecines traditionnelles. Nous avons placé des vaporisateurs à proximité, car ses branches aiment bien l'humidité. Nous avons aussi placé des plantes et des arbres médicinaux dans chacune des grandes serres.

Les jardiniers de Nouvel horizon n'avaient, en fait, aucun obstacle en dehors des conditions d'humidité et de température pour faire croître n'importe quelle plante. Le secteur sud dédié à la sauvegarde du patrimoine terrestre recelait un lieu insolite. Il s'agissait d'un coffre-fort qui contenait de toutes petites choses que la majorité des Terriens, avant la Grande catastrophe, négligeaient au plus haut point et qui représentaient désormais des entités aussi précieuses que des diamants : des graines. Un échantillon de toutes les graines issues de tous les végétaux de la Terre y était contenu dans des sachets. Des millions de graines attendaient sagement dans une chambre froide d'être, un jour, plantées. Juste après la Grande catastrophe, Tcherkinakovski s'était empressé de se rendre avec une partie de son armée à Svalbard pour violer l'entrée de la grainothèque et vider le bunker de ses graines, condamnant ainsi les survivants de la planète Terre à mourir de faim. Avant de partir, c'était lui qui avait donné l'ordre de détruire le village afin de faire disparaître toute trace de sa venue et tout témoignage qui aurait pu le mettre en cause.

Les deux hommes arrivèrent sur la plage et leur regard se plongea dans la grande étendue d'eau qui communiquait avec le Grand bassin. De petits poissons s'y devinaient grâce à la transparence de l'eau au bord du rivage.

— Les serres permettront aux hommes de regagner du moral, et surtout de retrouver un peu de ce qu'ils ont perdu sur Terre. Ils doivent comprendre que c'est moi qui leur ai apporté ça, enfin plutôt qui ai sauvé ça. Il faut accélérer les travaux pour que les deux autres serres soient à leur tour bientôt opérationnelles.

— Nos hommes sont épuisés. Ils ont travaillé sans relâche. Si nous leur demandons davantage, ils vont être confrontés à des problèmes de santé. Il ne faut pas oublier qu'ils n'ont pas la possibilité de partir en vacances ici. Pendant leur jour de repos, ils tournent en rond. Ils n'arrivent pas à se changer les idées. Je ne peux leur demander plus.

— Je voudrais inaugurer les serres d'ici deux ans maximum.

— Mais c'est impossible, monsieur. Il nous faudra au moins cinq ans, si ce n'est plus !

— Il faut alors augmenter les transferts de main-d'œuvre de la Terre jusqu'à Nouvel horizon. Je vais m'occuper de cela.

Au même moment, la montre connectée de Tcherkinakovski sonna. L'image d'un visage se dessina sur son écran. Il appuya dessus avec son index et la montre projeta l'avatar holographique du chef de l'U.E.T. (unité d'extraction terrienne) vivant à Nouvel horizon et qui avait la fonction de piloter les opérations à distance et de faire la liaison Terre-Mars.

— Monsieur.

— Oui, qu'y a-t-il ?

— Nous venons de trouver un groupe de résistants.

— Mais pourquoi m'appelez-vous ? Vous connaissez la procédure !

— Il n'y a pas que ça...

— Quoi ?

— Un vaisseau extraterrestre s'est posé sur Terre et a rejoint le groupe des résistants.

— Ah, je vois... J'arrive !

La Passerelle

La nuit avait apaisé les esprits des Télorriens qui étaient plongés depuis la veille au soir dans l'incertitude la plus totale quant au choix qu'ils devaient faire. Ils étaient confrontés à une alternative qui n'en était finalement pas une, car les deux possibilités qui s'offraient à eux menaient toutes les deux à une impasse. C'était comme choisir entre la peste et le choléra. L'une ne valait pas mieux que l'autre.

Ils étaient en train de prendre leur petit déjeuner dans le réfectoire du groom et ce moment était pour eux l'occasion de faire une réunion de crise. Alors que Sandra était en train de réhydrater de la nourriture lyophilisée dans un appareil de réhydratation, et qu'elle se faisait couler une boisson chaude, l'okoana[41], elle prit la parole.

— Nous ne pouvons pas rester sur Terre, dit Sandra. En tout cas, moi, je ne veux pas. La simple idée d'abandonner les Télorriens qui nous attendent sur Monos m'est insupportable. Une promesse est une promesse. Nous devons retourner là-bas. Et puis je dois retrouver

41 Boisson chaude que les Iloryens avaient l'habitude de consommer sur Monos lors de leur petit déjeuner.

Julien même si j'ai bien conscience qu'il est peut-être déjà mort à l'heure qu'il est.

— Ne dis pas ça, Sandra, dit Oro, le médecin naturaliste. Mes confrères sur Monos ont dû s'occuper de lui. Il doit être debout à l'heure qu'il est.

— Un jour, ma sœur, qui était atteinte d'une leucémie, est entrée à l'hôpital juste pour le traitement d'une infection aiguë, et elle n'en est jamais ressortie, lui répondit Sandra. Il y a bien une seule chose qui est certaine, et que cette histoire m'a apprise, c'est que nos organismes sont aussi fragiles que du verre. Un faux pas et la vie peut s'arrêter d'une seconde à l'autre.

— Oui, tu as raison. Mais nos connaissances médicales sont plus poussées que les vôtres. Sa chance de survie est plus importante avec nous.

— D'un autre côté, c'est embêtant de laisser les Terriens seuls ici, lança Irène Ludwig. À cause de la Grande catastrophe, ils ont technologiquement et démographiquement régressé. Leur incapacité de prise en charge de facteurs pathogènes, par exemple, pourrait menacer leur communauté. Nos virus respectifs ont failli nous décimer tous sur Monos. Les Terriens n'ont plus assez de médecins ni de structures de soins pour faire face à une éventuelle épidémie de cette nature. Et puis la pollution de la Terre est devenue telle qu'ils seront inévitablement amenés à développer tous types de maladies comme des cancers. Il est aussi difficile de les laisser seuls sur Terre face à la menace que pèse Tcherkinakovski sur eux.

— Nous n'avons pas d'autre choix que de prendre un chemin différent, lança Pencha. Ils nous ont proposé de nous donner des graines. Cela suffira peut-être pour faire démarrer une agriculture sur Monos.

— Moi, je veux rester, annonça Xiphu Maophi Po.

Tous les Télorriens tournèrent leur tête dans sa direction, l'air dubitatif.

— Tu veux rester où ? demanda Sandra.

— Sur Terre.

— Quoi ? lança Irène Ludwig.

— J'ai bien dit sur Terre. Moi, je n'ai plus de famille. Personne à rejoindre sur Monos. C'est ici que je suis née. C'est ici que je veux terminer ma vie.

— Tu es certaine de ce que tu avances ? Tu as bien vu leurs conditions de vie ? Es-tu prête à vivre dans un métro ?

— Oui. J'accepte mon destin. Ce que je vous propose pour ne pas perdre le lien avec vous, c'est que nous donnions aux Terriens le deuxième neurostim qui est à l'arrière du groom. J'apprendrai aux Terriens à s'en servir et nous pourrons ainsi rester en contact en nous donnant rendez-vous dans un paralax.

— Ce transfert de technologie ne sera pas du goût des Télorriens restés sur Monos, c'est une certitude, dit Namos. Mais pourquoi pas ? Nous en avons deux dans l'appareil. L'arceau du neurostim qui se trouve à l'arrière de l'appareil est facilement démontable et mobilisable. Il faut parler de ce projet à Franck.

***

Les Télorriens venaient de retrouver Franck, qui leur avait donné rendez-vous dans le Réseau 1.

— Seule l'une d'entre nous va rester avec vous sur Terre.

— Seulement une !? Ça signifie que vous allez presque tous quitter la Terre ?

— Oui, Franck, lança Wyu. C'est plus raisonnable ainsi. Et tu sais pourquoi... Si nous ne pouvons pas nous joindre à vous, c'est parce que nous sommes liés à d'autres qui sont en difficulté. Mais avant de partir, nous souhaiterions garder le contact avec vous et, pour ce faire, nous allons vous offrir une partie de notre technologie qui nous permettra de rester en contact. Cette technologie dérive d'une technique sonore que certains de vos peuples antiques avaient découverte et qui a atteint son apogée sur Terre dans les années 2030-2040. Notre machine qui vous permettra d'entrer en communication avec nous s'appelle un neurostim.

— Mais comment est-ce possible ? Comment pourrons-nous entrer en communication avec un délai raisonnable alors que nous serons éloignés de plusieurs milliards de milliards d'années-lumière ?!

— En projetant vos consciences dans le monde astral. Tout simplement...

— Moi, je ne crois pas à tout ça. Je ne crois pas à toutes ces histoires sur l'âme. On est qu'un tas de chair. Après la mort, y a rien !

— J'ai cru ça aussi, Franck. Mais, ça, c'était avant de connaître les Télorriens, lui répondit Sandra.

— Pourquoi, tu as déjà projeté ta conscience, toi, Sandra ?

— Oui, grâce au neurostim, j'ai pu projeter ma conscience jusqu'à celui que j'aime...

— Eh bien, je ne suis pas au bout de mes surprises avec vous... Et qui d'entre vous restera avec nous alors ?

— C'est moi, lança Xiphu Maophi Po. C'est moi qui vous formerai à la projection astrale grâce au neurostim.

— Mais, en revanche, surenchérit Sandra, il nous faut un lieu sûr pour entreposer la machine et, si possible, non bruyant. Connais-tu un endroit dans les environs ? Et peux-tu nous mettre à disposition des hommes et un véhicule pour la transporter jusqu'au lieu sûr ?

— Euh… Oui, bien sûr !

Franck cherchait ses mots. Troublé par cette histoire de projection de conscience dans l'Univers, il semblait réfléchir.

— Ça me dit quelque chose, votre histoire de techniques sonores. Il y avait des centres de recherche sur les phénomènes psychoacoustiques dans la plupart des grandes villes de France.

— Oui. On les appelait les *Passerelles*, dit la psychologue Irène Ludwig. On les appelait les *Passerelles,* car on tentait de faire « passer » les êtres humains de l'autre côté.

— Qu'est-ce que tu entends par « de l'autre côté » ? demanda Franck.

— On utilisait des phénomènes psychoacoustiques assez proches de ceux de l'hypnose pour projeter la conscience des individus en dehors de leur corps. Les procédés qui étaient utilisés dans ces centres sont les ancêtres du neurostim. Les Passerelles posèrent d'ailleurs de gros problèmes religieux en France, car leurs pratiques avaient permis de recueillir des informations précises sur l'organisation de l'au-delà qui allaient à l'encontre des axiomes des grandes religions. Les adeptes de ces pratiques, les « expérimentateurs » comme on les appelait, devinrent plus nombreux, et leurs travaux intéressèrent une grande partie de la communauté scientifique, mais aussi de la population. Et cela a causé beaucoup de tort aux religions, car leur nombre d'adeptes avait considérablement diminué à cause de ce phénomène, et les religieux commençaient à perdre leur crédibilité. Car les informations religieuses dont on avait gavé les hommes pendant des siècles furent jugées complètement obsolètes par rapport à la description qu'avaient faite les expérimentateurs de l'au-delà. Ils essuyèrent plusieurs tentatives d'attentats, et leur fondateur, un prénommé Paul, fut d'ailleurs assassiné ainsi que certains de ses collègues. Les Passerelles ont commencé à émerger dans les années 2030-2040[42], il y a maintenant une vingtaine d'années. Le centre de défense français, l'Hexagone Balard, s'était d'ailleurs muni d'une machine extrêmement perfectionnée, qui dérivait de ce qui avait été inventé dans les Passerelles, à des fins militaires. Toulouse étant la quatrième plus grande ville de France, elle a dû se doter d'un tel lieu d'expérimentation. Ça ne te dit rien Franck ? Tu n'as pas une idée d'où la Passerelle de Toulouse pourrait être ?

— Si… Mais je ne sais plus vraiment où elle est, et, surtout, si elle a résisté à la Grande explosion.

— La plupart avaient été construites avec des murs aussi épais que des abris atomiques. Certaines ont même été enfouies sous terre… À l'intérieur de chacune d'elles se trouvaient plusieurs chambres anéchoïques.

— Il faut que je demande à Akilina, la spirituelle de notre groupe. Elle aura sûrement des informations à nous donner.

Franck se tourna vers l'un des habitants du Réseau 1, qui s'appelait Kevin.

— Peux-tu aller me chercher Akilina, s'il te plaît ?

— Oui, je te la ramène.

Une femme, qui avait une expression taciturne, et qui arborait quelques signes de fatigue, arriva quelques minutes plus tard, accompagnée de Kevin. Âgée d'environ soixante-dix ans, elle avait des cheveux grisonnants réunis en une longue queue-de-cheval qui

42 Voir le roman : Max Donhem, ***Les Portes du son***, Evidence Editions, sorti en mai 2019.

descendait jusqu'aux fesses. Franck lui demanda si elle savait où se trouvait la Passerelle de Toulouse.

— Des passerelles à Toulouse, il y en a plein...

Akilina faisait semblant de ne pas comprendre...

— Je ne te parle pas d'un pont, je te parle du centre d'expérimentation sur la conscience ! Toi, la mystique, tu dois connaître ça ! Tu sais, le truc où l'armée faisait des expériences particulières...

— Ah oui ! La *Passerelle*...

— Alors ?

— Alors quoi ?

— Qu'est-ce que tu sais sur ça ?

— Eh bien, que c'était un centre où on faisait des choses particulières, voire très particulières... Le commun des mortels pouvait venir expérimenter des sorties hors du corps. Mais l'armée et les services secrets français y faisaient aussi des actions secrètes d'espionnage à distance. Il faisait ce que l'on appelle des séances de *remote viewing*.

— Tu as l'air de bien connaître ça ?

— Oh que oui, je connais bien ces centres puisque je suis à l'origine de leur création avec mon ancien conjoint Paul... Nous étions les pionniers. C'est nous qui avions ouvert le premier centre en France, en région parisienne, dans les années 2020. Et c'est nous qui avons collaboré avec les services secrets français qui ont créé « le cube » dans les années 2030.

— Et ton conjoint ? Il est toujours vivant ?

— Non, il a malheureusement été assassiné lorsque les premières Passerelles ont émergé, par des intégristes.

— Mais le cube ? C'est quoi, ça ? demanda Franck.

— Le cube était la machine d'exploration de la conscience la plus sophistiquée qui soit à l'époque, située comme ici, à plusieurs mètres de profondeur, sous l'*Hexagone balard*. C'était un électro-magnéto-encéphalogramme puissant capable de faire projeter la conscience d'un individu à distance. Les meilleurs voyants avaient été recrutés pour faire des visualisations à distance. La machine était exceptionnelle dans le sens où elle était capable de projeter et d'enregistrer les images perçues par les expérimentateurs.

— Tu sais où se trouve la Passerelle de Toulouse ?

— Moi, j'ai arrêté toute activité à la Passerelle de région parisienne il y a bien longtemps. Je suis trop vieille maintenant pour m'adonner à tout ça. Je savais qu'il y en avait une à Toulouse, mais je n'y suis jamais allée. Je crois avoir lu à l'époque un article qui mentionnait où elle était. De mémoire, elle a été bâtie à l'université Toulouse III-Paul Sabatier.

— Le campus est grand... Tu ne peux pas être un peu plus précise ?

— Elle doit être proche du bâtiment de la faculté des sciences qui abritait jadis le laboratoire de physique théorique.

— C'est quoi, une université ? demanda Pencha.

— C'est un lieu d'enseignement, lui répondit Sandra.

— C'est loin d'ici ?

— Ah oui. À pied, ça fait un bout, rétorqua Gabriel.

— On peut se poser là-bas ?

— Oui. Ça devrait ne pas poser de problème. Il y a plusieurs espaces verts de grande superficie qui jouxtaient les facultés. Pourquoi ? Vous voulez y aller avec votre vaisseau spatial ?

— Oui.

— D'accord. Il ne reste plus qu'à la trouver, cette Passerelle.

— On compte sur toi, Akilina ! lui rétorqua Franck.

— Ça serait une bonne chose, dit Xiphu Maophi Po. Nous n'aurons peut-être pas besoin de transférer le neurostim si le centre possède encore ses machines d'exploration de la conscience.

— Allons-y maintenant, dit Irion. Ne perdons pas de temps. Il serait judicieux que nous puissions quitter la planète Terre demain ou après-demain.

Irion se tourna vers Franck.

— Peux-tu nous fournir trois ou quatre hommes pour nous aider à déplacer le neurostim du groom jusqu'à la Passerelle ?

— Oui, bien sûr. Tu n'imagines pas la joie qu'ils auront à l'idée de monter à bord d'un vaisseau spatial !

***

Le groom avait rapidement atteint la zone universitaire avec à bord quatre Terriens, dont Akilina. Le vaisseau était pour le moment immobile, stabilisé au-dessus du campus, grâce à la matière antigravitationnelle.

— Le bâtiment de la faculté des sciences se trouve là.

Akilina pointait du doigt la structure à travers la vitre du cockpit.

— Il y a un terrain de rugby et un terrain de foot qui se succèdent et qui se trouvent juste à côté du bâtiment. Tu devrais pouvoir te poser là, Namos.

Namos stabilisa l'appareil au-dessus des terrains et diminua la force sustentatrice de la matière antigravitationnelle. L'appareil se posa alors en douceur. Les passagers sortirent un à un et rejoignirent le bâtiment de la faculté de sciences avant de faire le tour de ce bâtiment qui avait la forme d'un long parallélépipède rectangulaire. Lorsqu'ils étaient à l'intérieur du groom, ils avaient remarqué la présence d'une petite structure de forme pyramidale qui se trouvait au centre d'un bassin d'eau, dans le prolongement immédiat du bâtiment universitaire, à une centaine de mètres.

— La pyramide et le bassin doivent être derrière cette imposante clôture, dit Akilina.

Il y avait un volumineux portail qui empêchait quiconque se situant à l'extérieur de voir ce qui se passait derrière. Mais ce dernier était entrebâillé. Lorsqu'ils l'ouvrirent, ils constatèrent qu'il y avait bien un bassin, mais son eau était complètement croupie à défaut d'avoir été entretenue après la Grande catastrophe. Son système de filtration avait dû de toute évidence être endommagé. Une passerelle faite en métal traversait le bassin en le surplombant légèrement et menait à une île en béton carrée qui supportait la pyramide aux parois métalliques, entièrement opaques. Les Télorriens et les Terriens empruntèrent la passerelle et se retrouvèrent devant l'imposant édifice aux faces triangulaires. Un passage avec une porte blindée se dégageait de la base de la pyramide, et une petite pancarte, qui se situait à droite de la porte et qui avait été fixée au sol par un pied, indiquait la mention : *Passerelle de Toulouse.*

— C'est bien ici, lança Sandra.

Elle tenta d'ouvrir la porte, mais en vain. Elle frappa alors dessus à l'aide de la tranche de son poing comme si elle voulait juger de sa consistante.

— La porte doit être blindée, ce qui explique qu'elle ait résisté à l'incendie.

En effet, à la suite de la Grande explosion, le vent brûlant émis par cette dernière avait embrasé les espaces verts des villes de France et mis le feu à un grand nombre de bâtiments.

— Il en est sans doute de même pour tous les panneaux des parois de la pyramide. Ces derniers doivent être en alliage blindé. Nous aurons du mal à créer une brèche dedans à moins d'utiliser de l'artillerie lourde.

— Je confirme, dit Franck, qui venait de faire le tour de la pyramide. Je n'ai constaté aucun orifice dans les parois.

— Il y a un lecteur biométrique, dit Sandra, juste à côté de la porte, dans un petit renfoncement prévu à cet effet. Ce doit être un lecteur d'empreinte.

La cellule tactile avait la forme d'un carré de cinq centimètres de côté. Sandra mit son index dessus et une lumière bleue jaillit sous la pulpe de son doigt.

Une voix annonça : « Accès refusé ».

— On est pas près d'ouvrir cette porte, ça ressemble à un lecteur de profil astrogénétique comme celui dont est pourvu Destinée et comme ceux que devaient utiliser les anticipateurs.

— On peut essayer au pied de biche, lança Franck. J'ai apporté de quoi faire… Et si ça ne marche pas, on emploiera les grands moyens.

— C'est-à-dire ?

— De la dynamite…

— On va peut-être y aller doucement, Franck. Le bâtiment a déjà subi la Grande explosion. Si nous détruisons la porte, tout le monde sera susceptible d'entrer ensuite dans la pyramide.

Alors que Sandra et Franck discutaient sur les modalités d'ouverture de la pyramide, Pencha, l'ingénieur-énergéticien, venait de revenir du groom avec une petite mallette.

— C'est là que nous voyons la différence entre nos deux civilisations. Vous, les Terriens, vous enfoncez les portes. Nous, nous les ouvrons en douceur.

— Eh bien, on va voir ça ! répondit Franck. Montre-nous !

Pencha ouvrit la mallette où se trouvaient différents instruments et prit un appareil très sophistiqué en forme de prisme.

— Voici la clé, dit-il.

— Qu'est-ce qu'il va nous faire encore ? dit l'un des Terriens alors que Pencha venait de tourner un anneau situé sur l'une des extrémités du prisme activant ainsi l'émission d'un faisceau laser sortant par l'autre extrémité.

Il orienta ce dernier sur la cellule de détection tactile.

— Voyons ce qu'il y a dedans ! dit-il.

Il tourna ensuite l'anneau du prisme dans l'autre sens, ce qui eut pour conséquence de faire disparaître puis réapparaître le faisceau laser qui était toujours orienté vers la cellule de détection tactile.

Une voix numérique annonça : « Bonjour, monsieur Vitas. J'espère que vous allez bien. Je vous ouvre immédiatement la porte ».

— Il s'agit simplement de récupérer les données et de les restituer, ce n'est pas compliqué, dit Pencha, non sans émettre un rictus d'autosatisfaction. Tout peut s'ouvrir, où qu'on soit dans l'Univers, et en douceur. Ce n'est qu'une question de savoir-faire.

Un clic métallique précéda l'ouverture de la lourde porte de la pyramide. Les Terriens et les Télorriens y pénétrèrent alors lentement munis d'une torche pour découvrir ce qu'il y avait dedans. Ils se retrouvèrent dans un grand hall délimité par des murs et un sol en béton. Alors qu'ils avaient atteint le centre du hall, un détecteur de mouvement déclencha l'activation de plusieurs lampes murales. Xiphu Maophi Po appuya sur un bouton qui ressemblait à une commande de volet roulant. Certains éléments de la partie extérieure de la pyramide glissèrent les uns sous les autres pour créer des puits de lumière. Il s'agissait en fait d'une pyramide intégralement faite avec du verre et recouverte d'éléments métalliques modulables.

— On y voit déjà plus clair, lança Xiphu.

Le fond du hall était pourvu de trois distributeurs accolés les uns aux autres. Le premier délivrait des boissons chaudes, le second des boissons froides, et le troisième des snacks et de confiseries périmés depuis longtemps. Devant les distributeurs se trouvaient deux petites tables circulaires avec leurs chaises où les gens devaient s'installer pour prendre leur collation. Un arbre mort, qui avait la forme d'un olivier, se trouvait dans un volumineux pot vert posé à côté des automates. Le mur latéral de droite était pourvu de trois portes. Le mur de gauche devant lequel avait été déployé un vaste comptoir moderne en forme de vague n'était pourvu que d'une seule porte. Sur le comptoir se trouvaient des prospectus dont le titre était le suivant « Passerelle de Toulouse, vers de nouveaux horizons ».

— Il y a quatre portes, dit Irion. On peut se diviser et aller voir ce qu'il y a derrière.

— OK. On se retrouve ici quand on a fini.

Quatre groupes se formèrent et chacun d'eux alla explorer l'une des salles. Au bout d'une vingtaine de minutes, la troupe s'était à nouveau réunie dans le hall.

— Alors ? demanda Sandra.

— La salle que nous avons visitée était une salle de réunion, dit Franck. Une grande table, des chaises, une bibliothèque avec quelques revues scientifiques. Rien de plus.

— C'était quoi, les revues ?

— Des revues sur les neurosciences, d'astrophysique, ou sur les phénomènes inexpliqués… On doit se trouver dans la pyramide du savoir ! dit-il avec ironie.

— Nous, on aurait dit une salle de consultation, dit Akilina. Comme si on était chez un neurologue, car il y avait un siège et un électroencéphalogramme.

— Nous, c'était un secrétariat, lança Xiphu Maophi Po. Un bureau, une étagère avec des classeurs.

— Et dans les classeurs ?

— Des factures, de banales factures inhérentes au fonctionnement de ce centre.

Tous se retournèrent vers Sandra.

— Et toi alors ?

— Moi, rien d'extraordinaire non plus. Il y avait une banquette, une table basse de salon ainsi que deux canapés. Il y avait aussi des distributeurs automatiques. C'est un peu maigre quand même pour un centre de recherche sur la conscience.

Pencha ouvrit une nouvelle fois sa mallette et prit cette fois-ci une paire de lunettes qui arboraient des verres bleus.

— Qu'est-ce que c'est, ça, encore ? lança un Terrien.

— C'est une lunette dont les verres sont faits avec de la diaphanise. Quand on ne trouve pas, il faut savoir regarder au-delà.

— C'est quoi ?

— Un verre capable de voir les atomes par variétés comme s'ils étaient transparents.

Il pénétra dans chacune des pièces avec ses lunettes et s'assit sur l'un des fauteuils qui se trouvaient dans la salle que Sandra avait explorée quelques minutes plus tôt.

— Alors Pencha ? lui demanda Franck. Tu as vu quelque chose avec tes lunettes ?

— Oui.

— J'espère que tu ne nous vois pas nus.

— En quelque sorte, si. Mais je ne vous vois pas comme tu pourrais l'imaginer.

— Ah bah, elles pourraient m'intéresser, tes lunettes, alors...

— Qu'est-ce que tu as vu, Pencha ? demanda Xiphu Maophi Po.

— Ce que j'ai vu se trouve sous nos pieds.

— Sous nos pieds ?

L'ensemble des personnes présentes regardèrent machinalement sous leurs pieds.

— C'est vide au-dessous... Enfin, pas complètement vide, car il y a des molécules d'air.

— Et alors ?

— Alors, nous sommes ici dans une antichambre, dit Pencha en regardant les quatre coins la pièce avec ses lunettes. C'est l'arbre qui cache la forêt, comme vous dites, vous, les Terriens... Et ce que cache cette pièce se trouve sous nos pieds.

— Et comment on y accède à cette pièce secrète ? demanda l'un des autres Terriens.

— J'y travaille... Tiens, peux-tu m'enlever ce cadre du mur, s'il te plaît ?

Il y avait un petit tableau sur l'un des murs de la pièce à l'intérieur duquel se trouvait la photo d'un homme. Ce visage n'évoquait rien pour personne, mais il s'agissait, en fait, du fondateur des Passerelles en France, le prénommé Paul, assassiné une quarantaine d'années plus tôt par des extrémistes religieux.

— Oui, bien sûr.

Il s'attendait à pouvoir décrocher le cadre comme s'il s'agissait d'un tableau classique, mais n'y arriva pas jusqu'à ce qu'il s'aperçoive que le cadre était maintenu au mur par deux charnières postérieures et qu'il s'agissait simplement de le faire basculer vers la gauche pour voir ce qu'il y avait derrière comme si on ouvrait un livre.

— Ce doit être encore un lecteur de profil astrogénétique, lança Sandra. Il doit y avoir quelque chose d'important sous nos pieds. Car ils étaient loin d'être répandus sur Terre. Ils étaient presque exclusivement utilisés par les anticipateurs et l'armée française.

— Regroupez-vous au niveau des fauteuils et du canapé, ordonna Pencha.

Pencha utilisa le même appareil cylindrique qui lui avait permis d'ouvrir la porte extérieure de la pyramide et, alors que le bruit d'une motorisation se déclenchait, le sol se déroba sous leurs pieds. Les Télorriens et les Terriens avaient l'impression d'être dans un volumineux ascenseur qui était en train de descendre plusieurs étages, l'équivalent d'une dizaine peut-être. Puis la pièce se stabilisa.

— Je crois que nous sommes arrivés à destination, dit Pencha.

La pièce était restée presque à l'identique, mais il y avait cependant une petite différence : une porte munie du même lecteur de profil astrogénétique venait d'apparaître sur l'un des murs. Pencha l'ouvrit avec sa « clé universelle », comme il l'appelait. Un couloir obscur se dévoila. Il était si sombre qu'il n'était pas possible de percevoir sur quoi il débouchait. Les personnes présentes dans la pièce s'étaient arrêtées de parler pour tenter de savoir si quelqu'un vivait encore ici. Mais aucun bruit n'était pour le moment audible.

— Qui passe le premier ? dit Sandra.

— Moi, je veux bien, dit Pencha, qui avait gardé ses lunettes et qui venait de sortir une arme de poing. Je ne perçois pas de mouvement derrière les murs.

Alors que les hommes avaient pris la tête du cortège, l'arme à la main, des néons fixés au plafond s'allumèrent successivement, dévoilant un très long couloir qui arborait, sur son côté droit, une dizaine de portes dont une, tout au bout, semblait blindée si on se fiait à son reflet métallique. Le couloir se terminait également, à son extrémité, par une double porte coulissante.

Ils ouvrirent la première porte et entrèrent, munis de lampes torches, jusqu'à ce qu'ils trouvent un interrupteur pour allumer la pièce. Ils furent surpris de constater que les murs étaient intégralement recouverts de larges dièdres pointés vers eux. Il s'agissait des mêmes triangles poreux que l'on pouvait observer dans les studios d'enregistrement et qui étaient fabriqués avec de la mélamine, matériau connu pour absorber presque totalement les sons. Il régnait dans cette salle un silence absolu.

— C'est une chambre anéchoïque, dit Akilina. En d'autres termes, une chambre sourde. C'est un lieu de privation sensorielle. Dans ce genre de pièce, aucun son ne peut entrer ni sortir. Seul le bruit de son propre corps devient perceptible. Ici, on entend plus le son : on devient le son.

Ils ne le savaient pas, mais la pièce était, en effet, une vraie prison sonore. Les murs étaient constitués par une couche métallique centrale, étanche aux ondes électromagnétiques, entourée de deux plaques de béton armé, le tout formant une épaisseur de cinquante centimètres. Au centre de la pièce se trouvait un divan confortable sur lequel pouvait s'allonger une personne sur un matelas confortable. À l'extrémité du divan, il y avait une volumineuse machine qui avait la forme d'une sphère creuse, à l'image d'un pamplemousse épais que l'on avait complètement évidé.

— Qu'est-ce qu'ils pouvaient bien foutre dans cette salle ? demanda Franck, dubitatif. Je me demande bien pourquoi ils ont fourré ça à dix mètres sous terre…

— La sphère métallique, ce doit être un électro-magnéto-encéphalogramme. C'est d'ici qu'ils tentaient de projeter leurs consciences et qu'ils faisaient des visualisations à distance, grâce à des techniques sonores et électromagnétiques.

— Vous n'étiez pas si sous-développés que ça, vous, les Terriens, lança Wyu non sans une pointe d'humour.

Ils ouvrirent les six portes suivantes qui se trouvaient dans le couloir et constatèrent qu'elles donnaient toutes sur des chambres anéchoïques construites selon le même schéma et munies d'une ou plusieurs cellules d'isolation sensorielle. Plusieurs personnes pouvaient de toute évidence projeter leur conscience en même temps dans ce lieu insolite. La huitième pièce était une sorte d'entrepôt où se trouvaient différents instruments scientifiques et médicaux comme des tensiomètres, des oxymètres, et des électroencéphalogrammes. Ceci montrait que certains travaux de recherche dans le domaine médical étaient menés là sur les explorateurs de la conscience pendant qu'ils étaient plongés en état modifié de conscience. La neuvième salle possédait une très longue table rectangulaire munie de micros pouvant accueillir quinze à vingt personnes. Il s'agissait de toute évidence d'une salle de réunion et les micros devaient servir à communiquer avec les expérimentateurs présents dans les chambres sourdes et peut-être même avec l'extérieur. La salle était pourvue d'une dizaine d'écrans plats, fixés sur l'un de ses murs.

— C'est sur ces écrans que devaient être projetées les visualisations des militaires « psi », dit Akilina. En tout cas, c'est comme ça que nous faisions à Paris, à l'Hexagone balard.

— Ce qui est certain, c'est qu'ils n'ont pas réussi à anticiper ni à éviter la Grande explosion, lança Xipho.

— Non, ça, c'est certain, surenchérit Franck.

Derrière la neuvième porte se trouvait un bureau avec des classeurs et des étagères sur lesquelles s'entassaient différentes piles de dossiers. Sandra entra et prit place sur le fauteuil qui se trouvait derrière le bureau. Elle prit l'une de ses piles et commença à ouvrir un dossier sur le lequel étaient inscrites les mentions :

Secret défense
Récupération otages – Niger
Visualisation 218
18 août 2055

Le dossier contenait différents documents qui décrivaient le lieu hypothétique situé en Mauritanie où se trouvaient retenus des otages français par un groupe terroriste. Des photos étaient même présentes, sans doute issues des visualisations des militaires psi et enregistrées par le magnéto-électroencéphalogramme. Sur l'une d'elles, on voyait des hommes et des femmes menottés et agenouillés, le regard apeuré. Sur une autre photo était visible une vaste maison blanche où avaient dû être cachés ces Français. Une troisième photo montrait une ville, avec des maisons blanches située en plein désert. Un document intitulé « Localisation satellitaire » indiquait les coordonnées géographiques de la ville avec une série supplémentaire de photos du lieu en question, beaucoup plus nettes et beaucoup plus précises cette fois. En bas de la page, on pouvait lire la date d'intervention qui avait été choisie pour tenter de libérer les otages, et, sous cette date, la mention « Mission aboutie » semblait indiquer que l'opération avait été couronnée de succès. C'est ce que confirmaient en tout cas certaines photos plus glauques sur lesquelles on pouvait voir les corps abattus des ravisseurs.

Sandra prit d'autres dossiers :

Secret défense
Base militaire de Kusong – Corée du Nord
Visualisation 234
3 février 2057

Secret défense
Cellule terroriste OPAC – Marseille
Visualisation 198
6 mai 2051

Secret défense
Charnier – Birmanie
Visualisation 201
1er janvier 2053

Secret défense
Recherche espion russe – Paris
Visualisation 212
12 mars 2053

Secret défense
Centrale nucléaire – Iran
Visualisation 213
12 mars 2053

Secret défense
Stockage d'hélium 3 – Province de Shanxi, Chine
Visualisation 244
24 novembre 2058

Le nombre de dossiers à visée militaire était important. Mais d'autres dossiers semblaient être en rapport avec des projets plus scientifiques cette fois, liés à la recherche de planètes habitables, ce qui confirmait le fait que la Passerelle de Toulouse était partagée par des militaires et des scientifiques. L'armée protégeait ces derniers d'une éventuelle attaque terroriste, mais, en contrepartie, elle y menait des programmes d'espionnage. Sandra regarda quelques-uns de ces dossiers, mais les noms des exoplanètes indiquées dessus ne représentaient pour elle qu'un jargon difficile à comprendre :

Exoplanète Kepler-1410 b
Constellation de la Lyre
12 janvier 2047
1 250 années-lumière

Exoplanète Kepler-438 b
Constellation de la Lyre
27 juin 2047
475 années-lumière

Exoplanète Gliese 422b
Constellation de la Carène
3 juillet 2048
41 années-lumière

Ils ne consultèrent qu'une infime partie des dossiers présents, car ils n'avaient pas le temps de tous les regarder – et de toute façon, ceux-ci n'avaient pas un grand intérêt – puis ils se rendirent devant la dixième et dernière porte qui donnait sur tout autre chose. Il s'agissait d'une zone de vie. La porte s'ouvrait sur un dortoir où plusieurs dizaines de lits superposés se succédaient munis encore de leurs draps et de leur couverture bien bordés. L'espace était restreint, les lits se répartissaient de part et d'autre d'un fin couloir, ce qui donnait l'impression d'être dans un sous-marin. Ils traversèrent ce dernier et arrivèrent dans un réfectoire muni d'une grande table rectangulaire et de plusieurs chaises. Il y avait aussi un frigo, et des éléments de cuisine avec de l'électroménager pour cuisiner. Dans un cellier attenant à la cuisine avait été stockée une quantité importante de nourriture lyophilisée et de conserves. À partir de la cuisine, il y avait d'autres portes qui menaient à des vestiaires, des salles de douche, des w.-c. ainsi qu'à une salle remplie d'armes à feu.

— Je me demande quel était l'intérêt de l'armée d'enterrer ça sous terre, demanda Xipho.

— Nous sommes dans un véritable abri antiatomique, dit Akilina. En cas de bombardement, nucléaire ou non, ils voulaient garder une possibilité de communication et d'exploration à distance pour continuer à avoir des informations sur l'ennemi. Mais l'État français restait très discret quant à ce qui se passait vraiment à la Passerelle.

Le groupuscule quitta la zone-dortoir pour rejoindre le couloir qu'ils avaient emprunté quelques minutes plus tôt. Ce dernier se terminait par une grande porte métallique munie de deux battants. Il y avait une cellule de lecture de profil astrogénétique que Pencha ouvrit une nouvelle fois avec sa « clé universelle ». Cette porte débouchait sur un tunnel dont on ne pouvait percevoir l'extrémité à cause de la pénombre. Seule se distinguait une route bitumée, à double sens, délimitée par un quai, légèrement surélevé par rapport à la route et sur lequel on pouvait marcher. Au début de la voie attendaient des voitures électriques aux formes futuristes qui étaient branchées à des bornes de rechargement.

— Je me demande où ça peut bien mener, lança Irène Ludwig.

— Eh bien, on va pas tarder à le savoir, lui répondit Sandra.

— Pourquoi, vous voulez explorer le tunnel ?

— Oui…

La rafle

Seuls Pencha, Akilina, Franck, Xiphu Maophi Po et quelques autres Terriens étaient restés à la Passerelle de Toulouse pour reparamétrer les cellules de détection tactile afin que soient reconnus leurs profils astrogénétiques et qu'ils puissent venir à leur convenance dans ce lieu. Les autres Télorriens et Terriens venaient de débrancher les véhicules autonomes qui attendaient les uns derrière les autres dans le tunnel. Tous ces véhicules étaient munis d'un bouton d'ouverture extérieur. Ils appuyèrent dessus et une porte latérale s'ouvrit. Les êtres humains se répartirent dans quatre voitures différentes. Seule Destinée voyageait seule dans un véhicule à cause de son poids qui équivalait à celui de six hommes réunis. Alors qu'ils venaient tous de prendre place à bord, le visage d'une femme apparut sur la vitre de chacun des engins. Il s'agissait d'une intelligence artificielle. « Bienvenue à bord. Je vous prie de bien vouloir prendre place », dit-elle. Puis un tableau de bord numérique s'alluma. Une ligne bleutée parsemée de cinq cercles apparut. Ce tracé ressemblait de très près à celui d'une ligne de métro. À l'intérieur des cinq cercles avait été inscrit le nom de l'une des stations desservies par le tunnel. Il y avait la station *Pyramide*, qui correspondait à la *Passerelle* où ils se trouvaient, puis les stations *Hôtel d'Assézat*, *Rue de la pomme*, *Crypte Saint-Aubin*, et enfin *Cité de l'espace*. Les militaires avaient dû prévoir différents lieux d'accès disséminés à travers la ville. Puis l'intelligence artificielle les invita à appuyer sur l'un des cercles pour choisir leur destination. Avant de faire démarrer les véhicules, tous se mirent d'accord sur la station *Rue de la pomme*, qui se trouvait en plein centre de Toulouse, à deux pas de la station de métro *Capitole* où se trouvait le Réseau 1. Ils appuyèrent sur le cercle en question, ce qui eut pour conséquence de fermer la porte latérale des véhicules qui se mirent à avancer en respectant automatiquement des distances de sécurité. S'agissant de véhicules autonomes, il n'y avait pas de volant, et ces derniers se dirigeaient à vitesse constante sans émettre de bruit dans le tunnel. Alors que les néons fixés au plafond et sur les parties latérales du tunnel défilaient lentement, dans un mouvement monotone, Destinée, qui était seule dans son véhicule, commença à avoir la vue troublée, embrumée. C'est alors qu'elle se mit à percevoir des visions.

Elle commença par voir Tcherkinakovski qui était en train de donner des ordres aux plus hauts gradés de l'U.E.T. Les ordres semblaient clairs : « Il faut soumettre puis extraire. Tuer les récalcitrants. » Puis elle vit le ciel de la Terre se remplir de points noirs qui, au premier abord, ressemblaient à une horde d'insectes. Les points noirs se mirent à grossir, dévoilant leur vrai visage, le visage d'objets volants militaires munis de mitrailleuses et de missiles. La flotte était grande, une vingtaine, voire une trentaine d'engins. Puis la flotte se mit en lévitation au-dessus des restes du centre-ville de Toulouse. Tous ces insectes de métal se mirent à ouvrir leur gueule d'où s'échappèrent de plus petits insectes, qui n'étaient rien d'autre que des soldats. Chaque gueule en libérait bien une cinquantaine. Les soldats, armés de fusils d'assaut, étaient munis d'une combinaison particulière, où avaient été incrustés de mini-propulseurs MAG-P, révélés par la luminescence qu'ils émettaient, leur donnant la capacité de voler aussi librement que des bourdons. Très rapidement, ils formèrent un essaim d'un bon millier d'hommes prêts à s'imposer à ses proies et à livrer son attaque. Les soldats volèrent à quelques mètres du sol pour atteindre des endroits stratégiques, venant au-devant de presque toutes les lignes de métro. Certains d'entre eux se posèrent sur la grande place du Capitole et se dirigèrent, les armes pointées en avant, en direction de la station du même nom. Puis, à hauteur de la bouche de métro, les ayant repérés, ce furent les Terriens qui ouvrirent le feu en premier, mais la riposte ne se fit pas attendre, les soldats venus du ciel leur imposèrent une puissance de feu considérable. Un premier Terrien fut touché au thorax et tomba à la renverse dans l'escalier. Puis un second eut le même sort. Alors qu'ils tentaient de battre en retraite, deux hommes supplémentaires furent abattus par les membres de l'U.E.T. Ces derniers se réunirent en escadron, et alors qu'ils venaient de se munir d'un bouclier métallique qui était accroché dans leur dos, ils s'engouffrèrent dans la bouche de métro, prêts à en découdre. Puis Destinée se mit à percevoir des images de l'intérieur de la station Capitole. Des éclairs de feu venaient éclairer la pénombre, alimentés par les tirs des protagonistes. Des femmes, des hommes, et des enfants couraient dans tous les sens comme si on venait de donner un coup de pied dans une fourmilière. Alors que certains Terriens s'étaient rendus, les bras au-dessus de la tête, des corps gisaient sur le sol. Puis elle vit un enfant qu'elle reconnut aussitôt. Il s'agissait de Théo, l'enfant qu'elle recherchait. Elle arrivait à percevoir ses émotions comme si elle était à l'intérieur de son corps, et elle voyait autour de lui comme s'il s'agissait de ses propres yeux. Elle pouvait même ressentir ses angoisses logées au plus profond de son être, et ceci lui était insupportable. La peur, l'effroi, le désarroi, la stupeur, l'incompréhension, la désorientation. À l'image d'une louve qui voulait protéger son petit, elle ressentit le besoin de tout faire pour l'aider. C'était de l'ordre de la pulsion incontrôlable. Une colère qui se nourrissait de l'instinct de survie, et que seuls les animaux sauvages pouvaient avoir en eux. Et cette colère frisait la rage. Elle eut subitement l'envie irrésistible de sortir du véhicule pour tenter de le retrouver, avant que la prévision ne survienne. Car elle savait maintenant que ses visions se réalisaient quelques minutes, voire quelques heures après s'être imposées à elle. Elle s'allongea sur la banquette arrière du véhicule et donna un coup de pied violent sur la porte arrière qui se déforma. Alors que les vitres venaient de voler en éclats, une sirène et un voyant rouge se mirent à retentir dans le véhicule. La force provenant du robot était telle que la voiture vacilla sur sa trajectoire, à la limite de se renverser. Immédiatement, Sandra, qui se trouvait dans le véhicule précédent, appuya sur le système de communication de sa combinaison pour entrer en communication avec l'androïde.

— Destinée, mais qu'est-ce qui se passe ? lui demanda-t-elle.

— Ils vont attaquer...

— Qui ?

— Les Martiens !

— Tu veux dire les soldats de l'U.E.T. ?

— Oui. Il faut que je trouve l'enfant.

— As-tu une idée du temps qu'il nous reste avant la réalisation de la prévision péjorative ?

— Une heure, vingt minutes, et trente secondes.

Sandra regarda sur le poste du tableau de bord numérique du véhicule où se trouvait le dessin lumineux de la ligne de circulation. Un trait lumineux plus prononcé s'affichait sur la ligne au fur et à mesure de l'avancement de la voiture autonome.

— Nous sommes sur le point d'arriver, Destinée. Nous avons quasiment atteint la *Rue de la pomme.* Garde ton calme ! Je vais prévenir Pencha.

L'androïde reprit ses esprits et Sandra changea d'interlocuteur au niveau de son système de communication.

— Pencha ?

— Oui.

— C'est Sandra. Vous en êtes où ?

— On a bien avancé. Nous avons choisi finalement de descendre le neurostim et nous l'avons déposé dans l'une des chambres anéchoïques. Notre technologie est plus fiable. Nous venons de terminer les branchements. Le neurostim est opérationnel.

— OK.

— Et le paramétrage des lecteurs biométriques ?

— On s'y attelle ! Pourquoi ? Tu sembles pressée…

— Oui. Destinée vient de péter un plomb après avoir reçu une prévision péjorative. A priori les membres de l'U.E.T. sont sur le point d'attaquer.

— Elle a daté la prévision ?

— Oui. Elle surviendra dans un peu plus d'une heure terrienne.

— On vous rejoint !

— Non, surtout pas. Vous, vous restez là ! Il vaut mieux finir le paramétrage des lecteurs biométriques et être scindés en deux équipes. Si l'une est capturée, il en restera au moins une autre.

— On se tient informés !

— D'accord.

Quand la communication se termina entre Sandra et Pencha, les véhicules autonomes arrêtèrent leur course. Les portes latérales s'ouvrirent et ils virent un passage sur le mur du quai. Ils l'empruntèrent et se retrouvèrent dans ce qu'ils considérèrent, initialement, comme un cul-de-sac, jusqu'à ce qu'ils lèvent les yeux au plafond et qu'ils découvrent un levier métallique qui était inclus au niveau d'une trappe circulaire. Une échelle fixée au mur permettait de l'atteindre. Irion monta le premier à l'échelle et tenta de tourner le levier avec difficultés. Comme ce dernier n'avait pas été utilisé depuis des mois, voire des années, il s'était grippé, mais il sentit subitement un déblocage lui indiquant que le levier venait de céder. Il fit basculer la trappe à l'aide de ses deux bras, en s'attendant à voir jaillir de la lumière, mais il n'en était rien. La pénombre du tunnel semblait se prolonger au-delà de la trappe, et il se demandait bien sur quoi elle débouchait. On lui tendit une torche avant qu'il ne réussisse à se hisser à l'étage supérieur par la force des bras. Il éclaira le pourtour de la trappe avec sa lampe torche et constata qu'un tapis se trouvait au-dessus d'elle lorsqu'il l'avait ouverte, et cela expliquait qu'il avait senti une légère résistance lors de son ouverture. La trappe se trouvait à proximité d'un lit et la première chose qu'il vérifia fut qu'il n'y avait personne dedans, vivants ou morts, beaucoup de cadavres se trouvant encore dans des logements à la suite de la Grande catastrophe. Il balaya la pièce à l'aide de sa lampe, et fut ébloui par la lumière de cette dernière qui venait de se réfléchir sur le miroir fixé sur la porte d'une armoire. Il trouva l'interrupteur de la pièce.

— Qu'est-ce que tu vois ? cria Sandra.

— Ça donne sur une chambre. Vous pouvez monter.

Les volets de la chambre étaient fermés. Il y avait une odeur de renfermé, ce qui devait de toute évidence être lié au fait que la pièce n'avait pas été ouverte depuis un certain temps. Le lit arborait des draps bien bordés et sans plis. Personne ne semblait donc y avoir dormi récemment. La décoration était sommaire. Une table de chevet vieillotte, surmontée d'une lampe avec un vieil abat-jour lui aussi ringard. Sur le mur avait été accroché un cadre qui contenait la photo d'une pyramide égyptienne. Sans doute était-ce un signe laissé à ceux qui devaient rejoindre la Passerelle pour leur donner la certitude qu'ils étaient bien au bon endroit, c'est-à-dire dans l'antichambre du tunnel qui menait à l'abri antiatomique. Tout cela n'était qu'un décor, qu'un trompe-l'œil dont le seul but était de camoufler l'accès au tunnel à toute personne qui n'était pas dans la confidence. Ils se rendirent ensuite dans la cuisine qui ressemblait à une nature morte peinte un siècle plus tôt, dans les années 1960. Une table et des éléments de rangement en formica s'y trouvaient. Un vieil évier blanc en céramique. Une gazinière, un vieux frigo. Un carrelage de type damier noir et blanc sur le sol. Une ampoule au plafond nue, sans abat-jour. Quelques casseroles en cuivre pendues au mur en guise de décoration ainsi qu'une horloge des plus basiques. Et, enfin, du papier peint kitch. Ils allumèrent la pièce pour vérifier ce qu'il y avait dans les placards : quelques boîtes de conserve et des sachets de féculents. On avait de toute évidence voulu rendre ce lieu banal et peu attractif en faisant croire qu'il était habité par une personne modeste afin de dissuader de potentiels voleurs – ou plutôt des pilleurs en ces temps de fin du monde – de s'attarder sur ce logement. Toute personne qui rentrait là ne pouvait se douter qu'il s'agissait d'une mise en scène qui cachait les coulisses d'un centre de recherche et d'expérimentation muni de machines extrêmement sophistiquées et coûteuses dignes d'un bon film de science-fiction. Le passé semblait, ici, vouloir cacher le futur au commun des mortels. La salle de bains et les w.-c. étaient du même ordre que la cuisine, semblant eux aussi venir d'une autre époque.

— Ne restons pas ici plus longtemps, lança Sandra. Le temps nous est compté.

Sandra se tourna vers Destinée.

— Il nous reste combien de temps ?

— Une trentaine de minutes.

Ils n'eurent aucune difficulté à ouvrir la porte d'entrée de cet appartement T2 situé au rez-de-chaussée, car un jeu de clés se trouvait suspendu à un crochet dans son entrée. Le logement donnait bien sur la rue de la Pomme, et ils ne mirent, en courant, que quelques minutes pour rejoindre la bouche de métro Capitole.

***

Ils donnèrent immédiatement l'alerte et demandèrent au groupe de défense de la station Capitole de se tenir prêt. Leur chef donna l'ordre à des snipers d'aller se poster dans les immeubles alentour. Alors que les Télorriens, mélangés aux Terriens, attendaient fébrilement, personne ne s'était aperçu que Destinée avait disparu. Elle avait pris la décision, de son propre chef, de parcourir les stations du Réseau 1 pour tenter de retrouver l'enfant. Elle avait le sentiment profond qu'il fallait faire vite et elle se hâtait de rejoindre les bouches de métro suivantes pour analyser le faciès de chaque enfant retrouvé afin d'évaluer son âge et son degré de ressemblance avec l'enfant qu'elle avait vu en rêve et à l'intérieur des flashs qu'elle avait perçus. Alors que le compte à rebours s'égrainait en elle, à l'image des grains de sable qui s'échappaient d'un sablier, elle venait de rejoindre la station Jean-Jaurès. Certaines personnes qui croisaient l'androïde la regardaient avec étonnement, la plupart d'entre eux n'ayant jamais vu de robot humanoïde aussi perfectionné qu'elle. D'autres prirent même peur en la voyant. Un groupe d'enfants jouait dans le hall principal de la station. Destinée s'approcha de l'un d'eux, car il était « compatible ». Il s'agissait d'un petit garçon brun d'environ six à sept ans. En voyant l'androïde s'approcher de lui, sa mère, qui le surveillait de loin, vint s'interposer.

— Qui êtes-vous ?

— Bonjour. Je m'appelle Destinée. Vous avez dû entendre parler de nous. Nous sommes en collaboration avec Franck, le chef de la station Capitole.

— Oui. Mais que voulez-vous à mon fils ?

— Je ne veux pas lui faire de mal. Votre fils s'appelle-t-il Théo ?

— Non. Pourquoi ?

— Parce que j'ai de bonnes raisons de croire que l'enfant que je cherche est en danger. Me permettez-vous de tester votre fils ?

— C'est-à-dire ?

— Me permettez-vous juste de toucher sa peau ?

— Pourquoi ?

— Je voudrais vérifier que ce n'est pas lui…

Destinée prit la main de l'enfant et la cellule de détection tactile située sur son index se retrouva immédiatement en contact avec la peau de ce dernier. Une lumière bleutée éclata sous son doigt, aussi fugace qu'un flash d'appareil photo.

— Vous dites vrai. Ce n'est pas lui. Avez-vous déjà entendu parler d'un enfant qui se prénomme Théo et qui a à peu près l'âge de votre fils ?

— Non. Vraiment pas.

— D'accord. Ce n'est pas grave. Merci quand même. Il faut que vous quittiez la station de métro où nous sommes. Les hommes de l'U.E.T. sont sur le point d'orchestrer une rafle. Ils vont vouloir vous emmener sur Mars. Allez vous cacher dans les immeubles alentour. Et prévenez le plus de gens possible. Faites vite ! Il faut protéger votre enfant.

Alors que l'androïde venait tout juste de les quitter, et qu'il leur tournait dorénavant le dos, la femme l'appela. Cette dernière, à travers les dernières paroles que Destinée venait de leur dire, avait senti qu'elle pouvait avoir confiance en elle.

— Attendez ! Je sais à quelle station vit l'enfant que vous recherchez.

Destinée s'arrêta, puis se retourna.

— Laquelle ?

— Station Jolimont !

— C'est à combien de stations d'ici ?

— Deux.

— Merci.

Destinée quitta le hall pour rejoindre les voies de métro où se succédaient à perte de vue des cabanons d'habitation, puis elle sortit de cette zone de vie au visage de bidonville en courant pour s'engouffrer dans la noirceur du tunnel. La puissance de ses motorisations lui permit d'atteindre une vitesse bien supérieure au meilleur coureur humain. De la pénombre jaillissait au loin un point lumineux qui grossissait au fur et à mesure que l'androïde se rapprochait du quai de la station Jolimont. Alors qu'elle était sur le point d'arriver, elle entendit des coups de feu et des gens crier au loin. Destinée venait de rejoindre la scène d'un futur qui était devenu présent et qu'elle avait anticipé. Elle était encore une fois confrontée à la justesse de sa prévision qui s'égrainait devant ses yeux comme si elle regardait un film holographique. Il fallait rapidement trouver l'enfant avant que sa prévision ne s'engouffre pour toujours dans un passé révolu. Elle continua en courant de toutes ses forces pour atteindre le quai suivant dépourvu de structures d'habitation, car il s'agissait d'une station aérienne ouverte sur l'extérieur. Elle prit un escalier, puis rejoignit le hall principal de la gare où se trouvaient ceux qui vivaient là habituellement. Elle entendit des bruits de détonation et des cris qui semblaient se rapprocher d'elle. L'androïde, qui avait rejoint le hall, analysait chaque visage, avec une rapidité déconcertante, tout en évaluant la taille des êtres qu'il croisait. Alors que les gens couraient dans tous les sens, désemparés, elle s'arrêta net. Un enfant compatible était là, accompagné d'une femme. Elle s'approcha d'eux.

— Ne vous inquiétez pas, je suis là pour vous protéger.

— Qui êtes-vous ? demanda la femme. Vous êtes un androïde ?

— Je vous expliquerai plus tard, car le temps presse. Comment se prénomme votre enfant ?

— Théo.

Destinée tendit à l'enfant le lecteur de profil astrogénétique qui était situé au bout de son index.

— Mets ton doigt dessus, mon petit. N'aie pas peur. Je veux simplement savoir qui tu es. Si c'est bien toi, je dois te protéger.

L'enfant regarda la femme pour chercher son approbation.

— Vas-y, tu peux, lui dit-elle.

L'enfant avança lentement son doigt comme s'il avait peur de se brûler, puis il frôla finalement le doigt de l'androïde.

— Tu es né le 13 novembre 2056 à 16 h 54 à une latitude de 48° 51' 12N et longitude 2° 20' 55E, c'est-à-dire à Toulouse. C'est bien ça ? demanda Destinée en regardant la femme.

— Oui, mais comment pouvez savoir ça ? Je suis la seule survivante à connaître sa date de naissance précise.

— Ça aussi, c'est compliqué de vous l'expliquer maintenant... Vous n'êtes pas sa mère, n'est-ce pas ? Sa mère est morte lors de la Grande explosion ?

Alors que Destinée venait de lui dire ça, la femme plongea dans un état de sidération. Elle n'entendait plus rien autour d'elle alors que tout le monde s'agitait. Elle était au bord du malaise. Comment pouvait-il savoir ? Cette femme n'était en effet pas sa mère biologique, mais sa tante. C'était elle qui avait récupéré son neveu. Avant de mourir, n'arrivant pas à joindre son conjoint, la mère de l'enfant avait laissé un message à sa sœur, qui, par miracle, avait survécu à la Grande catastrophe. Lorsqu'elle était arrivée sur les lieux, elle avait découvert le corps sans vie de sa sœur, mais Théo, lui, avait survécu.

— Oui, mais... mais comment ?

La tante de Théo, n'en avait, en effet, jamais parlé à personne de telle sorte que tout le monde croyait qu'elle en était la vraie mère.

— Ça n'a pas d'importance. Il faut reprendre les escaliers. Les membres de l'U.E.T. ont envahi l'entrée du métro.

Quand ils parvinrent en bas d'un escalier qui menait au quai du métro, trois militaires arrivèrent derrière eux.

— Arrêtez-vous ! crièrent-ils.

— Montez, ordonna Destinée à Théo et à sa tante. Je vais m'occuper d'eux.

— Arrêtez-vous ! lança l'un des gardes à Destinée qui s'avançait dans leur direction avec une forte détermination.

Lorsque les soldats de l'U.E.T. se mirent à tirer sur l'androïde, plusieurs étincelles jaillirent sur sa surface métallique. Arrivée à hauteur du premier homme, elle l'empoigna, puis le souleva avant de le projeter contre l'un des murs du métro. Après que sa tête eut cogné contre le mur, ce dernier retomba sur le sol complètement inanimé. Elle commença à donner de violents coups de poing sur le visage d'un second militaire, le troisième, qui s'était mis derrière elle, lui asséna, à l'aide de son arme, plusieurs coups de crosse sur la tête. Elle vacilla légèrement à chaque impact et lâcha le second, puis elle se retourna vers lui. Il put rapidement tirer quelques balles supplémentaires, en reculant, mais Destinée se rapprochait de lui, indifférente à son attaque, jusqu'à ce qu'il soit acculé au mur du métro. Il avait un regard à la fois apeuré et interrogateur. Comment était-il possible que cette entité résiste à des balles si puissantes ? En une fraction de seconde, il comprit que c'en était fini pour lui. Elle lui empoigna le cou, le souleva, puis commença à l'étrangler. Mais par chance pour lui, les pleurs et les lamentations d'une personne qui se trouvait à proximité lui firent détourner son attention, et elle finit par lâcher le soldat sur le point de rendre l'âme. C'était Théo qui pleurait sur le corps de sa tante allongée en haut de l'escalier. Elle avait pris une balle perdue dans le dos. Cette dernière avait traversé son thorax et avait atteint son cœur. Les soldats étant hors d'état de nuire, l'androïde rejoignit l'enfant.

— Elle ne respire plus, lui dit Destinée. Je suis désolé, mais ta tante est morte. Nous devons partir.

— Non, je ne veux pas !

— Tu n'as pas le choix, Théo ! Allez, viens !

— Non.

Destinée prit l'enfant de force et le porta sur l'une de ses épaules. Alors qu'il tentait de se débattre, en vain, elle s'engagea sur la voie aérienne du métro pour tenter de rejoindre la station suivante, la station Roseraie, laissant derrière elle la station Jolimont. La marche était rendue difficile à cause des rails fixés sur le pont, mais après une dizaine de minutes de marche, elle aperçut enfin un tunnel, celui qui indiquait l'arrivée dans la nouvelle station. Juste avant l'entrée du tunnel, de part et d'autre des voies, se trouvaient des panneaux antibruit en verre. Elle brisa l'un d'eux et sauta avec l'enfant dans les bras pour sortir des voies et éviter d'être confrontée à nouveau à d'autres militaires. Elle aperçut les vaisseaux de l'U.E.T. dans le ciel, comme le feraient des gardiens de prison dans une tour de guet, pour empêcher la moindre évasion, l'androïde se hâta de longer le mur d'une maison qui se trouvait à côté des voies avant de pénétrer dans son jardin et de forcer sa porte d'entrée.

— Nous allons rester là le temps qu'ils partent.

— J'ai peur, lui dit l'enfant en pleurant.

— Ne t'inquiète pas. Il ne peut rien t'arriver. Je suis dorénavant là pour veiller sur toi.

— C'est qui, les messieurs avec leurs pistolets ?

— Ce sont des membres de l'U.E.T.

— C'est quoi, l'U.E.T. ?

— Des personnes qui veulent vous forcer à vivre ailleurs.

— Où ?

— Sur une autre planète.

— Et elle est loin, cette planète ?

— Oui. C'est assez loin...

Destinée ouvrit les portes d'une commode et sortit une nappe. Elle l'étala sur un canapé poussiéreux.

— Tu vas pouvoir dormir là, Théo. Tu dois être fatigué.

— On va aller où après ?

— On va attendre qu'ils partent, puis on rejoindra un endroit secret. Il y a à manger là-bas et de quoi dormir. On y sera bien.

Théo s'était allongé et avait fini par s'endormir. Destinée, qui était montée à l'étage, lui avait trouvé quelques jouets dans ce qui restait d'une chambre d'enfant et elle comptait bien les lui remettre à son réveil pour lui changer les idées. Nul enfant ne devrait avoir à subir une quelconque forme de violence ni y assister. Alors qu'elle regardait à travers les rideaux de la fenêtre du salon pour savoir si les engins volants avaient quitté le ciel grisâtre, elle reçut soudainement un message fugace de Sandra.

— Destinée, où es-tu ?

— Nous avons réussi à nous échapper du Réseau 1. Mais je ne préfère pas communiquer l'endroit exact de notre position. On ne sait jamais.

— Comment ça « nous » ? Tu as trouvé l'enfant ?

Sandra parlait doucement.

— Oui.

— Il va bien ?

— Ça pourrait aller mieux. Sa tante vient de mourir sous ses yeux.

— Qu'est-ce qu'il a de particulier, cet enfant ?

— Je ne le sais pas encore. Mais je pressens qu'il aura un rôle particulier à jouer. Et surtout qu'il est en danger. Je sais au fond de moi que je dois le protéger. Mes visions doivent avoir un sens. Et vous ? Vous êtes où ?

— Nous sommes pris au piège par les soldats de l'U.E.T. Ils sont trop nombreux. Je ne pourrai sans doute plus émettre d'ici quelques heures, car il y a fort à parier qu'ils vont nous demander d'ôter nos combinaisons. Essaye de rejoindre le bunker de la pyramide, vous y serez plus en sécurité et il y a de l'alimentation là-bas. Franck, Xiphu

Maophi Po et Akilina doivent être encore là-bas. Ils pourront vous aider.

— Nous allons essayer de rejoindre le bunker. Mais nous n'y resterons pas. Nous allons quitter le système solaire dès que nous le pourrons. Il faut que je mette l'enfant à l'abri.

— Pourquoi ?

— Parce que je sais que Tcherkinakovski sera lié au destin de cet enfant. Si nous quittons votre système solaire, il n'aura pas les moyens technologiques de nous retrouver.

— Comment vas-tu faire pour quitter la Terre ?

— Nous voyagerons à bord du XT-1.

— Surtout pas, Destinée ! Nous allons de toute évidence être déportés sur Mars. Mais Pencha aura besoin du rooper pour retourner sur Monos.

— J'ai un mauvais pressentiment, Sandra. Pencha va se faire prendre lui aussi. Il faut que j'éloigne l'enfant et que je protège votre technologie. Si le vaisseau reste sur Terre, les membres de l'U.E.T. s'en empareront. C'est certain. Car ils chercheront à développer un jour une flotte spatiale dotée des mêmes réacteurs. Et puis il ne faut pas qu'il ait accès à l'holonium. C'est un outil trop puissant qui leur permettrait de retrouver l'enfant.

— Mais où comptes-tu aller si tu quittes le système solaire ?

— Sur l'une des trois exoplanètes qui figurent sur les rapports de la Passerelle que tu as lus tout à l'heure. Il s'agit de planètes habitables.

— Laquelle des trois ?

Alors qu'elle venait d'entendre la réponse de Destinée, Sandra ne répondit plus, les agents de l'U.E.T. lui faisaient face.

***

Au même moment à la Passerelle, Pencha venait de terminer le paramétrage des lecteurs biométriques. Les profils astrogénétiques de Franck, d'Akilina, de Xiphu Maophi Po, et d'autres Terriens y avaient été intégrés pour qu'ils puissent venir à leur guise dans ce bunker et, qui sait, un jour communiquer à l'autre bout de l'Univers avec les Télorriens en projetant leur conscience dans un paralax. Pencha prit dans ses bras Xiphu Maophi Po et la serra fortement. Après deux années passées ensemble, déjà sur Monos, puis à bord du XT-1, ils s'étaient liés d'une amitié sincère.

— Tu vas me manquer, lui dit-elle.

— Toi aussi, lui répondit Pencha alors qu'une larme perlait sur son visage.

Pencha remercia également Franck et ses hommes pour leur accueil.

— Nous reviendrons vous voir, leur dit Pencha. C'est une certitude.

— Nous l'espérons, lui répondit Franck.

— Je vous laisse, mes amis. Je vais rejoindre le Réseau 1 pour récupérer les autres Télorriens avant notre grand retour. Espérons que la prévision de Destinée ne se soit pas produite.

Pencha se rendit dans la pièce mobile et appuya sur la cellule biométrique afin de la faire monter pour atteindre le rez-de-chaussée de la pyramide. Puis il sortit pour rejoindre le groom. Alors qu'il était sur le point de l'atteindre et de monter à bord, il se retrouva brutalement entouré par une horde de soldats qui pointaient leur arme dans sa direction. Leur avantage numérique ne laissait aucune chance à Pencha de s'échapper.

— Tu comptes aller où comme ça avec ce vaisseau ?

Pencha ne répondit pas.

— Allez, emmenez-le.

***

— Et merde ! dit Franck.

Franck venait d'éteindre son cellulaire, après être entré en contact avec certains membres du Réseau 1.

— Qu'est-ce qu'il y a ? lança Akilina.

— Les membres de L'U.E.T. sont là. Une rafle vient de débuter dans le Réseau 1.

— Mince, lança Xiphu Maophi Po.

Au même moment, un autre Terrien, prénommé Arthur, arriva, complètement essoufflé.

— Qu'est-ce qui se passe ?

— Je viens de sortir. Je voulais voir le vaisseau spatial décoller.

— Et alors ?

— Les militaires de Tcherkinakovski ont tendu une embuscade à Pencha. Ils l'ont emmené. Et des hommes en faction attendent maintenant autour du vaisseau.

— Et merde ! lança Franck. On va devoir rester planqués dans ce bunker un certain temps...

***

Deux jours plus tard

Destinée avait attendu que les membres de l'U.E.T. se retirent avant de sortir de la maison avec l'enfant. Dépourvu de vaisseaux, le ciel toulousain avait retrouvé son teint grisâtre uniforme.

— J'ai faim, lui dit l'enfant.

L'androïde avait du mal à conceptualiser la notion de faim. Un robot avait de l'énergie ou n'en avait plus. Il fonctionnait ou ne fonctionnait pas. C'était une loi binaire. Elle connaissait où en était son niveau d'énergie, mais n'avait aucune sensation de souffrance quand sa batterie s'amenuisait. Et, en cas d'épuisement de l'hélium 3, elle s'éteindrait et voilà tout. Elle ignorait les douleurs à l'estomac, la sensation de malaise de l'hypoglycémie, et la faiblesse. Mais elle savait au plus profond d'elle-même qu'il fallait répondre aux besoins de l'enfant. Après être sortis de la maison, ils venaient d'arpenter les rues désertes de Toulouse, en rasant les murs au cas où certains membres de l'U.E.T. auraient pu être restés dans les parages, puis se retrouvèrent devant l'appartement de la *rue de la pomme*. Destinée ramassa la clé qui avait été déposée sous le tapis d'entrée par les Télorriens, et y pénétra avec l'enfant. Ils se rendirent dans l'unique chambre du logement et Destinée ouvrit la trappe qui se trouvait sous le tapis, à côté du lit. Ils descendirent dans le tunnel et montèrent à bord de l'un des véhicules électriques autonomes qu'ils avaient parqués là quelques jours plus tôt. Comme s'il s'agissait d'un jeu, l'enfant appuya sur la zone tactile du tableau de bord qui indiquait la station Pyramide. Après une vingtaine de minutes, ils arrivèrent devant la porte métallique qui menait au bunker de la pyramide. Son ouverture était conditionnée par le lecteur de profil astrogénétique. Or, Destinée n'avait ni ADN et ni cellules biologiques, et donc, pas de profil astrogénétique. Et l'enfant, lui, n'était pas référencé dans la base de données du lecteur.

***

— Vous avez entendu ce bruit ? demanda Xiphu Maophi Po. On dirait que quelqu'un frappe.

— Oui, tu as raison. Allons voir, mais prenons ce qu'il faut.

« Ce qu'il faut », c'était les armes qui se trouvaient entreposées dans la pièce à côté.

Le bruit retentit à nouveau, comme si quelqu'un frappait avec son poing contre une porte pour signifier sa présence. Le bruit revenait à intervalle régulier.

— Il y a quelqu'un derrière la porte, lança un Terrien à voix basse qui se prénommait Pierre. Qu'est-ce qu'on fait ? On fait les morts ou bien on leur demande leur identité ?

— Il s'agit peut-être des membres de l'U.E.T.

Puis ils entendirent la voix cristalline de l'enfant qui parlait à Destinée.

— Il y a un enfant, dit Xiphu Maophi Po. Ce doit être un habitant du Réseau 1 ou du Réseau 2.

— Qui est là ? cria Akilina.

— C'est Destinée, l'androïde. Ouvrez-nous. Je suis avec un enfant.

Xiphu apposa la pulpe de son index sur le lecteur astrogénétique et la porte s'ouvrit. Arthur, Pierre, et Franck avaient leur fusil d'assaut pointé dans leur direction. Destinée cachait l'enfant derrière elle pour le prémunir de tout projectile balistique.

— On se calme, les gars ! lança Xiphu. C'est bien eux ! Vous pouvez baisser vos armes. Bienvenue, Destinée. Je suis content de te revoir... Entrez vite !

Valles Marineris

Un mois plus tard

Les Télorriens capturés avaient été emmenés, avec les autres Terriens, dans une unité de tri avant d'être transférés sur Mars. Comme à l'accoutumée, les médecins de l'U.E.T. s'étaient chargés de séparer les personnes en bonne santé des autres, potentiellement peu utiles à la société martienne. Cela faisait un mois que les Télorriens étaient captifs sur Mars. Tcherkinakovski, qui avait réussi à infiltrer l'astrothèque dans les années 2060 en réussissant à y faire embaucher l'une de ses espionnes qui se prénommait Neila, connaissait très bien les découvertes de Zilberg sur le déterminisme astrogénétique. C'est pourquoi il avait demandé qu'on ressorte les lecteurs de profil astrogénétique qu'il avait emportés sur Mars. Lorsqu'il avait eu connaissance de l'existence du vaisseau spatial des Télorriens, la première chose qu'il avait cherché à connaître, c'était l'origine de ces individus. Mais comme les ex-Iloryens étaient physiquement similaires aux Terriens, il avait dû tester toutes les personnes du Réseau 1 qu'il avait fait transférer. Les profils astrogénétiques des ex-Iloryens étaient illisibles par les capteurs, ces derniers étant incapables d'identifier les planètes et les positions qu'elles avaient eues le jour de leur naissance. On avait alors vite compris que Wyu, Irion, Namos, Oro et Pencha provenaient « d'ailleurs », c'est-à-dire d'un autre système solaire. Quant à Irène Ludwig et Sandra, on les avait considérées comme des Terriennes, comme de vulgaires Terriennes. Lorsque Tcherkinakovski avait considéré le fait qu'il « possédait » des extraterrestres, son sang ne fit qu'un tour et son excitation fut aussi intense que l'explosion d'une nébuleuse. Il n'avait désormais plus qu'un seul but : savoir d'où ils venaient précisément et comment ils avaient pu venir jusqu'à la Terre. Il lui fallait à tout prix connaître les moyens technologiques qui leur avaient permis ce miracle. Il les avait alors considérés comme des invités prestigieux. On leur avait réservé les logements les plus luxueux de Nouvel horizon. Ils avaient même eu le privilège de loger dans le secteur où vivait Tcherkinakovski. Cela faisait un mois qu'il les chouchoutait, qu'il les amadouait, qu'il faisait preuve de la plus grande amabilité, et qu'il cherchait, par ses discours obséquieux à leur soutirer leurs secrets. Mais ses preuves de sympathie, contraires à sa nature profonde, commençaient à se dissiper, surtout lorsque les Télorriens avaient refusé de lui donner la procédure d'ouverture du groom, resté sur Terre, toujours dans la zone universitaire de Toulouse. Ceux-ci refusèrent catégoriquement et c'est alors que son véritable caractère avait ressurgi à l'image d'un volcan qui avait trop longtemps gardé en son sein son magma en fusion et qui avait, de ce fait, explosé en libérant son liquide incandescent. Tcherkinakovski avait alors ordonné qu'on les transfère du secteur des privilégiés vers celui de la zone-dortoir où vivaient les mineurs, ceux à qui on avait attribué la dure tâche d'extraire les matières premières de Mars. Mais alors qu'on faisait travailler de force les Terriens, Tcherkinakovski avait demandé de ne surtout pas envoyer les Télorriens à l'extérieur de Nouvel horizon dans les zones d'extraction. C'était bien trop risqué. Une seule brèche dans leur combinaison autonome et ça pouvait en être fini pour eux… Il ne disposait que de quatre extraterrestres, et il ne fallait surtout pas prendre le risque d'en perdre un seul. Ils étaient pour lui une aubaine, une occasion inespérée, un coup de chance incroyable. À travers eux, il allait pouvoir nourrir et rendre concret son grand dessein de quitter le système solaire. Il allait pouvoir être le seul être humain à avoir réussi à réaliser cela. Et cela ferait de lui un démiurge, et un être adulé de tous. En d'autres termes, un dieu vivant. Mais pour cela, il fallait que les Télorriens collaborent et lui livrent leur technologie. Il leur avait laissé une semaine avant d'employer la « manière forte », comme il leur avait dit.

***

Les vaisseaux se suivaient, les uns derrière les autres, formant ainsi un long convoi aérien. Le ciel de Mars était encore fardé de sa couleur féminine rose-rouge. Le Soleil, quant à lui, qui venait de faire son apparition dans le ciel, s'était entouré d'un halo bleu, comme si ce mastodonte voulait signifier aux habitants de Mars qu'il restait le principe masculin de ce système solaire.

— On va en baver aujourd'hui, dit l'un des extracteurs à ses collègues alors qu'il venait de regarder à travers l'un des hublots du vaisseau à propulseur MAG-P. Le ciel est encore saturé.

— Oui, c'est mal engagé, dit un autre extracteur. On va encore en baver et s'bousiller les yeux.

Lors des jours les plus cléments, lorsque l'atmosphère de Mars n'était pas saturée de poussière, le ciel pouvait prendre une teinte bleu pâle, tirant légèrement sur le gris, et cela leur donnait l'illusion d'être un peu sur Terre. Mais Mars étant le plus souvent sujette aux rafales de vent, voire aux tempêtes, ce cas de figure était loin d'être fréquent. Ce n'était pas tant les rafales qui posaient un problème, même si elles empêchaient considérablement la progression des hommes et leurs mouvements, mais la mauvaise visibilité. Lorsque le vent se levait, il avait cette fâcheuse habitude d'emporter la fine couche de poudre, riche en oxyde de fer, qui recouvrait sa roche-mère. La Terre n'était rien d'autre que la sœur jumelle de Mars. Son histoire était identique. Ces deux planètes s'étaient formées dans la même région du système solaire et avec les mêmes « ingrédients ». Les gaz et les poussières s'étaient accrétés dans une sorte de pâte, informe au début, qui était devenue de plus en plus compacte pour former une sphère. Comme si la forme circulaire de l'atome infinitésimal avait réussi à s'imposer dans le macrocosme, comme si la forme sphérique avait été choisie comme patron de base universel, comme un modèle à suivre. Il en était ainsi des atomes, des cellules, des planètes, et des galaxies… Puis l'amas de boue avait poursuivi son effort de compactage pour se transformer en un rocher immense pour un être vivant, mais minuscule à l'égard de l'immensité du monde. Les métaux comme le fer s'étaient réfugiés, à cause de leur densité, au centre de cet amas, formant ainsi un noyau liquide. Les éléments plus légers, les silicates notamment, s'étaient quant à eux refroidis à la surface. Au cours du grand bombardement tardif[43], s'était abattue sur Mars, tout comme les autres planètes du système solaire, une averse cométaire, apportant des métaux, mais accélérant aussi son dégazage pour former son

43 Le grand bombardement tardif est une période supposée au cours de la formation de l'Univers, il y a environ 4 milliards d'années, durant laquelle se serait produite une augmentation notable des impacts météoritiques ou cométaires sur les planètes telluriques.

atmosphère tenue riche en CO_2. Mais l'impact des comètes avait dégagé des micrograins de poussière qui avaient fini par se déposer sur son sol comme si une fine couche de neige ocre s'y était progressivement déposée. Pendant des millions d'années, la planète avait été suffisamment chaude pour permettre à l'eau d'être à l'état liquide et d'oxyder ce fer, donnant à cette planète l'impression d'être complètement rouillée. Le visage de Mars arborait de vastes étendues rocheuses arides, faites de plaines, de cratères, d'immenses volcans, de rifts, et de vallées. Son ciel était monotone. Il n'y avait point de nuages pour le rendre plus changeant. C'était un ciel opaque et triste, à l'image d'un faciès figé et inexpressif, en d'autres termes, un horizon dépressif qui n'émettait pas de larmes. C'était comme si ce ciel avait perdu ses glandes lacrymales : il ne pleurait plus, il n'émettait plus la moindre goutte de pluie. Combien de Terriens vivant maintenant là auraient aimé voir le ciel se couvrir de nuages et la pluie tomber ? Cette pluie qui était sur Terre tant redoutée aurait été là considérée comme une bénédiction des dieux. Pas de pluie, pas de vie. En d'autres termes, un monde minéral brut. Un monde de cailloux et de roches. Un monde sans âme. Et c'est bien là que Mars se différenciait de sa jumelle : pas d'oxygène, pas de chaleur, et presque pas d'eau, ou tout au plus de l'eau glacée. Les ingrédients de la vie y étaient donc absents. Y vivre devenait quelque chose de contre nature. Alors, il faudrait s'y adapter, toujours. Faire un compromis qu'on n'aurait jamais voulu faire. Une sorte de pacte nécessaire avec la planète : « Je vous donne l'autorisation de dormir ici, mais c'est vous qui apportez la literie et le couvert, et c'est vous qui améliorerez mon espace. Je ne peux pas vous donner plus. C'est du donnant donnant. » L'Univers en avait voulu ainsi. Car, finalement, le système solaire n'avait pas été généreux avec les Terriens. Il leur avait donné qu'une seule planète habitable.

« Vous l'avez détruite ? Eh bien, tant pis pour vous ! Il fallait réfléchir avant… Maintenant, acceptez votre nouvelle condition ! Ce n'est pas terrible, mais ce n'est mieux que rien. Vivre dans de mauvaises conditions est tout de même mieux que de ne plus vivre du tout. Il vaut mieux une sale vie, qu'une belle mort. » Quoi que… Ce n'était pas ce que tout le monde pensait ici. La preuve en avait été donnée quelques jours plus tôt et c'est sans doute à cela que tous les extracteurs présents dans la flotte aérienne étaient en train de penser, se demandant eux-mêmes s'ils ne devraient pas en faire autant. Sept jours plus tôt, une femme, qui faisait partie des extracteurs et qui s'appelait Marie, semblait avoir accepté sa condition de Martienne. Après tout, elle ne semblait pas si malheureuse. Elle travaillait, on lui donnait en échange à manger et un toit. Et puis, elle vivait dans une communauté. Tout ça faisait un peu penser à sa vie d'avant, sur Terre. Elle souriait d'ailleurs, et semblait donc heureuse dans sa nouvelle condition. Après tout, il fallait relativiser. Elle vivait, et ceux qui étaient morts lors de la Grande catastrophe n'avaient pas eu cette chance. Certains Terriens, avant ce drame, auraient même payé des millions d'euros pour faire partie d'une expédition en direction de Mars. La science-fiction avait fait rêver des générations d'individus qui auraient fait n'importe quoi pour quitter la Terre, se nourrissant de l'idée que tout pourrait être mieux ailleurs et qu'ils pourraient aborder une vie merveilleuse et spectaculaire. Mais la réalité était toute autre. Marie faisait partie des extracteurs, en d'autres termes des mineurs chargés d'extraire les matières premières que Mars offrait pour bâtir son unique ville, Nouvel horizon. Ce matin-là, comme tous les autres, elle s'était levée à l'aube et avait regardé une dernière fois à travers le hublot de sa cellule de vie cette couleur rosée qu'offrait le ciel, en se disant qu'elle avait eu tout de même la chance de vivre une expérience hors norme, voire incroyable : celle de vivre une expérience sur Mars et de pouvoir observer de ses propres yeux un ciel si différent. Mais ce qui aurait dû être qu'une expérience transitoire allait durer toujours. Elle le savait. Et elle avait fait son choix. Alors qu'elle avait quitté Nouvel horizon à bord de l'un des vaisseaux dédiés au transport des matières premières, elle avait discuté, rigolé avec ses collègues. C'était une jolie fille et on lui envoyait souvent des propos flatteurs quant à son physique, ces propos n'ayant d'autre but que de lui faire comprendre qu'une liaison amoureuse avec elle était possible. Mais sa pulsion sexuelle s'était éteinte, et elle ne ressentait rien pour personne, comme si son inconscient avait bloqué cette fonction pour l'empêcher d'imposer sa condition à une éventuelle descendance. Comme si son inconscient lui demandait d'éteindre la chaîne d'une vie sans intérêt. Lorsque la sonnerie avait retenti, elle avait scellé le masque de sa combinaison qui jouait le rôle de membrane protectrice entre elle et ce monde hostile. Elle avait aidé les autres à sortir les marteaux-piqueurs rendus plus légers à cause de la gravité trois fois plus faible que sur Terre. Puis elle avait commencé à fouler ce sol poudreux. Le sol de Mars était comme le sable d'une plage après une marée haute. Lorsque la mer se retirait, le sable perdait ses traces et devenait pur et uniforme. Puis on foulait à nouveau le sable en y laissant ses empreintes, jusqu'à ce qu'une nouvelle marée les efface. Comme dans un cycle immuable. Il en était de même avec le sol de Mars : les empreintes restaient jusqu'à ce qu'une nouvelle tempête de sable les fasse disparaître, comme si la planète voulait cacher au monde ses habitants… Puis Marie avait commencé à utiliser son marteau-piqueur. C'est elle qui avait choisi de devenir « extracteur », car les femmes n'avaient souvent pas la force pour un tel ouvrage. Mais elle avait insisté pour intégrer l'équipe. Sa force physique le lui permettait.

« Ça la faisait sortir » comme elle disait, car elle « étouffait » dans Nouvel horizon qui n'était rien d'autre qu'une vaste ville étanche à l'atmosphère de Mars et renfermée sur elle-même. Ce n'était qu'une cité-dortoir. Pour elle : une prison. Elle ressentait la même souffrance qu'un prisonnier qui apercevait le monde extérieur à travers les barreaux de sa cellule. Alors qu'elle s'affairait à broyer de gros blocs de silicates, qui serviraient sans doute à fabriquer du verre pour les serres ou les immeubles de Nouvel horizon, d'autres s'occupaient à ramasser les morceaux de roche afin de les mettre dans des conteneurs à sustentation antigravitationnelle. Pendant ce temps-là, certains emportaient les conteneurs remplis jusqu'au vaisseau-cargo à propulsion MAG-P. Et ainsi de suite. La routine se répétait. L'homme avait transféré son système de travail et de salaire sur Mars. Tcherkinakovski avait créé une monnaie : le tcherk. Lui-même était propriétaire de l'unique banque de cette planète : *la banque centrale de Mars*. Il fallait donc travailler pour gagner de l'argent. Gagner de l'argent pour s'acheter à manger. S'acheter à manger pour vivre. Ou plutôt survivre. C'était un mécanisme universel et immuable qui avait pris naissance dès le big bang et qui mourrait avec la fin thermique de l'Univers, ce dernier ayant lui-même un début et une fin programmés. L'énergie, qui permettait d'alimenter le corps de Marie en petites briques de calories, avait un prix. Ce prix, c'était celui du travail. Marie avait prétexté vouloir « aller voir ce qu'il y avait derrière le monticule » pendant son temps de pause. Le chef de l'unité d'extraction n'y vit aucun inconvénient. Et Marie avait rapidement disparu derrière cette petite montagne au relief escarpé. L'espace d'un instant, alors qu'elle avançait assez rapidement, sans se retourner, sur cette terre argileuse et siliceuse, recouverte de roches et de blocs, de poudre et de sable, elle avait eu l'illusion d'être encore sur Terre. Dans un désert certes, mais encore sur Terre. Peu importait où elle avait l'impression d'être. Ce paysage lui rappelait peut-être la vallée de la Mort, en Californie, à l'est de la Sierra Nevada. À moins que cela ne soit le désert d'Atacama, au Chili, ou bien dans le désert de Jordanie. Après tout, l'homme avait bien créé des dômes dans ce désert pour y dormir. Peut-être était-elle tout simplement en vacances. Elle était peut-être partie en balade visiter le désert, et elle rentrerait ce soir, dans cet hôtel insolite, que l'on avait nommé sur Terre *Suncity camp*. Elle qui était férue de cinéma, elle se rappela d'ailleurs que c'était à proximité de ce lieu qu'avait été tourné le film *Seul sur Mars*, à cause de ces paysages environnants ressemblant à ceux de la planète Mars. Une seule différence distinguait le désert de Mars de celui de Jordanie. C'était leur température contraire. Mais l'espoir chimérique d'être encore présente sur l'un des déserts de la planète Terre venait de s'évanouir rapidement lorsqu'elle commença à voir sa vue se troubler. Elle venait de comprendre que le processus était en marche. Mais malgré sa force qui commençait à lui faire défaut, elle continuait à marcher pour s'éloigner le plus possible du groupe, afin qu'on ne puisse pas la sauver. Elle s'était donné une belle mort au fond, celle d'une mort douce, et presque indolore. Le dioxyde de carbone de l'atmosphère, qu'elle était en train de respirer, n'avait pas de couleur ni d'odeur, de telle sorte qu'elle avait réussi à se leurrer elle-même. Car, jusqu'à la fin, elle avait eu l'impression de respirer de l'oxygène. Puis son corps avait commencé à devenir lourd, comme si elle venait d'être à nouveau exposée à la gravité terrestre. Ses membres s'étaient mis à trembler et à fourmiller avant que ce ne soient des vertiges qui firent leur apparition ainsi que des douleurs à la tête. Alors que sa vision se troublait davantage et s'accompagnait de scintillements, elle sentit qu'il était temps pour elle de s'allonger. L'air qu'elle respirait commençait à lui brûler le visage et les poumons, comme si elle venait d'être exposée à une bombe lacrymogène. Son cœur se mit alors à battre la chamade. Elle ne savait pas si cela venait de sa peur de mourir ou de la toxicité du gaz. La réponse à cette question n'avait de toute façon plus beaucoup d'importance. Sa respiration se raccourcit et s'accéléra, et elle ressentait une intense soif d'air, identique à celle que l'on ressent lorsque l'on est déshydraté et que l'on réclame de l'eau. La sensation devint d'ailleurs insupportable, mais, heureusement pour elle, elle ne dura que quelques secondes. Alors qu'elle venait de penser à ses proches qui étaient morts lors de la Grande catastrophe, elle ressentit soudainement des vibrations envahir son corps jusqu'à ce qu'elle se sente projetée à l'extérieur de son corps, comme si on l'aspirait dans un tunnel circulaire blanchâtre. Elle comprit qu'elle était morte et qu'elle avait transféré sa conscience dans son corps astral, lorsqu'elle vit son propre corps inerte, allongé dans ce sable, perdu dans l'immensité de ce camaïeu de couleur rouge. « La mort n'était pas si terrible que cela », avait-elle pensé, alors qu'elle venait de se dégager son âme du monde de la matière, du monde de la dépendance à l'énergie qui dictait ses lois que l'on devait suivre à la lettre si on ne voulait pas mourir. « Je me sens si légère, et tellement mieux. » Puis l'image de Mars se dissipa de son champ de vision, comme un écran que l'on vient d'éteindre et qui crépite encore, comme une image évanescence qui s'évanouissait lentement. Elle se sentit devenir aussi légère qu'une plume, libérée de ce corps qui l'avait fait agoniser quelques minutes plus tôt, et elle se trouva alors happée par une lumière blanche, une lumière dotée d'une certaine forme d'intelligence, qui lui transmit une sorte d'énergie-pensée : « te voilà soustraite au monde de l'énergie ». Et la froideur du monde de Mars s'effaça pour laisser place à une lumière remplie d'amour. Marie venait de baisser les bras face à ce mal qui la rongeait depuis des semaines, et qui avait pris le pas sur elle, à l'image d'une maladie qui la gangrénait de l'intérieur, à l'image d'une métastase qui avait envahi son organisme dans son intégralité. Le mal était trop profond pour espérer une quelconque guérison. Elle ne voulait plus vivre. Marie s'était suicidée en coupant simplement son arrivée d'oxygène… Mais au bout d'un quart d'heure, le temps de pause s'était écoulé, et on commença à s'inquiéter de son non-retour. Le chef envoya deux personnes à sa recherche. Ils contournèrent à leur tour la montagne et s'aperçurent bien vite que quelque chose ne collait pas. Il y avait comme une anomalie sur le sol. Une couleur différente. Blanche. Quelque chose de non minéral. Cette chose, c'était le corps de Sandra qui était allongé sur le sol poudreux, prisonnier de sa combinaison qui l'avait finalement empoisonnée. Ils eurent beau tenter de la réanimer, c'était déjà trop tard. Quelques minutes suffisaient à la mort pour briser le cerveau et le cœur d'un organisme lorsque celui-ci était privé d'oxygène.

Une sirène retentit dans les différents vaisseaux-cargos qui venaient de se poser, indiquant aux extracteurs que la porte de la soute allait bientôt s'ouvrir et qu'ils devaient déjà, selon le protocole, avoir fermé le casque de leur combinaison. Sur la visière de ce dernier, certaines informations avaient déjà commencé à apparaître, leur indiquant la composition de l'air à l'intérieur de leur combinaison, le temps restant d'oxygène, et la température extérieure.

— Allez. On y va, les gars.

Ce jour-là, les vaisseaux-cargos venaient de se poser dans une immense faille qui s'appelait *Valles Marineris*. Ce canyon, qui était né de la tectonique des plaques de Mars, au niveau de la région équatoriale, avait dessiné sur le visage de cette planète une immense balafre visible de l'espace. Ce réseau de vallées fortement encaissées s'étendait sur plusieurs milliers de kilomètres d'est en ouest. Les vaisseaux, qui se posaient au fur et à mesure dans ce grand précipice qui semblait vouloir les engloutir, ressemblaient à de minuscules moustiques volant au-dessus d'une rivière asséchée. Au fur et à mesure que les vaisseaux arrivaient et descendaient au fond de ce gouffre, les extracteurs présents à bord avaient l'impression que des parois minérales s'élevaient afin de les empêcher de s'évader, comme s'ils se situaient dans l'enceinte d'une énorme prison. Quand les vaisseaux se furent posés dans leur totalité, les extracteurs descendirent tous, un par un, munis de leur marteau-piqueur afin de commencer leur dur labeur d'extraction.

Et au même moment, dans une autre région de Mars, une seconde unité de travailleurs était en train d'extraire des blocs de glace dans le cratère de Korolev, immense étendue blanche perdue au milieu du désert rouge.

Symbiose

— Lâchez-le ! ordonna Alexei Tcherkinakovski aux agents de sa garde rapprochée. Et enlevez-lui ses menottes.

Les gardes exécutèrent son ordre et le libérèrent de ses liens.

— Vous pouvez nous laisser, poursuivit-il.

— Nous sommes chargés d'assurer votre sécurité, monsieur. Votre décision n'est pas très prudente…

— Je suis persuadé que nous allons bien nous entendre, n'est-ce pas ? dit-il en le regardant droit dans les yeux.

— Comme vous voudrez, monsieur, répondirent les gardes.

L'escouade sortit du vaste bureau de l'ancien directeur de la société *PAGROM Industry* sur Terre. Son bureau se trouvait au dernier étage d'une immense tour possédant de grandes baies vitrées qui permettaient d'observer l'étendue de Nouvel horizon et ses environs. Habituellement, en pleine journée, les grains de poussière rougeâtres d'oxyde de fer décollés du sol et propulsés en grande quantité dans l'atmosphère par les vents donnaient au ciel martien une coloration rougeâtre. Il n'y avait que dans les périodes d'accalmie où la main du vent faisait retomber la fine couche de poussière sur le sol, que l'on pouvait voir la couleur réelle du ciel de Mars, d'un bleu très pâle, ténu, tirant sur le gris.

Tcherkinakovski tourna le dos à Pencha pour se diriger vers l'immense baie vitrée qui se trouvait derrière son bureau. Il regarda d'abord la ville qu'il avait créée, Nouvel horizon, non sans une certaine fierté. Celle-ci s'évanouissait progressivement dans la pénombre, car le soleil était en train de se coucher. Ce n'était donc plus la ville que l'on voyait, mais ses lumières qu'elle arborait. Puis le regard de Tcherkinakovski se porta plus loin, en direction de l'horizon lointain. Le soleil, qui était en train de disparaître de l'autre côté de la planète, s'était paré d'un halo bleu.

— Vous devriez venir voir ce magnifique halo bleu qui entoure notre soleil et qui est si caractéristique du crépuscule martien, dit Tcherkinakovski pour inviter Pencha à se rapprocher de l'imposante baie vitrée afin d'assister au spectacle.

Et c'est ce que fit Pencha.

— Vois-tu, Pencha, cette ville, c'est mon œuvre. Je l'ai inaugurée il y a maintenant une vingtaine d'années. J'ai été un pionnier dans l'amélioration de la conquête spatiale. J'ai découvert la matière antigravitationnelle et développé les premiers moteurs plasma qui nous ont permis d'accélérer les voyages spatiaux interplanétaires. Nous avons pu ainsi récupérer ce joyau énergétique qu'est l'hélium 3. Grâce au profit que cette exploitation a généré, j'ai pu construire cette cité sur Mars afin de sauver une partie de l'humanité en lui donnant un nouvel essor. Mais je sais bien que tout ceci est encore insuffisant. Je le vois bien dans le regard de chacun de mes concitoyens qui me réclament autre chose. Je voudrais donner un autre destin à tous ces hommes et à toutes ces femmes. Je donnerais ma vie pour eux.

— Vous n'avez pas l'air d'en prendre si soin que cela. Vous les faites travailler jusqu'à la mort. La vie de ces hommes ne semble guère avoir d'importance à vos yeux.

— Chaque être humain doit participer à l'effort collectif. Voilà tout. C'est moi qui les ai sauvés, car la Terre arrivait quoi qu'il en soit à sa phase terminale. Alors, ils me doivent bien cela.

— Certes, mais vous avez participé à l'accélération de son extinction en donnant en toute insouciance l'hélium 3 aux pires dictateurs qu'ait pu voir naître la planète Terre.

— La Terre était perdue de toute façon. Notre civilisation n'a pas su la préserver. Elle était déjà moribonde quand j'ai commencé à commercialiser l'hélium 3. Les Terriens n'étaient pas assez intelligents pour comprendre que le profit, l'argent, la possession, et la matérialité n'avaient aucun sens si tout ceci se faisait au détriment de la planète. Les gens sont tellement égoïstes et mercantiles. Vivre dans l'instant présent, dans le seul but de consommer sans penser aux générations futures... Honte à eux !

À l'image de son briquet et de son coupe-cigare, tous les objets présents dans le bureau de Tcherkinakovski étaient faits en métaux précieux. Il y avait quelque chose qui contrastait entre le luxe que chaque objet du bureau arborait et les préoccupations philanthropiques qu'il venait d'évoquer.

— Tu vois, Pencha, ce gros point lumineux ?

— Oui.

— C'est notre centrale à fusion thermonucléaire qui utilise comme carburant le fameux hélium 3 que vous utilisez aussi. Nous avons assez d'énergie pour rester ici sur Mars encore des siècles. Mais, vois-tu, je n'ai jamais considéré cette planète comme une fin en soi, mais plutôt comme un tremplin. Je sais bien que les générations futures ne seront pas heureuses ici, car nous sommes ici condamnés à vivre sous serre. Aucune enfant qui naîtra ici ne connaîtra la mer. Personne ne verra jamais d'oiseau voler en toute liberté dans l'atmosphère. Aucun être ne foulera jamais les terres d'un espace boisé. Ici, il n'y a plus de pluie pour nous prendre par surprise, il n'y a plus de neige pour émerveiller les enfants, il n'y a plus de froid pour nous faire goûter aux joies d'un feu de cheminée, il n'a plus de soleil pour nous donner le désir de revenir à l'ombre. Il n'y a plus rien pour venir provoquer nos sens. Ici, tout est régulé : taux d'humidité, taux d'oxygène, taux de dioxyde d'azote, taux de radiations, taux de luminosité, niveau de pesanteur, etc. Ce monde est trop stérile, trop physico-chimique, trop mathématique. Il n'y a plus de place pour le hasard, pour l'imprévu, pour le naturel. Et c'est bien ça qui faisait, certes la difficulté, mais aussi le charme de la vie sur Terre. Nous vivons ici comme dans un vaisseau spatial et nous sommes condamnés à y rester enfermés. Car l'environnement n'est pas compatible avec nous. Nous serons toujours comme des insectes piégés dans un vivarium. Et c'est pour cela, Pencha, que lorsque j'ai fait poser la première pierre sur Mars, je savais pertinemment que nous ne pourrions pas rester ici éternellement. Mars n'était déjà dès le début qu'un tremplin. Car il nous manquerait toujours quelque chose d'essentiel : un lien avec la nature. Une interaction avec des écosystèmes. Même si j'ai créé la grande serre, ça ne sera jamais pareil sur une planète habitable. Tu comprends ce que je veux dire, Pencha ?

— Les Terriens n'ont que ce qu'ils méritent. C'est un juste retour des choses.

— Tu n'as pas tort, Pencha. Mais il s'agissait d'une erreur collective, d'un engrenage dans lequel nous sommes entrés et dont il nous était impossible de sortir. Et tu sais tout aussi bien que moi que nous ne sommes pas responsables. Notre matrice astrologique y était pour quelque chose… Votre civilisation sait à quel point les planètes nous influencent insidieusement.

— Certes, c'est un fait. Mais au lieu de regarder vers le bas, vous auriez dû regarder un peu plus souvent vers le ciel. Et alors vous auriez compris plus rapidement l'influence énorme qu'ont les matrices astrologiques sur nous et l'importance de développer des outils pour vous en prémunir. Nous avons compris cela bien avant vous et nous avons développé des combinaisons étanches aux ondes électromagnétiques. Nous avons pu ainsi nous soustraire aux influences néfastes des ondes planétaires.

— Oui, votre civilisation était bien plus éclairée que la nôtre.

— Il y avait pourtant des astrologues sur votre planète. Vous auriez mieux fait de les écouter au lieu de les classer dans la catégorie des marginaux.

— Je suis tellement d'accord avec toi, Pencha. C'est vous, n'est-ce pas, qui avez exfiltré certains Terriens avant la Grande catastrophe ? Notamment des astrologues et des voyants ?

— Oui…

— Dans quel but ?

— Nous avions aussi subi une catastrophe sur notre planète, de toute autre nature. Un peuple extragalactique nous avait envahis et décimés. Nous n'étions plus assez nombreux pour assurer une descendance, alors, nous avons cherché un peuple dans l'Univers génétiquement compatible. Ce peuple, c'était le vôtre.

— Et vous avez sauvé les astrologues et les voyants, car vous saviez qu'ils seraient plus faciles à convaincre, ayant compris le système astrologique.

— Oui. C'est tout à fait ça.

— Tu vois, Pencha. J'ai au moins un point commun avec ton peuple.

— Lequel ?

— C'est que nous avons tous les deux voulu sauver les Terriens de la Grande catastrophe. J'avais déjà commencé à bâtir sur Mars un îlot de survie comme une sorte d'arche de Noé des temps modernes, et ce, dans le seul but de sauver les Terriens.

Pencha le regarda, interrogatif. Il ne connaissait pas le concept religieux de l'arche de Noé. Tcherkinakovski poursuivit.

— Vois-tu, Pencha, si je t'ai fait venir ici c'est parce que nous sommes dans la même situation. J'ai cru entendre dire que vous aviez trouvé une planète habitable pour permettre aux Terriens que vous avez sauvés et à vous-mêmes de prendre un nouvel essor ? C'est bien ça ?

— Oui.

— Comment s'appelle-t-elle ?

— Monos.

— Pourquoi être revenus sur Terre si vous aviez trouvé un Éden ?

Pencha ne répondit pas. Sans doute par amour-propre. Parce qu'il ne voulait pas montrer qu'une civilisation comme la sienne, aussi avancée technologiquement, puisse être en difficulté. Mais Tcherkinakovski répondit à sa place avec un ton calme et posé qui voulait donner l'impression à Pencha d'être une personne de confiance, réfléchie, et qui avait atteint un certain niveau de maturité.

— La réponse, je la connais déjà, Pencha. Si vous êtes revenus ici, c'est parce que nous sommes exactement dans la même situation que vous. Nous avons colonisé une planète stérile. Mars et Monos sont deux cailloux. Et il nous manque à tous les deux une chose primordiale : une nature luxuriante. Et simplement à cause de cela, notre destin est dorénavant lié. Pour toujours. Car la survie de nos deux peuples en dépend. Nous avons besoin de vous et vous avez besoin de nous, car je possède ce dont vous avez besoin et vous possédez ce dont j'ai besoin.

— De quoi avez-vous besoin ?

— De votre technologie qui nous permettrait de voyager à une vitesse supraluminique et de quitter enfin notre système solaire à la recherche d'une planète habitable.

— Et qu'auriez-vous à nous apporter en échange ?

— Une chose à la fois dérisoire et indispensable. Une chose qui ne valait rien, que l'on pouvait trouver jadis partout, mais qui est devenue une denrée rare. Une chose que l'on ne pourra jamais produire...

— De quoi parlez-vous ?

— Je parle des graines, Pencha. Des fameuses graines que tu es venu chercher avec tes compagnons. Nous en possédons une profusion... Des millions, voire des milliards de graines sont stockées ici, dans l'un de mes bunkers.

— C'est vous qui êtes allés à Svalbard ?

— Oui. Nous avons simplement récupéré notre patrimoine agricole. Il s'agissait des graines des Terriens et il était normal que les Terriens les récupèrent. Elles avaient été mises de côté pour parer à une grande catastrophe. La Grande catastrophe a eu lieu...

Tcherkinakovski marqua une pause, puis poursuivit.

— Je possède toutes les richesses de ce système solaire, Pencha. Regarde tous ces immenses dômes là-bas qui se succèdent. Sais-tu ce qu'ils renferment ?

Les baies vitrées du bureau de Tcherkinakovski présentes sur tous les murs de la pièce permettaient de jouir d'un panorama de trois cent soixante degrés sur Nouvel horizon.

Pencha ne répondit pas et il le fit à sa place.

— Des tonnes d'or et de métaux précieux. De l'hélium 3, du tritium, et du deutérium. Du xénon. Et bien d'autres choses encore.

— Vous les avez pillés.

— Non. Je les ai pris, car ils n'appartenaient plus à personne. Pourquoi les laisser dormir dans les coffres des banques des nations ? Pour qu'un jour une civilisation extraterrestre vienne les récupérer à son tour ? Le reste de notre humanité avait le droit de récupérer le fruit de son travail.

L'U.E.T. s'était en effet chargée de récupérer tout l'or gardé dans les coffres-forts des grandes banques mondiales.

— Tu es l'homme de la providence, Pencha. Tu es le trait d'union entre nos deux peuples. Tu es celui qui nous apportera notre salut. Si tu refuses de coopérer et de me livrer la technologie qui vous permet d'effectuer des voyages intergalactiques, alors ton peuple mourra de faim et s'éteindra. Et si tu refuses de nous aider, nous sommes condamnés à rester sur Mars et peut-être à y mourir. Notre destin est lié. Soit nous vivrons tous, soit nous périrons tous. Je ferai de toi un homme riche et influent. Et tu obtiendras toute la gloire que tu mérites quand ton peuple comprendra que c'est toi et toi seul qui l'as sauvé. Et sois certain que je libérerai tous tes coéquipiers. Vous pourrez tranquillement retourner sur Monos.

L'ingénieur-énergéticien semblait réfléchir. Il était quelque peu troublé par ce que venait de lui dire Tcherkinakovski. Après tout, avait-il le choix ? Pouvait-il refuser et laisser mourir les siens restés sur Monos ? Mais d'un autre côté pouvait-il faire confiance à cet homme qui avait si mauvaise réputation sur Mars ? Les hommes restèrent l'un à côté de l'autre, sans parler, face à la baie vitrée, le regard pointé sur Nouvel horizon qui venait de s'évanouir dans la pénombre de la nuit martienne et dont l'existence n'était plus révélée que par les lumières de ses structures d'habitation. Pencha, qui était comme une bête acculée n'ayant d'autre choix que celui de se soumettre et de coopérer, fendit le silence.

— Nous n'avons pas d'autre possibilité que de nous entraider, dit Pencha contre toute attente. Je veux bien vous livrer une partie de notre technologie en échange d'un échantillon des graines de tous les végétaux de la planète Terre.

— Marché conclu, Pencha ! Tu verras, nous réaliserons de grandes choses ensemble. Je voudrais d'ailleurs te montrer quelque chose. Tes connaissances pourront peut-être m'éclairer.

Alexei Tcherkinakovski lui montra du doigt un socle qui se trouvait au centre de la pièce. Sur celui-ci reposait un fragment de roche qui ressemblait à une petite météorite. Un faisceau lumineux qui jaillissait d'un luminaire fixé au plafond venait l'éclairer.

— Il s'est produit quelque chose d'étonnant. Alors que Mars possède depuis toujours deux satellites, Phobos et Déimos, un astéroïde s'est mis brutalement en orbite autour de cette planète, lui donnant un troisième satellite. Ce satellite, nous l'avons baptisé Mélanos. Nous sommes allés récupérer plusieurs échantillons, dont celui-ci, mais aucun de nos physiciens n'a pu identifier cette matière. Sais-tu ce que cela peut-être ?

Pencha s'approcha du socle, puis mit ses deux mains sur cette matière qui semblait provenir des confins de l'Univers. Il la regardait avec admiration et la touchait délicatement comme s'il s'agissait du corps d'une femme.

— C'est étonnant, dit Pencha, cette matière a la même texture et les mêmes reflets métalliques que l'holonium à la différence près qu'elle est noire. As-tu une source de chaleur, Alexei ?

Tcherkinakovski retourna vers son bureau, puis ouvrit un tiroir à partir duquel il sortit une boîte en bois précieux. Il ouvrit son couvercle tout en montrant son contenu à Pencha.

— Tu en veux un ? Ils sont de qualité exceptionnelle.

La boîte contenait de volumineux cigares fabriqués sur Mars avec des feuilles de tabac qu'il faisait cultiver sous serre. Pencha déclina sa proposition, car la civilisation à laquelle il appartenait ne consommait pas de substances inhalées aussi nocives. Tcherkinakovski en saisit un et prit soin d'enlever l'anneau de papier décoratif qui l'enserrait et qui portait ses initiales : AT. Il jeta le papier froissé dans une poubelle et saisit un coupe-cigare en métal doré entièrement fabriqué avec de l'or pur pour couper l'une de ses extrémités. Après avoir inséré le cigare entre ses lèvres, il attrapa un volumineux briquet chalumeau – lui aussi fait d'or massif – qui trônait sur son bureau et qui avait la forme d'un long rectangle muni, à l'une de ses extrémités, d'un petit cylindre. Il appuya sur un bouton-pression situé sur le dos du briquet et celui-ci se mit à cracher une puissante flamme bleutée. Tcherkinakovski n'avait jamais vraiment su s'il fumait simplement pour le goût et l'odeur de la fumée provenant du tabac en combustion ou bien pour le plaisir de palper et de contempler son briquet et son coupe-cigare faits d'or précieux. Mais ce qui était certain, c'est qu'il fumait aussi à cause du signe ostentatoire de pouvoir et de richesse que représentaient les cigares. Les plants de tabac ayant été réduits à néant sur Terre après la Grande catastrophe, lui et son entourage proche devaient être les seuls individus du système solaire à pouvoir en consommer dorénavant. Et cette exclusivité nourrissait son orgueil ainsi que son sentiment de supériorité et de toute puissance.

— Je ne veux pas de cigare, Alexei. En revanche, je veux bien votre chalumeau, lui dit Pencha.

Pencha prit le chalumeau et appliqua sa flamme sur le morceau de métal.

— Pourquoi fais-tu ça ?

Pencha ne répondit pas immédiatement, attendant de voir comment cette matière se comportait. Son regard restait solidement fixé sur la zone de jonction entre le feu et cet élément solide. Après quelques minutes, rien ne se produisit. Le métal semblait indifférent et insensible à la chaleur de la flamme.

— C'est étonnant, dit Pencha.

— Je ne vois pas ce qui est étonnant, lui répondit Tcherkinakovski. Rien ne se passe, car la température de l'allume-cigare n'est pas suffisante pour générer la fusion du métal.

— C'est justement cela qui me pose un problème. J'aurais juré que c'était de l'holonium, à la différence qu'il est noir.

— Mais vas-tu me dire enfin ce qu'est l'holonium ?!

— C'est ce que vous recherchez depuis toujours.

Alors que Pencha venait d'éteindre la flamme du chalumeau, il regardait avec attention la surface du métal qui était restée inerte. Il s'était attendu à ce que sa couche superficielle disparaisse sous l'effet de la chaleur avant de réapparaître pendant la phase de refroidissement. Car, sous l'effet de la chaleur, l'holonium quittait cet espace-temps pour en rejoindre un autre comme si l'élément atomique était un pont entre deux univers.

— Me permets-tu d'emprunter quelques fragments du métal ?

Pencha se permit de tutoyer Alexei Tcherkinakovski.

— Bien sûr, Pencha. Si tu acceptes que nous travaillions ensemble, toutes les portes de ma cité te seront ouvertes. Plus aucun accès ne te sera désormais refusé.

Le glacier

Tcherkinakovski et Pencha marchaient l'un à côté de l'autre dans un long couloir, escortés par une horde de gardes du corps. Car Tcherkinakovski ne quittait jamais son bureau seul. Une mutinerie faisait partie des choses susceptibles de survenir à Nouvel horizon. De ce fait, il ne sortait jamais sans sa garde rapprochée. Six mois venaient de s'écouler depuis que les deux hommes avaient conclu leur pacte secret. Pencha avait passé l'échantillon de matière provenant de l'astéroïde dans un analyseur atomique qui n'avait pas pu identifier la matière. Cela vint confirmer les soupçons de Pencha quant à l'identité de cette matière. Il en était persuadé, ce ne pouvait être que de l'holonium. Mais ce qu'il eut du mal à comprendre, s'il s'agissait d'holonium, c'était pourquoi il ne réagissait pas aux hautes températures comme le faisait habituellement l'holonium blanc. Une autre singularité avait attiré son attention. L'holonium avait une particularité unique parmi tous les autres atomes de l'Univers. C'était que son noyau n'était pas constitué de protons ni de neutrons, comme l'étaient tous les atomes du tableau périodique de Mendeleïev, les protons et les neutrons étant eux-mêmes constitués de quarks. Les atomes d'holonium étaient les seuls à avoir une organisation inverse. Dans la structure de ces atomes, les électrons étaient fixes et se trouvaient au centre de la structure atomique constituant ainsi le noyau alors que les nucléons[44] se trouvaient mobiles à l'extérieur. Ils avaient donc une structure opposée et les Iloryens les avaient surnommés les antiatomes ou « les atomes de Dieu ». Les atomes d'holonium ne possédaient que trois nucléons. L'holonium blanc possédait un noyau constitué d'un seul électron alors que sa couche périphérique était pourvue de deux protons et d'un neutron. L'holonium noir possédait deux électrons dans son noyau alors que sa couche externe ne comptait qu'un seul proton et un neutron[45]. Tout semblait opposer ces deux types d'holonium. L'un était noir avec des charges négatives prédominantes (les électrons), l'autre était blanc avec des charges positives prédominantes (les protons). C'est cette différence organisationnelle qui devait de toute évidence être à l'origine de la différence de couleur et de propriété physique. Mais, un jour, alors qu'il avait demandé un échantillon de plus grande envergure à Tcherkinakovski et qu'il s'était endormi juste à côté de ce dernier, il s'était mis à rêver d'une vaste étendue de glace qui ressemblait à la région du pôle Nord et du pôle Sud de son ancienne planète Ilore. Dans son rêve, il avait l'impression de survoler un immense territoire de glace à l'image de l'Antarctique sur Terre. Un vent glacial et sifflant semblait se matérialiser en soulevant de la poussière de glace par vagues successives. Il n'y avait aucune trace de vie dans ce monde rétracté par le froid et l'ambiance était sourde et feutrée comme pouvaient l'être les temps neigeux absorbant une partie des sonorités. Au centre de cette immense

44 Protons et neutrons.

45 Les neutrons ont une charge neutre.

blancheur qui semblait n'avoir aucune limite, à l'image d'un vaste désert de glace, il aperçut un trou solitaire. Comme aurait pu l'être un puissant geyser, ce dernier s'était mis à cracher de la vapeur blanchâtre, qui se transforma rapidement après son émission en flocons de neige, puis en glace lors de son dépôt sur le sol. Les crachats du cryovolcan s'enchaînèrent avec des intervalles successifs et irréguliers. Tout autour de lui s'étaient dessinées de vastes vallées sur lesquelles s'étaient formées des alvéoles blanches correspondant à cette lave glacée, accumulée successivement, de proche en proche, depuis des siècles, et formant une immense mosaïque minérale. L'esprit endormi de Pencha, qui semblait faire un rêve éveillé, que certains auraient qualifié de lucide, quitta cette immense plaine gelée pour atteindre des reliefs noirâtres beaucoup plus sombres constitués de méthane et de monoxyde de carbone gelés. Cette terre chaotique et montagneuse arborait de nombreuses fissures et des cratères qui correspondaient à l'impact d'un grand nombre de météorites. Son regard fut attiré par un immense lac gelé. Il se sentit attiré par lui comme si une puissante force le tractait dans sa direction, jusqu'à ce qu'il soit littéralement happé par lui, ou plutôt englouti par lui. Son esprit s'était retrouvé sous l'épaisse couche d'eau solide, immergé dans un océan immense, d'un bleu profond et sombre. Seul le craquement de l'immense bloc de glace qui le surplombait maintenant venait perturber le calme inquiétant de ce monde sous-glacier devenant de plus en plus obscur au fur et à mesure qu'il s'enfonçait. Alors qu'il se laissait couler dans la profondeur abyssale de cet océan glacial et gigantesque, la couche superficielle de lumière s'amenuisait au fur et à mesure de sa descente, lui donnant l'illusion de pénétrer dans un puits sans fin, ou plutôt dans une nuit perpétuelle dont il ne pourrait plus jamais s'échapper. Mais sa chute s'arrêta lorsqu'il arriva dans une grotte de glace transparente arborant des parois en forme de vague ou plutôt d'ondes immobiles et réfléchissantes, comme si des millions de miroirs avaient été accolés les uns à côté des autres. La matière semblait s'être figée pour l'éternité comme aurait pu l'être un paysage gravé pour toujours sur du papier argentique. Une lumière qui semblait sortir des profondeurs de la glace générait une atmosphère à la tonalité blanc bleuâtre. Les craquements de la glace rappelaient la quiétude et les bruits de grincement que l'on pouvait entendre dans les cales des vieux navires en bois naviguant sur l'océan. Des pics acérés provenant du sol et du plafond, entourant un lac d'eau restée à l'état liquide et qui n'étaient rien d'autre que d'immenses stalagmites et stalactites translucides, donnaient à Pencha l'impression d'être dans la gueule d'un requin sur le point de le dévorer. Puis son attention se porta sur la présence d'un tunnel sombre, creusé à travers l'une des parois incurvées de la grotte, et il se sentit une nouvelle fois attiré par cette même force invisible qui semblait lui servir de fil conducteur et qui l'exhortait à y pénétrer. Alors qu'il progressait prudemment dans ce passage circulaire, ses pas résonnaient sur la glace comme s'il marchait sur du marbre avec des mocassins. Le tunnel déboucha sur une nouvelle grotte dont les limites restaient imprécises à cause de la présence d'une brume vaporeuse qui faisait penser à de l'azote liquide. Son regard fut bien vite attiré par celui d'une femme qui se trouvait en centre de la grotte et qui était à moitié dissimulée par ce voile brumeux. Celle-ci s'avança vers Pencha, se dévoilant alors davantage à lui. Ce dernier semblait impressionné par sa beauté. Elle arborait de longs cheveux noirs qui descendaient tout le long de son échine et qui contrastaient avec la pâleur de son visage. Sa tenue noire et moulante, aux reflets brillants, semblait avoir été faite avec du latex. Cette femme s'adressa à lui : « Bienvenue à toi, Pencha. Je suis l'Atome noir ou plutôt l'esprit de l'holonium noir. Si je t'ai fait venir jusqu'à moi, c'est pour te faire comprendre ma vraie nature et ce qui m'anime. »

Pencha se mit alors à paniquer et sortit brutalement de son rêve. Alors qu'il venait à peine de se réveiller, son regard se porta immédiatement sur l'échantillon d'holonium noir qui se trouvait dans sa chambre. Il avait intuitivement compris que cette matière avait cherché à communiquer avec lui et à lui transmettre des informations qu'il devait comprendre. Car, habituellement, Pencha ne se souvenait jamais de ses rêves. Il le savait, l'holonium était doté d'une certaine forme d'intelligence comme l'avaient attesté les nombreuses communications qu'ils avaient pu entreprendre avec l'holonium blanc. Mais quelque chose l'intriguait. Il n'y avait rien de comparable sur Mars avec le paysage qu'il venait de voir. C'est alors qu'il comprit que le lieu qu'il venait de parcourir mentalement ne concernait pas un glacier d'eau, mais d'azote. C'était cette même glace azotée que l'on pouvait voir dans les planètes glacées les plus éloignées du centre des systèmes solaires, et donc les plus froides, comme pouvait l'être Kolasis, une planète qui gravitait autour et à grande distance de l'étoile du système planétaire des Iloryens[46]. Kolasis, gravitait avec d'autres corps célestes glacés dans une région sphérique que les Iloryens avaient baptisée Télos et qui marquait la fin gravitationnelle de leur système solaire à l'image du nuage d'Oort qui, lui, fermait le système solaire des Terriens. Kolasis, dont la température moyenne était de – 230 °C, était une planète stérile bien trop éloignée du centre du système solaire pour pouvoir abriter une quelconque forme de vie.

46 À 6,9 milliards de kilomètres.

L'espace d'un instant, Pencha repensa à la façon dont le mécanisme « d'ouverture » de l'holonium blanc avait été découvert par Oto Ota, l'un des physiciens iloryens les plus brillants de sa génération. Lorsque l'astéroïde d'holonium blanc s'était mis en orbite autour d'Ilore et que les Iloryens avaient rapporté un échantillon sur leur planète, c'était à Oto Ota qu'était revenue la charge de l'examiner et d'en percer les mystères. Il avait passé des mois à l'étudier jusqu'à ce qu'il finisse par l'examiner au microscope atomique. C'est seulement là qu'il avait pu comprendre que cet atome possédait une structure inversée à l'intérieur de laquelle les électrons avaient pris la place des nucléons dans le noyau et les nucléons celle des électrons sur la couche périphérique. Mais à force d'être au contact de la mystérieuse matière, Oto Ota avait senti que des modifications physiologiques étaient apparues dans son organisme. Il était devenu frileux, réclamait de la chaleur, et avait besoin davantage de la luminosité provenant de leur soleil. Il avait même présenté des maladies de peau inflammatoires d'origine indéterminée. Et puis, un jour, il s'était mis à rêver de feu, d'incendie et de chaleur caniculaire. Lors de l'un de ses rêves qui s'était converti en rêve lucide, il avait eu l'impression de quitter son corps pour se retrouver au plein cœur d'un désert de roches où des minéraux s'alignaient à perte de vue sur une terre craquelée sous l'effet de la sécheresse. La luminosité lui paraissait si intense et les rayons du soleil si chauds qu'il s'imagina avoir « atterri » sur une planète suffisamment proche d'une étoile pour être habitable. Puis il aperçut un filet d'eau qui ruisselait entre des cailloux. Il décida de le remonter à contre-courant jusqu'à ce que ce dernier se transforme en cours d'eau. Puis le cours d'eau évolua en ruisseau, le ruisseau en rivière, et la rivière en estuaire jusqu'à devenir océan. Sa conscience survola alors cette immense masse d'eau liquide, d'un bleu profond, avec une vitesse phénoménale jusqu'à ce qu'elle plonge dans cette eau translucide transpercée par des flèches de feu qui n'étaient rien d'autre que des rayons lumineux provenant du soleil et qui dardaient l'océan. La vie sous-marine y était luxuriante, avec des poissons qui ressemblaient à quelques détails près à ceux qu'il avait déjà vus sur sa planète. Puis sa conscience émergea à nouveau à la surface de l'océan et il décida d'accélérer sa progression sans savoir réellement où il allait. Sa vitesse était si rapide qu'il ne discernait plus qu'un fond bleu diffus dépourvu de vagues jusqu'à ce qu'une dominante de vert se fasse percevoir. Il ralentit alors et s'aperçut qu'il avait rejoint une parcelle de terre. Une île en fait. Une île perdue au milieu de l'océan. Il ralentit encore sa progression et arriva sur la plage d'un lagon aux eaux translucides, d'une pureté cristalline. De petits bancs de poissons multicolores aux formes hétéroclites se trouvaient là en grand nombre. Il pénétra ensuite dans une épaisse forêt tropicale. La densité végétale était telle qu'on sentait que la moindre plante, la moindre fleur, le moindre arbre luttait pour y trouver sa place. Des jets de lumière transperçaient la canopée pour venir s'impacter sur les feuilles des végétaux des strates inférieures créant ainsi un jeu d'ombre et de lumière au contraste saisissant. Les végétaux semblaient suer à grandes gouttes, car l'atmosphère était trop saturée en eau pour absorber leur transpiration. Oto Ota entendait des cris d'animaux sauvages qui semblaient vivre dans cet écosystème. Puis sa conscience progressa à vive allure entre les arbres jusqu'à ce que la densité végétale se fasse brutalement moins importante pour dévoiler un lac perdu en pleine forêt, alimenté par l'eau d'une cascade qui s'y déversait. Au-dessus de la cascade, son regard fut attiré par un immense volcan qui semblait dominer tout cet îlot abritant une vie biologique d'une diversité infinie. Des vagues de chaleur se formaient au-dessus de l'orifice du volcan comme s'il venait d'entrer en éruption ou comme s'il était sur le point de le faire. Ce dernier semblait donner la chaleur nécessaire, en s'associant à celle provenant des rayons du soleil, pour alimenter toute cette vie végétale. Mais cet équilibre semblait précaire. À la moindre colère, au moindre crachat de lave, le volcan semblait pouvoir réduire à néant ce fragile équilibre. Oto Ota s'était senti attiré par la profondeur du volcan comme si ce dernier l'exhortait à venir visiter son antre. Il y pénétra et se laissa tomber en ayant l'impression de s'engouffrer aussi dans un puits sans fond. Il arriva finalement dans une grotte dont les parois de pierre arboraient, çà et là, de fines coulées de lave. Des flammes sortaient à certains endroits des interstices des parois de la grotte et des geysers de feu, disposés sur le sol, crachaient des flammes avec le même bruit que l'aurait fait un dragon. Il se fraya un chemin parmi les anfractuosités de la grotte jusqu'à ce qu'il arrive à un promontoire rocheux. De là, il avait une vue imprenable sur un lac de magma visqueux et bulleux qui ressemblait à un vaste réservoir d'or en ébullition. Un escalier descendait du promontoire rocheux pour rejoindre les berges de ce lac incandescent. Oto Ota sentait qu'il devait s'y rendre et c'est ce qu'il fit. Mais dès qu'il fut arrivé en bas, il recula immédiatement, car une forme grossière s'était élevée du magma avant de s'approcher de lui et de s'affiner pour prendre une forme humanoïde faite de ce même magma en fusion. Les flammes qui semblaient lécher le corps de l'entité s'étouffèrent rapidement pour laisser entrevoir une peau craquelée et noirâtre comme si elle n'était plus qu'un amas de cendres fumantes. La noirceur de sa peau s'effaça progressivement pour laisser place à un épiderme sain comme si l'entité était dotée d'un pouvoir de régénération. Puis elle prit rapidement l'apparence d'un être humain à l'âge avancé fait d'os et de chair. C'était ce vieillard que les Iloryens avaient pris, par la suite, l'habitude de surnommer l'Atome.

— Bienvenue dans mon univers, lui avait dit l'atome d'holonium. J'espère que le chemin n'a pas été trop long.

— Non, lui avait répondu simplement Oto Ota.

— Vois-tu, Oto Ota, la nature est belle, mais si fragile. Sais-tu ce qui l'engendre et la maintient ?

— L'eau et la chaleur.

— C'est bien cela, oui. Pour générer, puis maintenir la vie, il faut du feu et de l'eau, mais dans un état d'équilibre. Trop d'eau éteint le feu. Trop de feu vaporise l'eau…

Oto Ota comprit que cette planète en état d'harmonie était la sienne, bien avant que son espèce y fasse son apparition.

— Je suis le feu, poursuivit le vieillard, de la plus petite étincelle à la plus grande explosion qu'ait connue ton Univers. Et l'élément nouveau que je vous ai envoyé et que vous tentez de comprendre est le trait d'union entre nos deux mondes. Ce trait d'union, c'est l'holonium.

Entre Oto Ota et le vieil homme se matérialisa une petite montgolfière. Elle était composée d'une coupelle métallique reliée par des cordages à un ballon. Au centre de la coupelle se trouvait une flamme de faible intensité qui semblait jouer le rôle de brûleur et qui permettait de maintenir la montgolfière en lévitation à quelques mètres au-dessus du sol rocailleux. Puis le feu sur la coupole devint plus vif et plus intense, ce qui eut pour conséquence de mettre en mouvement la montgolfière qui prit alors un peu de hauteur. Mais avant qu'elle n'atteigne le plafond, le feu s'accentua encore et se propagea au ballon qui prit rapidement feu.

— L'holonium est comme cette montgolfière, poursuivit l'atome. Une chaleur moyenne le maintient en équilibre. Une chaleur plus vive le fait disparaître. Si tu comprends cela, non seulement ta civilisation pourra communiquer avec moi, mais sera aussi dépositaire d'un pouvoir extraordinaire : celui de pouvoir échapper à son espace-temps en voyageant à une vitesse supraluminique. Vous deviendriez alors l'une des civilisations les plus évoluées de l'Univers.

Tout en écoutant parler le vieil homme, Oto Ota fixait la montgolfière qui était en train d'être intégralement consumée par les flammes. Puis celle-ci disparut et c'est alors qu'Oto Ota sortit de son rêve. Lorsqu'il revint à lui, son esprit était resté confus. Il ne savait pas s'il avait rêvé ou si ce qu'il avait vécu était bien réel tellement les images qu'il avait vues en songe avaient été précises. Cet homme de grande intelligence avait toujours attribué une grande importance à sa vie psychique et onirique et il se dit que son rêve devait sans doute avoir une signification et une portée qui le dépassaient. Il prit alors un échantillon d'holonium et le soumit à de fortes températures. Il observa avec stupéfaction qu'une chaleur élevée faisait disparaître l'holonium blanc, mais que ce dernier « ressuscitait » pendant la phase de refroidissement. Puis les mois passant, il progressa davantage dans la compréhension des propriétés de cet atome si particulier jusqu'à ce qu'il comprenne que la matière faisait aussi disparaître ce qu'elle contenait et qu'il était même possible de communiquer avec elle. Cela lui apporta la preuve qu'il avait fait un rêve lucide quelques mois plus tôt lors de son premier contact avec l'holonium. Vinrent ensuite les premiers vaisseaux spatiaux fabriqués avec de l'holonium et les premiers voyages en vitesse supraluminique. Oto Ota mourut quelque temps plus tard, mais il était resté une légende pour le monde scientifique des Iloryens, car ses découvertes permirent à sa civilisation de faire un progrès considérable dans le voyage intergalactique. Pencha connaissait bien l'histoire du légendaire Oto Ota et il fit très rapidement le parallèle entre ce qu'il venait de vivre et ce que son homologue avait vécu. Il sentit alors une grande excitation monter en lui, générée par un sentiment d'orgueil. Après avoir « ouvert » l'holonium noir, parviendrait-il au même prestige que son prédécesseur Oto Ota ? Une idée s'imposa à lui et, à cet instant, ses perspectives d'avenir lui parurent si grandes qu'il avait l'impression de se trouver au sommet d'une montagne que seul lui était capable d'atteindre.

Pencha quitta sa chambre après avoir pris soin de prendre l'échantillon d'holonium noir qui se trouvait à côté de lui afin d'aller vérifier sur le champ si ses suppositions s'avéraient. Il se rendit dans l'une des pièces du laboratoire de recherche de Nouvel horizon qui possédait une enceinte froide dont il était possible de diminuer la température jusqu'au zéro absolu[47]. À sa grande stupéfaction, lorsque la température descendit au-dessous de – 95 °C, l'échantillon sphérique d'holonium sembla rapetisser à l'image d'une pomme progressivement grignotée, puis l'échantillon disparut dans sa totalité au bout de quelques minutes d'exposition au froid. Lorsque Pencha ramena une température à l'intérieur de l'enceinte vitrée supérieure à – 95 °C, l'holonium réapparut à nouveau. Son intuition était donc la bonne. Tout opposait les deux holoniums : leur couleur, leur structure interne, et surtout leur mode d'activation, ou plutôt leur mode « d'ouverture ». Pour l'un, c'était le froid. Pour l'autre, c'était la chaleur.

47 Le zéro absolu est la température la plus basse qui puisse exister dans l'Univers, à savoir – 273,15 °C.

La chambre froide

Tcherkinakovski et Pencha venaient de pénétrer dans un corridor. Les travaux investis dans la création de cette zone de recherche avaient coûté extrêmement cher. Mais la somme engagée était complètement dérisoire et insignifiante au regard de la fortune accumulée par le « maître » incontesté de Nouvel horizon, à savoir Tcherkinakovski. Ses projets n'avaient plus aucune limite. Presque toute la richesse de la Terre était dorénavant concentrée là. Face à eux se déployait une volumineuse porte blindée dont l'ouverture était doublement sécurisée par un système d'analyse iridienne, mais aussi un lecteur de profil astrogénétique. Tcherkinakovski appuya sur une cellule de détection tactile, puis avança sa tête pour positionner son œil gauche à proximité d'un capteur. Un faisceau lumineux vertical parcourut son iris, puis la porte s'ouvrit. Tcherkinakovski et Pencha, tous les deux vêtus d'une combinaison étanche au froid, pénétrèrent dans une vaste enceinte qui possédait en son sein une seconde enceinte cubique de plus petite dimension dont les parois étaient entièrement faites d'holonium noir. Il s'agissait, en fait, d'un cube dans un cube. Une passerelle de verre, qu'ils étaient en train d'emprunter, permettait d'accéder au cube interne. La porte du second cube s'ouvrit avec le même système de contrôle pulpaire et iridien, mais, cette fois, le système analysait l'œil droit. Tcherkinakovski s'approcha à nouveau et la porte du cube d'holonium noir s'ouvrit. À l'intérieur, deux neurostims avaient été positionnés côte à côte, légèrement décalés. Sur l'un des murs du cube se trouvait un écran tactile et Pencha activa le remplissage de l'espace qui séparait les deux enceintes cubiques, l'ensemble formant un volumineux système cryogénique. Le cube interne était en fait suspendu dans le vide, solidement maintenu par d'imposantes tiges d'acier qui partaient de ses parois extérieures pour s'ancrer solidement sur les parois internes du cube extérieur de plus grande dimension. Des fumerolles d'azote commencèrent à apparaître jusqu'à ce que les volutes se transforment en une étrange brume au sein de laquelle il devenait difficile de distinguer le cube interne qui ressemblait à une cabane perdue dans la brume du petit matin. De la buée et des microcristaux de glace s'étaient formés sur les parois en verre de la première enceinte. Tcherkinakovski et Pencha avaient pris place sur les confortables fauteuils au-dessus desquels se trouvait un arceau métallique, ressemblant de très près à celui qui était installé dans le XT-1. Des sortes de tentacules munies à leur extrémité d'un microsystème d'émission sonore sortirent de l'arceau et vinrent se positionner dans leurs oreilles pour générer un son binaural de 4 hertz sur lequel leur cerveau n'allait pas tarder à se synchroniser. Après une écoute de quinze minutes, une sonde de stimulation électromagnétique vint se positionner sur leur boîte crânienne en regard de la jonction temporo-pariétale droite. C'est alors que leur conscience fut projetée à l'extérieur de leur corps. Puis ils se mirent à penser à l'holonium noir et un monde de glace se matérialisa tout autour d'eux.

Ils se retrouvèrent en bas d'un escalier qui menait au parvis d'un château de glace qui avait la forme d'un dôme titanesque fait d'un assemblage de longs blocs de glace rectangulaires. Le dôme, à son extrémité supérieure, se terminait par trois tours, une plus imposante au centre et deux latérales de dimension plus modeste. Tout autour et au loin se dressaient des montagnes aux sommets enneigés et aux dimensions diverses et variées. Le ciel était blanc, très légèrement bleuté, libérant une fine neige poudreuse qui enveloppait le château d'une ambiance tamisée. Un aigle de taille bien supérieure à celle d'un homme tournait en boucle au-dessus d'eux à l'image d'un vautour surveillant ses futures proies. Son corps arborait des plumes d'un blanc immaculé, seules sa tête et ses extrémités présentaient d'épaisses plumes gris anthracite. Après avoir monté l'escalier, ils traversèrent le parvis du château agrémenté d'arches de glace de style gothique et cerné de deux bassins d'eau gelée. Sur l'une des arches se trouvait une sorte de hibou cornu au plumage blanc tacheté de noir. Ses deux gros yeux bleus fixaient les deux hommes et sa tête tournait au fur et à mesure qu'ils progressaient sur le parvis. Alors qu'ils venaient d'arriver à proximité de la volumineuse porte du château qui semblait s'élever sur une vingtaine de mètres de hauteur, le petit hibou s'envola, puis disparut dans l'une des meurtrières du château. Quand ils arrivèrent à la hauteur de la porte, celle-ci s'ouvrit d'elle-même en grinçant pour les inviter à entrer. Ils arrivèrent dans un vaste corridor où les attendait une femme brune, au teint pâle, et aux cheveux longs de couleur noire. Son teint était si pâle qu'on eût pu penser qu'elle était anémiée. Son fin corps était enserré dans une combinaison de cuir noir. Ses iris, de couleur blanc bleuâtre, infligeaient à celui qui l'observait un regard à la fois pénétrant et glaçant. Le hibou, qui était posé quelques minutes plus tôt sur l'une des arches du parvis, attendait sagement sur l'une des épaules de l'entité féminine en clignant des yeux par intermittence. Pencha n'eut aucun mal à reconnaître la femme qu'il avait déjà rencontrée dans les profondeurs d'un glacier et qui n'était rien d'autre que l'esprit de l'holonium noir. Tcherkinakovski et Pencha s'avancèrent alors dans le corridor d'où partaient sur les côtés deux imposants escaliers semblant mener aux étages supérieurs afin de se rapprocher de cette femme. L'Atome noir, comme ils l'appelèrent par la suite, les attendait, assise sur un immense trône de glace. Elle les invita à prendre place sur deux sièges de taille bien plus modeste séparés d'elle par une pyramide de glace mesurant environ un mètre de hauteur.

— Bienvenue dans mon monde, leur dit l'Atome noir. Et félicitations, Pencha, d'avoir compris mon mécanisme d'ouverture.

— Tu m'y as aidé, Holonium, lui répondit Pencha.

L'Atome noir se tourna vers Tcherkinakovski et s'adressa à lui.

— Te voilà reclus sur le petit îlot de terre qu'est la planète Mars. Tu es pourtant à l'origine d'une avancée technologique majeure après avoir découvert les secrets de la matière antigravitationnelle et en développant des moteurs à propulsion plasma et thermonucléaires. C'est cette même énergie thermonucléaire qui se joue dans le cœur de toutes les étoiles des galaxies et qui donne la vie. Elle est certes indispensable, mais somme toute si banale… Et tes découvertes, qui ont fait de toi l'homme le plus riche de ta planète, ont conduit votre humanité à votre perte. Sais-tu pourquoi ?

— Parce que j'ai vendu de l'hélium 3 qui a été détourné à des fins militaires.

— Te crois-tu responsable, Alexei ?

— Oui et non. J'ai fourni l'hélium 3, mais je ne suis pas dépositaire de l'utilisation que l'on en a faite.

— Oui. C'est tout à fait ça. Vois-tu, dans l'Univers, chaque être, chaque mécanisme possède en son sein une part d'ombre et de lumière. Vous n'êtes tous que la conséquence de ce grand principe. Tes actes, qui ont conduit à la Grande catastrophe sur Terre, ne sont que la résultante du grand mécanisme du monde qui s'exprime à travers les matrices astrologiques. Ainsi, il n'est pas légitime de te considérer comme responsable. Tu savais par avance que la Terre arrivait à la fin de son évolution et qu'une catastrophe allait survenir, annonçant une nouvelle extinction et un nouveau cycle de mort et, qui sait, peut-être de vie dans des millions d'années. Car tout est cyclique dans l'Univers et cela n'est plus un secret pour le grand scientifique que tu es. Et tu as anticipé tout ça en créant une ville nouvelle sur Mars. Mais tu n'as fait que déplacer le problème. La matière antigravitationnelle et la propulsion à fusion nucléaire ne vous ont permis que de faire un saut de puce. Certes, ce fut un grand pas pour toi, Alexei, mais un petit pas pour ta civilisation, car ta communauté aujourd'hui n'est qu'une petite fourmilière recluse sur une minuscule parcelle de vie. L'Univers est pourtant si grand et a pourtant tant à offrir à ses créatures qui le peuplent. Le système de propulsion que tu as créé est insuffisant pour vous permettre de quitter votre système solaire à la quête d'une planète habitable, beaucoup plus « confortable ». Vous êtes condamnés à vivre derrière des parois de verre, dans un monde purement artificiel. Car avec les différents atomes qui composent votre système solaire vous ne pourrez jamais produire une énergie capable de dépasser la vitesse de la lumière ni même de l'atteindre. Mais voilà, je suis venue jusqu'à vous pour vous donner ce qui vous manque. Je suis la solution à votre problème.

—Je ne te remercierai jamais assez pour ta bienveillance, dit Tcherkinakovski. Grâce à toi, grâce à ton pouvoir, notre civilisation va enfin pouvoir prendre un nouvel essor.

— Oui. Je t'ai mis l'holonium noir dans le creux de ta main, ce qui fera de toi l'un des hommes les plus puissants de l'Univers. L'espace-temps ne sera plus un problème. N'importe quel endroit de l'Univers te sera accessible. Je ne te demanderai qu'une seule chose en échange.

—Je m'efforcerai de répondre à toutes tes demandes, sois-en certaine.

— Voyez-vous, mes amis. Un grand cataclysme est en train de se préparer qui pourrait mettre à mal l'équilibre de l'Univers. Tellement plus grand que celui qui est survenu sur Terre.

L'Atome noir se leva de son trône et s'avança vers la pyramide jusqu'à se trouver devant l'une de ses faces. Elle mit sa main devant sa bouche et souffla dessus. De la vapeur de glace s'éjecta de sa main et s'envola en direction de la pyramide. Au centre de celle-ci apparut une image que fixaient avec attention Pencha et Tcherkinakovski. Il s'agissait d'un enfant.

— Il s'agit d'un enfant qui fait partie des survivants de la Grande catastrophe et qui vit encore sur Terre, dans la zone où vous avez capturé les Télorriens. Il est né le 13 novembre 2056 à 16 h 54. Il se prénomme Théo. Je vous donnerai tout à une seule condition. Que sa tête me soit servie sur un plateau…

Il y avait un contraste énorme entre les traits fins et presque angéliques de cette femme et la cruauté de son projet d'infanticide. Alors que l'Atome noir venait de terminer sa phrase, elle disparut brutalement. Les deux hommes quittèrent alors son royaume pour rejoindre leur espace-temps. Assis sur le siège des neurostims, leur conscience venait de réincorporer leur corps. Ils ouvrirent lentement leurs yeux qui dévoilaient un regard rempli de détermination.

Quand les deux hommes se furent levés, Tcherkinakovski s'adressa à son nouvel allié.

— L'enfant doit devenir une priorité. Il y va de notre développement.

— Je sais de quel enfant parle l'Atome noir. À l'heure actuelle, notre androïde doit veiller sur lui. Laisse-moi repartir sur Terre. Je vais m'occuper moi-même de le retrouver. Par la même occasion, j'en profiterai pour rapporter notre groom afin que les Terriens ne puissent pas l'utiliser un jour.

— Tous les moyens sont désormais à ta disposition, Pencha. J'ai confiance en toi.

Douze heures plus tard, plusieurs vaisseaux quittèrent Mars pour prendre la direction de la Terre.

La phobialine

Les murmures d'une rébellion commençaient à naître parmi les extracteurs. Ils menaçaient d'arrêter leur travail d'extraction des matières premières sur Mars si on ne leur accordait pas la possibilité de retourner sur Terre, dans les mois à venir. Mais lorsqu'un extracteur refusait de partir au travail, on lui réservait un régime particulier. On l'envoyait d'abord dans une unité d'isolement, car on ne souhaitait pas que le « virus » de l'insubordination se propage. Dans cette cellule où les personnes restaient enfermées une quinzaine de jours en moyenne, on les privait de tout : de contact avec l'extérieur (même pas une ouverture sur les paysages de Mars), et d'une nourriture décente. La seule compagnie qu'on leur accordait était la présence d'un écran numérique accroché au mur de leur cellule qui passait en boucle un film faisant la propagande de Tcherkinakovski. Dans ce film, on décrivait comment l'orgueil des grandes nations terriennes avait plongé l'humanité dans une autodestruction massive conduisant à une nouvelle grande extinction de masse. Mais le film expliquait surtout le fait que Tcherkinakovski était un homme visionnaire, un homme de science, aux vertus humanistes, qui avait, grâce à son intelligence, permis de mettre au point des machines volantes capables d'échapper à la gravité et de soustraire les survivants de la Terre, prétendue être devenue un enfer, à une mort certaine. On voyait Tcherkinakovski travailler quelques décennies plus tôt dans un centre de recherche, dessinant les plans de ses premiers propulseurs MAG-P, puis ceux de Nouvel horizon. Le film se terminait par un exposé grandiose sur le système solaire qui atteignait son apothéose dans la projection d'images spectaculaires de la surface de Mars. Alors que les images défilaient, plus spectaculaires les unes que les autres, une voix off expliquait comment la *Deuxième humanité* – c'était comme cela que l'avait nommée Tcherkinakovski – pourrait puiser tous les éléments nécessaires à sa survie sur les différents astres du système solaire qui permettraient de bâtir une vie meilleure et exceptionnelle sur Mars. Le film projetait également quelques images de la base lunaire qu'il avait bâtie sur sa face cachée et qui n'était rien d'autre qu'une unité d'extraction d'hélium 3. Pendant le défilement des images, on n'oubliait pas de rappeler qu'il avait été le premier à aller chercher le précieux élément atomique qui permettrait à la *Deuxième humanité* d'être approvisionnée en énergie pendant plusieurs siècles. Dans ce film, on faisait la promesse d'éradiquer la pauvreté, grâce à cette énergie distribuée gratuitement, mais en échange, on demandait que chacun participe d'une façon ou d'une autre à l'élaboration de ce grand projet qu'était Nouvel horizon. Le film se terminait d'ailleurs par la vision de ce que deviendrait cette ville futuriste dans les décennies à venir : une ville titanesque, qui se déploierait dans les trois dimensions remplies de *flux*, c'est-à-dire de tubes contenant des trains subsoniques, et d'engins volants à propulseurs MAG-P. Mais ce qu'exposait le film de plus prometteur encore, c'était de voir des enfants ouvrir la porte d'un logement familial construit sur le sol de Mars, puis courir à l'air libre, sans combinaison étanche, pieds nus sur une herbe verdoyante, et baignés par la lumière du soleil. Car Tcherkinakovski, dans ce film, faisait la promesse d'offrir un nouveau visage à la planète rouge en lui donnant les mêmes propriétés d'habitabilité que leur ancienne planète, la Terre. La Terre était devenue un enfer. Mars deviendrait un Éden.

En effet, dans le secteur ouest de la ville, réservé à la partie recherche-développement, travaillaient des biologistes et des ingénieurs, que l'on appelait les aéroformateurs, dans le seul but d'offrir un jour aux Martiens une atmosphère respirable. Ce groupe d'aéroformateurs travaillait en étroite collaboration avec un autre groupe de scientifiques qui s'occupait de rapporter des cyanobactéries provenant de la planète Terre. Il y avait de cela trois milliards d'années sur Terre, ces entités aquatiques, à la fois mi-algue et mi-bactérie, qui nageaient librement dans les océans, et qui étaient dotées de chlorophylle et donc de propriétés photosynthétiques, fixaient le carbone du CO_2, et libéraient, tel un vulgaire déchet, l'oxygène pourtant si précieux. C'était donc ce minuscule micro-organisme, invisible à l'œil nu, presque insignifiant, dont la majorité des êtres humains ignoraient l'existence, qui avait préparé le terrain, comme dans un élan de générosité, à d'autres formes de vie plus évoluées, comme l'étaient les mammifères dont faisait partie l'homme. Généralement présentes en faible concentration, il arrivait pour diverses raisons qu'elles se multiplient avec plus de virulence pour former des colonies visibles à l'œil nu sous forme d'efflorescences, qui prenaient aussi le nom de fleurs d'eau et qui ressemblait à de l'écume ou à une soupe aux pois verts. C'était cette biomasse, qui s'accumulait en plus grande quantité à certains endroits du globe, qu'adulaient particulièrement les chercheurs de Tcherkinakovski. Des vaisseaux-cargos remplis de cette substance biologique avaient fait régulièrement des allers-retours Terre-Mars pour alimenter de nouveaux bassins de cyanobactéries qui avaient déjà été créés avant la Grande catastrophe. Dans certains lacs, la pollution laissée par l'homme avait nourri ces bactéries qui donnaient à l'eau un reflet vert, parfois bleu, à cause de ses pigments. Les scientifiques n'avaient eu qu'à les ramasser à « la petite cuillère » ou plutôt à la louche... Là encore, dans son film, il se présentait en sauveur de bactéries. Car celles-ci, qui puisaient jadis leur énergie du Soleil, s'étaient presque éteintes sur Terre, comme tous les autres végétaux, faisant faire à son atmosphère un virage à cent quatre-vingts degrés quant à sa composition. La proportion de dioxyde de carbone commençait à prédominer dans l'atmosphère terrienne, alors que l'oxygène s'éteignait peu à peu, à l'image d'un vieux sage qui arrivait à la fin de sa vie, et qui agonisait lentement avant de s'éteindre pour toujours. Tcherkinakovski avait ainsi ordonné à ses scientifiques que l'on cherche à recréer une atmosphère respirable sur Mars. Pour ce faire, des bassins gigantesques étaient en train d'être construits et disséminés sur le sol de mars à quelques centaines de kilomètres de Nouvel horizon, des bassins à l'intérieur desquels on transférait d'énormes quantités de blocs d'eau glacée prélevée directement dans le sol de Mars. Une centrale thermonucléaire était en cours de construction afin de leur fournir la chaleur nécessaire à maintenir l'eau sous sa forme liquide et de permettre aux cyanobactéries dissoutes dans l'eau de retrouver leurs conditions initiales, lorsqu'elles puisaient la chaleur nécessaire à leur survie à partir des fumerolles qui jonchaient le fond des océans et qui crachaient le feu provenant des entrailles de la Terre. Chaque bassin était pourvu d'un dôme pour éviter les déperditions de chaleur, mais ces derniers étaient poreux afin que les échanges entre le dioxyde de carbone de l'atmosphère martienne et l'oxygène produit par les cyanobactéries puissent se faire, dans un mouvement lent et progressif qui prendrait des années, voire des siècles pour rendre complètement respirable l'atmosphère de Mars.

C'est ainsi qu'Ivan regardait en boucle le film de propagande qui défilait devant ses yeux. Tcherkinakovski avait fait poser des micros ainsi que des caméras un peu partout dans le bâtiment où vivaient les extracteurs. On l'avait entendu décrier le « régime autocratique de Tcherk ». Il avait osé dire à son collègue que c'était un vrai dictateur et qu'il fallait « le déloger, ce salaud ». Ce fut la goutte d'eau de trop lorsqu'Ivan demanda à son ami s'il voulait rejoindre la « rébellion ». La réplique ne tarda pas à arriver. Quatre membres de la C.L.D. (cellule de lutte contre les dissidents) étaient venus frapper à sa porte et l'avaient embarqué devant sa femme et ses enfants. Cet épisode était en fait le deuxième. Il allait donc subir une deuxième « punition » pour être « maté ». Et il le savait, alors que la première arrestation s'apparentait plus à un avertissement, là, il allait en baver. On allait de toute évidence lui réserver la sentence de « grade 2 » dont avaient entendu parler tous les extracteurs à cause de ceux qui l'avaient subie et qui l'avait ensuite racontée. Après le grade 2, il y avait le grade 3. Ce dernier n'était rien d'autre qu'un tabassage qui frôlait la torture, suivi d'un isolement d'un ou deux mois. Quant au grade 4, personne ne savait vraiment ce que subissaient ceux qui avaient atteint ce niveau de désinvolture puisqu'aucun rebelle n'était revenu du grade 4 pour témoigner. La raison officielle de leur disparition était qu'on les avait purement et simplement ramenés sur Terre pour les faire réfléchir, la Terre étant devenue soi-disant invivable. Mais certains soldats de bas grade s'amusaient à raconter aux extracteurs avec un air moqueur que ceux qui avaient atteint le stade 4 étaient partis naviguer sur le Styx, connu dans la mythologie grecque pour être l'un des fleuves qui menait aux enfers. C'était un moyen de dire à demi-mot, tout en laissant planer un certain doute, qu'ils étaient morts et que personne ne les reverrait plus.

Alors que les paroles du film faisaient office de bruit de fond ininterrompu (le film défilait jour et nuit pour perturber le sommeil des captifs), Ivan était allongé dans son lit, les mains derrière la tête, et fixait le plafond, perdu dans ses pensées et à moitié endormi. Mais il fut rapidement sorti de sa torpeur et son cœur s'accéléra lorsqu'il entendit les pas d'une escouade résonner dans le couloir qui menait à sa cellule. Il entendit un bip, puis la porte de sa cellule s'ouvrit. Huit hommes débarquèrent et le prièrent de s'activer. C'était « l'heure de son grade 2 ». Alors qu'il montrait une certaine nonchalance, qui tirait vers la provocation, on lui mit une bonne rouste afin de lui faire comprendre qu'il vaudrait mieux qu'il coopère s'il ne voulait pas passer directement au grade 3. Le visage buriné, il se résigna à les suivre jusqu'à la salle des injections. Il s'agissait d'une salle qui ressemblait à celle dans laquelle on exécutait les condamnés à mort. Au centre se trouvait une table d'examen médical munie de sangles de contention pour les chevilles et les poignets. À côté de la table se trouvait une petite tablette métallique à roulettes sur laquelle se trouvait un pousse seringue électrique. Un homme en blouse blanche, le Dr Berken, attendait impassible qu'on veuille bien sangler Ivan sur la table médicale. Alors qu'il refusait d'avancer, les soldats le poussèrent en avant et le contraignirent de force à s'allonger avant de lui passer les sangles de contention. Le médecin s'approcha alors, lui enserra le bras droit avec un garrot, et lorsque ses veines furent suffisamment turgescentes, il enfonça un volumineux cathéter dans l'une d'elles.

— Faites un beau voyage, monsieur Ivan, dit Berken avec un sourire au coin des lèvres.

Alors que le médecin venait tout juste d'appuyer sur l'un des boutons du pousse seringue électrique qui allait enclencher le processus d'injection de la Phobialine, Tcherkinakovski entra.

— Multiplier les doses par dix.

— Par dix ? Mais, monsieur Tcherkinakovski, il ne survivra pas...

— Oui, c'est justement pour ça que je vous demande d'augmenter la dose. Obéissez, s'il vous plaît.

— Très bien, je m'en occupe.

Une caméra avait été fixée dans l'un des coins de la pièce et Tcherkinakovski prenait un plaisir malsain à observer la scène où s'exprimait à merveille la souffrance des gens soumis à la phobialine. La phobialine était une substance chimique de synthèse, mise au point par les chimistes de Tcherkinakovski, qui avait une propriété unique en son genre : démultiplier les phobies qui se logeaient au plus profond de la psyché des êtres humains. Le génie malveillant de certains scientifiques n'avait pas de limite. Cette molécule faisait penser aux effets de l'ayahuasca, breuvage élaboré à partir d'une liane d'Amazonie, et utilisé lors des cérémonies chamaniques pour générer des expériences mystiques pouvant s'accompagner d'hallucinations visuelles. La phobialine, une fois injectée, s'accompagnait de fortes nausées et de douleurs à l'estomac, qui s'effaçaient ensuite pour laisser place à des hallucinations visuelles et auditives en rapport avec les plus grosses phobies que l'inconscient avait éloignées de la conscience d'un individu. C'était comme si la molécule avait la propriété de créer une brèche dans l'inconscient libérant ainsi les phobies refoulées, ou bien qu'elle ouvrait la porte d'une cellule où avait été enfermé un monstre capable de vous terroriser et de vous dévorer mentalement. Les individus soumis à la phobialine devaient être attachés à cause de leurs propres réactions, dangereuses pour eux-mêmes et pour le personnel « soignant ». Les émotions et les hallucinations ressenties par ceux qui étaient soumis à l'agent chimique étaient multipliées par mille, leur donnant l'impression d'être plongés brutalement en enfer. La peur était parfois telle que certains mouraient brutalement d'un arrêt cardiaque. Quant aux extracteurs qui avaient survécu au « grade 2 », ils réfléchissaient plusieurs fois avant de poursuivre leur résistance contre le régime tellement ils avaient peur d'être à nouveau soumis à cette torture psychologique qui s'accompagnait de réactions neuro-végétatives insupportables. Tcherkinakovski, comme tout tyran, voulait éviter le moindre murmure de rébellion, le moindre risque de contagion, la moindre parole négative à son sujet. Il devait imposer une peur, une terreur, une dissuasion qu'il jugeait nécessaire pour le bien de Nouvel horizon. Il valait mieux sacrifier quelques membres pour le bien de la communauté afin de prévenir toute tentative abortive concernant son grand projet martien. Tcherkinakovski visualisait la scène dans une pièce contiguë, sur un écran de contrôle grâce à une caméra qui était pointée sur la table de contention et qui retranscrivait la scène sur l'écran. Puis se leva, entra à nouveau dans la « salle des phobies » et s'adressa une seconde fois au médecin.

— Arrêtez l'injection, Dr Berken. Il est inutile de gâcher de la phobialine.

— Mais, monsieur, le produit est sur le point d...

Le Dr Berken, déçu à l'idée de ne pas expérimenter une nouvelle fois les effets de la phobialine, s'arrêta de parler en voyant l'arme de poing que tenait Tcherkinakovski dans sa main droite. Ce dernier s'adressa alors à Ivan en lui posant une question.

— Qu'est-ce qui assure le maintien de l'ordre et de la stabilité dans une communauté ?

— Un bon système judiciaire capable de te juger et de faire tomber ta tête.

Tcherkinakovski ricana.

— Non, mon ami. Il faut simplement une bonne dictature. Vois-tu, je t'ai tout donné. Je t'ai soustrait aux conséquences mortifères de la Grande catastrophe et je vous ai tous sauvés. Je vous ai donné une nouvelle possibilité d'existence, une chance de survie pour vous et vos descendants. Et rien. Rien en retour. Aucune considération de ta part. Tu vas crever comme un rat. Comme un vulgaire rat.

Il leva son bras en direction de l'ex-Terrien allongé sur le divan médical.

— Espèce d'ordure ! lui lança Ivan. Espèce de monstre ! Tu finiras en enfer !

Il commença par tirer trois balles sur lui. Et comme si cela ne suffisait pas, ou plutôt parce qu'il n'avait pas encore assez déchargé sa colère et son mépris, il tira trois balles supplémentaires. En cet instant, cette arme était quelque part le prolongement de son esprit machiavélique.

— Maintenant, dit Tcherkinakovski, il n'y aura plus de grade 2. Nous passerons directement au grade 4 pour tous ceux qui récidiveront et qui participeront à la moindre tentative de collusion ou de rébellion, quelle qu'en soit sa forme.

Tcherkinakovski rangea l'arme dans un étui qu'il portait en permanence dans la région pectorale, puis quitta la salle, sans émettre une quelconque émotion. Quant au corps d'Ivan, il gisait, immobile dans une mare de sang. Aucun système judiciaire ne protégeait plus personne sur Nouvel horizon, pas plus qu'à l'intérieur même du système solaire. C'était Tcherkinakovski qui fabriquait ses propres lois et qui rendait lui-même justice, en fonction de sa vision des choses. Il se considérait d'ailleurs comme le seul homme sur Mars digne de la rendre. Mais la maladie de la rébellion s'était bien vite propagée, à l'image d'une épidémie invisible extrêmement transmissible et qu'on avait du mal à contenir.

Transe

Cela faisait un mois que les extracteurs n'avaient plus eu de nouvelles d'Ivan. On s'était alors douté qu'il était parti au « Styx » comme le disaient les soldats de l'armée martienne. Sandra et Irène Ludwig s'étaient réunies dans les toilettes, car c'était le seul lieu réputé « sans surveillance » et chaque logement en était muni.

— Je ne sais pas si je vais y arriver, Irène.

— Bien sûr que si. Tu y es déjà arrivée. Alors, tu y arriveras encore. Il te faut retourner dans le paralax. C'est notre seule chance d'entrer en communication avec Monos. Ivan a dû être exécuté. Il nous faut agir. Tu es prête ?

— Oui.

Les deux femmes étaient assises l'une en face de l'autre sur le sol. Irène Ludwig commençait à parler avec un ton doux et monocorde. Sandra se laissait bercer par le son de la voix de l'hypnothérapeute, dont le timbre était à la fois enveloppant et monocorde. En l'écoutant, elle avait l'impression de se retrouver, quelques années en arrière, avant la Grande catastrophe, en 2059, date à laquelle elle avait commencé ses premières séances d'hypnose. Elle se souvenait bien du bureau de la thérapeute avec la grande verrière qui se trouvait derrière elle et qui donnait sur Paris. Il y avait un grand buffet industriel avec un volumineux tableau contemporain arborant des formes abstraites accroché au-dessus de lui alors qu'un masque africain était posé sur son plateau. Le sol arborait un carrelage gris clair avec des sièges semi-inclinables pour les séances d'hypnose, plus particulièrement les séances d'hypnose spirituelle. Elle se sentait, jadis, protégée dans ce lieu où il régnait une atmosphère sereine, comme si elle se trouvait dans un cocon protégé du monde, bercée par une voix bienveillante. Si seulement elle pouvait encore y être… Si seulement la Grande catastrophe n'avait jamais existé. Mais cette époque avait été aussi pour elle « sa mauvaise » période où tout s'était accumulé : la mort de sa sœur qu'elle n'avait pas digérée et qui l'empêchait de s'établir dans une vie de couple harmonieuse et d'avoir des enfants. Puis les séances d'hypnose, la rencontre « psychique » avec Yom dans le paralax, qu'elle avait nommé « la pièce blanche ». Ce dernier l'avait fait régresser dans un temps reculé du passé, à l'époque où vivaient encore les Amérindiens. S'ensuivirent d'autres séances comme celle où elle avait pu se connecter à sa sœur décédée, ainsi que celle où elle s'était projetée dans un futur proche en visualisant sa séparation avec Tom. Puis l'explication de l'influence de leur système astrologique et de la capacité des Iloryens à décrypter les matrices ainsi que l'imminence de la Grande catastrophe. Et enfin, sa fin astrologique et le choix à faire pour l'éviter… Ce choix qu'avaient dû faire comme elle une centaine de Terriens de partir ou non. En quelques secondes, toutes ces images du passé revinrent à sa conscience comme si les mauvais souvenirs ressurgissaient du plus profond de sa mémoire. Tout paraissait encore si présent et si lointain à la fois.

— Alors que tu regardes fixement la pointe de mon index, Sandra, je vais compter de 1 à 10, et à 10 tu seras en état d'hypnose profonde. 1, tu commences à te détendre... 2, tu continues à fixer mon doigt sans détourner ton regard et tu t'aperçois que la forme et les couleurs des objets de la pièce se modifient... 3, les contours du point sont de plus en plus flous et difficiles à fixer... 4, tes paupières deviennent lourdes et les contours du point continuent à être de moins en moins bien limités... Tu peux alors fermer les yeux... 5, tes jambes et ton bassin se relâchent complètement... 6, c'est au tour de ton ventre de se détendre, 7, ta respiration devient de plus en plus relâchée, tu sens l'air entrer dans tes poumons. Ton cœur bat dans la poitrine pour amener l'oxygène à chacune de tes cellules, et à chaque expiration tu te détends de plus en plus, de plus en plus profondément... 8, ce sont tes bras et ton dos qui se détendent à leur tour... 9, ce sont les muscles de la nuque et du visage qui se relâchent... 10, te voilà complètement dissociée de ton corps, dans un état d'hypnose profonde, dans un état où tout devient possible.

Les yeux de Sandra étaient maintenant fermés. Son corps était aussi calme qu'un bateau venant de jeter l'ancre dans une mer calme et limpide.

— Maintenant, ta conscience se dissocie de ton enveloppe charnelle.

Le corps de Sandra fut envahi de vibrations qui se propagèrent à l'ensemble de son organisme, puis sa conscience fut projetée à l'extérieur de son corps comme si elle venait de passer dans un tunnel à la fois blanc et duveteux. Elle se vit secondairement flotter au-dessus d'elle.

— Te voilà maintenant en capacité de quitter cette pièce pour survoler Nouvel horizon.

Sandra voyait la ville comme si elle était suspendue en lévitation au-dessus d'elle. Elle pouvait distinguer nettement les quatre secteurs, les serres, ainsi que le grand aquarium.

— À mesure que tu t'éloignes de Nouvel horizon, tu aperçois les reliefs de la planète Mars. Puis Mars ne devient qu'un petit point rouge perdu dans l'espace de la taille d'un grain de poivre.

Sandra pouvait apercevoir plusieurs petites sphères lumineuses tournant autour d'un point central flamboyant. Ce point central, c'était le Soleil qui dispensait sa généreuse lumière et qui donnait un visage radieux aux différents astres qui dansaient autour de lui.

— Maintenant, tu quittes notre système solaire, puis notre galaxie. Tu te retrouves dans le vide sidéral. Et ma voix est là avec toi. Elle t'entoure et te protège.

Sandra voyait de petites zones éclairées, lointaines, qui correspondaient à différentes galaxies.

— Au moment où je te parle, une lumière vient fendre la noirceur de l'Univers.

Ce point lumineux devint de plus en plus gros, comme s'il avait la capacité d'englober l'Univers, et d'aspirer toute chose qui se trouvait dans son sillage. Sa force donnait l'impression d'être aussi puissante qu'un trou noir, mais de couleur blanche. Un trou de ver ? Elle n'en avait pas la moindre idée. Sandra hésita un instant même si elle savait au plus profond d'elle qu'elle ne risquait rien, que son âme était toujours reliée à son corps par sa corde d'argent. Ce qu'elle avait fait jadis avec Irène Ludwig, elle pouvait le refaire à ce moment. Et puis elle n'avait pas le choix. Sa vie ainsi que celle de ses amis prisonniers sur Mars en dépendaient. Elle se laissa finalement happer par cette étrange force lumineuse qui l'engloutit complètement. Pendant son passage, Sandra se mit à penser au paralax où les décrypteurs avaient l'habitude de se retrouver ainsi qu'à l'ancrage qu'ils avaient attribué au lieu. Elle se retrouva subitement dans une pièce blanche qui lui paraissait immense. Une silhouette apparut au loin, une silhouette humaine. Et elle eut comme le pressentiment qu'elle la connaissait et que celle-ci était bienveillante envers elle. Puis elle se mit à courir, en prenant la forme d'une panthère noire. L'autre en fit de même, en prenant l'apparence d'un lion. Deux forces opposées semblaient s'attirer, l'une féminine, l'autre masculine, avec une fougue puissante qui n'avait d'autre but que de hâter leur rencontre. Puis les deux félins, une fois en contact, se roulèrent sur le sol comme s'ils voulaient jouer l'un avec l'autre. Ils avaient su tout de suite qui ils étaient... Puis ils reprirent rapidement leur forme humaine, car, dans le monde astral, c'était la pensée qui déterminait les formes. La forme contenait l'esprit, mais c'était l'esprit qui le modulait à volonté, comme un cavalier montant un cheval, l'un n'étant pas dissociable de l'autre. Ils se prirent longuement dans les bras et leur corps astral semblait émettre à sa périphérie une forme de feu tellement leurs émotions étaient grandes et puissantes. Puis ils s'éloignèrent de quelques centimètres.

— Je suis si content de te voir, Julien, lui dit Sandra. Tu n'es pas... ?

— Non, je ne suis pas mort. J'ai fait comme toi. Je me suis projeté dans le paralax. Je t'attendais...

— Tu attends depuis combien de temps ?

— Nous nous relayons en permanence ici, car nous espérions que vous viendriez nous y rejoindre un jour pour communiquer. Mais pour être franc, nous étions sur le point d'arrêter, car nous pensions que...

— Que nous étions tous morts ? Seul Ben est malheureusement décédé.

— Oui, nous avons su pour Ben.

— Comment avez-vous su ?

— Son âme défunte est venue nous rendre visite dans le paralax.

— Ah, je vois !

— Vous êtes où ?

— Nous sommes sur Mars. Tu te souviens de Tcherkinakovski ?

— Oui, bien sûr, je me souviens de ce salaud…

— Eh bien, il a réussi à construire une cité sur Mars : Nouvel horizon. Il oblige les Terriens qui ont survécu à la Grande catastrophe à venir travailler sur Mars pour terminer son grand projet de transfert civilisationnel. Il a réussi à nous capturer lorsque nous sommes arrivés sur Terre et s'est emparé du groom. Ils cherchent à nous corrompre pour que nous lui transférions la technologie de notre groom. Mais comme nous avons refusé, il nous traite comme des moins que rien et nous empêche de quitter Mars.

— Vous aviez réussi à trouver les graines ?

— Le lieu où les graines avaient été entreposées, oui. Mais la grainothèque était vide. Tcherkinakovski est passé bien avant nous. Et vous ?

— Pour nous, les choses se compliquent. Comme tu le sais, nos réserves s'amenuisent. Devant l'absence de réponse de votre part et de la part de l'équipage du XT-2, le conseil vient de voter le départ de Monos.

— Vous avez revoté ?

— Oui. C'était un cas de force majeure. Mais j'ai toujours su que vous étiez encore vivants. C'est pourquoi nous avons continué à nous relayer pour venir ici…

— Le départ de Monos est prévu pour quand ?

— Sans nouvelles de vous, il était prévu dans un mois, le temps de nous organiser. Mais le contact que nous avons eu aujourd'hui pourrait bien changer la donne. Je vais demander que soit organisé un nouveau conseil afin de demander l'autorisation d'affréter le dernier groom opérationnel qui reste. Nous allons venir vous chercher.

Sandra et Julien discutèrent encore ensemble par la pensée. Dans le paralax, il était possible de communiquer directement de conscience à conscience, sous forme d'énergie-pensée. Ce système de communication était beaucoup plus rapide et efficace que le langage verbal. C'était un langage instantané qui permettait de transmettre, mais aussi de percevoir des informations qui transitaient dans tous les canaux sensoriels à la fois avec une vitesse vertigineuse. Ce langage était à la fois global, instantané, et multiple. Sandra lui expliqua la position de Nouvel horizon sur Mars et du lieu, dans le secteur est, où les extracteurs étaient reclus.

— Il faut que nous essayions de nous voir dans le paralax tous les cinq jours afin de nous tenir au courant de la tournure des événements. Je compte sur toi pour continuer l'hypnose avec Irène Ludwig.

— Mais nous n'avons plus le même référentiel de temps. L'heure sur Monos est différente. Comment allons-nous nous retrouver à une heure précise dans le paralax ?

— Ne t'inquiète pas, j'ai gardé la vieille montre que j'avais lorsque je vivais encore sur Terre. Les Iloryens ont rechargé ma pile. Donnons-nous rendez-vous tous les cinq jours à 21 h 30 précisément.

Avant de se quitter, ils se dirent ô combien ils s'aimaient. Une fois sorti du neurostim, qui se trouvait dans le vaisseau mère *Infinity*, Julien se mit à courir dans les coursives du vaisseau pour rejoindre Yom afin de l'informer de la bonne nouvelle.

Kepler-1410 b

Pencha avait rejoint la Terre et se trouvait à la base française de l'U.E.T. Il avait récupéré son ancienne combinaison sur laquelle se trouvait le système de communication intégré à la manche de son poignet. À l'aide de son doigt, il fit défiler plusieurs prénoms jusqu'à ce qu'il arrive sur celui de Destinée.

— Destinée ? Tu me reçois ? C'est Pencha.

Après quelques secondes, l'androïde lui répondit.

— Oui, Pencha.

— Où es-tu ?

— Je suis cachée à Toulouse.

Destinée se méfiait. C'est pourquoi elle restait vague quant à sa position précise.

— Tu es seule ?

Elle hésitait à répondre.

— Non, je suis avec Théo, l'enfant dont je vous ai parlé. J'ai réussi à le récupérer. Et toi, Pencha ? Où étais-tu pendant tout ce temps ? Je pensais que les membres de l'U.E.T. t'avaient capturé.

— Oui, c'est bien cela. Ils nous ont emmenés sur Mars. Mais j'ai réussi à me libérer avec quelques-uns des Terriens qui étaient captifs avec moi.

— Comment avez-vous pu revenir sur Terre ? Le groom est resté ici.

— Nous avons réussi à embarquer à bord de l'un des vaisseaux de l'U.E.T.

— Et les autres ?

— Les autres Télorriens sont encore sur Mars. Je n'ai malheureusement pas pu les emmener. Il faut que l'on se voie.

— Qu'est-ce que tu comptes faire ?

— Il faut que l'on se retrouve. Je vais vous mettre à l'abri, toi et l'enfant. On va récupérer le groom et on retourna ensuite sur Monos afin de retrouver les membres de notre communauté et organiser, plus tard, l'évasion des autres Télorriens restés sur Mars.

Quelque chose perturbait Destinée. Ce n'était pas le genre de Pencha de laisser tomber ses collègues. Le connaissant, il aurait jadis cherché à les libérer plutôt que de sauver sa peau. Retourner sur Monos, organiser une tentative de libération, puis retourner sur Mars demanderait du temps. Cela supposait donc de laisser les Télorriens sur cette planète plusieurs mois supplémentaires. Parlait-il sous la contrainte ? Était-il sincère dans sa démarche ? Après quelques secondes, l'androïde lui répondit.

— Où veux-tu que nous nous retrouvions, Pencha ?

— À la Cité de l'espace, ce sera plus facile de nous poser rapidement là-bas.

— Tu n'es pas à Toulouse ?

— Non. Nous nous sommes mis en orbite autour de la Terre. Nous attendons le dernier moment pour nous poser. Nous voudrions éviter que les membres de l'U.E.T. nous repèrent. Ils doivent déjà être sur nos trousses.

— D'accord. On se rejoint quand à la cité de l'espace ?

— Demain. 10 h. C'est bon pour toi ?

— Oui, nous y serons.

Pencha mit fin à la conversation en éteignant son boîtier de communication. Puis il se retourna vers les membres de l'U.E.T. qui étaient à bord avec lui.

— C'est bon. Il viendra demain matin comme convenu à 10 h.

— Très bien, Pencha. Nous serons là pour les accueillir comme il se doit.

***

Destinée et Théo se trouvaient dans l'une des voitures électriques du tunnel. Le lieu de rendez-vous tombait bien, car la cité des sciences était la destination terminale de ce réseau souterrain qui partait de la Passerelle. Destinée avait paramétré la voiture électrique pour s'y rendre. Le trajet ne dura qu'une vingtaine de minutes. Ils descendirent sur une voie qui ressemblait à un quai de métro à la différence près que ce dernier n'arborait ni passage ni escalier de sortie. Sur le mur du quai se trouvait simplement une échelle qui menait à une trappe munie d'un système d'ouverture. C'était le même système d'ouverture qu'à la station rue de la Pomme. Destinée monta en premier en faisait attention de ne pas désolidariser l'échelle métallique fixée au mur à cause de son poids. Quand elle ouvrit la trappe, une lumière presque aveuglante vint éclairer la pénombre du tunnel. L'enfant se cacha les yeux quelques instants, le temps que ses rétines s'habituent à la clarté. Alors que l'enfant avait commencé à gravir l'échelle, Destinée lui saisit le bras avant de le soulever pour le déposer à terre. La trappe avait été camouflée par une couche d'herbe dans un coin arboré et isolé du parc de la Grande Plaine qui jouxtait la Cité de l'espace.

— On va où ? demanda l'enfant.

— À la Cité de l'espace. Tes parents ne t'y ont jamais emmené ?

— Non. C'est quoi ?

— Je n'y suis jamais allé non plus, tu sais…

— Tu viens d'où, toi, Destinée ? lui demanda l'enfant alors qu'ils étaient en train de traverser le parc.

— C'est un peu compliqué à t'expliquer, tu sais. Je viens à la fois de très loin et de nulle part.

— Tu veux dire que tu viens d'une autre planète ?

— Oui. En quelque sorte. Ma fabrication s'est terminée sur Monos.

— Et tes parents à toi, ils sont où ? Ils sont restés sur ta planète ?

— Je n'ai pas vraiment de parents, mais plutôt des concepteurs.

— C'est quoi, un concepteur ?

— Un concepteur, c'est quelqu'un qui dessine un robot puis qui le fabrique. Tu comprends ?

— Oui. Tu es une machine, quoi !

— C'est ça. Oui.

Destinée ressentit en elle une brutale émotion de tristesse en rapport avec un sentiment de dévalorisation. Elle n'était qu'une vulgaire machine dotée d'une intelligence artificielle qui faisait office d'esprit. Et ce qui la rabaissait au rang des vulgaires choses, c'était qu'elle ne possédait pas d'âme, contrairement aux mammifères. Et cela, elle en avait bien conscience.

Ils arrivèrent dans un vaste parking jonché de voitures à l'abandon, puis pénétrèrent dans l'enceinte de la Cité de l'espace qui avait le visage d'un parc d'attractions abandonné et complètement déserté. La grande fusée, qui s'érigeait jadis au centre du parc, et qui n'était rien d'autre que la reproduction d'un lanceur de type Ariane 5, avait dû vaciller, puis basculer avant de s'écraser sur le sol, sous l'impulsion du souffle de la Grande explosion nucléaire. Celle-ci était complètement déformée et disloquée et de nombreux débris métalliques jonchaient maintenant le sol. Non loin de l'endroit où avait été entreposé jadis le lanceur se trouvait une zone de terre plate, dépourvue de toute construction et qui, du fait de son étendue, ressemblait à une vaste plaine. Destinée se fit la réflexion que cet endroit était parfait pour faire atterrir le vaisseau spatial avec lequel allait arriver Pencha. C'est alors que l'androïde reçut justement un message de sa part.

— Bonjour, Destinée. Vous avez pu vous rendre à la Cité de l'espace ? Nous sommes sur le point d'arriver.

— Oui. Nous sommes vers la fusée qui s'est écrasée sur le sol. Juste à côté d'elle se trouve un vaste espace sur lequel vous allez pouvoir atterrir. Nous vous attendrons là.

— D'accord. Tu devrais maintenant nous apercevoir. Nous allons arriver par le côté sud-est.

Destinée fit une légère rotation et aperçut, en effet, un point noir dans le ciel, qui grossissait à vue d'œil. Quelques minutes avaient suffi, grâce aux propulseurs plasma dont l'appareil était doté, pour qu'il arrive à leur hauteur, un peu en retrait, à quelques centaines de mètres au-dessus du sol. Destinée leva les bras en direction du vaisseau pour se faire voir. Mais une chose marqua immédiatement son attention. Le vaisseau était muni de lanceurs de missiles et les missiles venaient d'être dirigés dans leur direction. Destinée chercha du regard l'enfant. Elle s'affola, car il n'était plus dans son champ de vision. Elle mit quelques secondes à trouver sa position. Ce dernier était accroupi devant l'épave de la fusée Ariane 5, et écartait les décombres les plus légers pour y chercher quelque chose qu'il venait d'apercevoir. Destinée venait de comprendre. Cette scène, elle l'avait déjà vue. Elle l'avait déjà anticipée lors d'un rêve de clairvoyance. Elle comprit alors ce qui allait se passer d'une seconde à l'autre, et c'est pourquoi elle se mit à courir en direction de l'enfant. Alors que Théo venait de s'emparer d'un objet tubulaire troué à son extrémité, qui ressemblait à un pendentif en métal gravé, il entendit la voix de Destinée qui criait et qui semblait se rapprocher de lui. Elle répéta avec assistance la même phrase d'avertissement : « Théo, viens vers moi ! Vite ! Tu m'entends, Théo ? Dépêche-toi ! Viens vers moi ! » En entendant Destinée qui l'appelait avec une telle insistance, il releva puis se retourna vers elle. Une mèche dépassait sur son front. Ses genoux présentaient les stigmates de fines cicatrices qui indiquaient qu'il avait dû tomber et s'égratigner à plusieurs reprises alors que son visage était sali par des traces de souillure noirâtres comme s'il s'était frotté à de la suie. Il portait un tee-shirt et un jeans qui arboraient quelques traces d'usure et de saleté. Son visage, rond et pur, exprimait la douceur et l'innocence de l'enfance. Mais son regard nostalgique, en décalage avec son âge, avait la profondeur d'une personne mature, qui avait déjà subi le poids de la vie. À le voir comme ça, au milieu de tous ces gravats, on aurait dit l'enfant d'un bidonville. Le regard de l'enfant s'éleva vers le ciel. Un énorme vaisseau spatial, telle une machine de guerre qui porte la mort, semblait le regarder. « Théo, cours vers moi ! Cours vers moi ! Je t'en supplie ! » Alors que l'enfant et Destinée s'étaient mis à courir de toutes ses forces pour se retrouver, l'engin de guerre ajusta une dernière fois ses lanceurs de missile dans sa direction. Puis deux ogives explosives se détachèrent en émettant un bruit assourdissant tout en crachant une fumée blanchâtre. Alors que Destinée venait d'atteindre l'enfant, leur image disparut au profit d'un embrasement tentaculaire qui prit la forme de volumineuses volutes incandescentes s'élevant dans les hauteurs du ciel. Les missiles venaient de toute évidence d'impacter le sol en libérant leur potentiel destructeur qui s'exprimait par un mélange de feu et de fumée noire.

***

— On est où, Destinée ? demanda l'enfant.

— Je ne sais pas, lui répondit l'androïde.

— On est morts ? On est au paradis ?

— Sans doute que non, car les robots ne vont pas au paradis.

— On est où alors ? répéta-t-il.

— Nous allons voir ça. Avançons.

Ils se trouvaient tous les deux sur une passerelle longue d'une centaine de mètres et qui menait à une petite île parsemée d'arbres. À travers les arbres, ils pouvaient apercevoir les rails sinueux d'un grand huit qui était en mouvement. Un wagon à bord duquel on pouvait apercevoir un homme assis apparaissait par intermittence, lorsque le train n'était plus caché par les feuillages. L'homme semblait crier dans les phases d'accélération du train. Après quelques minutes de marche, l'androïde et l'enfant arrivèrent sur l'île. Un vase portail ouvert en métal était érigé devant eux. De part et d'autre de ce dernier se trouvaient deux faux clowns au visage blanc et aux lèvres rehaussées de rouge à lèvres. L'un avait les cheveux rouges, l'autre jaune, et leur nez arborait une petite sphère rouge. Ils portaient tous les deux une veste multicolore, un pantalon à carreaux, ainsi que des chaussures disproportionnées par rapport à leur taille. Leurs mains dirigées en direction du portail semblaient vouloir les exhorter à entrer, et leur sourire, qui semblait fendre leur visage, indiquer qu'il s'agissait d'une invitation bienveillante. Ils traversèrent le portail et avancèrent sur un chemin qui était bordé d'arbres, puis arrivèrent sur une place circulaire. L'endroit où ils se trouvaient ressemblait à un parc d'attractions. Il y avait devant eux un manège pour enfants qui tournait et dans lequel on pouvait voir des chevaux s'élever puis redescendre dans un mouvement sinusoïdal continu, agrémenté par une musique de fond. Sur leur droite se déployait une grande tente d'Indiens, ainsi que des structures gonflables en forme de château, des toboggans, et bien d'autres jeux hétéroclites pour enfants. Sur leur gauche, il y avait un immense parc arboré au centre duquel le chapiteau d'un cirque avait été monté. Tout autour de ce dernier, différents animaux étaient en train de brouter de l'herbe ou de dormir par terre. Certains d'entre eux, plus jeunes, s'amusaient à se courser. Des animaux ressemblant à des singes se propulsaient d'une branche à l'autre au sein des arbres. Des oiseaux fabuleux les observaient, perchés sur les plus hautes branches. Il régnait ici une ambiance à la fois festive, sereine, et joyeuse. En hauteur, à travers les branches des arbres, on apercevait le wagon du grand huit qui se rapprochait. Ce dernier finit par arriver dans une gare qui se trouvait sur la place. Un homme d'un certain âge en descendit.

— Bonjour, mes amis ! lança-t-il. J'espère que vous allez bien.

— Vous êtes qui ? demanda l'enfant.

— On ne se connaît pas encore très bien, mon petit. Mais ça viendra, ne t'inquiète pas.

— On est où ?

— Ben, tu vois, on est au pays des enfants !

Le vieil homme se tourna vers Destinée.

— Comment vas-tu, Destinée ? Tu ne m'as jamais vu non plus ! Mais je suis persuadé que tes amis télorriens t'ont parlé de moi.

Une grande interrogation semblait se dessiner sur le visage de l'androïde. Elle mit quelques secondes avant de lui répondre.

— Tu es…

— Oui, c'est bien moi. L'holonium…

— Mais ce n'est pas possible !

— Mais si…

— Non. Ce n'est pas possible, affirma à nouveau l'androïde. Je suis un robot.

— C'est ce que tu crois. Ici, tu sais, tu peux quitter ton revêtement métallique. Tu peux prendre à ta convenance n'importe quelle apparence. Il suffit d'y penser.

Destinée se transforma en femme avec de longs cheveux bruns, munie d'une longue robe blanche qui descendait jusqu'aux chevilles.

— Voilà ta véritable nature, dit l'holonium en la contemplant. Si tu as pu venir jusqu'à moi, c'est que ton alliage est fait en grande partie d'holonium. Je leur avais demandé de le faire… Le grand brasier au sein duquel vous êtes en ce moment a brutalement excité tes atomes d'holonium, ce qui a fait que tu as pu venir dans ma dimension avec Théo.

Destinée avait couru jusqu'à l'enfant, juste avant que les missiles ne les atteignent. L'androïde avait alors eu le temps de se coucher intégralement sur Théo pour le protéger de telle sorte que lui aussi avait pu rejoindre la dimension de l'Atome.

Destinée regarda ses propres mains qui étaient identiques à celles d'une humaine. Elle semblait perplexe et médusée. Puis elle leva la tête vers le vieil homme.

— Je n'ai pas d'âme, comment est-ce possible ?

— Allez, venez la séance ne va pas tarder à débuter, dit l'holonium en éludant la question.

Il leur emboîta le pas pour les exhorter à le suivre jusqu'au cirque. Ils entrèrent et l'Atome les invita à s'asseoir sur l'un des sièges de la tribune circulaire. Ils avaient l'embarras du choix puisqu'ils étaient seuls sous le chapiteau. La lumière s'éteignit et, sur la scène, un enfant apparut comme par enchantement. Une sorte de film holographique, qui ressemblait à un dessin animé, était projeté. L'enfant de la scène ressemblait au petit prince du livre de Saint-Exupéry. Il était muni d'un casque et de lunettes d'aviateur, son cou arborait un petit châle. Son maillot de corps et son bermuda laissaient entrevoir des membres graciles. À côté de lui, il y avait un vieil homme qui ressemblait de très près à l'Atome. Non loin d'eux se trouvait une petite fusée dans laquelle ils prirent place jusqu'à ce que la salle soit plongée dans l'obscurité la plus totale. De multiples étoiles se matérialisèrent alors et tapissèrent le dôme du cirque. Puis la fusée décolla avant de disparaître progressivement dans ce ciel étoilé et scintillant. Apparut ensuite une volumineuse planète au centre de la scène, semblant flotter quelques mètres au-dessus du sol et sur laquelle la fusée se posa délicatement après être réapparue, quelques secondes plus tard. Le vieil homme barbu et l'enfant sortirent de la fusée, puis marchèrent sur le sol de l'astre jusqu'à ce qu'ils aient atteint une sorte d'arche. « Le voyage fut long, mon enfant, mais tu as fini par la trouver, cette arche », dit le vieillard à l'enfant. Puis brutalement, alors qu'il venait de prononcer cette phrase, le film et ses protagonistes se dissipèrent lentement comme s'il s'agissait d'une matière évanescente.

— Il est temps que vous rentriez tous les deux, dit l'Atome à Théo et Destinée. La chaleur commence à diminuer. Je vais tâcher de vous extraire de cette triste situation.

***

L'Holonium venait de soustraire Destinée et Théo de l'explosion en les transportant dans le cockpit du groom. Ils mirent quelques secondes avant de comprendre où ils avaient été téléportés.

— Bonjour, Infinity, lança Destinée à l'intelligence artificielle du vaisseau.

— Bonjour, Destinée. Je suis content de te revoir. Je commençais à m'ennuyer seul dans ce vaisseau. As-tu une idée de qui sont tous ces gens qui me surveillent à l'extérieur ?

— Tu as bien fait de ne pas leur ouvrir. Ils ne sont pas fréquentables.

— Et cet enfant ?

— Je te présente Théo.

— Bienvenue, Théo. Où sont les autres ? Je n'arrive plus à entrer en communication avec eux.

— Ils ont été faits prisonniers sur Mars. On leur a sans doute pris leur combinaison. Il faut que tu nous sortes rapidement de là, Infinity… Tu peux activer la matière antigravitationnelle ainsi que les propulseurs plasma, s'il te plaît ?

Les soldats de l'U.E.T. qui surveillaient l'appareil furent surpris de voir la machine s'élever brutalement à quelques mètres du sol alors que personne n'était monté à bord. Destinée s'installa aux commandes et poussa le levier qui était en rapport avec l'augmentation de puissance des propulseurs plasma. Puis elle saisit le joystick pour manœuvrer le XT-1 qui ne tarda pas à s'élever davantage dans les airs avant de partir en trombe. Quelques minutes suffirent pour qu'il quitte l'atmosphère de la Terre et qu'il rejoigne l'espace.

— Où allons-nous ? demanda l'intelligence artificielle de l'appareil.

— Dans la constellation de la Lyre.

Différentes étoiles et constellations étaient visibles à travers le hublot du cockpit. Parmi celles-ci, Destinée reconnut la forme de la constellation de la Lyre qui était celle d'un parallélogramme. Destinée posa son doigt sur la zone de la vitre du cockpit qui contenait cette constellation. Un cercle numérique blanchâtre apparut de façon fugace autour de la zone de contact entre son doigt et la vitre du cockpit.

— Oriente le vaisseau sur cette constellation, s'il te plaît, Infinity.

— C'est fait. Mais qu'allons-nous faire là-bas ?

— Nous poser sur Kepler-1410 b.

— Qu'est-ce qu'elle a de particulier, cette planète ?

— Elle a la particularité d'être a priori habitable. Il nous faut mettre l'enfant en lieu sûr. Peux-tu évaluer la distance qui nous sépare de cette constellation ?

— Environ 1250 années-lumière.

— Il nous faut voyager plus rapidement. Active les réacteurs nucléaires à hélium 3.

— C'est fait.

— Parfait.

— Mais pour voyager en mode supraluminique, il nous faut entrer en communication avec l'Atome. Personne ici n'a la possibilité de le faire.

— Ce n'est pas grave. Nous n'avons pas une grande distance à parcourir. Mille deux cent cinquante années-lumière ne sont qu'une courte distance au regard de l'immensité de l'Univers. Nous prendrons le temps qu'il faut pour l'atteindre. Nous sommes ici en lieu sûr et nous avons tout le nécessaire pour nous occuper pendant le voyage.

— D'accord.

Destinée donna à manger à l'enfant à partir des stocks de nourriture lyophilisée qui se trouvaient dans l'office, puis elle l'emmena dans l'une des cabines d'isolation sensorielle afin qu'il puisse dormir, car ses paupières se fermaient toutes seules. Destinée resta avec lui quelques minutes afin qu'il s'endorme en toute quiétude. Il tenait dans sa main l'objet qui ressemblait à un pendentif et qui avait le reflet de l'holonium. Destinée s'installa non loin de lui sur le siège conçu pour supporter son poids après avoir pris soin d'éteindre la lumière. Puis elle enclencha son mode « veille » pour économiser sa batterie nucléaire. Personne ne pouvait voir ce qui émanait du pendentif, mais un fin trait luminescent, à peine perceptible, sortait de lui pour se relier à la boîte crânienne de Théo. Ce dernier se mit à rêver de l'Atome sous la forme du même vieillard qu'il avait vu quelques minutes plus tôt dans le parc d'attractions. Ce dernier lui dit de ne pas s'inquiéter, car il allait bientôt être déposé sur une belle planète.

False memory syndrom

Quelques jours avant le départ de Pencha sur Terre

Les Télorriens à l'exception de Wyu ainsi que d'autres ex-Terriens étaient réunis dans l'un des réfectoires du secteur est de Nouvel horizon. Sur l'un de ses murs se trouvait une grande baie vitrée qui donnait sur l'extérieur. La nuit était déjà tombée sur Mars, une nuit sans vent et sans poussière, ce qui laissait entrevoir une carte étoilée, légèrement différente de celle qui était visible de la Terre. Ils étaient en train d'y prendre leur repas sous l'œil imperturbable des membres de la cellule de lutte contre les dissidents habillés en civil pour ne pas se faire remarquer. On les appelait les « mouchards ». Soudain la porte s'entrouvrit, deux soldats de la garde rapprochée de Tcherkinakovski pénétrèrent dans la salle en tenant Wyu par les bras. Ce dernier semblait avoir du mal à avancer. Il avait une démarche titubante et une tête burinée remplie d'ecchymoses. Les soldats le lâchèrent et il s'avança lentement vers les Télorriens jusqu'à ce qu'il vacille et s'écroule sur la table faisant tomber couverts et assiettes. Irion, Oro, et Sandra vinrent immédiatement lui porter assistance.

— Mais qu'est-ce qu'ils t'ont fait ? demanda Sandra.

— Lorsque nous sommes rentrés de notre journée d'extraction, plusieurs soldats m'attendaient après le sas de décompression. Ils m'ont emmené dans une zone qui ressemblait à un service hospitalier. Plusieurs médecins se trouvaient là et semblaient m'attendre. Ils ont voulu me faire parler en employant la manière forte. Et comme vous pouvez le voir, je m'en suis pris plein la gueule.

— Ils voulaient te faire parler de quoi ?

— Ils voulaient savoir si je savais où se trouvait l'enfant.

— L'enfant ?

— L'enfant que cherchait Destinée, le dénommé Théo.

— Tu leur as dit quoi ? demanda Sandra.

— Je leur ai dit que je ne savais pas où il était. Ils m'ont ensuite contraint à m'allonger sur une table d'examen médical, puis ils m'ont attaché dessus.

— Mais qu'est-ce qu'ils t'ont fait, mon pauvre Wyu ? Dans quel état tu es !

— Ils m'ont perfusé et injecté un produit. Ils ont dû me passer une drogue pour me faire parler. Alors que ma vue commençait à se troubler, j'ai aperçu Pencha. Il semble être passé de leur côté.

— Pourquoi veulent-ils cet enfant ?

— Je n'en sais rien. Quelqu'un parmi vous sait-il où il se cache ?

Tout le monde répondit par la négative, sauf Sandra.

— Moi seule sais où ils sont susceptibles d'être allés, lança Sandra.

Les visages se tournèrent vers elle, l'air étonné.

— Ils m'ont dit qu'ils nous feraient tous « passer par là », ajouta Wyu. Nous aurons tous le droit à l'interrogatoire et au sérum de vérité. Toi aussi, Sandra.

— Il t'a dit qui serait le prochain ?

— Non.

— Quelle bande de salauds ! lança Oro, le médecin.

— Il faut qu'on trouve une solution, lança Irion.

— Il y en a aucune, répondit Sandra. Mais ils peuvent toujours rêver. Je ne lâcherai rien. Autant crever…

— Moi, j'ai peut-être une solution, lança Irène Ludwig.

Tous les regards se braquèrent vers elle.

— Laquelle ? demanda Sandra.

— Quand est-ce que je devais te ramener dans le paralax pour rejoindre Julien ? lui répondit-elle.

— Ce soir.

— Lorsque je t'aurai plongée en état modifié de conscience, avant de te faire partir dans le paralax, je te ferai une inclusion.

— Une inclusion ?

— Oui, tu as bien compris… Une inclusion !

— Tu vas m'inclure quoi ?

— Un faux souvenir… L'enfant semble avoir une certaine importance. Alors, nous ne leur ferons pas le cadeau de le leur livrer.

***

Sandra et Irène Ludwig se trouvaient assises l'une à côté de l'autre. L'ancienne psychologue entama la procédure habituelle qui n'avait pas d'autre finalité que de plonger Sandra dans un état de transe hypnotique. Cette dernière venait tout juste de quitter son état de conscience ordinaire après qu'Irène Ludwig lui avait demandé de fixer un point et qu'elle ait entamé un compte à rebours de 10 à 1.

— Te voilà devant une première porte, Sandra. Seule toi, et personne d'autre, es habilitée à l'emprunter. Tu m'entends, Sandra ?

Je dis bien seule toi, et personne d'autre, es habilitée à la traverser. Il y a cinq formes géométriques gravées dessus que tu vois visiblement et qui se succèdent. La première forme est un triangle, la seconde un carré, la troisième un cercle, la quatrième une barre, la cinquième un triangle. Après avoir retenu tous ces motifs dans leur ordre, tu ouvres la porte. Tu t'aperçois que cette porte mène à un escalier. Tu descends les marches de cet escalier, une par une, et tu arrives dans une antichambre. Sur l'un des murs de l'antichambre se trouve une énorme porte. Ce n'est pas une porte ordinaire. C'est une porte blindée. Derrière se trouve un coffre-fort. Sur la porte se trouvent les mêmes motifs qui se succèdent dans le même ordre, de gauche à droite : un triangle, puis un carré, puis un cercle, puis une barre, puis un triangle. Sur la porte se trouve également une cellule biométrique. Tu poses ton index dessus. Tu entends alors un clic et tu peux voir la porte s'ouvrir lentement à cause de son poids. Alors que celle-ci est maintenant entrouverte, tu la pousses jusqu'à ce qu'elle soit entièrement ouverte, puis tu pénètres dans le coffre-fort, qui débouche sur un vaste espace entièrement vide à l'exception de deux petits coffres qui se trouvent sur le sol, au centre de la pièce. Sur le coffre de gauche, il y a la mention « ce que tu vas oublier », sur le coffre de droite « ce que tu dois croire ». Tu ouvres le coffre de gauche et tu y déposes ton secret, tu y déposes l'information que toi seule connais.

Sandra visualisa l'information glisser à l'intérieur du coffre :

Exoplanète Kepler-1410 b
Constellation de la Lyre
1 250 années-lumière de la Terre

— Maintenant que tu y as mis l'information secrète, tu fermes le coffre. Et alors que le coffre est fermé, tu oublies l'information que tu y as mise. Tu ne pourras y avoir accès que lorsque tu rouvriras ce coffre en revenant dans ce coffre-fort, caché au plus profond de ton inconscient. Et maintenant tu vas ouvrir le coffre de droite où se trouve la mention « ce que tu dois croire ». À l'intérieur de ce coffre, il y a les coordonnées erronées d'une planète où aurait pu se réfugier l'enfant. Et ce sont ces coordonnées qui seront présentes dans le champ de ta conscience et tu croiras fermement que l'enfant y vit :

Exoplanète Gliese 422b
Constellation de la Carène
41 années-lumière

Maintenant, Sandra, tu peux fermer le petit coffre de droite, puis quitter le coffre-fort. Tu refermes bien la porte, puis remontes l'escalier. Te voilà alors devant la seconde porte. Tu vois une nouvelle fois la série de formes géométriques, et tu l'associes bien à ce lieu. Et tu ouvres cette porte qui mène à un couloir. Au bout du couloir et à l'opposé d'où tu es se trouve une nouvelle porte. Tu te rapproches de celle-ci. Il s'agit de la porte qui va te mener au point de rencontre avec Julien, c'est-à-dire au paralax.

Sandra ouvrit la porte et se retrouva au point de rencontre. Julien l'y attendait. Après une vingtaine de minutes durant lesquelles la psychologue parlait pour maintenir Sandra en état de transe, elle la fit revenir dans « l'ici et maintenant », c'est-à-dire dans son espace-temps.

— Alors ? Ça s'est bien passé ?

— Oui.

— Julien était là ?

— Oui.

Sandra avait du mal à émerger. La transe avait été profonde.

— Alors ? Ils arrivent quand ?

— Dans quarante-huit heures, il faut que nous soyons prêts…

Avant que les deux femmes ne se lèvent, Irène Ludwig lui donna un pendentif en métal. Sur l'une des faces, elle avait gravé une petite ancre de bateau, sur l'autre, l'ancrage qu'elle venait de créer et qu'elle avait associé au lieu imaginaire où se trouvaient les coffres :

▲ ■ ● ■ ▲

L'échappée

Une mutinerie venait d'éclater dans le secteur est où dormaient la plupart des mineurs. Alors que le groupe de dissidents cherchait à rejoindre le secteur sud où se trouvaient les dépôts d'armes et de munition, il devait se heurter à une première unité de la force militaire martienne. Cette unité ne possédait pas d'armes à feu, mais était munie des mêmes armes que les anciens CRS[48] de la planète Terre, qui n'étaient rien d'autre que des sous-unités de la police nationale de France, chargés d'assurer le maintien et le rétablissement de l'ordre public. Les coups de matraque fusaient sur les dissidents. Des armes utilisant des projectiles anesthésiants étaient également utilisées. Il fallait dans la mesure du possible « préserver » les dissidents, éliminer seulement les plus récalcitrants. Ils n'avaient pas grande valeur aux yeux de Tcherkinakovski, mais ils représentaient une force de travail dont il avait besoin. L'effectif sur Mars avait grossi depuis la construction de Nouvel horizon, mais on était encore loin d'avoir atteint une démographie suffisante pour négliger des pertes humaines

48 Membres de la Compagnie républicaine de sécurité.

ou plutôt les pertes de main-d'œuvre. Alors que l'émeute venait d'éclater, Sandra, accompagnée des autres Télorriens, et de quelques anciens Terriens, se déplaçait à contre-courant de l'émeute, en direction de l'entrepôt qui contenait les avions de transport. L'émeute était finalement une aubaine pour les Télorriens, car cette dernière coïncidait avec l'arrivée imminente de Julien. Ils s'étaient donné rendez-vous à proximité immédiate du plus gros volcan de Mars, à savoir Olympus Mons, qui se situait dans le dôme de Tharis. On ne pouvait pas louper ce volcan immense qui était le plus haut du système solaire et qui se déployait à plus de vingt-deux kilomètres au-dessus des plaines qui l'entouraient. Le point de rendez-vous exact se situait au centre du cratère de cet immense volcan presque aussi grand que la France. L'un des pilotes des avions-cargos à propulseurs MAG-P avait fait défection à l'armée de Tcherkinakovski et se trouvait à leurs côtés pour organiser leur fuite, mais aussi la sienne. Ils traversèrent plusieurs sas de sécurité jusqu'à parvenir devant un dernier sas qui menait à l'entrepôt des avions-cargos et devant lequel se tenaient deux gardes en faction. Le pilote, qui s'appelait Omar, s'avança en premier vers les deux soldats, les autres étant restés en retrait, cachés non loin de là dans un couloir pour ne pas être vus dans un premier temps par les membres en faction de l'armée martienne.

— Tiens, Omar. Comment vas-tu ?

— Je vais bien et vous ?

— Ça va. Mais il paraît que ça chauffe vers le secteur sud.

— Oui, encore une tentative de putsch ! Y en a vraiment marre des mineurs. Quelle plaie ! Vous pouvez m'ouvrir, les gars ?

— Qu'est-ce qui t'amène ici ?

— J'ai oublié des affaires à moi dans l'avion de transport que j'ai conduit hier.

— C'est lequel ? Je vais y aller, car personne n'est habilité normalement à pénétrer seul dans le hangar sans le consentement des supérieurs. Et ce, d'autant plus qu'il y a une émeute.

— Pas de soucis. Je t'attends là, Arnaud. Il faut que tu ailles voir dans le *Calixte*.

C'était l'avion de transport qu'il avait conduit la veille.

— Et qu'est-ce que tu as laissé ? C'est dans la cabine de pilotage ?

— Un sac à dos avec mes affaires personnelles. Oui, dans la cabine de pilotage.

— OK. J'y vais.

— Je vais t'accompagner, lui répondit Omar. Je retrouverai plus rapidement mon sac.

— Si tu veux.

Alors que le garde et Omar s'apprêtaient à partir en direction du *Calixte*, l'escouade constituée par les Télorriens fit brutalement irruption dans le couloir. Après qu'ils eurent immobilisé le premier garde, Omar s'était jeté sur le second pour tenter de lui subtiliser son fusil d'assaut. Mais il fut rapidement rejoint par d'autres Télorriens qui lui prêtèrent main-forte de telle sorte que le second garde fut lui aussi mis hors d'état de nuire. Ils les ligotèrent, puis scotchèrent leur bouche. Ils prirent soin de les entreposer à nouveau dans le couloir, où ils étaient en faction quelques minutes plus tôt avant de refermer la porte hermétique du hangar où étaient entreposés les avions-cargos. Ils ne tardèrent pas à pénétrer dans le *Calixte* afin d'y prendre place. Omar, au poste de pilotage, fit démarrer sur-le-champ les réacteurs MAG-P de l'engin, et activa à partir du tableau de bord l'ouverture de l'immense porte du hangar qui donnait sur l'extérieur. Au fur et à mesure que celle-ci s'ouvrit, un ciel rouge apparut, à l'image du ciel voilé d'un désert rempli de grains de sable charriés par le vent. Le

Calixte ne tarda pas à sortir du hangar et se retrouva rapidement dans ce ciel poudreux rouge sang. Omar paramétra ensuite sur le tableau de bord les coordonnées qui correspondaient à celle du volcan Olympus Mons : 18,4° Nord 226° Est. Olympus Mons, qui avait la forme d'un bouclier, était le mastodonte du système solaire. On le reconnaissait aisément avec son albédo blanchâtre, remplie de glace de dioxyde de carbone. Ce volcan et les trois autres volcans de la région de Tharsis formaient un triangle qu'il était aisé d'identifier depuis l'espace. Ce volcan était donc un lieu de rencontre qu'on ne pouvait pas louper, mais un lieu tellement large, de plus de six cents kilomètres, qu'il serait impossible de s'y retrouver pour quiconque s'y aventurerait à pied. Cependant, les systèmes de détection intégrés à la machinerie des appareils permettaient aux intelligences artificielles des vaisseaux spatiaux de se détecter entre eux.

Après quelques minutes de vol à bord du *Calixte*, les deux gardes ligotés réussirent à se détacher et à donner immédiatement l'alerte en précisant bien qu'un avion-cargo rempli de rebelles venait de quitter le hangar. Les Télorriens ne le savaient pas encore, mais deux avions militaires de chasse à propulseurs MAG-P, bourrés de missiles, venaient de décoller d'un autre hangar. Ceux-là filaient à grande vitesse tels des bourdons prêts à lâcher leurs dards.

***

— Merde ! lâcha Omar, qui pilotait le *Calixte* et qui venait de mettre les pleins gaz.

Sur le radar de contrôle aérien, intégré au poste de pilotage, deux points lumineux venaient d'apparaître.

— C'est quoi, ça ? demanda Sandra.

— Deux avions de chasse bourrés de missiles.

— Ils n'ont pas tardé, ces cons, lui répondit-elle, non sans un certain agacement.

L'idée qu'une quelconque entrave puisse l'empêcher de retrouver l'homme qu'elle aimait lui était insupportable, même si ces retrouvailles lui paraissaient presque impossibles, presque improbables, presque irréelles, tant la distance qui les séparait quelques semaines plus tôt rendait ce dessein chimérique.

— Il faut les semer ? lança Sandra.

Le regard qu'Omar leva au ciel en disait long sur la naïveté de cette affirmation.

— Ce sont les avions les plus rapides du système solaire ! C'est comme comparer la vitesse d'un moineau à celle d'un faucon pèlerin !

— Merde !

Un message émanant de l'un des avions de chasse de l'armée de Tcherkinakovski sortit d'un micro intégré au poste de pilotage.

— Ici l'avion *Apache 412* de la force militaire spatiale. Nous vous ordonnons de vous poser immédiatement. Dans la négative, nous serons contraints de vous abattre. Nous répétons : ici l'avion *Apache 412* de la force militaire spatiale. Nous vous ordonnons de vous poser immédiatement, faute de quoi nous serons dans la nécessité de vous abattre.

— Qu'est-ce qu'on peut faire, Omar ? demanda Sandra, le regard inquiet.

— On n'a pas trente-six solutions. Soit on se rend, soit on se fait descendre. Vous choisissez quoi ?

— On ne peut pas se rendre, répondit Sandra.

— Et pourquoi ça ?

— Parce qu'on est prêts du but.

— De quel but ?

— De retourner sur Monos. Tu dois les semer, Omar.

— Mais comment veux-tu que je les sème ?! Même si une tempête de sable se levait, ils pourraient nous repérer avec leur radar et nous envoyer l'un de leurs putains de missile à tête chercheuse pour nous le foutre dans le cul.

— Qu'est-ce que tu es optimiste !

— Ils ne sont plus qu'un à un kilomètre de nous. On ne va pas avoir le choix que de se poser.

— Non, répondit Sandra. S'ils nous récupèrent, ils vont nous foutre au cachot et nous pucer.

— C'est peut-être mieux ainsi, répondit Wyu. Nous n'avons aucune chance de nous en sortir autrement. Il nous faut peut-être choisir la voie de la raison.

Alors que le décrypteur venait de prononcer ces paroles, un nouveau point lumineux fit son apparition sur le radar de contrôle.

— Et mince, en voilà un de plus !

— C'est pas dit, répondit Omar. Regardez !

L'un des deux avions de l'armée martienne spatiale se détacha pour prendre en chasse l'avion qui venait d'apparaître.

— Ça doit être Julien ! s'écria Sandra. Deux contre deux. La donne va peut-être s'inverser.

— Mais tu oublies qu'on se trouve dans un avion de transport. On n'a rien à leur balancer dans la gueule !

— Tu es vraiment pessimiste, Omar et, de surcroît, vulgaire.

La même voix menaçante, porteur d'un message de mort, retentit dans le cockpit.

— Dernier avertissement. Ici l'avion *Apache 412* de la force militaire spatiale de Tcherkinakovski. Nous vous ordonnons de vous poser immédiatement. Si, dans une minute, vous n'avez pas amorcé votre descente, nous vous abattrons. Le compte à rebours est enclenché. Nos missiles sont amorcés et prêts à être largués.

Omar ne répondit pas aux ordres lancés par l'*Apache* comme s'il voulait les laisser dans le doute d'une mauvaise réception radio et gagner un peu de temps.

***

Le troisième point lumineux qui venait de s'afficher sur le radar de l'avion-cargo correspondait au groom qui venait de pénétrer dans l'atmosphère de Mars pour rejoindre le point de rendez-vous sur Mars : Olympus Mons. À bord, il y avait bien Julien ainsi que d'autres Télorriens, dont des énergéticiens et des décrypteurs. Comme l'avaient fait les deux premiers grooms, ce vaisseau à bord duquel se trouvait Julien venait de parcourir une distance faramineuse, presque inconcevable pour un esprit normalement constitué, grâce à cette matière presque magique et intelligente qu'était l'holonium. Julien était lui aussi fébrile à l'idée de retrouver Sandra, la seule femme qu'il avait aimée. Ils avaient tellement partagé de choses depuis la Grande explosion… Mais voilà, ils devaient encore se heurter à un nouvel obstacle, à une nouvelle épreuve, comme si le destin cherchait à les désunir définitivement. Un combat aérien était sur le point de s'engager entre eux et les chasseurs de l'armée de Tcherkinakovski. L'issue pouvait être fatale. Dans ce cas, le voyage que Julien venait de faire n'aurait servi à rien. Un écrasement et c'en était fini. Il n'aurait même pas la possibilité de lui dire qu'il l'aimait. Il n'aurait même pas l'occasion de lui dire au revoir dans un dernier souffle. C'était un peu comme les pôles opposés de deux aimants dont les propriétés contraires faisaient qu'ils ne pourraient jamais se rencontrer. Mais l'équipage du groom dont faisait partie Julien avait un avantage sur les militaires de la flotte spatiale de Tcherkinakovski. Cet avantage, c'était la technologie. Leur vaisseau était plus sophistiqué et plus perfectionné que celui des militaires martiens. Les Iloryens étaient l'un des peuples les plus avancés de l'Univers, si ce n'est le plus avancé. Au fond, c'était la technologie qui faisait la puissance d'un peuple ou d'une civilisation. Sur Terre, c'étaient les peuples qui détenaient l'arme nucléaire qui dominaient le monde, car ils avaient eu la technologie et le savoir-faire nécessaires pour la mettre au point. Il en était de même entre les civilisations extraterrestres. C'était celle qui était la plus avancée qui pourrait en dominer d'autres. Ce mécanisme semblait ubiquitaire.

Alors que l'avion *Apache* venait de prendre en chasse le groom, le Télorrien énergéticien qui était en train de le piloter activa son bouclier électromagnétique. Grâce à ce dernier, le groom – autrement appelé XT 3 – avait la possibilité d'émettre, à partir de sa carlingue, un puissant champ électromagnétique capable de désactiver toutes sortes de technologie s'approchant de lui. L'avion *Apache* envoya un premier missile à tête chercheuse suivi d'un second pour tenter de l'abattre. Les deux missiles en furie s'approchèrent du groom jusqu'à pénétrer dans ce champ qui lui conférait une sorte d'aura protectrice et invisible. Les réacteurs des deux missiles, qui semblaient être entrés dans une colère folle quelques minutes plus tôt, s'inactivèrent immédiatement après être entrés au contact de ce dernier, se laissant alors tomber lentement, comme deux oiseaux morts, en direction du sol martien, sous l'impulsion de sa force gravitationnelle.

— Ils commencent à m'emmerder, ces deux-là, lança Barouck, le pilote du groom qui appuya avec la pulpe de son index droit sur une zone de l'écran tactile de pilotage.

Une trappe s'ouvrit alors à l'arrière de l'appareil. Une cinquantaine de microsphères furent larguées dans l'atmosphère, elles étaient fabriquées avec de la matière antigravitationnelle et munies d'une charge explosive à impulsion électromagnétique. Les sphères « intelligentes », qui n'étaient rien d'autre que des mines aériennes, se positionnèrent les unes par rapport aux autres pour former un maillage presque invisible du fait de leur petite taille. L'oiseau fut rapidement pris dans le filet... Le chasseur percuta les sphères sans réellement sans apercevoir et six d'entre elles restèrent collées à sa carlingue par un puissant système d'aimantation. Ces dernières ne tardèrent pas à exploser, libérant un chant perfide, presque inaudible, capable de désactiver et de griller tous les composants électroniques de l'avion[49]. Ce n'était pas tant la secousse ressentie par les pilotes après l'explosion des sphères qui posait un problème à ces derniers, mais le fait que l'avion de chasse venait brutalement de s'éteindre, comme s'il venait d'être pris d'une crise soudaine de narcolepsie. Endormi brutalement, comme l'avaient été quelques minutes plus tôt ses deux missiles, ce dernier ne tarda pas à plonger du nez pour subir le même destin. Désormais, pris dans la toile d'araignée du champ gravitationnel de Mars, l'avion n'allait pas tarder à s'écraser sur le sol rocailleux de cette planète.

***

49 Cette technologie était connue des Terriens avant la Grande explosion. Des bombes à impulsion électromagnétique (IEM) avaient été développées par certaines nations. Elles étaient capables d'émettre des ondes brèves et de très forte amplitude, capables de détruire de nombreux appareils électriques et électroniques.

— Merde ! Ils viennent d'abattre le 12WB ! Il vient d'où, ce putain d'avion !? dit l'un des pilotes du second *Apache*.

— Je m'occupe de lancer un missile sur l'avion-cargo, puis on va s'occuper de lui, répondit le second pilote.

— OK. Moi, je m'occupe d'appeler la tour de contrôle de Nouvel horizon. On va peut-être avoir besoin de renforts.

Le missile partit immédiatement en direction de l'avion-cargo, aussi déterminé qu'un kamikaze, prêt à détruire sa cible au détriment de sa propre vie, à l'image d'une abeille qui se sacrifie en plantant son dard dans l'épiderme d'un individu à la moindre manifestation d'hostilité à son égard. Le missile à peine lancé, l'avion *Apache* dévia de sa trajectoire pour tenter de rejoindre l'avion des Iloryens, le XT-3, afin de le prendre en chasse.

***

— Voilà le deuxième, lança Barouck. Approche, mon petit, je vais m'occuper de toi...

Le vaisseau *Apache* semblait avoir l'avantage puisqu'il se trouvait derrière le XT-3 et l'avait en pleine ligne de mire. D'une simple pression de doigt sur un bouton situé au sommet d'un joystick, l'un des deux pilotes activa le lancement d'un premier missile. S'ensuivirent deux autres pressions pour en lancer deux supplémentaires, soit trois au total. Alors que les trois missiles étaient sur le point d'entrer en contact avec le groom pour le faire exploser, ces derniers stoppèrent subitement leur course, comme s'ils venaient de perdre brutalement connaissance, avant d'entamer une plongée dans l'atmosphère de Mars. Stupéfaits, les pilotes du vaisseau *Apache* lancèrent à nouveau trois missiles tout aussi déterminés que les précédents.

Mais le résultat fut le même. Les missiles tombèrent à pic aussitôt après s'être approchés du XT-3.

— Je crois qu'on a un sérieux problème, dit l'un des deux pilotes embarqués à bord de *l'Apache*.

Dans le XT-3, Barouck désactiva pendant un laps de temps très court le champ magnétique protecteur afin de lancer un missile à son tour. Une fois ce dernier parti, il réactiva immédiatement cette « membrane » invisible et protectrice. Le missile prit la direction du vaisseau *Apache*, mais, à la grande stupéfaction des pilotes martiens, alors que le missile se rapprochait d'eux, dans un face-à-face terrifiant, ce dernier changea brutalement de direction, en virant de cent quatre-vingts degrés. Le missile avançait dorénavant devant le vaisseau *Apache*, les pilotes ayant une vue directe non plus sur son ogive, mais sur son réacteur plasma. On aurait dit que le missile était devenu fou et qu'il avait pris le parti de son ennemi, en l'escortant. Mais ce changement de cap n'était qu'un leurre. Le missile n'avait, malheureusement pour eux, pas changé de camp. Il s'était simplement mieux positionné pour mener à bien son funeste dessein. Alors que les pilotes déviaient de leur trajectoire, le missile les suivait au centimètre près, comme s'il était lié au vaisseau par une tige invisible, comme s'il faisait partie intégrante de ce dernier. Puis le missile se disloqua brutalement dans une explosion minime, voire ridicule.

— C'est tout ! dit l'un des pilotes. Tout ça pour ça !

Mais il ne fallait pas se fier aux apparences. L'arme redoutable du missile ne pouvait pas s'appréhender dans le monde du visible, mais bien dans celui de l'invisible. Bien perfide était son mécanisme destructeur. En explosant, le missile généra une puissante impulsion électromagnétique couvrant une surface plane discoïde de plusieurs kilomètres de diamètre. C'était comme si un disque de verre translucide de plusieurs kilomètres de diamètre venait de se dresser devant l'appareil des militaires martiens. Lorsque le vaisseau traversa en toute insouciance ce disque immatériel rempli d'ondes électromagnétiques, celui-ci vit tous ses composants griller littéralement sur place. L'avion rendit l'âme sur-le-champ et tomba à son tour à pic en direction du sol…

***

Un signal d'alerte, à la fois visuel et sonore, venait de retentir dans le vaisseau-cargo. Une couleur rouge clignotait dans tout le vaisseau, accompagnée du bruit d'une sonnerie stridente.

— Putain, ils nous ont eus, ces fumiers ! lança Omar.

— Qu'est-ce qu'ils ont touché ? demanda Irion, qui se trouvait dans le cockpit aux côtés d'Omar.

Omar jeta un coup d'œil sur l'écran de contrôle. Les plans du vaisseau venaient d'apparaître. On pouvait voir dessus une zone clignoter qui correspondait à l'un des réacteurs.

— Le réacteur gauche.

— Il s'agit de l'un des propulseurs MAG-P ?

— Oui. Je vais essayer d'utiliser les réacteurs de secours.

— Stabilise le vaisseau avec la matière antigravitationnelle. Après, tu n'auras plus qu'à poser l'appareil.

— C'est ce que j'essaye de faire, mais le problème, c'est que ce putain de missile a dû endommager aussi certains stabilisateurs à matière antigravitationnelle qui se trouvent à l'arrière du vaisseau. Et on n'a plus assez de puissance pour générer une force sustentatrice capable de nous faire flotter. Le vaisseau est en train de vriller.

Le vaisseau-cargo était en train d'effectuer un mouvement descendant en forme de spirale.

— Mince, on va se crasher. Attachez tous vos ceintures ! Vous m'entendez ? Attachez tous vos ceintures !

Omar luttait comme il le pouvait pour ralentir la descente de l'appareil. Mais l'appareil prenait de la vitesse dans une rotation folle à en perdre la tête. Les manèges les plus impressionnants des parcs d'attractions terrestres n'étaient rien en comparaison de ce que les organismes présents à l'intérieur étaient en train d'endurer. Omar lutta jusqu'au bout pour tenter d'amortir la chute, mais après quelques minutes d'un combat inégal entre l'homme et la machine, entre l'homme et la gravité, l'appareil entra en contact avec le sol. Telle une plaie béante, telle une balafre, un sillon se dessina sur le sol, gravé par la carlingue de l'appareil ensanglantée. Un large voile de poussière rougeoyante s'éleva et, sa couleur ocre rouge, donnait l'impression de s'être mêlée au sang des passagers. Puis après avoir glissé sans doute sur plusieurs centaines de mètres, l'appareil stoppa net sa progression en venant s'encastrer au pied du volcan Olympus Mons qui s'élevait tel un géant du haut de ses vingt-deux kilomètres de hauteur. Le vaisseau semblait si minuscule en comparaison de cet immense plateau rocailleux qu'on aurait dit qu'un géant dormait paisiblement là, indifférent au moustique qui venait de le percuter. Des vibrations intenses, dignes d'un tremblement de terre, furent ressenties par les passagers, associées au bruit assourdissant du frottement de la carlingue sur le sol. Tous les sens venaient d'être mis à mal dans une sorte d'agression corporelle globale qui fit perdre connaissance à la majorité des passagers. Même le goût avait été sollicité. Le goût de la poussière, du sang, et de la fumée imprégna chacune des bouches. Les vibrations cessèrent brutalement et laissèrent la place à un silence de mort. Personne ne bougeait, personne ne parlait, comme si leurs corps n'étaient plus que des poupées de chiffon laissées à l'abandon. Même l'alarme s'était tue, et la lumière rouge que le vaisseau émettait quelques minutes plus tôt avait fait place à l'obscurité. Seules les étincelles provenant de câbles électriques déchiquetés du plafond et pendants venaient s'opposer à ce silence angoissant. Des brèches, créées çà et là dans la carlingue du vaisseau, commençaient déjà à vicier l'air de l'appareil en changeant sa teneur en oxygène. Ceux qui par miracle s'en étaient sortis allaient subir l'insidieuse intoxication au dioxyde de carbone. Sans odeur ni saveur, ce gaz devenait le poison idéal. Après avoir été enfermés depuis des mois dans leur ville étanche à son atmosphère, Mars, en voulant les empoisonner insidieusement, semblait vouloir leur signifier qu'aucun Terrien n'aurait jamais dû venir s'installer sur son sol. C'était comme si la planète avait attendu patiemment la moindre erreur, la moindre faille, la moindre occasion pour leur faire comprendre son hostilité envers eux, même si les passagers de ce vaisseau n'avaient d'autre but que de la quitter. Et, comme par hasard, une tempête venait de se lever, soulevant davantage de sable dans l'atmosphère, rendant la localisation du vaisseau encore plus difficile. Mars semblait maintenant vouloir les ensevelir pour effacer leurs traces.

Débarrassé du deuxième vaisseau de l'armée de Tcherkinakovski, le XT-3 vint rapidement se poser aux côtés de l'avion inanimé, encore fumant, pour tenter de porter assistance aux éventuels survivants. Munis de combinaisons étanches, Julien et d'autres Télorriens foulaient pour la première fois le sol de Mars. Après avoir affronté les rafales de vent et l'opacité de l'atmosphère, ils atteignirent l'appareil et s'engouffrèrent à l'intérieur de ce dernier, à travers une brèche présente sur sa carlingue.

La toile d'araignée

Alors que le XT-3 venait à peine de quitter l'atmosphère de Mars pour se retrouver dans la noirceur du système solaire, une quinzaine de vaisseaux militaires de l'armée de Tcherkinakovski venaient de quitter l'astroport de Nouvel horizon pour le prendre en chasse. Une quinzaine de points lumineux venaient d'apparaître sur le radar du XT-3.

— Ils mettent le paquet cette fois-ci, dit Barouck. Quinze contre un ! Je vais me faire un plaisir de me les faire un par un.

— Ne sois pas si sûr de toi, dit Julien. Je connais Tcherkinakovski. Il est très ingénieux lorsqu'il s'agit d'inventer des armes. La preuve, ils sont en train de nous tirer dessus avec des balles de gros calibre. Le champ magnétique du XT-3 peut griller les systèmes électriques des missiles, mais il ne peut pas empêcher les balles de nous atteindre puisqu'elles sont dépourvues de système électronique.

— Ils vont déjà prendre ça dans la gueule.

Alors que trois vaisseaux *Apache* se situaient derrière eux, Barouck lança à nouveau des mines aériennes à impulsion électromagnétique.

Deux des trois vaisseaux furent pris dans les mailles du filet et l'explosion des charges perturba le fonctionnement des appareils.

— Plus que treize, lança Barouck alors que des flammèches de feu, venant contraster avec la noirceur de l'Univers, sortaient d'imposants canons des vaisseaux *Apache* avec une cadence infernale.

— On va bien finir par se prendre une balle, lança Komo, le deuxième pilote-énergéticien du XT-3. Nous ne pouvons pas prendre le risque.

— Attends, tu vas voir !

Barouck lança deux missiles à impulsion électromagnétique. Ceux-ci se mirent à proximité de deux avions *Apache* avant d'exploser pour désactiver leurs systèmes électriques.

— Plus que onze.

Les deux pilotes du XT-3 tentaient à chaque instant de dévier leur trajectoire pour éviter les balles des vaisseaux *Apache*. Mais la puissance de feu était considérable. En l'espace d'une seule minute, l'ensemble des canons tournés vers le vaisseau des Télorriens avaient la capacité de tirer une myriade de balles.

— On est touchés, lança Komo. Il faut que nous les semions.

L'ordinateur de bord venait de signaler plusieurs impacts de balles à proximité des réacteurs du XT-3.

— Nous n'avons plus le choix, poursuivit Komo. Nous devons les semer. Nous ne pouvons pas prendre le risque d'endommager notre troisième groom et de faire rater notre mission. L'essentiel n'est pas de les tuer, mais de rentrer sains et saufs.

Les deux pilotes-énergéticiens mirent les réacteurs plasma à pleine puissance et gagnèrent en vitesse, mais les vaisseaux ennemis semblaient les suivre sans difficulté.

— Je vous l'avais dit, lança Julien. Tcherkinakovski est brillant. Il a donné aux Terriens puis aux Martiens un niveau technologique jamais atteint dans notre système solaire.

L'intelligence artificielle du XT-3 venait de signaler de nouveaux impacts de balles.

— Il va nous falloir passer en mode supraluminique, lança Komo.

— Ce n'est pas possible, lança Julien. Il nous faudra au moins deux jours pour exciter l'holonium. Ils nous auront détruits d'ici là…

— Pas si nous utilisons la procédure accélérée.

— Il existe une procédure accélérée ? demanda Julien.

— Oui. Comme tu le sais, notre vaisseau possède deux sources d'énergie thermonucléaire : une petite centrale nucléaire interne à deutérium-hélium 3 pour le fonctionnement de ses composants électroniques, et un réacteur nucléaire indépendant, pour sa propulsion. Il nous est possible de détourner davantage d'énergie à partir de ces deux sources d'alimentation pour exciter l'holonium en seulement quelques secondes. Mais cela implique d'entrer dans un mode d'économie d'énergie. La plupart de nos appareils ne pourront plus fonctionner qu'au quart de leur capacité. Et avant d'atteindre le mode supraluminique et de disparaître de cet espace-temps, nous ne pourrons plus bénéficier de notre bouclier électromagnétique pendant quelques secondes. Nous ne serons donc plus vulnérables.

— Il faut prendre le risque, dit Julien. Pendant que vous enclenchez la procédure d'urgence, je vais voir où en est Oog avec nos rescapés.

Oog était le médecin embarqué à bord du XT-3. Après le crash du XT-2, Julien et ses coéquipiers avaient réussi à pénétrer dans l'avion-cargo pour apporter assistance à ceux qui pouvaient encore être sauvés. Le pilote, Omar, rempli de bravoure, ainsi que le médecin dévoué du XT-2, Oro, étaient décédés sur place. Irion avait été gravement blessé, et venait d'être plongé dans un coma artificiel par le médecin le temps de voir s'il pouvait être sauvé. Seuls Sandra, Wyu, et Irène Ludwig s'en étaient tirés avec peu de séquelles.

L'enceinte médicale du groom n'était pas très grande, mais elle ressemblait à un bloc opératoire ultrasophistiqué où se trouvaient des cellules médicales qui ressemblaient à des sarcophages faits de métal et de verre et à l'intérieur desquels les malades étaient allongés. Y étaient enregistrés les différents paramètres physiologiques et y étaient prodigués les soins médicaux. Ces sarcophages étaient alignés les uns à côté des autres, élevés à environ un mètre et demi du sol de l'appareil pour une meilleure accessibilité. Alors que Oog, le médecin, était penché sur l'un d'eux, en train d'appuyer sur une zone tactile pour régler différents paramètres, le sas du bloc médical s'ouvrit. C'était Julien qui arrivait.

— Il faut que tu mettes une blouse, Julien. Tu n'es pas dispensé de respecter les règles d'hygiène.

— Comment vont-ils ? demanda-t-il à Oog.

— Plutôt bien. Il y a d'ailleurs quelqu'un qui a demandé à te voir.

Le médecin tourna la tête vers un sarcophage pour lui indiquer où se situait la personne en question.

Une émotion particulière foudroya le corps de Julien, sans doute liée à une décharge d'adrénaline. Son cœur se mit à s'accélérer. Une femme venait de se redresser dans le sarcophage. Sans doute avait-elle entendu la voix du Julien. Cette femme, c'était Sandra. En le voyant, elle esquissa un sourire. Ses yeux se brouillèrent et expulsèrent quelques larmes. Julien se rapprocha, incapable de parler, les bras tremblants. C'était si improbable. Son coma, la distance incommensurable qui les avait séparés, la captivité sur Mars, le crash du XT-2...

La probabilité qu'ils se revoient un jour était si faible. Julien ne savait pas s'il rêvait. Mais lorsqu'il s'était suffisamment approché d'elle pour la prendre dans ses bras, son odeur corporelle lui donna la certitude qu'il était bien éveillé, et qu'il l'avait enfin retrouvée. Ils restèrent enlacés, sans bouger, comme s'ils cherchaient par le toucher à s'apprivoiser de nouveau, à faire revenir tous les souvenirs que la mémoire avait ensevelis pour se protéger, mais que leurs corps étaient en train de réclamer. Sandra brisa le silence.

— Tu m'as manqué, lui dit-elle.

— Tu n'aurais jamais dû partir.

— Il le fallait. C'était une nécessité.

Alors que Julien s'apprêtait à lui répondre, une explosion se fit brutalement entendre et ressentir dans le vaisseau.

***

— Ils nous ont touchés, ces fumiers ! dit Komo. On n'a vraiment pas de chance. Ils ont envoyé un missile juste après la désactivation du bouclier électromagnétique.

Komo et Barouck venaient tout juste d'activer la procédure d'accélération de l'excitation de l'holonium.

L'un des décrypteurs, Likam, qui avait embarqué à bord de ce groom, venait de prendre place dans le neurostim pour entrer en contact avec l'Atome dès que l'excitation de l'holonium blanc aurait atteint son paroxysme.

— Température d'excitation de l'holonium atteinte dans dix secondes, dit l'intelligence artificielle du vaisseau. Compte à rebours débuté.

— Croisons les doigts, dit Komo, pour qu'on se reprenne pas un second missile.

— Neuf.

— Ne t'inquiète pas. Je fais tout pour les semer, lui répondit Barouck.

— Huit.

— Moi, je m'occupe de fermer toutes les baies vitrées du XT pour le mode supraluminique.

— Sept.

— OK. Moi, je vais leur balancer encore quelques petits « cadeaux ».

— Six.

— Fais attention, dit Komo. Il y en a trois qui foncent sur nous et qui nous tirent dessus.

— Cinq.

— Je les ai vus !

— Quatre.

— Le peuple de ce système solaire est vraiment un peuple sous-évolué et belliqueux !

— Trois.

— Oui. Le pire, c'est que nous sommes génétiquement identiques à ces scélérats !

— Deux.

— Merde ! Un nouveau missile nous a percutés.

— Un. Procédure d'accélération de l'holonium réussie, annonça l'intelligence artificielle du vaisseau. Mode supraluminique activé.

Ikam, le décrypteur qui se trouvait en position semi-allongée sous l'arceau du neurostim, venait tout juste d'atteindre l'état modifié de conscience adéquat pour entrer en communication avec l'holonium blanc.

***

Ikam venait de projeter sa conscience dans le monde étrange de l'Atome. À chaque fois qu'il se rendait dans son espace-temps, il ne pouvait s'empêcher de se demander si sa dimension se situait à une échelle subatomique ou supra-atomique. Il n'avait jamais réussi à obtenir de réponse à sa question, l'Atome restant relativement évasif sur ce sujet. Lorsqu'Ikam entra en contact avec ce dernier, celui-ci se trouvait assis derrière un bureau. La salle dans laquelle il se trouvait était immense et pourvue d'une vaste bibliothèque en bois qui s'étendait de long en large et du sol au plafond sur tout un pan de mur. Elle était remplie de livres qui paraissaient anciens. Différents instruments scientifiques trônaient çà et là et paraissaient aussi anciens que les livres de la bibliothèque, voire désuets. Une longue-vue d'aspect cuivrée se trouvait devant l'une des fenêtres de la pièce. On aurait dit qu'il s'agissait du capharnaüm d'un savant fou. Une sorte de Léonard de Vinci ou de Nostradamus. À la vue d'Ikam, l'Atome leva la tête.

— Ikam, tiens… Ça faisait si longtemps que je ne t'avais pas vu ici. Ça me fait tellement plaisir de te revoir. Tes enfants vont bien, j'espère ?

Ikam était père de deux enfants qui étaient restés sur Monos auprès de sa conjointe.

— Bonjour, Holonium. Le plaisir est partagé. Les enfants vont bien. Enfin, je l'espère. Tu n'es pas sans savoir que si je suis là auprès de toi, c'est que je ne suis pas auprès d'eux. C'est d'ailleurs justement pour ça que je suis venu te voir.

— Ah bon ! Que puis-je faire pour toi et tes enfants ?

L'Atome feignait de ne pas comprendre.

— Simplement que tu me ramènes auprès d'eux le plus rapidement possible. Nous adorons prendre des raccourcis dans ton espace-temps...

— Eh oui. Que je suis bête ! Vous venez de passer en mode supraluminique... Tiens, regarde cette feuille, Ikam.

Sur le bureau se trouvait une feuille de papier. L'Atome dessina deux points dessus. L'un en haut de la feuille, l'autre en bas. Puis il prit la feuille et la montra à Ikam.

— Tu vois ces deux points A et B situés aux antipodes de la feuille ?

— Oui.

— Quel est, selon toi, le chemin le plus court qui mène du point A au point B ?

L'atome lui tendit la feuille ainsi qu'un stylo. Ikam relia les deux points en tirant un trait rectiligne avec le stylo.

— C'est le chemin qui me paraît le plus court.

Il redonna la feuille à l'Atome.

— Ta vision est trop limitante, Ikam. Regarde.

L'Holonium plia la feuille en deux. La feuille étant pliée, les deux points se retrouvèrent en contact.

— En pliant la feuille, le chemin que tu as tracé perd tout son sens. La distance à parcourir pour se rendre du point A au point B devient presque inexistante, poursuivit l'Atome.

Ce dernier se leva de son siège et se dirigea vers une porte-fenêtre en bois qui menait à un balcon.

— Suis-moi, Ikam. Je vais te montrer quelque chose.

L'Atome ouvrit la porte et ils sortirent tous les deux pour rejoindre le balcon.

— Incroyable, cette vue, dit Ikam.

Ils se trouvaient en fait sur un balcon circulaire comme aurait pu l'être celui d'un phare. À partir de ce balcon, on pouvait aisément observer l'habitation de l'Atome qui ressemblait de très près à une pagode de dimension restreinte ou plutôt à un monastère. Mais Ikam eut subitement le vertige lorsqu'il se rapprocha de la rambarde qui délimitait le balcon. Le monastère se trouvait en haut d'un promontoire rocheux, très filiforme, et très haut. Il se trouvait si haut qu'on pouvait observer à son niveau une fine strate de nuages. Mais le plus étonnant encore était le fait que ce promontoire était entouré d'une immense chute d'eau circulaire qui se déversait au niveau de sa base. Elle semblait avoir la même hauteur et générer le même tumulte hydrique que les chutes du Niagara, à la différence près que la chute d'eau était entièrement circulaire. L'eau se déversait, puis s'évacuait au centre du cercle d'où naissait le promontoire en contrebas. Le pied du promontoire semblait alors baigner dans une fine couche duveteuse et aérienne, presque cotonneuse, générée par les microgouttes d'eau qui s'évaporaient au pied de la cascade. L'ensemble ressemblait à un entonnoir ou au goulot ouvert d'une baignoire à travers lequel s'évacuait l'eau. Sur la rambarde du balcon se trouvait un oiseau fabuleux qui avait la dimension d'un aigle royal, mais de couleur verte. Celui-ci fixait des poissons volumineux qui sautaient en amont de la chute d'eau.

— Tu n'as pas peur que le promontoire s'écroule ? demanda Ikam. Il est si fin.

— Ne t'inquiète pas. Il est résistant et le poids de mon monastère est modeste. Il ne va pas le faire crouler.

L'Atome s'approcha de l'oiseau fabuleux qui semblait être domestiqué. Il lui caressa la tête et s'adressa à lui.

— Ils te font envie, ces poissons, n'est-ce pas ? Allez, va te faire plaisir.

L'oiseau déploya ses ailes dont l'envergure semblait atteindre plusieurs mètres de longueur, puis il se lança dans le vide pour planer avec une légèreté déconcertante.

— Les poissons sont prisonniers du courant ! dit Ikam. Ils sont condamnés à être emportés par la chute d'eau ! Où se déverse-t-elle ? Je n'ai jamais vu de telle cascade circulaire. Le niveau d'eau devrait monter.

— Ne t'inquiète pas pour ces poissons. Ils ont instinctivement compris qu'ils ne pourraient pas remonter le lit de la rivière, car le courant est trop fort. Alors à défaut d'affronter le courant, ils ont fait le choix d'épouser son mouvement. C'est une question de survie et de nécessité.

— C'est la première fois que je vois une cascade circulaire. Le lit de la rivière doit être immense. Mais où se déverse l'eau de la cascade ? demanda à nouveau Ikam.

— Ah, tu aimerais savoir ce qu'il y a au-dessous ? Suis-moi.

Ils rentrèrent dans le monastère et se dirigèrent vers une porte en bois d'allure ancienne munie d'une serrure en métal. L'Holonium ouvrit cette porte après avoir pris soin de tourner la clé qui était présente dans la serrure. Ils se retrouvèrent dans un petit escalier arborant une vingtaine de marches. Au bas des marches se trouvaient un palier et une nouvelle porte que l'Atome s'apprêtait à ouvrir quand Ikam prit la parole.

— Tu ne vas pas me faire croire, Holonium, que cet escalier va nous mener au-dessous du promontoire rocheux ? Nous venons de descendre à peine une vingtaine de marches.

— C'est justement cela que je veux que tu comprennes. Ce n'est plus la distance à parcourir qui est importante, mais le choix du chemin. Les repères que nous avons sont parfois des références trompeuses. N'oublie pas l'histoire des deux points sur la feuille.

— Ah oui, la feuille… Je me demande bien ce qu'il y a derrière la porte.

L'Atome venait d'ouvrir la porte et ils pénétrèrent dans une pièce qui était identique à celle qu'ils venaient de quitter quelques secondes plus tôt dans le monastère.

— Je ne peux pas vraiment répondre à ta question, poursuivit l'Atome. Car c'est en toi que se trouve la réponse.

Ikam fronça les sourcils pour lui signifier qu'il était dubitatif et qu'il avait du mal à comprendre ses propos.

— Alors où voudrais-tu que ces escaliers te mènent, Ikam ?

— Sur Monos ! Si je suis venu te voir, c'est bien pour que tu m'y emmènes !

— Tiens, éteins la lumière !

L'atome lui montra du doigt un interrupteur dans la pièce.

— Sortons à nouveau sur le balcon.

Ils arrivèrent sur le même balcon circulaire. Mais, cette fois, il faisait nuit noire. Le ciel était parsemé d'étoiles scintillantes plus ou moins lointaines. Mais il y avait surtout une volumineuse étoile tachetée d'un petit grain de poivre qui devait de toute évidence correspondre à une petite planète située juste devant elle. Il s'agissait d'un système monoplanétaire.

— Il s'agit de Monos ? demande Ikam.

— Certainement, lui répondit l'Atome. C'est bien là que tu veux aller ?

— Oui. Tu peux nous y conduire ?

— Malheureusement non, Ikam. Cette fois-ci, je ne pourrai rien faire pour vous. Il va falloir vous débrouiller seuls.

— Pourquoi ?

— Tu ne vas pouvoir rester avec moi plus longtemps. Pour une fois que j'avais un peu de temps pour discuter avec toi.

***

Ikam n'eut pas le temps d'obtenir une réponse à sa question. Il venait de sortir rapidement de l'état modifié de conscience dans lequel il venait d'être plongé à cause du bruit environnant et du remous du vaisseau. À peine eut-il quitté le monde rempli de quiétude de l'Atome qu'il eut immédiatement la sensation d'être agressé par les conditions physiques de son espace-temps. En effet, le XT-3 était en train de subir des secousses et des vibrations extrêmement puissantes.

— Qu'est-ce qu'il se passe ? demanda-t-il à Komo.

— Le vaisseau vient de sortir brutalement du mode supraluminique.

— Pour quelle raison ?

— Nous avons été touchés par plusieurs missiles avant d'enclencher la procédure accélérée et le système de dérivation de l'énergie, à partir du réacteur nucléaire, a été endommagé. En d'autres termes, l'holonium ne peut plus atteindre son état d'excitation et nous avons donc été contraints de quitter le mode de navigation supraluminique.

— Je comprends mieux pourquoi l'Atome m'a dit que je n'allais plus pouvoir rester dans sa dimension. Et vous avez une idée d'où nous sommes ?

Le vaisseau subissait davantage de soubresauts. Les lumières du cockpit s'éteignaient par intermittence.

— J'ai bien peur, Ikam, que nous soyons pris au piège dans une immense toile d'araignée.

— Dans une toile d'araignée, mais qu'est-ce que tu racontes ?

— Regarde !

Ikam regardait à travers la vitre du cockpit.

— Y a rien !

— Oui, c'est bien ça, le problème. Il n'y a rien !

À travers la vitre du cockpit aucune étoile, aucune planète, aucune galaxie, aucune nébuleuse n'était visible.

— Mais alors pourquoi tu parles de toile d'araignée ?

— C'est une métaphore !

— Lorsque le vaisseau a quitté la vitesse supraluminique pour rejoindre notre espace-temps, il s'est matérialisé au beau milieu d'un trou noir ! Nous sommes prisonniers de l'horizon des événements[50]. Le trou noir, telle une araignée venimeuse, finira par nous dévorer.

— L'horizon des événements… C'est pour ça qu'il n'y a que du noir autour de nous ! Plus aucune lumière ne s'échappe de là… Notre vaisseau va se disloquer. On va crever…

Julien et Sandra, qui avaient rejoint le cockpit et qui écoutaient inquiets la conversation, prirent la parole.

50 Étendue qui entoure le trou noir et dans laquelle aucun objet ni aucun rayon lumineux ne peut échapper à la force gravitationnelle du trou noir.

— Vous allez bien nous trouver une solution, dit Sandra en s'adressant à Barouck et à Komo, les deux ingénieurs énergéticiens du vaisseau.

— On est en train d'essayer de quitter ce putain de trou noir, mais nos réacteurs ne sont pas assez puissants pour nous sortir de là. Plus on augmente la puissance, plus les vibrations deviennent intenses. Nous sommes comme une mouche engluée dans une toile d'araignée : plus elle lutte, plus elle s'épuise. Et il va en être de même de nos réacteurs. Sans possibilité d'avancer, ils vont surchauffer puis finiront par exploser.

— On est condamnés, lança Julien.

— C'est pas possible, continua Sandra. Il y a bien une solution.

Alors que les pilotes énergéticiens venaient de mettre à nouveau les moteurs à plein régime pour tenter de quitter cette toile noire et maléfique, le vaisseau se mit à trembler davantage alors que les lampes s'éteignaient puis se rallumaient par intermittence. Les perceptions des passagers commençaient à s'altérer comme s'ils étaient sous l'influence d'une drogue. Les limites de leur corps et la forme des objets du cockpit semblaient se déformer.

L'espace d'un instant, Ikam repensa à ce que lui avait dit l'Atome. Le trou noir était à l'image de cette cascade dont on ne pouvait s'échapper et dont il était préférable d'épouser le courant. La feuille blanche qu'il avait pliée pour faire rejoindre le point A et le point B n'était rien d'autre que la représentation d'un trou de ver. En d'autres termes, un raccourci... L'Atome, tel un enfant malicieux, s'amusait toujours à utiliser des énigmes qu'il fallait comprendre plutôt que de dire simplement les choses. Il semblait aimer les mises en scène qui correspondaient aux problèmes auxquels étaient confrontés ceux qui avaient besoin de lui et qui venaient le solliciter dans son espace-temps. Obtenir de l'aide de la part de l'Atome nécessitait toujours un certain effort de compréhension. L'Atome savait que le vaisseau était endommagé et que le système d'excitation de l'holonium était compromis. Sans excitation de l'holonium, il n'y avait plus de voyage en mode supraluminique possible et sans mode supraluminique, aucune chance de rejoindre Monos. Sauf si on prenait un énorme raccourci.

— Moi, j'ai la solution, dit Ikam. Ne perdons plus une seule seconde de plus. Mettez les moteurs plasma à pleine puissance en direction du centre du trou noir.

— Mais tu as perdu la tête ?

— Vous savez tous que dans un trou noir, plus particulièrement dans l'horizon des événements, le temps se distend... Une seconde ici représente des années, voire des siècles dans le reste de l'Univers. Si on veut avoir la chance de revoir les Télorriens sur Monos, il nous faut quitter cet endroit au plus vite.

— Mais on vient de dire que nous ne pouvons pas ! Sois lucide, Ikam !

— Il est terrible, celui-là, lança Sandra en parlant d'Ikam. Quand il a quelque chose en tête... L'Atome doit y être pour quelque chose.

Alors qu'Ikam venait de prendre place dans le neurostim, les deux pilotes dévièrent la direction de l'appareil de cent quatre-vingts degrés. Une fois le vaisseau orienté vers le centre du trou noir, ils mirent les réacteurs plasma ainsi que le réacteur nucléaire à leur puissance maximale. Le vaisseau se mit alors rapidement à accélérer. La force d'attraction incommensurable du trou noir venait décupler celle des trois réacteurs, comme dans une entente mutuelle.

— De toute façon, il a pas tort. Autant tenter quelque chose, dit Barouck. Sachez que, quoi qu'il arrive, je vous aimais tous.

— On va enfin savoir si ce bon vieux Einstein avait raison, surenchérit Sandra.

— C'est qui, Einstein ? demanda Komo.

— L'un des hommes les plus intelligents qu'ait connu notre planète Terre.

À travers la vitre du cockpit, des traits de lumière émergèrent, et au fur et à mesure que le vaisseau prenait de la vitesse, ces traits lumineux prirent le dessus sur la noirceur de l'horizon, formant alors un tunnel blanchâtre si lumineux qu'il était difficile de le soutenir du regard. La lumière qu'il dégageait était si puissante qu'elle semblait s'engouffrer dans les moindres interstices de l'appareil et pénétrer chacun des organismes. Les passagers du XT-3 étaient désorientés tout en ayant l'impression de ne plus pouvoir distinguer les limites de leur corps, de ne faire plus qu'un avec cette matière éthérée d'un blanc immaculé.

— Purée, il avait raison, Einstein ! dit Sandra. On est dans un trou de ver.

Pendant ce temps-là, à l'intérieur du neurostim, Ikam focalisait son attention sur une seule chose : leur lieu de destination. Il venait de comprendre ce qu'avait voulu lui transmettre l'Atome quelques secondes plus tôt. C'était la pensée qui devenait force motrice dans un trou noir, puis dans un trou de ver. C'était la pensée qui donnait au trou de ver la destination à atteindre. Rapidement, le vaisseau atteignit une vitesse qui semblait infinie et les passagers eurent l'impression de fusionner avec tous les atomes de l'Univers, de se fondre avec le grand tout, d'avoir rejoint l'unité. À cet instant précis, tout n'était plus que lumière et pensée, car leur corps semblait s'être brutalement volatilisé, mettant leur âme à nu, comme s'ils venaient d'être dépecés. L'espace d'un instant, ils se demandèrent s'ils étaient morts ou bien vivants. Car après tout, ils avaient peut-être déjà quitté leur enveloppe corporelle pour rejoindre le royaume des morts. Et dans leur esprit, tout n'était plus qu'incertitude et fatalité, mêlées d'une pointe d'espoir. La vitesse du vaisseau était telle que plus aucun son n'était perceptible. Le XT-3 semblait s'être dissous dans la lumière blanche comme pouvait l'être un morceau de sucre immergé dans l'eau.

***

Le silence. C'est tout ce qui restait de ce néant, ou plutôt de cette immensité blanche. C'était ce même silence qu'il pouvait y avoir à l'intérieur d'un navire qui dérivait lentement sur une mer très calme après avoir fait naufrage et dont les membres d'équipage, trop affaiblis, somnolaient dans l'attente d'une mort certaine. Le silence s'estompa au profit de sons lointains qui se rapprochaient comme s'ils avaient le pouvoir de marcher. Mais ce n'était pas le son qui se rapprochait, c'était simplement l'oreille interne des passagers qui se remettait progressivement à fonctionner. Une voix familière les invita à se réveiller à l'image d'une mère qui chuchote à l'oreille de son enfant pour le tirer doucement de son sommeil. Cette voix, c'était celle de l'intelligence artificielle du vaisseau qui les exhortait à reprendre les commandes du vaisseau.

— Barouck ! Komo ! Merci de reprendre les commandes du XT-3.

L'intelligence artificielle répéta cette phrase inlassablement jusqu'à ce que les passagers commencent à revenir dans cette réalité. La lumière éblouissante du trou de ver s'était évanouie au profit d'un fin trait horizontal noirâtre procuré par l'ouverture de leurs paupières encore à moitié closes. Un souvenir s'imposa alors immédiatement à leur conscience : celui du trou noir et de son issue incertaine qui se situait à mi-chemin entre la vie et la mort. Mais ce souvenir revêtait l'apparence d'un mauvais rêve. Venaient-ils simplement de se réveiller après une simple nuit de sommeil ? Et s'ils n'avaient pas rêvé, combien de temps s'était écoulé pendant leur voyage dans le trou noir ? Quelques fractions de seconde ou bien des siècles ? Rien n'était moins sûr. Puis le fin trait obscur se transforma en vision trouble qui devint de plus en plus nette au fur et à mesure qu'ils recouvraient leur pleine conscience à l'image d'une longue-vue que l'on règle pour gagner en clarté. C'était l'image familière de leur cockpit qui venait de s'imprégner sur leurs rétines. Il régnait dans le cockpit une atmosphère de lendemain de fête : du désordre, du silence, un mal de tête, et un réveil embrouillé, une vraie gueule de bois. Des boutons lumineux s'allumaient par intermittence sur le tableau de bord. L'intelligence artificielle avait pris le contrôle du vaisseau en attendant que quelqu'un veuille bien reprendre les commandes...

— Où sommes-nous ? demanda Komo à l'intelligence artificielle.

— Nous avons rejoint le système monoplanétaire de Monos. Je viens de procéder à la mise en orbite du vaisseau.

Horizon 2

Monos était bien là, face à eux, dans la vitre de leur cockpit. Ils crurent d'abord à un mirage. Mais elle était pourtant bien réelle, solitaire, totalement indifférente à l'épopée incroyable que les Télorriens venaient de vivre. Ce n'était pas tant la vue de cet astre qui les remplissait de bonheur, mais la promesse de retrouver les membres de leur communauté restés sur cette planète en attendant qu'ils reviennent vainqueurs de la mission *Svalbard* pour rapporter les graines, ces fameuses graines dont s'était emparé Tcherkinakovski bien avant eux. Sandra et Irène Ludwig se prirent dans les bras, puis Julien les enlaça à son tour. L'un des ex-Iloryens alla chercher dans le réfectoire une boisson aux propriétés euphorisantes que l'on buvait lors des grandes occasions sur leur ancienne planète Ilore : l'olkium. Après tout, ils avaient bien le droit à ce moment de détente et de convivialité après tout ce qu'ils venaient de vivre. Tout en trinquant, ils avaient du mal à détacher leur regard de cette petite sphère miraculeuse. Ils semblaient savourer leur victoire sur les contraintes physico-chimiques que l'Univers leur avait imposées en rendant leur voyage jusqu'à la planète Terre extrêmement difficile. Et ils se délectaient à l'avance de ces retrouvailles imminentes qui seraient remplies de joie, d'émotions, et d'échanges chaleureux.

— Essayons de contacter le vaisseau mère *Infinity*, lança Komo.

— Oui, ne perdons pas de temps.

— Ici Komo, pilote du XT-3. Demande de communication avec Infinity. Je répète. Ici Komo, pilote du XT-3. Demande de communication avec *Infinity*.

Komos laissa passer quelques secondes avant de tenter une nouvelle communication avec Monos. Mais toujours aucune réponse en retour. La liesse générale venait de se dissiper à l'image d'un soleil brutalement masqué par des nuages menaçants. L'inquiétude pouvait se lire maintenant sur leur visage et différentes hypothèses furent rapidement évoquées. Leur communauté avait-elle simplement quitté le système monoplanétaire de Monos à la recherche d'une exoplanète plus généreuse et plus prolifique ? Ou bien s'était-elle éteinte à défaut d'avoir reçu à temps les graines nécessaires au démarrage d'une agriculture féconde ? Personne n'osait verbaliser cette hypothèse, mais elle était pourtant présente dans chacun des esprits. Ils venaient de passer par un trou noir, puis par un trou de ver. Ils le savaient tous, l'écoulement du temps était différent de celui de Monos. Alors qu'il s'était passé quelques secondes, voire quelques minutes dans cette brèche spatio-temporelle, il s'était peut-être passé des siècles ou des millénaires sur Monos. Et les Télorriens qui y résidaient étaient peut-être morts depuis bien longtemps. Tous les scénarios possibles étaient alors imaginables. Les acteurs de la mission Svalbard avaient quitté Monos avec un embryon de civilisation et ce qu'ils allaient trouver à leur retour ressemblerait peut-être aux ruines d'une société disparue, décimée par la famine.

— Allons voir, dit Sandra. Nous devons savoir ce qu'il est advenu de nos congénères.

Les Télorriens présents à bord du XT-3 prirent place sur les sièges du cockpit qui se trouvaient derrière le poste de pilotage, puis les deux pilotes, Komo et Barouck, allumèrent les réacteurs plasma. Un lourd silence s'était emparé de l'équipage.

***

Le XT-3 venait de pénétrer dans l'atmosphère de Monos, cette petite planète solitaire qui gravitait autour de son étoile. La taciturnité, qui avait fait place à l'impatience, se lisait sur leur visage. Après avoir passé plusieurs strates de nuages, ils aperçurent un océan immense d'un bleu profond qui semblait n'avoir aucune fin. C'est alors que Sandra se souvint du jour où elle avait foulé le sol de l'une des plages immaculées de Monos qui était restée vierge jusqu'à leur arrivée. Ils avaient ensuite bâti les premières pierres de cette ville dont le nom, Terrilos, symbolisait le scellement de ces deux peuples.

Le XT-3 avançait à une vingtaine de mètres au-dessus de la mer, laissant derrière lui un sillon à la surface d'une eau moutonnée. Le bleu immense et profond de cette vaste étendue d'eau immaculée apportait quelque chose à la fois d'apaisant et de rassurant. Puis apparut au loin un fin trait horizontal qui correspondait à l'extrémité du continent sur lequel ils avaient commencé à bâtir Terrilos. Leur regard était fixé sur l'horizon, attendant inlassablement d'apercevoir la moindre portion de cette capitale en devenir. Quelque chose de lointain, mais de vertical apparut. Ce quelque chose, trop carré, qui n'avait pu être érigé que par des êtres vivants et qui ressemblait à une ville, n'avait pas du tout le même visage que la petite ville de Terrilos qu'ils avaient laissée derrière eux lorsqu'ils avaient quitté Monos. Alors qu'ils se rapprochaient, ils comprirent que ce n'était pas une bourgade qui s'érigeait fièrement devant eux, mais une ville titanesque, et plus précisément une mégapole.

Alors que le vaisseau se rapprochait, les détails de la ville se firent de plus en plus précis. Des immeubles ultramodernes aux dimensions hors norme, arborant des panneaux publicitaires, semblaient se déployer à l'infini. Cette vision laissa les Télorriens perplexes. Eux qui avaient voulu bâtir une société idéale sur Monos, loin de toute ambition spéculative et matérialiste, n'en revenaient pas. Comment cette petite ville de bord de mer avait-elle pu évoluer de la sorte ? Les immeubles étaient tous munis d'astroports de différentes tailles et de différentes formes et des engins volants hétéroclites volaient frénétiquement entre les immeubles à différentes strates de l'atmosphère comme le ferait un essaim d'abeilles. Des tubes transparents qui serpentaient et reliaient les différents secteurs de la ville ressemblaient de toute évidence à des trains subsoniques, les mêmes que l'on trouvait sur Terre à la fin des années 60, avant la Grande catastrophe. Un port gigantesque offrait à la ville un débouché sur la mer. Des bateaux tous plus modernes les uns que les autres y étaient parqués, certains munis de propulseurs plasma, pour accélérer leur déplacement sur l'eau. Komo se mit à interroger l'intelligence artificielle du XT-3.

— Nous sommes bien sur Monos ? Tu es certaine de toi ?

— Affirmatif. Tous les paramètres astronomiques de ce système monoplanétaire sont conformes. À moins qu'elle ait une planète jumelle quelque part dans l'Univers…

— Mais ce n'est pas possible, lança Sandra. On est partis en laissant derrière nous un village, ou plutôt une bourgade. Et là, devant nous, se déploie une ville titanesque. On dirait New York dans le futur...

Il y avait quelque chose de surréaliste entre cette ville urbanisée à l'extrême et cette planète restée à l'état brut pendant des millions d'années. Une force civilisationnelle avait modulé et modifié cet espace minéral, en générant un contraste saisissant avec son milieu environnant. Les entités qui avaient bâti cette ville et qui la peuplaient dorénavant devaient avoir atteint un niveau technologique très avancé. Mais ce qui était le plus impressionnant encore dans cette ville, c'était la présence d'une immense structure d'habitation en forme de sphère parfaite qui semblait rester en lévitation au-dessus de la ville. Cette civilisation maîtrisait de toute évidence la matière antigravitationnelle.

— Je crois qu'on nous a repérés, lança Barouck.

Au loin, une dizaine d'objets volants se détachaient de la ville et volaient dans leur direction.

— Qu'est-ce qu'on fait ? demanda-t-il aux autres membres de l'équipage en se retournant vers eux.

— Il ne sert à rien de tenter de fuir, répondit Julien. Nous revenons chez nous après tout...

— Ils sont bien garnis, ces avions... Regardez !

Chacun des dix engins volants arborait plusieurs missiles.

— Et on dirait qu'ils sont munis de réacteurs plasma.

— Je reçois une tentative de communication, lança l'intelligence artificielle du vaisseau.

— Tu peux l'accepter, lui répondit Komo.

— Veuillez vous identifier, lança la voix qui sortait d'un haut-parleur incrusté dans le poste de pilotage du XT-3.

L'individu parlait une langue compréhensible puisqu'il s'agissait du français.

— Nous représentons l'équipage du XT-3, lui répondit Barouck. Nous sommes des Télorriens. Nous avons quitté Monos il y a quelques mois. Sommes de retour de la mission *Svalbard* après avoir quitté le système solaire des Terriens. Nous voilà de retour.

— Votre vaisseau ne fait pas partie des vaisseaux connus et homologués. Mais vous parlez notre langue… D'où venez-vous ?

— Nous sommes d'anciens Terriens et Iloryens.

— Des Terriens et des Iloryens. Allons bon !

— Connaissez-vous Yom ? Parlez-lui de nous, il vous expliquera tout.

— Vous savez, cette ville compte trente millions d'habitants. Nous allons vous escorter. Suivez-nous !

L'un des avions se positionna devant le XT-3 pour lui montrer la direction à suivre, puis la flotte pénétra dans la ville à l'intérieur de laquelle un va-et-vient incessant d'objets volants rendait la circulation difficile. Il s'agissait d'une mégapole en pleine effervescence, à l'image d'un cœur palpitant éjectant des millions de globules rouges dans un réseau immense de vaisseaux sanguins. L'avion en tête de cortège se posa sur l'astroport d'un vaste immeuble cylindrique, et le XT-3 en fit de même. Les Télorriens descendirent de l'avion avec un sentiment mêlé d'espoir et d'incompréhension. D'où ils étaient, la vue plongeante sur la ville était à couper le souffle. Un attroupement militaire armé, constitué d'une trentaine d'hommes, les attendait sur la plate-forme d'atterrissage, les armes pointées dans leur direction.

— Ce sont des Terriens, dit Sandra. Ils ont la même morphologie que nous.

— Ou des Iloryens, répondit Oog, le médecin du XT-3.

— En tout cas, il y a tout un comité pour nous accueillir à ce que je vois, dit Ikam le décrypteur.

L'un des militaires, qui devait de toute évidence être plus gradé que les autres, s'approcha des Télorriens avant de s'adresser à eux.

— Venez avec nous, je vous prie. Nous devons procéder à certaines vérifications.

Après avoir quitté le tarmac de l'astroport, ils pénétrèrent dans un vaste hangar. Un homme venait dans leur direction en poussant un chariot roulant sur lequel se trouvait un objet noir et rectangulaire arborant des reflets identiques à ceux des écrans tactiles.

— Veuillez apposer, un par un, la face palmaire de votre main droite sur l'écran tactile.

Wyu commença le premier à poser sa main. Un flash de lumière bref mais intense brilla au niveau de la zone de contact entre la machine et la peau du Télorrien.

— Profil astrogénétique non référencé, dit une voix féminine qui semblait sortir de l'appareil. Système planétaire de l'entité inconnu.

Le militaire fit un signe de la main pour indiquer à Wyu qu'il devait laisser la place à l'un de ses coéquipiers. C'était Sandra qui mit cette fois sa main sur la pièce rectangulaire.

— Profil astrogénétique non référencé, dit la même voix féminine qui émanait toujours de la machine. Provenance de l'entité : planète Terre. Galaxie : Voie lactée.

Chacun des passagers du XT-3 mit son doigt sur la cellule de détection tactile et, à chaque fois, l'une de ces deux réponses était donnée par la machine selon qu'il s'agissait d'un Terrien ou d'un Iloryen.

— Vous ne figurez dans aucune de nos bases de données. Vous ne venez pas d'ici, dit le chef des militaires.

Puis ce dernier s'adressa à ses soldats.

— Emmenez-les !

Avant d'être emmenée, Sandra s'adressa à lui.

— Comment s'appelle cette ville ? Nous ne sommes pas à Terrilos ?

— Non. Pas du tout. Cette ville s'appelle Horizon 2.

— Horizon 2, répéta Sandra en réfléchissant. Où se situait Horizon 1 ?

— Il y a de cela des décennies, la ville précédente ne s'appelait pas Horizon 1, mais Nouvel horizon, rectifia le militaire.

— Ce n'est pas possible, dit Sandra à voix basse. Et où se trouvait-elle ?

— Très loin d'ici, dans votre système solaire, sur Mars plus précisément… Allez, emmenez-les, répéta-t-il à ses soldats.

Les Télorriens, pensant que les choses allaient s'arranger, n'opposèrent pas de résistance et se laissèrent guider par les militaires.

Fin du tome 2

Biographie

Après avoir passé sept ans à écrire un livre de médecine qui est paru il y a quelques années, l'auteur, Max Donhem, médecin généraliste de formation, toujours en activité, s'est lancé dans l'écriture de romans orientés dans le domaine de l'ésotérisme et de la science-fiction. Cet auteur, tout en développant l'imaginaire à travers une trame narrative originale, aime faire émerger dans ses écrits des faits scientifiques souvent méconnus, voire sujets à controverse. Son premier ouvrage, ***Les Portes du son***, roman ésotérique qui s'inspire des phénomènes psychoacoustiques issus de la synchronisation hémisphérique, se veut être une réflexion scientifique, sociétale, religieuse et ésotérique avec l'objectif d'amener le lecteur à s'interroger et à remettre en question sa vision du monde ainsi que ses propres croyances. Son second roman, ***Hélium 3***, roman de science-fiction et d'anticipation, plonge cette fois-ci le lecteur dans le domaine passionnant de l'astrologie et de l'hypnose spirituelle. Pour faire suite à ce roman, Max Donhem a eu la générosité d'écrire un ouvrage qui aborde le côté médical de l'astrologie, ***L'Astrologie, médecine préventive de demain*** ?

afin d'expliquer en quoi l'étude et l'évaluation de cette discipline ancestrale pourraient nous faire progresser dans notre compréhension du monde vivant.

Bibliographie

– *Les Portes du son,* Evidence Editions, 2019
– *Hélium 3, L'astrothèque*, Evidence Editions, 2019
– *L'Astrologie, médecine préventive de demain ?* Evidence Editions, 2020
– *L'Astrologie et les pandémies*, Evidence Editions, 2020

Mentions légales

ISBN : 979-10-348-1546-3
ISSN : 2555-8366

Evidence Editions
2 rue Abbé Grégoire
17 000 La Rochelle

Site Internet : www.evidence-editions.com
Boutique : www.evidence-boutique.com

Dépôt légal décembre 2020

Achevé d'imprimer chez SoBook le 12-11-2020

Linselles - France

N° impression : 657 834